希尼三十年文选

（修订版）

[爱尔兰] 谢默斯·希尼 著

黄灿然 译

Finders Keepers

Selected Prose
1971-2001

Seamus Heaney

献给丹尼斯·奥德里斯科尔
和朱莉·奥卡拉汉

目录

序 I

第一辑

摩斯巴恩 003

把感觉带入文字 017

向艾略特学习 033

贝尔法斯特 049

1994 年停战 056

值得一提的事情 060

攒来一个韵 073

诗歌与教授诗歌 085

第二辑

心灵的诸英格兰 095

叶芝作为榜样？ 122

地方与移位：北爱尔兰近期诗歌 145

无地点的天堂：从另一个角度看卡瓦纳 ... 175

光的浩瀚 189

文明的阿特拉斯 200

羡慕与身份认同：但丁与现代诗人 221

舌头的管辖 237

测探奥登 252

洛厄尔的权威 266

不倦的蹄声:西尔维娅·普拉斯 288

写作的地点 307

埃德温·缪尔 326

诗歌的纠正 341

扩大字母表:克里斯托弗·马洛 346

约翰·克莱尔之得 363

单人火炬队伍:休·麦克迪尔米德 387

持久的狄伦?——论狄伦·托马斯 410

欢乐或黑夜:W. B. 叶芝和菲利普·拉金诗中的最后之事 415

数到一百:伊丽莎白·毕晓普 437

彭斯的艺术谈吐 459

"贯穿他者"的地点,"贯穿他者"的时间:爱尔兰诗人与英国 483

第三辑

斯蒂维·史密斯的《诗合集》 511

乔伊斯的诗歌 515

伊塔洛·卡尔维诺的《帕洛马尔先生》 519

保罗·穆尔敦的《智利编年史》 524

诺曼·麦凯格(1910—1996) 528

约瑟夫·布罗茨基(1940—1996) 533

特德·休斯的《小血》 538

世纪和千年的米沃什 542

译后记 551

序

本书收录了选自《专心思考》(1980)、《舌头的管辖》(1988)、《诗歌的纠正》(1995)和《写作的地点》(学者出版社,1989)的文章,最后一本集子包括1988年埃默里大学"理查德·埃尔曼现代文学讲座"的文章。本书还收录了几篇以前未结集过的文章,包括报纸短文、较长的讲座和某些论文集的约稿。这些文章,有不少是1995年之后写的,但我也趁机收录了若干如果是换个环境的话就有可能收录在较早的集子里的文章。例如《向艾略特学习》和《埃德温·缪尔》写于1988年至1989年,也即《舌头的管辖》出版那一年,但它们依然没有收录在《诗歌的纠正》里,因为《诗歌的纠正》只收录我担任牛津大学诗歌教授时的讲座文章。另一方面,《地方与移位》(1984)这篇文章多年来一直享受作为小册子的独立生命,但现在似乎该收录在这本较全面的结集里了。几乎所有以前未经结集的文章都做了修订;至于来自较早集子的重刊文章,也做了删节和若干修订。

在游乐场上,"发现者,保管者"①这个片语,现在很可能依然表达了兴奋并申明了一种所有权,因此在这个意义上它同样可应用于诗歌读者的经验:与令人兴奋和建立联系的诗歌作品的首次相遇,将在读者身上诱发一种相似的冲动,就是想颂扬并占有它。所以,我这个书名是

---

① 意为"谁找到就归谁"。

一种承认，承认这些文章中有很多源自此类时刻。它们大多是对诗歌的美好本身的欣赏和报道，是试图"保管"它，并说明为什么它值得保管。当然，它们也是这样一个事实的证明，证明诗人们自己也是发现者和保管者，证明他们的职责乃是通过发现并保管未被寻找到的事物，而成为艺术和生活的看护者。

本书的形式与《专心思考》相同。第一辑有自传性或主题性的倾向；第二辑则较具体地侧重文学，并且主要讨论个别作者的成就；第三辑是某种风筝尾巴，一条牵线，串着一些杂七杂八的文章，尽管短小，但我希望它们仍维持某种程度的趣味。

我在《专心思考》的"序"中所说的一些话，依然适用于描述本书："这些文章结集在这里，都是为了寻找答案，以解决这些专心思考的重大问题：一个诗人应如何适当地生活和写作？他与他自己的声音、他的地方、他的文学传承和他的当代世界的关系是什么？"

我必须感谢我在费伯出版社的编辑保罗·基根，是他提议出版这本书，并对本书应收录哪些内容表现出广博的兴趣。不用说，一些以前结集的文章没有收录在本书里，并不意味着它们被丢弃了。例如我以前写过相对轻松的文章《叶芝作为榜样？》，后来又写了一篇考虑更严肃的《导言》，最初收录于《户外运动日版爱尔兰写作选集》(1991)，然后又收录于费伯版的平装本叶芝诗选(2000)，而为了应该选哪一篇，我曾踌躇良久。本书目录原可以更长些，也可以更短些。就现在这个样子而言，本书记录了一个诗人如何对诗歌既要求寻找遥远又要求留在航道上，既要求开放又要求坚守阵地的召唤所作出的某些回应。

谢·希，2002年1月

第一辑

摩斯巴恩 *

*《奥姆法洛斯》:英国广播公司电台第四台广播稿,1978;《阅读》:《爱尔兰时报教育增刊》,1973;《诗韵》:收录于《多个世界》,乔弗里·萨默菲尔德编,英国企鹅出版社,1974。

奥姆法洛斯

我想以念出希腊单词"奥姆法洛斯"开始,其意思是肚脐,因而也是标志世界的中心的石头;然后反复念它,奥姆法洛斯,奥姆法洛斯,奥姆法洛斯……直到它那迟钝而下降的音乐变成某个人在我们后门外的水泵边泵水的音乐。这是20世纪40年代初的德里郡。美国轰炸机发出低沉的嗡嗡声,朝着图姆布里奇的小型机场飞去,美军在路边的田野里演练,但那次伟大的历史行动并没有干扰院子里的节奏。在那儿,水泵耸立着,一个体形优美的铁偶像,长着口鼻,戴着头盔,饰以一根弧形柄,漆成墨绿色,架在水泥基座上,标志着另一个世界的中心。有五户人家在这里打水。妇女来来去去,来时在空瓷釉桶之间窸窣作响,去时步履平稳,被沉默的水压弯了腰背。在那些漫长的早春黄昏,马匹回家就朝着它走去,一口气喝掉一桶,然后是另一桶,男人则不断地泵水,柱塞一上一下地活动着,奥姆法洛斯,奥姆法洛斯,奥姆法洛斯。

我不知道当我迷失在屋后田野的豌豆条播沟里时我有几岁大,但对我来说,那是一种半梦状态,而我是如此经常地听人说起它,以至我怀疑这是我的想象。然而，如今我是如此长期而经常地想象它，以至我知道它是什么样的：一个绿色网状物，一个由有纹理的光构成的大网膜，一团由棍棒和豆荚、叶柄和卷须构成的纠结，充满怡人的泥土和叶子的味道，一个阳光照射的藏匿处。我坐着，仿佛刚从冬眠中醒来，渐渐意识到各种愈来愈近的声音，在呼唤着我，而我则莫名其妙地哭起来。

所有的孩子都想窝在他们的秘密巢穴里。我喜欢我们小巷口一棵山毛榉的树杈，屋前一道黄杨树篱的茂密灌木丛，牛棚阴僻角落里柔软、塌下的干草堆；但我尤其喜欢待在晒谷场尽头一棵老柳树的喉部。那是一棵空心树，长满多瘤、蔓延的根须，一层柔软、快要脱落的树皮，以及多髓的内部。它的口部如同马轭上油滑而坚固的孔眼，当你缩着身挤进去后，你便进入一种不同生命的中心，眺望外面熟悉的院子，那院子仿佛突然间处于一道陌生的窗玻璃背后。在你头上，是这棵活生生的树在繁茂生长和呼吸，你用肩膀顶着微颤的树干，而如果你把额头靠在粗糙的木髓上，你便感到整个柔软和低语着的柳树冠在你上面的天空中晃动。在那个紧窄的豁口里，你感到光和树枝的拥抱，你是一个小阿特拉斯在用肩膀顶着它，一个小塞努诺斯①在支撑着一个鹿角世界。

世界变大。摩斯巴恩，这个最初的地方，也在拓宽。那里有我们所称的"走沙路"，那是一条位于古老树篱之间的沙径，从大路岔开，伸进去，先是蜿蜒于田野间，然后是穿过一小块沼泽地，通往一座偏远的农舍。那是一个柔滑、芬芳的世界，在最初几百码内，你是足够安全的。小径两边是覆盖着金雀花和羊齿草的土堤，点缀着苔藓和报春花。金

---

① 古罗马凯尔特神祇，意为"有角者"，鹿首人身。

雀花背后，在丰盛的草丛中，牛群安详地嚼着。兔子偶尔会从隐蔽处蹿出来，跑在你面前，扬起一阵干燥的沙粒。还有鹡鸰和金翅雀。但是，茂盛而轮廓明确的田野渐渐让位给凹凸不平的沼泽地。桦树露出苍白的胫骨，立在沼泽中。羊齿草在你头顶上茂密起来。古老叶子的扭打使你神经紧张，每次经过獾洞你都得壮起胆，那是长满杂草的壕沟里一个由新土形成的伤口，老獾就从那里钻进地下。在獾洞周围，是一个危险力量的场地。那是鬼怪的领域。我们听说有一个神秘男子在这里的沼泽边缘地带出没，我们谈论"擒人蝾"和"苔巫"，它们都是未经任何博物学家归类的生物，但依然是真实存在的。无论如何，什么是"苔巫"呢，如果不是这个词本身柔软、邪恶的发声，一个由突然下坠的呕音构成的女妖，引诱你出来，走向布满无辜的青草、流沙和泥潭的沼泽池？它们全都在那里，在一片被桦树遮蔽的围裙似的低地上铺开，朝着贝格湖的两岸散去。

那是苔沼，一块禁地。两个家庭住在苔沼中央，此外尚有一个隐士，叫作汤姆·蒂平，我们从未见过他，但是在早晨前往学校的途中，我们看到他的炊烟从一簇树林里升起，于是各自念着他的名字，直到它成为神秘男人、树篱中突如其来的疾跑声和深草中窸窣的脚步声的同义词。

直到今天，看到绿色潮湿的角落、水浸的荒地、柔软而多灯芯草的低洼地，或任何令人想起积水地面和苔原植被的地方，甚至从汽车或火车上的一瞥，都会有一种直接而深切的宁静的吸引力。仿佛我与它们定了亲，而我相信我的定亲发生在一个夏天黄昏，在三十年前，那时另一个男孩和我脱光衣服，露出白皙的乡村皮肤，浸泡在一个苔穴里，踏着肥厚的烂泥，搅乱底部一团烟青色的腐殖土，然后爬出来，浑身脏兮兮、黑不溜秋的，沾满杂草。我们重新穿好，裹着一身湿衣服回家，散发着腐殖土和死水塘的味道,有点像受了启蒙。

苔沼以外,铺展着贝格湖狭窄的流域,在贝格湖中央是教堂岛,塔尖从岛上的紫杉树中伸出来。这是当地的圣所。他们说,一千五百年前圣帕特里克曾在那里斋戒和祈祷。古老的墓园长着齐肩高的绣线菊和牛芹,周围高高耸立着茂密、不受干扰的紫杉树,而不知怎的,这些紫杉树激起了我对阿金库尔和克雷西的兴趣,因为我知道,那里英国弓箭手的弓也是用紫杉木做的。至于我的弓,是勉强用堆草场一带树篱中的梣树枝或柳树枝削成的,但即便如此,从教堂岛那座寂静的墓园区砍下一根树枝,也会构成一种连想都不敢想的危险的侵犯。

如果贝格湖标志着想象力的筑巢地的一个范围,则斯利夫加隆就标志着另一个。斯利夫加隆是一座小山,位于相反的方向,可以展望牧场和耕地和远方莫约拉公园的树林,展望果林山和后园和道森堡。这一边的乡村,是有人烟的、社群的一边,是圆锥形干草堆和玉米禾束堆的土地,篱笆和大门的土地,小巷尽头放着牛奶罐,大门柱上贴着拍卖告示。从农场到农场,都有狗在吠。路边小屋张着口,塞满饲料。道路背后也即道路另一边,是铁路,而持续不断地高悬在上空的噪音,则是道森堡站的沉重火车头正在转轨。

当这个场面浮现在脑海,我便能够感觉到空气,感觉到欣跃和光。光在莫约拉河的浅水域上舞蹈,在淡灰绿色旋涡的涡流上变换。光也在小山上变换着,小山屹立如情绪晴雨表,一会儿蓝色而朦胧,一会儿绿色而逼近。光游动在远方马拉费尔特的塔尖上空。光在果林山的风铃草间吐泡沫。在这空气的欣跃中,也回荡着丰沛的音乐。夏天黄昏传来田野间一座布道会堂赞美诗的歌声那热烈而悲伤的旋律。山楂树花盛开,接骨木花柔软的白色圣餐盘忧郁地悬挂在树篱里。要不就是奥兰治会的笃笃鼓声从奥赫里姆山传来,使你的心野兔似的警惕和戒备起来。

因为如果说这是社群的乡村,它同样也是分裂的王国。如同野兔的脚呈弧形越过牧场,在成熟谷物下的柔软密草间打通一条隧洞,教派对立和归属的路线也沿着土地的边界划分。这一边的乡村以其田野和小镇的名字,以这些名字的苏格兰语和爱尔兰语及英语词源学的混杂,而令人想起其拥有者的历史。布罗亚赫、朗格里格斯、钟山;布赖恩的田野、圆草地、领地:每一个名字都是对每一英亩地的某种示爱。像这样说出这些名字就是使这些地方拉开距离,把这些地方变成华兹华斯所称的心灵风景。它们根深蒂固,如同某种笔迹,难以消除地写入神经系统。

我永远记得在我们的花园里挖掘黑土并在表面下一英尺处找到一层白沙时的快乐。我同样记得,男人们走来,把水泵轴插进去挖掘,穿过那层沙,钻入富饶的青铜色碎石层,很快便冒出泉水。那个水泵标志着一次原初的下探,探入泥土、沙、碎石、水。它成为想象力的中心,并为想象力立下界标,把想象力的基础变成奥姆法洛斯本身的基础。因此我觉得,一个古老的迷信对这种追求事物地下方面也即神秘方面的努力表示认可,是完全恰当的。这是一个与希尼家族名字相关的迷信。在盖尔时代,希尼家族参与德里主教辖区的教会事务,并拥有德里郡以北的巴纳赫一个修道院址的某种管理权。我们有一位祖先圣穆雷达奇·奥黑尼与巴纳那座古老的教堂有联系;此外,还有一个说法,认为从巴纳赫地下挖出的沙,具有仁慈甚至神奇的功效——如果沙是由一个有希尼家族名字的人从该地点挖出来的话。在一个要上法庭的人身后掷一把某位希尼挖出来的沙,他就会打赢官司。在你的球队要上球场打球时朝他们身后掷一把沙,球队也会赢得比赛。

阅读

当我在临近 1945 年年底开始学习阅读时,家里最重要的书是定量配给票簿——粉红色的衣服券和用于购买糖果和食品杂货的绿色"分数"。没读多少东西,除了《爱尔兰周报》的讣告栏和《北方宪法报》的拍卖页。"德鲁马尼镇已故的约翰·詹姆斯·哈尔弗蒂的后人的代表指示我……"父亲躺在沙发上,以一种正式的语调和某种焕发的精神,重复念出可耕种土地和草地的英亩、路得和杆①。

在一个书架上,在屏风背后,并且反正也高得够不着,有四五本破旧的书,很可能属于我的姑姑苏珊,那是她当年在奥兰治学院念书时用过的,但它们对我而言依然是合着的书。我对我自己主动阅读的最初记忆,属于那种孤立的记忆,一个没有来龙去脉却将永远伴随我的时刻。那是一本来自学校图书馆的书——图书馆是一个有挂锁的单间,开放与否多少有点像恩惠。书中讲述戴软木头盔的探险者和"野蛮人",还有描绘独木舟在丛林深处一条河流上作战的插图。油灯亮着,一个叫作休·巴茨的邻居打断我:"伙计们,啊,伙计们!这个谢默斯老弟可真是个大学者。你在埋头读什么书啊,孩子?"而我父亲从那一刻起,大概也在竭力搜索一句恰当的话来挑剔我,终于说:"这会儿他还太差,比得上帕特·麦古金。"帕特·麦古金是一个臭名昭著的农民单身汉——我们的一个表兄——据说他每次拿起一本书,就要烤焦他的烤饼,像阿尔烈德大王。多年后,当《一个自然主义者之死》出版时,家里最大的表扬是"上帝知道帕特会很享受它"。

---

① 皆为面积单位。

当然，总有一些诸如《远东》和《信使》这样的宗教杂志。《远东》儿童天地栏里的普德西·赖恩是成年人心目中幽默天赋的楷模，但是哪怕在当时，我就已觉得他拼错字的频率有点儿太高了。《公子哥儿》和《欢宴》里的猫咪科尔基和鸵鸟大埃戈的鲜艳色彩就要好得多。这些漫画杂志的头版打开了见识各种人物的神奇窗扉，并且可能构成了虚构作品对我的最初吸引力，里面的人物包括绝望达恩、傲慢大人、饥饿贺拉斯、钥匙孔凯特、喷嚏人朱利叶斯和吉米及其神奇补丁。我们在学校里传阅这些漫画杂志，它们常常破旧不堪，但母亲时不时会从道森堡给我买本新的，连一道褶皱也没有，鲜明的颜色闪耀着，应允着即将到来的兴奋。偶尔也会有一本来自附近美国空军基地的美国漫画，从头至尾都是彩色的，漫画中的人物小阿布纳、费迪南德和金发美女布隆迪讲着一种哪怕帕特·麦古金也不懂的语言。

我家里对买新漫画有一种抗拒，不是因为够不上高雅教育，而是因为两种态度的混合：它们华而不实，而且毕竟得寸进尺，也即如果你让它们进屋，下一步就是《帝国新闻》《汤姆森周报》《趣闻》和《世界新闻》①。不过，我最终还是说服母亲订阅《战士》，这是一份各方面都更高级的漫画，有一个"比格勒斯再次飞行"②式的人物，叫作石拳罗根，以及生姜纳特（用南德里的话说，就是"得头奖的男孩"）和侦探科尔温贝·戴恩。有了《战士》，我便进入以物易物的市场，交换《流浪者》《急性子》《巫师》和旧英国报业能提供的任何其他低级书刊。我浏览所有那些"ain't"（不是）、"cor"（老天爷）、"yoick"（唷呃，呼唤猎犬追捕猎物的催促声）和"blimey"（哎呀）③，然后满足地翻过去。

---

① 都是一些八卦、娱乐周报。
② 比格勒斯是英国通俗读物中的英勇飞行员和探险家。
③ 这些词都是口语和俚语的拼法。

那么，面对所有这一切，兔子基蒂①还有什么机会？《我们的少年》故事杂志能定期看到，它可以说是文化解毒剂，并得到一般家庭的正式支持，健康如冬天早晨的一名天主教平信徒，也是通往《爱尔兰自己》的第一步。文化削弱！我更喜欢生姜纳特的嘲弄、低年级学生史密斯的鬼把戏、长袍的嗖嗖声、学士帽和校长的书房，而不是跻身法冠②中间的墨菲的家常劳累。直到接触了乔伊斯的《一个青年艺术家的画像》和卡瓦纳的《大饥饿》，我才克服了那种投降。

然而，我的第一次文学震颤，却是发生在自己的地盘。学校有一门爱尔兰历史课，实际上是阅读神话和传说。教科书用大号字排印，配有非常凯尔特化的插图，叙述爱尔兰故事，从丹努之子到诺曼侵略。我现在仍能看见布赖恩·博鲁像举起十字架那样举起剑，在克朗塔夫检阅军队。但真正富有想象力的标志是达格达的故事，那是一个由竖琴音乐和光构成的梦，在托里岛的黑暗堡垒上对抗并击败"邪眼"巴娄尔。库丘林和费迪亚也令人难忘，尤其是伤口刮着绿色灯芯草的意象和盔甲在浅水处碰击的意象。

然而所有这一切都让位给了瞎子皮尤和比尔·蓬斯、高个儿约翰和本·葛恩的情节剧③。我们在学校也读《金银岛》，而这也是我记忆中拥有和珍惜的第一本书的前奏：在某个圣诞节早晨，桌上摆着一本罗伯特·路易斯·斯蒂文森的《诱拐》。自那天之后，我终生成为詹姆斯二世党人。我凭直觉就知道那个由用于惩罚的岩岛和红衣人构成的世界——我们的父老们的信仰的石印油画——已隐含于那个故事的风景

---

① 爱尔兰作家维克托·奥多诺凡·鲍威尔笔下的女旅行家，被称为爱尔兰家庭杂志《爱尔兰自己》中最瞩目的人物。
② 神职人员所戴的四角帽。
③ 这些都是《金银岛》的人物名字。

中。直到今天,我的心也仍然会激动于故事的第一个句子:"我的历险故事开始于公元 1751 年 6 月某个早晨,我最后一次带着钥匙离开父亲的屋门……"

作为圣科勒姆学院的寄宿生,我也把莫里斯·沃尔什过了一遍——《黑雄鸡的羽毛》依然给我留下一种气氛,一种沼泽和树林的感觉——但它再次是一本具有最深刻的形象描写的教科书。当我在《洛纳·杜恩》①读到约翰·里德怎样把卡弗·杜恩手臂的肌肉剥下来,如同剥掉柑橘外皮之下的海绵层时,我已踏上了通往文学领悟之路了。不是说我没有被比格勒斯的帝国领域或威廉故事②的胡扯分神,而是说只有这些带着诗歌笔触的书我才能记得——所有这一切终于以最后一个暑假通宵读完托马斯·哈代的《还乡》而达到顶点。

我怀念小熊维尼。我记忆中未曾拥有过一本格林童话选或安徒生童话选。我是在大学里读的《爱丽丝漫游奇境记》。但这有什么关系?难道文尼·亨特不正是用他的泰山故事把我留在奇境里的吗:

"当泰山从树上跳下,
他震撼世界。"
文尼·亨特会这样跟我说,
在上学的途中。

已经有很多年了,我忘记
如此震撼又直白的话
还有可能像激荡的潮水

---

① 英国小说家 R. D. 布莱克默的历史小说。
② 指英国女作家里奇马尔·克朗普顿笔下人物威廉的故事。

重新卷回来。①

诗韵

几个月前,我想起一首我们常常在上学途中说唱的打油诗。我现在知道它是关于受启蒙的,但在我沿着拉甘路慢吞吞前往阿纳霍里什学校的途中,它却是某种很好笑的东西:

"你的马铃薯干了吗?
它们适合挖了吗?"
"把你的锹插进去试试,"
脏脸麦圭根说。

我估计,当这些诗行烙在我的记忆中,我只有八九岁。它们构成某种诗歌,也许不是很体面,但在那群学生或"学者"(年纪较大的人老爱这样称呼我们)口中,它们却是生动活泼的。麦圭根可能是指一个年老而严厉的人物,叫作尼德·麦圭根,带着一根威胁人的黑刺李杖到处游走。他来自一个叫作巴利麦圭根的地区——简称圭根。他还出现在另一首打油诗里:

尼迪·麦圭根,
他撒尿,在圭根;
圭根酷热难熬,

---

① 此诗是希尼一首早期诗作,题为《震颤》。文尼·亨特应是希尼的邻居。

所以他尿在壶里；
壶实在太高，
所以他尿在天空里；
灵魂下地狱吧，尼迪·麦圭根，
因为你实在尿得太高。

还有其他说唱，既有辱骂的，也有教派的，我们常常用它们来互相斗嘴：

上长梯下短绳，比利国王
见鬼去吧，上帝保佑教皇。

对此，回答是：

溅溅泼泼的圣水
每个天主教徒都洒
如果还不舒畅
我们就把他们劈成两半
并给他们尝尝
红、白、蓝。

对此，回答是：

红、白、蓝
应该被劈成两半

然后送给魔鬼
在两点半。
绿、白和黄
是个体面郎。

另一首完全胡诌的打油诗,至今依然令我愉悦:

去七月①九月一个美好的十月早晨
月亮厚厚地躺在地面上,泥巴在天空里照耀。
我搭上一辆电车过海,
我请售票员验票而他用一拳替我验眼。

我爱上一个爱尔兰姑娘,她给我唱一支爱尔兰舞曲,
她住在蒂珀雷里郡,离法国只有几英里。
她的屋子是圆屋子,屋前在屋后,
它孤单地立于另两座屋子之间,被刷得粉黑。

  我们并没有被迫去背诵这些诗句。它们似乎只是从我们心中跃出,沿着舌头自发地漫游,以至我们的父母会说:"如果这是你的祈祷文,你才不会学得这么快。"
  当然还有另一些我们被迫去背诵的诗。我现在才吃惊地发现,我十一岁的时候竟然就通过死记硬背滔滔不绝地朗诵大段大段的拜伦和济慈,直到充当我们校舍的半圆形活动小屋的锌皮屋顶(以前的学校在

---

① 这里是把"年"置换成"七月"。

战时被腾出来当作临时小型机场)回荡着以下一知半解的壮丽诗句的洪亮声音:

> 夜里有一片狂欢的声音,
> 比利时首都当时已聚集了
> 她的美和她的骑士精神,
> 灯光把姣好的女人和勇敢的男人照亮。
> 一千颗心快乐地跳动;而当
> 音乐升起,撩人地荡漾……

我还能从头到尾背诵济慈的《秋风颂》,但当时唯一发光的句子是"苹果压弯长满苔藓的农家树",因为我伯伯有一个小果园,老苹果树都裹着一层柔软的绿苔藓。我还对"叮人的小昆虫/在河流的浅水处哀鸣"感到小小的满足,如果换作是"蠓虫"在"童子军"中哀鸣,那就完美了。

文学语言,也即来自英国诗歌经典著作的文雅表达,是某种强迫进食。它无法通过反映我们的经验而使我们愉悦,它无法以正式和出人意表的安排来重新使我们本土的语言激起反响。事实上,诗歌课反而有点像教理问答课:官方灌输的被神化的套话,它们在某种程度上是预期将有利于我们未来的成年生活。两种课程都确实使我们初步领会多音节词的魅力,并且就我们而言,在"撩人地荡漾"的音乐与"在被禁止的血亲通婚范围内的神圣婚姻"之间根本没有什么选择。在两种情况下,我们都被声音的特性慑服。

我在这个时候,还遇到第三类诗歌,介于路边打油诗与学校诗歌之间:一种被我们称为"背诵"的形式。当亲戚来访或在家中举行儿童派

对,我就会被叫去背诵。有时候是一首爱尔兰爱国歌谣:

> 终于,勇敢的迈克尔·德怀尔,你和你久经
> 考验的部下,漫山遍野被追捕,逃入幽谷。
> 彻夜不眠,只留心看留心听,随时准备拿起刀枪,
> 因为军队知道你们今夜藏在野伊莫的幽谷。

有时候是罗伯特·瑟维斯①的某首西部叙事诗:

> 一群少年在马拉木特沙龙狂欢高呼。
> 负责音乐盒的小孩播出一曲雷格泰姆。
> 吧台后坐着在玩单人游戏的危险人物丹·麦格鲁,
> 观看他碰运气的是他的爱之光,大家叫她露的女人。

虽然这种东西没有被禁止的词语例如"撒尿"或"灵魂下地狱"的诱惑力,但是它也不受拜伦和济慈庄严的难以理解所妨碍。不管它多么卑微,它毕竟使诗歌在家庭生活中有一个位置,使诗歌成为生活中种种普通仪式之一。

---

① 罗伯特·瑟维斯(1874—1958),英裔加拿大诗人。

把感觉带入文字*①

*伦敦皇家文学会演讲稿,1974年10月。

我打算沿着某些原路,折回威廉·华兹华斯在《序曲》中所称的"匿藏地":

> 我力量的匿藏地
> 似乎开着;我接近,然后它们关上;
> 现在我隐约瞥见;当年纪渐老,
> 可能也就完全看不到了,而我将赋予,
> 在我们还可以的时候,只要文字还能,
> 赋予我那些感受以实质和生命:
> 我将珍藏过去的精神
> 供未来恢复。

在这些诗句中,隐含一种诗观,而我觉得这诗观也隐含于我所写的几首使我有资格讲话的诗中:诗歌作为悟性,诗歌作为自我对自我的启

---

① 作者对本文做了删节。

示,作为文化对自身的恢复;诗篇作为延续性的元素,带着考古学的发现物那种气息和确真,也即被埋葬的碎片的重要性不会因为被埋葬的城市的重要性而减小;诗歌作为一种挖掘,为寻找发现物而进行的挖掘,那发现物竟然是暗藏之物。

事实上,《挖掘》是我写的第一首我自己认为把感觉带入文字的诗,或者更准确地说,我认为我的直感进入了文字。它的节奏和噪音现在依然使我喜悦,尽管诗中若干句子更多是有职业枪手的戏剧性而不是有挖掘者的聚精会神。我是在1964年夏天写出这首诗的,差不多是在我开始"涉猎诗歌"之后两年。这是第一个我觉得自己做到不只是安排文字的地方:我觉得我把一支矛插入真实生活中。诗中描写的事实和表面都是真有其事,但更重要的是,由命名它们而带来的兴奋给了我某种气定神闲和某种信心。我不在乎别人怎么看它:它有点使我吃惊,吃惊于它竟然产生一个我会密切注意的立场和理念:

> 马铃薯霉的冷味,走在湿泥炭上的嘎吱声
> 和啪嗒声,切下活根茎的短促刀声
> 在我头脑中回荡。
> 但我没有像他们那样干活的铁铲。
>
> 在我的食指与拇指之间
> 夹着这支粗短的笔。
> 我要用它来挖掘。

如我所说,我是在多年前写下它的,然而也许我应该说,是我把它挖掘出来,因为我意识到甚至早在我写下它之前,它就已在我身上藏了

很久了。笔/铁锹的类比是问题的核心,也很简单,无非是一个近乎谚语式的常识问题。在来往学校的途中,常常遇到有人问你上的是什么课,你当天挨了几个巴掌,而他们最后总是无一例外地告诫说,继续读书吧,因为"读书容易""笔比铁锹轻"。而这首诗无非是允许这枚智慧的花蕾脱落,尽管在该脉络里重要的一点是,我写这首诗时心中并没有意识到这个谚语式结构,也没有意识到这首诗只不过是重演另一个挖掘的隐喻,该隐喻直到多年之后才又使我想起。不过,这却是我们上学途中说唱的节奏,并且如同我刚才说的,当时我们并未充分意识到我们在跟什么打交道:

"你的马铃薯干了吗?
它们适合挖了吗?"
"把你的锹插进去试试,"
脏脸麦圭根说。

这里,"挖"成为一个性隐喻,一个受启蒙的象征,如同把你的手伸入灌木丛里或端鸟巢,它是各式各样的自然类比之一,用来指揭开或接触隐秘的事物。现在我相信,《挖掘》一诗对我来说具有受启蒙的力量:我刚才提到的信心,来自一种感觉,觉得也许我也可以干写诗这活儿,而一旦体验到写诗的兴奋和发泄之后,我注定要一再去寻求这种体验。

我不想使《挖掘》承载太多意义。它是一首大型挖土机似的粗纹理的诗,但它作为一个例子是很有趣的——不只是作为某位书评家所谓的"罗素广场里结满泥巴的手指"的例子,因为我并不觉得该题材本身有任何特别优点——它有趣是因为可作为我们所称的"找到一个声音"的例子。

找到声音意味着你可以把你自己的感觉带入你自己的文字,意味着你的文字有你对它们的感觉;而我相信这甚至不是一个隐喻,因为一个诗歌的声音很可能与诗人的自然声音有非常亲密的联系,那是他写诗时听到的诗句的理想讲话者的声音。

那么,你如何找到它呢？在实践中,你听到它来自某个别人;你感到另一位作家声音里的某种东西,它流入你的耳朵,进入你头脑的回音室,使你的整个神经系统都如此愉快,以至你的反应将是"啊,我希望这是我说的,以这种独特的方式"。事实上,是这另一位作家对你说了某种重要的东西,某种你凭直觉就知道是你自己和你的经验之某些方面的真实发声的东西。而你作为一位作家的初步尝试就是要有意识或无意识地模仿这些流入的、有神秘影响力的声音。

以这种方式影响我的其中一位作家是杰勒德·曼利·霍普金斯。在学校阅读霍普金斯的结果是想写作,而当我在大学时代第一次拿起笔写作时,流出的东西正是曾经流入的东西,常见于霍普金斯诗中充满碰碰磕磕的头韵的音乐、报道式的声线和弹跳的辅音。我记得一首叫作《十月思绪》的诗,在该诗中某些虚弱的田园意象在混合语体的锁子甲下沉没:

> 椋鸟看守茅屋,突来的燕子
> 直接冲向筑着泥巢、安卧家中的椽
> 越过沾满尘埃的干枯蜘蛛网,如同笑声
> 鬼影般缠住用沼泽橡木、泥煤草皮和柳条做的屋顶……

然后还有"天空色、李子蓝和荆豆带刺般金黄"和"羊栏里铃铛嘀嘀响的叮当声"①。

回顾起来,我相信存在着一种联系,介于霍普金斯诗歌声音那带有浓重乡音的辅音噪音与北爱尔兰口音独特的地方特色之间。虽然这种联系当时并不明显,但回想起来,却是非常真实的。另一位深受头韵法诱惑的已故诗人 W. R. 罗杰斯在其《爱尔兰特性》一诗中说,来自他的(以及我的)那个地区的人都是

唐突的人民

他们喜欢说话中尖刺的辅音
认为柔软的辅音是娘娘腔;他们在
管弦乐团里挖掘 k 和 t 音,在乐曲中
发现罪恶,②在锡罐、摩擦音、通奸中
和断音的谈话中找乐趣,总之
任何或多或少是攻击的事儿,
像米克、塔格、补锅匠的崽子、梵蒂冈。③

确实,乌尔斯特口音一般是断音的辅音。我们的舌头更多是敲击辅音的金属小片④,而不是绕着元音的圆圈滚动——罗杰斯还提到"南方嘴巴里那饶舌的圆才能"。它是充满能量的、棱角分明的、锋利的,也许正是因为我的第一口音与霍普金斯的古怪之间这种契合,导致我最

---

① 所引诗句都充满复合词和不同语源的组合词,例如 heaven-hue, plum-blue,以及运用头韵法的句子,例如 trickling tinkle,但这些技巧在译文中除了拟声的"铃铛嘀嘀响的叮当声"尚有一点余味外,都无法体现出来。
② 原文 detect sin in sinfonia,意思是看到 sinfonia(乐曲)中的 sin 就想到 sin(罪恶)。
③ 这段引诗后半部分的词语在原文里也充满 k 和 t 音。米克、塔格都是"爱尔兰人"的贬称。
④ 这里使用的是音乐术语,金属小片指击弦古钢琴琴键里面一段上竖的金属小片。

早那些诗成为它们那个样子。

当然,我不能说我已找到一个声音,但我找到了一个游戏。我知道这只是文字游戏,而我甚至没有胆量署上自己的名字。我把自己称为"Incertus",意为没把握,一个害羞的灵魂在烦恼之类的。我爱上文字本身,却对一首诗作为一个整体结构一无所知,对一首写得成功的诗如何成为你生命中的踏脚石也毫无经验。那些诗是我们也许可称之为"试验篇什"的东西,是一些笨拙僵硬的小设计,模仿大师那些流畅交织的图案,是通往整个诗歌技艺的笨手笨脚的线索。

我当时正第一次有意识地雕琢文字,基于某种理由,作为历史和神秘性的载体的文字开始邀请我。也许这一切很早就发生了,因为母亲以前常常会背诵一系列词缀和词尾,以及附上英语解释的拉丁词根,这类押韵词都是她在20世纪初所受学校教育的组成部分。也许是开始于收音机调谐度盘上富有异国情调的名字:斯图加特、莱比锡、奥斯陆、希尔弗瑟姆。也许是由旧时英国广播公司天气预报里美丽的跳跃节奏引发的:多格、洛考尔、马林、设得兰、法罗、菲尼斯特尔;或由华丽而空洞的教理问答措辞引发的;或由作为我们家中强制性诗歌一部分的圣母马利亚连祷文引发的:金塔、约柜、天堂之门、晨星、病人的健康、罪人的避难所、受苦人的安慰者。这些东西在当时没有一样是被有意识地细细品味的,但我觉得,我依然能够轻易地回忆它们,以及陶醉于它们的词语音乐,这个事实表明它们以某种将来可以在上面建筑的语言路基垫层的方式为耳朵打基础。

这是无意识的铺垫,但诗歌也包括有意识地细味文字。这是通过阅读诗歌本身来达到的,以及被要求去背诵一些诗,甚至一些警句,例如济慈的,来自《莱米亚》:

> 他的船如今
> 用黄铜色船头刮擦码头石,

或华兹华斯的:

> 鞋底都装了钢片,
> 我们在锃亮的冰上咝咝滑过,

或丁尼生的:

> 老紫杉,抓住了刻着
> 　下面的死者名字的石头,
> 　你的纤维缠着无梦的圆颅,
> 你的根茎绕着骸骨。

这些诗行都是摘自我在学校最后几年所学的诗,它们有点像试金石,其语言能够引起你某种听觉上的小疙瘩。上大学时,我最初几周陶醉于遇见约翰·韦伯斯特喜怒无常的能量——"我要在他们的内脏里刻花刺绣/如果我有机会回来"——后来又碰上盎格鲁-撒克逊诗歌的尖头石料,以及学习英语本身丰富的地层。唯有词语是确实好的。① 我甚至写了这些《给自己的诗行》:

在诗歌中我希望你会

---

① 这句话是叶芝说的。

> 避免那欢快的陈腐。
> 给我们有肉峰和强劲的诗吧,
> 用歌的皮带结紧,
> 那种在沉默中爆发的诗,
> 没有强制,没有暴力。
> 它的音乐强劲又清晰又有效
> 像锯子在晒干的木材里嗡嗡响。
> 你应尝试具体的表达,
> 半猜测,半表达。

啊哈。在这背后,是麦克莱什和魏尔伦的《诗艺》,艾略特的"客观对应物"(一知半解)和几篇关于"具体实现"的批评文章(我和别人写的)。在大学,我与这整件事情若即若离,为凑热闹而读诗,也为文学杂志写了五六首。但我内心什么也没有发生。没有经验。没有顿悟。全是技艺——而且也没有多少技艺可言——而没有技术。

我认为,技术是不同于技艺的。技艺是你可以从其他诗歌那里学到的。技艺是制作的技能。它可以在《爱尔兰时报》或《新政治家》的比赛中获胜。它可以施展而不指涉感觉或自我。它知道如何保持有力量的语词体育运动表演;它可以满足于"除了声音什么也没有",但不是"找到一个声音"这个意义上的声音。学习技艺是学习转动诗歌之井的辘轳。通常来说,你开始时,是把水桶放到井里半途,然后吊起一桶空气。你是在比手画脚模拟真活,直到有一天链索突然拉紧了,水桶沉入水里,而这将继续诱使你回头再来一次。你将打破你的自我之池的薄层。你的马铃薯将会"适合挖"。

在这个关头,便可以谈论技术而不是技艺了。我愿意把技术定义为不仅包含诗人处理文字的方式,他对格律、节奏和文字肌理的把握,还包含定义他对生命的态度,定义他自己的现实。它包含发现摆脱他正常认知约束并袭击那不可言说之物的途径:一种动态的警惕性,它能够在记忆和经验中的感觉的本源与用来在艺术作品中表达这些本源的手段之间进行调停。技术意味着给你的观念、声音和思想的基本形态打上水印图案,使它们变成你的诗行的触觉和肌理;它是心灵和肉体的资源的全部创造力被调动起来,在形式的司法权限内把经验的意义表达出来。技术,用叶芝的话来说,乃是把"那捆坐下来吃早餐的偶然和不连贯"变成"一个理念,某种有意图的、圆满的东西"。①

这确实是可以设想的,也即一个诗人能够拥有真正的技术和不稳定的技艺——我想,阿伦·刘易斯②和帕特里克·卡瓦纳就是如此——但更常见的情况是,技艺到家却技术失败。如果有人问我什么形象可以代表纯粹的技术,我会说卜水者③。你无法学会用占卜杖探测水源或占卜的技艺——它是一种与隐秘而真实的存在物保持接触的才能,一种在潜藏的资源与想让这资源浮现和释放的社群之间调停的才能。如同菲利普·锡德尼爵士在《为诗辩护》中指出的:"罗马人把诗人称为瓦底斯(Vates),意思跟占卜者差不多……"

写这首诗无非是平息一次兴奋和命名一次经验,同时在语言中赋予那兴奋和经验一次小小的永动。我在这里引用它,不是为了它自身的技术,而是为了诗中所包含的技术的形象。那占卜者在其与隐秘的事物接触这个方面,以及在其有能力把感觉到和触动到的事物表现出

---

① 叶芝在《我的著作的总导言》中说,诗人"绝不是那捆坐下来吃早餐的偶然和不连贯;他已重生为一个理念,某种有意图的、圆满的东西"。
② 刘易斯(1915—1944),威尔士诗人。
③ 指用占卜杖探测水源的人。

来的能力这个方面,都酷似诗人。

占卜者

  从绿篱笆砍下一根有权的榛树棍子,
  他握住它 V 形两边的枝杈,
  在地面上兜圈,寻找水的
  精气,神经质但很专业地

  不慌忙。精气现身,尖锐如螯针。
  占杖猛地一动,准确地抽搐,
  泉水突然通过绿榛树
  播放它的秘密频道。

  旁观者会要求让他们试一试。
  他二话没说把占杖交给他们。
  它在他们手中没动静,直到他冷淡地
  握住他们期盼的手腕。榛树又颤动起来。

  我青少年时代视为事实的东西,成了记忆中的奇迹。当我现在重读这首诗,我很高兴它以动词"颤动"结束,这也是整个神秘事件的核心。我也很高兴"颤动"(stirred)与"话"(word)押韵,使得"瓦底斯"的两个功能融为一个声音。

  技术即是允许那围绕着一个词或一个形象或一个记忆的首次心灵颤动朝着发声的方向生长:不一定是以争辩或解释的方式发声,而是以它自身那能够进行音调和谐的自我再创造的潜力发声。这创造力的激动必须获允某些条件,在这些条件中,用霍普金斯的话说,它才能够"自花受精,自我承担……叫道/我所做是我,为此我来"。技术确保这第一道微光获得其应有的亮度。我的意思不只是指在用选择词语来生动地表现主题时的巧妙——这当然也是一个问题,但不是那么关键。一首诗可以风格有瑕疵而能生存下来,但不能以死胎生存下来。关键的行动是先于语言的,也即能允许那模糊或不完整地意识到的最初警觉或引诱去发展,让它作为一个思想、一个主题或一个句子去扩大和形成。罗伯特·弗罗斯特这样描述它:"一首诗以一种哽噎、一种乡愁、一种相思病开始。它找到思想,而思想找到词语。"就我而言,技术更多是有生命力和有感知力地与"哽噎"找到"思想"这一最初活动联系起来,而不是与"思想"找到"词语"联系起来。那最初活动包含占卜、预言、神谕的功能;接下来的活动则包含制作功能。像奥登那样说一首诗是一种"语言新发明物",就意味着要在你的衣袖里保留一两道招数。

在实践中,你是根据你自己关于要写什么的经验来写你认为是一首成功的诗。你经得起自己的看法的考验,不是因为获得理论证实,而是因为你信任某些满意的时刻,你凭直觉知道它们是扩张的时刻。你得到前一首诗的探访的确认,又受到下一首诗的躲避的威胁,而最好的时刻是当你的心灵似乎发生内爆而词语和意象自动奔入旋涡的时刻。我曾有过这样一次遭遇,在睡前,"我们没有大草原"这行诗闪进我的脑海,释放一系列意象,这些意象构成了诗集《进入黑暗之门》的最后一首诗《沼泽地》。

我一直模糊地希望写一首关于沼泽地的诗,主要是因为它是一片对我产生奇怪安抚作用的风景,充满了种种可以追溯到童年早期的联想。我们常常听说沼泽黄油，也即在泥炭下保鲜好多年的黄油。后来我上学时，附近一处沼泽地掘出一头驼鹿的骨骼，我们有几个邻居的照片被登在报纸上，照片里他们透过鹿角向外张望。因此我开始有了一个意念，也即沼泽作为风景的记忆，或沼泽作为一片牢记着发生在它内部和发生在它身上的一切事情的风景。事实上，如果你到都柏林国家博物馆逛逛，你会发现爱尔兰最珍贵的物质遗产有很大比例是"发现于沼泽"的。此外，由于我自己的诗歌最早的胎动是由记忆这个功能提供的，因此我有一种试探性的、未实现的需要，需要把记忆与沼泽地和由于找不到更合适的词故不妨称为我们的民族意识的东西衔接起来。而这一切都在"我们没有大草原……"——但我们有沼泽——之后全部释放出来。

那时，我正在贝尔法斯特女王大学教现代文学，并一直在阅读有关边远地区和西部作为美国意识的重要神话方面的资料，因此我便把沼泽树立起来——或者说把它标记下来——作为一个相对应的爱尔兰神话。我带着兴奋入睡之后，第二天早晨便很快把它写出来，然后可以说是逐行逐行地趁热修改：

  我们没有大草原
  不能在黄昏时切割一个大太阳——
  无论在哪里，眼睛总不敢正视
  入侵的地平线，

  总被诱入山中小湖
  独眼巨人似的眼里。我们无篱笆的乡村
  是不断在有太阳眈视的日子里

结硬皮的沼泽。

他们从泥炭中掘出
那头伟大的爱尔兰
驼鹿的骨骼,把它竖起来,
变成一个惊人的充满空气的条板箱。

沉埋了
一百多年的黄油
被挖出来,又咸又白。
土地本身是善良、乌黑的黄油

在脚下融化和松开,
距它最后定形①
还差几百万年。
他们永远不会在这里挖煤,

这里只有大冷杉
水浸的树干,软如纸浆。
我们的开拓者们不断朝里面
和朝下面敲击,

他们剥掉的每一层

---

① 指转化成煤。

> 似乎都有人露宿过。
> 沼泽孔眼也许是大西洋的渗漏。
> 潮湿的中心是无底洞。

再一次，如同在《挖掘》中，那种创造力的冲动是无意识的。引发这首有关记忆的诗的，是某种隐藏在记忆深层的东西，某种在该诗完成几个月之后我才把它与该诗联系起来的东西，也即老人对我们的一个警告，警告我们勿进入沼泽。他们担心我们会溺毙在旧开采场窄道的水池里，因此他们散布说（而我们相信他们）沼泽洞是**无底**的。他们——或我——都不知道，有一天我会把这话偷偷写进我一本诗集的最后一行。

那本诗集中还有一首诗叫作《献给短发党人的安魂曲》，写于1966年，当时大多数爱尔兰诗人都在落力庆祝1916年复活节起义周年纪念。那次起义是1798年种下的种子的收获。在1798年，革命共和国的理想和民族感情在爱尔兰共和主义信条和1798年叛乱中汇合——叛乱不成功，并被野蛮地镇压。该诗诞生于并结束于一个复活意象，该意象是基于一个事实：在叛乱分子被埋在集体坟墓之后某个时候，坟墓便开始抽出幼麦，幼麦是由这些"短发党人"带在口袋里供行军时吃的麦粒长出来的。间接的暗示是，"解放年"种下的暴力反抗种子在叶芝所称的1916年"正确的玫瑰树"中开花。我当时并未意识到新教徒自耕农与天主教反抗者之间最初那次残忍的派系冲突，竟会在1969年夏天也即诗集出版两个月后在贝尔法斯特再次爆发。

从那一刻起，诗歌的问题便从仅仅获取满意的文字指谓，转向寻找适用于我们的困境的意象和象征。我不是指发出开明派的哀叹，哀叹市民竟然会为了诸如"英国人"或"爱尔兰人"命名法之类的问题而觉得非要彼此残杀或部署各自的军事部队。我不是指公开庆祝抵抗或公开诅咒残暴——尽管这样的庆祝不见得就没诗意,如果我们想想叶芝那首《1916年复活节》的话。我是指我感到有必要去发现一个力场,以便在没有放弃对我所描述的诗歌进程和经验的忠诚的情况下,仍能包含以人道的理性看待事情,同时赋予暴力的宗教强度以可悲的真实性和复杂性。而当我说宗教的,我想到的不只是宗派分裂。在一定程度上,这种仇恨可被视为某个神与某个女神的崇拜者和信徒之间的一场斗争。有一个本土的土地神,是整个岛屿的守护神,怎么称呼她都可以,岛屿之母、霍利罕之女凯瑟琳、穷老妇等等;她的统治权曾暂时被一个新的男性邪教篡夺或侵犯,该邪教的创立者是克伦威尔、奥兰治的威廉和爱德华·卡尔逊,其神化身为君王或君主,居住在伦敦一座王宫里。我们所处的位置,是本土忠诚意识与帝国权力之间在某个外省的一场斗争的末端。

我很清楚,这个说法远离以经济利益为主的不可知论的世界,该世界的铁腕在"民选代表之间的会谈"这个天鹅绒手套里运作①;远离权力分享的政治操纵;但它并不远离那些从事杀戮的爱尔兰人和乌尔斯特人的心理,也不远离隐含于"爱尔兰天主教徒"和"乌尔斯特新教徒"这类术语中的破产的心理和神话。问题依然是:"美如何与这暴力抗辩?"②而我的回答是,通过提供"适用于逆境的象征"③。

我在一本译成英语的书里找到这样一些象征,它恰巧出版于杀戮开始的1969年。它的标题再次恰巧叫作《沼泽人》。它主要描写在日德兰沼泽地找到的保存下来的男女尸体。尸体都是赤裸的,被勒死,或

---

① "铁腕在天鹅绒手套里运作"出自成语"天鹅绒手套里的铁腕(外柔内刚)"。
② 语出莎士比亚十四行诗第65首。
③ 语出叶芝《内战时期的沉思》。

被割喉,自铁器时代早期以来就被埋在泥炭下。该书作者 P.V. 格罗布令人信服地指出,这些男女中有很多人,尤其是那个其头颅保存于奥尔胡斯附近锡尔克堡博物馆里的图伦男子,乃是献给母神的祭祀品,母神是土地女神,她每年都需要在她位于沼泽地的圣所与新的新郎共床,以确保土地在春天更新和肥沃。如果把它与爱尔兰政治献身的传统联系起来,尤其是其献身的事业的偶像正是霍利罕之女凯瑟琳,则这就不只是一种古代野蛮人的仪式,而是一种原型模式。而这些难忘的献祭品的照片,在我脑中与过去和现在爱尔兰政治和宗教斗争的种种漫长仪式的残暴照片混合起来。当我写这首诗,我有了一种全新的感觉,恐惧的感觉。它是一种继续朝圣的誓言,而当我写这首诗时——再次,我写得很快——我觉得除非我对我正在说的东西怀有深沉的热诚,否则我只会给自己招来危险。

向艾略特学习*

*哈佛大学 T. S. 艾略特百年诞辰纪念讲座演讲稿，1988。

> 我们会长大成熟得不再把大多数诗当成一回事，并活得比它们长久，如同我们会长大成熟得超越大多数人类激情，并活得比它们长久：但丁的《神曲》是那样一些诗之一，我们只能希望在生命终点朝着它长大成熟。
>
> ——T. S. 艾略特

在我开始朝着 T. S. 艾略特长大成熟时，我已来到自己人生的中途，但不用说，这个故事更早就开始了。作为德里一家天主教寄宿学校的学生，我被艾略特的异样性和他所代表的一切吓倒了。尽管如此，当一位姑妈表示愿意买一两本书送我，我要求买他的《诗合集》。这本书，加上《神秘及幻想故事集》都属于我拥有的最早"成年"书。扉页上适当地写有姓名和日期——1955——因此我知道那本暗蓝色、亚麻布装的诗集是在我十五六岁时成为我的拥有物的。那时以《焚毁的诺顿》为压卷之作的英国版《诗合集 1909—1935》，已是第十五次重印。它是从家里寄来的，装在一个食物包裹里，给人走私货的感觉，因为——现在我回忆起来也觉得震惊——我们唯一获准阅读的东西，是学院图书馆稀少的藏书,或我们的课程大纲所需的东西。就这样,在1955年,我手里拿着这本其文学深度远非我所能领会的禁书,独自与书页上的文字在一起。

在很长时间里,那本书对我来说代表着我与神秘性的距离,以及我作为读者和作者与它所代表的志业的不相称。在多年间,我能够在它面前体验到喉咙中哽着一块硬物,膈膜在收紧,而到那时为止只有数学课会使我出现这些症状。我在高等代数和微积分方面出现的焦虑症状,如今扩展至包括《诗合集》。后来,在我就读女王大学第一年期间,当我在 E. M. 福斯特的《霍华德别业》中读到描述一个叫作莱昂纳德·巴斯特的人物注定永远只能熟悉书本的外观时,我认同的不是那个享有特权的叙述声音,而是巴斯特本人,一个在读写能力边缘的可怜攀爬者。

我是否夸张了?也许。也许不。我当时无法用跟现在完全一样的措辞描述这件事,并不意味着不存在这个事实,也即我对知识、对能力、对使自己成为一名装备齐全的现代诗读者怀着难以言说的痛苦。这个事实不仅存在着,而且由于得不到回报而更为痛苦,因为在20世纪50年代,你并不需要拥有什么特别的文学知识,就能够知道艾略特是道路、真理、光,知道除非你找到他,否则你根本就未踏入诗歌的王国。

甚至他的名字也成为指代"晦涩"的时髦术语,而"晦涩"这个词反过来则暗示"现代诗",而那时现代诗这个说法之吸引人,就如同乔伊斯短篇小说《姐妹》中的"买卖圣物"和"瘫痪症"对那个小男孩之不可抗拒。不过,暂时来说,这种神秘性的整个负担,仍局限于学校诗歌选集中的四页诗,那是一本用难看的绿色做封皮、叫作《英诗盛典》的手册。书中有约四分之一的诗作每年都被当作北爱尔兰高等教育文凭官方课程大纲的一部分,而我们那年的课程大纲包括《空心人》和《三圣

贤之旅》。正是第一首给人留下真正怪异的印象。不受它感染是不可能的,但要确切说出那感染是什么也同样不可能:

我在梦中,在死亡的梦幻王国中
不敢直视的眼睛
并没有出现:
那儿,眼睛是
断柱上的阳光
那儿,是一棵树在摇晃
而声音则在
风的歌唱中
比一颗渐渐隐去的星
更遥远也更庄严。

不管我这读者的皮肤内是什么感觉,都相当于在别的情况下是温暖且裹得密密实实的身体遭到一阵寒风侵袭其双踝时的感觉。一阵冷战,短暂地显示它要比那弥漫的温暖更贴切和更强烈地快乐。一种芝士割切线般的确切性,向你披露你自己的标准和期待所希望的芝士本质。但是,我们在英语课堂上当然不被鼓励这样说话,并且不管怎样,如同《认真的重要》中那个喜欢说自己未见过铁锹的女孩,我当时从未见过芝士割切线。

所有这一切现在回忆起来都十分有趣,因为它们使我相信,可从艾略特那里学习的,是诗歌现实的双刃本质:最初遭遇诗歌时,是作为一种陌生的文化事实,然后随着时间推移,诗歌被内化,变成人们所说的第二天性。原本是你难以企及的诗歌,引发了一种需要,就是想了解和克服其陌生性,最终变成你内心一条熟悉的小径,一条纹理,沿着这条纹理你的想象力愉快地往后打开,朝向一个本源和一个隐蔽处。因此,你最后的状态要比你最初的状态好一千倍,因为诗歌经验是这样一种经验,它真正地以不断重演来深化和巩固自身。例如现在我知道,我喜欢上面所引的诗句是因为它们音乐的音高、它们那神经末梢似的震颤、它们在耳轮中的高音。即便如此,我无法用我的声音发出那种相当于我的内耳所听到的实际声音;而有能力了解这种知识,确信存在着一种难以言说也正因为难以言说所以更具穿透力的诗歌现实,这能力和这确信基本上都是拜阅读艾略特所赐。

当然,《空心人》那难得的音乐在学校从未被提及。我们所听到的无非是理想破灭。失去信仰。精神冷漠。现代世界。我也记不得课堂上对节奏有多大留意,或作出什么努力去使我们听听意义而不是读懂意义。事实上我们听到的是当时使我们发出一阵哄堂大笑的东西:我们老师那奇癖的、强调的发音,他会突然重读某些音节,过度地加重**空心人**、**标本人**。不用说,在一个有三十名男生的教室里,在短袜和性和窃笑的气息中,标本人和多刺的梨和爆炸声和抽泣声并不能提高情绪或诱发静止的状态,而后者理想地说是一种必要的状态,如果我们愿意接受这位诗人的蝙蝠频率。①

我从未被艾略特迷住,从未为他的著作倾倒并证明自己为其倾倒,我的耳朵也从未被它在他著作中听到的东西彻底地吸引。无数读者都证实过,他们发生过这种突然的转变,整个存在因诗歌伟大的一击而激荡起来。而当我读杰拉德·曼利·霍普金斯时,我确实有这种感觉。从一开始,我气质中的某种东西就永远准备追随感官写作的古老长笛,

---

① 蝙蝠听觉频率为1000~120000Hz,人耳听觉频率为20~20000Hz。

然而当这种写作出现在艾略特作品中——例如出现在《灰星期三》中——其丰富性正是为了使其美变成问题。它标志着一种分心,偏离净化之路:

> 在第三道楼梯的第一个转弯处
> 是一个有扁孔的窗子,鼓起如无花果
> 而在山楂花和一片牧场风景之上
> 一个穿蓝绿衣的宽背人物
> 用古老的长笛迷住五月时节。
> 吹拂的头发是甜蜜的,吹拂在嘴上的褐色头发,
> 淡紫色褐发;
> 分神、笛音、心灵的停留和脚步,在第三道楼梯上,
> 消退,消退;超越希望和绝望的力量
> 爬上第三道楼梯。

在艾略特诗歌那较雅致的音调和较严格的纪律之内,以上诗行代表着他后来所称的"鹧鸪的欺骗"的东西,但这个事实并不能阻止我被欺骗去津津有味地品尝它们。而在那品尝中结合着两样东西。首先是出现了一个并不令人困惑的意象。读这段诗等于是越过一片深刻的简明性并望向一道蓬头散发的坚固性,仿佛在一幅关于"天使传报"的文艺复兴时期油画中,圣母寝室的窗户开向一个植物和肉欲狂欢的场面。其次,上述诗行的语言以一种直接的方式,一种实际上绕过模仿诗文的方式,求助于传统的诗歌语言。古老形象。五月时节。山楂树。长笛。蓝和绿。回忆的乐趣全都在那里。都是熟悉事物的安慰。因此,这种把平静的戏剧场面和有意识地运用的诗意措辞结合起来的方式,吸引

了我身上那个新手读者。诗以否定方式来表达其吸引,并不晦涩,不管是它所描写的东西还是用于这描写的语言。它愉快地符合我对诗歌可能是什么的预期:那不符合我预期的是《灰星期三》中其他有关豹、骨头、紫罗兰和紫罗兰色的东西。这些东西吓倒了我,使我感到渺小和难堪。我想祈求有没有什么"读者之母"可怜我,赶快来搭救我,使它讲得通,塞给我橡皮奶头,使我可以吸吮一种可解释的意义和一个可辨认、更确定的背景:

> 夫人,三头白豹蹲伏在杜松树下
> 在白天的阴凉中,它们已饱餐了
> 我的双腿我的心我的肝和包含于
> 我那个圆形空头颅里的东西。而上帝说
> 这些骨头该活着吗?这些骨头
> 该活着吗?

我对这些可爱诗行的恐慌,不只是男学生的恐慌。在我二十八九岁必须讲授《灰星期三》,作为贝尔法斯特女王大学本科生课程的一部分的时候,那恐慌又来了。我不具备进行这样的教学的唯一可靠来源,也即拥有难忘地、无可辩驳地被这首诗深深击中的经验,所以那次授课是我生命中最不知所措的四十五分钟授课之一。我事先四处张罗,赶紧找来 F. O. 马西森的《T. S. 艾略特的成就》、乔治·威廉斯的《T. S. 艾略特读者指南》和 D. E. S. 马克斯韦尔的《T. S. 艾略特的诗歌》研读一番。但是无论他们在评论中说了些什么,在我那读者心灵的地面上,都没有什么东西掉落,或混合起来。这首诗从未完全变成格式塔。如今,我可以更无拘无束地谈论它,因为我对该题材已不像以前那样畏缩:净化、皈依,对一种彻底稀薄和干燥的空气的拥抱,对一种武断和与寻常事物脱节的幻象,例如豹和穿白色睡衣的夫人的幻象的喜悦——所有这一切所给予的,对一个年近五十的人来说远要比对一个年近三十的人来说更容易理解也更有说服力。

> 夫人退入沉思
> 穿着白色睡衣,冥想,穿着白色睡衣。
> 让骨头的白色为健忘赎罪。
> 骨头中没有生命。如同我被忘记
> 并将被忘记,我也将忘记
> 从而全心奉献、专于目标。而上帝把预言
> 说给风,只说给风听,因为只有
> 风会听。而骨头啁啾地歌唱
> 带着蚱蜢的负担,说……

那些最初引起我抗拒的特质,如今在我看来似乎是这部作品中有价值的东西。最初引起我迷惑的,是这样一种感觉,觉得这首诗如同一个不在场的几何体那样屹立着。我觉得自己像某种严重的擅自闯入,全是肉身和无知,闯入神恩和半透明的王国,而这使我惊慌失措。

然而,如今最使我快意的,恰恰是这种秘密参与一种如此高洁地发明出来、如此勇敢和难以预料地写出来的气氛的感觉。诸如骨头和豹这类东西——它们突然出现在该场面,没有准备、未加解释,因而最初使我大受困扰——如今我接受这类东西,不是把它们当成诗人神秘化的突发奇想,而是当成他的才能和灵视。它们并不是我最初错误地认为的东西:某种只有具备入门知识的内行才能理解的博学密码的构成

部分。它们也无意成为了解某种精明谨慎地隐蔽起来的意义的计量器。相反,它们在诗人创作的心灵中轻飘飘地升起,然后怡人地把自己再创造出来,带着某种好玩的和连自己也吃惊的圆满性。

当然,如果读过但丁《炼狱篇》中关于地上乐园的诗章,确实可以为理解艾略特这个场面中那稀薄的空气做好准备,如同对但丁有所熟悉,也就不会觉得《灰星期三》第二部分第一行中的豹出现得太难以预料。然而把这些东西仅仅视为对但丁的指涉就不对了,它们不是从《神曲》里被劫持出来,然后被艾略特的艺术禁锢在这首诗的苦行大院里。它们实际上是从这位20世纪诗人的纯粹心灵中冒出来的,它们的恰当性不是源自它们有一种从那位中世纪诗人的传统形象移植来的意义。当然,艾略特的纯粹心灵确实在很大程度上是由对但丁的思考构成的,而艾略特的梦幻程序受到《神曲》的幻境的持续喂养,因而但丁这首诗的内容呈现在他面前,但丁也因此成为他的第二天性。事实上,但丁很适合放置在艾略特那进入中年的心灵的破烂货店里,而我们也许可以说,他正是从这个悲伤的器官,架设起他所有的抒情梯子。

有鉴于艾略特心灵那习惯性的诚信、严厉和艰苦,因此我们可以没有困难地相信他有权利在他的神经把图案投射在语言屏幕上的时候获得那些放松的时刻。然而不用说,在1956年德里那个窗子沙沙作响的教室里,伴随着倾泻在福伊尔河口的大雨和标记每个四十五分钟时段之开始和结束的教堂钟声,上述想法对一个准备参加高级英语考试的学生来说,尚在遥远的未来中。那个小伙子当时想要的,无非是可以在那些指定阅读的诗作的滑溜溜的斜坡上有一个立足点。就《空心人》而言,他的老师给他这样一个立足点时,是把一个叫作"现代世界的信仰丧失及其对现代人造成的后果"的大头钉从外面敲进诗中的。至少有一个途径,使信仰之钟的熟悉钟声压制诗中那发牢骚、被排斥的旋律。这个现代主义正典作品必须被那种敲响学院钟声的意识形态同化，而且实际上还必须说，这首诗的痛苦辞令也默许学院那正统思想的沾沾自喜。那来自使人神经紧张的主祷文引语和总体上的连祷文音调（它是我们日常祈祷不可或缺的部分），全都倾向于把这首诗中那想象力的陌生性、形式上的独特性和本质上的差异性，同化成我们那满是教义的年轻头脑中的乳化元素。

显然，驯化《三圣贤之旅》又要容易些。这三位智慧国王一直是我们天主教普通民众生活的一部分；圣诞节耶稣诞生像、圣诞节福音和圣诞节贺卡本身的一部分。此外，皈依的理念也是我们所熟悉的。不惜牺牲生命来挽救它，放弃自我以便踏上启示之路——这些都没问题。当一匹马疾驰而去时或在绿荫溪谷把湿气充沛地灌溉进读者的鼻孔里时从乡间散发的那浓烈的气味，对我也不是问题。极致的现代主义、极致的英国风度和低地的德里郡农场，在某种令人惬意的呼气或——如同艾略特本人可能也会这样说的——"诗歌的流出"中糅合起来。同样没问题的是，天际的三棵树被说成是预示十字架上的受难，或手在空酒囊中间掷骰子被说成是预示罗马士兵在十字架下掷骰子赌谁可以拿走耶稣的长袍。这首诗不需要先敲进一个大头钉才能使我们理解。相反，它似乎如此慷慨地提供了它自己的教义大头钉，使得我们不能不被其意象、其正统思想所钉牢：

> 接着在黎明时分我们来到一个气候怡人的溪谷，
> 潮湿，在雪线之下，散发植物群落的气味；
> 有一条奔流的溪和一个水磨在撞击黑暗，
> 低空下的三棵树，
> 草地上一匹老白马奔驰而去。

> 接着我们来到一家小酒馆,门楣上爬满葡萄藤,
> 一道敞开的门前六只手在掷骰子赌银子,
> 脚在踢着空酒囊。
> 但是没有任何消息,所以我们继续
> 并在黄昏时分抵达,刚好赶上
> 找到这地方;算是(也许你会说)很满意了。

这首诗的素材的熟悉性给我们一个"理解"的错觉;或者,也许那"理解"并不是错觉,错觉反而是"理解"它的内容和它所象征的危机就等于是对它作为一首诗的理解:一次英语中的形式事件;一种"客观对应物"。我们知道它与皈依和与圣诞节的对应关系,但并不知道其艺术上的客观性。那三棵树还没有时间在心灵的眼睛里显现为树本身,就被变成了髑髅地的意象;那些酒囊中间的手也没来得及成为书写之手本身,就变成了刻着铭文的象征符号,象征基督的衣物被摊分。这对于像艾略特这样的诗人来说,不啻是一种悖论的命运,因为他的努力一直都是坚持诗歌的诗歌性先于诗歌作为哲学的身份或理念的身份或任何其他东西的身份。

在女王大学,我给自己装备了众多评论,尤其是利用可从图书馆搜集的资料来预先研读《荒原》。我甚至读了杰茜·L.韦斯顿的《从仪式到浪漫》的不少章节。我开始听到那音乐并使自己适应它,但我主要是服从那些评论的指示,并准备好炫耀我已见多识广。然而,也许我从这个时期获得的最持久影响,是艾略特的散文,全都被约翰·海沃德收集和精选在一册小小的紫色企鹅丛书里,那独特的浅紫色恰如其分地使人想起一名告解神父的圣带。我一读再读其中的《传统与个人才能》、

论"玄学诗人"、论弥尔顿、论丁尼生的《悼念》等文章。论诗歌的音乐的文章。论为什么《哈姆雷特》没有达到作为一部戏、作为一种客观对应物的标准。但最重要的也许是关于他称之为"听觉想象力"这一官能的定义。它是"对音节和韵律的感觉,渗透思想和感觉的意识水平之下的深处,使每一个词都充满生气;沉入那最原始和被遗忘的,返回源头,带些什么东西回来……(熔化)最古老和最文明的精神"。

艾略特并不是在这个定义的脉络中评论《麦克白》几句台词的戏剧性功效的,这几句台词见于班柯被谋杀前不久:

> 光变强,
> 乌鸦朝着乌鸦栖居的树林展翼而去,
> 白天的美好事物开始低垂打盹。

当他讨论奥赛罗所讲的那句极其精细直接而又深刻地富于暗示性的台词"保持好你那些明亮的剑,因为露珠会使它们生锈"时,也没有乞灵于那定义。尽管如此,艾略特所披露的一切——他的易受这类台词感染,他耳朵的物理性及其分辨力的高度讲究,他树立的"诗人之智力自己执行听力活动"的榜样——所有这一切表面上似乎为我自己在性情上无能力意释和不爱参与一首诗的争辩和概念式进程提供了借口。但它实际上肯定了一种自然倾向,把我自己变成这首诗的声音的回音室。我被鼓励去在一个节奏的格式内部寻找意义的外形。

例如,在《荒原》中"死于水"那一部分,我开始从其波浪状节律、消散和收紧中推想到一种模拟性原则,它匹配甚至压倒任何可能由关于弗莱巴斯的命运的故事带来的意义。在这首诗的音乐的重力和慷慨赠予中,我想我猜测到一种听觉上的对等物,也即伦敦城那些盈利与亏损的人所暴露的那个更大的超验性现实。那是一些商人和职员，他们进入诗中，是作为伦敦桥上众多阴魂构成的一种有节奏的昏昏欲睡的流动。我开始停止去操心弗莱巴斯与"溺水者"的关系和投射到水中的猎户星影像；这些作为结构原则都是重要的，但生命的呼吸却是在声音的肌体中：

> 腓尼基人弗莱巴斯，已经死了两星期，
> 忘记了鸥鸟的叫唤和深海的浪涌
> 以及盈利与亏损。
> 　　海底的水流
> 用低语剔他的骨头。随着他浮沉
> 他经历了他老年和青年的阶段
> 进入漩涡。
> 　　外邦人或犹太人
> 啊，你们这些转动轮子和迎风而望的人，
> 想想弗莱巴斯吧，他曾经英俊高大如你们。

在这个准备倾听的阶段，我还够幸运地听到演员罗伯特·斯佩特朗诵艾略特的诗歌。我已对《四个四重奏》有过一次初步的涉猎，但觉得很难在心中保持统一而完整的印象。这些诗的结构之庞大，思想之隐晦，组织之复杂，使你无法近身；不过，虽然它们吓倒你，但也应允某种智慧——正是在这个试探性的阶段我听到整首诗被朗诵出来。这次经验教会我，用这首诗中的话来说，就是"静静坐着"。事实上，我是在贝尔法斯特，在一个楼上的公寓房间里坐了整个下午，与两个生物化学系的研究生一起，他们对艾略特诗歌的理解，要比我少了些专业上的焦

虑，因为他们以他们那非专业但有收获的方式，依然假设神秘化对现代诗课来说是正常的。

　　我**听懂了**。例如"焚毁的诺顿"开头几行，"时间"这个词的脚步声在大声朗读时，会以一种催眠的方式回荡和重复，然而如果是只视读其意义却会变得令人迷惑不解。同样地，"现在""过去"和"将来"这几个词的互相交织和重复不断地环绕，犹如连环舞蹈穿过耳朵。向前运动的词都——与返回的词相遇。就连"回声"一词也在反弹时与自己相遇。那效果是一种转动和静止的效果。既不是从哪里来也不是往哪里去。在转动的世界的静止点：

> 现在的时间和过去的时间
> 也许都存在于未来的时间，
> 而未来的时间包含于过去的时间。
> 如果所有时间都永恒地是现在
> 所有时间就都不能赎回。
> 可能发生了的事情是一种抽象
> 只在猜想的世界里
> 保留一种持久的可能性。
> 可能发生了的事情和已经发生了的事情
> 指向一个终点，它永远是现在。
> 脚步声回荡在记忆中
> 穿过我们没走的通道
> 朝向我们未曾打开的门
> 进入玫瑰花园。我的话语因此
> 回荡在你脑中。

>   但为了什么目的
>
> 而干扰一碗玫瑰叶上的尘埃
>
> 我不知道。
>
>   别的回声
>
> 栖居在那花园。我们应追随吗?
>
> 快快,鸟儿说,去找他们,去找他们,
>
> 在拐弯处。穿过第一道门,
>
> 进入我们的第一个世界,我们应追随
>
> 那鸫鸟的欺骗吗?

通过其主题和词句、意释和重述的配器法,通过其终点的预感弹回起点,这段诗是整部《四个四重奏》的典型程序。这部诗当然是以默读取得成功,因为(再次援引艾略特自己关于"听觉想象力"的定义)它是在感觉水平之下运作的;但是当词语被朗诵出来,它就运作得更有力。因此,我在20世纪60年代初便开始渐渐以艾略特耳朵的地下室生活为乐,并开始教自己"静静坐着",任其秘密运作去运作。

这些年份,也正是我试图开始当诗人,并寻找激情来启动写作能量,使其流淌在一个迄今未书写的系统里的年份。然而,尽管我从艾略特那里学习关于倾听的正确方法,但是他无法成为我写诗的刺激剂。他更多是某种文学超我,而不是诗学力比多的发电机,而为了使那力比多的抒情声音开始其工作,就必须逃避他那监视性的存在。因此我转向更熟悉、更投契的作家,例如帕特里克·卡瓦纳、R.S.托马斯、特德·休斯、约翰·蒙塔古、诺曼·麦凯格。突然间,我开始恶补未接触过的当代英国和爱尔兰诗歌;这样,我大受刺激并动手写起来。

接着,我偶然读到C.K.斯特德的《新诗学》,该书揭示艾略特是一位信任潜意识能量之"黑暗胚胎"的诗人。斯特德揭示艾略特是一位远比各种评论让我们相信的更为直觉型的诗人。并不是说这会减少我们对他的严厉心灵或他的严格克制的意识。艾略特依然是一位罕见人物,其音符之独特是超乎普通音阶的,如同一个微小纯粹的信号,它也许并不适宜覆盖我们天性中大范围的世俗区域,却有能力像柏拉图那般深远地探索精神世界。然而我们仍可以在承认这种无与伦比的地位是他的成就所独有的同时,把产生这一成就的程序视为我们大家也都经历过的那个不确定的、怀着希望的、需要精神支持的、半自我放弃半自我装备齐全的寻常过程。

我们最终从艾略特那里学习到的是:诗歌活动是孤独的,而如果我们想在其中享受喜悦,我们就得建造某种赖以享受喜悦的东西。我们学习到,每个诗人在书桌前都面临同一种任务,也即没有秘密可以传授,而只有我们自己的资源可供利用,或难以利用——如同也许会发生的那样。艾略特所说的关于诗歌创作的话,有很多是给人以勇气的,因为它们是如此权威地无可安慰:

> 而以力量和顺从
> 来征服的东西,都已被发现过
> 一两次,或几次,被那些我们没有希望
> 赶超的人——但不存在竞争——
> 而只有努力奋斗,去寻回一再
> 失而复得的东西:现在就着手,在看似
> 不顺遂的条件下。但也许无得无失。
> 对我们来说,只有尝试。剩下的跟我们无关。

因此，可以总结一下。如果说艾略特没有帮助我写作，他也帮助我学习到阅读意味着什么。他的诗歌经验是一种异乎寻常纯粹的经验。你仅仅以词语开始和结束——无可否认，确实总是如此，但读者常常可以在其他诗人的作品中找到喘息和借口。例如，弗罗斯特或叶芝或哈代诗中，某风景与某感受力之间有一种互相促进的关系。诗页上的词语可以发挥功能，来补助他们原初的艺术功能：它们可以有一种窗口效果，拉开语言窗帘，朝向词语前面或背后的题材和地点。但是在艾略特诗歌的词语与引起这些词语的世界之间，不存在——也不打算存在——这类互相帮助。例如，当我参观焚毁的诺顿，我确实找到了一个玫瑰花园和一个干涸的水泥池；但我也对诗与地点之间这种太过文献式的一致性颇感失望。我发现我并不希望看到一片风景真的物质化了，因为我早已把一片声音的风景内在化了。

也许最后一样可以学习的东西是：在诗歌王国里，如同在意识王国里，可能学习到的东西是无穷尽的。没有什么是最后的，最令人满足的发现是一闪即逝的，肯定的成就之路通往否定之路。当艾略特舍抒情之歌而取哲学之歌时，他加固了表现主义的强度。甚至这样说可能更确切，也即抒情舍弃了艾略特。但是在以如此的自我了解来接受舍弃的后果，以及在以如此严厉的意图继续前进时，他证明一个我们想相信的真理，这个真理也许不是关于所有诗人的，却是关于那些必要的诗人的。他证明诗歌志业意味着要严守一种表达习惯，直到它成为整个生命行为的根本。

贝尔法斯特*

*《集团》:《诚实的乌尔斯特人》,1976;《1971年圣诞节》:《听众》,1971。

集团[1]

"如果衣柜里衣架碰了一下/那是大事件"[2]——德里克·马洪对一个居住在贝尔法斯特的老人未能实现的愿望的描述,也可以引申,用来描述20世纪50年代末60年代初一群围绕着女王大学的青年人。很多总的来说热衷于文学的人,在这个地方都处于某种孤岛状态,但又谈不上构成群岛。这里有德尼斯·图伊、唐·卡尔顿、戴维·法雷尔、斯图尔特·帕克、伊恩·希尔、谢默斯·迪恩、约翰·汉密尔顿、我本人和很多其他人,全都在涉足文学。我想,我们之中没多少人对当代诗歌有什么感觉——狄伦·托马斯的录音对我们来说算得上是最接近活生生的事物了。劳伦斯·勒纳在英语系任教,并出版了一本诗集,叫作《家庭内景》,但它多少有点儿遥远,不关我们的事。至于刚刚离开贝尔法斯特的菲利普·拉金,我离开大学时并未听过他的名字,不管是从学生(那里)还是从讲师那里。迈克尔·麦克拉弗蒂在城里教书,但我

---
① 指文学团体"贝尔法斯特集团"。
② 马洪这句诗,是在描写贝尔法斯特沉闷的文学气氛。

们从未见过他;罗伊·麦克法登的《诗节》杂志已停刊,约翰·休伊特在考文垂。较年老的这一代,对我们来说也许只是名字而不是声音。大学文学杂志《戈耳工》和《Q》仅仅做到勉强维持,没有真正的刺激、读者或追随者。玛丽·奥马利、约翰·博伊德、萨姆·汉纳、贝尔、约瑟夫·托梅尔蒂和其他人虽然在写作,但是他们再次不在我们视野里。我们在我们从英语课费力收集来的各种关于写作的概念与我们自己这地方那些我们对其真人和作品都一无所知的作家的活生生现实之间站立、徘徊或梦游。

我们之中那些继续坚持下来的,都能看到20世纪60年代中期事态的转变,而转变的最强大的催化剂之一,是菲利普·霍布斯鲍姆。当霍布斯鲍姆抵达贝尔法斯特,他把不同的元素汇合成一股行动力量。他散发出能量、慷慨、对社区的信仰、对偏狭者和笨拙者和未发表者的信任。他没耐性、教条、在文学上不留情面;然而他对他信任的人却很有耐心,难以预测地容易受品类繁多的诗作和个性的感染,并坚持认为,由于我们这个地方的社会政治局势的恶化,因此当务之急是中止文学中的端庄得体。如果说他以他的绝对性使某些人忍无可忍又以他的专横使另一些人受伤害,那么可以说,他同样以他的热情对很多人给予肯定。他与妻子汉娜总是向诗歌敞开大门,而我总是怀着只有对那些引导我们去相信自己的人才会有的感激来回忆他的好客和鼓励。

我尤其记得这个群体的第一次聚会。斯图尔特·帕克念他的诗,并且是第一个也是最后一个在朗诵时站起来的作家。这种站起来宣读的仪式,这种对声音的最初正式认可,回想起来似乎具有象征意义。每逢星期一晚上在霍布斯鲍姆位于菲茨威廉街的寓所的聚会,对我们所有分享它的人来说,都是在一定程度上对写作这一活动的认可。也许并非每个人都需要认可——例如迈克尔·朗利和詹姆斯·西蒙斯加入前就已经在积极活动了——但最终我们大家都是其中的一部分。不管人们喜欢与否，但霍布斯鲍姆所实现的，乃是以两种方式使一代人认识他们自己：一是使我们在群体内部互相联系，以我们自己的步调从批判性的评论走向创造性的友谊；一是使少数公众把我们视为"集团"，一个单一甚至独一的现象。他把我们之中很多人介绍给约翰·博伊德制作的英国广播公司节目《乌尔斯特艺术》。《电讯报》有一篇介绍文章。玛丽·霍兰德在1965年抵达贝尔法斯特报道艺术节时，做了详尽采访，发表在《观察家报》。现在很容易对这一切感到厌腻，因为不用说，现在我们都是真正有地方观念的人。那时，我们是胆怯的外省人。霍布斯鲍姆为这次决定性的转型作出了很大贡献。

霍布斯鲍姆夫妇离开后，我们都怀念那例常的咖啡和饼干，那偶尔的狂欢，那喧闹的文学立法。一幕戏剧结束了。经过在英语系的后室和在一家酒馆的上层房间里的幕间休息之后，当第二幕在我自己家中开始时，有些旧人物已离去，前往伦敦、波特拉什、好莱坞之类的地方，另一群有才能的少年演员已在幕后准备走到前台。但是那时候我们的政治的大戏剧的帷幕也即将拉开，作家们将在一出戏中戏里找到自己。

1971年圣诞节

人们老是问住在贝尔法斯特有什么感觉，而我总是说在我们那个城区事情并不太糟：一种随口说出的安慰，意思是说，当我们走在街上，我们不必想到会被交叉火力打中。这种简略的表达方式可避免解开那些疲倦地缠绕的情绪，这些情绪在心中卷拢起来，像一个用铁钩和铅锤串成的圆球。我已经倦于不断在创痛与不公之间作出裁决，一会儿被种族与愤怒的长尾巴摆弄，一会儿被那些比较可接受的怜悯和恐怖的情感摆弄。我们生活在电视屏幕那病态的光中,用一块自私的玻璃板隔在我们自己和我们的苦难之间。我们逃过了爆炸和葬礼,继续跟那些被炸碎或坐牢的受害者的家人一起活着。

我们还得跟军队生活在一起。今天早晨我和我三岁的儿子在福斯路被截住,然后被强行带去了附近的警岗,因为我的汽车税已经过期。我的抗议逐渐变得软弱无力,因为负责这件事的警察说:"好啦,你要么到路边警察局去,要么让我们带你去好莱坞。"——他指的是他们自己的管辖范围。这还不叫戒严,但那感觉就是。每到一处总有荷枪实弹的士兵在看着你——这就是他们来这儿的目的——在街上,在街头拐角处,在门口,在受破坏地点的水坑边。到晚上,会碰见没有亮灯的吉普车和装甲车吼叫着经过;或者遇到竖起的路障,然后又是动辄数小时的拖延,在枪支和火把中搜查和签字。当你驾车离开,你又会撞上专门为了在你开快车时让你翻车的坡道,说不定还会瞥见道路远处一两个把双手搁在头上的少年在那里被搜身。全是见怪不怪的事儿。与此同时,在那些受扰攘的私家公寓前,街灯不见了,正好为狙击手和神枪手的夜间瞄准器提供更大的方便。

如果不是军队的截查,就是治安委员会。他们都经过有效地组织,堆起用新木做成的障碍物,头戴看守人的帽子,手持茶会志愿服务员花名册,保护这块土地。如果十点钟拐过街角走向香烟售卖机或炸鱼薯条外卖店,则会碰到持手电筒的先生们,老成持重,态度坚决,想知道我是干什么的。他们与街道尽头墙上的宣传标语所表达的感情有多大程度上的一致,这我倒没有探究。"乌尔斯特属于新教徒"和"黑人和芬尼亚主义者滚出乌尔斯特"却提醒我这里的态度岂止是防御性的。那些直到凌晨时分都还在喝茶和咨询的哨所则更好地说明另一个标语:"六郡并入二十六郡行不通。"我打道回家——"晚安了,先生"——经过一家在两个月前被炸毁的银行和一间三星期前被炸掉的汽车陈列室。没有人丧生。那些地点之间的窗户大部分仍然被封死。我们这个城区事情还真不太糟。

夜里路上的行人是够少的。那地方开始弥漫一种恐惧。谁知道新芬党临时派成员的下一个目标？谁知道报复行为不会降临在你站着的地方？酒吧更清静了。如果你带着一个包裹你就要把它紧贴在身上，否则它会被怀疑就快爆炸了。最近，在女王大学的教员休息室，一个炸弹拆除小组奉命前来拆除一摞书，后来才发现那摞书的主人在隔壁喝酒，还没喝完呢。但是当你想到麦克古克酒吧瓦砾中的尸体，这种谨慎就绝不是什么玩笑。

还有就是逛百货公司的风险。上星期六我在马莎百货商店买袜子和睡衣时，还没付款就差点被一次爆炸吓死，而在辛基尔路却有四个人就给糊里糊涂地炸死了。一名警卫员在罗克商场把我妻子逼到一角盘问——她事后想起来一点也不觉得奇怪。她有一个计时器，尽管只是在拍卖场上买来的旧钟，放在她的购物袋的底部。数日前某个人的计时器曾把她吓个半死，她刚步出大学道一座办公楼，那里便发生了爆炸。

几乎看不到什么童话式的彩灯，或者圣诞树，并且在很多情况下没有圣诞卡。后者是公民抗命运动组织者要求的结果，目的是要在这个快乐时节尽量让邮政局无利可图。如果人们非要寄卡，他们就会被要求购买由"人民民主"和"阿多伊内救济委员会"制作的反拘留卡，以接济朗格克什拘留营那些被拘留者的家属和其他人。巧得很，那个拘留营肯定是乌尔斯特最明亮的地点。当你在入夜后驱车经过它，可见到它矗立在霓虹灯下，明亮如机场。发炎的漆黑郊区。那是我们的军事装饰的另一个例子。

所有怀着美好愿望的人又将听到季节性的呼唤,但是否能适当行使美好愿望却要看是否已获得某种自尊。对这个社区的某些人来说,向统治阶层行使美好愿望一直受到他们被要求跨越的心理圈套的阻挠,也受到他们生活其中的国家在某种程度上亦即英国的实际环境的妨碍。这里的统治集团对作为爱尔兰人这个概念寄托的一点儿美好愿望也会在这个少数民族中引起某些意想不到的反应。即使是现在,也很难对我们之中那一百万人的困境寄以充分的同情,他们会要求另外五十万人以低声下气来提高自己。听我说吧,我有一位绝对不怀偏见又富于同情心的朋友,他搜索枯肠要找一句话来形容他对临时派成员的厌恶,竟无意中说出一句很贴切的话:"这些……这些……爱尔兰人。"

很多人家将刻意不去摆放圣诞树,人们将代之以在窗口点燃传统蜡烛。我想起了路易斯·麦克尼斯的诗句,"生于圣公会环境,永远被禁止点爱尔兰穷人的蜡烛";还有威·罗·罗杰斯,他的《诗集》在圣诞节出版;以及约翰·休伊特,这位"殖民者血统的乌尔斯特人"的诗歌许多年来一直在探讨乌尔斯特新教徒的意识。这三个人都是生来就具有"两个民族"的意识,在他们富于想象力的努力中,有一部分乃是阐释他们对爱尔兰的感情,对将近四百年前麦克摩里斯在环球剧院向弗鲁爱林提出的"我的民族是什么?"①的问题作出新的回答。作为北方新教徒,他们都以不同的方式探讨他们与那只吃自己猪崽的老懒猪的关系。他们并不自视清高而与另一窝拉近关系。不过,事实上我这辈子从未见过猪崽被懒猪吃掉;反而时常是猪崽自己吃掉另一只猪崽的耳朵。

---

① 环球剧院,以上演莎剧著名。弗鲁爱林和麦克摩里斯皆为莎剧《亨利五世》中的人物。弗鲁爱林是威尔士人,亨利军中的军官,在法国作战,故有这番诘问。

上星期六,在大学一次各教派联合主办的礼拜仪式上,我被安排诵读马丁·路德·金那篇著名的《我有一个梦想》演讲的片段:"我梦想有一天这个民族能够站起来,充分实现它自己的信条的意义"——那一天所有的人都能够完全领会这一古老精神的含义:"终于自由啦,终于自由啦,全能的上帝啊,我们终于自由啦。"但我记得我去年在加州做过的一个梦,它与这一前景所具有的充满希望的自然韵律迥然不同。我正在浴室的镜前剃须,突然瞥见镜中有一个受伤的男人向我扑来,举起血淋淋的双手要撕碎我或哀求我。

你以前能够预料到圣诞节之后的情形:"圣诞节过得怎样?""啊,很平静,非常平静。"现在可不那么好预料了,除了你可以预料警笛的刺耳声将送掉旧的并且没迎来什么新的。在这个地方的某些区域,他们会在"圣司提反日"①杀好鹪鹩。在一些家庭里他们仍然会希望新年第一位来客给他们带来转运之机。

---

① 指 12 月 26 日。

1994 年停战 *

*《星期日论坛报》，1994 年 9 月。

爱尔兰共和军临时派上星期三的公告，使一切朝着更好的方向改变。我整个下午都在收听广播，希望听到堪与此事的重要性相称的话。不过，尽管政治领袖们和评论家们都很高兴（除了少数可预期的例外），但是这众声喧哗开始产生一种近于幽闭恐惧症的效果。

我走出屋外，试图使自己镇静下来，这时候从我内心深处似乎突然有一道窗帘掀起，光亮接着涌入。我感到年轻了二十五岁。我还记得20 世纪 60 年代末政治动荡最初的日子是什么样的感觉。我们怎样被推到我们高度发展的谨慎以外，去相信在北方脉络中创造新运动和新语言的努力是一个切实可行的方案。

但是除了感到如释重负的自由，我还感到愤怒。我们所经历的四分之一世纪，是一个可怕的黑洞，冲突各方所遭受和忍受的难以估量的痛苦仅仅使局势来到一个节点，而这个节点在政治上带来的希望比 1968 年的形势带来的希望还少。

当时，民族主义者精力充沛，信心十足，统一派则包含一种发展中的自由主义——也有常见的执拗和反应。知识活动和社会活动中都有一种普遍的高涨情绪，边境比以往更容易通过，教派结盟也不那么具有决定性影响。

我尤其记得经过一周巡回活动之后那种获授权的感觉(尽管"获授权"这个词在当时尚未流行)。那是1968年5月,我与戴维·哈蒙德和迈克尔·朗利一起,我们把一个演唱歌曲和朗诵诗歌的节目带给北爱尔兰各地统一派地区和民族主义地区的学校、酒店和图书馆。

该节目叫作《押韵的空间》,而我上星期三又想起此事。标题来自一出圣诞剧的开篇诗,诗中说"空间,空间,我英勇的伙计们,给我们押韵的空间",这行诗很好地表达了当时普遍的热切和不耐烦。作为刚于最近到女王大学任教的天主教奖学金学生"11+"一代的成员,我知道自己也有对民族主义少数派满怀新信心的征兆;而在这次由北爱尔兰艺术协会赞助的旅途中——包括戴维·哈蒙德唱《马拉草地的少年们》、迈克尔·朗利朗诵《离开伊尼什莫尔岛》和我本人读《献给短发党人的安魂曲》——我意识到一种爱尔兰特性终于开始出现在北方的官方生活中。

也就是说,"多样性"开始获承认,并找到它的表达,而这是在该词远远还没有变成时髦语的时候。一些小小的态度改变正在发生,一些小小的友善关系正在建立,一些小小的重新调整正在形成。不同领域的微小变化——艺术的、教育的、政治的——正开始产生效果,带来新的接触和让步。我能够无拘束地朗诵一首关于1798年反抗活动的诗,并且是读给一群相当古板的统一派中产阶级观众听,这个事实本身就是新宽容的小小征兆。

不用说,若干年后,如果再在同样的场合朗诵《献给短发党人的安魂曲》,那将会被视为对爱尔兰共和军的暴力运动表示直接支持。而这只是一个小而又小的例子,表明在20世纪70年代期间,艺术和文化活动如何被剥离政治行动。

例如，我还记得在危机的早期阶段，《爱尔兰人》杂志约我写一篇关于诗歌与动乱的文章，结果我写了一篇关于约翰·休姆①的贡献的文章。我不觉得有什么不妥，因为我根本不知道这可能是一个"危险的交叉点"，但是随着时间的推移，以及随着局势变得愈来愈具有毁灭性，那种职业政治家与文化工作者之间充满活力的交流便迅速变成往事。

然而，我上星期三感到的是，现在有一个机会让大家再次参与了。人们对新形势表达的兴奋，并非只是炒作。即使是统一派方面的人，心中也掠过一种诱惑，想承认这次转变确实是朝着更好的方向发展。民主统一党代表们至少可以说是消沉的，而这是可以理解的，至于亲英派地区的市民，你实际上很难预期他们会拍手称快。但即便如此，仍有足够积极的反应表明，临时派彻底结束军事活动可能也会给亲英派带来至少是情绪上的转变。

当然，不是很大的情绪转变。亲英派社区有一种根深蒂固的态度，就是拒绝考虑任何可能给乌尔斯特新教徒生活方式的英国性带来侵蚀的举措，而在经历了过去二十五年的冲突之后，期待他们背弃他们的这种不同的身份意识，将是愚蠢和侮辱的。但是要求他们考虑同意某些政治调整，给予民族主义少数派同等无可争辩的权利去分享他们的爱尔兰身份，则绝不是愚蠢和侮辱的。

暴力的停止是一次打开空间的机会——并且不只是在政治领域，而是在每个人的第一层意识——一个使希望可以增长的空间。而我所说的希望，是指瓦茨拉夫·哈维尔所定义的希望，因为在我看来，他的定义所具有的那种斯多葛式的清晰度，应可以吸引北方的每一个现实主义者，无论是殖民者或盖尔人，新教徒或天主教徒，乐观主义者或悲

---

① 约翰·休姆（1937—   ），来自德里郡的爱尔兰政治家，社会民主工党创办人，1998年诺贝尔和平奖得主。

观主义者。

根据哈维尔的说法,希望不同于乐观。它是灵魂的一种状态而不是对现象的反应。它不是期待某些事情最终会成功,而是确信某些事情值得我们为之努力,不管其结果如何。它最深的根基,建立于超出一般的常识,在视平线以外。这一切包含的不证自明的真理,无疑可作为和平进程的合理基础。

值得一提的事情*

*电视广播稿，英国广播公司（北爱尔兰），1998；又发表于《普林斯顿图书馆纪事》，1998。

莫约拉河从斯佩林山一个源头朝东南方向流去，穿过德里郡，进入距我生长的地方仅数英里的内伊湖。多年间，这条河一直在加深和拉直，但在20世纪40年代，下布罗亚赫有一个浅滩和一条用大踏脚石铺成的小径，从河岸这边通往另一面，把布罗亚赫镇与贝希尔镇连接起来。我们常常从布罗亚赫这边的碎石床一带蹚水，我总爱冒险从一块踏脚石跃向另一块，来到河流中央——虽然这条河够窄够浅的，但是如果你去到河水的主流中，你会感觉自己很英勇。突然间你孑然独立。在同一时刻你既感到眩晕又扎根于那个地点。你的身体伫立不动，如同一块里程碑或一块边界石，但你会因为脚下的急流和头顶天空里云团庞大而庄严的运动而头晕目眩。

如今，当我想起那个扎根于河流正中央的小孩，我便看见罗马人称为忒耳弥努斯也即界标之神的小版本。罗马人在卡匹托尔山朱庇特神庙里保存着忒耳弥努斯的神像，而有趣的是神像所在位置的屋顶是向天空敞开的，仿佛想说，大地界线和边界之神需要伸向无穷，伸向天空自身整个无限制的高度、宽度和深度。仿佛想说，所有的界线都是必要之恶，真正令人向往的状况乃是感到无边际，感到成为无限空间之王。

正是我们作为人类拥有的这种双重能力——在同一时刻被亲密熟悉的事物的安全性所吸引和被不可知事物的挑战和魔力所吸引的能力——正是这种双重能力催生了诗歌和成为诗歌探讨的问题。一首好诗允许你双脚踏地，同时脑袋伸入空中。

"忒耳弥努斯"①这个词在很多爱尔兰地名中称为"蒂尔曼"，意思是属于某修道院或教堂的土地，特别划出来给予神职人员使用的土地；虽然莫约拉地区没有任何地方称为"忒尔蒙"②，但很早的时候，我骨子里就知道莫约拉本身是一个非常明确的"忒耳弥努斯"，一个从甲地到乙地的界标。当我站在踏脚石上的时候，我知道，但我站在位于道森堡的那座跨越莫约拉河的桥梁的时候，我也知道。我喜欢从围墙探出身子，直接俯视流水，那里鳟鱼飞跃，河草在水下起伏摇晃如飘带。我的一边是道森堡村，母亲娘家就住在村子的一座排屋里，屋前小道上长着一棚架玫瑰，屋后是一座菜园。外祖父母在道森堡的屋子完全有可能处于任何整洁的英国工厂村里，任何有工人随着工厂喇叭声而出门或回家的工人阶级排屋中。在这个例子中，那工厂是克拉克亚麻布厂，喇叭在早晨八时和晚上六时响起，早上召唤他们进厂，晚上让他们回家。回新街、博恩街和车站路的家，经过奥兰治会堂和新教教堂，经过莫约拉公园入口和莫约拉庄园，公园里有道森堡足球队的球场，庄园围墙内住着奇切斯特·克拉克③家族，过着他们不同的生活。

所有这一切在精神上都属于莫约拉河的一边；另一边则是贝拉希

---

① 意为界标，其首字母大写则指界标之神忒耳弥努斯。
② 意为静修地。
③ 奇切斯特·克拉克(1923—2002)，曾担任北爱尔兰总理(1969—1971)和北爱尔兰统一党领袖。

教区，或称为斯库林镇，父亲的希尼家族和斯库林家族已在这里居住了数代。他们的居所是茅草盖的而不是石板盖的，他们的厨房里是盆火而不是锃亮的炉子，屋子坐落在田野中央而不是在排屋中，屋里的住户听的是牲畜喧嚣而不是喇叭响。不知怎的，即使在那么早的年龄，我就懂得我生活中的贝拉希这一边不仅处于不同的自然地点，而且也处于不同的文化地点。那里没有足球场，或用更官方的说法，英式足球场。在我心中，贝拉希不仅属于盖尔式足球而且属于更古老的盖尔式畜牧和山寨的秩序；例如村子逢每月第一个星期一都有市集：街道挤满了母牛、小母牛和阉牛，整个地方吵吵嚷嚷，散发着畜生及其粪便的臭味。很难想象这种失控的热闹状况会发生在道森堡大街上。道森堡是一个从各方面看都要正式得多的地方，更现代，也更像城镇主要街道的一部分。该地名本身源自18世纪有秩序的英国世界，而贝拉希则源自更古老、更费解的爱尔兰语。因此，如同我在一首诗中——一首叫作《界标》(忒耳弥努斯)的诗中——所说的，"我在两者之间长大"。

我在以新教徒和亲英派为主的村子道森堡与主要居住着天主教徒和民族主义者的地区贝拉希之间长大。在一座位于铁路和公路之间的屋子里。在小跑的马匹的古老声音和较新的往返火车的声音之间。在不同乡镇和语言之间、不同口音之间的边界上：教区这边的口音使你想起安特里姆郡和艾尔郡以及我在巴利米纳市集山听到的苏格兰口语，教区那边的口音使你想起多尼戈尔的不同口语，带有我去拉纳法斯特的爱尔兰语区时所学的北爱尔兰语那种直接、清晰的特质。

很自然，某些可能会被菲利普·拉金称为"我内部心灵的词语"的东西，是来自早期那个介于不同时间和不同语言之间的世界。诸如"hoke（翻找；翻找出来的东西）"这样一个词语。当我听到有人说

"hoke",我便被送回到我自己内心那个最初的地方。它不是一个标准英语词语,也不是一个爱尔兰语词语,却不可移除地存在于那里,埋藏在我自己的言语根基中。就在我脚下,如同我在其中成长的那座屋子的地板。可以说,是值得一提的事情。这个词的意思是到处拱、刨、搜、挖,而这也正是一首诗要做的事情。一首诗把鼻子探向地面,追踪一条足迹,一路凭直觉搜寻,朝着它所关注的东西的真正中心走去。事实上,正是"hoked"(挖寻)这个词本身触发我写《界标》:

> 当我在那里挖寻,我就会看到
> 一颗橡果和一个生锈的螺栓。
>
> 如果我抬起视线:一个工厂烟囱
> 和一座冬眠的山。
>
> 如果我聆听:一个在调轨的火车头
> 和一匹疾奔的马。
>
> 这有什么稀奇,当我想
> 我原应再想一想?

成长于北爱尔兰而又不或迟或早**被迫**去再想一想,是很困难的。周围的分裂是如此严重,人们总是遇到界线,使他们突然止步。再想一想意味着承认真理是由不同的"蒂尔曼"的界线划出的,它必须顾及相反的说法。如果一个人说太多厨师糟蹋了肉汤,另一个就会说几只手可减轻工作。如果一个说小洞不补大洞吃苦,另一个就会说杯到嘴边还会失手。乌尔斯特是不列颠的,一个说;乌尔斯特是爱尔兰古老省份乌喇,另一个说。在交界排水沟这一边,你说土豆;另一边,我说地蛋。这些互相对立的说法是作为活生生人类一员的成分。但在北爱尔兰,它们获得了某种特殊的地方强度。

  当他们谈到那只谨慎的松鼠的贮藏物
  它便闪耀如圣诞礼物。

  当他们谈到不义之财
  我口袋里的硬币便羞红如火炉盖。

  我既是交界排水沟又是交界排水沟的岸
  受尽两边所有权的局限之苦。

  "march"(交界)是我小时候一再听到的一个词——但不是抗议游行、奥兰治游行和学徒兄弟会游行这类通常语境上的意思①。在那些日子里,在那个地方,游行季节是每一个季节,因为游行的是土地本身。该动词意思是在边界相会、被毗连、被匹比却又被画线隔开;一个农场与另一个农场接界;一块田与另一块田相邻;而使它们分开的,是一条交界排水沟或一道交界篱笆。该词的意思不是以军事风格的方式行走,而是紧贴、并排、接壤和被接壤。这是一个承认分歧的词,但也包含团结一致这个明确暗示。如果我的土地与你的土地接界,我们便被那条边界结合在一起又被它分隔开。如果整个自由开放的天空悬挂在忒

---

① march 亦有游行、行军等意思。

耳弥努斯神的头上,那么整个坚实的土地就是在他所代表的事物也即交界篱笆和交界排水沟之下。

在我生长的屋子的厨房里,有水泥地板,而我最早的记忆之一,就是感到它在我脚下的冰冷和光滑。我当时大概只有两三岁,因为我依然在睡婴儿围床,我还记得自己把婴儿围床底的木板拿掉,以便双脚能够踏在实际的地板上。木板是像细长板条那样插入的,但没有用钉子钉牢,这就意味着可以一条条把它们拆下来——因为,我猜,它们必须是可移动的,以便每次被孩子弄脏时可以清洁。不管怎样,我永远不会忘记暖皮肤与冷地板的接触,那种立即悚然一惊的感觉;然后是某种更深层的、逐渐而来的巩固感和熟悉感,令人放心的地基透过你双脚的脚底传递到你身上。它就像一种知识被你完全领会了。我当时扶着婴儿围床的栏杆,但它简直就像世界的护栏。我同时在两个地方。一个是厨房地板的小方格,一个是我自己踏入自身内部的知识渊博的大空间,后者是一个我依然能够通过对我暖脚底站在冷水泥地上的记忆而进入的空间。当我双脚接触地板,我知道我正在通往某个地方的途中,但当时我说不出到底是哪里。如今我可以说,那是通往诗歌的发现。我愿意引述17世纪日本诗人芭蕉对诗歌生活行为的看法。"重要的是,"芭蕉写道:

在真正理解的世界中保持崇高的心智,然后回到我们日常经验的世界中,寻找美的真理。不管我们在某个特定时刻做什么,我们都一定不要忘记它会对我们永恒的自我也即诗歌产生影响。

芭蕉把心智说成有点像罗马人的忒耳弥努斯神像,不离开大地,存在于此时此刻,但又向芭蕉所称的永恒的自我,向内部空间和外部空间的无穷性敞开。

莫约拉并不是小时候唯一进入我内心的边界。我常常在黄昏时分拿着一罐鲜牛奶,从我们的屋子沿路走到下一座屋子。这座屋子——如同我们自己的——是茅屋,但跟我们的屋子不同,它还是一家酒馆,如今它还在那里,基本上还是20世纪40年代的样子,茅草盖的,石灰水粉刷的,是典型的古色古香的路边小酒馆。

从我家到这座屋子后院的路程很短,不过一两百码,然而在我幼小的心灵里,我每次都走了很远的距离,因为在这两个门阶之间,我跨越了德里基督教主教辖区与阿马主教辖区——或者更准确些,大主教辖区——之间的界线。德里主教辖区向西北方向延伸而去,进入伊尼斯欧文和多尼戈尔,而阿马大主教辖区则向东南延伸近一百英里,去到位于爱尔兰共和国米思郡边缘的博恩河和德罗赫达镇;因此,虽然我在那短短的乡村路上感到安全和可靠,但是我依然体验到一种稍微有点儿神秘的距离感和分隔感。

送牛奶是一次进入别处的真正探险。而这种探险增加了陌生感,因为标记此地与彼地之间的分界线可以说是看不见的。路上没有任何指示,告诉你你正在离开一个管辖范围到另一个管辖范围。但是在那条路的底下,在一条如果你不是刻意要去寻找你就很难注意到的阴沟里,有一股涓涓细流,而这股细流是一条漫长的排水渠或者说溪流的一部分,那溪流是泰姆尼亚兰镇和阿纳霍里什镇之间的界标,以及贝拉希教区与新桥教区之间的界标,并且如我所说的,还是德里主教辖区与阿马大主教辖区之间的界标。这段交界排水渠或者说交界溪的名字是史鲁甘,这是又一个爱尔兰词,意思是沼泽地或泥泞地。史鲁甘奔流而下,穿过一片由古老湿草地和种植园构成的低洼地带,成为克雷镇和利特里姆镇之间的界线,然后汇入两三英里外的贝格湖的水域。

每天我在来往学校的途中,都一再跨越史鲁甘,每次我生活在界线两边的感觉都得到加强。我从来不觉得自己明确属于其中一个地方,当然,从历史角度和地形学角度看,我是对的:所有这些曾经稳固地归入盖尔人的爱尔兰的古老前殖民期、基督教地形学范围内的小镇、教区和主教辖区,都曾经同时被另一个系统和另一个管辖范围收纳、接管和拿走。我刚才提到的地名,有很多出现在伊丽莎白征服乌尔斯特后被英国人没收的土地名单上,这些土地后来又在"伯爵逃亡"与乌尔斯特开始被殖民之间这个时期被赏赐给当时的科尔雷恩郡总督托马斯·菲利普斯爵士。这次赏赐中使我感兴趣的部分,是一个叫作"莫约拉诸土地"的区域,包括泰姆尼亚兰、利特里姆和山姆拉赫——山姆拉赫是盖尔旧名,用来称呼我们今天叫作道森堡的地方:

> 两个桶比一个桶更容易提。
> 我在两者之间长大。

> 我左手放好标准的铁砝码。
> 右手添加维持平衡的最后一格令。[①]

> 郡区和教区在我出生之地相接。
> 当我站在中央那块踏脚石上

[①] 原文grain,既指谷粒,也指最小重量单位格令,都是一丝儿、一小点儿的意思。

> 我是中流里马背上最后一个郡主
> 仍在会谈,在他同辈的听力范围内。

爱尔兰前殖民地时期历史上的伟人之一蒂龙伯爵休·奥尼尔,是最后一位抵抗伊丽莎白一世女王的都铎军队的本土领袖,最后一位奋起反抗的伯爵,也是最早内心被两种不同的政治效忠撕裂的人之一,这种撕裂直到今天依然以致命的力量在北爱尔兰内部运作着。根据英国法律,奥尼尔是蒂龙伯爵,因此,按伊丽莎白女王的理解,他应是英国女王在爱尔兰王国的忠心耿耿的代表。但是奥尼尔在血统上和宗谱上都是爱尔兰人,是神话般的爱尔兰领袖"有九名人质的尼尔"的后裔,因此在爱尔兰人心目中,他是盖尔人的奥尼尔家族的世袭领袖,命中注定要扮演捍卫盖尔人利益、与英国人对抗的角色。这里不是详述伊丽莎白在爱尔兰的各场战争的历史的合适场所,这些战争以 1601 年休·奥尼尔和红休·奥唐奈领导下的爱尔兰人在金塞尔战败告终;但是在这些漫长战争过程中发生的一件事,至今依然吸引我。

事件发生在 1599 年 9 月初的某日,当时奥尼尔的部队把英国军队诱入他自己的土地,在劳思和阿马树林茂密的乡村里。英国远征军领袖是伊丽莎白女王的宠臣埃塞克斯伯爵,在他采取这次行动之前几个月,女王都一直在命令他行动。但奥尼尔是一位谈判大师,且擅于延迟对抗时刻,因此他设计邀请埃塞克斯与他在现今为劳思郡的格莱德河畔举行会谈。奥尼尔骑着马,来到河流中央,水及马肚,他那些讲爱尔兰语的士兵则跟在他后面。他用英语跟埃塞克斯说话,后者站在河对岸面对他。埃塞克斯奉命以叛国之名追捕奥尼尔,但在这里,他跟奥尼尔谈话,更像曾经的老朋友而不像注定要成为的敌人——因为奥尼尔在早一代的时候,曾经是伊丽莎白的廷臣,而他当时在英国的赞助人则是埃塞克斯的父亲、第一代伯爵沃尔特·德弗鲁。因此,对他们俩来说,河边会面是这次暴力行动中的神秘转折、停顿和定格,是两岸的人都能看到正在发生什么事情但都听不到他们说什么的时刻。两人都是单独的,而他们的行动的后果亦暴露无遗:奥尼尔早已被视为叛国者,而埃塞克斯则因为同意在这一刻停火而将被女王视为背叛者,事实上他真的在年底前被以叛国罪处死。奥尼尔的最终失败也为时不远,就在一两年时间里。但暂时,岌岌可危的平衡得到维持,河水在流,天空在他们头顶上悄悄移动:

> 郡区和教区在我出生之地相接。
> 当我站在中央那块踏脚石上
>
> 我是中流里马背上最后一个郡主
> 仍在会谈,在他同辈的听力范围内。

鉴于他们所处的历史环境,奥尼尔和埃塞克斯都不可能越过河,到对方那一边去。他们的界线已变成某种不可更改的军事界线。他们在界标处,就"界标"这个词的极端意义而言①。没有存在两个真理的余地。决定该问题的,将是权力的残暴而不是心灵的作用。然而当我们想象该场面,我们都希望他们能够摆脱历史的圈套。我们希望天空在他们的头顶上打开,准许他们摆脱他们那离不开大地的命运。即使我们知道这样的摆脱是不可能的,可我们依然希望有那样的条件,使渴望已久的事情和实际的事情能取得一致。一个边界被跨越而不是被争夺

---

① 这个词除了有界标、界限的意思外,还有终点的意思。

的条件：

> 流水从不令人失望。
> 涉水而过永远会去得更远。
> 踏脚石是灵魂的停歇站。

我的《界标》写于20世纪80年代中期，写于那个绝食抗议后的世界，当时北爱尔兰的政治局势完全卡住和塞住，爱尔兰共和军的运动没有减弱的迹象，撒切尔夫人的政府准备容忍所谓可接受的暴力水平。也许这就是该诗在停滞中结束的原因，所谓停滞是指伯爵停在河流中央，其对手则在他所不能企及的河对岸。这首诗说，一个分裂的世界的遗产是带来伤残的遗产；它使其居民陷入圈套，把他们逼进各自立场坚定的死角，削弱他们可以自由和有创造力地行动的意志。但在那个时刻之前和自那个时刻之后，事情已变得不一样，并且一直以来都不一样了。

例如，差不多三十年前，早在我考虑芭蕉或忒尔弥努斯或休·奥尼尔或史鲁甘排水渠和这一切可能意味的东西之前，我写了一首诗，叫作《另一边》。诗开始时，回忆一位长老会教派邻居对我们一块田地的意见，那块田地与他家的田地毗连，两者之间隔着一条长满杂草的小溪流；不过，诗接下去便拿分隔的概念做文章，谈到交界排水渠两边如同北爱尔兰分裂的社会的两边——例如因人们的不同祈祷方式而分裂，以及因他们不易觉察的微妙但真实的（如同我较早时指出的）不同说话方式而分裂。然而，该诗结尾暗示，跨越是可以尝试的，想向更深远处走去的个人是可以放置一些踏脚石的。

后来有时候当玫瑰经在厨房里
哀伤地拖长
我们会听见他的脚步声来到三角墙边,

尽管要等到连祷文结束之后
他才会来敲门,
那个随意的口哨才会

在门阶上响起。"看来今晚不错,"
他会说,"我闲着没事经过这里,
觉得我,我也许该顺便串串门。"

但现在我站到他背后
在黑暗的院子里,在祈祷的呻吟声中。
他把一只手放在口袋里,

或用黑刺李拐杖轻轻敲出一个小音调,
羞怯地,仿佛他看见了
男女在亲热或陌生人在流泪。

我在想,是应该溜走呢
还是上前碰一碰他的肩
跟他聊聊天气

或草籽的价格?

在过去三十年间有时候我会想,《另一边》也许太安慰人了。鉴于路上和街上的实际环境,我觉得也许它太厚道、太满怀希望了,在面对暗杀和爆炸的情况下未免太温柔了。然而这个题材召唤我内心的文字。这些文字走进来,提醒我,我们的同情可能是无穷的。最后,它们还提醒我,芭蕉所称的"真正理解的世界",它就在表面下,就在我们所讲的实际话语的地平线外。它们提醒我,游行季节不必只是示威或挑衅的季节,而是在语言的地面上和我们脚下的地面上,有另一种游行,它向心灵应允着更富创造力的条件。因为在我看来,奥尼尔与埃塞克斯之间的对抗似乎说明了如果我们以军事方式行走的话我们会抵达哪里,那将是一种停滞和痛苦的"死板人生"的状况,妨碍更好的未来的出现;但是交界排水渠的相遇说明有可能踩着踏脚石走出去,以便把你自己从你自家地面的坚硬和牢固中移出来。踏脚石邀请你改变你的理解的方式,你的理解的"蒂尔曼";它不要求你双脚脱离地面,而是使你的脑袋保持在空中并把你活生生地带向你完全有可能获得的开阔天空,使你的视域焕然一新。而这似乎仍然是值得一提的事情。

攒来一个韵*

*《爱尔兰诗歌评论》1989年春季号。

I

一个由说英语的爱尔兰作家从爱尔兰语翻译成英语的译本,通常包含严格文学翻译以外的诸多考虑。这诸多额外的语境,是历史的、文化的、政治的,如同一位美国本土作家面对北美大陆诸多语言中某一语言的原文。在这两个例子中,英语正典文学都创造了听觉效果,而翻译将在该听觉效果内部被听到;一个刻着"这土地先属于我们,我们才属于土地"①的高高在上的旧殖民地屋顶,肯定会引起诸如"闭嘴吧!"之类的反驳的回声。

一首由英语作家翻译的盎格鲁-撒克逊诗歌,其复杂性就会减少:减少的,正是那个顶嘴的因素。诺曼人对英国的入侵,确实给英语带来巨大改变,但它带来的与其说是消灭不如说是变异。本土作家翻译的古英语宝库的译本,乃是一种缩减行为而不是一种报复行为。它们强化英语延续性的神话。它们赋予使英语本身得以成形的古英语以新形

---

① 语出弗罗斯特诗《全心奉献》。

式。这种新,也许会干扰或反抗已定形的传统习惯,但它不会对其深层结构构成挑战。例如霍普金斯的创新尽管不是严格意义上的翻译,但实际上为了取得我刚刚概述的那种双重效果而使用了盎格鲁-撒克逊的重音:它们与当代英诗技艺的特质格格不入,却是完全有益的;同时,它们又与集体记忆和集体归属中较古老的英语特质相辅相成。

然而,当约翰·米林顿·辛格在其戏剧中和散文集《阿伦群岛》中创造了新的官话用语,其行事目的是非常不同的。它表面上可能是一样的:企图刷新英语文学的语言,变成那些周期性重返多恩、德莱顿和华兹华斯在各自时代提倡的,以及辛格本人逝世之后不久 T. S. 艾略特又再启动的口语用语的现象之一。但是辛格更关心的是创建一种全新的文学传统而不是对旧文学传统的再创造。辛格致力于复苏的集体记忆和归属感,并不是英语;相反,他寻找新风格只是当时进行中的旨在使"爱尔兰去英国化"的几项举措之一。因此,对辛格来说,把他的风格建立在缺席的爱尔兰用语的外来性的基础上,并非只是异国情调,而是与发生于19世纪90年代其他领域所有那些具有分离主义性质的文化努力和政治努力同声同气。

爱尔兰文学复兴运动现在当然已经成为一个历史现象。如同都铎王朝对爱尔兰的征服和英国对北美的殖民化。然而在20世纪60年代末70年代初的北爱尔兰,那些遥远的事件开始获得新的关联性。美国黑人和美国土著居民在美国提出的有关身份认同和文化差异性的问题,迫切而暴烈地在乌尔斯特被提出来:诗人们受到直接或间接的压力,要他们参与身份认同的政治运动。英国与爱尔兰之间整个纠结不清的关系,在地方层面上以一场由不同效忠和不同冲动构成的冲突的面目出现,导致人们寻找可以用来缓和当前紧张局势的意象和类比。局势迫切需要诗人们找到一些途径来诚实地表达当地争拗的现实,而又无须把表达变成另一次重复,重复侵略和怨恨,因为侵略和怨恨正是这场争拗的源头。

正是在这些环境下,我于1972年开始翻译《斯威尼的疯狂》,这是一个中世纪爱尔兰语文本,早已家喻户晓,原因是弗兰·奥布赖恩趣味盎然地把其中心人物纳入小说《双鸟戏水》的机制内。《斯威尼的疯狂》也确实是奇怪的东西——讲述公元7世纪乌尔斯特一个小国王的故事,他遭一位圣人诅咒,在战斗的震惊下变成一只精神失常的飞行动物,注定要在树上过着被社会遗弃者的生活。但是,这个诗和散文的混合物与我或与那个时刻有什么关系呢?一个在中世纪爱尔兰盖尔语的秩序内产生的文本,如何跟现代乌尔斯特观众沟通,尤其是该观众被分歧所撕裂,而这分歧恰恰又是那个秩序最后被毁的结果?"乌尔斯特"这个词的意义本身,就是被强加的。它原本是爱尔兰一个古老省份的名字,也是本土盖尔人宇宙起源论的一部分,后来经过17世纪20年代英国人的殖民和20世纪20年代英国议会的瓜分,才变成一块由六个郡构成的英国飞地的名字,该飞地拒绝与爱尔兰共和国一体化,并沉溺于长期性的歧视行为,歧视爱尔兰民族主义少数派,以便维持现状。翻译一个盖尔野人的故事,与爱尔兰共和军临时派的新野人的蹂躏有什么关系?

我是希望这本书使统一派读者更能接受乌尔斯特是爱尔兰人的这个概念,而不必强迫他们放弃他们珍贵的信念,非要把乌尔斯特视为英国人的。还有,由于该书追溯至一个殖民前的乌尔斯特,也即僧侣基督教和盖尔王权的乌尔斯特,因此我希望它能够使乌尔斯特土地的权利意识复杂化,因为这种权利意识已经在清教徒大多数派中间发展得过于专横,而这又是多个世纪以来的种种胜利和殖民行为的结果。通过把他们的历史记忆的范围扩展至前不列颠时期,也许就可以在统一派中间引起对民族主义少数派的一定同情,后者在那个盖尔人的理想世界里找到了他们失去的王权。

我当然不期待《斯威尼失常》①可以带来多么大的影响,使整个北爱尔兰都发生政治转变。我甚至不是用我刚才概述的那种深思熟虑的方式考虑我的意图。我只不过想提供一个本土文本,它不会威胁统一派(毕竟,这只不过是对一个古老故事的翻译,故事大部分时间发生在现时的安特里姆郡和唐郡),但它会鼓舞民族主义者(毕竟,这个古老故事告诉我们,我们永远属于这里,并且依然未被连根拔起)。我想提供一部可以被所有的人当作"物自身"来阅读但也可以支援对意义的扩展的作品,这扩展已因我们灾难性的复杂的本地困境而变得迫切又必要。

II

最初我快速地以及有点儿专横地翻译这部作品。我实际上是根据J.G. 奥基夫的爱英对照译本(出版于1913年,爱尔兰文本学社版第12卷),而不是专注于爱尔兰语本身。我担心我可能无法完成整件事,因此为了尽可能阻止这样一次失败带来的沮丧,我全副身心扑到这个任务上。我日复一日的主要努力,都用于保持活跃的生产率。我承受不起在任何一个困难之处或细微之处裹足不前,唯恐它会放缓我的步速,从而打击那个生产率。结果,初稿差不多是自由诗,以具有延展性的四行诗节快速而平稳地前进,四行诗节在我写《在外过冬》的过程中已变成了我的一个习惯。

---

① 《斯威尼失常》是希尼英译的《斯威尼的疯狂》的书名。

最初我在对待意义时也要傲慢得多。即是说，我僭取了权力，跟着原文种种暗示，从爱尔兰语既有的元素发展出一行相关的诗，而不是写下一个忠顺的对等词。我让自己去引进来自英语文学传统、来自《圣经》的回声，用隐喻表现文本在陈述中传达的意思。例如奥基夫在翻译一段典型的斯威尼悲叹时，给出以下的直译：

> Though I be as I am to-night,
> there was a time
> when my strength was not feeble
> over a land that was not bad.
>
> On splendid steeds,
> in life without sorrow,
> in my auspicious kingship
> I was a good, great king.

虽然我是我今晚这样子
但是曾经
我的力量并不虚弱
在并不坏的土地上。

在壮丽的骏马上，
在没有悲伤的生命中，
在我那吉祥的王权中，
我是英明伟大的国王。

然而,在1972年,我根本就没心情去追随这类淡而无味、过时老旧的东西。它变成用千斤顶托起似的更有力道的表演:

> Though I am Lazarus,
> there was a time
> when I dressed in purple
> and they fed from my hand.
>
> I was a good king,
> the tide of my affairs
> was rising, the world
> was the bit in my horse's mouth.

> 虽然我是拉撒路,
> 但是曾经
> 我穿着紫袍
> 他们从我手里吃东西。
>
> 我是个好国王,
> 我事务的潮水
> 正高涨,世界
> 是我马口里的嚼子。

罗伯特·洛厄尔的榜样在这里起了作用①。他那种在翻译中通过增强措辞用语和植入新隐喻来加强意义的技法，我并不陌生。同样对我不陌生的，是他那种不害臊地随时准备使原作的特异性屈服于他自己的自传式需要的做法。我开始把我自己和我的处境抬高成斯威尼的，把那个因小王朝之间猛烈的争执而被撵出北方的中世纪初期乌尔斯特人与这个最近才从德里郡来到南方威克洛郡，想避静和获取安宁的诗人相提并论。这造就一种高速，其奖赏也是高速。我以一种粗鲁和熟悉性来讲述原作，这种粗鲁和熟悉性不是攒来的，却给我巨大满足。我是在把《斯威尼失常》当作蹦床来用。我原应炫耀它，但它却被迫服务于炫耀我。

不用说，当我捆扎这些诗节的时候，我并不是每天都有这种感觉。但我确实无法摆脱一个感觉，也即我所行使的自由将难以产生一部浑然一体的作品。一段一段地看，感觉不错，但随着页数堆积起来，便感觉不到"众多思想早已织入一个单独思想"②。我原本希望获得一种压力，一种不断累积的一体性，因为这是翻译一部持久的作品的奖赏，也是翻译它的理由，但我只获得一系列抒情快感，满足于它们本身带来的兴奋，而不是在它们之间形成凝聚力。不过，由于我的基本目标已变成把整个文本翻译出来，因此我继续突飞猛进，直到我完成任务。接着，我便泄了气，陷入某种创作后的忧郁。我知道全部要推翻重来，但我缺乏重新开始所必不可少的那种毅力或享受。

我不知道何时开始有了一个想法，就是诗节应当以一种更犀利、更有锋芒的方式重组；应当有冬天夕阳中的树篱的轮廓分明；应当更冷、更清晰；应当调校成更荒凉的音调；应当更受约束和苦行；更屈从于爱

---

① 指洛厄尔的译诗集《模仿集》，该诗集主要是意译和改写。
② 语出叶芝《库尔庄园，1929 年》。

尔兰语本身的格律控制和牢固的词语步骤。不管怎样,当我在哈佛大学教完第一个学期,于1979年在长岛度假一个月的时候,有一天早晨我突然从头开始重组那些诗节,给它们押韵,并且两眼尽可能一边盯着爱尔兰语,一边盯住奥基夫令人生畏的直译本。

正是这种对爱尔兰语灌木丛的更密切视察,使得第二稿变成一次不同的努力。能量不再是由匆促和大胆产生,而是凝聚某种强度,对个别词语投以更稳定、词汇上更凝练的注视。押韵原则不再是利用瘦长、跨行的推进力,诗行因担心会卡住而一路越栏闯关;现在,作品构成的单位变成了正规的四行诗节,格律上也更注重行尾停顿和更受限制。

我刚才引用的八行诗,现在看上去都更趋直译,也更被约束在诗节形状内:

> Far other than to-night,
> far different my plight
> the times when with firm hand
> I ruled over a good land.
>
> Prospering, smiled upon,
> curbing some great-steed,
> I rode high, on the full tide
> of good luck and kingship.

> 远远不像今天晚上,
> 远远不同于我的苦难,
> 我曾用牢固的手统治

一片美好的土地。

繁荣,到处见到欢颜
策着一匹高大的骏马,
我君临一切,在王权
和好运的路上腾达。

我仍然努力在词语之间获得一种自动点燃的生命,但使它们比以前更冷硬和更省俭。在这新苦行主义中,我最喜爱的例子是第七十三段,斯威尼赞美阿特南一座小修道院的环境。奥基夫用爱尔兰名字称呼该地点,并把该相关诗节译成:

Cliff of Farannan, abode of saints,
with many fair hazels and nuts,
swift cold water
rushing down its side.

法兰南的峭壁,圣人的居所,
众多美好的榛树和坚果,
疾奔的冷水
沿着峭壁急流。

我在初稿中处理这节诗时,激动于一个可能性,也即把这个地点的圣洁描绘得灿烂辉煌,就连原作者和不炫耀的奥基夫做梦都想不到:

O the tabernacle of the hazel wood

on the cliff of Farannan,

and the cataract glittering

like the stem of a chalice!

啊,榛树林的神圣帐篷

屹立在法兰南的峭壁上,

大瀑布闪闪发光

如同圣餐杯的柄脚!

七年后,那镀金的外表剥落,感叹句也至少删去了"啊"字:

Sainted cliff at Alternan,

nut grove, hazel wood!

Cold quick sweeps of water

fall down the cliff-side.

阿特南圣洁的峭壁,

坚果丛,榛树林!

寒冷快速的水流

从峭壁上急落。

III

距翻译这些诗句,至今已有九年了,距最初以自由体翻译它们,已有十六年了，因此我此刻在这里做的，是再现当时写作经验的感觉，而不是报告当时写作过程的细节。然而那种感觉却是必要的条件，是整部作品的生命的保证。因为，尽管有我较早时提到的文化及政治语境带来的实实在在的影响，但写作的真正焦虑和真正动机却是更内向的，更多地牵涉在集中精神的瞬间和希望的瞬间突然冒出的水流。文学翻译——或作诗或模仿或折射或随便你怎么称呼，总之是以一个对照译本作为中介的那种语言续存活动——依然是一种美学活动。它在形式感方面的重要性不亚于赋予意义方面的重要性，并且除非译者体验到奖赏成功的原创作品带来的那种近乎肌肉感的触觉，否则文本劳作的结果就不可能拥有自己的生命。

这种更紧贴原文、逐行逐行、逐节逐节、句尾停顿、忠顺的直译方法最终催生了更多东西。我有一种累积而不是逃学的感觉——另一种满足，尽管未必更优越，但在创造一部长篇作品时却更令人安慰。我也忘记了我最初意图获得的政治引申。事实上，在《斯威尼失常》出版时，我已对自己与"乌尔斯特问题"结成的惨淡的特别关系感到不耐烦了，反而更重视《斯威尼的疯狂》作为一首来自遥远年代的诗所包含的异样性。如果说开始的时候我对自己竟然会从事这次翻译感到有点儿吃惊的话，那么可以说，到结束的时候我是高兴的，高兴于觉得自己仍有点儿疏离我译出来的东西。事实上，直到第二个译稿完成，以及我已经获得了我最初僭取的熟悉性之后——直到那个时候这部作品才取得它充分的奖赏。我最初贸然地行使的自由和专横，带着一种爆发的自信回来了，使我快速地写成了收录在诗集《斯泰逊岛》里，冠以《斯威尼再生》这个总标题的诗。我以前把这个绿衣人与那个乡野孩子视为同一个人，现在这种身份认同不仅获承认而且喜形于色。"斯威尼"与"希尼"不客气地押上了韵：

给予他应得的待遇,最终
他为我打开通往一个王国的道路,
那王国有着如此规模和中立的效忠,
我的空无随着它的为所欲为而统治。

(《斯威尼与牧师》)

诗歌与教授诗歌*

* 第一部分取自塔尔萨大学达西·奥布赖恩纪念讲座开幕演讲稿《长树叶的椅子》,2001;第二部分以《诗人作为教授》发表于《爱尔兰诗歌评论》1991 年春季号。

I

我一生大部分时间都用于教学,在一些非常不同的层次上。最早是 20 世纪 60 年代初在贝尔法斯特巴利墨菲区圣托马斯中学,面对的是一班贫苦而不满的青春期少年,他们之中很多人将在十年后变成爱尔兰共和军临时派的现役成员。接着,我到一所教师培训学院工作,也是在贝尔法斯特,并花时间试图使学员教师们相信想象性文学作品和其他类型的创意活动在教育过程中的价值;然后到女王大学讲授诗歌,最后是近几年来成为哈佛大学驻校诗人。在上述每一个地方,听众成员的文学意识,还有他们对诗歌是一个值得讨论的问题这个看法的接受程度,都千差万别;我既见识过圣托马斯贫苦学生的诘问,也见识过哈佛楼里的颔首点头和老花眼镜的闪光;在这两个场合,都看得出有一种强烈愿望,想确认艺术的价值和意义,尽管这种愿望在贝尔法斯特是受压抑的,在坎布里奇则完全是热烈的。关键问题是被称为诗歌的这个备受推崇但难以定义的人类成果的类别之可信性。即便是在巴利墨菲,那些因其社会和文化背景而被拒诸接触文学韵文之门外,因而倾向于把它视为某种花哨的造作的少年,也都很好奇,尽管有抗拒。有很多影响在起作用,使他们畏缩:同辈人的压力,男校操场的男子气概流俗,工人阶级对任何含有中产阶级矫饰味道的东西的回避。但是即便如此,诗歌的神秘性还是引发他们的兴趣,而在那些英语课期间,时不时总会有某种东西稳定下来并成为焦点:在某个精神集中的时刻,他们专心领会的词语竟然含有深意,并且以只有诗歌才有的力量击中他们。

在那些英语课期间发生的另一件事,也值得回味。大约每周一次,并且几乎总是出其不意地,学校校长会突然出现在教室门口。麦克拉弗蒂先生是一位真正杰出的短篇小说家,但他也同时是一位不能自拔的教师。他原本应该整天待在校长办公室里处理各种事务,但是他却穿着一身花呢西装和锃亮的雕花皮鞋巡行于各走廊,找机会打断哪个人的话,以便参与进去,稍微过一过他如此怀念的教师瘾。"很好,同学们。"他会一边激动地喊道,一边匆匆越过教室地板来认领同学们,把他们当成他自己的学生。然后他会说"很好,希尼先生!"以便解除我对他们的责任,或毋宁说,以便指派我在一次几乎总是固定不变的双人表演中充当他的配角。"希尼先生,"他会继续说,"他们在你课堂上勤奋吗?""是的,麦克拉弗蒂先生。"我会回答。"你有教他们欣赏诗歌吗?""啊,是的,"我会回答,"我有的。""你看到他们有任何提高吗?"对此,正确的答案是:"当然看到。"接着便是高潮,他会把注意力刻意地从同学们身上转到我身上,问道:"希尼先生,当你在报纸上看到橄榄球队的照片,你总是能够一眼就从球员脸上认出谁曾学习过诗歌,对吗?"而我会尽职地、始终如一地回答:"对,麦克拉弗蒂先生,我确实知道。"于是麦克拉弗蒂会得意地点点头,然后转向班上:"你们看到了吧,同学们,好好学习,别到头来落得跟其他人一样,在某个街角瞎扯!很好,希尼先生!"然后他会带着他那股盛气凌人的活力走开,其令人难忘和成问题就如同诗歌本身。

当我说"成问题",我无非是要说,诗歌是不能像定理那样被证明的。麦克拉弗蒂之所以能够提出诗歌可以明显地使一个人变得更好而一走了之不受质疑,是因为我随时准备好跟他一唱一和。况且不管怎样,班上的学生都知道整场演出是一个假面舞会。但恰恰是这个虚构、反讽和有异想天开的脚本的假面舞会,才能够使我们抽离自身并进一步贴近我们自己。艺术的悖论在于,艺术全是编造的,然而它们使我们可以了解关于我们是谁、我们是什么或我们可能是谁、我们可能是什么的真相。事实上,麦克拉弗蒂先生关于诗歌人性化力量的夸张说法,既诱人又滑稽,因为这幅漫画是根据西方两千五百年美学理论和教育理论绘制的。从柏拉图到现在,从雅典学院到你当地小学家长与老师的见面会,都一直存在着一场关于想象性写作在课程大纲中的地位、意义和选择的辩论,以及关于这样的作品对于培养好公民的感受力和行为到底是否有作用的辩论。事实上,麦克拉弗蒂的表演本身就是对这个人文主义传统的其中一个中心理念的戏仿或夸张,这个理念就是,在善与美之间存在着根本性的联系,而研究美即是积极地促进美德。当然,这种对艺术价值的独特捍卫,在20世纪受到纳粹大屠杀这个历史事实的灾难性削弱:问题在于,如果某个最有教养的民族中某些最有教养的人可以授权大规模杀人又在同一个晚上去听一场莫扎特音乐会,那么献身于美和欣赏美又有什么善可言呢?然而,如果说期望诗歌和音乐做太多事情是狂妄和危险的,那么忽略它们所能做的,则是对它们的一种贬损,也是一种回避。

它们所能做的,不仅得到麦克拉弗蒂先生的证明,而且得到莎士比亚的凯列班的证明。在《暴风雨》中,凯列班对爱丽尔的音乐对他产生的作用的描述,可作为对诗歌本身的作用的赞歌。你记得那些对白:凯

列班告诉斯丹法诺和特林鸠罗别担心那来自他们头顶上的天空的神秘旋律,并说:

> 别害怕;这小岛充满喧嚣,
> 声音和甜蜜的曲调,使人愉悦,没有害处。
> 有时候一千件弹拨的乐器
> 会在我耳边奏响,有时候歌声
> 如果我是在长睡之后醒来听到
> 会使我又睡去。

"声音和甜蜜的曲调,使人愉悦,没有害处":作为对诗歌和整体文学的善的描述,这就够了。对声音的体验,并不要求把凯列班变成另一种生物,或该体验对他的行为发生持续的作用。文学或音乐的善,首先存在于它自身,而文学和音乐的首要原则,是威廉·华兹华斯在《抒情谣曲》的"序"中所称的"那伟大而根本的快乐原则",也就是语言本身引发我们说出"这对我有益"的那种快乐。

因此,诸如我们今晚在此举行就职典礼的这个大学教授职位的其中一个职能,乃是推广这一独特的善的体验。这样一个职位的拥有者的一个职能,乃是大致以麦克拉弗蒂先生进入我的教室那样的方式进入大学,利用该场合来加强这样一个信念,也即相信"精神才智的伟大工作"的基本效用。

II

诗人的重要表白,常常源自他们生命中的危机时刻;他们就他们所承受或解决的问题提供的说法，首先以个人和迫切的方式表达出来，然后这些有关艺术或生活的特殊表达方式变成了熟悉的参照点，甚至有可能获得治病救人的力量。

就拿济慈来说吧，他在给弟弟乔治的那封著名的信中，把他对自己的诗歌命运的看法，简化为一个关于把才智培养成灵魂的寓言：需要的是一所学校，而那所学校就是痛苦世界。这份神圣文本意想不到地发端于济慈本人的一个迫切需要，就是需要使他那本质上是兴高采烈的性情去配合他觉得是可怖的环境。或拿奥西普·曼德尔施塔姆来说吧，他有一个令人精神一爽的信念，认为诗人是"一个偷空气的人"，因此绝不是国家官方所要求的意义上的"工人"，他的工作只是饰带制造者那种意义上的工作，也即制造一种设计，它是"空气、孔眼和逃学"；或者是甜甜圈烘烤师傅，也即制造古怪的洞而不是有用的生面团。曼德尔施塔姆那不顾后果的卓越性，乃是诗歌的自由的表白，超过任何可能在讲台上说的东西；并且，当然，它要付出相应的高昂代价，那不是一般的学院正统观念拿得出来的。

尽管如此，如果要在教育系统内实施诗歌教育，那么这种诗歌教育偶尔由诗人自己来实施，也就讲得通了；只要他们承认他们作为教育家的职能与他们作为艺术家的职能存在着根本性的差别，那就没有害处，甚至可能有很多好的东西从他们的参与中流出。而不管怎样，如同在教学领域里任何别的东西一样，成功与否更多地取决于诗人教授的性格和他使学生参与进去的能力，而不是取决于任何先天才能或后天智慧。教学既是神秘性的，又是技术性的，教学者的气质、其才智的出众或其一般的可信性，既与诗人教授的影响力有关，也与其诗歌本身的信誉程度或固有品质有关。

诗人的一大优势，是这样一个事实：他可能拥有一种信得过的个人语言——显然,我不是指色彩缤纷的"诗意"语言,而是指在专业用语与个人用语之间将没有差距:相当于诗人在酒吧角落对一首刚刚发表于《爱尔兰时报》诗的优劣评头品足时讲话的方式也是他在教室对学生讲话的方式。一般来说,既要对作品的技术层面有敏感性,又要结合一种更务实的承认,承认诗歌是平常生活的一部分,以及结合一种期待,期待一位诗人或一首诗应体现一定程度的机锋和常识。此外,与一般可能有的假设相反,诗人很可能对花哨的东西、焦点柔化的"感觉"和夸夸其谈的雄辩一点也不买账;他们知道傲慢无礼、膨胀和自欺的危险,这是因为他们的本职很容易犯这些倾向,同时,他们已预先做好准备,随时检视如果不是在他们自己的作品中也是在别人的作品中的这些缺点。

诗人还较有可能不知不觉地表明诗歌传统活生生的本质和"正典"的通俗性生命。如今,本科生都被过早地告知,要把诗歌遗产视为一种压迫性的强加,以及要怀疑它在性别领域潜存的歧视,怀疑它在阶级和权力领域的特权化和边缘化。所有这些怀疑如果是由一个正在接受如此去怀疑的教育的人来行使,那是很有益的,但这种怀疑如果是在没有任何文化根基的人身上引发,那将对文化记忆造成可悲的破坏。另一方面,当一位诗人凭记忆或出于偏见或出于纯粹的欣赏而引用"正典",则"正典"就会以一种富有教育意义的方式显露出来。简单地说,我相信一个出于专业上的爱而引经据典的闷蛋,要比一个出于理论而进行颠覆的"揭开真相"的闷蛋更有利于社会生活。

然而,不混淆艺术性与教育性,乃是对作为教授的诗人的主要告诫。这种混淆导致的最恶劣后果,乃是诗人在与学生相处时所表现的傲慢而荒唐可笑的行为:诗人以为诗艺的卓绝可成为其在课室里不顾礼节和不加准备的理由,这不仅是对人性的冒犯,也是对专业必要性的冒犯。我看过不少有才能的男女，他们是如此包裹在"我"的闪亮盔甲里，以致完全无法跟面前的听众沟通。这可能只是一个纯粹的白痴状态和浪费机会的个案，但是当诗人教授的地位赋予他们的权威被他们用于压制那些有潜力者和用于摧毁新手读者或新手作者的信心，那就令人痛心了。无论学生是什么年龄，也无论是在什么环境——小学教室或研究生诗歌研讨班——施教者与受教者之间的契约要求施教者身上那个获授权的人维持某种平等关系和提供某种保护。我们都被正确地警告在这些环境下要小心各种形式的性骚扰，但可能也存在着一种职业骚扰，也即学生的希望和抱负受到难以想象的攻击。当然，对学生的才能给予公平而诚实的评估——不管是好是坏——是必须传达出来的，但这种传达必须带着尊敬，必须照顾到学生的情绪承受力。

在这学期开始之际，我想对我的诗歌研讨班学生说的是：我将参与你们作为作者的能力，但是你们作为作者的命运则是你们自己的事——毕竟，你们将在期末获得评分，因此就让这个成为我们的关系之性质的一个提醒物，这关系严格地说，是教学的。话虽这么说，但是为了保护我自己也为了保护他们，我承认，一旦我与某个学生因我对其潜质或成绩的尊敬——或相反——而建立个人关系，则我们一方就会影响另一方对诗歌命运的意识，不管这影响多么一闪即逝。而这可能会变成某种非常正面的东西。

第二辑

心灵的诸英格兰*

*加州大学贝克曼讲座,伯克利,1976年5月。

  T. S. 艾略特最精确和最有启发性的批评方案之一,是他关于他所称的"听觉想象力"的说法,这种想象力是"对音节和韵律的感觉,深深地浸透到有意识的思想水平和感觉水平底下,赋予每个词语以生气;潜入最原始和被遗忘之处,重返本源并带回某些东西",融合"最古老和最文明的思维"。我估计艾略特在这里是想到了潜存于某些词语和韵律里的文化深水炸弹,它是诗歌中词语之间必须保守的秘密,这秘密不只愉悦耳朵,而且愉悦心灵和身体的整个后部与深处;想到了诗人有意无意之中启用的,搏动于词语内部和词语之间的能量;想到了作为纯粹的形音词的词语,作为发声的词语,与作为词源学现象,作为人类历史、记忆、依恋之征候的词语之间的关系。

  我正是希望在这一听觉想象力的脉络中,讨论特德·休斯、杰弗里·希尔和菲利普·拉金的语言。他们全都重返某个本源,并带回某些东西;三人全都以英语诗歌成果的隆肉为食,全都在此时此地的英格兰,又都隐含与当时当地的另一个英格兰维持一种延续性。三人都是他们心目中真正英格兰的贮藏者和支撑者。三人都以不同和互补的方式,把英格兰视为一个地区——或毋宁说,把他们的地区视为英格兰。

我相信,他们正遭受一种历史感之苦,这历史感曾一度使那些不是英国本土人但讲英语的其他国家的诗人遭受特别之苦。我感到,这些母国文化的诗人如今正处于对他们的领土怀着一种防守性的爱的境地,而这种处境曾经只是我们也许可称之为殖民地的诗人——叶芝、麦克迪尔米德、卡洛斯·威廉斯——置身的处境。他们知道,他们的英国性是往昔文学和历史那递降的楼层里的沉积物。他们的地域正愈来愈明显地变得珍贵。一种想保存本土传统的愿望,想继续向过去开放想象力的供应线的愿望,想从沿途盎格鲁-撒克逊驻守站获得古人确认的愿望,想在星期六展销会、赛马会和海边远足的仪式中,在上教堂和降灵节婚礼的仪式中,以及在上教堂的仪式消逝之后渴望表达的必要性中,想在这类事情中看到社区生活方式的延续性和看到对受威胁的身份进行确认的愿望——所有这一切都是由他们的英语表明的。

当我们检视那语言,我们发现他们三人不同的声音获得三种不同根基的保障,三种不同根基一旦综合起来,便几乎代表了英语本身的总资源。休斯依赖北方的沉积物,也即异教的盎格鲁-撒克逊和古代斯堪的纳维亚的元素,他还从相关的诸多原始神话和原始世界观吸取能量。他的语言的生命,是坚持那已经被吸纳为中古英语头韵法传统的盎格鲁-撒克逊的冷峻轮廓和活力,然后潜入地下,保持民间诗歌、歌谣,以及保持莎士比亚和伊丽莎白时代文人的奔放。希尔也得到了盎格鲁-撒克逊基地的支援,但他的真正保障者是被地中海诸国的词汇和价值,被中世纪初期拉丁语的影响修改和扩大了的英语;他的想象力在某种程度上是一种学者的想象力,这种想象力建基于一个我们也许可称之为盎格鲁-罗马式的英格兰,受到基督教多音节词之光的感染,但受到更黑暗的,也许可称为野蛮的能量的支配。接着由拉金完成了这幅画，因为他真正的腹地是这样一种英语，它被诺曼征服①和文艺复兴运动法语化，并转变成人文主义的英语，这英语又被乔叟和斯宾塞变得灵活、富有旋律和充满悲鸣，再被18世纪净化，剔除了学究气和非理性的魔法。

他们心灵的诸英格兰也许可以被相应地加以描绘。休斯的英格兰是太古风景，那里石头呼喊，地平线忍受，自然环境带着一股宗教力量栖息在心灵中，小卵石梦到"它是上帝的胚胎"，"凝视的天使穿过"，"群星俯首"，水带着前苏格拉底的力量相称地躺在"万物底下，/绝对精疲力竭绝对清澈"。它是李尔王的荒野似的英格兰，现在变成了约克郡的一片荒野，荒野里的羊群、狐狸和鹰隼说服"不能适应的人"相信他是一种可怜、赤裸、分叉的东西，他与这些动物本身的物种关系不是在某条生物链内，而是在某个生命层次上。那里有巨型独石和过梁。空气震慑于风中上帝的声音，震慑于恶魔般变化多端的鸦状怪物；而诗人则是废墟中的漫游者，灾变使他与安慰和哲学隔绝。另一方面，希尔的英格兰对人类的存在较为热情好客。巨型独石让路给城堡主楼和小教堂，尽管也让位给斩首垫头木。荒野的寂寞被小树林的自然魔力和学者小屋的知识力量保持在一定距离外。诗人不是漫游者而是牧师或启发者或某个能师巧匠行会的成员：他占有历史而不是神话学；他拥有学识传统而不是口头传统。虽然有战争，但也有王朝，有承传和秩序的理念，有"真正管治英格兰"的可能性。他的哀歌不是哀痛民团战士和宫殿里的赏赐者不可逆转的消散，而是为金雀花王朝国王们谱写的庄严安魂曲，这些国王的残酷战争都是在庞大的格局里发动的，其规模只有在"大海/越过肮脏的乱石疏散其死者"时才能被理解。拉金的英格

---

① 指诺曼底公爵威廉于1066年对英格兰的军事征服。

兰同样反映了他使用的语言发生分化的时期之种种特征。他的树、花和草既不是万物有灵论的，也没有被依稀记忆中的德鲁伊特①学识神圣化，而是可变性的象征。在它们背后，隐藏着行吟诗人和弄臣的感受力。"割下的草虚弱地躺着;/切下的柄吐出的呼吸/是短暂的";他的风景既不是被粗蛮的荒野主导，也不是被教堂塔尖和城垛的图腾式建筑风格主导，而是被市镇景观，被屋顶和花园，以及被"挤拥如一片片田地的邮政区域"的都市视野和田园视野的互动的景观主导。诗人不再是吟游诗人的残余，也不再是好奇的学识的入会者，也不是身怀某门绝技、不轻易把秘密示人的师傅，而是海关或公职部门一名善良而有礼貌的成员，或者，没错，一名图书馆职员。月亮不再是他的白色女神，而是他的诗歌财产，是意象而不是标志:"高高地、乘戾地、独立地"，它望着没围栏的存在，望着遂愿的荒凉阁楼，望着由百货公司、运河和工业泡沫的漂浮、煤矿爆炸、教堂里的塑像、办公室里的秘书构成的英格兰;它掀起生命的潮汐，那里只有一艘船值得庆祝，不是一艘"金鹿号"或"胜利号"，而是一艘"黑帆的/陌生船，在它背后拖着/一片辽阔而无鸟的寂静"。

休斯的感受力是原始意义上的异端感受力:他是一个小地方的出没者，一个荒野居民，一个异教徒;他凭直觉在远离都市的丛林里活动;他既不是城市的也不是温文尔雅的。他的诗歌令人想起兽穴，一点不亚于令人想起图书馆。他的诗集的书名，都是一些撒进我们的动物识别力的内陆地区的网。诗集名《卢柏克》(Lupercal)一词染上母狼的气味，然而却又回溯到一个本源，也即莎士比亚《裘力斯·恺撒》中的"你们全都看到了，在卢柏克②/我三次把一个王冠献给了他"。然而，这个词又经由莎士比亚传回到卢柏克，它是罗马帕拉蒂尼山西侧角落底下

---

① 德鲁伊特，古代凯尔特人中的有学识者。
② 指卢柏克节(牧神节)。

的一个洞穴;卢柏克亦指 2 月 15 日举行的节庆,在献祭了几只山羊和一只狗之后,年轻人只穿上了用这些牺牲品的毛皮制作的紧身裙裤,在帕拉蒂尼城周边奔跑,用羊皮条抽打他们遇见的人,尤其是妇女。这是一个繁殖仪式,也是仪式性地在该城市边境划界,而在某种程度上休斯的语言也是如此。它那充满感官享受的拿取,它那充满血和腺和草和水的芳香,把 20 世纪 50 年代的英语诗歌从一种对关注自然神秘力量的过于古板的厌恶中召回;而这些诗则在掩藏于溪流和树林、沼泽和牛栏里的英格兰边界划出了自己的范围。休斯就像荒野中的"可怜的汤姆"①,一个在荒野中品尝或测试原始事实的文明人;他就像"渥德渥",一个四下里寻探的林中野人。诗集《渥德渥》在 1967 年问世,其题词是一句来自《高文爵士和绿衣骑士》的引语,而这种刻意的联系是很有启发性的。如同《高文》的艺术一样,休斯的艺术是轮廓清晰和内在丰富的艺术。他的措辞是辅音的,它在空气中刻痕就像有效的刀片,标记和镂刻快速而明确的形状;但在这些形状内,有对神秘和仪式的暗示。它们是一个个圆圈,在圆圈内他用魔法召唤各种神秘的存在物。

休斯的活力大部分与这类辅音的东西有关,它们像卡尺一样量度他的元音,或像铆钉一样装饰诗行。"一切事物都在继承一切事物",诚如他在一首诗中所说,而他通过莎士比亚、约翰·韦伯斯特、霍普金斯和劳伦斯继承的,乃是某种属于重音的原始生命的东西,而它正是英语诗歌材料的敏感部位。他的辅音是他的形音词世界中的古代斯堪的纳维亚人、诺曼人、圆颅党人,对元音的丰富、奢华和可能的好色进行大肆地砍劈、修整和锤击。"我想象这午夜时刻的森林"(I imagine this midnight moment's forest)——著名的《思想狐狸》的第一行——是寂静

---

① 指莎剧《李尔王》中的爱德伽,他装疯时使用"汤姆"假名。

的,但这寂静是通过"m""d""t"的压制性、封堵性行动来达致的:I i-Magine this MiDnighT MoMenT's foresT。休斯在这些早期诗中的志向,乃是运用所有这些元素,把它们纳入他的权威声音的法权范围内。而在《思想狐狸》中,诗开头那个生活在他的法权范围外的东西,是典型地流动、发元音和发咝音的"有什么别的东西活着",一种尚未确定是什么的神秘存在物如此低语着,那是一种其充分的元音音乐获准作为其显灵方式的神秘存在物——"某种更近/尽管处于黑暗内部更深处的东西/正进入这片孤寂。"它在被想象成诗人-看守者也是元音保管者的拥有物之前就已获准扩大其神秘性;它终于以"一只眼睛,/一种拓宽和加深的绿色(an eye, A widening deepening greenness)"的充分发声的"i"和"e"出现,但这出现逐渐被"出色地、集中地"这一掣肘性行动所掌控,以及被最后一个诗节中那单音节辅音螺栓的爆破所掌控:

> Till, with a sudden sharp hot stink of fox
> It enters the dark hole of the head.
> The window is starless still; the clock ticks,
> The page is printed.

> 直到它随着一阵突如其来的狐狸的恶臭
> 进入脑袋的黑洞。
> 窗口依然无星;时钟嘀嗒响,
> 纸页被印出来。

接下来要谈论的一首诗,其题材也许会被认为是向一位诗人恳求温柔又虔诚的元音,而不是约束的辅音。关于一株"蕨草":

Here is the fern's frond, unfurling a gesture...
这里是蕨草的叶,展开一个姿势……

这第一行是一行盎格鲁-撒克逊诗,四个重音,其中三个是通过头韵①分辨出来的;而虽然那些"f"的冰霜似的钳制变暖了,但那蕨草依然被纳入控制、约束和王者权威的意象:

在它们中间,那蕨草
庄重地起舞,如同
从低丘陵下经过,回到他自己的王国里去的

归来的战士的羽饰。

但是,当然,我们看到休斯的《蓟》是比易弯的蕨草更亲近他的精神的植物。而在一首叫作《北方的战士》的诗中,当他把注意力转向蓟时,它们变成了古代斯堪的纳维亚人的化身:

带来他们霜冻的剑,他们被盐漂白的眼睛,他们被盐漂白的头发,
大雪的一排排惊呆的铁砧,
带来他们的羡慕,
那慢船试探着向南爬动,蜗牛爬在圆水球陡峭的光泽上。

---

① 头韵指相连单词开头相同的字母或语音,或一个句子中相同的重音音节,例如 fern, frond, unfurling 中的"f"。

这些就是休斯想象中的"北方的战士",他们复活了,穿着他们北极的铠甲,变成"加尔文的铁动脉",变成《蓟》。这些蓟是我所听见的休斯的声音的象征,这声音生来就具有某种原创活力,为争夺同一个阵地而反攻;同样重要的是,休斯本人在这首诗中把蓟作为一种基本语言的形象来呈现,从辅音那扛枪的臂膀背后用喉音发声:

> 每一个都是充满复仇的
> 复活的爆发,都是以武器碎片
> 和冰岛寒霜紧攥起来的拳头从一个
>
> 腐烂的维京人的地下污斑里伸出。
> 他们就像灰白的头发和方言的喉音。
> 每一个都佩戴血的羽饰。
>
> 然后他们逐渐衰老,像人。
> 刈倒,便是世仇。他们的子孙出现,
> 直挺挺,带着武器,为争夺一块地而反击。

休斯在这里把方言的喉音与英语语言中的北欧层面联系起来。他在另一处宣称,方言喉音是他本人的声音的隐而不露的秘密。在发表于1971年1月《伦敦杂志》的一篇访谈中,他说:

> 我成长于西约克郡。那里有非常独特的方言。无论你长大后学会什么别的语言,你的方言大概都会以某种内在自由的方式保持活力……在那方言内,是你童年的自我,而这很可能就是你真正

的自我或你真正的自我的核心……没有它,我怀疑我是否会写诗。就西约克郡方言而言,当然,它直接把你与中古英语诗歌联系起来,并且是以你最紧密的自我联系起来。

换句话说,他认为他语言中的原创特性,乃是从那大块古木掉下的碎屑,他的作品并不需要新的种植,而只需要在古老枝丫上抽出新芽。还有哪个诗人敢于把一本诗集称作《渥德渥》呢?然而,具有优美头韵和精彩形式,把自然生活与神秘生活交织和交错起来的《高文爵士和绿衣骑士》,其与休斯诗歌在精神上的贴近很可能甚于休斯诗歌与休斯的英国同代人的诗歌。一切事物继承一切事物——而休斯是这个头韵法传统的正当继承人,也是边境民谣具有穿透力的简朴性的继承人,他还在同一篇访谈后半部分里把边境民谣提高到试金石的地位。他说,他在1955年再次开始写作:

> 触发我写作的那些诗,是夏皮罗、洛厄尔、默温、威尔伯和克罗·兰塞姆等人的零星诗作。克罗·兰塞姆为我提供了一个我觉得可以利用的榜样。他帮助我把我的文字聚焦……但这整个影响是神秘的……在经历了所有那些"日日新"的运动之后,你反而坚持一个事实,也即某些苏格兰边境民谣依然比过去四十年间人们所写的东西都要更带劲。各种影响似乎使一个诗人变得愈来愈不大可能写出只有他能写的东西。

只有休斯能写的东西,其能否释放,要依赖能否发现一个途径,去使方言的活力涌出,去为那内在自由争取一个经常出没的场所,去为那个童年自我获得一种乔装以便让它能够轻松地走进来。自由、自然和自如在休斯的批评语汇中是积极词，并且它们既与个体诗人的真确性又与语言本身的特质密切相关。休斯在1964年谈论基思·道格拉斯时，也完全有可能是在谈论他自己，也即谈论当他的语言和想象力在成年人世界里搜寻诗歌，而这搜寻变成如同在儿童世界、方言世界里搜寻动物时，他的语言和想象力是如何改变它们自身的：

> 他给人的印象是诗人的意志突然调动起来，他的视域清晰起来，仿佛坐着思考各种可能和不可能时猛地站起来行动。事物的图像不再引起他太大兴趣：他要在生命中获得它们的实质、它们的本质和它们的后果。就在那个当下，突然间，他的思想变得完整起来……他是语言的翻新者。不是说他以纷乱的混合，或以大肆挥霍，或以好奇的精确来使用文字。他的胜利在于他更新了普通谈话的简朴性……与此相伴随的音乐……乃是这种自信、坦率的思考的自然路径……一种通用的多功能风格，它把口语散文的脱口而出与诗学广度结合起来，把音乐的仪式性强度与清晰的直接感受结合起来，然而结果却只是随意的谈吐。

这种仪式性的强度、散文的脱口而出、直接感受和随意的谈吐的结合，同样也可以在《卢柏克》集子里最好的诗中看到，因为在《雨中鹰》里，事实上还可以说在诗集《渥德渥》和《乌鸦》的大部分诗作中，我们常常看到休斯提到的那种大肆挥霍，这是一种与其说是鼓足劲站起来行动，不如说是把肌肉收缩和拉紧至近乎怪异程度的谈吐。但是在诸如《狗鱼》《栖息着的鹰》《公牛摩西》《水獭》等诗中，我们却能感到这种自信、快速、劲头十足的熟练。而在以下这首来自《渥德渥》的诗《风笛变奏曲》中——这是一首其标题本身就具有独特休斯风格的诗，从超乎常规和从表面底下获取能量和祖先——我们看到了苏格兰风笛吹奏者的"大音乐"也即高雅风格的诸元素,这些元素隐含于诸如"死""天堂""宇宙""千万年""天使"之类的词语中,以及诸如"上帝的胚胎""群星俯首"这样的片语中——"群星俯首"这个片语巧妙地撒网,并在耳朵的静水深处拉起布莱克。我们读到这种高雅风格、仪式强度——你想怎么称呼都可以——的诸元素;我们也有"散文的脱口而出",有"沉闷""紧紧抓住""减弱""试验"等"随意的谈吐",以及"风在石头上疾奔"和"她已完全疯了"等日常的节奏。这首诗中的风景,是那种会使盎格鲁-撒克逊漫游者或航海者感到完全自由自在的风景:

> 大海以其无意义的声音叫喊,
> 用同样方式对待其死者和生者,
> 大概是沉闷于天空的外表,
> 尤其是经过千千万万个无眠、
> 无目标、无自欺之夜。
>
> 石头也是如此。一块卵石被禁锢
> 跟宇宙中任何东西都不一样。
> 为黑色睡眠而创造。或偶尔
> 意识到太阳的红斑,
> 然后梦见它是上帝的胚胎。
>
> 风在石头上疾奔,
> 终于能够与虚空厮混,
> 如同那瞎了的石头本身的听觉。

或转动,仿佛那石头的心智感受到
一种四面八方的狂想。

一棵树喝海水吃悬岩,
努力长出叶子——
一个老妇从太空里掉下来
没准备好适应这些状况。
她紧紧抓住,因为她已完全疯了。

一刻又一刻,千万年又千万年,
没有什么减弱或发展。
而这既不是坏的变种也不是试验。
这是那些凝视的天使穿过的地方。
这是群星俯首的地方。

　　休斯试图使内在生活发声,使简单的"就在那里"发声,例如大海、石头、风和树的生命之"实质、本质和后果"。布莱克的卵石和老虎影影绰绰显露在此诗的背景中,盎格鲁-撒克逊诗歌的风景也同样影影绰绰。而整件事情都建立在悬岩的基础上,休斯在他的自传文章中把那座悬岩视为他的诞生石,它固守着他的出现,如同他的墓碑将固守着他的消亡:

　　这是自我出生伊始便"使我想起世界"的提醒物:在当时是我的精神助产士,此后便永远是我的教父——或教父之一。从我诞生之日起它就观看着。如果它不能直接看我,如同高耸的阴云笼罩在我的婴儿车上,也是透过某种潜望镜看我:即是说,通过其独特阴影渗透我房间里的光线。从我位于山谷向南的斜坡底端附近的家望去,那座悬崖既是存在的窗帘又是存在的背景。

我援引这篇文章是因为它把童年核心与成年著作联系起来,因为那座悬岩在他的诗歌风景中等同于他诗歌语言中的方言。那座悬岩持续着,幸存着,支撑着,忍耐着,丰富着他的想象力,恰如它是他建立在休斯版的生存和忍耐之基础上的语言的基岩。

石头和悬岩也显著地出现在乔弗里·希尔的诗歌世界,但希尔的想象力不满足于像休斯那样赋予矿物世界绝对的控制权。他不是向巨石吟唱的恳求者,而是雕饰巨石的工匠。希尔也划出一个英格兰的范围,这个英格兰是他自己的故乡西米德兰兹,它被视为一个中世纪的英格兰,直视威尔士的种种凯尔特神秘性,并向外眺望欧洲的军事和基督教会的种种辉煌。他的诗集《麦西亚赞美诗》命名他的领土麦西亚,并把他的想象力掩藏在奥发王这个人物底下,奥发王是英格兰与威尔士之间那座大堤的建设者,也是这些边界的建设者和划界者。希尔对麦西亚的颂扬具有双重焦点:一个是孩子的视角,贴近普通的大地,贴近历史的贮物所;另一个是历史学家和学者的视角,爱探究意义,使过去的时间对现在的时间施加影响,反之亦然。但是他的写作本身绝非抽象和哲理。就像我说的,希尔处理语言如同一个石匠雕饰一块巨石,恰似《第二十四首赞美诗》中他自己笔下那个石匠:

> 穿越他的主人的随从的无数领地,前往孔波斯特拉。然后回家,终生待在西麦西亚,这个手艺高超的石匠,依我的设想,是要拿他情绪化的证词来骚扰鼓膜和圣坛拱顶,混淆战士与狮子、龙蟠、

石质藤蔓的卷须。

站在哪里最好呢?复活节阳光照射亚当那张倾斜的脸,他正穿过树叶偷摘苹果;福音传达者苍白的作乐,还有,那里,一个盛怒的基督正用哑剧般的动作把小孩亚当救出地狱。

("期待死者复活"①,尘土在眼睛里,在乱扑的翅膀上和嘴唇上。)

这里不仅英语必须保持,包括"作乐"(spree)、"偷摘(苹果)"(scrumping)和"用哑剧般的动作"(mumming),而且拉丁语和学识也必须保持。这些诗作的风格化修辞是某种文字建筑,一种庄重而雄健的英国罗马式建筑风格。本地的植物矮树丛和文字矮树丛,那些由蕨类和常春藤构成的野蛮涡卷形装饰,与鼓膜和圣坛拱顶、与威严的拉丁语沉重的典雅形式对照。他的语言的整体格局是对莎士比亚著名的"浩荡的海洋变成血,/把碧绿染成红"的语言效果的扩张和刻意开拓,莎诗中"浩荡的"(multitudinous)和"变成血"(incarnadine)②的多音节华丽辞藻都被"把碧绿染成红"(making the green one red)③的单音节质朴抵消和削弱了,拉丁语也与本地语携手合作。在希尔那里,有某种斯蒂芬·迪达勒斯④把文字的高度自觉意识作为肉体感觉、作为等待被铅锤探测的声音、作为舌头上的秤砣的意味。他诗中的词语落在纸上是缓慢而单独的,如

---

① 原文为拉丁语。
② 这两个词都是外来语。
③ 这一整行诗都是本土语。
④ 迪达勒斯,亦译为德达卢斯,乔伊斯《一个青年艺术家的画像》中的人物。

同熔化的焊锡,并累积成微暗发光的小块。我想象希尔沉溺于一种阴郁的语言享乐,专注于每一个词语的潜能,并且带着与利奥波德·布卢姆①专注于思考他的肾脏相似的细味。事实上,在《麦西亚赞美诗》中,希尔的程序不仅在这种语言考虑和自我意识方面酷似乔伊斯。尽管他频频指涉"由拉丁语散文赞美诗或早期基督教会的圣歌提供的先例",但这些赞美诗真正颂扬的是"听觉难以逃避的调式",还有视觉难以逃避的调式,而这种颂扬所采用的形式,则使我们想起乔伊斯式的心灵顿悟,而乔伊斯式的顿悟实际上就是散文诗。此外,他并非在个别作品的形式范围内追随乔伊斯的榜样;在《赞美诗》的整体组织中,他都做了乔伊斯在《尤利西斯》中所做的,把现代自传材料与取自过去的文学和历史材料混淆起来。奥发工的故事使当代风景和经验活在一个传统的丰富阴影下。

回到《第二十四首赞美诗》,诗中的场合,也即引发的时刻,似乎牵涉到沉思一个雕刻的楣饰——鼓膜是门的过梁与过梁上的拱顶之间那雕刻的区域——该楣饰描绘一系列场景:一个是伊甸园,一个是某种基督下地狱;这些场景都被福音传道者的画像审视着。在这隐秘、压缩的表现方式中,石头上的几个人物能够求助于基督教的全部教义和神话——这种表现方式恰似这个楣饰本身的压缩。雕刻使他想起那个雕塑家,一位手艺高超的石匠——相关的注释提到:"至于孔波斯特拉与12世纪西米德兰兹雕塑的联系,我受惠于 G. 扎尔涅基的《英国后期罗马风格雕塑》(伦敦,1953)。"这个石匠是"itinerant"(流动的,挨家挨户的)的——一个在纯粹拉丁语意义上使用的词,然而拿来形容到处走动的工匠时,那原始的意义似乎预示了该词现时收窄的意义,也即"tinker"(补锅匠),这补锅匠是一种流动的锡匠、银匠。在第一段的字

---

① 乔伊斯《尤利西斯》中的人物。

句中,拉丁语派生词占主导,因为这是一个仪式过程,是一次"穿越他的主人的随从的无数领地",前往孔波斯特拉的旅程。那里就连这个专有名词也飘扬着音乐,像一面旗。但是当他回家,他便暂时从其伟大的巡游缩减至他的家常尺寸,变成简朴的"然后回家,终生待在麦西亚西部";但现在这个雕塑的诗人/观察者捕捉到某种具有特殊意义的东西,并借用了某种石匠的兴奋的东西。然而他并不像哈姆雷特那样"用心灵的眼睛看"他,而是"设想"他,而这个动词恰好带有礼拜仪式的意味,"是要拿他情绪化的证词来骚扰鼓膜和圣坛拱顶,混淆战士与狮子、龙蟠……"鼓膜不用说也是一面鼓,而动词"骚扰"则传达出一种丰富的通感效果;当凿子凿石头时,石头发出了定音鼓似的咯咯声。但是"骚扰"还要更有趣。其来自拉丁词根 pastorium 的原始意义是捆绑马腿,在1685年被用于指"使人们挤在一起或挤成一团"。因此这位石匠是在把战士和狮子、龙蟠、石质藤蔓的卷须捆绑起来、赶在一起和使他们挤成一团;而这种不同母题的交织和纠缠也正是这首诗的方法。

事实上,如果我们把此诗置于其恰当脉络里,就可以更清晰地看到这个方法。它处于一个由三首诗构成的组诗的中间,该组诗叫作《英国刺绣制品》(*Opus Anglicanum*)。其注释再次提供了帮助:

> "英国刺绣制品":该术语特指公元1250—1350年的英国刺绣法,尽管该技艺早在几世纪前已很著名……我颇不合适地扩大了该术语,使其适用于英国罗马风格雕塑和19世纪的实用金属制品。

现在,这纠缠,这交织,是属于刺绣法的,而我认为,这第一首诗把来自希尔童年记忆的女性人物与来自中世纪城堡和女修道院成群成群鬼影般的刺绣工人聚集在一起:

二十三

在地毯中,在梦中,她们聚集,如同在上演戏剧,从超验重返,重入这个尘世。英国刺绣制品,她们严厉的神秘被针刺满孔眼:银静脉、金叶、涡形葡萄藤、阴险线条的杰作。

她们步履沉重地走出黑暗,刮掉长筒靴上的石灰污块和黏液。她们咀嚼冷熏肉。灯在多油而可靠的光中渐渐丰满。

再一次,第一段的礼拜仪式和拉丁语派生词被"刮掉长筒靴上的石灰污块和黏液"的实际重量和本地重量磨损和反驳——按我的理解,长筒靴应是那些从事这种无穷尽的英国刺绣制品活计的劳动者的长筒靴,不仅指农业本源意义上的劳动者,而且指工业发展意义上的劳动者。而为了理解这东西,不妨读读第三首,在该诗中,他祖母从事的"实用金属制品"获得以这样一种视角的思考,这种视角包含中世纪刺绣和石工,于是某种"超验"进入了圆铁钉的打造:

二十五

想到《Fors Clavigera》[①]的第八十封信,我说这些是为了纪念我

---

① 这是英国散文家和批评家罗斯金的一本著作,全名《Fors Clavigera:给英国工人和劳动者的信》,Fors 是指 force(力量)、fortitude(坚忍)和 fortune(运气)中的 for,这三者分别由棍棒(clava)、钥匙(clavis)和钉子(clavus)来代表,也许可译为《由棍棒、钥匙、钉子所象征的力量、坚忍和运气》。

的祖母,她的童年和最宝贵的成年都在制钉①中度过。

钉店设在小屋后的羊栏边。它散发含矿物的汗水的腐味。低矮的屋顶已积了一层火花垢。在曙光中洗矿槽里的水漂浮着一层李树花似的尘埃——

不被死后的叫嚣声动摇。颂扬"生气勃勃的铁炉"是一回事,用炽热的金属线炼出一张兔唇脸是另一回事。

想到《Fors Clavigera》的第八十封信,我说这些是为了纪念我的祖母,她的童年和最宝贵的成年都在制钉中度过。

罗斯金的第八十封信雄辩而哀婉地反映了这种主仆境况的不公正,反映了对劳工的剥削,反映了打铁钉这种贬损性的工作。伯明翰市长带他去一座屋子,那里有两个妇女在干活,用他的话说,是在用古老的武尔坎式的技能辛苦工作:

她们——英国老妇和用人——就这样苦干;她们一天的工作就是从早干到晚——七点到七点——在炉边——夏天的风把炉火扇起。

他进而计算,那妇女和她丈夫每年总共赚五十五英镑,供他们自己和六个子女吃穿;他指责工厂拥有者阶层的奢华,并拿工业家们那些观

---

① 制钉原文"nailer's darg",意为"制钉人一天的工作/任务"。

赏伯恩-琼斯《维纳斯的镜子》画像的妻子,来比较"这些人,她们的姐妹们,她们在维纳斯的镜子面前只是一堆灰烬;不是被勿忘草环绕,而是被世界的一切遗忘环绕"。

我觉得,这里希尔是在颂扬他自己不屈不挠的英国性,把他的心灵投射到其他时代,歌唱一个被搅成黏土和灰烬的宗族,把他们的耐性、他们维持生命的能量与英国的光荣联系起来。毕竟,"生气勃勃的铁炉"也许就是这句话原本的出处也即莎士比亚《亨利五世》所宣称的"在思想那生气勃勃的铁炉和作坊中"的意思,但它肯定也是指蹄铁匠菲力克斯·朗代那"乱砌而成的邋遢铁炉"①。这个形象在各个节点之间转换,在这首有意图又充满暗示和指涉的诗中绣出了一种新的"英国刺绣制品"。而刺绣针的尖头,当然是"darg"这个从盎格鲁-撒克逊大木块掉下的碎屑的词,意为"一天的工作"或"一天的任务"。

《麦西亚赞美诗》表明希尔已完全拥有他的声音。尽管在他的早期作品诸如《葬礼音乐》和《金雀花王朝列王安魂曲》这样的诗中,其所显示的僵硬和装了托臂似的修辞都是站得住脚并将继续站得住脚的,但只有当这修辞成为压具去收紧语言并从语言中挤出普通话语的活力,挤出盎格鲁-撒克逊的果汁精华,只有在这个时候,诗歌才获得这种变得新鲜并继续变得新鲜的最后特质:他才像他在另一首诗中所说的,产生了一片"金色和发出臭味的火焰"。

最后,谈谈拉金。在拉金那里,语言中产生的并不是一片"金色和发出臭味的火焰",不是语文学和历史的品级和发酵肥料,而是衣着干净的词语在有文化的谈吐中这类意义上的明亮感。在拉金的语言中,

---

① 语出霍普金斯诗《菲力克斯·朗代》。

如同在他关于水的看法中,"任何角度的光……将无穷尽地聚集"。在拉金诗中,观察者与被观察事物之间有一道鸿沟;一种拒绝,拒绝被融化在漫长透视法中;一种执拗的坚持,坚持诗人既不是种族记忆,也不是凑集起来的神话①,也不是石匠,而是一个真正的人,在真正的地点。他诗中的节奏和词汇被调校成一种理性的音乐。他似乎刻意缩减自己的联想才能、共鸣才能和象征主义的战栗的才能。他最初师承叶芝,后来转而师承哈代。他没有被早期诗《婚礼风》带来的劳伦斯式成功冲昏头脑,那首诗以某种圣经式的俯冲,以某个描绘圆满的恋人们"牛群般在慷慨之水前的跪伏"的形象告终。他以坦诚的刻薄斥责浪漫主义的抱负和神明启示。如果他看见月亮,那也是在小便后摸索着回床时看见。如果他被迫喊出"哦,记忆的狼群,浩浩荡荡",那也是被迫承认他早已过了情绪襁褓时期,即使它"对别人来说依然未减,在某处"。"未减"——这个词及其在稀薄的可能性与丰富的可能性之间徘徊的平衡,都是很典型的。克里斯托弗·里克斯曾指出,拉金最好的诗句中常常有否定词在发挥作用。例如,在床上谈话的情人们发现更困难的是:

> 找到
> 既真实又亲切的话说,
> 或并非不真实和并非不亲切的。

他的舌头迟疑地、精确地、诚实地在反讽与否定词之间移动。他是理性之光的诗人,那光有其自身的发亮之美,但也有清晰地揭示它所触

---

① "凑集起来的神话"语出拉金,他说,一首诗自成一个宇宙,不乞灵于"传统"或"凑集起来的神话",后者指在诗中指涉其他诗或诗人。

及的各种真理的效果。拉金既不讲方言也不讲布道语；在他三本诗集中没有"吓人的大字诗"，也没有被他带着怀旧描述的矿工们的那种"咳出近于咒语的谈话和烟斗烟雾"的多苴的亲切。他的语言应该会讨那些都铎王朝和奥古斯都时代的维护者喜欢，后者想完善和美化他们的谈吐，想使它变得优雅，以适合艺术创作。我们听到的是一种剥光的标准英语的声音，实际上还带着独特的断行和自责的音调，但这是一种既不退回到盎格鲁-撒克逊强劲节拍也不退回到中世纪格里高利圣咏的声音。事实上，它的祖先开始出现时，中世纪正在转向世俗，戏剧开始与弥撒平起平坐，成为社区一种讲故事和传播知识的形式。例如在拉金诗作《钱》开头几行，我就觉得可以听到《凡人》①的语气，听到里奇斯责备主人公时那种爱发牢骚的音调：

  Quarterly, is it, money reproaches me:
   'Why do you let me lie here wastefully?
  I am all you never had of goods and sex.
  You could get them still by writing a few cheques.'

  每季，钱都要责备我：
   "为什么你让我躺在这里白白浪费？
  我是你从未享受过的物品和性爱。
  你还可以享受它们，只要写几张支票。"

  这些行尾停顿的诗句，往下滑至押韵的结尾，标志着拉金风格崛起

---

① 中世纪道德剧。

的那个时期的开端。继《凡人》之后,是斯克尔顿①,一种平易近人的韵律颤动,一种幽默的智慧,一种讲究实际的抒情:

> 啊,谁也不能否认
> 阿诺德是一个不如我自私的人。
> 他娶了一个老婆来阻止她跑掉,
> 如今她整天都在身边招摇……

还有骑士派的拉金,歌曲创作者,把谈话语调和格律形式的精致克制能力保持在美丽的均衡中:

> 不过,每年五月骚动的城堡
> 依然在充分成长的茂密中翻卷。
> 去年已经死了,它们似乎在说,
> 又开始了,重新、重新、重新。

顺便一提,即使在这个短小的空间里,我们也可以看到拉金对吝啬和丰富的独特融汇——"骚动的城堡"的灿烂和"重新、重新"的刺鼻之甜都受到平常的"去年已经死了"的制约。然而拉金正是通过拒绝或几乎拒绝完全停止来建立他自己的"消极能力"品牌。

骑士派的拉金之外,尚有晚期(英国)古典文学时期的拉金,有着端庄的忧郁情绪的诗人,有着暮色下的得体和阴沉的旋律的诗人。例如他那首关于老弱的赛马的诗《牧场上》,完全可以加上一个副标题

---

① 指约翰·斯克尔顿(1460—1529),英国诗人。

"乡村小牧场的挽歌"。马匹栖身的树林背后，完全有可能耸立着斯托克波吉斯教堂的尖顶；而在扰攘马尾和马鬃的风的流畅节拍背后，是毛发被扰攘的学究式的精确性：

> 眼睛几乎无法从它们栖身其中的
> 寒冷幽影里分辨出它们
> 直到风扰攘它们的尾和鬃……

而在该诗结尾，当"马夫和马夫的儿子/在黄昏时带着辔头走来"，他们的脚步显然有农夫拖着疲累的脚步归家的回声。

此外还有丁尼生式的拉金和哈代式的拉金。甚至有浓烈的意象主义者拉金：

> 有一个从未见过的傍晚
> 徐缓而来，越过田野，
> 不点灯。
>
> 远看似乎是丝绸般的，然而
> 当它贴近膝盖和胸口
> 并没有带来安慰。
>
> 那棵把大地接上天空的树
> 哪里去了？是什么在我双手下，
> 我感觉不到它？

是什么使我双手沉重?

然后是复合词创造者拉金——也许我们可以把它称为霍普金斯式的,甚或暂且称为莎士比亚式的——因为他写了"某个雨后的寂寞仲夏黄昏",写了"光,无可辩驳又高又宽",写了"那朵有百万瓣的存在之花",写了"持续不断的薄梦"和"浪费、虚弱、想留下好感的鲜花"。

还有那个从崇高到可笑,不妨称为海边明信片的拉金,在这方面他忠实于文明中的粗俗的种种特征,就如同他过敏于文明中最令人愉悦的雅致:"烂醉吧:/书本是一堆废物。"或见到这张被捣毁的出浴美人海报:

大奶子和裂开的裤裆
被划得深刻分明,两腿之间
那个空位被乱涂乱画,
使她正好骑跨在
块茎状的鸡巴和睾丸上。

然后,在别处:

他们搞砸了你,你爸和妈。
他们也许无意,但事实如此。
他们给你灌输了他们自己的过错,
还加上别的,就为了你。

再次,在《悲哀的步伐》中:

> 小便之后摸索着回床，
> 我掀开厚窗帘，吃惊于
> 快速的云，月亮的洁净。

但是，尽管小便，尽管所有这些地方都有俗语的窃笑，但是那个标题《悲哀的步伐》却提醒我们，拉金还有他那锡德尼式的关怀。他同样重返源头，带回某些东西，尽管他不是回归"根"。事实上，他在他的"根"周围加插逗号。他说，他的童年是一种已遗忘的沉闷。他从火车窗口看英格兰，一闪而过。他是现代城市人，岛国心态的英国人，只对他自己的部族的音调作出反应，一走出自己的环境就不自在。实际上，他是一位既平静又易发怒的英国民族主义诗人，而他的声音是战后英国那不是不真实、不是不善良的声音，因为在战后英国，工作帽和王冠都已失去它们某些有效的象征，而工人阶级口音和拖长的贵族腔调这类具有明确社会定义的功能已几乎腐蚀殆尽。拉金的音调是有礼貌但不是精美的，有教养但不是拐弯抹角的。也许他的英格兰和他的英语不像休斯那样沉潜或希尔那样庄严，却是充满深情地被喜爱的，而他在20世纪50年代末旅居贝尔法斯特期间，曾含蓄地感谢他从孤独生活中所获得的滋养。用另一位定居爱尔兰的英国诗人的话说，英格兰的谈吐、风俗和制度都是"他那创造性思想的妻子"。那是19世纪80年代生活在都柏林的霍普金斯，他感觉到他的个人才能正在与他的传统离婚。这里是拉金回忆20世纪50年代定居贝尔法斯特：

> 在爱尔兰孤伶伶，因为它不是家，
> 陌生感有好处。口音中尖刻的拒绝，
> 如此坚持分歧，使我受欢迎：

> 一旦这点获认同,我们便联系上了。
>
> 他们通风的街道,两端都伸向山边,码头区
> 轻微的古老味道,如同马厩,
> 鲱鱼贩子的叫声渐渐远去,这一切都
> 证明我有隔膜,而非不切实际。
>
> 生活在英格兰可没有这等借口:
> 这些是我的风俗和制度,
> 如果拒绝会严重得多。
> 这里没有别处加强我的存在。

拉金的心灵的英格兰在很多方面是与鲁珀特·布鲁克的《格兰切斯特》和爱德华·托马斯的《阿德勒斯特洛普》的英格兰保持一致的,一个由风俗和制度、工业和家常构成的英格兰,但也是一个其田园式腹地遭受这些制度的成功之威胁的英格兰。房屋、道路和工厂意味着某个英格兰正"在消失中":

> 似乎,刚刚才发现,
> 事情发生得实在太快了;
> 尽管还有那么多闲置的土地,
> 但我不知怎的第一次感到
> 它将不会保持下去,
>
> 感到在我断气之前,整个

地区就会被砖墙围起来,
除了旅游景点——
欧洲第一贫民窟:它很容易
赢得这个角色,连同一群
参与演出的骗子和妓女。

这样一来,英格兰就会消失,
那些阴影,那些草地,那些小巷,
行会会馆,有雕饰的唱诗班高台。
书籍会记载它,它将苟存于
美术馆里:但对我们来说,所剩
就只有混凝土和车胎。

我认为,正是这种终结感驱使所有这三位作家对他们各自的地方本源怀着某种虔敬,使他们审视英格兰而不是仰视英格兰。帝国力量的丧失,经济神经的故障,英国在欧洲内部影响力的衰微,所有这一切都引向一种对英格兰诸郡的新意识,对英国本土经验的新评价。例如,唐纳德·戴维出版了一本诗集,其书名就叫作《诸郡》,试图通过个人记忆或历史沉思或文学联系而使英格兰每一个郡都成为他的想象力的附加物。这是一本既亲密又排斥的诗集,一种描述爱与不耐烦的地貌学,同时也是另一个征兆,表明英国诗人正被迫勘探不只是英格兰的事情,而且还勘探英格兰究竟怎么了。我无非是冒昧分享这些勘探,而我的媒介则是英格兰无论是好是坏都给我们大家留下压痕的东西,也即英语本身。

叶芝作为榜样？*

*萨里大学讲座，1978。

一位作家对其艺术的献身，常常会给生活在他身边或他亲爱的人带来某种伤害。罗伯特·洛厄尔在诗集《海豚》最后一首诗中使用了"密谋"这个词来描述艺术事业中某种成问题的东西：

> 我已坐下来听了太多那位
> 勾结的缪斯的话，
> 也许太自由地用我的生命来密谋，
> 不回避伤害别人，
> 不回避伤害自己——
> 为恳求同情……这本诗集，半虚构，
> 一个由人做出来跟鳗鱼搏斗的捕鳗网——
>
> 我的眼看见我的手做了什么。

如果说最后一行不只暗示自责的话，那么也可以说，其中亦包含胜利的强音，而当罗伯特·洛厄尔逝世时，我记得我们有些人曾不太当真地考虑过是否可用它做他的墓志铭:它似乎传达了他诗歌声音那混合骄傲与脆弱的本质。

它将比叶芝的墓志铭诗句更充满懊悔:

> 对生,对死
> 投以一道冷眼。
> 骑手,过去吧。

叶芝的眼是冷的,而洛厄尔则是暖的,但绝不是湿的,它对人生的不完美抱以同情,是一个行人的眼而不是一位骑手的眼。叶芝后期诗作唱出对艺术的忠诚并轻蔑地对"现在长大的那类人"表示厌恶,洛厄尔的最后作品则是犹豫,他对虚构的信任似乎动摇了:

尾声

> 那些愉快的结构、情节和韵律——
> 为什么它们现在帮不了我,
> 当我想做些想象的
> 而不是回忆的事情?……
>
> 然而为什么不说发生过的事情?
> 祈求弗美尔赋予太阳的光芒
> 那种准确性的恩典,
> 那光芒如波浪悄悄漫过地图
> 移向他那个充满渴望的女孩。

> 我们是正在流逝的可怜事实，
> 受到这警告，便赋予
> 照片中每个人影
> 活的姓名。

"准确性"似乎是一个谦虚的目标，即使它像在此诗中这样丰富地达到了。洛厄尔声明放弃崇高，尽管他的辞令常常入侵那个王国。他宁愿寻求平常事物那低调的安慰。用叶芝的话来说，他几乎是"满足于活着"。

叶芝绝不会仅仅"满足于活着"，因为那将意味着扔掉词语，扔掉姿态，扔掉戏剧和超脱的种种可能性。从其诗歌生涯开始，他就强调并实现艺术的异样性，它不同于生活；梦想的异样性，它不同于行动；最后，他游移在他的视域模式之内，如同游移于某个隐形的影响和防御的圈内，某种精神防弹玻璃内，独享如帐篷内的恺撒，专注如溪流上的长脚蝇。

不管叶芝要我们怎样理解《长脚蝇》，我们都不可忽视那驱使长脚蝇前进的信心和支持这信心的能量，这能量因一个信念而充沛起来，也即艺术过程具有某种绝对的有效性。那是作品自身的一种玻璃抛光，它引开所有其他真理，除了它自身的真理。艺术可以以其脸色逼退历史，想象力一旦形成并掌握了发生的事情背后的秘密，就可以鄙视发生的事情。事实上，当叶芝设想并体现这种艺术追求时，我们可以嗅到一种猛烈，一种无情的因素。"心灵的黄眼鹰"和《天青石雕》一诗里的中国佬那"古老的亮眼"，还有那个打量坟墓的骑手的"冷眼"，全都暗示着不怀好意的欲望。如果艺术家心灵的行为有爱的行为具备的所有强度和欲望，以及所有潜伏的侵略性，那么可以说，叶芝的艺术想象力常常处于一种只能正确地用阳具崇拜来形容的状态。

那么,这是堪作榜样的吗?我们完全同意那种"对生,对死/投以一道冷眼"的武士式逼视和确定性吗?我们对这种昂首阔步说是吗?我们能承担得起对那紊乱地、难驾驭地继续着的生命投以不屑吗?换句话说,我们如何对待叶芝那个断言,他断言那坐下来吃早餐的人是一捆"偶然和不连贯",断言在他诗中重生的人是"某种有意图的、圆满的东西"?①

我个人对这种态度所包含的不妥协是极其欣赏的,如同我觉得叶芝如此经常决意要使两样东西争吵不休的做法是非常值得赞赏和效仿的。这两样东西就是他的生活和他的作品:

> 人的才智被迫去选择
> 生活或作品的完美,
> 而如果它选择后者就得拒绝
> 天堂般的大宅,在黑暗中发怒。

最后,使人感佩的是,他能够做到生活和作品并非分开而是形成一种延续,能够做到他的视域的勇气并不是把自己局限于辞令,而是在行动中迸发。例如,与想象力的另一位伟大辩护者华莱士·斯蒂文斯不同,叶芝承担其浪漫主义的后果,把它付诸行动:他在那电报和愤怒的世界中宣传、演说、筹款、管理、从政,全都是为了实现视域中的那个世界。他的诗歌不只是印刷的诗集抵达识字读者和批评家的世界那么简单,而是为了在文盲和政客的世界中尽可能地活得正直坦荡而作出的

---

① 叶芝在《我的著作的总导言》中说,诗人"绝不是那捆坐下来吃早餐的偶然和不连贯;他已重生为一个理念,某种有意图的、圆满的东西。"

种种努力的华美之花。除了《选择》一诗中那响亮的对照之外,我们还必须建立另一个识别标志:

一位诗人理所当然是一个以完全的诚实生活的人,或毋宁说,他的诗愈好,他的生命就愈诚实。他的生命是一次生活实验,而他的后继者有权知道它。最重要的是,抒情诗人的生命必须被知晓,我们必须明白他的诗歌并非无根之花,而是一个人的言语;必须明白在任何艺术中取得任何成就,或可能独立自主很多年,或走一条没有其他人走过的路,或在别人的思想有整个世界的权威做支持的时候接受自己的思想……或把自己的生命以及自己的文字(这些文字是如此地更贴近一个人的灵魂)交给世界去批评,都绝非小事。

我钦佩叶芝以自己的方式与世界较量,确定哪些是他愿意谈判哪些是他不愿意谈判的领域;钦佩他绝不接受别人的论说方式,而是提出自己的。我觉得,这种霸气,这种明显的傲慢,对艺术家而言是堪作榜样的;对他来说,坚持自己的语言、自己的视域、自己的指涉范围是应当的,甚至是必要的。这常常会显得不负责任或装模作样,有时候显得麻木不仁,但是从艺术家的角度看,这是一种正直行为,或一种保护正直的狡猾行为。

当然,终其一生,以及自他死后,叶芝一直都因其信仰的难以捉摸、因其行为的超然和因其指涉范围的古怪而不断遭到驳斥。首先是精灵。然后是托斯卡纳文艺复兴时期的宫廷和戈尔韦的大庄园。然后是月相①和大轮②。可信赖的市民问道,这一切究竟有什么意义?为什么我们要听这个重复文盲农民的幻觉的易上当的唯美主义者,这个在乡间大庄园里把阶级制度的封建事实神秘化的势利眼食客,这个建构历史模式然后以几何学和托勒密天文学的胡言乱语预测未来的江湖骗子?我们也许会倾向于用可信赖的市民的方式来回答,由他定调子然后替叶芝辩解。

"嗯,"我们也许会说,"他少年时代在斯利戈的时候从祖父母庄园的仆人那里听来了这些有关精灵的故事;然后,作为一个青年诗人,他寻求自己的文化的身份标志,使其与英语世界其他地方区别开来,于是他在乡下人的魔术世界观里找到这种独特而有共鸣的东西。这是针对维多利亚时代晚期英国理性主义和物质主义的一种有意识的反文化行为。"对此,市民回答说:"任何相信精灵的人都是疯子。"

叶芝不会为我们以道歉的方式替他做解释而感谢我们。他会希望我们以他本人肯定自己时的全部呕心沥血的固执来肯定他。因此,为了消遣和教诲,我希望看看他作为青年诗人,后来作为著名诗人和公共人物的实际行动;并且我希望在每一个事例中都清楚说明他的姿态中我认为是堪作榜样的东西。

一份其名字本身就足以招来90年代鬼魂的杂志《爱尔兰神智学》在其1893年10月15日号刊登了W. B. 叶芝先生一篇采访。采访者是该刊主编D. N. 邓诺普,他在其采访前记中描述了如下情景:

几天前的某个晚上,我去拜访我的朋友W. B. 叶芝先生,发现

---

① 指新月、上弦、满月、下弦。
② 二十八个月相构成一个大轮。

他独自一人，坐在扶手椅里，抽着烟，面前摆着一部荷马。整个房间说明了其天才主人特有的风格和品味。墙上挂着布莱克和其他较不为人知的象征主义艺术家的各种设计；到处都是明显陷于无穷混乱中的书籍和报纸。

他以其一向的友好方式邀请我与他一起喝一杯茶。在这惬意的仪式期间，他几乎什么也没说，但足以以这样一个事实给我留下比任何时候更深的印象，也即我的主人是一位彻头彻尾的艺术家，热烈地爱着他的艺术。

叶芝当时二十八岁，已可以运用他从佩特那里学来的繁密风格，懒散地经营句子就像懒散地躺在沙发上计算。如果说他还未形成自己的面具理论的话，那么可以说，他已经自觉地掌握了他的形象的潜力；而如果说他在这里的大丈夫姿态并非完全是摆架子的话，那么可以说，还是有一点儿孔雀开屏式的炫耀在其中作祟。荷马诗集是很好的装点，还有那根烟和那喝茶的"仪式"。

这个对其外表的关注在早几年前曾致使他用墨水涂脚后跟以掩饰袜子破洞的青年，显然已掌握了更复杂和稳健的策略，从而维持他自己与周围世界之间的那条界限。诚然，他仍未获得弗兰克·奥康纳在数十年后所见的他在具体行动中那霸气的权威，那时诗人可以用一句诸如"啊，但那是在孔雀尖叫之前"来打发掉一个争辩或强化一个提议，但是他身上已有一种明显的气氛，一种风格，它表明要效忠于力量所包含的刻苦磨炼和追本溯源，而这些都不是他的同代人所具备的。他是一位艺术家，献身于美；他是一位魔术师，精于隐秘的力量；他是一个凯尔特人，带着一条可探入神话深处的升降索；他是一位宣传家，却对记者不留情面。他是所有这一切，自我意识地，深思熟虑地，然而它们并不对他的力量或他的人格构成某种分散或混乱；相反，它们彼此凝聚，生长自同一条根，而如果说它们是深思熟虑的，那么这深思熟虑也是发源于一种内心强制力，一种能量，它发现自己竟是视域。我们也许可以说，叶芝当时和余生的表现，都在服务创造性活动中显露出来。我们愈是长时间思考叶芝，他就愈是弥合了神秘与技艺精湛之间那条被词源学所强加的鸿沟。

神秘与技艺精湛的诸方面，显露于这篇主要谈论叶芝与神智学会布拉瓦茨基分会之间关系的采访中一个最爽快的时刻。他曾于约三年前被布拉瓦茨基夫人驱逐，至少是被要求退出。邓洛普问他：

"叶芝先生，你还记得布拉瓦茨基夫人所作的一个预言，有什么可以说一说的吗？这也许值得一记，尽管你仍在等待你被预言过的生病。"

"唯一可以说一说的，"叶芝先生答道，"是提到英国。她说：'大师告诉我，英国的力量将不会持续过本世纪，而大师从来不骗我。'"

在我看来，叶芝这个回答似乎走了狡猾的一着，召唤那神秘学的初步知识来服务于民族主义大业，把文化煽动家隐藏在那个面无表情的梦想家背后，用一条中立如神智学本身的钓线往历史敌意的睡池上抛了一个钓钩，他讲话的平静表面下藏着潜在反抗的深水炸弹。这番话在想象力中留下了一道不断扩宽的航线尾流，并通过一种把考量过的意图伪装起来的完美障眼法在互叠效用的余波中运作；而在这样做的时候，它以微缩方式排练了一种更为复杂的意图与效果的配器法，这是一种他将在诗集《苇间风》中达到的配器法，该诗集的书名早就缭绕在他心头。

"你目前的创作情况如何?"我问道。

"《凯尔特暮光》很快就要出版,这是一本与鬼魂、妖怪和精灵有关的书,此外还有一本薄薄的布莱克诗选,"他答道,"然后我准备明年春天出版一本诗集,我打算把它叫作《苇间风》,并尽可能紧接着出版一本讨论爱尔兰民族性与文学的随笔与演说集,书名很可能会叫作《营火》。"

结果《营火》并没有出版。然而,他那篇关于民族性与文学的随笔则早在五个月前就发表于《统一的爱尔兰性》中,并且同一主题的文章在19世纪80年代末一直都在发表,并持续至整个90年代。他以致力于推广萨缪尔·弗格森爵士的诗歌开始——"爱尔兰产生的最伟大诗人,因为他是最中心和最凯尔特的"——并相继称赞詹姆斯·克拉伦斯·曼根、威廉·阿林厄姆和民谣诗人们;扶持新声音例如凯瑟琳·泰南和 AE① 的作品;在英国和爱尔兰杂志发表有关爱尔兰最好书籍的书目和读者指南文章;肯定隐含于爱尔兰乡村习俗和信仰中那个魔术世界观的正确性,并排练他提及的那本书中所述的信仰和习俗——那本随笔集的标题亦将成为一个时代的名字:《凯尔特暮光》。

这一切都是一场运动的一部分,而"运动"这个词中的种种暗示是贴切的。这场运动持续了很长一个时期,并在多个前线开展:报刊、政治、诗歌、戏剧,甚至爱情,如果我们把毛德·冈视为《凯瑟琳伯爵夫

---

① 乔治·威廉·拉塞尔的笔名。

人》的女主角饰演者的话①;它是以征服的理念开展的,也许不是征服领土而是征服想象力——尽管人民的想象力的成功觉醒确实使他们以新的信念收回他们的领土。当他来到他自传中涉及1887—1891年那部分的结尾,回忆他的目标时,那音调也变得响亮起来:

> 然而,我无法忍受一种随自己喜欢采集故事和象征的国际艺术。难道我不能在健康和好运气的协助下创造某种新的《解放了的普罗米修斯》吗;不是普罗米修斯而是帕特里克或圣科伦巴、奥辛或芬恩;而且,不是高加索山脉,而是克罗帕特里克山或布尔本山?难道所有民族不都是从一种把他们与石和山结合起来的神话学中获得最初的统一吗?我们在爱尔兰拥有富于想象力的故事,未受过教育的阶层都知道它们甚至歌唱它们,难道我们不能使这些故事在受教育阶层流行起来,重新发现我所谓的"文学的应用工艺美术",也即把文学与音乐、演说、舞蹈联系起来;从而最终它也许可以如此地加深这个民族的政治激情,以致所有人,艺术家和诗人、工匠和散工,都可以接受一种共同的设计?

虽然这段自豪的回忆中也许有某种哀鸣,但是在八九十年代他追求那"共同的设计"时,报刊和争议的调子并没有丝毫渐弱的节奏。例如,继他1886年在《都柏林杂志》发表那篇关于萨缪尔·弗格森爵士的文章中宣称在过去留传给未来的所有事物中,最伟大的是那些伟大的传奇故事,因此每一位爱尔兰读者都有责任去研读自己国家的传奇故

---

① 该剧是献给毛德·冈的。据记载,叶芝想说服毛德·冈扮演女主角,她因太忙没有答应,但她成了叶芝下一出戏剧《霍利亨的凯瑟琳》的女主角饰演者。

事之后,他进而明白表示,这个呼吁是针对那些无私和理想主义的青年人发出的:

> 我不是要向专业阶层呼吁,至少在爱尔兰,他们似乎从来没有想过他们国家的事情,直到他们首次担心自己的薪酬——我也不是要向那个"西不列颠①主义"的冒牌社会呼吁……

那种好斗的攻击性从未离开他,尽管他将要发展一种较不那么赤手空拳的风格,抛弃当着脸击出的短刺拳,而宁取攻击头部侧边的长距离出拳。

然而,重点在于,不管我们在多大程度上被引导去认为青年叶芝是一个梦想家,我们都不可忘记他那务实、活力充沛的一面,强有力地朝着他理想的目标推进。创办图书馆,与政治活跃分子建立联系,所有这些事情都是要拿出相当的决心、相当的抱负、相当的精神消耗来做的。并且所有这一切都还不是整个故事。尚有他的恋情,首先是与毛德·冈,然后是与奥莉维娅·莎士比亚,他情感生活中这些加强性和干扰性的事件都在其他领域赋予他力量。尚有他更严肃的文学计划,例如"红色汉拉恩"的故事,还有其他那些既强健又遥远的奇怪故事,它们构成了《秘密的玫瑰》的内容;此外尤其重要的是,尚有他自己的秘密玫瑰——诗歌本身。

要欣赏青年叶芝并不难:他的艺术抱负、他的民族热情、他对使自己加入一种传统和一种共享的信仰大全所怀的巨大愿望。尽管有这项事业的所有活动和推力,但诗人和诗歌的目标最终是要有用,要把个人

---

① 指崇拜英国的爱尔兰人。

工作的努力糅合到一个更大的整体民族工作里去,而我们时代的精神对这种民主驱策力是有共鸣的。

然而,诗人接下来采取的态度就不见得那么有共鸣了。在1893年10月《爱尔兰神智学》那篇采访之后二十年,在他那首《1913年9月》诗中,叶芝的风格已演化出一个使自己脱离而不是参与,一个说"我"而不是说"我们"的音调。那时,"浪漫的爱尔兰"已经消失殆尽。我们眼前的诗人已经年近五十,是阿贝剧院的经理、中产阶级虔诚和市侩的鄙视者、贵族化仪式和高雅的神话化者。我们眼前是这样一个人,他认为库尔庄园的住户重新分配该庄园对这个国家的生活来说是一种倒退,而不是进步。一个因J. M. 辛格的《西方世界的花花公子》遭到粗暴对待和因都柏林公司拒绝为休·莱恩收藏的印象派画作提供一个画廊而大受刺激并采取高调态度的人。诸如此类。一个英国和爱尔兰新教徒,与爱尔兰天主教社会的思想有深刻意见分歧。一个正在重新打造自己的人,试图寻找反抗其环境的风格而不是寻找吸纳其环境的风格,而这时他正处于他在《自我与灵魂的对话》一诗中称为"在其敌人中最优秀的人"的那个扣人心弦的发展阶段。那首诗进而问那个在敌人中间的人:

> 他究竟如何回避
> 那双恶毒眼睛的镜子
> 投射在他眼睛上的那个
> 污秽而损毁的形状,直到他终于
> 想到那个形状肯定是他的形状?

因此我希望我们下一个叶芝形象,是乔治·穆尔在其《欢呼与告别》中对爱尔兰文学复兴所作的经典自传性描述时,他那双恶毒眼睛投射而成的形象。尽管"恶毒"也许是一个太严酷的形容词。穆尔针对这位诗人浪漫形象打出的很多使人津津乐道的刺拳,更多是表示喜爱而不是表示想伤害,例如当他描述他的笑声是鸦叫声,说那是"世界上最忧伤的东西",或当他描写库尔湖边一身污泥的叶芝看上去像一把在野餐后遗落的旧雨伞。最后,穆尔这本书更多是见证叶芝的天才而不是担心叶芝的天才,有其实质而精心的反讽,有其独特的校正和准确的方式。下面这段文字出现在穆尔描述莱恩争议事件之后,以及在报告他自己关于印象派画家的演讲的内容之后——演讲是为了开导那些迟疑的中产保守市民而发表的:

> 鼓掌声一过,带着大啤酒肚、大阔步和大毛皮外套刚从美国回来的叶芝站起来发言。我们对他外表的改变感到惊讶,更使我们难以置信的是他不像往常那样向我们大谈那些代代相传的古老故事,反而开始像本·蒂利特①那样雷霆般大肆攻击中产阶级,跺着脚,大发脾气,而这一切只因为中产阶级没有把手伸入自己的袋子拿钱给莱恩,资助他做他想做的展览。当他讲出"中产阶级"这几个字的时候,你会以为他是在抨击某个私人宿敌,于是我们环顾四周,用眼睛互相询问,究竟威利·叶芝从哪里冒出这个奇怪的信念,竟然以为除了有头衔者和马车阶层之外没人懂得欣赏绘画⋯⋯
>
> 我们都为了艺术而牺牲生命;但你们,你们做了什么?你们牺牲了什么?他问道,于是大家开始在记忆中搜寻叶芝作出的牺牲,

---

① 本·蒂利特(1860—1943),英国社会主义者、工会领袖和政治家。

问自己叶芝在哪个监狱受过苦,他穿过什么破烂衣服,他吃过什么面包屑。就大家记忆所及,他总是活得非常舒适,始终坐下来吃正餐,还有那件与他的浪漫诗人职业相称的绿色旧斗篷,只是现在他用它来交换那件堂皇的毛皮外套,正是这件外套分散我们的注意力,使我们无法专心听他说什么,尤其是它如此阔绰地盖住了他从中站起来的那张椅子的背面……

这个叶芝的这种有意识的戏剧性行为,这种做作的傲慢,这种装模作样——这类东西常常使人反感。这是那个其同代人无法完全认真地对待的叶芝,因为他已超出他们的理解范围;这个叶芝被毛德·冈称为"傻威利",W. H. 奥登也在 1939 年的悼诗中称他"傻":"你跟我们一样傻,你的才能却活下来。"但是奥登在把这傻与这才能联系起来时,他抓到了问题的核心——活下来。穆尔向我们描绘的是一幅叶芝在坚持我前面赞赏过的那种不妥协、在力图保护自己想象力的源泉以使那才能活下来的画像。他披上那件贵族的斗篷——或者我们应该说那件毛皮外套——以便表达一种能够体现民族和个人生活的视域,这生活是丰富、慷慨、和谐、充实和增强力量的。叶芝在赞赏库尔庄园的气氛时所隐含的反动政治,就"天真"这个词的词源意义而言,是天真的,也即无毒的,而不是有害的。更能说明问题的是他对那个和善、家长作风的制度的体验方式,对格雷戈里夫人①作为民间文化的保护者和艺术才能的爱护者所展示的个人力量的体验方式,导致了一种诗歌,其音乐确保了其人情的丰厚。这种行为的傻与他中期诗歌的华贵是连贯的。叶芝对他自己的中产阶级的抨击,实际上源自失望:既然他们在经济上带

---

① 格雷戈里夫人(1852—1932),爱尔兰戏剧家、民间文学研究者,爱尔兰文学复兴运动的重要支持者。

头,为什么他们不在文化上带头呢?当然,穆尔是对的,他说他属于他们;当然,叶芝的自命不凡在其同代人看来是荒唐可笑的。但这是他的方法,旨在表明他拒绝"服务他已不再相信的东西"。

当乔伊斯反叛,他从霍利黑德乘船离开,并通过一个叫作斯蒂芬·迪达勒斯的虚构人物来创造他的戏剧,让这个虚构人物来强调和重复他反叛的措辞。当叶芝反叛,他留下来——乔伊斯鄙视这样"一种对适应力的狡诈直觉"——但他依然创造一个新叶芝来走上都柏林街头和舞台,一个几乎是想象力创造的人物,如同斯蒂芬·迪达勒斯。为了逃离他自己阶级的市侩和另一个教义的虔敬的无知,叶芝重新打造自己,把自己与冰冷、倨傲的人物联系起来,查尔斯·斯图尔特·帕内尔①是这类人物中的典型,而《渔夫》则是一个榜样。那孤独,那想要卓越的意志,那勇气,那使他背离他不再相信的东西(也即都柏林生活)并转向他信任的东西(也即一个形象或梦想)的自我意识——他那首《渔夫》诗的所有戏剧效果和正直坦荡在很大程度上都依赖乔治·穆尔如此令人愉悦地观察和报道出来的那另一种戏剧效果:

> 也许已经有十二个月了,自从
> 我突然开始
> 鄙视这群观众,
> 想象一个人,
> 和他那张太阳雀斑的脸,
> 和灰色的康尼马拉装,
> 爬上一个地方,

---

① 爱尔兰政治家、民族主义者,叶芝诗中多次提到他。

那儿泡沫下的石头是黑暗的,

还有当苍蝇掉进溪水里时

他手腕的下翻;

一个不存在的人,

一个只是一个梦的人;

并大喊:"在我变老之前

我应当给他写一首诗,

它也许冰凉

而充满激情如黎明。"

我们正从人们眼中的叶芝转向叶芝眼中的自己。我想,关于这个人的外表和他的意图,我已说得够了,因此现在是搁下那姿态的表面性而考虑诗作的内在性的时候了。

然而那诗歌是以这样一种形式铸造的,它令人侧耳就如同它令人侧目,而作为作家,我们不能不惊叹于那刻意提高的声音所包含的效果卓著的精湛音调,其不事雕琢的古典形体,其从情感高潮向智慧省思转调的能力,其对生命的终极忠实。不过,最具决定性的堪作榜样的时刻,是当这种强有力的艺术控制力易受生命本身的痛苦或悲情影响的时候。

但我必须就为什么我在这次演讲标题之后加了一个问号做点解释。《叶芝作为榜样》是 W. H. 奥登在 1940 年所写的一篇表示激赏但非迷醉的文章的标题,因此我这个新的标点符号一部分是为了指涉回奥登那个标题。但它也是为了承认那个正统观念,也即一位非常伟大的诗人可能对其他诗人产生非常坏的影响。叶芝向从事写作的作家提供的,是一个劳作、锲而不舍的榜样。事实上,他是一位人近中年的诗人的理想榜样。他提醒你,如果你要追求完美结局的满足,那么修订和苦干就是你必须去经受的;他使你操心,因为他认为如果你已经能够以自己的方式写出某种诗,那你就应该抛掉那方式,接受你另一个经验领域的挑战,直到你掌握新声音来恰当表达那个领域。他鼓励你去体验来自诗歌形式本身的能量输送法,揭示一个韵律的挑战如何能够扩展那声音的资源。他证明,苦心经营可以如此强大,以至它变成灵感的同义词。最重要的是,他提醒你,艺术是有意图的,它是文明本身的创造性动力的一部分:从《亚当之咒》到《踌躇》,一路继续至最后诗作,他的作品不仅明白宣告诗歌使命的现实性,而且以那宣告本身所显示的肯定性的深刻音调来使你信服。

> 不再纠结于忘川的绿叶,
> 开始为你的死亡做准备,
> 从第四十个冬天起用死亡这念头
> 来检验才智或信仰的每个成果
> 和你自己双手所做的每件事情
> 并把那些成果称为枉费呼吸
> 倘若它们不能触动这样一些人,他们
> 自豪、睁着眼、大笑着走向坟墓。
>
> (《踌躇》)

> 玛拉基·高跷杰克是我,我学习的东西全失控,
> 从领子到领子,从高跷到高跷,从父亲到儿子。
> 全是隐喻、玛拉基、高跷之类。一对北极雁
> 高悬在一片片阔远的黑夜里;黑夜分裂而黎明松脱;

叶芝作为榜样?

> 我,穿过光那可怕的新颖,阔步而行,阔步而行;
> 那些奔马似的巨大浪峰露出牙齿对着黎明大笑。
>
> (《高谈》)

但是最终要受敬礼的,并非这种对艺术和艺术家的特殊主张的吹夸,而是叶芝胸怀广阔地、全心全意地认同生与死的自然循环,是他承认那促使艺术家和观众认同的"圆熟意象"取决于"心灵那难闻的破烂货店",取决于他的艺术精湛在生与死的神秘面前的谦逊。他有几首诗,诗中出现这种对生命及其不圆满所怀的温柔与人工作品的安慰之间不可调和并且倾向于前者压倒后者的情况。我们会想起诸如《驶向拜占庭》一诗中的骚动与憩息,尽管诗中刚好维持了艺术的金鸟与人生的破烂稻草人之间的平衡,如同这平衡在《在学童中间》一再维持于心中,既深思又欢乐。然而,我想到的是一些更安详的诗,更亲密、较少精心安排的篇什,例如《又怎样?》:

> 他所有更惬意的梦想都成真——
> 一座小旧屋、妻子、儿女,
> 李树和卷心菜生长的园地,
> 把诗人和智者都吸引到身边;
> "又怎样?"柏拉图的幽灵唱道,"又怎样?"
>
> "工作已完成,"老了他想,
> "按照我那少年的计划;
> 让蠢人暴怒,我没有改变方向,
> 某种完美的东西已铸就。"

但那幽灵唱得更大声:"又怎样?"

柏拉图幽灵的挑战在那另一首罕见地内省的诗《人与回声》中又再发出并被迎接,诗中回声嘲弄那人,良心和忏悔的声音反抗那老人终其一生实践的艺术选择;这个自问"我那出戏可有把某些人/送去给英国枪杀"的良心的声音,终于在一只兔子痛苦的叫喊中象征性地表达出来:

> 但别出声,因为我已失去主题,
> 它的欢乐或晚夜似乎只是一个梦。
> 在高处鹰或鸱鸮出击,
> 从天空或岩上俯冲而下,
> 一只受伤的兔子凄厉地尖叫,
> 它的叫声分散我的思想。

我想以两首诗来结束,其中一首把不满的诗人置于内战的纷乱中,另一首把暴烈的英雄置于死者中。它们间接地询问艺术在人生中究竟有什么用处,并通过它们的动作、它们的意象、它们的音乐来显露一个可感知的真理,这真理叶芝最初只能抽象地肯定,并且是用他从考文垂·帕特莫尔[①]那里借来的话:"艺术的目标是平静。"

第一首来自组诗《内战时期的沉思》:

> 蜜蜂在房子松动的砖石

[①] 考文垂·帕特莫尔(1823—1896),英国诗人和批评家。

叶芝作为榜样？

隙缝里筑巢,那儿
母鸟衔来幼虫和苍蝇。
我的墙在松动;来吧,蜜蜂,
来椋鸟的空屋里筑巢。

我们被包围,那钥匙转动
我们的无把握;某个地方
一个人被杀,一座房子被烧,
然而辨认不出明显的事实:
来椋鸟的空屋里筑巢吧。

一道石头或木头路障;
约十四天内战;
昨晚他们在路上运送
那个满身是血的死士兵:
来椋鸟的空屋里筑巢吧。

我们给这颗心喂食幻想,
这颗心在饲养中逐渐残暴;
更多的实质在我们的仇恨里
而不在我们的爱里;啊蜜蜂,
来椋鸟的空屋里筑巢吧。

  这里,那件态度的大毛皮外套被搁置一旁,那些在别的地方使他获得力量的东西例如盛气凌人的才智和骑手的形象,全都被搁置一旁。

我们感受到的是一种深沉的直觉然而却得到理智认可的想法,也即大自然那慈爱而抚养的一面乃是生命和生活的真正首要原则。这母性被理解、被提示并被热诚地珍惜,而我们则被提醒,恰如莎士比亚可能提醒我们那样:巢中温暖的蛋正在爆炸的冲击波中震颤。叶芝窗边的椋鸟和麦克白城堡中那只出没庙宇的圣马丁鸟,都是恩典的信使。

而如果那母性的诸多直觉是最初的,那么在最后的时刻可能也会是它们召唤我们回去。叶芝躺在布尔本山下,在德拉姆克利夫教堂墓地里,上面是那高耸的海岬,而我喜欢把这海岬想象为这位父亲投射到风景中的形象,而在那首以这座山名为题并成为他的《诗合集》压卷之作的诗中,也许有某种太过男性和过分自信的东西。如果由我来选择,我会使这本诗集的结尾变得更堪作榜样,把一首较慈和的诗放在最后,在这样一首诗中,那个进取、固执、暴烈的人,不管是艺术家或英雄,诗人叶芝或猎头者库丘林,都必须把他那盛气凌人的声音融入生者与死者的普通声音,糅合他的英雄主义与他的同类的怯懦,把他的白发之头靠在死神那灰色的胸脯上。

我会以《库丘林得到安慰》作为结尾,这是叶芝在逝世前两周内完成的,在诗中他作为一个深思熟虑的创造者的精明和他作为一个直觉思想家的智慧找到丰富而陌生的结论。它是以三韵句也即但丁《神曲》的格律写的,这是叶芝唯一使用这个形式的诗,却也是合适的时机,因为他正通过想象库丘林降临在阴魂中间而为他自己的死亡做准备。在这里我们目睹一个陌生的顺服仪式,一个从生过渡到死的仪式,但这仪式的意义是被纳入歌声、纳入艺术的异样性。这是一首深沉地与这人世的软弱和强大融为一体的诗,对生命充满了母亲般的仁慈,但其信仰,也即对生命的正当行为和美能够升华为艺术、歌和文字的信仰,却是坚定的。诗中的语言把此世的事物神圣化——眼睛、枝叶、亚麻织

品、裹尸衣、手臂、针、树,全都在上下文里出奇地贞洁——然而诗中的形象却是用此世的事物创造的:

库丘林得到安慰

一个有六处致命伤口的人,一个暴烈
而著名的人,大踏步来到死者中间;
眼光从枝叶里向外望然后消失。

接着某些头对头嘀咕的裹尸布
来了又走了。他倚着一棵树
仿佛要沉思伤口和血。

一个看来在那些似鸟的东西中间
有某种权威的裹尸布走来,并扔下
一捆亚麻布。三三两两的裹尸布

悄悄走来,因为那个人静止不动。
于是那个带来亚麻布的说:
"你的生命会变得更甜蜜,如果你

"遵守我们的古老规则,做一件裹尸布;
主要是因为我们只知道
武器的碰击声使我们害怕。

"我们把线穿过针眼,我们做的
大家都必须一起做。"听罢,那个人
便拿起最近身的并开始缝起来。

"现在我们必须尽可能出色地唱呀唱,
但首先你必须被告知我们的性格:
全是定罪的懦夫,被亲属所杀

或逐出家门,任由死在恐惧中。"
他们唱,但不是人声或人语,
虽然都像从前那样一齐唱;

他们已改变喉咙并换上鸟的喉咙。

地方与移位：北爱尔兰近期诗歌 *

* 皮特·拉弗纪念讲座，格拉斯米尔，1984 年 8 月。

安东尼·斯托尔在荣格心理学导言中讲述了一个案例，很能说明爱尔兰诗人的状况，或就此而言，任何其他地方的诗人的状况：

> 荣格描述他的一些面对似乎是难以解决的问题的病人，如何通过"长得比它大"，通过发展一种"新的意识水平"来克服它。他写道："病人的眼界出现更高更广的兴趣，通过这种视野的扩大，那难以解决的问题便失去其迫切性。它并不是按自己的方式有逻辑地解决，而是在面对崭新和更强大的生命动力时自行淡出。"
>
> 这种心理发展新水平的获得，包括在某种程度上"……脱离你的情绪。你显然感到它的影响，并被它震撼和折磨，但与此同时你也知道有一种更高的意识在观看着，它防止你认同那种影响，这种意识把那影响视为一个对象，并且能够说'我知道我在受苦。'"

这一切，斯托尔率先承认，都是非常普遍的。荣格并没有举例说明这个必须被超越或在某个象征性层次上被解决的"难以解决的问题"，但是如果荣格要找，他可能会在华兹华斯的《序曲》中找到一个工作模型,用来说明一个更高的意识在对一次显然难以忍受的冲突作出反应时如何演化。这部诗最后几章发愁、兜圈、反刍,努力要发现18世纪90年代发生了什么事情,当时华兹华斯那股因法国大革命爆发而惊醒的对自由和人性复兴的热情,与他在英国土地的基础上和对英国的爱的基础上成长的诸种元素发生了冲突。当英国对大革命的法国宣战,华兹华斯经历了一场其强度难以想象的危机,而他寻求化解它,首先是把注意力放在戈德温的哲学所宣扬的更高的现实上,然后当这个尝试失败时,则求助于自然与人类心灵的一种被更新和深化过的神话。但这场危机本身被他以富于戏剧性和富于逸事的力量描绘出来:

> 现在不列颠的力量
> 结合联盟军队,调动了起来;
> 并非我自己单独一人发现
> 而是所有真诚青年的心灵都发现
> 这个时刻带来的改变和颠覆。在此之前
> 没有任何事情给我的道德天性
> 带来的震撼——不管是情绪的
> 消沉或变化——可以被称为
> 一场革命,除了这一回:
> 别的事情都只是在同一条路上的前进,
> 我以各式各样的步伐
> 走在这路上;而这一回是突然阔步
> 踏入另一个地区。尽管如此,
> 它并没有因为我们本土统治者
> 最初用粗野的眼光

看待再生的法国而被遮蔽；
我同样不怀疑这一天会到来——
但在这类沉思中我想到的
只是一般问题，此外
从未曾预先品尝过这件大事的滋味。
现在我有别的事情做了，因为我感到
这场最不自然的斗争
在我心中的重创；它在心中如同重量
与我的欢乐的所有最温柔的春天
为敌。我，这曾经与微风
嬉戏的人，是我热爱的家乡
幸福树上的一片绿叶——我同样未曾希望过
比在那里枯萎更快乐的命运——
现在我从我愉悦的位置上被剪掉，
在狂风中飘荡。之后，没错，
我欣喜于若记录下来会很痛苦的真理，
兴奋于我灵魂的胜利，
当成千上万的英国人惨败，
不光荣地离开战场，或勇敢的心
在驱赶下可耻地溃逃。真悲伤——
不，说它是什么都可以，但不是悲伤——
一种无以名状的感情冲突，
而对此，只有像我这种热爱乡村
教堂尖顶景色的人才能判断，
当祈祷者在礼拜会上弯身

> 向他们伟大的圣父祈求
>
> 或赞颂我国的胜利,
>
> 在纯朴的崇拜者中间也许
>
> 只有我像一个未被邀请的客人,
>
> 不属于任何人,默默坐着——也许还应加上:
>
> 以那还没到来的复仇之日为精神食粮!
>
> 《序曲》(1805)第 10 章第 230—274 行

　　那块生养华兹华斯以及使他已形成习惯的感情得到最自然发展的好地方,对这位支持革命的诗人来说,已变成一个坏地方。他所在那个地方的生活,并不是他所希望的样子。他的视域中出现一个好的地方,但它在别处,这导致他脱离他自己所热爱的人事。他那些政治的、乌托邦的志向使他脱离他周围环境可爱的实际性,这导致他本能的存在和他如饥似渴的理智被打乱了。他感到自己在所熟悉的人和所爱的人之中如同一个叛徒。为了忠实于他自身的某部分,他必须背叛另一部分。个人内心的状态因而被震撼,而意识中的冲击波则反映了周围世界的动荡。事实上,整段诗如同荣格另一个重要概念的教科书图解,这个概念就是,个人意识的创伤很可能是过去或现在的集体生活中各种正在活动的力量的一个方面,因为对荣格来说,哈姆雷特的惊呼"啊,我这先知似的灵魂"具有不言自明的力量。

　　同样不言自明的是,一件艺术作品的成就在这些环境下是有积极作用的,而我们很容易看出《序曲》的创作本身也是一场经历过的冲突获得象征性解决的一部分。华兹华斯容许在这些造成他陷入他所描述的困境的倾向与希望之间有一次内心对话。这部诗同时是诊断、治疗和说教的。它以一种具有现代主义步骤之先兆的方式"在一定程度上用各种图案把神经投射在屏幕上"。它遵循那种要求描绘心理现实的现代需要,虽然它常常以一种装饰性和崇高的用语来进行它的探究,但它同时也避免抽象,集中于讲述个体生命在某时某地的内心感情和志向的故事。华兹华斯的例子很能说明那个历史时刻的情况,但它并不是被当作代表性例子来展示的:该诗的背景所造成的压力,使它超越寓言和例证。它的发展原则和它的结构及修辞生命,不是存在于他对读者的任何图谋中,也不是存在于自我开脱或自我戏剧化中,而是存在于诗人心灵与实践的独立自主的习惯中。诗中的"我"处于诗人的"我"内部的暴风眼之中。

  这种写作的极端,出现在一百多年后的《荒原》,该部作品所表达的严重个人困境也是可以被理解为表达其时代,并且还强制推行了一种阅读诗歌的新方法。它教我们探测意象蕴含的文化及心理意味,教我们在遇到典故时估量其批判重量而不是其装饰重量,以及教我们在诗的肌理中寻找诗人的想象力标志,留心内在的诗歌而不是寻找其外显的意义。我们现在几乎已经太过熟练地知道《荒原》是在象征水平上解决诗人意识内部的冲突,但我们也完全可以把它当成欧洲战后的世界承受的压力的一种折射,因为我们已经颇自然地把荣格的见解化入我们关于艺术的思考方式中了。

  我打算讨论的北爱尔兰作家也像不满的华兹华斯一样,顶着同时身处两个地方的压力,顶着需要同时适应真理的两种相反条件的压力,有时候他们的步骤完全像艾略特的步骤那样谨小慎微。他们属于这样一个地方,它明显地被各种有关属于另一些地方的概念撕裂。在乌尔斯特,每一个人首先都生活在实际当下的乌尔斯特,然后又生活在这个或那个心灵的乌尔斯特。一个民族主义者会对竟然要把联合王国国旗和《天佑女王》当作他在世界上的位置的标志皱眉:他不会认同这些象征物所隐含的团结一致,恰如华兹华斯无法赞同教堂会众祈求英国军队胜利。然而,就像华兹华斯置身于爱国的邻居中间,这个北爱尔兰民族主义者也置身于统一派邻居中间,过其日常的社会生活。对这些统一派邻居来说,同样这些象征物却具有虔诚和充满激情的力量,而对他们来说,他的民族主义原则、他想有另一面旗和另一首国歌的愿望,都像华兹华斯的革命同情心一样是叛卖的。统一派的神话的源头,是英格兰王国,但他必须在爱尔兰岛上站隐阵脚。民族主义者的神话的源头,是一个关于爱尔兰领土完整的理念,但他同样活在流亡中般,远离他理想的地方。不过,虽然民族主义者必须承认他是不列颠这个国家的公民,但他可以从一个物理事实获得安慰,也即他存在于被分割的爱尔兰岛上,如同统一派可以从联合王国的政治现实获得安慰,尽管他必须承认爱尔兰才是他的地理家乡。

这种情况是长期而普遍的,却未见得就是末期的。它早在当前的动荡之前就已在北爱尔兰的集体生活中充分展露出来。事实上,它反而是在那些平静年份期间,在乌尔斯特人格中被更加激烈地内化了,而很多北爱尔兰作家对过去十五年暴力环境作出的典型的缄默反应,很大部分与这种内化有关。如同其他北爱尔兰人,这些诗人了解情况。教派分裂、大多数派的谋取私利、职业和住房歧视,所有这一切都被认为是可悲的,而到了 20 世纪 60 年代中期,我想可以公正地说,北爱尔兰人中较年轻的一辈,不管是民族主义者、共和派还是统一派都已经有了一些初步的态度,这些态度预示着未来事态的某种转变。我不是说统一派建制会轻易地或情愿地改变其行事方式,而是说,随着公民运动更积极和更活跃地发挥作用,以及随着一批较不那么充满必胜主义叫嚣的统一派政治家的涌现,可以预期将开始朝着一种更好、更公正的内部平衡演进。

我想,我这一代作家都把他们以作家身份亮相视为这一潜移默化影响的一部分。一种文学行动已经迈开步伐这个事实本身,就是一种新的政治条件,而这些作家都不觉得他们需要针对某些特殊政治问题发言,因为他们假设他们的艺术的精妙和宽容恰恰是他们所能向公共生活的粗鄙和不宽容贡献的东西。当德里克·马洪、迈克尔·朗利、詹姆斯·西蒙斯和我本人出版我们最早的诗集时,佩斯利①已经在大声宣扬偏激的教派言论了,而北爱尔兰的内阁部长们事实上也经常在 7 月 12 日②讨好奥兰治会的返祖倾向和盲从。不需要揭露什么:相反,环境似乎必须被超越,而我们也许可以说,诗歌这个理念本身就是一种更高的理想,诗人们都不自觉地转向这个理想,以便在日益恶化的环境中生存下来——就民族主义者而言,环境因怨恨而恶化,就统一派而言,环境因至少是尴尬和至多是内疚而恶化。事实上,我开头所引荣格那段话,颇能说明乌尔斯特诗人在 20 世纪 60 年代典型的、如果不是充分自我意识的位置:

> 你显然感到它的影响,并被它震撼和折磨,但是与此同时你也知道有一种更高的意识在观看着,它防止你认同那种影响……这种意识把那影响视为一个对象。

就我们而言,我们也许可以把荣格的"影响"一语应用于伴随着作为一个北爱尔兰本土人而来的种种特殊恼怒,因为"影响"意味着一种滋扰,一种情绪玻璃的扭曲,它有一个危险,就是收窄心智对滋扰本身的条件的反应幅度,透过那扭曲来折射任何事物。当这种"影响"被一

---

① 伊恩·佩斯利(1926—2014),北爱尔兰长老会首脑。
② 北爱尔兰新教徒每年举行的节日,又称为奥兰治日。

种新意识置于观察之下,并被新意识视为不同历史、遗产、文化身份和传统等等的结果,事情便会取得进展。这段话提供了一个视角来观察滋扰性感情的巨浪,这类巨浪随时会在集体生活中涌起,在少数派的民族主义者那边会变得充满反抗意识,在多数派那边会变得盛气凌人和充满惩罚意识——这些都是对日常社会经验及政治经验的非个体化反应。

有那么一阵子,对这种语言的发现和使用,使我们能够谈论殖民者和盖尔人而不是新教徒和天主教徒,谈论不同遗产而不是互相谴责和猜疑,谈论历史而不是本地政府的阴谋诡计。这是一种缓和之举,从某一角度看是真实的,就其把论述变成更具自我诊断的参照系而言则是有益的,但是如同大家包括诗人都清楚的,它还不够真实。在你自己的群体的族裔习惯和礼拜仪式习惯中找到你自己的身份认同的根源,也许是非常好的,但让该群体来限制你成长的范围,来决定你的同情心和控制你的反应,则显然是另一种形式的诱陷。对诗人来说,唯一可靠的解脱是已完成的诗带来的抚慰。在那个解放的时刻,当抒情发现其轻松愉快的圆满,当永恒的形式乐趣达到饱和耗尽,在这些自我正当性和自我泯灭的时刻,诗人与这样一个意识层面接触,在那个层面上他既感到他的存在的强化又能超脱他的困境。在北爱尔兰诗人普遍关注风格和形式完美,关注语言趣味和语言技巧的背后,正是这种更深层的心理驱动力在发挥作用。他们知道叶芝的一个断言是真理,叶芝认为"修辞学家蒙骗其邻居,/滥情主义者蒙骗自己,而艺术/只是一种现实的视域"。换句话说,他们都知道他们在政治上、地形上、艺术上的位置,而并非巧合的是,保罗·穆尔敦1971年在贝尔法斯特出版的第一本小册子事实上就叫作《知道我的位置》[①],这个双关语的书名既谦逊又傲慢,

---

① 其意思是"知道(了解)我的位置(地方)"。

狡猾地影射对他所属的少数派的期待，又真实地认同一个理念，也即一切都有其位置——艺术、爱情、政治、当地感情、文化遗产以及——就此而言——一个词语使其意义倍增的位置，一行诗在书页上结束的位置。

这正是我要强调的第一点：这里有着诗歌技巧与历史处境之间的深刻关系。把北爱尔兰诗人的抒情姿态视为对实际处境的躲避，那是对他们的作品的肤浅反应。如果我们把他们对诗歌本身的关注与20世纪60年代的抗议诗歌比照，就会看到这关注是经得起考验的：他们的词语世界的密度仍保持着，词语的纯粹诗学力量为一个承担提供保障，该承担不需要为其没有拿起粗短棍而道歉，因为它是在扬起指挥棒来调校粗短棍制造的不协调。当然，是在他们自己的意识的乐池内调校它，而不是在垃圾桶盖和杀无赦行动的场地内调校它。

第二点要强调的是，诗歌作为互相对立的真理的象征性解决方案的理念，也即一首诗存在于某个王国、独立于政治论述的理念，并没有使诗歌或诗人免除政治责任。没有谁倡议为诗人争得一个象牙塔地址，也没有谁采取"比你更神圣"的态度。然而在可听见汽车炸弹爆炸的距离内，"纯"诗是绝对有其正当性的，并且可暗含政治观点，尽管这要视乎诗的性质而定。一种具有深奥机锋的诗歌，具有谜语、纸条和自我嘲弄的反讽的诗歌，对在街头上手拿麦克风的行动主义者来说，可能会显得像是应受谴责的微型图画或是过分讲究，然而这样的诗歌也许正在以其难以觉察的方式对行动主义者的信息行使猛烈的鄙视，或对那信息怀着痛苦的同情。但对这些政治含意的解读本身就是一种政治活动，有别于产生这些诗的过程，它也是艺术家的努力的一种延伸或投射——那是一种除了达致其自身圆满之外，没有义务去添加任何意图的努力。

诗人被夹在政治与超越之间拉扯，并且常常因其容易受所有立场影响而丧失固守某个立场的信心,其能力往往是消极的而不是积极的。这,再加上当前各种局势的复杂性,也许在一定程度上有助于解释北爱尔兰作家从一个空间和时间距离外看世界的大量诗作;解释想象来自死后世界,来自神话或历史上遥远的人物的视角的大量诗作:德里克·马洪的《一个来自贝克特的形象》就是对来自死后世界的古老独白的放大,独白者是铁匠、懦夫、流浪汉、艺术家,他们都以一种既挖苦又凄凉的音调叙述他们的命运。这类诗在那首精心安排的美丽诗作《牛津郡一个废弃的工具棚》中达到高潮,诗中不仅一个生命而且整条忘川都被赋予声音,忘川里充满了注定失败的世代和部落,在砖石屋的滴淌中低语着他们的不圆满和种种困惑的希望,恳求在簇簇蘑菇伟大而柔软的姿势中获得一次聆听,那簇簇蘑菇正从黑暗中努力朝着锁眼里的光源生长:

> 半个世纪,没有访客,在黑暗中——
> 没做好准备去应付爆裂的锁和铰链的
> 嘎吱响。三贤人、登月者、
> 随时碎成粉末的旧政权囚犯,
> 喉咙布满蛛网,蹑手蹑脚如巨型植物,被干旱
> 和失眠折磨,仅有被我们惊醒的
> 闪光泡行刑队一声细微的尖叫
> 表明在他们发热的形状中尚有生命。
> 他们已长得不伦不类,成了蠕虫的软食,
> 如今在重力和诚意中抬起虚弱的头。
>
> 瞧,他们在用他们无语的方式恳求我们

做点什么,替他们说话,
或至少别再把门关上。
特雷布林卡①和庞贝②遭难的人民!
"救救我们,救救我们,"他们似乎在说,
"让神别抛弃我们,
我们走这么远,在黑暗中和痛苦中。
我们也有我们的生活要过。
你们这些带着曝光表和轻松旅行日程的人
别让我们天真的努力毫无结果!"

  这说的是,需要活着并被知晓,需要个性,需要在上帝和世界眼里获承认,而它的音乐是大提琴和思乡的。在这首诗的意识深处,有一种对历史循环、对不公正和大灾难的强烈意识。其重点是追求它自身隐喻的逻辑,这追求随着一座在独立后被爱尔兰一个豪族抛弃的古老物业的工具棚里的蘑菇而生长。但赋予这首诗以忧伤和洞见的,是那长远视角,是一种从一个超脱的同情角度把工具棚泥土地面的恶臭考虑在内并清晰观察的亲密性,而那超脱的同情属于另一个有自由、有光、有效率的世界。当然啦,把蘑菇的生命和欲望简化成北爱尔兰生活之沮丧和不幸的反面,乃是种种政治解读方式之一,也是完全合适的,但我们会发现这种寓言解读方式太过约束这首诗了。它那效果的放大,它那充满穹顶的反响,都有赖于它那移位的视角。无助地根植于原地的人在恳求有能力却被连根拔起的访客,不管他是诗人还是摄影师。马洪是一位频频指涉大都市,一位带反讽和举止有教养的诗人,在贝尔

---

① 波兰东部村庄,纳粹集中营。
② 意大利南部古城,在维苏威火山附近,公元79年火山爆发,全城湮灭。

法斯特一个个熟悉的阴魂中有他未活过的生命,这生命尾随着他。别转身不顾我们,别鄙视我们粗俗窒息的命运,忠于你的本源,别背弃,替我们说话:那些蘑菇是归属的声音,但是如果马洪没有创造那不在场的低语通道,他们就不可能如此生动地被听见,而他是不仅通过迁离爱尔兰而且通过从团结一致演变为反讽和怜悯来创造这个不在场的低语通道的。不用说,还有从团结一致演变为孤独。这些从来世发出声音的诗,从一种沉默和禅似的寂静的环境中,从一种爱上了时间的产物的永生中发射回去。这些诗温柔地乞灵于自然世界的巨大慰藉,以及乞灵于我们在自然世界和我们自己身上制造的巨大伤口。例如《奥维德在托米斯》的开头,就是以欢快和从生态角度看是义愤的方式,把这位罗马诗人与他的疏离的同代人联系起来:

> 雨中路边
> 那个齿轮箱是什么
> 粗俗的神?
>
> 那撞击冰冷岩石的
> 沉不了的护发剂
> 是什么水中仙女?
>
> 它们凝视我
> 以在异域
> 安顿下来的
>
> 高贵野蛮人那种

贞洁的重力
和未驯的骄傲。

自从我自己变形
成石头之后
已经很久了,

我常常忘记
在我的名字
成为多瑙河

河口里的淤泥,
罗马的一个脏词之前
曾经有过的时光。

想象拜伦被流放
到植物学湾
或王尔德到道森市

你就能够对我在
黑海地区的情况
有个大概的了解。

波德莱尔那个在甲板上呆头呆脑,被无情的水手们嘲笑的信天翁诗人,远远比不上这个诗人,后者是如此自知和自嘲,如此用死后的角

度看待自己,对诗歌的努力本身持如此怀疑的态度,以至他可以说:

我
已用信仰交换了
证件。

缪斯在别处某个
地方,不在这里
这冻结的湖边——

或如果在这里,那表示我
还够不上诗人
无法联系。

我们真是孤独的吗
既然我们有物理和神话,
星星不过是

闪耀的尘埃,
没有谁在那里
聆听我们的合唱?

果真如此,我们可以开始
忽略无限空间的
寂静

反而集中于
我们鼻子底下的
无限——

洋蓟之心的
呼喊,
原子的愉快。

思考空白的纸
并任由它空白
也要好过

哪怕是用
一个笔触
来修改其内容。

它用林中仙女织成,
含意深刻得
谁也写不出来。

我把头靠向
它的坦率
并为我们的流放哭泣。

再次,这首诗逸出戏剧性独白和乔装的自传,进入对艺术满足自身的本质的沉思;结尾时,这首诗弃绝语言,不过却是以一种使我们在形式上深刻感受到的紧张获得解决的语言来完成弃绝的。说话者哀叹流放的方式达到这样的程度,以至我们不希望他恢复原来的身份。他所受的伤对他和对我们都有好处:根植于诗人意识中的本地环境,已被转换成一种象征。

我不想把德里克·马洪的诗简化成仅仅是这么一个带有疏远的距离的主题,因为他的作品中同样充满这样一些诗篇,在这些诗篇中,社会声音骑着飞马翱翔,引人注目地穿过后厨房和吧台的平常生活,但我想表示,我并不是要强行使他的作品适合一篇论文。这种置身局外的主导情绪(你要在精神上苦心孤诣才能抵达这种局外状态)存在于他所有的诗集中,只不过最后总是带着怀旧回望那些你很清楚几乎是不可忍受的局内情况。这个主题被他很多最好的诗处理过,它们思考这样一种人的痛苦,这种人被他在一首早期诗中称为"处于形而上学痛苦中的难以和解者"。这些具有移位意识的诗就如同一首芭蕉的俳句,被冲刷掉了政治和种族的团结一致,但是当我们把它们置于马洪本人的政治和种族背景来审视,它们纯粹的诗学成就便进一步丰富起来。

我们也许会说,对马洪而言,任何地方若要获得可信性,就必须借鉴其他地方来对它进行重新想象。用《星际旅行》的话来说,它必须被飞速传送上去,以便被可靠地飞速传送下来。因此,锡德尼[①]家族大宅彭斯赫斯特庄园的文明之美,使马洪想起文艺复兴时期的诗歌、音乐和风俗,并以奉承的话加以描述。不过,虽然马洪珍惜和渴望这些田园牧歌式的和谐,但他心中却被另一些更令人不安的意象纠缠着。菲利

---

① 指英国诗人菲利普·锡德尼。

普·锡德尼爵士无疑是一个梦想,全是镀金的勇武和英国爱国主义的气息,但另一个与彭斯赫斯特庄园有关的梦想,是休·奥尼尔,他是蒂龙伯爵,爱尔兰最后一场反抗伊丽莎白军队的战争的领导人。诗中"金塞尔港附近的西班牙船"是指金塞尔港之役,在这场战役中,英国人眼中的大叛徒、爱尔兰人眼中的大英雄休·奥尼尔最终被击败。换句话说,诗中所唤起和彭斯赫斯特庄园所象征的那种典雅,只是这首诗的一部分生命。它私下的生命,它在别处的影子,乃是山堡、抢牛和雨水淋湿的武装步兵所代表的乌尔斯特——那是休·奥尼尔诞生的地方,也是奥尼尔在亨利·锡德尼①爵士照料下,在彭斯赫斯特庄园寄养了八年之后又重返的地方。总之,《彭斯赫斯特庄园》包含马洪的两地感,也即在文化上深爱萨里乡村——他写这首诗时,他和家人就住在那里——但在家庭和政治上却与最初培养他的国家纠缠不休:

> 雨后丰富的寂静中
> 荆棘上颤抖的明亮水滴,
> 从果园小径传来的鲁特琴音,
> 盛开着黄水仙的小路,
> 在花枝招展的少女们的阴影下②
> 空气中的私通和纵欲,
> 铁腕和天鹅绒手套③——
> 来跟我一起生活吧做我的爱人。

---

① 菲利普·锡德尼之父。
② 原文为法语,系普鲁斯特《追忆似水年华》第二部的书名。
③ 出自成语,意为"铁石心肠,外表温柔"。

一张梨形脸,熠熠生辉,
　　在黑夜的寂静中照耀,
　　木材闷燃时低微的塌落声,
　　侍臣和狗的噩梦,
　　金塞尔港附近的西班牙船,
　　长耳鸮和夜莺,
　　游隼和斑鸠——
　　来跟我一起生活吧做我的爱人。

　　此类例子不胜枚举。在一首关于离开萨里重返北安特里姆的诗中,马洪想象自己变成英国稀树草原里的一棵树,"仿佛我也属于这里",但是他注定要认同一种非常不同的本土灌木,北方一座悬崖顶上的一丛风吹雨打的荆棘,

　　它没有什么可以推荐的
　　除了炫目的窗子
　　与大海的森林之间
　　它那粗糙的韧性,
　　仿佛它的存在本身
　　就是继续下去的理由。

　　干瘪老太婆、乌鸦、稻草人,
　　它磨损的手指乱抓
　　一片撕裂的天空,它挺立在
　　一切事物的边缘

像一个烧焦的天使
举起恳求的手。

那株树恳求的手,如同蘑菇恳求的喉咙,呼唤诗人去认同"一切发生的事情",而在这里则是他的本土风景连同其一切剧烈扭动的历史苦难。但是在一首题为《论文》,其第一行援引维特根斯坦某个论点的诗中,马洪坚持发明自己的事情的自由:

"世界是一切发生的事情"
从煤棚里放弃希望的苍蝇
到萨莫色雷斯岛的胜利女神像。
谴责、赞美笨手笨脚的上帝,
他满脸羞愧地藏起衰老的脸;
他的光退隐到它的云纱背后。

不过世界还要丰富得多——
一切在想象中发生的事情。
塔西佗相信水手们能听见
太阳渐渐沉入西方大海里;
而谁能质疑它巨大的喧腾声,
当蒸汽从不管是哪里的边缘升起?

这首诗本身并不像我能够援引的其他诗那么富有想象力,但是它以颇明白的措辞道出了马洪的立场。想象中太阳在大海里的嗞嗞声和沸腾并不包含否认物质的宇宙论事实,反而使我们恢复了与宇宙的古老相遇。同样地,马洪那移位的视角并不是一种纳尔逊①式的手段,用来避免看到他不想看到的东西,而是一种重新聚焦的方式。尽管他有着极富想象力的无所不在,但是他的诗却强化了他在一首其标题直白得惊人的诗《科尔克县汽车库》的最后一节所确定的真理:

> 但我们在一个地方并且只在一个地方,
> 大地居所的其中一座里程碑,
> 每个细节都独一无二,人口稀薄的
> 穷乡僻壤宁静地紧张——
> 不是希望有一个辉煌的未来
> 而是深知其固有的本性。

E. M.齐奥朗曾写道:"有些民族把自己作为神圣问题提出来:我们能相信自己吗?""肯定不能,"爱尔兰脉络中的保罗·穆尔敦答道。但这是一种带微笑的否定,这微笑表明并非如此。在穆尔敦的诗歌世界里,读者发现自己置身于那个古老故事之中,故事中的主人公面对两名告密者,其中一个永远讲真话,另一个永远讲谎话。如此一来,棘手之处就在于如何提出问题,使任何一人都作出能够被可靠地解读的回答。换句话说,穆尔敦的诗作没有为我们提供答案,而是使我们富有活力地置身于该问题之中。至于这种极富想象力的习惯是否与他的出生地及其双重生活有关,这个问题已在他那首短而典型神秘的诗《污点》中提出来,当然提得很委婉:

---

① 指英国海军统帅霍雷肖·纳尔逊(1758—1805),他右眼失明。他曾说:"我只有一只眼睛,我有权偶尔看不见。"

> 如果确实是出生时的意外事故
> 使她透过一只褐眼和一只蓝眼
> 观看温柔的土地
> 和貌似温柔的天空。①

　　此中的语气,既不是陈述式的,也不是疑问式的,而是条件式的。要明白全句,就得把它读成"如果确实是……那将是一个污点",但我们不能肯定那是出生时的意外事故,因而也就不能肯定那是一个遗传污点。它也有可能是一种幻象的天赋,一个神明宠爱的标志,一种惊人的恩赐,能够透过事物貌似的样子,例如貌似温柔的天空,而看到事物本来的面目,不管那本来面目是什么。这首诗间接地暗示不应过于从社会学角度把北爱尔兰作家极富想象力的天赋与他们土地那有污点的生活联系起来。它出入心灵,如同一个不受注意的占卜者说了一句话,这句话在他离开之后却开出充满可能性的花朵。而当我们发现马尔克斯的《百年孤独》中一个人物也同样有穆尔敦在这里描述的污点,我们便无法确定这是一个文学典故抑或是一个原型意象。穆尔敦可能会从他的语言的帷幕背后回答说,三者都是。

　　语言是穆尔敦的分辨元素,是他快速换挡的装置,他外出度假的交通工具。詹姆斯·乔伊斯能够使标点符号的名称充满历史谜语,把他的同胞说成"俗人和氏族,完全停顿句号人和半殖民地分号人";这位写《芬尼根的守灵夜》的乔伊斯把时间与地点融为充满节奏和词根、双关和音调的等离子体,融为一个为荣格式排字工人放映的揭露弗洛伊德种种疏漏的幻灯片节目;也是这位乔伊斯,应该会认出穆尔敦的文字

---

① 诗中女人天生两只眼睛有不同颜色,据说这只能是人类与精灵的融合。

机会主义,看出它是一种本土隐喻语的形式,一种北方的替身角色,一种旨在使家乡的火保持燃烧的灵巧骗术。例如,穆尔敦的长诗《一个人拥有越多就越想要更多》中的主人公,是一个叫作加洛格利的人物。加洛格利的名字与穆尔敦以前一个人物格莱特利有关,也与盖尔语族乌尔斯特的武装步兵战士有关,以及与奥格拉拉部族的苏人①武士有关;而他出现在一个其怪异绝不逊于任何英戈尔兹比传奇②的故事中。穆尔敦通过这类文字手段,而把乌尔斯特头条新闻——爆炸、杀人、美国对爱尔兰共和军的援助、各式各样的隐蔽行动——的材料,变成制造梦的材料。所有这些如此被视为理所当然以致往往被抛入"真实生活"的脑海深处的东西,都被穆尔敦加以利用,作为暴烈而资源丰厚的幻想的诸元素;并且通过这种朝着"虚构"的降级,它们再次达到了一种致命而使人丧胆的显著性。那些古老的托词,例如遗产、传统、民间文学、殖民者和盖尔人,以及全部被认为具有这类特征的文学和论述(包括他的同代人的诗),都因为要寻找转义和影射而被翻查了一遍,直到它们本身在该诗的虚构范围内被赋予虚构的地位。通过伪装成一个如同爱尔兰笑话般对自身的高度严肃性懵然不知的故事,穆尔敦的《一个人拥有越多就越想要更多》达到了高度严肃性的鼓吹者希望从严肃艺术家那里寻求的东西,也即对生活的批评。

  我知道,我更多是肯定这一切,而不是具体证明这一切,但是我正在谈论的这首诗实在太长,难以罗列细节。事实上,穆尔敦的诗歌常常在象征层面上运作,动用比拟、弦外之音、灵活的词语、暗示和拐弯抹角等手法,使得哪怕是最短的抒情诗也都有可能需要几页篇幅的阐释,也许应该说共谋才对,因为"阐释"这个词会暗示一个意思,暗示它太简

---

① 指北美印第安人。
② 指英国作家 R. H. 巴勒姆(1788—1845)的《英戈尔兹比传奇故事集》。

单太正当地产生自一首诗的帽子,但那首诗也完全可以从其衣袖产生另一个意思。

也就是说,诗人是一个变戏法的魔术师,一个翻转桌子和编故事的能手,难免含沙射影,并且对其读者并非完全没有惩罚性的图谋。然而,穆尔敦的才智的尖刻,不断获得幽默和获得其写作那富于节奏的自然流动的柔化,而最能说明这点的,莫过于《与潘乔·维拉共进午餐》那种自我取消的叙述。这首诗写的是一位诗人主人公在某场"著名的革命"期间所经历的"生活"与"艺术"之间的关系,这场革命在一定程度上是发生在"某个后院"。该位诗人叙述者遭到一位"著名的小册子作者"指控:

> "瞧,小伙子。你环顾一下周围吧。
> 大家都在冒死,
> 左、右和中间,
> 可你在干什么呀?写回旋诗?
> 在这个国家,生活并不只是
> 星星、马、猪和树,
> 不是你在诗中猜测的。
> 难道你从来不听新闻?"

诗人对这一切的反应,来自一种信念,它与帕特里克·卡瓦纳的信念并没有什么不同,后者认为对一位作家来说,没有什么事情比重要事情更注定要失败,没有什么题材比有头条新闻地位的题材更无关紧要。他的叙述,是为了使诸如"出名"和"著名"这类词语显得空洞,然而叙述本身("都是在我一路行进时编造的")最终却变得跟上述形容词一样不可靠：

> 我著名的小册子作者！
> 当然，我把那些
> 荒谬的书名统统扔掉。
> 《血腥的玫瑰》?《梦与鼓》?
> 那株开花的李树的三天奇观！
> 又或者我绝望地希望
> 成为它们的另一个合著者，
> 或者至少拥有《穿皮靴的少年
> 和其他战斗》的初版？

这最后四行诗的自我怀疑的火花，把那位小册子作者在整首诗中被拿走的可信性多少归还一点给他，而穆尔敦也非常恰到好处地以一个不解的音调结束该诗，尽管并非没有包含一个强烈的暗示，暗示赞成这样一个看法——艺术应关注的是命名各种事物而不是支持各项事业：

> 我应该对这个幼稚青年说什么？
> 他去年冬天刚开始学写作——
> 那些函授课程的其中一个——
> 今天要来吃午餐。
> 不用说，他将会絮絮叨叨
> 谈论猪和树，星星和马。

如果说在穆尔敦的世界中我们面对撒谎者和讲真话的人,寻求提正确的问题,那么在迈克尔·朗利的诗中,我们就是在面对停电期间黑暗中的情人。坊间流传着这样一个神话,说是在这样的停电之后,出生率明显上升。夫妻们从家庭生活转向性爱生活,肌肤接触的欢愉自然地补偿了平时的消遣的损失。我们发现这种行为模式在这类环境中是完全可信的,也是最明显和怡人的。

正是在这黑暗寓言的光中,我们听到了朗利那典型的情欲音乐。朗利的诗歌常常是直接谈情说爱的诗歌,其戏剧性声音是懒散的、有时候带着液化的沉思的声音,其题材是整件关于性白日梦的事情。但是,哪怕当他的诗是明显关于风景或海景,关于植物群和动物群,关于神话人物或乐器的,诗中的语调也是引诱式的,其旋律是抚慰和劝诱的,其典型基调是温柔的暗指和可能性。

朗利的诗以一位恋人的手指沿着椎骨的崎岖小路漫游的那种独特、蓄意的快乐,来历数自然世界的现象。身体各部位的名称一再出现,哪怕碰触的不是身体部位而是一朵花或一株野草,世界与语言之间的接触也是涂着唇膏或偷偷抚抱着的。仿佛一只伸向地板去捡餐巾的手的手背偏移,触到邻人温暖的腿。下面几乎是随机挑选的一组短诗,叫作《植物学》:

浮萍

浮在它们自身的倒影上,这些叶子
连同仅抵达一部分路程的根须,
将在夏天尽头入睡,
收缩它们的裙子,沉入水底。

毛地黄

虽然花冠倒悬着摇晃,
但没有什么掉落,不管是花蜜
还是松散的花粉粒:一个针箍,
适合套住小指和蜜蜂的护指套。

酸模

它的绿花只吸引风
但一条红血管可能灌溉叶子
并盛开为脸红或胎痣
或治疗荨麻刺伤的药方。

兰花

块茎吸收夏天和冬天,
它自己丑陋的形状,扭曲的臂和腿,
是对心的一次回忆,一条动脉
向上抽芽去支援一朵花。

这些诗并不是最光彩夺目时的朗利,但正因为如此我才拿它们来验证我的说法,并发现确实是这样。在收缩的裙子、脸红和胎痣中有直接的性类比,但是摇晃的花冠、向上抽芽去支援一朵花的动脉和针箍里与护指套里的小指引发的联想,都使我们觉得像是在这些物种面前垂下眼睛而不是窥视它们的小情欲。然而构成这些诗行之情欲的,并非只是意象和隐蔽的联想薄纱,而是对每个微小的识别标志也即安置在每样事物身上的珍贵而萦绕不去的名字进行专注、近距离的点算和细味。

如果我们转向朗利更充分地编构的作品,所有这一切就更加丰富明显;他的近期诗集《回声门》充满了丰饶、古典的情诗,在其最好的诗中,有一首《亚麻布业》。现在如果我再阐述这首诗的私人亚麻及亚麻布与曾经是贝尔法斯特工业力量之基础和顽固男性拳头政治之基础的公共亚麻及亚麻布之间的联系,那就太多此一举了。两者都拒绝爱尔兰土地本身所象征的女性因素。再次,强调朗利心中并没有想到我打算勾勒的政治寓意,也同样是多余的,然而这样解读却是可能的,也即男性尤其是乌尔斯特男性因需要适应工业世界的环境而压抑了女性权力,而这首诗可被视为对这些被压抑的女性权力的内化和肯定:

> 在蓝色花朵掉落之后拔起亚麻
> 将我们的一把把放进泥炭似的水里
> 使那些叶茎彻底腐烂,或束成一堆堆
> 令人想起一个隐形舞者的裙裾,
>
> 我们变成亚麻布业的一部分
> 跟着它的程序去肮脏的城镇
> 那里田野被压缩成窗口花坛
> 大机器中没有什么空间。
>
> 但即便在我们天窗下的阁楼里

我们也照样在漂晒亚麻的草坪上做爱,整个草地
慵懒地伸展着,材料都在阳光中发白
仿佛不愿意融化的雪是我们的衣着。

什么是激情呢,如果不是捣烂顽固的柄,
然后轻柔地梳理纤维,像梳理头发,
再把它们织入施洗命名的长袍,
织入婚礼或葬礼的衣服?

由于工作做完了便像丧失亲人,
发现我们自己成了一种衰微行业的最后工人,
所以就让亚麻做我们的媒人,我们的殡仪员,
做无论什么床的被单的提供者——

并且在死亡面前要藏好你的胸部,
这样你穿着亚麻布看上去就会更美丽,
穿白衬裙,上身打个蝴蝶结,
一只侍候刺绣上的花儿的蝴蝶。

我们在马洪诗中所见的从远处看历史的意识,亦显露于此诗中;而马洪诗中常见的把世界描绘成一团语言沉淀物的做法,在此诗中亦有其踪迹,但更坦率,因为朗利更信任词语本身初现的纯真脸红,更容易受其纯粹语音身体的感染。这里,来自文学传统的可见赞助,是爱德华·托马斯的英语命名诗而不是乔伊斯猜谜似的爱尔兰散文,那是一种我们愿意赋予它多少政治意味就有多少政治意味的赞助。

回到我在本次演讲开始时谈到的术语,并稍做修改,我们也许可以说,朗利的诗作是象征性的溶解。如同临终时刻的浮士德在面对死亡的恐怖时希望被分散成一个个最小的生物和现象,朗利的想象力奔放欢腾,隐藏在自然世界的众多细节中。狂喜被他描绘成一群鸽子逃出它们的笼子,而当我们发现朗利在诸如《丧礼》和《奥利弗·普伦基特》这样的诗中甚至把死后肉身的解体也情欲化的时候,"死亡"作为一个用来形容性高潮的词的伊丽莎白时代用法便也掺入了。

我想以朗利组诗《马约独白》中的《自疗》来结束我对北爱尔兰的能量如何被转换或移位进诗歌里的讨论。马约当然是在爱尔兰西部而不是北部,而朗利也并不是要写一首与北爱尔兰动乱"有关"的诗——这类"有关"的诗总是受欢迎的。"自疗"是一种花的名字,而命名它则给独白中的人物带来抚慰,该人物是一位妇女,曾遭到一个其身体和精神皆发育不良的先天愚型邻居的性侵扰,这个邻居对美与满足的追求使得他所属社区的偏见的全部残忍重量都压在他身上,而这种暴力在他内心产生了一种新暴力:

> 我想教他认识花朵的名字,
> 自疗花和埃雷花;牛群从不去吃草的
> 那一大片野地里的纳茜菜。
> 我能爱上某个头脑如此失常的人吗,
> 我是否如他们所说正在诱导他?
> 他十二岁前都是睡在婴儿床里,
> 可能是因为他的种种幼稚行径,我想,
> 或因为没有床:他父亲不是输光一切,
> 只剩下长满灯芯草的牧场吗?

他的头颅如同楔子被敲入
他的双肩,他的背是驼的,
使人觉得几乎像一个学者。
但他无法记住我教他的事物:
每一个名字都会盘旋在其花朵上空
如同一只蝴蝶无法栖息。
那天我拔开一丛延龄草
把一窝眩晕的昆虫捅出来。
他轻轻把手滑入我大腿间。
我不害怕;但至今我也不明白为什么
我跑开,流着泪跟他们说。
我听见他整整一个星期每日
遭他们用黑刺李枝条鞭打,然后
被拴在干草地里。我完全有可能是那头
他后来用剪刀修剪其尾巴的母牛,
而他有可能是那头被铁丝缠住的公羊,
那头在他们放走他之后被他砸死的公羊。

当诗中这个妇女的声音讲述她在这次由她无辜造成的暴力事件中的经过时,她开始获得某种超脱,离开她自己的痛苦,理解她在整个故事中扮演的角色。她能够看到她不经意地卷入事件的野蛮转折中,并不想为自己寻找借口。因此她的学习步骤可能与北爱尔兰事件强加在诗人们身上的学习步骤相似。虽然他们个人绝不必为发生的暴力事件负责,但是他们理解其因果关系,并一直在尝试把他们的诗歌变成一种自疗步骤,既非蓄意地挑衅也非该受指责地开脱。

无地点的天堂：从另一个角度看卡瓦纳*

*"卡瓦纳年会"开幕演讲，卡里克马克罗斯，1985年11月。

1939年，也即帕特里克·卡瓦纳抵达都柏林之年，我一位姑姑在一个果酱罐里种植了一株栗树。当它开始抽枝时，她打破罐子，挖了一个洞，把栗树移植到屋前一道篱笆下。多年后，幼苗长成一株年轻的树，愈来愈高于那道黄杨树篱。多年来我把自己的生命与那株栗树的生命等同起来。

这是因为大家都记得并不断重复一个事实，也即那株栗树是我出生那年植的；还因为我是那位姑姑特别喜爱的人，因此她的喜爱也被象征化在那株树身上了；也许还因为那株栗树是随着我长大而长大的重要事物。周围其他树和篱笆全都是成年的，因此都像是那个世界的既有特征；而那株栗树则是年幼的，被看护着，如同其他儿童和我本人被看护和品评着——慈爱地、坦率地、不留情面地。

我十二三岁时，我们家搬离了那座房子，原址的新主人最终把院子、小路和园子周围的所有树木都砍掉了，包括那棵栗树。当然，我们对此都深感遗憾，但是在我们迁居的地方生活够令人满意地继续着，很多年间我并没有特别想念我们离开的那个地方或我那棵被砍掉的树。接着，两年前，我突然间想起那棵树所在或可能在的那个空间。在我心灵的眼睛里,我把它看成某种发亮的虚空,一种光的变形和摇晃,并且我再次以一种自己也说不清的方式,开始认同那个空间,就像多年前我认同那棵年轻的树。

除了这一回不再是使自己依附一个活的象征,象征根植于故土,而更多是准备好被连根拔起,被神秘地带进某种透明却又是土生土长的来生。这新地方可以说是一个理念:它产生于我旧地方的经验,却不是一个地形学意义上的地点。它曾经是并且依然是一个想象的王国,哪怕它可以在一个尘世的地点被找到,它也是一个无地点的天堂而不是一个天堂般的地点。

我在这里是想提出,在我刚描述的第一棵树和最后一棵树,与帕特里克·卡瓦纳早期诗歌和后期诗歌之间,有某种类比。我还想根据我最早和最近对卡瓦纳诗歌的反应,来谈论他的诗歌。我还希望谈论的结果不只是个人记录,而是对帕特里克·卡瓦纳的主要诗篇之性质的某种总的来说真实的描述。

因而,我要简短地提出,卡瓦纳早期诗歌开始时,就像我童年家乡土地上那棵树;它得到一种强大的有形存在的支持,并且充满着见诸诗人与其所处地点之间的种种识别标志;它象征着根植于社区生活的深情,其背后有一种想象力做依靠,该想象力仍未放弃其源头,如同仍未断奶,也就是说,是一种依附的功能而非脱离的功能,用卡瓦纳自己打的比方来说,是一种活在雾中的功能。这些早期诗有很多确实是把那地点当作天堂似的地点来颂扬,更多则是表示失望,失望于它不是它可以成为或应该成为的那种天堂般的地点,但是所有这些莫纳汉时期的早期诗作,都称赞有这么一个地点,参与其真实的地形学存在,思考它,并把它当作那个特定世界的决定性地点来接受。

那些小田野和小山冈的地平线,不管是阴沉和压抑的或明亮和增强力量的,都是被作为意识的地平线来感知。然而,在那些地平线范围内,那位说出这些诗的诗人作为一个有着尖锐批判性的才智之士,却是有活力和健康的。他知道莫纳汉的世界不是整个世界,然而对他来说却是唯一的世界,被他坚实和亲密地刻入诗歌词语的世界。我们也许可以说,卡瓦纳能被这个世界的精神浸透,甚于这个世界能被他的精神浸透。当他提到"岩蛮大向前",或提到"卡西迪悬山",读者立即意识到这是实际乡村的一些地点,它们不断地压进他的记忆。在这早期,被体验过的莫纳汉生活的有形现实自动出现在诗人的意识中,这样他必然会根据这条环绕着既有体验的地平线来创造他自己、他的诗歌身份和他的诗篇。

在最初体现于《史诗》,然后体现于20世纪50年代末的"运河岸十四行诗"的卡瓦纳后期诗歌中,可以看到明确的转变。我们也许可以说,如今这个世界能被他的视域浸透,甚于他能被这个世界浸透。如今当他写各个地点,它们都是他心灵中发亮的空间。它们已从它们作为背景、作为记录性地理的地位撤退,现在它们是作为已改观的意象,作为他的心灵把自己的力量投射上去的场所而存在的。在这些后期诗歌中,地点被包括在卡瓦纳心灵的地平线范围内,而不是相反。他访问的乡村就在他的心中:

> 我不知道我是什么年龄,
> 我没到要死的年龄;
> 我对女人一无所知,
> 对城市一无所知,
> 我不能死
> 除非我在这些白刺李树篱外走动。

(《天真》)

在一首像这样的后期诗的意识边缘,我们遇到沉思的白光;在早期诗的意识边缘,那个熟悉的世界可信地朝远方延伸而去。在诸如《给马铃薯喷洒防虫液》和《圣诞童年》这样的诗的结尾,自我被风景同化了:

> 而诗人把马铃薯地忘了,
> 当他想起他还没忘或直到开花的梗
> 无法编织魔力之前他都还没忘的
> 喷洒桶的石灰味和铜味。

然而,一个相反的进程在《运河岸漫步》的结尾展开。这里,说话者的存在不是在渐弱的节奏中消散,环境的周长也没有挤掉那感知的中心。虽然那声音要求被"迷醉",但是没有暗示任何消极性。节奏强劲地升起,预示心灵能胜任把这地点——或任何地点——变成一个"重要地点"的任务。卡瓦纳装作是世界的仆人,实际上是参与主宰世界的进程:

> 啊,未磨损的世界使我迷醉,使我迷醉于一株
> 山毛榉旁边一个由美妙青草和永恒声音构成的网中,
> 喂养我的感觉那张开大口的需要,赋予我即兴地
> 用流溢的语言不知不觉地祈祷,
> 因为这颗灵魂需要以绿色和蓝色事物
> 和不能被证明的论据织成的新装来增光。

同样地,在那首关键的十四行诗《史诗》中,虽然该诗把舞台留给了两名莫纳汉农民并成功地使巴利拉什和戈廷①在与慕尼黑的对峙关系中保持平衡②,但这并不是说农民和莫纳汉地区本身是重要的。他们是仅仅被那正照亮他们的心灵之光变得重要的。这首诗更多是赞美卡瓦纳心目中的荷马而不是赞美卡瓦纳的家乡。

《史诗》收录于那本叫作《来跟姬蒂·斯托布林跳舞》的诗集中,它出版于1960年,并在翌年三次重印。我自己那一册,是第四次重印的,我在上面记下了日期:1963年7月3日。当时我拥有的健在诗人的诗集并不多,而现在已很难寻回那种身在局外,远离"诸王之城/那里艺术、音乐和文学才是真正重要的东西"的感觉。当时贝尔法斯特没有文学出版社,没有诗歌朗诵,没有文学身份认同感。1962年,当我还是圣约瑟教育学院学生的时候,我曾写了一篇长文谈论乌尔斯特文学杂志的历史,仿佛我已经在寻求一个信仰基础,以确信我们作为北方人、爱尔兰人和在根本上作为我们个人的文化存在的可能性似的。现在回想起来不免有点吃惊,也即在作为女王大学英语系本科生那四年间,我未曾被一个爱尔兰或乌尔斯特的声音教导过。然而,我曾在那里听过路易斯·麦克尼斯读诗,还于1963年听过托马斯·金塞拉读其第二本诗集《顺流而下》和更早期的诗。最终,我弄到罗宾·斯克尔顿编的诗选集《六位爱尔兰诗人》;弄到约翰·蒙塔古诗集《被毒害的土地》初版,其中收录了那耳目一新、积极肯定的诗《打水者》;弄到阿尔瓦雷斯编的诗选集《新诗歌》,读到特德·休斯和 R.S. 托马斯的诗。所有这些东西都使人精神一振,就像偶尔去都柏林那样。在都柏林我总算弄到爱尔兰生机勃勃的诗歌生活的象征《多尔门版爱尔兰诗文杂集》,并读

---

① 巴利拉什和戈廷均为莫纳汉的小镇。
② 诗中提到"慕尼黑的扰攘",指《慕尼黑协议》签署前发生的一系列事件。

到理查德·墨菲那首《克莱根灾难》的强劲诗句。与此同时,我的校长,原籍莫纳汉但其感受力要比卡瓦纳温柔得多的迈克尔·麦克拉弗蒂借给我一册《待出售的灵魂》①,从而使我得以在我二十三岁的时候读到《大饥饿》这首诗。

那时,一切都贫乏、怀着希望和刚刚开始。我有四首诗获发表,两首发表于《贝尔法斯特电讯报》,一首发表于《爱尔兰时报》,一首发表于《基尔肯尼杂志》,但是我依然像叶芝诗中描绘的济慈,如同一个鼻子紧贴着糖果店窗子的小孩,隔着一道障碍凝望充满诱惑而又难以企及的神秘。然后才受到阅读卡瓦纳诗歌的启发和肯定。当我在旧《牛津版爱尔兰诗歌》中读到《给马铃薯喷洒防虫液》时,我兴奋地发现我非常熟悉的——但我曾一直以为是在书本以下或以外的——生活的细节被呈现在一本书中。曾经像基本上是灰色的农田生活中彩色的节日那样直立在我自己童年中的一桶桶蓝色马铃薯防虫液——如今竟出现在这里,直立在印刷品的土地上。还有那个词"畦头"(headland),我猜它对卡瓦纳来说之土头土脸就如同"垄头"(headrig)对我来说之土头土脸。这里同样有阳光照耀的田野之奇异宁静、酷热和孤独,远处干农活的声音之难以解释的忧伤,这一切全都被一种既熟悉又奇怪的语言捕捉住了:

> 吃进车辙里的牛车的辊轴
> 把烧过的正午木棍折成两半。

《圣诞童年》也是这样。再次,在印刷品中那一种生命里,我碰上

---

① 卡瓦纳诗集。

了我经历过的生活那被忽视的数据。外层坚硬的马铃薯穴、有沟的豁口、被嘎吱嘎吱碾过的结霜泥潭、被挤牛奶的母牛、用袖珍折刀在门阶上划着刻痕的小孩,诸如此类。所领受的,并不是文本带来的某种健康的、自我意识的乐趣,而是在发现世界变成文字时那种原始的愉悦。

  我一直都在渴望这种东西,却不知道我渴望的到底是什么。例如,当我在1961年毕业时,我买了路易斯·麦克尼斯的《诗合集》。我确实从中得到乐趣,尤其是诸如《来自冰岛的附笔》中那种表面坚硬的温柔;我能够认出他那温暖而顽强的精神,然而我依然保持读者的距离。麦克尼斯并没有扳动开关,使写作能量咝咝作响流入迄今未启动的写作系统。当我打开他的诗集,我依然被那道文学的窗玻璃挡住。他的诗源自精神素材,存在于某种文化背景,既远离我,也远离我所来自的地方。当然,我羡慕这些诗,它们安然置于那个历史和诗歌的大世界,它出现在那边,远远超出我所属的国家奖学金、盖尔体育运动协会、十月祈祷式、克兰西兄弟会、水桶和蛋箱的世界。我羡慕它们,但我并没有像被卡瓦纳的诗歌接管那样被它们接管。

  至此,有必要说明一下。我在这里并不是要断言乡村作为诗歌题材对城市和城郊的优越性,我也不是努力要以牺牲教养来赞助匮乏。我不是要旁敲侧击地说某个领域的经验比另一个领域在本质上更有诗意或在伦理上更可取。我是试图准确地记录一位读者的感觉,他来自一个相对无书可读的背景,在20世纪60年代初开始接触爱尔兰一些已确立的诗歌声音。不用说,我知道在对爱尔兰诗歌的批评中,存在着一定程度的党派色彩,它源自萨缪尔·贝克特在30年代的言论,并被安东尼·格罗宁最瞩目地加以发挥。这种批评,把建基于来自乡村背景的意象的诗歌的流行,视为对文学责任的背离和某种负面的爱尔兰反馈。它还是刻意好辩的,也许值得在另一个场合与之理论;然而暂时我只想把焦点集中于个人方面,谈谈卡瓦纳在约二十年的时期内对一位读者意味着什么。

卡瓦纳的天才,单枪匹马地达到我和我那出身文法学校、拿文科学位的一代人严重需要的东西———一种把生我们养我们的小农场生活与我们现在被假设适合去阅读的薄诗集的世界联系起来的诗歌。他把我们带回我们所来自的地方。因此,我们一开始就高估这种诗歌的题材而牺牲其有益的创造精神,是很自然的。在60年代,我依然处于这样一个阶段,也即易受卡瓦纳诗歌的题材之感染力和熟悉性影响,甚于留意其风格的解放和颠覆性。它不仅没有使我摆脱我的第一生命,还通过赋予它形象而确认了那生命。我不是要说当我读《大饥饿》时我为自己熟悉与帕特里克·马圭尔相似的人而感到自豪,或觉得他们的道德意识经得起验证。毋宁说,由于那个世界已在一本被认为不仅是民族文化的一部分而且是世界上真正诗歌的一部分的诗集中找到了表达,你便不再因为自己是那个世界的产物而感到那么孤单和那么边缘了。

卡瓦纳给你发了许可证,准许你没有文化焦虑地栖居在你自己生活的平凡地标中间。越过边境,进入被当地英国广播公司那引人注意的英国口音支配的北爱尔兰,他播出了一种声音,这声音不会被吓得变成其他口音,除了它自己的口音。卡瓦纳的诗歌在没有哪怕是一点儿政治意图的情况下,确确实实地产生了政治效果。不管他想不想要,他的成就都不可避免地,以及不分南北地,被纳入普遍的感情激流,这普遍的感情激流从民族身份认同的理念,从不同于不列颠的文化异样性的理念,从梦想一种其风格和内容抗拒主流传统中以英语性为中心的文学的理念涌出,并维护这些理念。虽然卡瓦纳不是爱尔兰文学复兴的赞赏者,但他却首先是并且几乎完全是被置于爱尔兰文学复兴作家们旨在建立本土文学的抱负这一脉络中来读的。

就这样，在1963年，当我还在卡瓦纳花了过去十五年的时间（而我对此一无所知）来驳斥的那些文化和政治虔敬的支配下的时候，我拿着新版的《来跟姬蒂·斯托布林跳舞》。我可以感到自己对诸如《珊科杜夫》这样的诗——尽管它写于30年代，如同《致耙地的男人》》——和对《克尔的驴子》和《胎儿期的梦》完全没有隔阂；毕竟，它们的意象与40年代卡瓦纳的抒情诗，也即我从《牛津版爱尔兰诗歌》中读到的那些莫纳汉赞美诗保持着延续性。这是乡村诗人安于自己的乡村题材，而我们全都已准备好接受它。当时，我对他这些后期诗作的直接力量有反应，但并未立即认识到它们的视域性意图、它们充足的精神胆量。

回到我们开头的比喻，我仍然觉得卡瓦纳是在写那株生长在实际地面上的树，而他事实上已经越过这个阶段，在写那株心灵中的树。即便是一首令人误以为是直接的诗，例如《纪念母亲》，也披露了这种转变；这首诗确实包含了一系列对这位女性本人的实际记忆，并且通过其牛群和赶集日的意象来把她并继续把她与真实生活中的莫纳汉紧密联系起来，但是所有这些有坚固基础的现象，都被内在现实的闪光转化了。该诗同时说两件事——母亲已历史性地逝世了，母亲又视域性地永远存在：

> 我想的不是你躺在一个莫纳汉
> 墓园的湿土里；我看见
> 你走在一条小道上，在杨柳中间，
> 在前往车站的途中，或快乐地
>
> 前往某个夏天礼拜日的第二弥撒——
> 你遇见我而你说：

183

"别忘了看好牛群——"
在你最泥土气的话中,天使们迷路。

虽然这是焦点从外在现实转向内在现实的相对简单的——以及有陷入感伤的危险的——显现,但是它确实已有卡瓦纳寻求一种有别于诸如《大饥饿》中那种诗歌实质重量的"无重"的东西。它要比诸如以下诗句那饱满、强有力的粗硬更柔软和灵活:

泥土是词,泥土是肉
土豆收获者如同机械稻草人
沿着山边缓坡移动,马圭尔和他的雇工。

然而,由于其乡村背景,《纪念母亲》几乎可以把自己佯装成一首早期风格的诗。而我们不能说诸如《审判员请进》最后一节的这些诗行也可以这样形容:

从一座全部根茎都已腐败的城镇的酸土
我转身离去,朝向自我休憩的地方,
我们大家鼻子下那个无地点的天堂
在那里我们隔绝所有贫乏的愤怒,
没时间去演出自怜的肥皂剧,
一百万种直觉不知道其他用途
除了整日饲养和讨好缪斯们
直到它们变成纯粹的积极性。啊,饥饿,
那儿大家都有欲望之口,谁

都不想被吃掉;我如此高兴于
在一条弯弯曲曲的道路尽头
意外地碰见我的自我
并惊悉没人崇拜的上帝
已枯萎成无用者。

"自我"在这十四行诗里两次被提到,它被宣布为诗歌活动场所和诗歌题材。现在重要的不是那个等待被庆祝的世界,而是诗人随时随地都可以举行庆祝。这"庆祝"并非只是一种无精打采的抽象,一种关乎笃信宗教的振奋和美好感觉,而是一种完全非文学的行为,与开始被诗人视为其"喜剧"的观点的东西发生联系,那是放弃一种生命以便寻找更丰富的生命。

我们也许可以说,抒情的庆祝之于卡瓦纳,就如同机智的表达之于奥斯卡·王尔德——最初无非是性情、风格习惯、艺术家基本天性的倾向,但最后变成救赎力量,变成艺术家在面对种种令人失望的世俗事情时维持内在自由的资源,变成不可侵犯的尊严。虽然两人都有公认的对成功的胃口,但是一旦成功不请自来,两人都无法忍受成功的温暖呼吸;在他们直觉地发现那是危险的接触,随时有可能变成群众的精神奴隶之后,为了重新寻找他们的生命,他们必须与群众的价值标准决裂;他们必须输掉自己。王尔德嘲笑他的巴黎酒店的墙纸,卡瓦纳在肺癌手术和痛苦的诽谤案之后漫步因尼斯基恩的田野,两件事表明两人都像活在智慧而谦逊的来生中。

诗人发现,他必须使自己摆脱种种信念,以一位天使带来的随时准备好从事见证现实的活动的那种纯粹就绪状态去体验,而在这新发现的"喜剧"的信念中,包含着巨大的活力:

展开翅膀远离、远离、远离,如同乔伊斯的,
大地母亲正有条不紊地整理我全新的衣服,
她说,她祈愿我别再忽视她
以折价在田野里找到的黄色纽扣。
凯利的大灌木丛是一个纽孔。处处
有惊奇——康诺利墙角的溪流,
我自己在阿马边界的安那瓦基,
或应付母牛难产时的平静和镇定。
一点也不悲伤当我远离、远离
因为有母亲使我保持讲俗语。
现在我有一个可以回去的家。啊,有福了
能够在离开中归来。有个地方可待
不是问题。痛苦的是
焦急乱走却没有地方可去。

"焦急乱走"属于自我的旧世界;如今他在新世界,这儿,如同田野里的百合花,他考虑的不是他的饰物,或他穿什么——毕竟,大地母亲正有条不紊地整理他全新的衣服。以前卡瓦纳曾把莫纳汉描绘得像一幅米勒的油画,涂上浓厚而忠实的颜料,画中男人从布满水坑的土地上站起来,全都与马铃薯松土融为一体;如今他画得像夏加尔,飘浮在故乡上空,在他自己的梦想的地方飞行,而不是黏附着实际田野的地面。也许更准确的说法是,卡瓦纳身上那个后期再生的诗人根本就不是在画油画,而只是在画素描。

毕竟,相对于素描,油画需要你与描绘对象建立更劳累的关系——

或者说，至少需要与一个媒介建立更有意识和更投入的关系。素描更接近于感觉的纯粹时刻。一幅素描的线条穿过的一个个空白处，并非艺术家无能力填满它们的证据。它们反而证明一种绝对和全神贯注的需要，需要在线条本身内部保持运动。同样地，也正是素描那自我推进和空气般飘逸的运动，它那轻松愉快的心情，它那发现方向的充足感而不是需要寻找目的地的焦虑感——正是这种肯定和淡定，成为卡瓦纳后期最好作品的特征。

总之，这是真正的创造性写作。虽然它也源自强大情感的自发性溢出，但这种溢出不是对外部世界某种刺激的被动反应。相反，它是来自源头内部的丰富喷射，并向外溢出，灌溉自身以外的世界。这正是卡瓦纳在《序曲》一诗中所谈的东西，在诗中，他弃绝讽刺，因为讽刺是一种被动反应的艺术，一种"无成果的祈祷"；相反，他拥抱更深层、自主和狂喜的爱的艺术本身：

> 但讽刺是无成果的祈祷，
> 只是些可怜的乱射，
> 你必须进入腹地，并
> 迷失于同情的狂喜，
> 那儿痛苦升腾在夏天的空气中——
> 磨难已变成一颗星。

当我在 1963 年读到这些诗句时，我着迷于它们的节奏，并对它们灵巧的八音节格律感到惬意。但我那时太爱以浓厚的语言颜料来描绘世界的诗歌，还不懂得充分品味此中如此轻松和无拘束地自己走动的线条描绘。我那时还是更容易受《大饥饿》那厚重的柏油帆布之诗感染,而不是受在《序曲》这清澈客观的微风中飞扬的涤净的飘带之诗感染。

我现在已懂得了高度珍视这种内在自由之诗。它是自我征服的榜样,一种被发现来表达这位诗人对普遍的平凡性的独特反应的风格,一种重建个人经验真实性和作为可信的生命活下来的方式。因此我现在愿意修订我十年前写的一句话。我当时说,当卡瓦纳耗尽了他的莫纳汉经验的粗糙食物之后,他便憔悴了。我现在相信,更准确的说法应该是,当他耗尽了他早期莫纳汉经验的粗糙食物之后,他便扫清一个空间,在那空间里,用叶芝的话来说:"灵魂恢复了激进的天真,/并最终懂得了它是自我愉悦,/自我抚慰、自我惊恐的,/而它自己那甜蜜的意志即是上天的意志。"如果说这种领悟的代价太经常地是诗歌术语所说的刻意的蹩脚诗,一种以存心报复来对抗艺术技巧性的写作,那么可以说,其奖赏却是大批这样的诗,它们在死亡和荒凉面前是如此充满纯粹的泰然自若,以致它们引发了类似古代阿波罗裸体躯干雕像在里尔克身上引发的最深刻的反应。这些诗,连同它们来之不易的简朴性,使你重新感受到心灵已习惯于回避的一个真理,而这个真理被里尔克在一句简单的命令中表达出来:"你必须改变你的生命。"

光的浩瀚*

*收录于《拉金六十大寿》,安东尼·斯韦特编(费伯出版社,1982)。

E. M. 福斯特曾经说过,他把《印度之旅》设想成一本中间有一个洞孔的书。有些诗也像这样。它们中央有洞孔,带读者穿越而去。例如莎士比亚十四行诗第六十首:

> 仿佛波浪向着鹅卵石的海岸涌去,
> 我们的分秒也匆匆奔向终点;
> 每一波都与前一波换位,
> 在劳累中争相扑向前。
> 诞生,一旦置身于光的浩瀚
> 便爬向成熟,达至鼎盛,
> 阴毒的日食就会跟他光荣的奋斗作对,
> 时间就会把送给他的礼物捣毁。

第五行出现了某种视域性的东西。"诞生"是一个抽象名词,被安置在一个洪亮的颤音中,引发一阵警告性的震动,紧接着心灵的眼睛被那"光的浩瀚"照得目眩,然后在一瞬间里,我们已置身于《天堂篇》的世界。该诗其余部分伴着优美旋律活在一个论述世界中,但却是这猝不及防地降临在纯粹存在的王国中的一笔,使这首诗凸显莎士比亚奢华的天才。

就这首十四行诗意识到生命种种变化之悲哀,又被对某种与之毗连的"纯粹宁静"的渴望所萦绕而言,它可以说是以微缩方式排演了菲利普·拉金诗歌的整个痛楚的总谱。在拉金那里,我们不断对那才智的旋律作出反应,对一种既是评论又是陈述的诗歌作出反应,而正是这充满激情、不可愚弄的心灵与其自身困境——而我们也被迫承认这是我们的困境——之间的冲突,造就了他诗歌的首要吸引力。然而,尽管拉金筛选当代生活种种境况、拒绝提供不在场证据并有意识地朝着暴露某种既非犬儒主义也非绝望的境况推进的方式本身已堪称楷模,但是他身上还保存着一个向往,向往一种使他可以对之效忠的更晶亮剔透的现实。当这向往找到表达,某种东西便会洞开,某些时刻便会出现,它们都堪称为视域性的东西。由于他对任何容易的安慰都持怀疑态度,所以他也就不会有这类时刻,但是当它们到来的时候,它们便流入他那论述性和严苛的诗歌世界,并且其可信力是如此强大,使得我们不能不予以注意。

拉金在《北方之船》重印导言中回忆,在他迷恋叶芝期间,有过一个欢愉而富有启发性的场合:"我记得,那天晚上我不知是第三次或第四次喃喃念起'当我这样地驱除悔恨,便有一股如此伟大的甜蜜涌入胸间……'时,布鲁斯·蒙哥马利厉声说:'他的工作不是驱除悔恨,而是争取宽恕。'但话说回来,布鲁斯·蒙哥马利已知道查尔斯·威廉斯。"拉金讲这则逸闻,是为了说明他早期如何折服于叶芝的音乐,也是为了称赞蒙哥马利当时主张的反浪漫、有着敏感道德性的态度,这种态度最终导致拉金皈依托马斯·哈代的诗歌。然而,这则逸闻也说明了拉金对那涌入胸间的甜蜜、那启示的激动的胃口,这胃口从未弃他而去。蒙哥马利与拉金之间这次交锋,预示了贯穿拉金诗歌成熟期视域与经验之间持续不断的争吵。而如果说贯穿于他后期诗歌中的大多数出色诗行得益于这反英雄、克制、人本主义的声音,那么可以说,这声音所传达的叱责并不能完全摒弃叶芝式的对甜蜜之流的需要。

那甜蜜流入拉金诗歌时,最可靠的是作为光之流。事实上,拉金在诗集《高窗》中把他那首太阳诗直接置于他那首月亮诗的对立面,并作为对那首月亮诗的回答:《悲哀的步伐》与《太阳》在开篇两页面对面并立,如同他诗歌人格的两半在对话,而这种方式多少有点叶芝的意味。在《悲哀的步伐》中,那谨小慎微的才智有一刻受到月亮魅力的诱惑。菲利普·锡德尼爵士那首文艺复兴时期的月亮十四行诗漂移在近旁①,那种要求向爱情所唤起的"巨大的是"屈服的邀请是强大的,即使对一个刚撒了一泡尿的人来说:

> 我拉开厚窗帘,吃惊于
> 快速的云、月亮的洁净。
>
> 四点钟:楔形阴影的公园卧于
> 被风撕开的,大而深的天空下。

他那易受欲望和希望吸引的脆弱性,由最后那一行半的丁尼生式节拍传达出来,但是那深掘的额头②立即紧锁起来——"这其中有某种好笑的东西"——可接着又再被一个圆满之梦引诱,这一回是以语言本

---

① 锡德尼这首十四行诗的开头是"以多么悲哀的步伐……"
② "深掘的额头"源自上引莎士比亚同一首诗。

身的象征主义输送——"啊,记忆的狼群,浩浩荡荡!"当然,他最后还是喊出了那明确的、行末停顿的"不"。他拒绝允许旋律的诱惑钝化他对常识的苛求。真以几分之差赢了美,而虽然这首诗的吸引力在于其以难以抚慰的清晰性描写年事渐高,但是我们的天性依然倾向于跑去填补中间那个象征主义的洞孔。

然而,在《悲哀的步伐》中那被牢牢地控制在适当理性位置上的巨大渴望,在《太阳》中获得机会去"爬上又返回如天使"。坦白地说,这是祈祷,是唱给太阳的赞美诗,释放一种慷慨,这慷慨并没有因为我们再次细看并发现被赞美的可能既是阴茎又是太阳而减弱。在月亮诗中,月亮"乖戾地、孤立地,/爱情的菱形盾!艺术的大勋章!"并且是以那个冷嘲热讽、感情上怀有戒心的男人的语言来描绘的;而在太阳诗中,太阳是一张"狮子脸""一个起源"一个"缀满花瓣的火焰头""不合拢如一只手",这些全都是描述最坦率感情的语句。这首诗既出人意表又充满勇气,接近原始诗歌的脉搏,未受任何精妙音调或面具的保护。在这里,拉金大胆地、没有任何遮盖地站在光的浩瀚中,远非那个无帽可脱,在尴尬的敬畏中摘下自行车裤腿夹的人[①]:

> 在孤独的水平线中
> 被铸成硬币,
> 你公开地存在。
> 我们的需要时时
> 爬上又返回如天使。
> 不合拢如一只手,

---

① 这段描述源自拉金诗《上教堂》。

你永远给予。

这些话出自一个吃惊于"自己身上那股想更严肃的热忱"的人之口,尽管诗中没有东西是快乐的有神论者不能接受的。然而在"天使"这个明喻中,以及在整件事情的总合唱音调中,拉金松开他通常使其保持不发音的按孔,而事实证明这些按孔恰恰是他诗歌力度和幅度的活力所在。

例如《欺骗》的基本诗歌力量,都是依赖一个明亮、静止的中心。窗的意象出现,来接纳种种悲伤的事实,把它们保持在控制和聚焦之下。那个受侵犯的女孩的心灵打开"如满抽屉的尖刀",并且第一节大部分诗行都是在记录闪光的刀身的了无敏感性和下午光线不断变化的色调。我们以前在基督教义课堂上以"受苦的神秘"为题来思考的东西,如今在绝对休憩和创伤的混合感觉中变得真实起来,并在那些促使我们不自觉地认同女孩的意象中变得具体起来:

> 太阳偶然的印花,新娘般的
> 伦敦朝着另一个方向鞠躬时
> 外面大街上车轮疾快短暂的忧烦,
> 而无可辩驳又高又宽的光,
> 禁止疗伤,把羞耻
> 赶出匿藏处。整个不慌不忙的白天
> 你的心灵打开如满抽屉的尖刀。

正是这首诗骨子里那充满光的膨胀,把它从哀悼运往理解,并为结尾诗行那尖锐的反讽铺路。我肯定拉金会驳斥任何认为我上面所引的诗句之美是为了柔化痛苦的说法，如同我肯定他也会驳斥街头小贩在《荒废的小屋》中给华兹华斯的建议，小贩在诉说了玛格丽特的长期受苦之后，恳求诗人做一个"有智慧和欢乐"的人。然而那小贩的建议源自他对"静谧的意象"的理解，这"静谧的意象"的运作方式与拉金刚才那段诗相若：

  那些羽毛，
 那些杂草，还有墙上高高的针茅，
 被白雾和无声的雨点镀上银光。

  正是这个平静时刻的真实性，在某种程度上确保了那个小贩的乐观主义；同样地，拉金这首诗骨子里那未加掩饰的温柔使它超越反讽和苦涩，尽管他始终保持克制，使其不致流于表面的安慰："如果我能够／我也不敢安慰你。"

  由于拉金是一位既率直又富于联想性的诗人，因此他善于发明新词来描写恰恰是我上面所谈的那种效果，是一点也不奇怪的：诗集《降灵节婚礼》第一首诗《这里》的结尾，把这效果定义为某种类似"没围栏的存在"的感觉，并提供经验来支持这宽广的抽象说法：

    这里寂静伫立
 如炎热。这里叶子不受注意地渐密，
 隐藏的野草开花，受忽视的水流加速，
 明亮地挤满人的空气升起；
 而越过簇簇罂粟花，淡蓝素净的远方
 突然终结陆地，在一片有着各种形状

和砂石的海滩外展现。这里是没围栏的存在:
面对太阳,默不作声,难以企及。

这个结尾使人想起乔伊斯《死者》的结尾——事实上《都柏林人》是一本非常接近拉金的精神的小说集,拉金的诗合集可以贴切地称为《英格兰人》。这些结尾诗句构成一种顿悟,一种对幻想破灭的才智那"有顾忌的吝啬"的逃避,而我们只需要比较一下《这里》与《星期六展览会》,另一首通过细节的累积来寻求形式的诗,就可以看出这种对社会和历史以外某个王国发出的示意,是《这里》成功的关键。《星期六展览会》停留于被自然主义数据塞满,虽然其结尾美丽地表达了怀旧的爱国主义,这爱国主义亦是拉金性格的一部分,但其达致的音调更多不是鸣响不绝的视域,而是连祷词式的一厢情愿:"让它永远如此。"①

"如果我被叫去/建构一种宗教/我将利用水"——但他也可以利用《这里》,还有《太阳》,还有《高窗》,还有《爆炸》,还有《水》,刚刚引用的句子正是来自这首诗。没错,这些诗句的活泼音调,以及该诗稍后写到"淋漓的意象,/一种猛烈而虔诚的湿透"时强拍的词语,很能说明拉金面对他为自己想象的那个委托时的不安。但是,正如《太阳》和《这里》催生某些场合,使"没围栏的存在"可以在不会给这位惯于怀疑的诗人带来难堪的情况下找到空间去披露其纯粹的邀请一样,《水》也避免了其老于世故者的冷漠而进入最后一节,这最后一节如同自然圣体发光般高悬在该诗其他部分的社交性防卫措辞之上:

---

① 希尼在这里引述错误。应为"让它永远在那里"。

> 而我将在东方举起
> 一杯水
> 那里任何角度的光
> 将无穷尽地聚集。

在光使自己的存在变得可以在拉金的诗歌中被感觉到的时刻,他无法拒抗自己身上那个浪漫主义诗人,也即他必须以快乐和欣然接受作出回应,在一定程度上宣布"已经与你同在!"这些效果各不一样,但是它们全都非同寻常,从"一条/有眩目的挡风玻璃的街道"或"不一样地摇晃的星星"或"那高筑的,迈着/夏天的步伐的云团"那轻轻带过的惊喜,到以下这节来自《一座阿伦德尔墓》的诗那女高音的高兴:

> 下雪,日期不详。光
> 每年夏天群集到玻璃上。明亮的
> 鸟叫声撒落在同一片
> 布满骨头的地面上。而小道上
> 不断更换的人群源源涌至,

——以及从那种克制,到这段来自《生计 II》的狂热的一阵发作:

> 在辉煌的守护下
> 我摆出碟和汤匙,
> 之后,占卜纸牌。
> 亮着灯、渐渐倾斜的一艘艘客轮
> 像一个个疯狂的世界摸索着向西驶去。

如此强有力的与欢欣的肯定联系在一起的光,甚至被用来服务于《蠢老人》中一种无情地展示事物衰老的视域:

也许老年就是你头脑内
有灯火通明的房间,而里面的人在活动。

光甚至更意想不到地折射在《高窗》的结尾,那结尾有某种明亮,对解脱和改善的信念的明亮,从空气中落下,那空气立即就充满了一种不同的、无穷地中立的璀璨:

于是直接地

话还未说就先想到高窗:
满含太阳的玻璃,
玻璃外,深蓝的空气,不显示
什么,不属任何地方,无穷尽。

所有这些时刻都从拉金诗歌自我的深层里跃出,它们与弥漫于他作品中的另一种情调联系在一起,这种情调不妨称为乐土式的:我尤其想到诸如《牧场上》《1914》《多么遥远》以及最近的《爆炸》等诗。借用杰弗里·希尔引自柯尔律治的话说,这些都是"精神的、柏拉图的古英格兰"的视域,这些视域中的光因对一个梦想世界的依恋而变得亲切,那个梦想世界不会被否定是因为它是诗人感受力的基础。那光,也正是照耀朗格兰的莫尔文镇的光,"在夏天,当柔和的是太阳",既是地方的又是永恒的。在《爆炸》中，那片充满乡下人的田野变成煤田，拉金与煤矿工人共享的某种东西"世代相传地参与/重生的联合"。

> 死者继续走在我们前面，他们
> 正舒服地坐在上帝的屋子里，
> 我们将面对面看见他们——
>
> 简明如镂在小教堂里的字，
> 据说；而有那么一瞬间
> 妻子们看见爆炸中的男人
>
> 大于他们活着时维持的样子——
> 金黄如在硬币上，或不知怎的
> 正从太阳走向她们，
>
> 其中一个拿出未破损的蛋。

如果说菲利普·拉金写他自己的版本的《神曲》，他很可能会发现他自己不是在黑暗的林中，而是在一条铁路隧道里，正在英格兰之旅的中途。他的地狱游可能会发生在黎明前，作为一首蒙着死亡阴影的晨歌，他将从那儿出现，进入一个蠢老人脑中灯火通明的房间，然后他的炼狱之旅将会通过某座医院大楼"发光的蜂巢"向上升，在大楼租户的隔间里人们凝望被风吹乱的天空。我们毫不怀疑他有能力讲述这样一些走在渐渐隆起的"灭绝的高山"上的灵魂的种种苦难。他对他们所怀的不抱幻想的怜悯已被庆祝过了，而他那需要不断细说他们的悲伤的迫切感，则有时候会引起抗议，抗议他如此收窄生命的种种可能性以致整个地球变成一座医院。我想提出，拉金心中还想过要写他自己的版本的《天堂篇》。它也许仅仅相当于承认需要想象"如此清除了我的阁楼，如此的缺席"；然而，在他所写的诗中，有足够的空间和渴望去表明他并非完全安于那著名的折价出售："一种降低视力和明显地缩减期待的诗歌。"

文明的阿特拉斯*

*《诗坛》,1986:评论兹比格涅夫·赫贝特诗集《花园里的野蛮人》(迈克尔·马奇雅罗斯拉夫·安德斯英译,卡尔卡内特出版社,1986);《诗选》(切斯瓦夫·米沃什、彼得·戴尔·斯科特英译,艾科出版社,1986);《来自围城的报告和其他诗》(约翰和博格达纳·卡彭特英译,艾科出版社,1986)

在其生命的终点,苏格拉底对那个指示他"从事艺术"的反复出现的梦的反应,是开始把伊索寓言变成诗。当然,这位其先验职能乃是去揭示事物的样式的哲学家被虚构作品吸引,是完全与他自身特性相符的。同样恰当的是,哪怕是这次对诗艺的浅尝,也应包含一个说教元素。但不妨想象,如果苏格拉底在喝下毒药之前那段时间内所做的不是改编而是原创,那他的诗将是什么样子。他不大可能写到一半停下笔来痛哭流涕;他反而有可能不仅在这点上遵从叶芝的训示,而且有可能生产一部诗全集,足以驳倒这位大师所宣称的"人的才智被迫去选择/生活或作品的完美"。

如果说波兰诗人兹比格涅夫·赫贝特的作品可以被当作这样一种描绘现实的理想诗歌的替代物,那可能会太夸张。然而就其逻辑的精确度、其音调的节制、其认知的极端和镇定而言,它确实很像20世纪诗歌版的"经省察的生命"可能的样子。诚然,在下面要讲的话中,被赞美或考虑的都是英译而不是波兰原文,但是使我们信服赫贝特作品之普遍性资源的,恰恰是它所拥有的这种能力,也即远远倾斜至其母语探测锤外,而又不至于栽倒。

然而，深深吸引赫贝特本人的，却不是倾斜的东西，而是那"信任几何学、简单数字法则、正方形的智慧、平衡力和重量"的东西。他欣喜于发现"希腊建筑起源于太阳"，发现"希腊建筑师精通以阴影来测量的艺术。南北轴心用太阳最高时投下的最短阴影来标记。问题在于追踪垂直方向，那神圣的东西方向"。因此毕达哥拉斯定理才有如此卓越的功用，因此赫贝特的一项观察才具有正当性，他认为"多立克式庙宇的建筑师更关注的不是美，而是把世界的秩序凿进石头里"。

以上引文来自《花园里的野蛮人》的第二篇随笔，该集子收录了十篇沉思艺术和历史的文章，但伪装成"游记"，因为其中有九篇是由参观一些特定地点触发的，包括拉斯科、西西里、阿尔勒、奥尔维耶托、锡耶纳、沙特尔和皮耶罗·德拉·弗兰切斯卡画作的各收藏地点。剩下的那一篇亦是开始并结束于一个痛苦的场地，那是塞纳河一个小岛被烧焦的土地，那里，在1314年3月18日，圣殿骑士团大头领雅克·德莫莱与若弗鲁瓦·德沙尔内和骑士团三十六名兄弟被烧死在火刑柱上。然而书中这一部分也旅行到一个赫贝特已经太熟悉的王国：独裁的王国，连同其警察的监视、大规模逮捕、酷刑、自证有罪、清洗和铲除，所有那些早在14世纪就开始"丰富权力的剧目"的方法。

幸运的是，诗人欣赏的能力不止于堪与他对残暴的洞察力匹比，而《花园里的野蛮人》是一个反讽的书名。这个前往各神圣地点朝圣的"野蛮人"，浸淫于古典和中世纪欧洲文化及历史中。诚然，他意识的中心坐落着一个巨大的焚毁区，铭记着"我们在现代学到的且一定不可忘记的东西，尽管我们几乎不必老是想着它"，但即便如此，这意识依然能够对人作为文明人和文明守护者抱有持续的半信任。这本书充满这样一些句子，它们以最高音歌颂知识的狂喜。在帕埃斯图姆，"希腊庙宇活在几何学的金色太阳下"。在奥尔维耶托，进入大教堂是一种惊异,"表面是如此不同于内部——仿佛那道充满鸟儿和色彩的生命之门通往某种寒冷、庄严的永生"。在一幅皮耶罗·德拉·弗兰切斯卡作品面前:"他就……像一个经历过立体派阶段的具象画家。"在阿雷佐,在皮耶罗的《亚当之死》面前:"整个场面似乎是希腊式的,仿佛《旧约》是由埃斯库罗斯写的。"

但是赫贝特从未激动得不能自制。他在古建筑物中认出并珍视的那种紧贴地面的坚固,与他自己的务实风格有类比性。他对"空气和广阔平面的宁静咏唱"的爱,并没有扩大到如此程度,以致构成对深受重力和历史制约的人类主体的背叛。他的想象力稍微不像他伟大的同胞切斯瓦夫·米沃什那样适航,然而米沃什已从这位年纪较轻的诗人身上认出一种同源精神,并且早在1968年就与彼得·戴尔·斯科特合译了现在重印的这本《诗选》。尽管赫贝特津津有味地接受皮耶罗作品中那"清晰明白的安排——光和平衡的一种永恒秩序"的影响,但是他依然在皮耶罗的同代人、建筑师和人文主义者莱昂·巴蒂斯塔·阿尔贝蒂的一本书里看到了事物的密集和混杂并从中找到巨大乐趣:

> 虽然其结构是古典的,但是技术题材却混合着逸事和琐事。我们可能会读到关于地基、建筑地盘、砌砖、门把手、轮子、斧头、杠杆、晒砖台的描写,以及如何"灭除蛇、蚊、床虱、跳蚤、老鼠、蛾和其他讨厌的夜间生物"。

很明显,虽然赫贝特在别处引用过贝伦森[①],但是他同样熟悉建筑师。就他拥有一种天生的亲和力,亲和那些为了有效操作和有效计算

[①] 美国艺术批评家,专门研究意大利文艺复兴时期艺术作品。

而眯起眼睛却不是为了细看一个精致物件而眯起眼睛的人而言,他可以说是一位地地道道的工人共和国的诗人。在讨论卢卡·西纽雷利①在奥尔维耶托大教堂的《基督来临》中把他自己和他师傅弗拉·安杰利科画进去时,赫贝特对这两个人作出区别。他看出西纽雷利的眼光"凝视现实……在他身边,穿着法衣的弗拉·安杰利科向内凝视。两种目光:一种是幻象的,另一种是观察的"。这种区别,同样表明诗人赫贝特内心也有这样的分野,而这源自他本人最深层的自我中两种互相冲突的气质的共存。这些特点,被 A. 阿尔瓦雷斯在 1968 年初版《诗选》的导言中称为柔情与倔强,正是这样一种很自然地准备认同直觉性怀疑的混杂,构成了赫贝特心灵和艺术的独特质地。

他天性中这柔情、渴望的一面,始终清澈地、恰如其分地贯穿于整本《花园里的野蛮人》。在一个托斯卡纳村子一座"几乎没有容纳一个棺材的空间"的教堂里,他遇见圣母马利亚画像。"她穿一身简单、高腰的衣服,从胸部敞开至膝盖。她的左手搁在一边臀部上,一个乡村伴娘的姿势;她的右手摸着肚子但丝毫没有放荡的痕迹。"同样地,当他报告他登上桑利斯大教堂的塔楼时,其文字如一束长期贮存于感官橱柜里的散开了的线。"一小片一小片地衣,石头间的青草,明亮的黄花";接着,在门廊高处,一个"特别美丽的夏娃。粗纹理、大眼睛、丰满。一头密发落在她那宽大、温暖的背上"。

这种文字,用聂鲁达的话说,确保了"世界的现实定价不应太低",因为它本身就是有价值的,但是强化赫贝特的贡献,使其远远不只是从一位有教养者的印象中打印出来的另一张精彩照片的东西的,乃是他看待世界及其不可靠性时带着怀疑的历史意识。因此,他对锡耶纳大

---

① 意大利画家。

教堂未完成部分的欣赏和不感吃惊,一点不亚于他被那些精雕细琢的完成部分所着迷:"这宏伟计划依然未实现,它被黑死病和建筑错误中断了。"这种特殊的轭式搭配法①之优雅,不应使我们看不到它的愤慨;关键在于,赫贝特不断地在艺术与痛苦那彼此冷漠的相交所创造的鳌口中龇牙咧嘴。长期习惯于这种难处,使他培养了一个音调,它既不是对艺术怀恨,也不是对痛苦闭塞。它使他先天倾向于把西塞罗关于西西里殖民地的话,复述成"一条缝在野蛮人土地的粗布上的饰带,一条常常染血的金带"。它还使他可以建构自己愉快、紧张不安的句子,例如这个关于佩鲁贾的巴廖尼家族的句子:"他们报复性强又残忍,尽管很有教养,足够在美丽的夏天傍晚屠杀敌人。"

再次,这句话来自他关于皮耶罗·德拉·弗兰切斯卡的文章,正是在写到这位受爱戴的画家时,赫贝特最清楚地讲出了我们对他本人作为艺术家的看法:"和谐的背景和宁静的原则""透视法的精灵的原则""透过一块薄冰"看世界、一种"史诗式的无动于衷"、一种"非个性、超个人"的素质。所有这些说法,都适用于在这个或那个时刻形容赫贝特的诗歌,以及帮助勾画他那"倔强"的形状。然而它们不应被用于暗示任何应受责备的超脱或抽离。那无动于衷、那透视法、那非个性、那宁静,全都源自他对痛苦的事实、对不断重现的不公正和灾难的清澈凝视;但它们也源自对整个西方宗教、文学和艺术传统的深沉的爱,这些传统依然作为精神资源向他开放,帮助他站稳阵脚。赫贝特像任何20世纪作家那样熟悉空心人,并且他的眼睛看到的断柱要比大多数文人在想象中看到的更多,但这并不导致他失去对人类努力的信任。相反,它使你回想起那个努力的全部深度,并再次加强你对这还存在着(而不

---

① 指看似不符合逻辑的文字搭配。

是曾经存在)的巨大恩惠的意识,这恩惠在我们开始阅读这些书之前也许会以为是残余,但是在我们读完这些书之后,便再次耸立在我们的理解面前,如同"荒野中的一座大教堂"。

《花园里的野蛮人》在1962年以波兰语首次出版,因此其作者是一位要比写《来自围城的报告》的作者年轻得多的人(赫贝特生于1924年)。但是这部由迈克尔·马奇和雅罗斯拉夫·安德斯以如此出色地留心语调和如此出色的简洁的态度译成英文的严肃、精练、富有启示的散文,使人一眼就能认出这是同一位作家的著作。如果我们说赫贝特同时也成熟了,那将是错误的,因为从一开始,他投向经验的目光就是穿透性、审视性和绝对严肃的;但可以说,他的泰然自若是愈加稳定了,现在他开始变得像一位老法官,已发展了白日梦者仁慈的一面,同时保持一头蹲伏着的狮子随时一跃而起的状态。虽然重印的《诗选》自身携带着产生这些诗的20世纪50年代波兰处境所固有的密封的能量和加强的谨慎,但是最新诗集中的这些诗却允许它们自己在声音上有更多的回旋余地。它们在积体上较长,较不那么压缩,音调上较合群和亲切。它们出现在某种宽敞性内部,某种去芜存菁的内涵的气氛中。我们再次想起那清晰明白的安排,想起那"几何学的金色太阳";然而,由于这新诗集的体热,由于它那不断扇起我们直觉本性的羽毛的温暖呼吸,我们还会想到赫贝特告别多尔多涅史前洞穴时那雄辩的赠言:

> 我从拉斯科回来,走的是跟我来时相同的道路。虽然我凝视过历史的深渊,但我并不是从一个陌生世界回来。我从未感到过一种更强烈或更确定的信念:我是地球的公民,一个不仅是希腊人和罗马人而且是几乎整个无限的继承人……
>
> 那条道路通往希腊庙宇和哥特式大教堂。我走向它们时,感

到那位拉斯科画家在温暖地触摸我的手掌。

因此,难怪诗人的托词/别名/面具/口技艺人的木偶/非约束性互相依存者科吉托先生,会如此固执地黏附视觉和触觉。在《科吉托先生的末世预言》第二部分,也即在赫贝特对他的终极命运做了一番沉思之后——"很可能他将清扫炼狱的大广场"——他想象自己攻读消除人间习性的课程。然而,尽管有这些天使的汇报会,科吉托先生——

> 继续看到
> 山坡上一棵松树
> 黎明的七根蜡烛
> 一块蓝血管石头
>
> 他将屈服于所有的酷刑
> 温声的劝说
> 但最终他将捍卫
> 痛苦的壮丽感觉
>
> 和那枯竭的眼底
> 若干风雨侵蚀的意象

3

> 谁知道呢
> 也许他可以

使天使们相信

他无法胜任

天堂的

服务

而他们将会允许他

沿着一片白海的岸上

一条杂草丛生的小径

返回当初的洞穴

最初和最后两极是交叉的,而就在他努力想象自己来到那可想象的事物闪亮的周边时,科吉托先生便发现自己掉回那可触摸的中心。然而这一切可能的凶兆都被减轻了,因为它不是发生在"人性"或"人类"身上,而是发生在科吉托先生身上。科吉托先生有时候表现得像一个卡通人物,一个巨大无比的堂吉诃德或火柴杆似的西西弗斯;有时候像某种谨慎的社会习俗,靠着它,那个自传的"我"裸露的前身得以被遮掩起来。正是在后一个角色中,他成了该诗集最难忘的诗之一《科吉托先生——返回》的主角,这首诗连同《被遗弃者》、《科吉托先生的灵魂》和书名诗,奏出一个非同寻常地亲密和哀婉的音调。

然而,科吉托先生主要是充当那实验性的、无畏的人类的临时替代演员,或更准确地说,充当了人类最英勇、最好心肠和最始终如一的聪明成员们的一个代表。有他在其中履行这些职能的那些诗,其高音和步履的稳健真不亚于我刚刚提及的那些诗;事实上,它们作为知识侦察更出色,作为政治拒抗更致命;它们发动进攻,读它们,你等于使自己通过了赫贝特本人的个人选择程序的严格训练,考验你对拒绝的必要性的理解，考验你的终极机智和觉悟。他这诗歌远不只是"异见"，它不会给任何类型的软食贩卖者或宣传家带来任何安慰。它的整个意图是摧毁由各处的权力门面装饰者提供、被当作真理的那些安排。它可以听见官方发言人大义凛然的怒气背后战斗轰炸机的刺耳声，然而它并不满足于仅仅是一种暴露或控诉。赫贝特总是想越过官方版本的集体经验，探究个人认知和忍耐力的最后边界。他这样做是为了发现人类内心的堡垒到底是一个自私的藏身之洞，还是一个凝神屏息的监听站。换一个方式说，他并不是那么有兴趣发现坠机后的黑匣子，因为他的另一个愿望要强烈得多，就是监视坠机前数分钟期间每位乘客的勇气和良知。因此，约翰和博格达纳·卡彭特在他们的导言里引述他以下的话：

> 你知道，我有用之不尽的词语可以用来表达我的反叛和抗议。我也许完全可以写诸如"啊，你们这些受诅咒的、该死的人，等等等等，你们滥杀无辜，等着瞧吧，公正的惩罚将降临你们"之类的东西。我没有这样说是因为我想用更宽泛的维度来探讨具体的、个人的、实际的处境，或者说，展示其更深刻的、普遍的人类透视法。

这一向是他的冲动，而观看他那些个展示"更深刻的、普遍的人类透视法"的策略如何发展，是一件乐事。在《诗选》中，他最喜爱的方法是戏剧性独白和改写希腊神话。在表达必然性同时被认识和被哀悼方面，再也没有比早期诗《福丁布拉斯的哀歌》更美丽的了，正如在描写那些拥有权力去伤害然后就去伤害的人方面，再也没有比《阿波罗与玛息阿》更令人毛骨悚然的了。这两首诗都值得全文引用，但这里是后一首诗，译者是切斯瓦夫·米沃什：

阿波罗与玛息阿
真正的决斗
(绝对的耳朵
对巨大的范围)
发生在那个晚上
也就是我们所知道的
当裁判们已经判定
胜利者是那位神的时候

被紧紧绑在一棵树上
皮肤被一丝不苟地剥掉
玛息阿
号叫
在号叫抵达他高高的耳朵前
在号叫的阴影下休息

被一阵恶心感震动
阿波罗正在擦他的乐器

玛息阿的声音
只是表面上
单调，由单一的元音构成
"啊"——
实际上

玛息阿正在叙述
他身体
那耗之不尽的财富

肝脏的秃山
营养物的白沟壑
肺脏沙沙响的森林
肌肉美妙的小丘
关节胆汁血液和颤抖
骨头的寒风
吹过记忆之盐
被一阵恶心感震动
阿波罗正在擦他的乐器

现在合唱又加入了
玛息阿的脊骨
原则上是同一个"啊"
只是因为增添了铁锈而更深沉了

这已经超出了那位有着
人工纤维神经的神的忍耐力

沿着一条有黄杨树篱的
沙砾小径
那位胜利者离去

一边纳闷着

从玛息阿的号叫中

会不会有一天诞生

某种新型的

艺术——比方说——混凝土

突然间

在他脚下

跌落一只石化的夜莺

他回望

看见

玛息阿被绑的那棵树的头发

完全

白了

关于痛苦，他从来不会讲错，这位青年大师。这首诗背后，隐藏着波兰的残酷经验，而当它首次发表时，它应会散发某种特别刺耳的反诗歌的噪音。这里有题材的冒犯，有与恐怖电影暴力的调情，以及刻意地避免任何"柔情"。然而此中的胜利在于，虽然它继续留在一条情感冲突的轨道上，却仍能忠于"任何分享/泪水那永恒的互相作用的事物"。没错，当叶芝沾沾自喜地相信他有理由反对威尔弗雷德·欧文的作品（消极的痛苦不是诗歌要处理的问题）时，他需要的正是这种诗歌，尽管事实上很可能只有威尔弗雷德·欧文（柔情）和叶芝（倔强）给英语诗歌注入了一种可与此匹敌的"现实视域"。那只石化的夜莺，那棵白头发的树，新艺术那单调的"啊啊啊"声，这些发明每一样都既恐怖又巧妙，每一样都是从一个客观声音的那口枯井里发出的。在透视法的精灵统治的同时，超个人的原则通过一片弗兰切斯卡的薄冰阅读历史，宁静地、无动于衷地，仿佛故事被凿进石头里。

赫贝特有能力毫不畏惧地面对石头所规定的东西的最著名例子，出现在他的《小卵石》一诗中。再次，这是一篇诗艺宣言，但是诗中暗示的世界，根本就排斥任何花哨得允许有"诗艺"这类字眼的论述。然而《小卵石》要比讽刺多走了几步，甚至比悲剧性姿态多走了一两步。它出自这样一位诗人之手，他在某种程度上成长于那棵白发树下，但既没有其与生俱来的权利赋予的怪异意识，也没有其与生俱来的权利赋予的选择权意识。就此诗以某种失望的安慰来接受世界——仿佛在最后一分钟，信念无法实现其夸称有能力移山的诺言，于是只好安于清苦似的——而言，它证明了帕特里克·卡瓦纳一个说法的真实性，也即悲剧是未成形的喜剧。此诗的力量显然在于其非个性，然而其主调几乎准备好继续演奏下去，进入个性本身那总的来说更和暖的天气。

> 小卵石
> 是一种完美的生物
>
> 能应付自己
> 知道自己的极限
>
> 准确地充满
> 小卵石累累的意义

充满一种气味,这气味不会使你想起任何东西
不会吓走任何东西不会激起欲望

它的热情和冰冷
是合理且充满尊严的

我感到一种沉重的自责
当我把它攥在手里
它那高贵的身体
被假温暖弥漫着

——小卵石不能被驯服
直到最后它们都将望着我们
用平静而清澈的目光

此中包含"在其敌人中最优秀的人"所具备的全部胜利和圆满。你不禁想,一种如此泰然自若和自我证明的艺术,还有可能去到哪里——直到你打开《来自围城的报告》。在这本诗集中,你发现早期赫贝特诗歌中完美的道德健康如同成熟中的苹果那坚硬的纯绿色;而现在这苹果的核心已不那么挤满酸性,而其整体作品则似乎在某棵被禁止的知识树的枝丫上变成熟了,并摇晃着。

然而,那位尖锐的观察者依然有迹可循;例如这段,见于那首达玛

斯忒斯①(亦称为普罗克汝斯忒斯)讲话的诗中:

> 我用一个完美的人的尺寸发明了一张床
> 我抓些旅行者来跟这张床比较
> 很难避免——我承认——拉长四肢切断双腿
> 病人死了,但是死的人愈多
> 我就愈肯定我研究正确
> 目标高贵进步需要牺牲品

这个声音是立体效果的,因为我们是通过两个说话者听它,一个来自设想中的达玛斯忒斯,另一个来自那位享有特权的诗人,而我们永远知道我们跟谁站在一起。我们应该完全按照事物展开在我们眼前的样子读它。我们与西纽雷利一起站在那幅画旁边,留心地观察着。换句话说,我们仍在非个性的晚春。但是当我们读那首关于克劳狄皇帝的诗,我们就是在最充分的个性的夏天了。不是因为赫贝特变得松弛了或因为任何虚伪的宽容——理解一切因而宽恕一切——影响了他的态度。更多是因为他解除了他自己的严厉,仿佛领悟到他对着世界紧锁眉头,只是增加世界的焦虑的重量,而不是减轻它;因此,他能承受得起使自己这个人变得更亲切,又可以在判断和看待事物时丝毫不减其无动于衷。所以,在他处理《神圣的克劳狄》时,那流血、死刑和地狱的怪念头都没有被故意忽略,但是赫贝特最终用一种不像通常那么刻薄的方式替其反面人物说话:

---

① 希腊神话人物,把旅客缚在床上,体长者截其下肢,体短者则把其拉长,使与床齐长。

我通过布列塔尼毛里塔尼亚
而如果我没有记错,还有色雷斯
来扩大帝国的疆域

我的死亡是由我妻子阿格丽派娜造成的
还有对牛肝菌难以控制的嗜好
蘑菇——森林的精髓——成为死亡的精髓

子孙后代啊——请以适当的尊重和敬意回忆
神圣的克劳狄的至少一项功绩
我给我们的字母表增添了新符号和声音
扩大语言的界限,而那是自由的界限

我发现的字母——至爱的女儿们——迪伽玛和安蒂西格玛
引导我的阴魂
当我蹒跚着踏上通往冥国黑暗土地的道路

这里更多是弗拉·安杰利科那向内的凝视,事实上,通观整本新诗集,赫贝特的心思不断地聚焦于最后之事①。古典和基督教的来生视域一而再地被加以利用,而在《科吉托先生——死屋手记》中,我们有机会听到玛息阿可怖的叫喊如何在后期作品的新音响效果中发声。科吉托先生与其他人躺在"荒诞庙宇的深穴",在那儿,在晚上十点,听到"一个声音/勇敢/缓慢/指挥/死者的复活"。该诗第二部分写道:

---

① 指死亡、审判、天国和地狱。

我们叫他亚当
意思是取自泥土

晚上十点
当灯火熄灭
亚当会开始他的音乐会

对未受秘传者的耳朵
它听上去就像
某个受束缚者的号叫

对我们
则是显灵

他涂过
圣油
是献祭的动物
赞美诗的作者

他歌唱
那难以想象的沙漠
深渊的召唤
高处的绞索

亚当的叫喊
由两三个
元音构成
伸展开来如同地平线上的肋骨

这个新亚当带我们来到远如老玛息阿带我们去的地方,但现在年纪较大的赫贝特承接重负,并在该诗第三部分把诗带到还要远的地方:

几场音乐会之后
他沉默无声

他的声音的光彩
持续了短暂时间

他没有为他那些
追随者赎罪

他们带走亚当
或者是他退隐
到永生里去了

反抗的
来源
熄灭了

也许
只有我
依然听到
他那声音的
回声

愈来愈纤细
安静
愈来愈远去

如同天空的音乐
宇宙的和声

如此完美
以至听不见。

科吉托先生的生命,有赖于这类认知(我们想起他如何捍卫"痛苦的壮丽感觉"),他的思想不同于福丁布拉斯哀歌中的哈姆雷特,此人"嘎吱嘎吱咀嚼空气却只会呕吐",而科吉托先生对空虚空间的消化力是令人好奇地增强健康的。读这些诗,是一种有益的经验:它们无比地放大托马斯·哈代的断言,哈代认为"如果存在一条通往更好处境的道路,它要求对最坏处境有充分认识"。但是这本诗集的结尾,在经过了诸如《滋味的力量》——"是的,这滋味中/有灵魂的纤维良心的软骨"——这样无畏的诗,以及诸如纪念他母亲的《哀悼》——"她坐在船底驶过泡沫飞溅的星云"——这样柔情的诗之后——在所有这些诗和其他我提到过的诗,以及还有很多我未提到过的诗之后,读者感到了特洛伊的神明看见埃涅阿斯从耀眼的火光中爬出来,肩上扛着祖先,手里拿着圣物时一定会感到的那种激动之情。

这本诗集真正的主题,是有效的自我的继续生存,城市的继续生存,善与美的继续生存;或者说,它的主题是每个人为确保那继续生存而承担的责任。因此,最后是有可能这样设想的,也即一位在写作中如此伦理地谈论理想国的诗人,甚至有可能会被柏拉图接受为那理想国中的第一位桂冠诗人;尽管还必须设想得更彻底些,达到这样的程度,也即这位诗人肯定会拒绝这样的头衔,因为他会把这个头衔视为危险的妥协。

现在当我写下这些文字和解主张者
已占了上风压倒不容改变的一方
一种正常的犹豫情绪命运依然悬在未定中

墓地变得更大捍卫者变得更少
然而捍卫继续着它将继续到底
而如果那城市沦陷但有一个人逃脱
在流亡途中他内心将带着那城市
他将成为那城市

我们凝视饥饿之脸火之脸死亡之脸
最糟糕的——背叛之脸

只有我们的梦没有被侮辱过

以上几行,来自作为这本诗集书名的诗,并构成该诗的结尾。这首诗聚焦于军事管制时刻,并将永远属于波兰爱国诗歌的编年史。它见证新事态的发展,在本土故事内部建立旧联系,并且还只是诗集中几首弹拨波兰民族记忆之弦的诗之一。如果我对这本诗集所起的见证国内事态的作用给予的注意程度不如我应有的,那也不是因为我低估了赫贝特诗歌的这一功能。相反,恰恰是因为我相信它对国内发生的事情具有坚固的价值,我才感到可以在宽敞的空白处无拘束地发挥。不管怎样,约翰和博格达纳·卡彭特已对相关的日期和名字做了注释,使读者注意种种暗指和联系,正是这些暗指和联系为这本诗集的政治能量提供委婉的释放。除了提供这项编辑上的服务之外,他们似乎已出色地完成了翻译的任务;我没有感到他们挡在我与诗的原生命之间,没有感到他们从中干预。

兹比格涅夫·赫贝特是一位具备安泰①的所有力量的诗人,然而他最终以更像阿拉特斯②的面目出现。他一再因为被扔回自己的故土而重新振作,在本地苦难中坚定地站稳阵脚,却依然肩负人类尊严与责任的整个天空和活动范围。这些不同的译本使我们毫不怀疑他的作品所发挥的根本性作用,也即在我们脆弱的头顶保持一个信得过的诗歌苍穹,如果不是一个完美的天堂。

---

① 希腊神话中的巨人,身体不离土地就能百战百胜。
② 希腊神话中以肩顶天的巨神,喻为身负重担的人。

羡慕与身份认同：但丁与现代诗人*①

*《爱尔兰大学评论》第十五卷,1985年春季号。

T. S. 艾略特的作品被但丁的阴影困扰不休,最明显的莫过于《小吉丁》第二部分。《四个四重奏》这一部分,背景设置在黎明,在战时伦敦,是一个现代梦幻视域,闪烁着启示的允诺,某种程度上谈论的是严格意义上的文学问题,然而终极而言,包含了生老病死这一普遍性的悲哀和惩罚。诗人与"一个熟悉的合成鬼魂"进行紧密但其用语奇怪地中立的交流,该章以这样的方式结束：

  "从错误到错误那个激怒的幽灵
  继续说下去,除非得到那炼火的恢复,
  在火中你必须随着韵律走动,像一个舞者。"
  已是破晓时分。在那毁坏的街上,
  他离开我,带着某种告别,
  然后在号角的吹响声中消失。

---

① 作者对本文做了删节。

"号角的吹响声"运作的方式,与济慈《夜莺颂》中"孤苦"一词的运作方式相同。① 它敲响,使我们返回我们唯一的自我。它要比济慈的那个词更荒凉,因为艾略特这首诗的外部世界甚至比济慈《夜莺颂》的外部世界更荒凉。事实上,"号角的吹响声"是空袭结束时的"解除空袭"警报,它使我们想起艾略特写这首诗时和他在伦敦大轰炸期间担当空袭警报员时的历史处境。实际上,第二章开头奇怪的诗行,也即关于那只从"它返航的地平线下"飞过的"舌头闪烁的黑鸽"和"升起浓烟的三个地区"的意象的诗行,就它们暗示轰炸机撤退和空袭后燃烧的城市而言,也全都是历史时刻的记录。

然而以这样方式谈论伦敦轰炸、轰炸机、空袭和燃烧的城市,是与这首诗的情绪和意图不协调的。这首诗,如同济慈的《夜莺颂》一样,与当地历史时刻隔了三重距离②,并且悬置在一颗沉思性心灵的苍穹中。那语言引导我们远离偶然事件。它不是对早晨寒冷的城市风景的模仿,而是对增温的想象力的模仿。事实上从文学角度,我们可以说,这些诗行更多是被但丁的三韵句句群困扰,而不是被希特勒的纳粹空军机群困扰。

我们还可以说,这首诗的语言更多受到艾略特关于但丁的语言的看法影响,而不是受到伦敦人的实际声音和用语的影响,尽管艾略特生活在他们中间,并在他那"死亡巡逻"③期间看护他们。这些诗行有某种艾略特在 1929 年关于但丁的文章中认为但丁具有的那种特质:

---

① 济慈诗中说:"孤苦! 这个词本身就像一口钟,它敲响,使我从你返回我唯一的自我。"
② 指下面所说的模仿:不是对城市风景的模仿是第一重距离,再加上反而是对想象力的模仿,又多了一重距离。
③ 指《小吉丁》中提到的"死亡巡逻"。

但丁的普遍性并非纯属个人问题。意大利语,尤其是但丁时代的意大利语,因其成为通用的拉丁语的副产品而获益良多。莎士比亚和拉辛必须用来表达自己的语言,具有某种更地方性的色彩……中世纪拉丁语倾向于集中在不同种族和地域的人可以共同思考的事情上。这种通用语的某些特征,在我看来似乎是但丁的佛罗伦萨人用语中固有的;而这种地方化("佛罗伦萨人"用语)如果有什么区别的话,也只是强调那通用性,因为它超越现代的民族分歧。

《小吉丁》中那节诗的语言,也以同样的方式寻求"不同种族和地域的人可以共同思考"的事情;它倾向于回避地方性、亲密性,回避散发特殊文化依附物之浓烈气味的文字,而宁取诸如"未平息和怪异的"(unappeased and peregrine)、"迫使"(impelled)、"奄奄一息"(expiring)、"有意识的无能"(conscious impotence)、"割伤"(laceration)、"再演"(re-enactment)、"行使美德"(exercise of virtue)、"激怒"(exasperated)、"告别"(valediction)等①。实际上,在其最原始和最具方言性的时刻,也即挤牛奶时牛棚散发动物热气的那个时刻,它插入那个光滑、得体和单音节的名词"pail(桶)",仿佛要使我们与通常的"bucket(桶)"那喧腾和地方性浓烈的能量保持距离似的。

当然,这一切都加强了我们长期以来对艺术的其中一个期待,也即艺术提供菲利普·锡德尼爵士所称的"金色世界",以藐视自然界的"铜色世界";艺术提供给我们理想的旋律,超越并在一定程度上叱责感官音乐的世界。这种对一个纯粹界定的智慧和美的王国的渴望,有

---

① 这些词语很多是书面语尤其是外来语。

时候要求文学爬上超然性的天梯,并给予我们各种意象,它们摆脱时间和地点那破烂货店的难闻味道。这样一种抱负,最适合于用这样一种语言来担当:它给人一种权威和纯粹的幻觉,超越方言和部族,而这正是艾略特在其但丁式诗节中取得的成就,因为他恰恰是通过催眠式地使用高度拉丁化的词汇,来创造这样一种玄妙深奥的权威的幻觉。

这篇关于但丁的文章,写在《荒原》发表后六年。《荒原》是一首由个人崩溃和由一种预见那个一度被称为基督教的欧洲之衰落和解体的视域引发的诗。然而,到20世纪40年代的时候,艾略特已在创作他的灵魂,而不是创作关于灵魂腐朽的意象。他的批评,更关注的不是严格意义上的诗歌的词语和技术方面,而是可从诗歌中提取并作为依靠的哲学及宗教深意。事实上,这篇关于但丁的文章,最终变成一篇关于皈依的文章,而这是可以理解的,因为那时这位来自密苏里的神秘知识人物正在突变成英国的教区代表。在文章中,艾略特所关注的,除了别的外,是但丁全神贯注于净化和至福的状态、他的寓言方法、他的信仰系统,甚至他对盛大典礼的爱(呼应"王族、教会、军事葬礼的严肃盛大场面"①),而这些关注都很能说明他本人在1929年的关注。他在文章结尾联想起《新生》的世界,联想起必须"艰难如重生"那样尝试进入它,并以一个宣称作结,宣称"当新生开始时,有一个几乎是明确的接纳时刻"。

令人好奇的是,这位重生的圣公会信徒和君主主义者对政治的但丁没有多做解释,而但丁是这样一个梦想者,他梦想世界顺从一个不腐败的教皇制度之精神权威,并接受一位公正的皇帝支配,如此一来,基督和恺撒便可以在没有怨恨和妥协的情况下亲密无间。但是,也许我

---

① 引语来自艾略特的文章《但丁》。

们应该从那番对"普遍性语言"——也即因其根植于古典拉丁语和教会拉丁语而超越其地方性的托斯卡纳方言——的赞美,来推断这个但丁。艾略特在赞美这个简明易懂的欧洲工具时所体现的快乐,源自他从这样一位作家那里获得的快乐,这位作家不仅以他自己的身份讲话,而且以"整个欧洲的心灵"讲话。相反,其他欧洲语言的诗人,由于其写作更远离这个纯粹的拉丁语源头,而被迫用较模糊的用语,也就较不具有中心的意义。

为了证明他所说有理,艾略特援引莎士比亚在邓肯被引入麦克白的城堡时那几句充满空气和光的台词,并用它们来对照《神曲》开篇的诗行。他说,翻译莎士比亚失去的,要比翻译但丁失去的多。"一个外国人如何能找到合适词语,在他自己的语言中传达我们在莎士比亚很多语句中获得的那种清晰性与遥远性的结合?"

> This guest of summer,
> The temple-haunting martlet, does approve
> By his loved mansionry that the heaven's breath
> Smells wooingly here: no jutty, frieze,
> Buttress, nor coign of vantage, but this bird
> Hath made his pendant bed and procreant cradle:
> Where they most breed and haunt, I have observed,
> The air is delicate.

> 这夏天的客人,
> 出没庙宇的圣马丁鸟,也通过

> 它所珍爱的石工①证明天空的气息
> 散发愉悦的味道：墙角，壁缘，
> 扶垛，或突出的位置，都是这鸟儿
> 做它那高悬的床和多产的摇篮之处：
> 它们繁殖和出没最多的地方，我注意到
> 空气总是清新的。②

　　一致同意。这英语是充满情色的，摸索着寻找更温暖和更敏锐的言辞的块瘤和关节，而当它寻觅时，它的声音无法完全维持其文明有礼的诱哄，而是陷入"墙角"和"扶垛"的急切咕哝，有点像一个激动的梅勒斯③滑入方言。换句话说，就其英语词语传输和撒播种种联想而言，就燕子疾飞轻快地出没于诸如"它们繁殖和出没最多"和"空气总是清新"的地方，而耸立在眼前的石头建筑以具有吓人的坚固性的词语例如"石工"和"扶垛"来呈现而言，这首诗在很大程度上是用语音写的。

　　然而，如果我们再次细读但丁《神曲》开篇，我们可能会问自己，到底意大利语的运作是否真的具有如此根本性的差异。艾略特可能希望我们把这当作一种纯粹词汇意义上的练习，没有任何地方性的自我意识，而拉丁语第一类词形变化名词的鬼魂也确实站在意大利元音敞开着的门前，如同广受欢迎的通用性的赞助人：

> Nel mezzo del cammin di nostra vita

---

① 指筑巢。
② 此段引文来自《麦克白》。
③ 指 D. H. 劳伦斯小说《查泰莱夫人的情人》中的人物奥利弗·梅勒斯，他会讲非常好的英语，但有时会滑入方言。

> mi ritrovai per una selva oscura
>
> che la diritta via era smarrita.

> 在我们人生的中途，
>
> 我发现自己在黑暗森林里，
>
> 因为已经偏离了直路。

"Nostra vita""una selva oscura""la diritta via"：我们已在不只是梵蒂冈而且是朱庇特神庙的听力范围内；而从这普通的私语中，一个声音开始出现，也即维吉尔的声音，而他是中世纪思想中的先知式人物，是基督教统治的异教先驱，是在一首牧歌中预见那个但丁生活其中的寓言世界和教皇通谕世界的诗人。作为最伟大的拉丁语诗人，维吉尔可以自然地走出这种托斯卡纳方言的根基，是一个拥有彻底典范性力量的人物。事实上，维吉尔走向但丁就如同但丁走向艾略特，一个大师，一个领路人和权威，提供摆脱自我的罗网和陷阱、摆脱荒原的途径。在20年代末，夫人和豹开始出现在艾略特诗中；我们在《地狱篇》第二章中听到的、暗示一种天堂秩序的低声而甜美的可能性，在《灰星期三》第二部分和第四部分被无意中听到；《炼狱篇》第十六章中马可·隆巴尔多讲述的灵魂之旅，在《小灵魂》(Animula)中又被排练了一遍。

当皈依的艾略特开始羡慕其伟大先驱可以获得的连贯性和自信，神学、哲学和语言学的和谐时，他正处于一个危机时刻，一个转身面对和转身离弃原有东西的时刻。莎士比亚他很欣赏，没错，但并不羡慕。莎士比亚的喜好冒险、人本主义天才，他那伊丽莎白时代即兴而富有魅力地兼容信仰与怀疑的能力，他机会主义者似的猛闯那充满猜测和计谋的上流世界的锐气——这类猜测和计谋依然可以在各郡的平民言谈和低年级学校中听闻——所有这些杂乱无序的认知和勘探性,现在对艾略特来说都是可疑的。这是一次崩溃的症状,而这次崩溃在他本人的有生之年从潜伏中显露出来,并进入第一次世界大战那历史的痉挛和其后的理想破灭。

但是当他使但丁那充满信心并在古典传统上得到认可的语言负载一种几乎是寓言性的力量时,他就没有充分体会到这语言拥有的难驯且完全地方性的元素。倾听艾略特时,我们几乎会被引导去忘记但丁伟大的文学贡献是以俗语写作并因此使那平常的语言得以自由驰骋的:

> Nel mezzo del cammin di nostra vita
>   mi ritrovai per una selva oscura
>   che la diritta via era smarrita.
> Ahi quanto a dir qual era è cosa dura
>   esta selva selvaggia e aspra e forte
>   che nel pensier rinova la paura!

> 在我们人生的中途,
>   我发现自己在黑暗森林里,
>   因为已经偏离了直路。
> 啊,很难说它到底是什么样子,
>   那座森林野蛮、崎岖又艰险,
>   回想起来还会感到恐怖!

"Smarrita",《简明剑桥意大利语词典》注释为"smarrire,气馁;失去;误导;迷惑",然而我觉得这每一个英语对等词都不及意大利原文那么殊异、那么有迫切的地方性,这原词具有尘土扑拍挡风玻璃的全部力量。艾略特没有充分重视意大利语中拥挤、滋扰的元素,这元素完全可以像黑暗的森林本身那样"selva selvaggia e aspra e forte(野蛮、崎岖又艰险)"。把这前两个形容词大声念出来,再看看它们是令人想起优雅讲究的"urbs(城市)"还是说话粗俗的"rus(乡村)"。"selva selvaggia(森林野蛮)"野蛮如霍普斯金,"aspra e forte(崎岖又艰险)"与其说是暗示经典的镇静,不如说是暗示与灌木丛的搏斗。虽然但丁可能是在寓言的措辞范围内写中年危机,但是他也是在写恐怖,写我们在潘神这位森林守护神面前体验的恐怖。

艾略特是在以自己的形象来再创造但丁。他永远从但丁作品中拿取他需要的,而在这个阶段他需要的是找到一个途径去肯定他自己是这样一位诗人,他随时准备使他的才智和感受力屈从于一个承传和共有的信仰框架。这位苦恼的诗人强调接纳的必要性。这个能够在其诗人生涯早年栖居于但丁《地狱篇》第三章的幻境中的诗人——那是一个住满空心人、住满随着旋转而互相矛盾的旗帜而到处飘浮的饶舌者的区域,他们用安静而无意义的声音低语着——这个诗人如今重生为一个走在他们中间的外来审判者,一个彻头彻尾的活人,他投下一道阴影,并在踏上卡戎①的船时排掉水。

比较但丁对《荒原》的影响和对这首将近二十年后发表的诗的影响,是有启发意义的。在较早那首诗中,《神曲》为艾略特提供了一个梦幻剧场,并准许他在诸如《死者的葬礼》著名结尾之类的梦幻般的段落中行使象征主义的任意性,该段落的场面与《小吉丁》中的伦敦段落

---

① 渡亡魂过冥河去阴间的神。

构成瞩目的对比。《地狱篇》的影响不仅见诸对《地狱篇》第三章那行关于大群死者的诗句的著名呼应,也不仅见诸与来自邪恶的过去的亡魂斯泰森的震撼性对峙,还见诸那种迷惑和梦游的感觉,那种被卷入一股股朝着各自命定和在劫难逃的结局奔去的流动能量的感觉,那种在朦胧而拥挤的漂浮中迷失方向的感觉:

> 不真实的城市,
> 在冬天黎明褐色的迷雾下,
> 一群人从伦敦桥上流过,如此多人,
> 我没想到死亡已作废了如此多人。
> 短促而稀少的叹息透出来,
> 每个人眼睛都紧盯着脚前。
> 流上山岗再流下威廉国王街,
> 流向圣玛丽·伍尔诺思教堂,教堂
> 守时地用沉闷声敲起九点最后一响。
> 那儿我看见一个我认识的人,便拦住他,叫道:"斯泰森!
> 你和我一起在梅勒那些战船上待过!
> 去年你种在你花园里的尸体
> 开始发芽了吗?"

这里,但丁实际上给了艾略特自由,任由他去屈从他自己的意识的激励,而这语言更多是与莎士比亚、本地、联想结盟,而不是与拉丁语、古典、正典结盟。暂时来说,想象力受到浪漫的表现主义的影响,在它自己的创新的洪水上迷惑。

二十年后,情况发生了变化。在《小吉丁》的场面中,那川流不息的思想,那诗歌与争辩之间的契约,那重力和年长的音调,全都反映从象征主义的浪漫故事中重生为更严厉的哲学和宗教正统性的克制。1929 年那篇文章中所确定的但丁和《四个四重奏》所确定的艾略特,已形成了互相巩固的结盟。现在艾略特所喜爱和阐述的但丁,走在文化史和文化代表性的氛围里。他是一个其身上隐含着那些对《神曲》的评论的人物;他代表着经院哲学思想那彻底等级制的世界,一种想象中的标准,用来判断当代相对主义和不可知论。尽管艾略特大谈但丁的视觉想象力——一种灵视想象力——但终极吸引艾略特的,却是但丁可以把价值和判断变成诗歌的方式,诗人作为思想家和导师的形象融入诗人作为一种可以把内心世界的丰富与外部世界的混乱统一起来的普遍性神话的表达者的形象的方式。这个但丁有一个严厉而说教的外观,而当艾略特信奉一种宗教信仰时,他转向这个外观,并将在他自己的作品中把它再创造出来。

在 20 世纪 30 年代,当艾略特对他心目中的古典巨人——但丁作为预言家和传统宝库的形象——做最后润色时,另一位诗人正在把但丁与大自然的变化过程等同起来,而不是把他与文化遗产等同起来,把他视为阿尔蒂尔·兰波的实验性和使人丧胆的诗歌的先驱,而不是维吉尔的庄严的继承人。奥西普·曼德尔施塔姆的但丁是我们能够期望的最热切、最鼓舞人心、最令人愉快的可接近的再创造,而我接下去要做的,便是沉溺于曼德尔施塔姆认为但丁沉溺的"引文的狂欢"中。这些全都来自他那篇必不可少的文章《关于但丁的谈话》,它在他有生之年从未在俄罗斯出版过,但我们可在英译本《奥西普·曼德尔施塔姆散文和书信全集》中读到。引文并非按照它们在文章中出现的次序,不管怎样,该文章本身也是蛮嘈杂的。但我把它们编排了一下,以便对照艾

略特,以及表明曼德尔施塔姆的天才那难以预料的直觉本质:

> 人们谈但丁写但丁,仿佛他曾经直接在官方文件上表达过他的思想似的,这种情况已持续多少世纪了?……但丁被讨论得仿佛在他开始工作之前他就早已成竹在胸,仿佛他早已利用了印模的技巧,先是铸在石膏上,然后铸在青铜上。

> 创造这部诗的形式的过程,超越了我们对文学创新和创作的概念。把直觉视为它的指导原则会更正确……只有通过隐喻才有可能找到一个具体的符号,来描述这种形式创造的直觉,但丁正是以这种直觉来累积和倾吐其三韵句的。

> 因此,我们必须尝试想象蜜蜂是怎样在这个有一万三千个面体的形式上工作的,蜜蜂具有立体测量学的惊人直觉,并可按需要吸引数目越来越多的蜜蜂。这些蜜蜂的眼睛一直盯着整体,在这个过程中,它们的工作在不同阶段有不同难度。它们的合作随着它们参与筑造蜂巢的过程而扩大并变得日趋复杂,依此,空间实际上自己出现。

> 当我开始学习意大利语以及刚刚使自己熟悉它的语音学和韵律学时,我突然明白到,我说话的努力的重心已向我的双唇移得更近了,移到我的嘴的外侧。舌尖突然一下子有了一个上座席。声音迅速奔向牙齿的锁合。倘有一种东西使我震惊,那就是意大利语语音学那童稚的一面,它那孩子似的美丽质地,它与婴儿牙牙学语的近似性,近似某种永恒的达达主义。

在我看来,但丁似乎小心研究过所有的言语缺陷,细心倾听口吃者和口齿不清者,倾听带鼻音的方言和吐字不清的发音,并从中获益匪浅。

我很想谈谈《地狱篇》第三十二章的听觉着色法。

一种特殊的唇音:"abbo"—"gabbo"—"babbo"—"Tebe"—"plebe"—"zebba"—"converebbe"。仿佛有一名保姆参与了语音学的创造。双唇一会儿以孩子般的方式突出,一会儿延伸成一个长鼻。

在欧洲诗歌中最远离但丁的方法的人,坦白地讲,也是站在他的对立面的人,恰恰是高蹈派诗人:埃雷迪亚、勒孔特·德利勒。波德莱尔要接近很多。魏尔伦又更接近些,但在法国诗人中最接近的是阿尔蒂尔·兰波。但丁在本质上是一个打碎意义和摧毁形象之完整性的人。他的诗章的构成恰似航班时刻表或信鸽不倦的飞行。

曼德尔施塔姆的但丁更像艾略特的莎士比亚:他不是以其文化代表性、其保守的宏伟庄严或其知识的正统而著称,而是被牢牢抓住并猛摇,变成崭新而不协调的生命,并作为写作本身那纯粹创造性、亲密性和实验性的行为的范例。这个但丁基本上是抒情的;他被剥去了他开始穿来给坎格兰德写信的评论长袍[①],被重新从史诗和寓言的王国领回来,并被塑造成诗人的创作兴奋的象征。这当然不是说曼德尔施塔姆漠视但丁写作的历史语境和文学语境,也即他所谓的伟大的"参照键

---

① 但丁在给坎格兰德·德拉·斯加拉亲王的信中阐述了《神曲·天堂篇》的意旨。

盘"；而是说曼德尔施塔姆强调的，以及在他的强调中弥足珍贵的，是这样一个令人激动的事实，也即，用 W. H. 奥登的话来说，公元 20 世纪的诗歌创作与公元前 20 世纪的诗歌创作给人的感觉很可能相差无几。

艾略特和庞德羡慕但丁并多多少少在诗作的形式和程序上模仿他。庞德的《诗章》是本世纪英语中伟大的史诗式致敬，而这是一个太大的话题，不适合在这里展开，但是该部诗也受历史学家但丁，百科全书者、古典和中世纪学识的掠夺者和窝藏者但丁的权威的影响。《诗章》决意要重复《神曲》那包容性和一致性的统揽式伟绩；使庞德，也可以说还有使他的读者被吸引并最终被吓倒的，是那种庞大体积。这两个美国人在英语世界的文学心灵中既恢复但丁又疏远但丁，因为两人都暗示了恰恰是曼德尔施塔姆费尽心机要嘲弄的东西，也即但丁的诗是写在官方文件上的。他们很早，在做学生时，就接触但丁；作为青年人，他们在学术语境中研究他；他们穿起但丁的《神曲》，如同一件魔术外衣，以便保护他们自己免遭目光偏狭的英国和美国文化的感染；最后他们把他正典化为长着鹰钩鼻的国际现代主义赞助人。

另一方面，曼德尔施塔姆所做的，是把但丁从万神殿带回味觉：他使我们流口水想读他。曼德尔斯塔姆占有《神曲》就如同一位音乐家占有乐谱，既作为整个结构又作为一系列美味的声音。他传递《神曲》实际语音现实中一股兴奋的热流，并与我们分享把他作为诗人的愉悦变成令人眩晕的批评智慧的那种激动。而我们在曼德尔施塔姆的反应中感受到的这种个人需要和痴迷，主要与一个事实有关，也即他不是在作为一名本科生的时候接触但丁，而是在三十多岁时作为一名流放者接触但丁。娜杰日达·曼德尔施塔姆在其回忆录《怀一线希望》中告诉我们，她丈夫直到生命后期才拥有一部《神曲》，但又指出那是他从其深爱的彼得堡被放逐到沃罗涅日的黑暗土地时随身带着的几本书之一。在他与《神曲》形影不离时,他作为一位抒情诗人的力量已受过检验并充分实现了,而他在人生中途作为一个正人君子的命运正被悲剧性地拥抱。

曼德尔施塔姆被逐出彼得堡,是因为他写了一首反对斯大林的诗,那是一首对他来说少见地坦白和公开地瞄准目标的诗,并被一个告密者报告给克里姆林宫。但是他这首诗写于他结束四五年的诗歌创作沉默期之际,而这个沉默期则是他试图合作、妥协和接受——随便你怎么说——的结果;多年来他一直都在设法适应苏联的现实。他曾试图压抑他那本质上是主观的、人本主义的诗歌视域,也即把诗歌当作听觉想象力与释放的才智之间的自由性爱的视域;试图压抑他与"艺术作为服务"这个理念的争吵,该理念是革命机器中的社会主义现实主义齿轮。他曾做翻译;他曾尝试使自己相信他在革命前所信奉的诗歌,也即作为内在自由之表达的诗歌,作为建立在他所称的"言语发声的稳固性"基础上的自我愉快、自我生成的音乐系统的诗歌,他曾尝试使自己相信这种艺术视域是可以在苏联制度内维持和行使的。他一度努力配合这么一个系统,在该系统里,用乔伊斯的话说,艺术必须是有活力的,指向促进一项事业,随时准备忘记它与文学往昔和个人内心对真理的意识订下的契约。然而曼德尔施塔姆的整个创作生命无法迁就这种尝试,即使当他置身于斯大林最终把他赶进去的死亡阴影下,他也无法作出这个妥协。他曾试图,在自己看来有点不要脸地,并且完全失败地(而这是好事),写一首赞美水力发电坝的诗,但一切都是徒劳。

因此,为了自由地呼吸,为了使他的双唇再次与诗歌共开合,毕竟诗歌是他生命不可或缺的,他必须实话实说,策起他的飞马飞离社会主义现实主义的沼潭,并因此而直面死亡的危险和即时流放的惩罚。他关于但丁的文章,正是在这个悲剧性选择之后写的。因此,难怪但丁被设想成不是正统思想的喉舌而是某种自由、自然、生物的进程的完美典范,设想成一个蜂巢,一个结晶化过程,一次急促的信鸽飞行,一种集合创作生命中所有冲动性、直觉性、非功用性元素的聚焦。曼德尔施塔姆也为自己找到一位领路人和权威,但这个领路人没有佩戴任何官方标志,没有执行任何党派路线,不写意释阿奎那的东西或有关古典作家的评论。他的但丁是一个口若悬河的莎士比亚式人物,一个在喉咙的黑暗森林里边干活边唱歌的伐木工。

舌头的管辖*①

＊T. S. 艾略特纪念讲座第一篇,肯特大学,1986。

当我考虑以《舌头的管辖》作为这些纪念讲座②的总标题时,我想探讨的是诗歌通过行使自己的表达力量来证明自身的正确性这一理念。在这个意义上,舌头(既指诗人说话发声的个人天分,也指语言本身的共同资源)被授予了管辖的权利。诗艺发现一种完全属于自己的权威性。作为读者,我们准备好接受它的正确性的统治,尽管那正确性并不是由心智的伦理道德之实践达成的,而是由我们称为灵感的那种自行生效的运作达成的——尤其是如果我们想到波兰诗人安娜·斯维尔对灵感的界定,她说灵感是一种"身心现象",并进而宣称:

> 我觉得,从生物学角度看,这似乎是产生一首诗的唯一自然途径,并赋予该诗某种像是生物生存权的东西。于是诗人变成一根获取世界上所有声音的天线,一个表达他自己的下意识和集体下意识的媒介。有那么一个时刻,他拥有通常得不到的财富,而当那一刻过去,他就失去了它。

---

① 作者对本文做了删节。
② 指"1986年艾略特纪念讲座"系列。

因此，在诗歌创造的这一形象中，我们看到一种自由行动的范式，其结果是达到满意的终点；我们看到一条伸向某种深度的小径，叶芝认为，在这种深度中"劳作正在不以损伤身体来取悦灵魂的地方开花或跳舞……"

但是，当我对这个主题感兴趣的时候，一个来自我另一部分的声音却在叱责。"管辖你的舌头，"它说，迫使我想起我这个标题也适合于拒绝舌头的自治和许可。这样看来，"舌头的管辖"就充满了苦行和禁欲式的严厉。我们会想起霍普金斯的《嗜好完美》，它下令把眼睛"盖上"，耳朵倾听沉默，舌头了解自己的位置：

> 别形成什么，嘴唇哟；请可爱地沉默：
> 只有这从所有投降者聚集之地
> 送来的关闭、封锁
> 才使你滔滔不绝。

想起来更有启发性的是，霍普金斯当上耶稣会会士时放弃了诗歌，"以免跟我的职业有任何关系"。这表明一个普遍价值观和必要性把诗歌置于相对弱势境况的世界，要求诗歌担当次于宗教真理或国家安全或公共秩序的角色。这件事揭示了公众和私人抑制的状态，想象力那缺乏引导的快乐游戏在最好的情况下被视为奢侈或放荡，在最坏的情况下则被视为异端邪说或叛国罪。在理想的共和国，苏联各共和国，在梵蒂冈和《圣经》地带，人们都普遍期望作家签字放弃他或她个人的、好冒险的和潜在破坏性的活动，转而维护官方教条、传统体制、党的路线等等。在这样的情况下，绝不可以进一步发挥或探索当前牢固的语言或形式。一种秩序已被继承下来,事物的形状已被建立起来。

当诗歌想到它的自娱必须被看成是对一个充斥着不完美、痛苦和灾难的世界的某种冒犯,那么抒情诗的活力和逍遥,它对于自己的创造力的品尝,它那快乐的张力等等,也将受到威胁。诗歌拥有什么隔离的权利?难道它不应该把管辖者们放置在它的快乐之上并把它的抒唱道德化吗?它应该像奥斯汀·克拉克在另一个场合所说的,把钟锤从韵律之钟上拿走吗?它应该在自我否定中去得像兹比格涅夫·赫贝特的《敲击物》一诗中似乎要它去的那么远吗?这首收录在"企鹅现代欧洲诗人丛书"里的译诗最初刊发于1968年:

有些人在他们
脑中种植花园
小径从他们的头发通往
阳光灿烂的白色城市

他们写东西很容易
他们闭上眼睛
立即就有一群群影像
从他们额际流淌而下

我的想象力
是一块木板
我唯一的工具
是一根木棍

我敲击那木板

它回答

是的——是的

不——不

别人有树的绿钟

水的蓝钟

我有一件从不设防的花园

拿来的敲击物

我狠击那块木板

它用道德家的

枯燥之诗鼓励我

是的——是的

不——不

赫贝特这首诗明显地要求诗歌放弃它的享乐主义和流畅,要求它变成语言的修女并把它那奢侈的发绺修剪成道德伦理激励的发茬。同样明显的是,它会因为舌头沉溺于无忧无虑而把它废黜,并派进一个持棒的马尔沃利奥①来管理诗歌的产业。它会申斥诗歌的狂喜,代之以一个圆颅党人直话直说的劝告。然而奇怪的是,如果不是熟练地乞灵于钟、花园和树以及所有那些它明白谴责的事物,这首诗就不能使那支无

---

① 莎剧《第十二夜》中富裕的女伯爵奥莉维娅的管家,自视甚高。

情的敲击物变得像它现在做到的这么有效。这首诗让我们觉得,我们应该舍掩饰性的意象而取道德发言,而在它使我们这样觉得的时候,它却把它的真理活生生地带进心中——完全像浪漫主义者认为应该的那样。我们最后被劝谕说,我们要反对抒情诗那种在它自己的写作过程中全神贯注的该死的态度,而劝谕本身却正是这个行动过程的一个完全成功的例子:这是一首有关敲击物的抒情诗,而它却宣称抒情诗是不可接受的。

所有超越了受到诗歌形式的成就的赐福这一最初兴奋阶段的诗人迟早都要遭遇到赫贝特在《敲击物》一诗中所遭遇的问题,而如果他们幸运的话,他们最终会像赫贝特那样越过它而不是直接回答它。有些诗人,例如威尔弗雷德·欧文,则以过这样一种生活来无畏地正视它,这种生活是如此极端地抵押给了他人的痛苦,以致租用这一艺术殿堂要付出百倍的代价①。其他人,例如叶芝,则如此坚定地传播和实践对艺术的绝对必要性的信仰,以致他们压倒了历史的和偶发的力量向他们的坚定性发动的任何攻击。理查德·埃尔曼有关叶芝这个例子的看法最终适用于每一个严肃的诗人:

> 他希望证明残忍的事实是如何可以变形的,我们如何可以牺牲自己……奉献给我们想象中的自我,而我们想象中的自我提供的标准要远远高于社会常规提供的任何东西。如果我们必须受苦,最好是去创造那个我们在其中受苦的世界,这就是英雄们自发地做的,艺术家们有意识地做的,以及所有的人在不同程度上做的。

---

① 指欧文的诗描写第一次世界大战的恐怖。

实际上每个诗人都有可能认同某种类似的信念，即使是那些谨慎地回避宏大风格的诗人也是如此。后一类诗人尊重语言的民主，并以他们声音的音高或他们题材的普通性来表明他们随时会支持那些怀疑诗歌拥有任何特殊地位的人。事实是，诗歌是其自身的现实，无论诗人在多大程度上屈服于社会、道德、政治和历史现实施加的修正压力，最终都要忠实于这一艺术活动的要求和承诺。

基于这个理由，我想讨论伊丽莎白·毕晓普的《在鱼房》。在这里我们看到这位最缄默和文雅的诗人受到她的艺术那无可否认的推动力的驱使，打破她平时博得社会读者好感的倾向。这博得好感的动力不是基于恭顺，而是基于对其他人在面对诗歌的放肆时的羞怯的一种尊敬：毕晓普通常把自己局限于一个调子，它不会干扰陌生人之间在一座海滨酒店用早餐时谨慎的低声谈话。她没有去论证以沉默而不是以诗歌来回应奥斯威辛之后的世界是不是更恰当这类庞大而不可避免的问题，而是含蓄地容忍由这类问题引起的对艺术的特权的怀疑。

换句话说，伊丽莎白·毕晓普在气质上倾向于相信舌头的管辖——在自我否定的意义上。她的个性是缄默的，既反对自我膨胀也没有能力自我膨胀，这正是有风度的体现。当然，风度意味着对别人有义务以及别人对我们有义务。风度强调得体（就这个词美好而宽泛的原初意义而言），这意味着它是内在的和独有的，以及天生地属于那个人或物。风度还意味着某种严谨，并容许"须""应"这些助动词发挥作用。简言之，作为诗歌事业的一种特性，风度给这个事业本身的整个范围和音高设限。风度要管辖舌头。

但是伊丽莎白·毕晓普不只是在她的诗歌中体现风度。她还遵守观察的纪律。观察是她的习惯，既指霍普金斯式的苦行这一意义上的习惯,也指习惯性重复行动这一更普通的意义。实际上观察本身即是服从,这种活动不喜欢以行使主观性来压倒现象,满足于维持一种予人方便的在场,而不是盛气凌人的压力。这也就难怪毕晓普最后一本诗集的标题《地理第三册》是一本古老的学校教科书的名字。仿佛她要强调她的诗歌与教科书散文之间有契合,后者通过对细节的持续关注,通过稳定的分类和语调平淡的列举而与世界建立一种可靠而谦逊的关系。诗集的题词则表明诗人希望认同这些连接词与物的行之有效的原始方法:

> 什么是地理?
> 对地球表面的描述。
>
> 什么是地球?
> 我们居住的行星或天体。
>
> 什么是地球的形状?
> 圆的,像一个球。
>
> 地球的表面是由什么构成的?
> 陆地和海洋。

一种如此忠实于问答式程序的诗歌确实很像要拒绝自己进入幻象或心灵顿悟;而《在鱼房》确实是以过分讲究的记录开始的,记录物质世界如何逐渐而不显眼地进入诗人自己清醒的意识的世界中:

虽然那是一个寒冷的黄昏,
在一间鱼房旁边
仍有一个老人坐着织网,
他的网是暗紫褐色的,
在薄暮中几乎看不见,
他的梭子磨损而锃亮。
空气有一股浓烈的鳕鱼味
让人淌鼻涕流眼泪。
五间鱼房都有尖尖的屋顶
和狭窄、嵌有防滑板的步桥,步桥斜斜
伸向三角墙里的储藏室
让手推车可以上上下下。
全是一片银白色:海水沉重的表面,
缓慢地膨胀,仿佛正在考虑溢出,
是一片模糊,但长凳、龙虾笼
和桅杆的银白色散开
在嶙峋参差的乱石间,
却是一种清晰的半透明
如同那几幢其近岸的围墙爬满
翠绿色苔藓的古旧小楼。
大鱼桶布满一层层
纹状的美丽鲱鱼鳞片,
手推车也同样厚厚地披裹着
柔滑的彩虹色锁子铠甲,
身上爬满彩虹色苍蝇。

鱼房背后的小斜坡上
零星稀疏的明亮青草间
放置着一个古旧的木制绞盘,
破裂,有两个漂白了的长把手
和一些忧郁的斑点,像干了的血,
绞盘上铁的部分已经生锈。
老人接受一根"好彩"烟。
他是我外祖父的朋友。
我们谈到人口的减少
以及鳕鱼和鲱鱼,
他在等候一艘鲱鱼船进来。
他的背心和大拇指上都有金属饰品。
他已经用那把旧黑刀削掉了无数的鱼
身上的鳞片,那最重要的美,
刀身几乎已经磨损完了。

在水边,在他们
把船拉上来的地方,在那条
往下伸入水里的长长坡道上,银色的
细瘦树干横陈在
灰色石头上,每隔四五英尺
就下一个坡度。

冷、暗、深和绝对清晰,
对任何生物,对鱼和海豹来说

都难以忍受的自然环境……尤其是一只海豹,
我在这里一个又一个黄昏都见到他。
他对我感到好奇。他对音乐感兴趣;
像我一样,相信全身入水的浸礼,
因此我经常给他唱浸礼歌。
我还唱《上帝是我们坚固的堡垒》。
他伫立在水中镇定地
望着我,稍微歪一歪头。
然后就会消失,然后又突然冒现
在几乎同一个地方,有点像耸耸肩
仿佛他这样做是违心的。
冷、暗、深和绝对清晰,
那清晰冰冷灰色的水……背面,我们身后,
是那些庄严的高高的无花果树。
淡蓝的,伴着重重叠叠的影子,
一百万棵圣诞树伫立着
等待圣诞节。水似乎悬挂在
圆圆的、灰色和蓝灰色的石头之上。
我一次又一次地见到它,同样的海,同样
轻轻地、淡漠地摇荡在石头之上,
冰冷自由地在石头之上,
在石头然后在世界之上。
如果你把手伸进去,
你的手腕立即会发痛,
你的骨头会开始发痛你的手会灼伤

仿佛水是火的化身,
以石头为食,燃起暗灰色的火焰。
如果你品尝,它首先会是苦的,
然后是咸的,然后便要烧你的舌了。
它就像我们想象中的知识:
暗、咸、清晰、动人、绝对自由,
从世界那又冷又硬的口中
涌出,永远发端于那些摇晃的
乳房,流动和涌出,而既然
我们的知识是历史的,也就是流动的,并流逝。

除了别的东西外,这里呈现给我们的是一个慢动作场面,一种训练有素的诗歌想象力禁不住要冒险做一次大飞跃,先是犹豫,然后在有绝对把握时终于奋起飞跃。在该诗约三分之二的篇幅中,那种克制的、自我约束的、全神贯注的写作风格使我们对那个世界的表面兴致勃勃:调子是口语体的,尽管是趋于讲究的口语体;景色是朴素、可爱和古老的。外祖父在这里。然而鲱鱼鳞片、稀疏的青草和彩虹色小苍蝇使这个古老世界再次变得新鲜。不出所料,通过抽丝剥茧、逐层逐层的观察,通过不同水平和不同角度的细阅,一个世界被呈现出来了。可以感觉到一种有条不紊的审视,一位处于极其稳固位置的观察者一会儿把目光投向大海,一会儿投向鱼桶,一会儿投向那个老人。而那个告诉我们这一切的声音是泰然自若但又不是自我中心的,充满谨慎而敏锐的指示,充满要准确目击的愿望。这个声音既不令人透不过气来,又不超然冷淡;它是完完全全装满的,就像那个"缓慢地膨胀,仿佛正在考虑溢出"的大海,然后,令人震颤地,在后半部分,它真的溢出了:

> 冷、暗、深和绝对清晰，
> 对任何生物，对鱼和海豹来说
> 都难以忍受的自然环境……尤其是一只海豹……

我刚刚说过，观察的习惯不允许任何幻想物闯入。然而它来了，有节奏的起伏表明某种别的事情就要发生——尽管不是马上。口语化的调子再次不知不觉地出现，那种要凭灵感讲话的诱惑被海豹抑制住了，他的到来既像来自另一个世界的信使，又像一个冷面的水上喜剧演员。即便如此，他仍然是一个标志，在潜回深处时创造一个奇迹，而这首诗跟了进去，适时地追入那神秘世界。毕竟，望着那个表面的世界不仅对海豹来说是违心的，最终对诗人来说也是违心的。

这并不是说诗人背弃观察到的世界，那个有着人类感情、外祖父、"好彩"牌香烟和圣诞树的世界。但是最终使她着迷的却是一种不同的、疏离的和令人畏惧的元素；那个具有沉思意义的、有知识需要的世界，它把人类与海豹和鲱鱼隔离开来，并把孤独的诗人与她外祖父和那个老人隔离开来，这位诗人忍受着她自己的宿命和她自己的必死性的寒冷海光。她的科学动力突然怀着苏格拉底之前希腊哲学的惊异跳回到它的根源去，而海水则当面凝视她，作为原始的解答：

> 如果你把手伸进去，
> 你的手腕立即会发痛，
> 你的骨头会开始发痛你的手会灼伤
> 仿佛水是火的化身，
> 以石头为食，燃起暗灰色的火焰。

如果你品尝,它首先会是苦的,
然后是咸的,然后便要烧你的舌了。
它就像我们想象中的知识:
暗、咸、清晰、动人、绝对自由,
从世界那又冷又硬的口中
涌出,永远发端于那些摇晃的
乳房,流动和涌出,而既然
我们的知识是历史的,也就是流动的,并流逝。

  这种写作风格仍然看得出具有地理教科书简单陈述的特征。没有一个句子不拥有一种相似的明晰性和无可置疑性。然而,鉴于收尾的这些诗行是诗歌,而不是地理,它们既有梦的真实性又有白天的真实性,既有幻觉性又有精确性。它们还具备所有抒情话语的必要条件,一种拥有绝对说服力的内在节奏,与潮涨之水建立极深的亲密关系。寓于这些诗行的是某种深邃的真实语调,这语调一如弗罗斯特所说的,"先于词语而存在,居住在口中的洞穴里",而它们所做的也正是诗歌在最本质上所做的:加固我们那个相信本能生命的动力的倾向。它们帮助我们在自己身上最初的隐蔽处说话,在我们本质中最羞怯的、入世之前的那一部分里说话,"是的,我也知道一些类似的事情。是的,正是这样,谢谢你用词语把它说出来,使它多多少少变成正式的"。于是乎,舌头的管辖获得我们投票支持,而在读了哪怕像伊丽莎白·毕晓普这样羞于吟游诗人式放肆的诗人的诗之后,我们便会感到安娜·斯维尔的宣言(它开始时听上去有点儿言过其实)成为事实了:

诗人变成一根获取世界上所有声音的天线,一种表达他自己的下意识和集体下意识的媒介。

最后,我想再提供两个文本让大家思考。第一个来自艾略特。四十四年前,即1942年10月的战时伦敦,当艾略特正在写作《小吉丁》的时候,他给E.马丁·布朗的一封信中说:

眼看着正在发生的事情,当你坐在写字桌前,你很难有信心认为花一个又一个早晨在词语和节奏中摆弄是一种合理的活动——尤其是你一点也不能肯定整件事会不会半途而废。而另一方面,外部或公共活动则更加是一种麻醉剂,反而不如这种经常令人觉得毫无意义的孤独苦役。

这是诗歌和一般想象性艺术的伟大悖论。面对历史性杀戮的残酷,它们实际上是毫无用处的。然而它们证明我们的独一性,它们开采到并标明埋藏在每个个体化生命基础上的自我的矿石。在某种意义上,诗歌的功效等于零——从来没有一首诗阻止过一辆坦克。在另一种意义上,它是无限的。这就像在那沙中写字,在它面前原告和被告皆无话可说,并获得新生。

我指的是《约翰福音》第八章有关耶稣写字的记载,即我的第二个也是最后一个文本:

文士和法利赛人把一个通奸的妇人带到他面前;他们叫她站在当中,

他们对他说,老师,这妇人是通奸时当场抓到的。

摩西在法律上吩咐我们,这种人应该用石头打死:但是你认为呢?

他们这样说,乃是想试探他,这样他们就可以拿到告他的把柄。但耶稣俯下身,用手指在地面上写字,仿佛他没有听见他们。

他们还是不住地问他,他就站起来,对他们说,你们当中谁是没有罪的,就先站出来拿石头打她。

他又俯下身,在地面上写字。

他们听了这句话,扪心自问是有罪的,于是一个接一个走出去,先是最年长的,终于最后一个也走了:留下耶稣一人,和那个站在当中的妇人。

当耶稣站了起来,看到只剩下那妇人,就对她说,妇人,指控你的人哪里去了?没有人定你的罪吗?

她说,主啊,没有。于是耶稣对她说,我也不定你的罪:去吧,别再犯罪了。

这些人物素描就像诗歌,破除平常生活惯性但不是逃出平常生活。诗歌就像写字一样,是任意的和真正意义上的消磨时间。它既不对那群原告讲话,也不对那个无助的被告讲话,"现在会有一个解决办法",它不提议说自己是有帮助的或有作用的。诗歌反而是在将要发生的事和我们希望发生的事之间的裂缝中注意到一个空间,其作用不是分神,而是纯粹的集中,是一个焦点,它把我们的注意力重新集中到我们自己身上。

诗歌就是这样获得管辖的力量的。在它最伟大的时刻,它会像叶芝所说的那样企图在一个单独的思想中保住现实和公正。然而即使如此,它的作用在本质上也仍然不是恳求或及物的。诗歌与其说是一条小径不如说是一个门槛,让人不断接近又不断离开,在这个门槛上,读者和作者各自以不同的方式体会同时被传唤和释放的经验。

测探奥登[*][①]

[*] T. S. 艾略特纪念讲座第二篇,肯特大学,1986。

奥登渴望获得一种形式。在他那未形成的需要和冲动中,他是在排练马丁·布伯在《我与你》中勾勒出的场景:

> 这是艺术的永恒源头:一个人被迫面对一个形式,该形式渴望通过他来成为一件作品。该形式绝不是他的灵魂的子裔,而是一个面貌,它走向灵魂,向灵魂索取有效的力量。这个人关心的是他自身生命的行动。如果他实现他的行动,如果他从他的生命里对那个出现的形式说出那个原初的词语,那么其有效的力量就会源源流出,作品于是诞生。

这确实是对经验中难以捉摸和隐晦的事物的精确描述;而它关于随着原初的词语被说出,力量便源源流出和作品于是诞生的看法,乃是代表了一种承认方式,承认年轻奥登的舌头获取的那种管辖力量。当时,他自身生命的行动产生了他自己的词语,那便是他最早的著名诗作

---

① 作者对本文作了删节。

包含的完全使人难以抗拒的,尽管是陌生并且依然陌生的词语。

这新的抒情,被有点冷淡的代词所支配,把颇多惊人的、充满激情的和偶尔晦涩的东西包裹起来。其显现方式是一个"我"或"我们"或"你(们)",它可以同时吸引读者、引起读者混乱和审视读者。读者似乎置身于寒冷风景中,被蒙住双眼,被迅速转过身来,被解下蒙布,被勒令大踏步向前走,领受此后一路上遇见的每一样不祥的事物。这种新诗,把读者变成同谋,难以解释地与诗中的主导声音捆绑在一起,而促成这种捆绑的,乃是一个暗示,暗示他们共享一种也许是无耻的也许是颠覆性的知识。用萨缪尔·海因斯的话说,它呈现一个另类世界。哪怕是艾略特的开头,尽管令人震惊,但在去熟悉化的突兀上,也难以跟奥登匹比。艾略特仍然以有节奏的预期的流动来推进一首诗,词语相对畅行无阻地驶向可获得的句法或场景或叙述的目的地:

> 那么让我们走吧,你和我,
> 当黄昏在天空下铺展……

*那好。让我们走吧。*①

> 四月是最残酷的月份,在
> 死寂的土地上繁殖紫丁香,混合
> 记忆与欲望,搅动……

行。继续说下去。到底

---

① 楷体字是希尼(或假设中的读者)对艾略特诗句的回应。下同。

> 还有什么使你心烦?

> 我在这里,一个老头,在一个干燥的月份
> 由一个少年读书给我听,等待下雨。

> 确实,爷爷!你当然是啦。

另一方面,奥登的开头往往是溯流而上。那航行器本身使人觉得是船形的,但其运动却似乎是难以预料的,它开始于音高中部,摇摇晃晃:

> 谁站在那分水岭左边的交叉处,
> 在擦伤的青草之间的湿路上……

> 在青草之间?到底是
> 什么意思?究竟在哪里?

> 今天更高了,我们想起相同的黄昏,
> 在无风的果园里一起走着……

> 什么更高了?谁的果园,
> 在哪里?

我读本科的时候,这些早期诗曾给了我巨大的麻烦。信心十足的老师们谈到乔弗里·格里格森对20世纪30年代诗人的忠告:"好好报

告。从物体和事件开始。"我们被告知,那些诗人都是关注社会的;他们受共产主义诱惑,想跟流行文化展开某种谈判,以及想在他们的抒情诗中包括现代技术世界的内容。很好。就斯彭德的高压电线架背后赤裸的巨人女郎和路易斯·麦克尼斯《风笛音乐》引人发噱的闹剧而言,这都没问题。但一般认为,奥登才是主要人物,因此这类课堂笔记式的玩意儿到底要把你带到哪里,当你独自在房间里面对诸如下面这段诗中断断续续的祈使句:

  回家吧,异乡人,骄傲于你年轻的家世,
  异乡人,再次转身吧,沮丧而恼火:
  这土地,被隔绝,不沟通,
  不是某个宁可在那里而不在这里
  寻找面孔的无目标的人的附属内容。
  你的车灯也许会扫过某卧室的墙壁
  但不会惊醒任何睡眠者;你也许会听到风
  从无知的大海吹袭而来
  并在窗玻璃上,在随着春天而未受阻挡地
  流出汁液的榆树皮上伤害自己;
  但很少这样。在你身边,比野草还高,
  耳朵在决定之前竖起,闻到了危险。

  我的老师们使用了"电报体"这个词,所以我当时假设自己已在电报体面前,它的费解和突兀不仅暗示一部发送信号的机器正在咯咯作响,而且暗示一条被解码的、打印出来的信息的浓缩语言风格。那好,就说是电报体吧。然而究竟为了达到什么目的?我感到自己被拒之门外。事实上我被蒙了双眼，被转过身，不料竟发现自己被一片既使我信服又对我不睬不瞅的风景吓倒了。

要是那些老师有机会援引乔弗里·格里格森在四十年后所写的文章，那会更好。该文章收录于斯蒂芬·斯彭德编辑的奥登纪念文集，文章谈到他读到奥登最早一首诗的情景。这首诗后来再也没有重新发表或出版过，但格里格森说，这首诗产生自一种"英语性"，而这"英语性"到那时为止尚未在任何一首诗中被表达过或被孤立起来看待：

> 在诗中，他［奥登］看到了格伦德尔在其手臂和肩膀被贝奥武夫撕掉之后沿途滴淌的血迹。那血闪耀，在青草上焕发磷光……仿佛奥登……把想象性的地点和"现实"赋予某种被用于考试院的东西，却又根植于英语本源。

格里格森还谈到"半谐韵和头韵共同创造一种新的词语实在性，仿佛它有岩石或石英的性质"，而这正是我第一次碰到奥登那厚板似的诗歌时所感到的，也正是它现在依然使我感到喜悦的原因。像格里格森这样的反应和描述——对青年奥登投靠马克思和弗洛伊德之事只字不提——恰恰是奥登漫长诗歌历程中最重要的，因为它们对语言艺术是最为敏感的……

毕竟，一种新节奏即是一个来到世界上的新生命，不仅是耳朵的复苏，而且是生命的源泉的复苏。奥登诗歌中节奏的分离，叙述或争辩中相应断裂的元素，乃是唤醒对新现实的意识，也是在抒情诗中呼应他凭直觉感受到的他那个时代的生活之缺陷。据爱德华·曼德尔松在《英国奥登》①导言中所言,《分水岭》是标准版奥登《诗合集》中保存得最早的诗,该诗有些地方读起来就仿佛这些诗行在形成过程中发生了山崩或心灵与纸页之间发生了滑移似的:

这土地,被隔绝,不沟通,
不是某个宁可在那里而不在这里
寻找面孔的无目标的人的附属内容。

在我作为本科生第一次读这首诗时使我苦恼和把我拒诸门外的东西,现在依然把我拒诸门外,但它已不再使我苦恼。差别在于,现在我满足于一个事实,也即奥登应当做这种抵抗,抵抗读者的预期;我在诗中的不透明中获得乐趣,并把它的晦涩——即使它是有意为之——作为诗人刻意坚持要在艺术与生活之间保持距离的一种征候来接受。这并不是说艺术与生活之间没有关系,而是强调它们之间确实存在着一道鸿沟,如同极乐中的拉撒路对痛苦中的财主强调的那样……

常见的诗维持我们在桌边谈话的方式,甚至更多地维持我们以前听到其他诗跟我们交谈的方式:"我躺在外面草地的床上,/织女星明显地悬在头顶/在六月无风的夜里。"是的,是的,我们想;还要,还要;太可爱了,别停。这旋律减缓焦虑,一股大家都产生自同一个子宫的海洋般的感觉涌上心头,欢乐充满了精神的苍穹,如同大教堂唱诗班回声的余音:

也许将来我们,虽然已各分东西,

---

① 该书是奥登英国时期诗文汇编。

> 仍能回忆这些当忧虑
> 不看其手表的黄昏；
> 狮子的悲伤阔步从阴影里走来
> 把口鼻搁在我们膝盖上，
> 而死神放下他的书。

这节诗堪称范例，说明诗歌的赞歌效果，说明其作为分歧化解者的行动，而只要诗歌在这种模式中运作，它便能够起到一个作用，就是产生一种在世界的自如感和对世界的信任感。个别诗篇也许会表达特殊的悲愁场合，例如死亡或内战或承认恋人之间的背叛这类悲哀的事实，但是只要它的音调进入我们的耳朵和我们的天性那准备好的预期，只要欲望不是不被准许或只被准许失望，那么诗的效果就有可能提供一种安慰感。也许正因为奥登容易受诗歌这种令人战栗的美妙力量的感染，他才不断对此提出警告。"就诗歌或任何其他艺术被认为拥有一个隐秘的目的而言，这个目的就是通过讲真话来祛魅和解毒。"

然而，奥登的施魅远远多于这个宣称所暗示的，因此难怪他不能不使他身上那个批判性的热烈质疑者保持活力。在20世纪30年代中期之后，他诗中的抑扬格旋律和对传统形式的遵守——例如在《焦虑的年代》中对盎格鲁-撒克逊格律的熟练而非感官的应用——无疑会暗示某种削弱，削弱他对常规音乐的极富独创性的拒绝，进而削弱他对诗歌本身的资源以至供给的贡献所包含的新颖性和殊异性。随着他逐渐成熟，他也许会后悔他在青年时代所表现的草率作风。在青年时代，诚如克里斯托弗·依修伍德的报告所说的：

> 他非常懒散。他讨厌润色和修改。如果我不喜欢某首诗，他

就把它扔掉,再写一首。如果我喜欢某一行诗,他就会保留它,并把它发展成一首新诗。以这种方式,一整首一整首诗被建构成仅仅是我喜欢的诗行的拼凑,完全不顾语法或意思。奥登著名的晦涩,很大程度上源于此。

无疑,这种做法(如果依修伍德漫不经心的记述是可信的话)就可理解性而言,暴露了不负责任,但也确实代表了艺术家本人强大的生命冲动。如果诗歌要继续保持获得更充分的生命,那么,回避某个安乐毯般被观众牢牢抱住的人人明白人人认可的意义,而显得古怪、精神抖擞、相反相悖,保留鲁莽的权利,激怒读者,扰攘读者使其清醒过来——所有这些也许就不仅是允许的,而且是必要的。这就是为什么,一如我说过的,我现在随时都可以毫无焦虑地欣赏奥登最早期作品中那些异常难以意释的即兴句子。

在《分水岭》开头,风是会"擦伤"(chafing)的。这个词在出现于这个场合之前,似乎从未有过作为拟声词的生命:现在它使我们通过其拖延的元音和爱抚的摩擦音,听到风沿着山边一路低语和摩擦。但这气息无阻碍地通过,却被有某种东西在摩擦、被磨损和刮伤并因此而发炎这一意义复杂化了。这个词暗示地形学的(分水岭的)难关,它被留在了背后,而现在正被作为一个心理难关来体验或被一个心理难关取代,而心理难关是一种同时从属于两个相反状态的处境,一种必须同时遭受绝对静止和躁动之声的痛苦的处境。同样地,这个现在分词的语法上的宁静也被一个潜藏的中动语态干扰了:青草在擦伤,是主动的,但只要唯一被擦伤的东西是它自身,则它就是被动的。接着,同样地,这个分词占据一个中间状态,也即在及物与不及物之间,它所起的全部作用,就如同一个迅速形成的关口,一个语义学花招,使读者紧张兮兮,把读者悬置在不确定性的山谷之上。到第二行时,读者已被变成那个将在第十九行被劝说的"异乡人"。事实上,头两个词把读者置于测试中,因为我们无法立即确定"谁站(在)"到底是提问还是一个名词从句。这句法方向感的延缓是一种完美的技术对等物,对等确切性的缺乏和灾难即临的直觉,而这反过来赋予这首诗以无声的高潮和结尾。

然而尽管"擦伤"有着无可置疑的正确性,但是却没有给人一种它是被选择的感觉;它完全免除了较刻意、有查词典倾向的后期奥登的做法,后期奥登总使人觉得其背后有一句未说出的"让这里成为报告赛事的词语观察者的竞技运动"。后期奥登本人开始变得像一大卷会走动的《牛津英语词典》,穿着地毯拖鞋,笨重地摇着魁梧体形。不妨想想诗集《谢谢你,雾》的同名诗中那种拆毛线团似的技巧:

> 急速步伐的宿敌,
> 驾车者和飞机的吓唬者,
> 能飞者当然会咒诅你,
> 但我是多么高兴,高兴于
> 你被引诱去探访
> 威尔特郡那迷惑人的乡间
> 整整一星期,在圣诞节。

这"(巫术般)迷惑人"(witching)是美丽、宽容、挖苦和文学新手似的,然而它对自己的灵巧熟练的津津有味的享受,却沾染了乏味,即便对这位诗人来说[这同样也可以用来形容其选择的"急速步伐"(festination)和"能飞者"(volants)两个词①]。虽然"擦伤"敲打语言岩石,使其从裂缝中迸发出骤然而来的生命,但这些后期词语都是珍稀品,在气喘吁吁的满足中得意扬扬,却没有了早期发现所伴随的需要和欢乐。

  好在我们不必继续谈论这个话题。后期奥登是另一种诗歌;这时,诗行是带有家庭生活意味的教条主义,想象一条毛线那样带来安慰,而不是像裸线那样带来电击。随着整个表演而产生的,是一种非自怜的气氛,仿佛在说"让我们别悲伤,不如在留下的/残余中寻找力量"②,而我援引上述关于雾的片段,无非是想再次提醒你,四十年来奥登的诗歌在多大程度上改变了其语言姿势。最初,盎格鲁-撒克逊格律的重音和盎格鲁-撒克逊措辞的简短落地声,就像一张耙在社交谈话和抑扬格抒情诗的自然斜坡上拉动。这种诗不与潮流一同行驶,而是纠结和滋扰,擦伤,"在窗玻璃上,在榆树皮上伤害自己"。发生在这罕见的音乐旋涡里的,是T. S. 艾略特所谓的"集中",这个术语是艾略特在探讨诗人实际经历的情感与诗中被表达——或者不如说,被发明——的情感之间关系这一无比迫切的问题时提出的。艾略特在《传统与个人才能》中写道:"我们必须相信'在宁静中回忆的情感'这一说法是不确切的。"他进而说:

  因为诗歌既不是情感,也不是回忆,也不是宁静——除非宁静的意义被曲解。它是大量经验的集中,以及由这集中产生的新东西;它是一种并非有意识地发生或经过深思熟虑的集中。这些经

---

① 这两个词都是生僻词,例如《牛津高阶英汉双解词典》都没有收录。但是,上述诗句在汉语里,其生僻不见了,因为汉语没有对等词,只能意译。布罗茨基写的英语诗和他翻译的自己的诗,也有奥登后期诗的这种倾向,同样也遭一些英语读者抵制,但其生僻在汉译里也同样不见了,只不过这两个词更有过之而无不及罢了。
② 华兹华斯诗句。

验不是"回忆"出来的，它们最后在一种气氛中融为一体，而这气氛如果是"宁静"的话，那也只是消极地伴随事件而来的。

当我们读诸如《今天更高了》这样的诗时，我们便是置身于这样一种集中。这首抒情诗显然不想与我们一般的常识性语言步态保持一致步调，同样不想模拟"一个人跟众人说话"的情感及语言常规，而是向我们呈现那"新东西"，它如同我所说的，与亲身经历为邻，与亲身经历平行，但这种新东西尽管对那些经历这类经验的人充满同情，却不想与他们住在一起：

> 破晓时分的喧闹将给一些人
> 带来自由，但不是这种没有任何鸟儿
> 会反驳的宁静：短暂，但对于某种在此刻
> 获实现的东西，爱过或忍受过，都已足够。

这种宁静，既与词语所达致的东西相关，又与词语回忆的东西有关。也许不是超越理解范围的宁静，更多是抗拒意释的宁静；不管怎样，是一种"没有任何鸟儿会反驳"的宁静。

但话说回来，难道一只鸟儿的运动不是等于一种干扰或"反驳"吗，哪怕是在如此深刻的静止和实现的范围内？然而在一定程度上，该段诗中的鸟儿几乎没有取得足以反驳任何东西的实际存在。例如，如果我们把它与哈代笔下那只黄昏结露时分的鹰加以比较——它"越过阴暗处，落在/被风扭曲的高地荆棘上"——我们便知道哈代的鹰是一个稍纵即逝的翼拍的黑暗瞬间，一个可触摸的高空中的滑翔，一种"在那边"的现象，在暮光中；而奥登的鸟儿是一种"在这里"的情况，一种

能源的点火,并且这种点火是在某些别致、薄弱、咔嗒响的元音在一次迅速反应中融合起来的时候发生的:"但不是这种没有任何鸟儿/会反驳的宁静:短暂,但对于某种在此刻/获实现的东西,爱过或忍受过,都已足够。"这几行诗中那种对位法的、拖长的、断断续续如跷跷板似的运动,其重要性一点不亚于它们美丽的精心制造而又不复杂的意义。现代英语格律的锤子,也即罗伯特·格雷夫斯所谓的噔噔、噔噔的锻工活儿,在古英语更深沉、更持久的划船活儿期间继续下去,而耳朵则留意这场竞赛,不管其耳朵对所听到的东西的起源多么无知。这场竞赛势均力敌,起伏但平衡,介于某种单独的、受指引的智力的航行努力与它在其中辛苦劳作的元素(也即语言本身的元素)的用力和喘气之间……

这些早期晦涩诗曾经是不肯通融和无意为之的努力,旨在说出原始而绝对有说服力的话。这些努力是"特异"的——无论就这个词的字面意义还是就其较俚语的意义而言——哪怕有时候它们严守格律规则以及用儿童故事书的简易语言来说话:

> 挨饿穿过无叶的树林
> 侏儒和巨人为食物奔跑责骂,
> 猫头鹰和夜莺喑哑无声,
> 而天使不会来。

> 寒冷、难耐,前面
> 高山抬起可爱的头,
> 它的白瀑布能给在最后
> 忧烦中的旅客带来赐福。

虽然这两节引诗没有从某个节奏上的角度反击调谐的耳朵的预期，但其形而上学的地理依然非常不同于我们熟悉的"真实世界"那安慰人的外貌。早在战后欧洲寓言诗风行之前，奥登就已经抵达一种调式，充满了对某种可怕事物的不祥预感，并且有能力用严格的诗学手段表达这些不祥预感。但是当奥登不可避免地被驱策去扩展自己，超越直觉知识的传播，超越诗学的间接性和暗示性，并开始用更清楚、更具分析性和更经得起道德认可的修辞来表达这些直觉时，这种浑然一体的感受力便出现裂缝了。在写作诸如《西班牙》这样一首诗时，不管其视界的浓缩多么令人喘不过气来，也不管其目标如何正派，或诸如《夏夜》这样一首诗，不管其在语言上对相当于基督"彼此相爱"的表达多么莫扎特式，奥登都已经与他的孤独和他的古怪决裂了。他对人类大家庭的责任变得愈来愈热切地和值得赞许地强烈，而20世纪40年代、50年代和60年代那些庄严地明智、沉思、裁判的诗作，则是其结果。我们也许可以说，这笔红利——包括诸如《给拜伦的信》这样的早期杰作和《赞美石灰石》这样的后期杰作——代表了对《俄耳甫斯》一诗提出的问题的回答。这个回答倾向于认为，"歌"尤其希望获得"生命的知识"，并倾向于远离"宁愿困惑和快乐"这种现成的另类选择所包含的"困惑"的商数。换句话说，奥登最终偏好生命被浓缩为某种"丰富"的东西，而不是某种"奇异"的东西，这种偏好是可以理解的，如果我们考虑到诗歌有一种永久的冲动，就是希望完全成为普洛斯彼罗[①]，被套在一个理性方案上，要使人类栖居于宇宙的安全中。然而，成为30年代初"奇异"诗歌之特征的毁灭和凶兆，其困惑不解和烦乱不安的视域，

[①] 莎剧《暴风雨》中的人物。

却把本土英语诗歌带到了接近它可能去的可怕事物的想象性的边缘，并提供了一个范例，说明 20 世纪人类遭受的狭隘经验与全球震惊之苦，是可以在英语中表达出来的。此外，在奥登的后期诗歌中，当处理类似的题材时，那诗歌总是不可避免地获得可记忆性和强度：

> 天生没有财富或怜悯，
> 双脚鲜红的小鸟们
> 伏在它们的斑蛋上，
> 注视每一座患流感的城市。
>
> 全都在别处，大群
> 大群的驯鹿穿越
> 绵延数里的金色苔藓，
> 无声而又快速。

洛厄尔的权威*

 *T. S. 艾略特纪念讲座第三篇,肯特大学,1986。

多年前,迈克尔·朗利写了一篇文章,讨论来自北爱尔兰的诗人。在文章中,他区分诗歌创作中的火成模式和沉积模式。在地理上,火成岩源自岩浆或熔岩,它们在地球表面下凝固;沉积岩则由矿物质和有机物质的沉积和累积形成,在水、冰和风活动的作用下受影响、破碎和重构。这两个词语本身的声音就暗示着这两种情况各自深长的意味。火成是爆发式的、意料不到和猝不及防的;沉积则是稳定的、安居的、累进的。

然而,如果有一个术语可以用来形容开始于火成而终止于沉积的过程,则这个术语就很适合形容罗伯特·洛厄尔的诗歌。洛厄尔是一个很早就拥有凿开熔岩的强大直觉的人,不过,他会根据他一再修改的才智那或冷或热的气候条件,不断地回来凿它,有时候甚至在成书之后。他对写作的行为的双重性质非常敏感。他对教室里的学生们宣称:"一首诗是一个事件,而不是对事件的记录。"——不妨把我所称的"火成"等同于"事件","沉积"等同于"记录"。在作家访谈录《工作中的作家》中他的访谈里,他以另一种方式作出这个区分。他说:"修改,也即修补一首诗的那种意识——这与教书和批评多少有点关系。但是触发一首诗并使它具有任何重要性的那种冲动,是不同于教书的。"他又说:"我确信,写作不是一门技艺,也即不是某种你为了它而学习技能然后继续制造的东西。它必须来自某种深刻的冲动、深刻的灵感。"

然而洛厄尔对自我引发的根本冲动与他最后称之为"那些愉快的结构、情节和韵律"①之间的区分的意识,并没有导致他鄙视那些结构。他深信诗歌不可等同于技艺,但这并没有减少他对技艺的尊敬。毕竟,技艺代表了诗人与其语言的文学传统,与祖先和后代之间的契约,一个建基于理解的契约,理解到诗学冒险最终是有益他人的,不管它乍看多么唯我论。洛厄尔是在寻找一种可以解剖他本人和他的时代的困境的写作方式。他痴迷主观性并不意味着逃避平常生活及其伦理准则和各种义务。相反,洛厄尔刻意地使自己承担——有时候通过公开呼语②和斥责,有时候通过内省或自白的例子——诗人作为其社会的良心的角色。良心,如果我们探究其词源学,可以指我们有能力一起了解同一件事,然而这样的了解也使我们在诗歌面前脆弱不堪,因为诗歌是一种提醒物,提醒我们大家可能选择一起去忘记的东西,而这种警告功能正是罗伯特·洛厄尔终其一生都在或多或少有意地行使的。

然而,当我谈到他的"权威",我想到的不只是他僭取向观众说话或为观众说话的权利,而且是这种僭取的合法性怎样得到了他的写作音调的确认,也即得到了他的写作对文学传统、对无知之耳的特殊"权威"的确认。直到鼎盛的中年之前,洛厄尔是通过调校他的诗句,使之与传统实践保持一致,通过以音乐性的高潮、戏剧性的姿态或反讽的构思使诗句达到紧张和强烈的音高,来取得他的这种威信的,并不断召唤

---

① 该引文来自洛厄尔诗句"那些愉快的结构、情节和韵律——为什么它们现在帮不了我……"
② 指在公开场合对某个不在场者说话,或对拟人的事物说话。

他自己和他的读者重新去遭遇一种讲究形式的样态，一种坚定明确的外形。

没错，在他的诗歌生涯的这个第一乐章期间，洛厄尔放弃他想写一种冷淡、自足的诗歌的野心，转而致力于达致与读者和读者的世界进行更加面对面的接触。然而，他总是寻求如果不是压倒也是智胜惯常事物，寻求显得像神谕，或至少不容争辩："上帝在他意志的彩虹过后还活着""你那过时的激烈抨击——/充满爱意、快速、无情——/如大西洋冲击我的脑袋""你常常赢——/不动/如同阳光中的蜥蜴"。诸如此类的结尾句子会如中靶之箭一般在耳朵里颤抖。两种意识互相竞争，一种是意识到某种东西彻底完成，一种是意识到某种东西被震惊得变成见识和自由。读者获得一种感觉，感觉到整个意义同时砰的一声关上和砰的一声被撞开，获得一种瞬间的幻觉，仿佛耳朵里正在经历的满足感概括了可在世间获得的意义和满足感。因此，不管诗与精神崩溃或与意义撤离经验有多大程度上的关系，它那朝着无价值的地狱边境的急坠都被诗歌形式自身完美撒下的网阻止了。

例如《生活研究》这本诗集，最初是以其极端的坦率，以其内容那私人的、几乎是禁忌的性质而引人注目，但现在它就像一座公共纪念碑屹立着，不仅不难堪而且可接近。它以时代生活为背景，勾勒其人物的轮廓；它坚硬、机智的诗句和稳固的言辞，暗示它发出的声音中包含着某种社会维度。它相信它有一群听众，因而能够以一定程度的端庄得体去表达令人惊骇或令人不安的自传成分。洛厄尔可以写：

> 那体面的旧生活多可怕，
> 没有不合礼节的亲密
> 或争吵，当那个未解放的妇女

洛厄尔的权威

依然有她的弗洛伊德式爸爸和女仆!

然而,《生活研究》的端庄得体是与那旧生活保持延续性的,哪怕它揭露其解体,揭露其面对锁起的剃刀、疯狂的士兵和电椅时——那不相称的傲慢。这种端庄得体,还有该诗集的技术精湛,以及该诗集朝着非个性化方向的发展,这一切如同洛厄尔父系的姓,是洛厄尔与生俱来的权利的一部分。作为艺术家,他是典型的波士顿人,背对一面传统之墙。他的诗学艺术,不管有时候多么任性,都无法逃避对它的一个要求,要求它不能仅止于自我沉溺。在他划开的切口中,必须有某种外科手术的东西,某种专业和有公益精神的东西。整件事是一种测试,既是测试他自己也是测试诗歌的资源,而在《生活研究》中,这些资源证明它们有能力采用新曲调和承受新压力。

洛厄尔并非天真无邪地用节奏说口齿不清的话。不管怎样,天真无邪不是他重视的东西,无论是对自己还是对别人,而他的总著作引人注目地没有任何对失去的伊甸园的叹息。一切都开始于伊甸园外,开始于学习过程中,开始于辛苦流汗和实施应用。没有口齿不清。那声音在它讲话时就已被打断了。它是去求学的,不管是就求学的字面意义还是比喻意义而言。不应忘记,洛厄尔最初的风格是在肯庸学院、范德比尔特学院和路易斯安那州立大学的英文系形成的。他的导师们,确确实实,都是诗人,对诗歌了如指掌,然而他们也同样是有名和更有名的教师,一批充满激情的新批评派批评家,欲把诗歌的最后秘密抠出来,通过挖掘,必要的话挖掘出其第七种歧义。难怪洛厄尔曾在一首晚年诗中挖苦但准确地把他的早期作品与特洛伊七道围墙的城堡相提并论,在这些早期作品中,意义被禁闭在高度精雕细琢的艺术的一道道圆圈内。但至少这意味着他写作是像 F. W. 杜皮①所说的那样："仿佛诗歌仍然是一门重要的艺术，而不仅仅是一种可敬的消遣。"在整整一代艰苦卓绝，祈求被写作迷醉并且其祈求获得回答的诗人批评家中，洛厄尔不仅努力通过掌握古典、英国、欧洲和美国诗歌正典来保存力量，而且努力通过一次次完全属于他自己的转变——信条的、祖先的、政治的——来使自己超越同行中的最高水平者。在信条方面，他皈依了罗马天主教，从而不仅背叛了一种信仰，而且背叛了一种市民团结。在祖先方面，他借助源自温斯洛家族和洛厄尔家族王朝的权利来反驳总统。在政治方面，他在 1943 年因出于良心拒服兵役而坐牢，尽管他曾在前一年自愿要求加入海军和陆军（但没有回音）。

正是在基于良心而拒服兵役这一行动上，信条、祖先和政治彻底地融为一体，而洛厄尔成功地把美学直觉与在公共领域作基于道德和意义深远的见证的义务结合起来。此外，洛厄尔以威廉·梅雷迪思所称的"狡诈的卓绝"，把政治异见与心灵解放结合起来；拒服兵役是对他的家族的一次大不敬，是在个性化和脱离关系这场战争中的另一次袭击，这场战争是他在 20 世纪 30 年代末在哈佛大学读一年级期间发动的，当时他以反叛的一拳击倒他父亲。总的来说，拒服兵役发端于某种深处的岩浆，并带来某种火成的个人灼伤。它也许只是某个"怒气冲冲的出于良心拒服兵役者"的激动声明，但它确实充满了选举和互相指责时那种强大而不屑的辞令。

在洛厄尔的附信②中，罗斯福总统首先就站错了道德位置——"你会明白，对一个其家族传统像你自己的家族传统一样永远在维护……我国的自由和荣誉中获得满足感的美国人来说，这是一个多么痛苦的

---

① 美国著名文学批评家。
② 指洛厄尔除了给总统寄去一份《个人责任声明》之外，还附上了一封给总统的信。

决定。"接着,在这份叫作《个人责任声明》的公开声明中,整个美国民主制度因其对各国之间的公正与慈善的法律的藐视而遭到控诉。美国决心发动一场"没有方位或原则"的战争,旨在"永远摧毁德国和日本",并因此使自己与"极权主义独裁政权的蛊惑民心术和集体催眠术"结盟,从而使开始于1941年的那场反对侵略的良好爱国主义战争变成犯罪。一般对这份声明的概述,都往往聚焦于洛厄尔对盟军的愤怒,因为盟军在轰炸汉堡和鲁尔时以巨大的冷漠对待平民百姓的生命。按我的理解,声明的要旨,是谴责美国变得如同它一开始就反对的独裁政权。因此,声明作出如下结论:

> 在长期思考我对自己、对我国和对我那些在我国缔造中扮演负责任角色的祖先应负的责任之后,我得出一个结论,也即我无法体面地参与一场其迫害在我看来已构成对我国的背叛的战争。

并不令人感到意外的是,我们在这里感觉到某种来自被告席的演说的音调。然而,即使我们假定这个姿势是精心摆出的,旨在取得骑士气概的效果,假定该辞令的道德架势含有某种趾高气扬,洛厄尔也依然达到了一种可信和有尊严的异见。他有点像叶芝,后者在西恩·奥凯西的《犁与星》首夜演出时,驳斥阿贝剧院的观众"再次"自我蒙羞——意思当然是说,他们已因此而使他蒙羞。在这两件事情上,权威的习惯是某种流露自诗人社会等级的东西。无可否认,叶芝和洛厄尔都不是来自一个直接参与政府或公共事务的家族,但他们却担当一种对各自国家、各自文化以及各自国家和文化的未来的责任感。

洛厄尔熟练地使自己进入一个他能够用更优越的力量讲话的位

置,是完全符合他的作风的。对他来说,很少有"使这只杯离开我"①的情况,而是"我如何使双手拿到这只杯"的问题。在他早期诗的风格化热情与像拒服兵役这样精心策划和细细品味的时刻之间,有一种可辨识的联系。它与这样一个决心有关,也即决心要通过意志的压力,通过自身那善于策划的直觉来强行提出一个问题,而他最终会严责这直觉,因为它意味着他最终会"不回避伤害他人"或伤害他自己;换句话说,它与他本性中有策略地、批判性地修改的一面有关。洛厄尔永远是大声表示反对、发出决斗通知的人;即使在他渴望拥抱见证的角色时,也包含有专横的气息。然而那渴望是真实的,而他的出于良心拒服兵役可以跟一个相对应的冲突例子相提并论,这就是奥西普·曼德尔施塔姆一生中个人道德的良心与历史时刻的要求之间的冲突。

当然,曼德尔施塔姆生活在独裁制度中而洛厄尔生活在民主制度下。这实际上是一个重要差别。然而,我想,把洛厄尔在1943年面对的危机与这位俄罗斯诗人在30年代初面对的危机加以比较,是很能说明问题的。那时,刚经历了五年诗歌沉默期,在沉默期间内心曾试图与苏联制度达成某种和解的曼德尔施塔姆做了一件不寻常的事。他写了他唯一一首对政治直接作出评论的诗,那是一首由一系列对句构成的诗,对斯大林表示蔑视。他还使这次犯罪复杂化,写了另一份文件,叫作《第四散文》,充满盛怒和有治疗作用的力量。两篇作品都是自我清洗的行为和悲剧性的预备。虽然它们不敢像洛厄尔的《个人责任声明》那样以公开声明的面目示人,但是那首诗和那篇散文正是这种责任的致命宣言,并且不是导致他坐牢而是导致他死亡。仿佛曼德尔施塔姆是在剪掉自己脖颈上的毛发,以这个姿势表明他准备上断头台;然而

---

① 该引语为耶稣临终前对天父说的话。

这是他真实的声音和存在能够表达自己的唯一途径，是他的自我正当性能够出现的唯一方式。经历了这个时刻之后，纯粹抒情性创作的享乐主义和欢庆便发展出一种内在的道德维度。此后，诗人讲真话和创作的双重责任便在个别诗作的形式成就中逐一履行了。

把洛厄尔的姿势与曼德尔施塔姆的牺牲相提并论，会显得夸张和放肆；然而我认为，洛厄尔那个具体的诗歌写作的自我的正当性，是用他的抗议和他坐牢的经验赢得的——如同曼德尔施塔姆舒畅的解放，是通过付出甚至更可怕的代价获得的。坐牢把受诅咒的标记刻印在这个名门出身的青年的额头上。它使他变成这个共和国的维庸①而不是维吉尔。它使他得以感到，从他天性的大汽锅释放出来的猛烈能量具有一种正面的见证功能，感到通过锻造恰当的诗歌声音，他也是在锻造时代的良心。

洛厄尔早期诗集那强大的象征主义隐晦，很可能至少有一部分源自这类亲身验证过的对诗歌权利和特权的信念。西街监狱和丹伯里惩教中心为诗人提供了一张精神许可证，使他撤离妥协性部落的语言。从现在起，诗歌的任务是与诗歌这个媒介本身进行密集接触。语言管弦乐团中的打击乐器部和铜管乐器部艰苦地演奏，而在诸如《楠塔基特贵格会教徒墓园》这样伟大的精心之作中，弦乐器部几乎没有参与的机会。忧心如焚的木管乐器汹涌而起，越过音景；不驯而难以告慰的不谐和音凌驾吹奏声。哈特·克兰、狄兰·托马斯、阿尔蒂尔·兰波、利西达斯②本人——作为一种骚动的大海之声的语言复活——全都从诗页的四角涌入，全都是脸颊绷紧的风暴天才，一心一意要把他们的力量吹入美国东岸航海图的中心。读者被卷入一股表现主义的强风中，而如

---

① 指弗朗索瓦·维庸，法国中世纪最杰出的抒情诗人。
② 利西达斯是弥尔顿同名诗的主人公。

果他们觉得风神怀着恶意针对他们本人,则他们是可原谅的。例如,这里是该诗第五部分:

> 当鲸鱼的内脏释出,其腐败
> 在世界上滚动横行,
> 在树木晃荡的楠塔基特和林洞
> 和玛莎葡萄园岛之外,水手呵,你的剑
> 会呼啸、落下、插入脂肪吗?
> 在约沙王伟大的灰坑里
> 骨头呐喊着要求白鲸血,
> 肥胖的鲸尾片弓起并猛击它的耳朵,
> 死亡之矛剧烈搅入圣殿,撕裂
> 黑中透蓝的打麻机,挥动如连枷,
> 把那盘绕的生命摔出来:它运作和拖曳
> 并把这抹香鲸的腹部撕裂成破布,
> 一块块鲸脂泼向风里雨里,
> 水手呵,而海鸥绕着炉中的木柴盘旋,
> 早晨的群星齐声歌唱,
> 而雷霆震撼白浪花并肢解
> 钉在桅顶上的红旗。躲藏吧,
> 约拿弥赛亚[①],我们的钢与你同在。

能够在这些环境下出航,能够感受叶芝所称的"野兽的惊动",能

[①] 据《罗伯特·洛厄尔:作为英雄的虚无主义者》作者弗雷恩·贝尔解释,在《马太福音》和《路加福音》中,耶稣把自己视为约拿。

够沐浴在崇高措辞中并体验某种有韵律、有意识和不能安抚的东西的踩踏,是令人振奋的。说这种诗歌对我们有图谋,是太轻描淡写了,因为那无异于说宙斯穿着化装服向丽达做自我介绍。"注意啦,霍普金斯,"它叫道,"注意啦,梅尔维尔。还有,读者,接招吧!"然而以这种音高进入诗歌事业,无异于模仿萨缪尔·高德温在电影的刺激中追求终极的东西——某种以地震开头然后逐步发展至高潮的东西。这乃是创造一种单调的庄严,它注定要淹没这位一开始就渴求庄严的诗人的人类音调。劳伦斯曾谈及自己作为青年诗人时用手捂住灵感之神的嘴巴①,但是洛厄尔简直就是交给灵感之神一个麦克风。得想办法把音调降低,否则已建立的权威就会迅速沦为刺耳的嘈杂声,某种未经调校和偏执狂似的东西。

在接下来的十年间,虽然新风格已在形成中,但是洛厄尔的生活样式也在建立中。尽管一再受躁狂症的残忍侵扰,甚至也许可以说恰恰因为躁狂症,洛厄尔写出了非凡的作品并赢得巨大名声。到他与伊丽莎白·哈德维克结婚以及他进入纽约文艺界时,他已经是一个日益巩固的文学现象,已经先后得过普利策奖和担任过国会图书馆诗歌顾问②。我们很难确定他早期诗那修筑了雉堞的城堡到底是对他的精神病的抵御还是对他的精神病的巩固,但作品本身的力量却是无可置疑的。然而,现在我想聚焦的,是一位诗人并非罕见的奇观,他带着如此来之不易的个人风格进入其四十多岁,深知一切都得从头来过。我曾在《舌头的管辖》中引述过安娜·斯维尔的话,她下面这段话再次是贴切的:

---

① 指诗人阻止灵感之神畅所欲言,人为地替灵感之神说话。
② 国会图书馆诗歌顾问相当于后来的桂冠诗人称号。

诗歌词语的目标是逐渐成长为内容，然而这个目标永远达不到，因为潜藏于诗人身上的心灵能量只有一小部分以词语来体现。事实上，每一首诗都有权要求一种新诗学……我们可以用一句矛盾的缩略语说，一位作家有两个任务。第一个任务是创造自己的风格。第二个任务是摧毁自己的风格。第二个任务更困难，也更耗费时间。

洛厄尔在其诗歌生涯中，两次完成第二个任务，并且每一次都知道自己在做什么——这使得其做法更加有目的和更费心思。当我说他知道自己在做什么，我并不是说他有一个事先安排好的计划，知道自己希望取得什么，如同在诗歌中有一套类似按数字填颜色的蓝图那样。相反，是他精神中批评和教学的一面如此不间断地活跃，使得他作为诗人的权威永远不会没有自我意识，永远不会没有——用伊丽莎白时代的褒义词来说——狡黠；然而，必须拥有火山似的个人天赋的内核的感受力，才能克服他自己的狡诈。他原可以轻易地使自己陷于高蹈派的泥潭而不能自拔，但相反，当划时代的《生活研究》在1959年出版时，洛厄尔才四十二岁。安娜·斯维尔的定律第一次在他的诗歌中得到证明。他后来在一次总结自己的经验的著名记述中回忆说，这个时期他在加州向习惯于"垮掉派"松散编织的诗歌的听众朗诵他那些充满象征、刻意晦涩的早期诗。这时他已感到"[他]所知道的关于写作的知识都已经变成障碍"，感到他的旧作是"僵硬、没有幽默感的，受到其笨重的风格化盔甲的阻碍"。

我不想进一步复述与他的旧辞令的外皮决裂的精湛新诗歌的种种属性。需要坚持的重点是它的自由，那是一种摆脱了要使自己听上去像正典诗歌的焦虑的自由，如同它不再把自己被听到的权利押在对文学传统的乞灵和吸纳上。曼德尔施塔姆的一个说法再次可在这里派上重要用场,它来自他的散文作品《亚美尼亚之旅》。在该作品中,曼德尔施塔姆宣称:"如果我相信橡树的阴影和言语发声的固定性,我又怎能欣赏当今这个时代呢?"

"言语发声的固定性":这是洛厄尔诗歌鼎盛期的主导音乐的典型特征,从《生活研究》一直到《为联邦死难者》和《临近海洋》。但它也把我们引向那音乐本身的源头,因为他深信舌头有权利自由而响亮地说话,以及进一步深信舌头有能力如果不是揭示现实,也是显著地丰富现实。这些诗集常常与一个沉重而巨大的题材之网纠缠在一起,既有自传题材,也有文化和政治题材;然而这些诗集的主要兴趣并不是对这类题材发表评论或意见,也不是像建造仓库那样建构诗节来贮存题材,而是如何使题材变成一次事件,如何以题材来规划形式和能量。当然,它们并非总是成功,但是当它们成功时,它们应得的权利依赖的不是别的权威,而是它们自己的艺术手段的司法权和活力。

"中期洛厄尔"的贵族式镇静,也即从早期风格那焦虑的庄严演化而来的路程,非常突出地显露出来,如果我们把洛厄尔在20世纪40年代对他的社会发动的战争作出的抗议与他在60年代对越南战争作出的抗议加以比较的话。在后一个场合,他拒绝约翰逊总统要他去白宫作客的邀请,这次拒绝是在没有太多大声疾呼或戏剧表演的情况下就做到的。它已不再是作家通过担当诗人和替罪羊角色来考验自己的情况。现在反而是总统处于防御位置。诗歌通过这位来自波士顿的银发高雅之士的形象,要求政策对自己负责。然而现在洛厄尔的权威是栖居在他杰出艺术的神秘性中,而不是在他的祖先中或在他可能选择引发的任何公开争议的合理性中:

上周有人打电话邀请我在六月十四日白宫艺术节上读诗,现在想起来,我是有点儿匆促而贪婪地接受了。当时我把这样的场合视为纯粹的艺术花饰,尽管每一个严肃的艺术家都知道他无法在不作出微妙的公开承诺的情况下享受公开庆祝活动。经过一周的踌躇之后,我觉得自己受到良心约束,并决定拒绝您礼貌的邀请。

中年洛厄尔的诗集,如同这次优雅而恰当的政治抗议,既深谙世界也深谙描写世界。《为联邦死难者》和《星期天凌晨醒来》皆跻身我们时代最好的公共诗歌之列,但它们并不是为了纠正世界而对世界说话,反而是把世界洛厄尔化,使它鸣响,使它变成一个表面,诗人的声音在那表面上扩散,被吸引,从而要么放大自己要么掠过。在这里,在《凌晨醒来》的结尾,它不断放大:

> 可怜的星球,所有欢乐都消散了
> 从这甜蜜的火山锥;
> 但愿我们的孩子平安,当他们在一场场
> 接踵而至的小战争中
> 倒下——直到时间终结,
> 为了充当地球的警察,那个鬼影般,
> 沿着轨道走动,永远迷失
> 在我们单调的崇高里的地球。

而这里是《中年》,它掠过:

父亲,请原谅

我的伤害,

如同我原谅

那些被我

伤害的!

你从未爬过

锡安山,却在那

表层上

留下恐龙的死亡脚步,

而我必须在那上面走。

在我们结束之前,尚有很多关于这个较谦卑的声音的话可说,但暂时还是让我们向它致敬吧,因为这是洛厄尔一次出色的胜利,战胜了他那无时无刻不想战胜的激情,战胜了他那想吹起号角或想以一声坚定或刺耳的低音让左手增强右手的诱惑。如同他本人非常清楚的,在他身上有一个"无可匹比的流浪的声音",而他经常地而且习惯性地使它成为他自己所称的他那"铁创作的迷宫"①的俘虏。

这些说法来自洛厄尔诗集《海豚》中最后一首可爱、柔软的十四行诗,这首诗构成了他五十多岁期间用庞大的三联体创作的最后诗行,这三联体最终包括三本分别叫作《历史》《给莉齐和哈丽雅特》和《海豚》的诗集。如果我在这里略过这三本诗集的猛劲,那也不是因为我忽视洛厄尔在这些诗集的声音中的权威。相反,这些骇人的、固执的、强有

---

① 指洛厄尔在一首诗中形容拉辛诗歌创作中格律之铁一般的严谨。

力的诗行处处受一种强加的力量的影响。他对他正在做的事情具有良好的艺术意图是毋庸置疑的,数十首按标准浇铸的、十四行体的、无韵的诗锭被熔炼和铸造时的锻锤之火也是毋庸置疑的。换一个比方,我们再次对一位诗人用铁棍去撬一种已经完美的风格叹为观止:这些崭新的、不悦耳的、沉重地放下的形式是对他60年代诗集中的古典节奏的刻意遏制。一行行,从局部表现看,原有的天才和严肃性依然活得好好的,但是面对这三联体简直就是面对一个方阵。我感到自己被那庞大的、铆得牢牢的正面,被那装甲的缓缓移动,被那绝不退让的密度赶出了读者自由驰骋的战场。

我希望栖居的反而是洛厄尔最后诗集《日复一日》中那更温柔的秋收之作。继前面这些诗集的十二音阶之后,这本诗集的效果就如同从偶尔响起那根繁忙铁撬棍的最高音之美的施工场,迁往一个挂满譬如说勃纳尔的油画的房间。颜料中有一种玫瑰色的仁慈,空气中有一种不熄灭但也不贪婪的感官享受,中央或不远处有一种血温。声音来自枕头高度而不是来自讲台,宽容但不被愚弄,受共同性训练但还未被训练成共同性,更倾向于揶揄而不是感染力。它可以在一次音调或意象或诗行的变换中覆盖辽阔的距离。典型的效果包括反思的谈话(《婚姻》和《最后的散步》)或经扭曲的谚语智慧(《给谢里登》)或把这些风格互相糅合起来(《蚂蚁》)。所有这一切都做到了其中一首诗里的人物所渴望它做到的"稍稍移近/部族的语言",但其主要目的既不是要讨好读者也不是要与具有美国气质的写作保持意识形态上的一致。这些诗诚如海伦·文德勒所言,是通过自由联想来展开的;它们就像恋人们在一次带有轻微情欲色彩、轻微酒醉的派对结束时摇晃着穿过温暖的房间那样蓬头垢面、友善地纠缠不休和舒服得难以预料。

但是,那音调依然不是熟悉或隐约迂回地个人化的。它给人一种奇怪的感觉,觉得既被维持在一定距离外,又贴近得足以感到各种冲动自动翻译成句子的那种刺激。其语气佯装成戏剧性言说——洛厄尔跟妻子、好友、儿子、自己说话——却又不断冒出一个随便、冷淡和神谕的调子。诚如他在一首诗中所说:"抛散在空中的事物,活泼地飞舞。"一些类似"神仙未经凡人同意而被刮削"时飞舞的碎屑的事物。

　　洛厄尔总是倾向于在诗的空中发射这类单独的诗行或诗句,并且实际上在这些素体十四行诗中他如此试图使诗逐行逐行着火燃烧,以至读者常常能够感到自己光着头在户外碰上一阵流星雨。这些诗与其说是充满了矿砂,不如说是充满了黄金填料,为发光而碾磨。然而,在《日复一日》中,他的凶猛已平静下来,被一阵要么是由意象要么是由概括构成的心平气和的吹送所取代。"那朵较年长的花是香槟酒",其中一行飘荡在《米尔盖特》的谈话上空的诗句如此说。"假平静是最好的平静",《郊区冲浪》一行孤悬的诗句如此说。还有:"如果你不断减少损失,/你就无损失可减少。"(《在病房》)"如果他们扼住你的脖子,就会有一条绳。"(《末日书》)

　　从这位诗人在早期作品中寻求和行使的权威出发,我们已经走了很长的路了。在早期作品中,诗歌是用格律和密集典故打桩般猛击的。现在,这权威是通过其主张所蕴含的奇怪倾侧的智慧,通过这些主张的倾斜的清晰性和适用性,通过这些主张的伤感的陌生感来达致的。其音调不是被强加或强加于人的,诗中的声音不是降临在你头上,而是升向其自身的表面。现在,诗的开头和出现有一种与其说是火成的不如说是水成的特质,而最能说明这点的,莫过于诗集中的第一首诗《尤利西斯与喀耳刻》,尤其是该诗第五部分。这是该诗集中我最喜爱的时刻。在开篇的诗行中,洛厄尔保持原有的精湛演技,并在结尾碰触到一个初见陆地似的荷马式弱音。中间发生的事情,则是万花筒式的,是短小精悍的诗节的行进,这些诗节本身就是一首首片段式小诗,但被尤利西斯的回忆和声音聚合起来。

这个尤利西斯,是作为一个濒临置身于自己死后状态的男人登场的,用腹语术(通过罗伯特·洛厄尔的自传式声音)谈论他与喀耳刻的间奏,他在感官方面的自知,以及他已平息的好奇。在该诗开头,尤利西斯是一个昏昏欲睡的酒色之徒,而在结尾时,他将成为一个即将发动攻击的杀人者,因此他成了陷于婚姻与躁狂症之间的诗人的某种对应物。该诗以中动语态说话,既不是完全戏剧性的独白,也不是自白式抒情:它被包裹在引号内,在自传的近岸与神话的远岸之间的漩涡航道上行驶:

> 长期被浪潮冲刷且常常通过大海那
> 示意向前的伟大绿灯触到水底,
> 我发现我的耗尽
> 是世界之光。
>
> 地球不是地球
> 如果我的眼光在月球上,
> 她的酷似者陷于
> 空白处的刹那间——
>
> 口是心非,
> 向所有男人开放,不忠。
>
> 经过如此多的千年,

喀耳刻,
你是否已厌倦于
把猪变成猪?

我如何取悦你,
如果我不是男人?

为了生存我已变得瘦骨嶙峋——
我曾希望我离开大地时
会比来时年轻。

年龄是我们不能把它
从拖把上抖掉的舱底污水。

年龄走在我们脸上——
在隧道的尽头,
如果信仰可信,
我们的肉体就会变得更轻。

  这首诗确实有其开放性,但其核心里有一种绝不妥协的无魅力的特性,正是这核心的中性静止与表面某种更宽容和更有魅力的东西的结合,使得它与洛厄尔早期作品中最可爱和最奇异的一个时刻保持延续性。我指的是《楠塔基特贵格会教徒墓园》有关沃尔辛厄姆的那部分。在该部分,静止的中心是在圣母雕像的面孔上,它"无表情,表达上帝"。在这不可爱的枢轴周围,海洋的众交响曲汹涌轰鸣,而就它们终极的骚动效果和悲剧效果而言,它们依赖雕像的宁静甚于依赖词汇的联合乐器。那面孔如同一颗星,它的光亮永远是在抵达的时刻,它是一个能量源。至于为什么这座圣母塑像会进入这首诗,则可以在理智上通过把她与食肉性的、加尔文主义的、溅血的鲸鱼加以对照来解释;然而,从诗学角度讲,我们能感到它的正确性,因为它是一个关乎情绪效果的问题,是它的时间和地点安排的结果。它所提供的,是 T. S. 艾略特在《小吉丁》中想提供的。艾略特曾在给约翰·海沃德的信中说:"我觉得,整首诗的缺陷,乃是缺少某种敏锐的个人回忆(当然是不需要阐明,而是从表面下的深处产生力量)。"而读者在《楠塔基特贵格会教徒墓园》有关沃尔辛厄姆的部分找到的,正是这种来自表面下的力量感,没有任何阐明的必要性。

我离题了,而这是因为我想说明《日复一日》中最好的诗的优点,源自它们也同样是由"敏锐的个人回忆"的能量的涌起支撑的。然而回忆本身并没有任何神秘,因为它来自最近的过去或刚快速离去的现在:不可思议的是这样一种感觉,觉得置身于一种躁动的平静区,处于一种完全淡定的情绪平静中,一种与图表负值的无限冷漠和图表正值的无限安宁拉开均匀的距离的状况。在他发挥得最好的时候,洛厄尔可以为这个点找到坐标,然后在一种既不是停滞也不是危机,比停滞更有动力、比危机更少危险的状态下发射信号。在较缺乏灵感的时刻,这种真诚的冷漠是仿造的:取而代之的是,我们遇到一种不懈的词语决心,决心要获得令我们晕眩的注意——这种情况,常常发生在那些收录素体十四行诗的诗集中,足够使阅读它们的经验变得迷失方向。

但是我们刚读过的诗歌,就其本身而言,完全没有迷失方向的东西,不管它所说的关于年老和终结的话多么使人不安:"年龄是我们不能把它/从拖把上抖掉的舱底污水。"拒不接受、成熟、头发灰白、恼怒——全都在那里，在咬字吐音中，从"年龄是……舱底污水"这有着浓郁果味的腐败连同其乳蛋糕似的元音和胶质化的辅音，到"我们不能……从拖把上抖掉"带来的震颤和无效的气力。这是同时令人陶醉又解酒的，它恰恰是这样一种智慧，可用来证明前面所宣称的达到近于超自然的清澄："我发现我的耗尽/是世界之光。"这首诗做到了从《力士参孙》结束的地方"激情耗尽，心灵平静"开始，并继续前行。相对于萨缪尔·高德温世界末日式开头的世界而言，这是诗歌的反世界。与德里克·马洪的《众生》中那个说话和"知道太多了再也不想知道更多"的后现代声音不同，洛厄尔的尤利西斯保存着某种终极启发的快乐。虽然但丁的尤利西斯的忠贞在他看来可能会显得头脑简单，而丁尼生的尤利西斯的辞令则会显得不可信，但是这个老资格的性欲斗士的全知叙述语调并不排除进一步寻找刺激的可能性。如果说那些节拍的起伏并没有带着任何汹涌已久的伟大承诺，它们同样也没有取消任何对重新接受经验带来的震荡的期待。

这一切都代表着一种充分发展的风格的再现，该风格曾在十五年前的《为联邦死难者》中把酸题材变甜。① 那本诗集中，在诸如《水》和《老火焰》这类"敏锐的个人回忆"的诗中，以及在那首叫作《中年》的有着看似不经意的光泽的诗中，洛厄尔放松了坚决对抗的方法，该方法曾是他在《生活研究》中孜孜以求的。成为大部分早期作品特色的那种随时准备战斗的姿态，被一种依然警惕和神经质但不那么野性或紧张地瞄准的心境取代。

《为联邦死难者》的这种"放松"的诗歌，预示了《日复一日》中最好作品的成就。它唤醒而不是修理。几个笔触，一个标记法，一次激励和

---

① 这里是指他风格的变化，尤其是下面提到的心境，使原本的酸题材（故要用激烈抵抗的姿态）变甜（姿态变了，不那么野性和紧张了）。

一次敬礼,诸如此类的信手拈来的方法,是典型的写作方法,而这种写作方法本身并非仅仅是信手拈来的标记法:一个个谜一样的小单位被提升,进入诗歌的状态。这些诗在很大程度上是事件而不是对事件的记录——如同《1961年秋》这首惊人地言简意赅和赤手空拳的诗所表明的:

> 整个秋天,核战的
> 擦伤和震动;
> 我们谈过我们被灭绝。
> 我游泳如一尾米诺鱼
> 在我工作室窗后。
>
> 我们的结局渐渐移近,
> 月亮升起,
> 焕发恐怖之光。
> 心境
> 如同玻璃钟下的潜水者。
>
> 父亲根本不是孩子的
> 挡箭牌。
> 我们就像一大堆野蜘蛛
> 齐齐痛哭
> 但无泪。

在这样的时刻,洛厄尔的诗歌漂亮地与其场合相称。它不炫耀它的文学肌肉。它的语调是不强调的,然而它源自某种智慧,这智慧知道自己不可或缺,恰如它把自己视为理所当然。我认为,洛厄尔的权威终于安居于这种自我否认,这种准备就绪的状态,也即不是去强征诗歌事件而是让他的洞见讲述自己谜一样的真理:

> 年过五十,我们带着惊讶和某种
> 自杀式的赦免感
> 领悟到我们想做和做不到的
> 可能未曾发生过——
> 因而必须做得更好。

不倦的蹄声：西尔维娅·普拉斯*①

*T. S. 艾略特纪念讲座第四篇，肯特大学，1986。

西尔维娅·普拉斯的《爱丽尔》及其群星似的抒情诗的伟大吸引力，是那难以抗拒的特定感。在她的诗歌中有一种固有的不宣而至之感，惊骇的存在之感。这些诗都是迅速写就的，使读者觉得它们对自己的生成也颇感意外。在它们背后，有一股非如此不可的压力；一组意象跃入存在，跃入运动，仿佛听命于一个心血来潮但不可以不理的指令。它们代表着意象派风格的极端扩张，庞德曾把这种风格描述为在瞬间表示一种情绪与理智的复合体。它们的变形速度和变形热望是由它们自己的联想力量的逻辑推进的，而它们奔向它们的元素里固有的任何结论。这些诗是它们自己的冲动的载体，而收录它们的这本诗集的标题不仅要令人想起莎士比亚的纯洁精灵，而且要令人想起一匹脱缰野马的奔腾，这是完全正确的。它们充满自身的振奋，那是一颗心灵以某种嘲弄的精神从事创造活动时的振奋，超越那个受苦的个人。它们毫不犹豫地运动，并夺取被听到的权利；它们，这些诗，而非诗人，才是我们要关注的。用洛厄尔的话说，它们是事件而不是对事件的记录，并因

① 作者对本文作了删节。

此代表了西尔维娅·普拉斯的浪漫抱负的胜利,这个浪漫抱负就是要使表达力与充分实现的自我达成一致。舌头陶醉地活动,担当起管辖者的角色;它找到了源头,在那里固定的群星被反映,从那里群星传送它们即兴而古怪的可靠的信号。

但在这一切能够发生之前,普拉斯的舌头本身是受格律、节奏、词源学、谐音和跨行的准则管辖的。即便她丈夫没有向我们展示她作为服从的初学者的形象,我们也可以从她早期诗的程序推断出这点。"早期诗写得很慢,"特德·休斯告诉我们,"同义词词典摊开在她的膝盖上,用她那很大很奇怪,如同马赛克的手写字写,每一个字母都独立站在作品里,本身就是象形文字……每一首诗都完全从它自己的根茎里生长出来,以费尽心思、缓缓挪移的方式,仿佛她在解决一个数学问题,咬着双唇,给同义词词典书页上每一个引发她感触的词周围圈上浓墨水。"那应是50年代末,当时西尔维娅·普拉斯正在为那本将于1960年在英国以《巨人》书名出版的诗集做准备,在准备过程中,她逐渐把诗歌注意力转向内心,并找到了一种独特的自我探索的方法。

这种方法的基础,有时候是把个人经验寓言化,使它变成象征或图标,有时候是把自传成分和神话成分混淆起来。两首根据她阅读雅克·库斯托而写的诗《五英寻深》和《罗累莱》,是后一种程序的典型例子。它们取材的自传成分包括她父亲在她八岁时逝世,之后一家人从海边迁往内陆,再之后,如同普拉斯在《海洋1212-W》[①]中所说:"我生命的最初九年把自己密封起来,如同瓶子里的船——美丽、难以企及、废弃,一个很好的、白色的、飞翔的神话。"自传因素还包括承认她1953年8月企图自杀,并且显然也有所承认事后接受精神病治疗,而这是有

[①] 这是普拉斯的一篇回忆文章,标题是普拉斯外祖母的电话号码。

意识地尝试自我理解和自我更新。但这一切都隐藏在这些诗本身的文学方面和神话方面背后，而这些诗都是成熟的技能的产物……

我在她的诗学历程中看到三个阶段，它们似乎能够说明诗学成就的三个等级，而鉴于我总是觉得阅读华兹华斯的一个著名诗歌段落，并把它视为这三个阶段的寓言，是很有启发的，因此我特别想在这里，尤其是在谈论西尔维娅·普拉斯的诗歌生涯时引用这段诗。华兹华斯这段诗写的是他年轻的自我用手指打呼哨，以唤起猫头鹰，让它们回应他；但这段诗难忘地唤起他受整个自然世界的力量影响的某些时刻：

> 有一个男孩；你们很了解他，你们，
> 维南德的悬崖和岛屿！——很多时候，
> 在黄昏时分，当最初的星星开始
> 沿着群山边缘移动，
> 升起或降落，他会独自站立
> 在树下，或闪烁微光的湖边；
> 那里，十指交缠，双手
> 手掌紧扣着，贴着嘴巴，
> 他情绪高涨，仿佛通过一件乐器，
> 开始向沉默的猫头鹰吹起模仿的叫声，
> 好让它们回应他。——而它们会从
> 水流淙淙的山谷对面呼喊，再呼喊，
> 回应他的叫声——带着颤抖的欢笑，
> 和长长的嗨呀喔，和尖叫，而回声巨大
> 重重复重重；快乐的喧嚣

嘈杂地汇集！而每当出现寂静的停顿，
例如他最好的技巧出了故障：
然后有时候，在那寂静中，当他一动不动
倾听，一阵有点意外的温柔震动
就会把山中急流的哗啦声
带进他内心深处；或一片可见的风景
会不知不觉浸入他的脑海，
带着它庄严的形象，它的岩石，
它的树林，还有那个被纳入平湖怀中的
不确定的天空。

　　诗人的首要任务——如果允许我继续把这段难忘的诗寓言化——乃是学会如何交缠他或她的双手，以便发出清脆的口哨声。这看似是一个极小的成就，然而你们之中那些还记得曾试图发出清脆口哨声的人，也应该会记得最初发出声响这一动作本身蕴含的满足感和正当性。这样，那些在教室后座和公车后座学会用拇指吹口哨，模仿小号和猫头鹰叫声的人，就会乐于仅仅为了吹和叫本身而反复地、忘我地、不倦地表演这一绝技。这是原初的创造行为，在口头/听觉领域相当于触觉/可塑领域的儿童小泥饼，并且，如同早已广为人知的，生命中一份主要的快乐就是当我向你展示我做的小泥饼时，你也向我展示你做的小泥饼。在这个比喻中，小杂志可被视为猫头鹰仿叫声的回音室或小泥饼生命的陈列室，而很多诗人的写作生涯都是开始于和结束于这样一些诗，它们无非是在天真的原始兴奋中喊出："听着，我能做到！看它做得多好！而且我还可以再做！知道吗？"

　　西尔维娅·普拉斯的第一本诗集里有几首这样的诗，音调优美，半押韵的,谐音的。在这些诗里,她富于技艺意识的手指交缠着,并举到一个小心懂慎的角度,她的诗学呼吸均匀地、从容地吐纳着。当然,这不是《巨人》中唯一的一种诗,但这种诗是最直接地显而易见的;在每一页,都有一个诗人在提醒我们,她已获得她的证书并深谙她的手艺。她暗示说,跟我一起细味吧;难道这不是很出色吗?而细味诸如《岩港拾贻贝者》这样一首诗中那沉郁的、带着大海节拍的音乐,确是一件乐事:

> 我来时那些
> 充分利用科德角的光的
> 水彩画家们还未到,那光把沙砾
> 擦亮成棱边水晶
> 并把三艘搁在河流那向后收缩的尾巴的
> 岸沿上的小渔船的钝船身
> 涂成暗黄色
>
> 并擦拭出光泽。我是来寻找
> 免费鱼饵的:蓝贻贝
> 在生满草根的潮汐水坑边缘
> 聚集如灯泡。
> 黎明的潮水低落死寂。我闻到
> 泥臭味,贝壳内脏,海鸥食剩物;
> 听到一阵硬壳似的奇怪抓扒声
>
> 静息了,于是我走近一个

凹陷池床沉寂的边缘。
一个个贻贝挂着,暗蓝
而显眼,然而仿佛一个
阴险的世界使劲把带铰链的大门
朝我关上。一切静止不动。
虽然我只数了几秒,

但已经过了几个年代,足以获得
在那个正注视着我的
波浪状的理想世界里
安全通行的信心。青草伸出爪子;
从下面挤上来的小泥球
移开它们的圆顶,如微型
骑士摘下他们的头盔……

  这是一首讲究音节的诗,每行七个音节,每诗节七行;它缓缓移动如螃蟹,如特德·休斯在谈到她早期诗的写作时所形容的,步步精妙。移动是平稳的,发展的,有目标的,然而我们也被鼓励去在这"波浪状的理想世界"里犹豫,以及欣赏诸如"一个个贻贝挂着,暗蓝/而显眼,然而仿佛一个/阴险的世界使劲把带铰链的大门/朝我关上"这样一些诗句的初纺的质地。我们被邀请去如此轻微地迁就诗人,以允许她把目光从螃蟹的水平升起一点点,达到古头盔的高度。"古头盔",一个骑士时代的词,圆鼓鼓,金属制的,它使我们的目光移离该物件千分之一秒。我们当然乐意如此完全地分神,而这首诗也并非如此狂热地专注于它自己的目标,以至无暇抓着我们的手肘,指给我们看它自己的语言庄园的富饶。事实上,读者的快乐恰恰来自这种参加语言观光的感觉,其间旅游的趣味既是观赏导游津津乐道的事物,也是细味导游的词汇。

就这样,这首诗忙着它自己的事情,而它的事情也像螃蟹的事情一样,并非"无目的地拨弄";但也不是绝对心无旁骛的,直到最后几个诗节为止……

> 在密集青草那高高的
> 通风的屋顶上我找到
> 招潮蟹的外壳,
> 完好,奇怪地迷失在
>
> 它的淤泥世界之上——绿颜色
> 和内脏已在某处被烈日
> 和风漂白并吹走;
> 无从知道他是
> 作为隐士死去或自杀
> 或作为任性的哥伦布蟹①死去。
> 蚀刻的蟹脸僵在那儿
>
> 扮怪相如骷髅扮怪相:它
> 有一种东方的表情,
> 一个在一颗虎牙上镂刻的
> 武士死亡面具,更多

---

① 哥伦布蟹,意为探险的蟹。

不是为艺术而是为上帝。远离大海——
那儿有红斑蟹背、蟹爪
和整只整只死蟹,它们潮湿的

肚子苍白而向上翘,
在波浪那溶解中的翻转
和再翻转上,表演它们
凌乱的华尔兹舞,一点点
把自己丧失给它们友善的
元素——这件遗物保全了
面子,去面对白脸的太阳。

当我们看到这个离群的旅行者,这只"任性的哥伦布蟹"的外壳时,我们能感到某种活跃的东西……那骷髅意象,那死亡面具,在这里都奇怪地富有生命力。真正恶毒的是那个大海,它充满"蟹爪/和整只整只死蟹,它们潮湿的/肚子苍白而向上翘,/在波浪那溶解中的翻转/和再翻转上",表演它们"凌乱的华尔兹舞"。我们不必知道西尔维娅·普拉斯1953年的企图自杀和她决心自我更新的志业,也能在这首诗的结尾里发现一出生存戏剧,发现如何在冥河的诱惑的翻滚和浮沉之上拼命抓住一道干燥的岩架。而从诗学角度看,令人信服的是这一切都得到一种能量的保证,这能量不是靠个人意志凝集的。它的安排似乎"更多不是为艺术而是为上帝"。仿佛普拉斯在服从其想象力的口授和全神贯注于死蟹时,她也在引导自己——在诸如《词语》这样的诗中——朝着她终将获得的那个干燥坚硬的高度进发。蟹壳是一个艺术形状和一个护身符,是我们在一个比美丽地描绘的"贻贝……聚集如灯泡"更深的层次接受的东西。贻贝是用小心谨慎的手指发出的文学意义上的猫头鹰叫声,但那蟹壳唤醒我们身上的猫头鹰生命,在我们心灵的薄暮时分召唤回应的叫声,并把这首诗带进华兹华斯的叙述中所隐含的诗学成就的第二个层次。

当山谷充满了回应男孩口哨的猫头鹰的真实叫声,我们便有了经典意义上获授权的诗人的形象,他已超越了练习弹琴指法,他就像华兹华斯在《序言》①中所说的,欢欣于他自身的生命精神,喜悦于思考宇宙发生的事情中所显现的相似的意志力和激情。这代表了互相关联的诗歌,对读者产生连锁反应的诗歌;这时,诗人的艺术已找到了途径,通过这些途径完全属于个人的题材和情感需要都可以成为读者的共同拥有物。这,在其最一本正经的时候,就是那古老的"常常想到但从未如此清晰表达过"的东西。在其最丰富的时候,它凭借一绞绞语言纱线编织成一个梦幻之网来运作,这梦幻之网把心灵与心灵联结起来,以达到弗罗斯特所称的"澄清"的效果,"片刻阻止混乱"的效果——也恰恰是发生在《岩港拾贻贝者》结尾的那个时刻。

特德·休斯曾写过文章谈论西尔维娅·普拉斯如何取得突破,进入她更深的自我和她的诗学命运:他把她写作中的关键时刻定在创作那首叫作《石头》的诗的时候……这是她旅程的中途,她实践庞德——例如《诗章》第一章——隐约预示的那种诗,也即第一个声音通过乞灵于经典的相似物或传说中的相似物,而扩大它的发声的幅度。这些诗是安详地属于它们的时代的,因为现代主义的常用手法和心理学的洞见都是以一种极其个人却又完全唾手可得的措辞传递的。例如,当我们读《榆树》开头的诗行,我们自己的梦中枝丫上的猫头鹰便开始以老

---

① 指华兹华斯《抒情歌谣集》序言。

相识的方式打招呼：

> 我知道底部,她说。我用我的大轴根知道：
> 它就是你害怕的东西。
> 我不害怕它:我在那里待过。

在他编辑的《诗合集》中,特德·休斯为《榆树》提供了一个脚注,以及这个深深地摇摆不定的最后版本从中脱胎的一个早期草稿。她还要在二十一张作业纸上改来改去,因此以下版本仅代表休斯所称的"不成熟的结晶化"。(引发这些诗的那株无毛榆生长于普拉斯和休斯居住的屋子外一座有深沟围绕的史前高墩的墩肩上。)

> 她不安心,她不平静;
> 她在我小山上搏动如心脏。
> 月亮被钩在她错综复杂的神经系统里。
> 看见它在那里我很兴奋,
> 好像是她为我逮住了什么。
>
> 夜是一个蓝池;她非常宁静。
> 她中心宁静,非常有智慧的宁静。
> 月亮被松开了,像一个死东西。
> 现在她自己变暗,
> 没入一个我完全看不见的黑暗世界。

这个不温不火的外部声音与最后版本"我知道底部,她说"的声音之间的强烈对比,是骇人的。草稿是分析性和无动于衷的,是自我围绕着语言的表面在打量。事实上,普拉斯在这里做的,是把她已在另一首名副其实的树诗中已达到的种种见解组合起来。那首树诗叫作《月亮与紫杉树》,它是由特德·休斯命题的,休斯在其《西尔维娅·普拉斯诗歌编年次序札记》中写道:

> 有一天凌晨,在黑暗中,我看见满月落在院子里一棵巨大的紫杉树上,我建议她就此写一首诗。中午时,她已写好了。它使我感觉非常沮丧。我隐隐感到,任何诗似乎都必须是那些掌控我们生活的力量所发出的陈述,必须是我们的终极痛苦和决定所发出的陈述,才能够成为诗。

《榆树》显然来自一个相似的地点,来自西尔维娅·普拉斯的终极痛苦和决定,但进入该地点要等到这样一个时刻才会发生,也即恰当的节奏开始在她的舌头下转动,句子的声音开始翻滚,如诗歌声音的飞轮。"夜是一个蓝色;她非常宁静;/她中心宁静,非常有智慧的宁静"的无效扑拍如同诗歌的鸟儿在智力的窗玻璃上挣扎,明知道需要往哪里去,却找不到门路。但是,一旦新诗行开始奔出,那窗玻璃便奇迹般撤走,深邃的自由便带着毫不费劲的穿透力俯冲入蓝池,进入那中心:

> 你是在我身上听到大海,
> 它的不满足吗?
> 或是虚无声,你的疯狂?

> 爱是影子。

你怎样跟在它后面撒谎和哭泣。

听着:这些是它的蹄:它已远去,像一匹马。

这里也是另一个高度成就的标志的戏剧性证据,这个标志就是来自她总著作不同部分诸多富有想象力的恒定事物的交织。这些蹄与奔逃的爱丽尔的蹄有关,如同它们也是《词语》中幽灵般的蹄声的预先回音。

那棵榆树发出一种榆树般的意识;它以树语交流:"这是下雨呢,这个大嘘声。"但是那棵榆树也述说诗人的意识。令人振奋地出现在这首诗中的,是声音的突变;它从相对冷静的文学表演,意识到它的行为是暂时代替一棵树,逐渐发展到转向内心并不断加剧。在中间某处,在诸如以下诗节之间:

我遭受落日的暴行。
烤焦至根部,
我的红灯丝燃烧和站立,一只电线手

——在这乐趣无穷的模拟与以下更骚动不安的表达之间:

我被沉睡在我体内的
这黑暗事物吓坏了;
整天我都感到它那柔软、毛茸茸的辗转,它的恶意

——在这两节诗之间,这首诗把自己——还有诗人、读者——从圆通、可估计的写作的领域,带往较任性、较不按规定的不可估计的领域。

因此，难怪我们在特德·休斯1970年的札记中读到他认为《榆树》开启普拉斯的最后阶段，而我在前面曾试图把这个阶段的诗形容为仿佛在某种难以预见但完全无法拒抗的命令的要求下跃入存在。

现在我希望以华兹华斯那个段落的措辞来重新探讨这些最后的诗。我发现那个段落暗示了第三种类型的诗歌，这种诗的绝对职责是不妥协地追求诗歌洞见和诗歌知识。我们已经经过了第一阶段，那里诗歌写作本身就是目的，也是焦虑；我们也已经经过了带着社会关系和情感说服力的第二阶段，那里诗中的猫头鹰叫声引发读者的猫头鹰之梦的回应，并"记忆般……袭至"。按照华兹华斯故事的说法，我们已抵达那个男孩不能用他的双手发出任何声响的节点：

> ……而每当出现寂静的停顿，
> 例如他最好的技巧出了故障：
> 然后有时候，在那寂静中，当他一动不动
> 倾听，一阵有点意外的温柔震动
> 就会把山中急流的哗啦声
> 带进他内心深处；或一片可见的风景
> 会不知不觉浸入他的脑海，
> 带着它庄严的形象，它的岩石，
> 它的树林，还有那个被纳入平湖怀中的
> 不确定的天空。

这里，男孩——也就是诗人——的技巧遭到奚落；技巧已经没用了；但是在那受阻的寂静中出现了比猫头鹰叫声更美妙的东西。当他站着，张开如一只眼睛或一只耳朵，他变成印着世界上所有旋律和象形

文字;用来自《序曲》的另一个说法,活跃的宇宙的种种活动在他内心深处引起阵阵回声。也就是说,故事中这部分暗示了想象力可获得的程度,我们感到诗如同一份礼物,不由诗人控制地升降;与意象地窖、梦库、词语贮藏所、真理洞穴建立直接联系——不管是什么场所,总之是一个催生一首像叶芝的《长腿蝇》那样的诗的地点。西尔维娅·普拉斯在具有梦游者般的诗歌确信性的日子里所写的东西,都属于这类诗歌。音调有一种绝对性,词语和词语所代表的一切有一种突然的适得其所性,例如在《边缘》一诗中。这也许是她所写的最后诗篇,也许是倒数第二首,是她在1963年2月5日也即她自杀前六天完成的两首诗之一:

> 那个女人完美了。
> 她死去的
>
> 身体露出圆满的微笑,
> 希腊式必要性的幻觉
>
> 在她涡卷形的托加袍中流动,
> 她赤裸的
>
> 双脚似乎在说:
> 我们走了这么远,现在结束了。
>
> 每个死婴孩都蜷缩,如同白蛇,
> 每个都就着一个

小奶壶,现在空了。
她已经把他们

抱回她身体里,如同玫瑰
花瓣闭合,当花园

变硬而气味
血一般从这朵夜花甜蜜的深喉里流出。

月亮没有什么可悲伤的,
从她那骨头风帽里凝视。

她已习惯于这类事情。
她的黑衣服噼啪响,拖曳着。

　　这里是一种客观性,一种完美的节俭诗行,一种早就在等待这首诗降临的迅捷而手巧的时空标记法。帕斯捷尔纳克宣称的才能特性之一"在白纸面前的勇敢",在这里再明显不过了。这首诗那增强的素质,它那不能安抚的陈述语气,模拟了那女人之死的定局。虽然诸如墓中物品和婴孩如花瓣被抱回这类安慰人的意象也获得应有的进入权,但是整体气氛是停尸间的气氛。戴骨头风帽的月亮和赤裸的双脚都有某种冷森森的静止重量的实在性。阿奇博尔德·麦克利什的《诗艺》的要求从未如此彻底地实现:

一首诗应可触摸而缄默
如一个球状水果，

喑哑
如旧奖章对大拇指……

一首诗应是等于：
而不是真实……

一首诗不应指谓
而应就是。

《边缘》有一种缄默、可触摸、相称的"就是"，它坚持要我们把它当作一样本身自足的事物来读，而它确实也是如此。但它也是未有定论的别的东西。极端地说，是自杀留言。也许是一次宣泄和防御行为，也许是一次准备行为。换句话说，这种诗的"就是"，不断被各种意义挤压着，这些意义从西尔维娅·普拉斯自杀那一刻起就涌向它。哪怕是任性地脱离同伴的死蟹这样的意象，事后也被游说去担当自杀进程的情节。我宁愿把蟹的意象读成我认为该诗要求我们去读的意思：这是一件保全了面子的遗物，一个护身符，帮助主角去面对白脸的太阳，一种艺术的热诚，旨在以可能有益健康的抵制去抗拒死亡愿望那毁灭性的拉力。我还想争辩说，普拉斯后期著作最有价值的部分，是痛楚与拥抱遗忘被扭成某种屈从或至少被抒情冲动本身那本质上是愉悦人的力量维持在片刻的平衡中。一首像《爹爹》这样的诗，无论怎样承认它是一首精心杰作，也无论它的暴力和报复性怎样因诗人与父亲的关系和诗人的婚姻关系而可以被理解或被原谅，它依然如此纠缠于传记环境和如此肆无忌惮地在别人的悲伤的历史中横冲直撞，以致它根本就透支了它获取我们同情的权利……

从诗歌角度看，普拉斯的作品并没有任何缺陷。也许最终使它受局限的，是自我发现和自我定义这个主导性主题，尽管这个问题必须被理解为一场针对抑郁症和自杀这个黑洞的勇敢不懈的战役。我不是说自我不是诗歌的合适角斗场。但我相信，最伟大的作品产生于达到某种忘我的时候，或至少可以说，普拉斯未获得充分的沉着冷静。例如她对神话的运用，往往倾向于把原典最广泛的暗示局限于具体应用到她自己的生活中。这在她诗歌生涯早期尤其明显，而不适用于诸如《榆树》这样第一手的"神话般"场合。不过，她知识丰富的文学才智从未停止过审视特定的情感和传记材料，看是否可以把它翻译成与文学或传说相似的措辞。在像《爱丽尔》这样的诗中，回报是显而易见的：原典既吞没传记时刻，也被传记时刻吞没，没有给人以甲凌驾乙的感觉。然而，在《拉撒路女士》中，原故事的文化共鸣被用于猛烈的自我辩白的目的上，使得知识的超个人维度——而神话一般都提供这种超个人维度——被冷落了，取而代之的是对诗人强烈的个人需要的重视。

但即便我们寻找一个方式来表达我们认为是局限的东西，我们也没有忘记诗人的年轻，没有忘记恰恰是那些"强烈的个人需要"使她的作品获得前所未有的强度和烫伤。她的诗作已经属于传统，而这不只是因为它们满足了我在文章开头所描述的诗学需要——对音调、言辞和戏剧性角色扮演的种种考虑——而且还因为它们显然是她的生命的行为，用布伯的话说，是使有效的力量源源流出的词语。它们证明了华兹华斯在《抒情歌谣集》1820年版序言中关于诗歌知识如何被表达出来的奇妙说法中所包含的真理。华兹华斯的说法是我所知道的关于艺术卓越性与真理之间、爱丽尔与普洛斯彼罗之间、诗歌作为冲动与作为对生活的批评之间难分难解的关系的最佳表述。以下引文包括一个也许太过熟悉的句子,并且也许显露了某种句法上的过劳,但是它涵盖了许多重要的领域:

> 我并不是要说,我写作时永远有一个正式地设想好的明确目的,但我相信,我的沉思习惯形成了我的情感,因而当我描写强烈激起这些情感的东西时,就会显得好像带有一个目的。如果我这个意见是错误的,则我就没有资格被称为诗人。因为所有好诗歌都是强烈情感的自发外溢:虽然这样说是对的,但是任何有价值的诗都绝不是在任何一种题材上产生的,而是由一个人写的,他由于拥有超乎寻常器官的感受力,便也想得久想得深。因为我们持续不断的感情流入,是受我们的思想的改造和指引的,而我们的思想又都是我们过去的情感的代表;还有,如同我们通过思考这些一般代表彼此之间的关系而发现什么才是真正对人重要的一样,我们的情感也是通过这一行为的重复和持续而与重要题材联系起来,直到经过漫长时间——如果我们原本拥有强烈的感受力的话——这类心智习惯就会形成,而通过盲目和机械性地服从这些习惯的冲动,我们就可以描写具有这种本质和彼此具有这种联系的对象和表达这类情绪,从而使得我们说话对象的理解力——如果他处于一种健康的联系状态的话——也就必然在某种程度上受启发,他的感情也就得到改善。

从根本上讲,华兹华斯宣称,重要的是诗人在写作的各个时刻之间给予关注的质量、强度和幅度,是心智在灵感的各个时刻之间给予重视和善加利用的力度和纯度。正是这决定了诗歌行为的终极人类价值。这行为依然是自由的、自我管辖的、自我追求的，但它从它突袭不能言说的东西而猎取回来的战利品的价值，将取决于能言说的诗人在各次突袭之间保持的情绪能力、智力资源和总体修养。

写作的地点[*][①]

[*]《写作的地点》(学者出版社,佐治亚大学,1989)

1. 论 W. B. 叶芝和巴利李塔楼[②]

当我们谈到作家与地点时,一般会假设作家与该环境有某种直接的表述关系或解释关系。他或她成为该地区的精神的声音。作品在形体上和情感上浸透某种风景或海景的气氛,而虽然作家的即时目标可能没有对该地区或民族的背景产生直接影响,但该背景却是可以作为其作品一个显著元素而被感知的。

这种与地区的隶属关系,确实对年轻的叶芝发生了作用,而斯莱戈乡村也大可称为"青年叶芝之乡"。但在这次讲座中,我要讨论的是年届五十以后的诗人叶芝,他建立一个诗歌现实的前哨基地,并把它塑造成一个实际地标;他与地点的关系是一种支配性的关系,而不是一种感激的关系;他的诗创造了一个心灵的国度,而不是相反的和更常见的方式,也即国度创造了心灵而心灵又反过来创造诗歌。

---

① 作者节选了前两章。
② 巴利李塔楼原名巴利李城堡。20 世纪初,该物业的拥有者是格雷戈里家族,成为叶芝好友格雷戈里夫人的库尔庄园的一部分。叶芝购得该城堡之后,弃用城堡之名,改为爱尔兰语 Thoor,意为塔楼。

例如，不妨想想托马斯·哈代在多塞特郡上博克汉普顿村的家。它坐落于树林中，在一个布满小路和支路的网络中央的深处，在古老花园成熟的宁静中，在小窗户、暗天花板、石地板、斜面茅草顶盖的小屋里，哈代的出生地点使人感到一种该地点才有的生活方式。它暗示着一种普通的遗产，一种对韦塞克斯的壁炉世界的坚持。如果它是秘密的，它也不是绝无仅有的。我们认出了那座屋子的内部和外部与哈代视野的中心和圆周之间的和谐。换句话说，哈代的乡村在时间上早于哈代。它等待它的表达。它的民谣记忆，它的罗马-凯尔特暮光和19世纪的曙光，所有这一切都是哈代著作的幻境的一部分，它们已经是固有的，是产生哈代的环境的一部分。他并不像叶芝把其叶芝性强加在其风景之上那样，把哈代性强加在他的风景之上。他行使耐性而不是先发制人，承受被赋予的生命而不是压倒它。哈代的眼睛之警惕和缄默就如同他的出生地背后那个小窗口，他那位泥瓦匠父亲正是透过小窗口给工人发工资的。然而它是一只不引人注目地在其社区里运作的眼睛，如同在墙里运作的小窗口。

或者拿马克斯门来说，它位于多切斯特郊区，是哈代亲自设计并为自己建造的大屋，这大屋表明了他是杰出作家，而不表明他是一个博克汉普顿建筑工人的儿子：这里的象征意义，与叶芝在其写作生涯中一个类似的时刻为自己和妻子修复的那座塔楼的意义是有很大差别的。即使我们从马克斯门与越过田野的哈代出生地形成一条直线这个事实中看出深意，马克斯门也没有寻求纪念碑的地位。它是一座红砖结构的住屋，属于当时流行的样式，并且保持其郊区的端庄。它既拥抱平凡性又体现了平凡性，完全可以作为保护色或隐退处；它显然没有宣告自己或其主人是独创者、开创者、看守者、哨兵或被围困者。

无可否认，叶芝一生大部分时间都是在同样只算是普通的屋子里度过的。他的出生地,也即位于都柏林桑迪芒特大街的屋子,不过是常见半独立式、维多利亚时代中期、有凸窗、有台阶和地下室的住宅,它除了坚固的中产阶级可敬性之外,很难神话化。他在布卢姆斯伯里的公寓和都柏林梅里恩广场的排屋也是如此,该排屋是他写后期塔楼诗时的主要基地。这些住址意义不大,就叶芝的想象而言,不会使它们具有重要性。它们只是一些不会变成象征的建筑物。它们是叶芝会保持其未被书写的自我的地点。

但是基尔塔尔坦男爵领地的一座诺曼风格城堡主楼,那又得另当别论了。它创建于13世纪或14世纪,由德伯戈斯的伟大家族世代相传下来,并在16世纪末被记录在《康诺特书》中。虽然叶芝以三十五英镑从一个政府机构——它有一个很不浪漫的阴郁名字,"人口拥挤区委员会"——购得它,但是对他来说,它保留了其有历史回响的过去的气息,并成为他心灵里的一股核实的力量。它支持了一种态度和一种风格,在他著作中获得一种惊人的第二维度,这维度将最终转化它原来的作为巴利李田野中一处别致古迹的地位。

叶芝于1916年购得该塔楼(作为送给他自己和他的新娘乔治·海德-李斯的结婚礼物),但要到三年后的1919年夏天才与妻子乔治搬进来;但即使是这个时候,该塔楼也不是长住的居所。巴利李塔楼依然是某种避暑别墅,叶芝一家在1919年至1928年间偶尔来居住,之后,他们也完全不来了。当时,叶芝的健康已开始衰弱。此外,在1928年,那本书名叫作《塔楼》的诗集出版了,其续集《旋梯》(1933)也已构思好了。该塔楼如今已如此深刻地进入他的声音那先知式的旋律,以至即使没有在那里居住他也可以乞灵于它。他不再需要住在里面,因为他已进入了他可以靠它生活的境界。

因此，把它称为避暑别墅，着实有点儿不切题，因为该塔楼的首要功能显然不是家庭生活。这是他写作的地点。它是他的歌唱学校之一，一个有其自身重要性的灵魂纪念碑之一。他别的住址不用说都是栖身之所，但是巴利李是一个神圣场所，是内在典雅的外显。该建筑物的姿势呼应了他要达到的姿势。那块固执而一动不动的石头，那城堡主楼垂直的体积和抵抗的轮廓，那同时给心灵和五官带来深刻印象的梦幻形状和无情事实，所有这类感觉的传递和象征的气息都把实际的建筑石变成他希望写出的作品的试金石。而这作品必须成为稳固的行动，去直面老年、死亡和解体中的文明，尤其是他"内心遭受情感的重击"，觉得这文明正在衰微。

毕竟，诗的最重要功能之一，乃是满足诗人心中的需要。达致充足的形式和圆满的音乐，这份成就，在他生命内部具有一种证明正当的效应。诗人生活在某些地平线范围内，如果这些地平线对他产生威胁，则他对创造精湛艺术的稳定性才能的需要就变得更加迫切。因此，我们必须在如此一种不断闪耀的暴力和崩溃的地平线的光照下，来理解塔楼诗和叶芝在这个时期的其他大部分作品。

在1916年他与"人口拥挤区委员会"协商之前几个月，发生了都柏林的复活节起义。索姆河战役亦发生在这一年夏天。俄国革命爆发于1917年。从1919年起，爱尔兰的独立战争已全方位展开，而在1922年至1923年，内战已如此逼近巴利李，以致建筑工托马斯·拉弗特遭枪杀，塔楼外的桥被炸毁，这位最具公共精神的诗人的心灵因意识到个人危险和市政瘫痪而变得阴郁。

在那首用作《塔楼》书名的诗中，巴利李塔楼是一个讲台，他从这个讲台把精神的声音坚定地投射出去。在该诗第三部分，塔楼的坚固性重现于清瘦、精雕、高筑的诗歌形式中；塔楼那令人头脑清醒的轻盈性表现于三重音诗行的升调和跨行中。实际上，塔楼如今已不只是一种具体化的忠诚态度或象征，而且是能量的中心。不可避免地，塔楼继续使叶芝隶属于其英裔和爱尔兰人的社会等级，并选派他扮演一个自我任命的颂词作者的角色。但它也划出了一个原创性的空间，在那空间里发声即是存在。这部分的《塔楼》是如此努力要超越其个人境况和历史境况，使我们不禁想起另一个居住塔楼的远视者赖纳·马里亚·里尔克的狂喜与绝对主义。正是里尔克在其写于 1922 年也即仅早于叶芝这首诗几年的俄耳甫斯十四行诗第三首中宣称 Gesang ist Dansein，歌唱即存在，或歌即现实，这个说法完全可以轻易地作为叶芝卓越的结尾的引语：

> 现在我要创造我的灵魂，
> 迫使它在一所
> 渊博的学校学习
> 直到肉体朽坏，
> 血液慢慢腐烂，
> 暴躁的谵妄
> 或沉闷的衰老
> 或不管是什么更邪恶的事情到来——
> 朋友之死，或每一只
> 令呼吸为之停顿的
> 明亮眼睛之死——
> 都显得只像地平线褪尽时
> 空中的缕缕浮云；

或鸟儿在渐深的暗影里
昏昏欲睡的叫声。

在 19 世纪的巴利李,其中一只令呼吸为之停顿的明亮眼睛,是盲诗人安东尼·拉夫特里[①]在歌中赞颂过的美人玛丽·海因斯。在《塔楼》一诗较早的部分,叶芝都有提及这两人,但是在这个时期的写作中,叶芝始终置身于一个被拉夫特里在其最著名诗篇的最后一节中戏剧化了的处境:

Féach anois mé,
Mo chúl le balla,
Ag seinm ceoil
Le phócaí folaimh.

那就看看我吧,
背向一堵墙,
对着空口袋
弹奏音乐。

当叶芝把自己和他的诗歌安置在巴利李塔楼,他也被推回到了一个极端的位置。他的年纪和时代正迫使他产生一种新意识,意识到他是他自己的孤独主人公,走出来站在极度危险的角斗场上,然后,就在那个逼仄的空间里,猛地升起一座塔楼。不是一株像里尔克致俄耳甫

---

① 拉夫特里(1779—1835),爱尔兰语诗人,被称为"最后的吟游诗人"。

斯第一首十四行诗中那样的树,不是一种自然赋予的奇迹,而是一座层层筑起的、忍耐的、刻意地坚守的塔楼。然而如今它耸立在我们听觉的深处,就如同里尔克想象的歌神俄耳甫斯建筑在聆听的动物意识里的那座庙宇。在这位歌神的歌声传来之前,它们的耳朵充满了卑微、不自信的动物性的生活,简陋的茅屋充满了普通言语和没有诗意的杂乱无章。但是他的歌声带来奇观:

一株树在那里升起。啊,纯粹的超越!
啊,俄耳甫斯歌唱!啊,耳中的高树!
一切事物屏息。然而就在这寂静中
一种新的开始、示意、改变出现了。

沉默的动物从明亮、无边际的森林里,
从它们的藏身处和窝巢里爬出来:
不是因为任何愚笨,不是因为
恐惧,使它们自身如此安静,

而仅仅是因为聆听。咆哮、怒吼、尖叫
在它们心里似乎太小了。而就在曾经只是一间
它们接受这音乐的临时茅屋的地方,

一个从它们最黑暗的渴望中搭起的栖身之所,
连同一个在风中战栗的入口——
你建立一座庙宇,在它们听觉深处。

(斯蒂芬·米切尔英译)

意识到听觉深处耸立一座庙宇,一座无可否认的音响建筑物,一个书写的拱形结构,一个稳固、适得其所和难以移动的诗学形式,这乃是叶芝给予我们这个世纪的伟大礼物之一;而他有能力获取这种意识,很大程度上源自巴利李一座古老的诺曼城堡的"示意""新的开始"和"纯粹的超越",那是一个直到它成为一个被书写出来的地方之后才存在的地方。

然而我们不应仅止于此,因为叶芝本人并不是仅止于此。他的另一个礼物,是他自己有勇气去追问耳中这座强大地组建的塔楼的最后价值和可信性——因为充分实现的诗歌的一个标志,乃是它绝不回避充分地觉醒的才智所能提供的一切挑战。例如,《万灵夜》的最后一节代表了叶芝那受过塔楼磨炼的心灵可以调动的一切积极力量:他祈求集中精神,本身就是专注和闪亮的,带着一种内向、自我照耀的激情:

> 这样的思想——这样的思想我这样紧抱不放
> 直到沉思把它各部分都融通,
> 没有什么可以经受我的目光
> 直到那目光不顾世界的看法
> 奔向下地狱的灵魂把心号叫出来的地方,
> 奔向受赐福者起舞的地方;
> 这样的思想,我在它的束缚中
> 不需要别的东西,
> 在心灵的漫游中受伤
> 如同木乃伊在木乃伊裹布里受伤。

我谈论这种有中心、有目的的写作,是因为这是我们在叶芝诗中最直接地感到欢欣的东西。这里,信念恰恰就流露于那些寻求信念的文字中,耐力则由诗人强烈表达他需要耐力的措辞显现出来。但是,如同理查德·埃尔曼坚称的,这门艺术的信誉最终是由叶芝随时准备怀疑其有效性提供担保的。他对根基的渴望产生的巨大力量,本身就应引起我们警惕,警惕潜伏在它下面的无根基。叶芝最伟大的胜利,是他既可以承认这个可能性,又能坚持绝对相信艺术创造的价值。在一首诸如《人与回声》这样的后期诗中,这位塔楼居住者那自夸的隔绝状态,在面对受苦的本性那不适应的呼喊时,是无助的。人的平静显然遭受他自己怀疑的心灵那带嘲弄的回声的打击,但终极而言它最容易遭受的,乃是一只受伤的动物痛苦的尖叫的打击:

> 但别出声,因为我已失去主题,
> 它的欢乐或黑夜似乎只是一个梦;
> 在那上面某只鹰或鸱枭出击,
> 从天空里或巉石上俯冲而下,
> 一只受伤的兔子在哀鸣
> 它的哀鸣声分散我的思想。

这门艺术的胜利,恰恰是对抗一种绝望,也即对艺术**作为**胜利这一理念的绝望。然而它还能够从与这种绝望的对抗中攒得些许信任的余地,从而使艺术努力的重振变得可预期。在叶芝的这些最后诗作中,人文主义努力遭到作为空洞的典范的巨轮的蹂躏,而在这些诗那雄伟坚固的姿态背后,我们已能够看到贝克特的主人公不断拒绝继续下去的那种拖着脚步走的、不能抚慰的衰朽……

《黑塔楼》是叶芝的最后一首诗。它以刻意的漫不经心，把一种对立戏剧化。这种对立是，一方面精神具有种种积极的冲动，另一方面心灵则有能力讽刺和嘲弄这些冲动，把它们视为自以为是的虚构。不屈不挠的精神反映于一个古老的意象：战士以站立的姿态被埋葬，暗示他们永恒的警觉和对使他们在有生之年团结一致的事业那誓死捍卫的忠诚。这个讽刺者和诘难者是他们的老厨子，代表一种非英雄的生命力，一种出于生存和自我保护而破釜沉舟的原则。他体现了《库丘林得到安慰》中库丘林作出让步妥协的一切东西，在诗中，叶芝把库丘林送进阴间，使他与"被亲属所杀／或逐出家门，任由死在恐惧中"的"被定罪的懦夫"为伴。然而老厨子的怀疑主义遭到这些民团战士的抵抗；他们坚持岗位，哪怕他们不断受他的谣言和质问的烦扰。他们就像T. S. 艾略特笔下的三圣贤，为了一次含糊的显灵而踏上旅程，耳中老是有声音告诉他们这一切可能是蠢行：

说那古老黑塔楼的看守们，
虽然他们所吃像牧羊人所吃，
他们钱用光，他们酒变酸，
所有皆士兵所需，
说他们都是恪守誓言的人：
不许那些旗帜进来。

那里坟墓中死者直立着，
但风从海岸吹来：
风一怒吼他们就发抖，

山上的老骨头发抖。①

这是叶芝诗歌中最后一次出现巴利李塔楼,它屹立不动,而叶芝站在它旁边。塔楼和诗人都站立着,如同麦克白和麦克白的城堡曾经站立那样,悬于艺术时间中,获得预言的认可。在莎士比亚的戏剧中,麦克白对不可侵犯的庇护所的意识,是建立在神谕的基础上,这神谕是三女巫预言他在勃南树林向邓西嫩移动之前他将安全无事时传达的。另一方面,叶芝给自己写了神谕并在很多有强大穹顶的诗节的房间里创造了一个坚固的空间。但是,就像三女巫含糊其词,以及作为一片树林的世界难以想象地移动,把麦克白逐走。同样地,叶芝那悲剧性承诺和效忠的城堡最终也遭到桀骜不驯的怀疑的打击,也即怀疑所要坚守的事物的终极价值。尽管如此,叶芝这出戏依然以诗人作为麦克白告终,依然在城垛上踱步,仅仅承认勃南周边的震动,但拒绝流露畏缩的表情。那座作为逆境的象征,作为写作的地点的塔楼,昭示了最后一个特征,也即作为荒诞的图标。

2. 论托马斯·金塞拉

如果说保罗·穆尔敦以其广纳博采的长诗例如《航海传奇》和《一个人拥有越多就越想要得更多》重写了叶芝式的航海传奇故事并惩罚了《奥辛的漫游》②的渴望和抱怨的话,那么可以说,年长他约二十多岁

---

① 据约翰·翁特雷克的《叶芝读者指南》,诗中黑塔里的看守者们受到直立的死者的阴魂保护,而虽然就连死者的骨头也在风中发抖,但看守者们依然恪守誓言,忠于他们失去的国王和失去的事业。
② 指叶芝第一本诗集《奥辛的漫游和其他诗》,诗集中的《奥辛的漫游》是一首史诗。

的托马斯·金塞拉则信奉成熟期叶芝的强迫症,也即不能自拔地要恋爱和爱上消逝的事物。自20世纪60年代末起,这位深刻地负责任的诗人便沉醉于个人和民族探究工作,而这是一项缓慢而有目标,英雄似的不偏不移的工作。从他50年代即即当他宣称其目标是追求爱与艺术中的诚实的时候所写的讲究形式、句法紧凑的早期诗,到近期对意识的根源所作的疏朗透孔、半表现主义的探索,金塞拉诗歌的肌肉张力都一直处于完美的井然有序的状态。他大部分作品的主题,都可以在个体生命或目标周边挥之不去的倦怠感和虚乏感中找到,然而作品的音高却恰恰相反,是紧张和有力量的。

从他创作生涯不同时期的两首短诗,就可以看出金塞拉的技术过程和想象过程如何发展。第一首来自1960年发表的一组名为《种种道德》的押韵严密、论断严格的诙谐短诗。该组诗有四个部分,均有挑战性的直白副标题:《信仰》《爱情》《死亡》《歌曲》。在关于爱情和死亡这些标志性的诗作之间的半途,出现以下引诗,叫作《插曲》,独立于组诗:

爱情的怀疑丰富我的文字;我划掉它们。
每个贴切,只有一次。他踏出一条小路
就必须前进,尽管一切关于
死亡、女人、春天的,都重复它们的首次成功。

遭遇"死亡、女人、春天"(Death, Woman, Spring),尤其是首字母用大写,不能不让人想起罗伯特·格雷夫斯关于诗歌神话的入门书《白色女神》;在书中,格雷夫斯详述了他的一个信念,认为真正的诗背后只有一个主题,一个故事,并且只能有一个故事,因为它们全都重述盈年之神与亏年之神为争夺女神允婚而作的永恒斗争中的某段情节。这是以另一种方式表达叶芝在其关于现实的模式中努力要表达的东西,在叶芝的现实模式中有两个互相渗透的圆锥形或螺旋形,一个亏缺至顶点,另一个盈满至基点。这也是丰饶角在空壳中以其负片来显影的另一个方面。这些方案向心灵的眼睛展示了种种认识,要求它去深思,而作为一个无助地承受这种种认识的重负的诗人,金塞拉成功地通过了考验。

他这首《插曲》的第一行把意义之球保持在空中,瞬息间从一堵可能性之墙反弹到对面的墙上,来回越过一个明确地安插的停顿:"爱情的怀疑丰富我的文字;我划掉它们。"他到底是划掉哪些文字还是划掉那些怀疑?如果他是划掉怀疑并保留丰富的文字,则不管是文字还是爱情就没有诚实可言。如果他划掉文字,则他就没有诚实地承认爱情的怀疑是爱情的丰富的必然结果。这是一种他不会被解除的约束,因为此中有一种不能不遵守的理解的纪律。那纪律的声音是金塞拉的缪斯的真实声音;在性欲之爱和家庭之爱、生物生存和精神生存、肉体消耗与恢复和精神消耗与恢复——所有这些被金塞拉不假思索地简单称为"苦难"的东西——的脉络中,这个缪斯始终一而再地在金塞拉诗歌中发出相同的命令。她说,更深些。更远些。别在你的困境的第一个解决办法中休息。那个解决办法也是一个困境。还有吗?"你不说我便不给。再说说看。"①继续前进。踏出小路。

> 爱情的怀疑丰富我的文字;我划掉它们。
> 每个贴切,只有一次。他踏出一条小路
> 就必须前进,尽管一切关于

---

① 语出莎剧《李尔王》。

死亡、女人、春天的,都重复它们的首次成功。

《插曲》在形式上的前辈,可能包括写《独裁者之死》的奥登和写讽刺短诗的蒲柏、多恩和琼森。但我即将引用的下面这首近期短诗在形式上的先辈,则可追溯至爱尔兰早期评注,也即经文抄写员抛开《圣经》的拉丁语解释,转而无拘无束地用古爱尔兰方言在页边写下的简短狂诗。这些诗常常瞥见了一个生物——一只黑鸫或一头海豹或一只猫——或林中一个欢乐时刻。从这位隐士的笔端流露出来的每一次小小的快乐迸发,都暗含某种充满上帝和神授的大自然的光彩。另一方面,在金塞拉的评注式短诗中,则是某种后达尔文的大自然指导那自我,传授不断自我消化的必要性:这是自我创造的一个必要条件,是通灵生活的一个法则,这种通灵生活是可以在生物生活的末端通过类比而分辨得出的。这首诗题为《食叶者》:

在花园中央的矮树丛,
在表面一片叶子上,一只幼虫
扭动半个身体,像一小团卷须,
在盲目的空间里拧来
拧去:周围没有
够得着的枝叶;然后摸索着
自己缩回来,开始
吃它自己的叶子。

这首诗收录于金塞拉的诗集《夜行者及其他诗》(1968)。在该诗集里,他正处于一个离开早期诗的过渡期,早期诗受英国诗歌常规的旋律影响，并在有明确界限的英国沉思诗或诙谐诗的传统内部运作。《夜行者》朝着另一种诗歌迈进，它是开放、现代主义、庞德式的，是反应性和持续发展的，不肯迁就传统诗节表达方式的静态，而是满足于流畅和碎片化，然而绝不把这种方式的随意性误为允许松懈智力控制。金塞拉的诗歌在形式上愈是开放，其对"主题"的痴迷便愈是坚决和完整。面对现代爱尔兰场景的无序状况，他蜷缩，转而进入早期爱尔兰文学和传统素材那富有养分的原创仓库，并发现食叶者以其蜷缩作为解决困境的办法也正是他的解决方案。他在另一处说："我现在依然在吃它，你知道。"还有另一处，幼虫那随着在叶子边缘探索的热情一起波浪般起伏的能量，反映于一个体现求索、创建的意识的形象中："一只可能性的蛆虫，/扭动着摆脱脊柱/进入大脑。"

这几行诗摘自《菲尼斯泰尔》，一首具有强烈的金塞拉后期风格的诗。在诗中，金塞拉刻意采用庞德早期诗章的神话手法，在通灵旅程和文学旅程中掺和了荷马式英雄和奥维德式英雄的冒险。在金塞拉诗中，爱尔兰神话历史例如《入侵书》前面部分所讲述的爱尔兰神话历史，提供了使他的个人诗歌声音得以一路滑行的波浪。金塞拉尤其重视米尔的儿子们抵达爱尔兰，他们不仅是福尔摩人①取代者而且是丹奴之子②的取代者。随着米尔及其族人而来的，是作为他们集体智慧和目标之声音的吟游诗人亚美金，他是爱尔兰岛最早的诗人。金塞拉通过重新挪用亚美金的古老诗行，再次排练在精疲力竭之际重振雄风的母题；发展的震动不自觉地从前世的碎块传来："一只可能性的蛆虫，/扭动着摆脱脊柱/进入大脑。"这个形象是在描述亚美金抵达这块土地并说出预言诗句时所体验的被搅起的力量，而金塞拉挪用这些诗句，以

---

① 爱尔兰神话中早期爱尔兰的半神族人。
② 爱尔兰神话中丹奴神的部族。

便传达他自己被赋予力量的感受。这种同时容纳(在原型组合原则的范围内)当代数据和诗人自己的自传项目的新能力,大大地扩张了金塞拉的诗学疆域并产生一批作品,这批作品标志着不仅是爱尔兰诗歌演化而且是英语现代诗歌演化的一个重要阶段。

这批作品的独特现代性主要与强化埃尔曼指出的叶芝诗中的一个认识有关——也即虚无可以是充盈也可以是空荡荡的。这个认识在一首叫作《母鸡女人》的奇怪的诗中得到充分发挥,该诗的趣闻基础很快就得到说明。在当地一个院子里,在一个宁静、阳光照耀的下午,一个孩子睁大眼睛,以几乎是带着情欲的着迷,观看一个蛋被一只母鸡生下来的过程。整件事以慢动作播放;那个蛋出现在肛门括约肌里,屋里的女人赶过来要接住它,但没接着,蛋掉在一个铁格栅上,碎了,蛋液流入阴沟,浪费了,不见了,失去了,如同一颗种子掉在不毛之地上,如同泄掉的潜力,毁掉的可能性——不管是什么。然而,如同一只麻雀跌落对天父来说是一件无限关切的事情,需要在整个永生中被珍惜,这个掉下的蛋也对诗歌想象力提出绝对要求,并测试这想象力以自己幽灵般的丰富性来渲染那蛋壳的能力:

> 我现在依然在吃它,你知道;
> 有些东西没有终结,
> 虽然你不明白,却会注意
> 并储藏在想象中,可以说
> 是储藏在你生命的蛋黄里,
> 去经历它的(相当动物性的)生长,
> 盲目地分裂,
> 扭曲,挤满意志,

在自己的组织里

寻找也许可供它

醒来的结构。

某种未曾——在其洞穴里

攥紧——成形的东西

现在已是:一个存在之蛋。

穿过似乎是一整年,它掉下

——就像它对我而言依然在掉,

坚实而轻盈,赤金

在其银色子宫里锻造,

鲜活如我的眼黄

和眼白;就像它很可能

还将穿过一个个使我空荡荡的

辽阔而冷漠的空间,

继续掉,直到我死去。

"我只知道看似好但不好的事物。"金塞拉在《夜行者》第一行诗中如是说。而最后一行则说:"我觉得这是失望之海。"他还在谈到他每年在都柏林的家与费城天普大学的教授职位之间穿梭时坦承,虽然他感到愈来愈需要重返爱尔兰,但也愈来愈感到不值得。这一切都与成为他诗歌成就之特征的极端和强索一脉相承。事实上,当叶芝宣称"那些在其写作中最有智慧的人/拥有的只是他们盲目、呆滞的心"时[①],他

[①] "最有智慧的人"也可译为"最聪明的人",这就很容易被误为聪明人是盲目呆滞的。叶芝这里所说的"盲目、呆滞的心"乃是指诗人凭真情写作,不被各种风格或语言的考虑所约束,这样智慧也就产生了。

是在为我们提供一种阅读金塞拉的方式,因为金塞拉发现了一种完全满意的形式来表达他的不满意和不完全感。

这里不是详述金塞拉总著作的连贯性的场所。只需指出一点就够了,也即他咽下丧失——爱尔兰语言中文学的丧失,爱尔兰独立后政治视域的丧失,所有被时间夺走的个人心灵之原始资源的丧失——并把这丧失牢记在一门具有归还力量的艺术中。在他的诗歌里,荒废的地点、重振的地点和写作的地点已彼此毗连——而最能说明这点的,莫过于《他父亲的双手》的最后几行。这首诗的内容包括重述诗人小时候如何常常用锤子把他的鞋匠祖父用来补鞋的小钉子敲进木块里;最终,就连这些微不足道的琐事也被加以利用,变得充满了幼虫般的可能性,被记忆寻回,被专注的想象力孵出第二生命:

> 非凡……那大木块——多年后
> 我在院子的角落里找到它,
> 在雨后的阳光中,
> 又湿又黑,于是把它竖起来:
> 它在我手下翻转,一个光的
> 轴心顺着它的长度闪过,
> 木的软肉裂开,
> 无数小钉
> 扭动并掉了出来。

这种记录的细致和力量是金塞拉诗歌的精髓,这精髓同样表现在暗示的放大,例如当我们把这些扭动的钉子与"一只可能性的蛆虫"和那只扭来扭去然后摸索着自己缩回来的幼虫联系起来的时候。他一生著作的每一个诗歌场合，都被放置在一个深思熟虑的视角范围里。我们会意识到一种强大的客观性才智和一种愤慨的感受力贴紧一个目标，那目标是强烈个人的，但又是作为一个标准和一种提醒而树立的。事实上，金塞拉之所以成为具有代表性的爱尔兰诗人，是因为他的创作生涯体现了叶芝的黑塔楼里民团战士们恪守誓言、没有回报的苦难。在他的作品中，我们可以看到民族的可能性与其诗人的想象力（诗人最初的代表是米尔人的吟游诗人亚美金）之间的古老联系又在一出自知之明和自我测试的现代戏剧中发现它自己。

埃德温·缪尔*

*《诗刊》第 6 卷第 1 期,1989 年 3 月号。

在埃德温·缪尔①的《自传》中,一些最引人共鸣的段落是回忆诗人童年时代在奥克尼体验到的伟大宁静的时刻。一段短短的、关于童年在摇篮里的回忆是这样的:"我正躺在某个房间里,望着一线斜光,斜光中多尘、明亮的微粒缓慢地飞舞和转动,同时某处有一阵低语声,很可能是苍蝇的嗡嗡响。"童年之后,如同他在数行之后所说的,那缓慢、无穷尽地飞舞的感觉,"那深刻而稳固的安静的感觉"就只有在梦中才会再体验到了。因此,并非出人意表地,他最典型的诗,都是以梦幻状态为基础和由梦幻状态诱发的。缪尔的水平,在发挥得最佳的时候,都是涉及进入一种出神的、有点儿像梦游者的意识层面。在诗中,读者因那醉人的气氛而感到满足,但也因那吓人的平静而有点儿忐忑不安。这类我现在就要举例说明的效果,是我所说的他最佳水平的发挥;但他最好的诗,都能把对这类状态的透彻呈现与同时对某种威胁的疑惧结合起来。

再一次,《自传》中的一个早期时刻为我们了解这些更复杂和慑人

① 王佐良先生编选的《英国诗选》译为"缪亚"。

的成就提供了一条线索。他谈到他听到一个农夫死去的消息时感到的恐怖,这个农夫常常从其装着鼻烟的衣袋里拿出糖果给他吃。接着他写道:

> 在一个孩子的心灵中,会有那么一些时刻,他凭直觉感到周围有一个隐藏的悲剧正在发生,那悲剧就是他还要过很多年才会经历的生活,尽管它已经在那里,而他看不见它。

这种对和谐被打破的疑惧,对矛盾冲突进入生活的疑惧,正是我们期待最高层次的艺术会有的东西,而我们期待的,恰恰是它显露在这里的——不是负面数据的大量累积,不是遭到坏证据的攻击,而是凭直觉感到的现实的危险压力,是害怕的事物与渴望的事物的真正较量。缪尔作为一位20世纪诗人的奇怪之处在于,他有足够的自己的经验来使那天平朝着对人类状况进行负面阅读而倾斜,然而他却能够维持他那固有的、正面的性情。他的批评家们恰当地在他把诗歌举到太容易压倒实际生活状况的重量时抗拒他;但是我们也得承认,如果没有缪尔那种习惯性的保持距离,没有他那种把抽象的欢乐与深思过的忧伤结合起来的能力,则他就不可能在材料与圆润的声音之间维持独特的平衡,而这种平衡正是他最出色作品的特征。

然而,读一读诸如来自1937年诗集《旅程与地方》中的《默林》这样的诗,我们就立即发现他正在发挥他最佳的水平:

> 啊,默林[①],在你那晶亮的洞穴

[①] 中世纪传说中的魔术师和预言家,担任亚瑟王的助手。

在日子的钻石深处,

可会有一位歌手

其音乐可以抚平

亚当的手指划过

草地和波浪留下的犁沟?

或一位将赛过人类

长长影子的奔跑者,他勇往直前

突破记忆的闸门

并把苹果挂在树上?

你的魔术可会展示

关在闺房里睡觉的新娘,

日子被其雪堆环绕

而时间被锁在其塔楼里?

  这里,天平上的刻针宜人地颤动。天平的一边倾向于心血来潮和实现愿望,那种可以被沃尔特·迪士尼拍成电影而丝毫不必改编,而且可以把它当作完全与其自创产品没有两样的东西来推销的卫生洁净的幻梦乐园。所有逃避主义的幻想元素都一应具备:魔术师、闺房、新娘、塔楼。然而这些东西的平常性被意象的不平凡性短暂地翻新了。例如"并把苹果挂在树上"含有一种无懈可击的寓意,但作为一个句子它却拥有一种简朴性和意料不到的清晰性,赋予它语言生命所具备,又是诗歌不可或缺的活力和外观。这也同样适用于形容第二行"在日子的钻石深处"和倒数第二行"日子被其雪堆环绕"。这些诗行使平衡离开心血来潮的幻想,朝着某种更人性和强烈的东西倾斜;因此即便这首诗没有使我们置身于罗伯特·弗罗斯特所称的"群星之间的沙漠地带",至少也暗示一种接受性,接受"那宁静、悲伤的人性音乐"。而它是通过诸如"在日子的钻石深处"这样的诗行中那礼拜仪式似的不慌不忙的连串元音达致的。

《默林》唤起的那个安全、明晰的地方,显然与年少的缪尔在家庭祈祷中所跪的地方有关系;正如这首诗的音调肯定与少年的父亲在这类场合发出的音调有某种相似性,那音调在自传中被形容为"某种徐缓的吟唱"。事实上,《默林》给读者的整体印象很可能与这位少年-诗人在听到父亲念出的下列句子时所体验的相同,他宣称他总是在等待父亲念出这句子:"一座非人手所造的大屋,永恒地在天上。"

徐缓地吟唱非人手所造的大屋:自始至终,缪尔创作的诗都接近那种东西。有着稳定格律节拍的诗,例如《戒指》《窗》《玩具马》《忒勒马科斯想起》——这份清单还可以继续列下去。然而这些诗尽管有可取的和谐与温和的积极性,却有点儿太过亲切地把艺术秩序强加在经验的无序上。一片丁尼生的玻璃,例如介于夏洛特小姐①与道路上的车辆之间的那片玻璃,使那个愚钝的世界保持在很远的距离外。并不令人感到意外的是,在《忒勒马科斯想起》中甚至有对丁尼生的无顾忌的效仿:

> 烦恼的织机,烦恼的织机,
> 这任务从早到晚,从年到年
> 渐渐令人生厌。踏板的隆隆声
> 在房间里发出低沉的雷鸣。
> 纺织的幽影迷乱她的视线。

---

① 丁尼生一首同名诗中的人物。

这是醉人的技巧纯熟,并且没有谁会认为一首有着无可挑剔的词语顺序的诗必定会歪曲生活的复杂性。读一读缪尔的诗《战斗》,就足以证明这种过分简单地把词语旋律与精神上或知识上的易受骗上当画上等号是不可信的。然而,缪尔对灵魂不朽的坚信和他对个人痛苦和历史痛苦的如果不是高调也是来之不易的透视,在这些诗中表现为一道过于容易获得的阴暗。这些诗太平静地栖居在被写的地方,在想象的圈子内。它们当然是缪尔个人旅程的红利,但它们是高蹈派的,我对这"高蹈派"的理解是根据霍普金斯在其致 A. W. M. 贝利的书信中的著名定义。对霍普金斯来说,这个术语指的是一种次于有灵感的诗歌的诗歌:

> 它只可以由诗人说出来,但不是最高意义上的诗歌……它是在和从诗人思想的水平上说的,而不是像在别的情况下那样,当灵感……使他上升至他自己之上。

我们在这里还想到奥登对灵感的定义,也即它发生在诗人写得比我们可能合理预期的都要好的时候。刚刚提及的缪尔这些诗,并非这类灵感之诗。它们不是表现整个艺术作品;它们不是通过一种艺术距离来推动个人力量。相反,它们以静止的效率踩在那力量上,创造一支旋律优美的乐曲,并且不是那种耗时费力意义上的旋律优美。它们使我们有点过于毫发无损地返回那微粒照亮的摇篮的静止和那充满吟唱的成套祈祷。

事实上,它们把我们打回伊甸园;并且,如同彼得·布特在其研究缪尔的著作中正确地坚称的,伊甸园作为一个目的地在诗歌上的回报,不如伊甸园作为出发点。从那里开始,诗歌想象力向外冒险进入那堕落时代,是回报最丰厚的;当它站着,只有"一只脚踏在伊甸园里",其规划是最有力的,其成果也是最令人振奋的。在那首以《一只脚踏在伊甸园里》为题的诗中,很相称地,缪尔的音乐把原始的歌曲吟唱与现代世界有差异的、陌生化的精确度结合起来。格律所做的是一件拖运的工作;韵式如同一个滑轮系统,在那个系统上,争辩向前拖曳,曳出积极的意义。与这格律的生命力结盟的,是活泼的措辞,它使该诗不致沉溺于冗长乏味或津津有味地品尝自己的效果:

> 然而伊甸园还是冒出那根茎
> 干净如同在创世那一天。
> 时间拾起那落叶和果实
> 把那片原型之叶
> 烧成恐怖和悲伤的各种形状
> 散落在冬天道路上。
> 但是饥荒的田野和熏黑的树
> 在伊甸园长出从未见过的花。
> 悲伤和慈善的鲜花
> 只在这些变暗的田野上盛放。
> 关于希望和信仰和怜悯和爱
> 伊甸园哪能有什么话可说
> 直到它的日子全部被埋葬
> 而记忆找到它的珍贵宝藏?
> 乐园里未曾有过的奇异赐福
> 从那阴云密布的天空漏下来。

《一只脚踏在伊甸园里》和另一些"吟唱"诗例如《天使传报》——那首以"那天使与那女孩相遇"开始的诗——以及《希腊人的归来》和《垂死的孩子》,都证明了有可能实现那最精微和最困难的战绩:写出一首善以几分之差战胜其对立面的诗,尽管其对立面不知怎的在开始时总是最被看好。但是话说回来,这战绩只有在对立面得到相当程度的容许时才有价值——如同在这些诗中开始得到这样的容许。

在1943年发表于《听众》周刊的一篇关于罗伯特·弗罗斯特的文章中(后来收录于彼得·布特编辑的《想象力的真实性》),缪尔关于这位美国诗人的话,也同样适合于用来形容缪尔本人:

[他]是那些诗人之一,他们如此明显地成功做到了他们所希望做的事情,以至他们引诱大家都去指出他们的局限。这局限是如此一目了然,因为它不存在于那些做自己不能胜任的事情的诗人身上。但是当我们检视[他的]局限,我们发现它源自分寸感,而他的分寸感反过来根植于性格。如果他说了超过他所能说的,如同人们有时候希望他做的那样,则它将打破他的生命观的平衡。至于性格本身,它拥有已壮大得足以形成显著特征的生长中的事物所具备的健康和自然扭曲。

缪尔在20世纪20年代开始写诗时,也已经壮大得足以形成显著特征。在那个开始的时刻,他本可以宣称他在那首未完成的最后的诗中所宣称的:

我被梦和幻想教育,

> 向友善而更黑暗的幽影学习
> 并从死去的男女亲属、古人和友人
> 那里获得伟大知识和礼貌。

　　如果这些诗行中有叶芝辞令的回声,它们同样有对华兹华斯把自己想象为"这个活跃的宇宙的居住者"的记忆。事实上,缪尔作为诗人的生涯,有点华兹华斯对目标坚定不移的意味。对这两位诗人来说,诗歌是一项努力的必要部分,该努力旨在自我恢复和自我整合;诗歌是一个企图的一面,该企图旨在使自我的力量与宇宙的力量形成一致。埃德温与薇拉[①]于20世纪20年代在捷克斯洛伐克和德国游历,令人想起多萝西[②]与威廉于18世纪90年代退隐到英格兰南部;而华兹华斯那个时期的歌谣诗的简朴性——这些诗中草木的青葱和鸟鸣的惊起,与他正在经历的自我治疗的萌芽有相通之处——这种简朴性令人想起缪尔的早期作品。缪尔早期诗例如《海尔布伦宫的十月》同样也有对外部事物和内部事物的反映。关于这首诗和写于萨尔茨堡的另一些诗,薇拉·缪尔有如下描述,"它们读起来就像一个孩子似的忧伤观察者的笔记",并且"有一种温柔悲伤的弦外之音"。这是颇真实的,但我相信《海尔布伦宫的十月》的境界,要高于她深情的描述所暗示的:

> 拉低、石头般平滑的天空,收拢而灰沉,
> 低垂在花园上,草皮静止。
> 黯淡的湖面闪亮,喷泉压抑地吞吐,
> 无影的重量落在林木覆盖的山上。

[①] 缪尔的妻子。
[②] 华兹华斯的妹妹。

> 那些有耐性的树独自升起,仿佛它们
> 正在深处聆听着,梦游于空心的土地里,
> 各自单独和分开睡着,
> 几片忧伤的叶子不经意无声掉落。
>
> 摇曳的湖中那些大理石小天使
> 更静止地站立,仿佛他们把那里的一切
> 吸引住了:树木、田地。他们的影子
> 使水清澈和空心如高天。
>
> 宁谧的下午拉近,黑暗地
> 那些树升起了,土地渐渐沉重,
> 这时,突破公园的宁谧,更远处
> 一个隐蔽的喷泉抛出它的声音。

这个公园场景,已变成华兹华斯所称的"心灵的景象";这些意象同时栖居在两个地方。例如那些树,"分开睡着"在土地与天空之间,站立在空中的小天使倒映在水中。这里我们不只是受触动,唤起对文学的忧伤的温柔联想;我们已进入一种元素,它令人想起缪尔童年记忆中那个意识状态,那时小孩的心灵凭直觉感到"一个隐藏的悲剧正在发生,那悲剧就是他还要过很多年才会经历的生活,尽管它已经在那里,而他看不见它"。总之,《海尔布伦宫的十月》无疑是一首恢复宁静的诗,因为它那些诗节的精心制作是充分而有疗效的,但我也想辩称,它也是一首带有疑惧和岌岌可危的意识的诗。

显然，这不是要暗示埃德温·缪尔已预知二十年后欧洲会有什么样的命运。但是，他身上已有一个为后来发生的事情预留的位置。当灾难从疑惧的边境进入实际的历史事件，缪尔的诗歌力量显示它有能力把历史梦魇与他身上那个他曾经战栗地预感的位置结合起来。那个在怀尔岛上对马和鹭充满恐惧和惊讶的五六岁孤独男孩，实际上正被这瞩目的华兹华斯式的服务于诗歌天职的精神培养着。那只鹭将在梦中重现，灰色而闪亮，在它那不大可能的尾部羽毛构成的僵硬篱笆背后，它将转变成一头用豹或虎那样的四足走路的野兽。这个梦中故事的其余部分，在《自传》中有详细记载：

接着，田野中出现一只动物与它对峙，这只动物古老、肮脏、土色，其头如老羊头或癞皮狗头。它的眼睛柔和，呈褐色；它单独与那头尾巴辉煌的野兽对峙；然而它站稳阵脚，准备对抗朝它逼近的危险，不管那是死亡或只是羞辱和痛苦。从它们的表情，我看得出两头动物是相识的……看得出那头黑色、有耐性的动物总是会输，而那头明亮、猛烈的动物总是会赢。我没有看到这场博斗，但我知道那将是残忍和可耻的，也许有某种意义，但没有安慰。

缪尔自这块特定的灵异肿起物取材，写了他那首《战斗》，这首诗有某种意义但没有安慰，除非在无可安慰的重新努力中有某种安慰。《战斗》可用政治角度阅读，当作是关于那场反纳粹战争的寓言，或更具体但远远较难以令人满意的，是关于不列颠战役[①]的寓言。它可以——同样修剪得太整齐——被放置在基督教通过受苦来救赎的框架

[①] 指第二次世界大战期间德国于1940年秋对英国发动的空袭。

内阅读。不管怎样,它可以被视为一幅完全令人满意的现实画像。

《战斗》有某种被缪尔认为来自歌谣的特质。它属于"18世纪那个伟大高原的另一边,有其人文主义激情及其对人类所怀的伟大希望"。它"没有滥情的感染力",而是"在悲剧性的接纳的水平上"运作。它的宗谱纹章系统被一种强大的节奏能量激活。在诗中,缪尔以一种颇为抽象的方式做到了基思·道格拉斯以一种截然不同的手段在诸如《勿忘草》这样的诗中做到的——他把刚强和同情这类互相冲突的要求结合起来:

> 有一阵子那地方空白地躺着,荒凉,
> 打着盹,仿佛从痛苦中缓和过来。
> 蟋蟀唧唧叫,嘎扎嘎扎的荆棘
> 抖动,一阵小声响诞生。
> 战士们再次各就各位。
>
> 于是一切开始。那静悄悄的爪
> 抓出又缩回。难道没有什么可以
> 从爪尖下救出这些破烂和碎布?
> 没有。然而我从未见过
> 如此无助和如此勇敢的野兽。

这已远远超出缪尔的最佳发挥了。它作为寓言的应用性,不是以牺牲张力为代价获得的。它几乎拥有了孩提时代的缪尔在一幅彭斯素描像中辨认出的"丰富、黑暗的寒冬魔法"。

然而寒冬并非缪尔作品的自然气候。他的音乐在不是以歌唱音调传达的时候,是更饱满的,更像盛夏雷声那半是安慰的滚滚而去,更像他在《马群》一诗中所描写的黄昏道路上的马蹄声那"渐深的鼓击"。《马群》是他另一个无可辩驳的成就,它太出名了,无须在这里多费唇舌。我只想指出,它带有某种相当于缪尔用来替代格律吟唱的东西的特征;我们也许可把它称为完美的流畅,更接近于布道坛的音高而不是酒馆的音高,发挥得最好的时候是当它从对某个地方或故事——例如在《奥德修斯的归来》和《迷宫》中——的全神贯注中升起的时候。《迷宫》那轻微茫然的目的性是双重正确的:忒修斯的迷惑把意识在自身复杂性内部寻求意义和意识在自身以外寻求与宇宙的关系这一困境戏剧化了。再一次,在缪尔性情中那股想以满怀希望的"证明完毕"(通过想象看见诸神而获得)来预先了结的冲动,与他的艺术感觉要求他遵循他自己的隐喻那较不乐观的逻辑之间,保持了出色的平衡。我们必须高兴在《迷宫》中这种想通过一剂勃朗宁来纠正卡夫卡的冲动遭到了抵制。因此,在最后几行,"欺诈"一词与"野林荒地般的虚假"有联系,但是它同样也指涉回并认可说话者的信念,也即他的灵魂"有鸟儿那可以自由飞翔的翅膀"。

> 啊,这些欺诈强大得几乎像生命。
> 昨晚我梦见自己在迷宫里,
> 并且很久才醒来。我不认识那个地方。

这种出色地遵循他的虚构之逻辑的例子,并非总是出现于缪尔的神话和寓言场景。他那个创作的头脑,常常保持一种优越、有计划的距离,无法抗拒对读者有图谋。这种倾向可以产生充满坚定的智慧的诗句,但也可以产生松散地编织的、令人气馁的啰唆乏味。

在其1949年的诗集《迷宫》中，缪尔那不合潮流的诗学方式终于获得回报。他那形而上学的思想习惯和神话癖好，使他得以逸出30年代英诗的政治潮流。他似乎没有任何时髦的东西。但是在40年代，尤其是在这本1949年的集子里，我们可以看到一项孤独的诗学努力获得了代表性地位的那种令人满足的壮观；或换一个说法，这时缪尔的题材是每个人的题材。他与现代性的僵持，领先于人们在战后对人类毁灭性的普遍失望和对人类在原子时代的脆弱性的新认识。他在奥地利和捷克斯洛伐克的经历曾使他多年间与战前的英国文学气氛保持着一点儿距离，现在这经历赋予他一个独特的个人视角，使他可以写这样一种诗歌，它使人看得出与战后东欧那些悲剧性的反讽诗人和寓言诗人所写的东西有共通之处。

不过，缪尔并不是中欧人。他是奥克尼①人，然后是苏格兰人，然后是英国文学传统的产物。在那个传统内，我愿意把他视为威尔弗里德·欧文的继承人，那个写《奇异的会见》的欧文，那个结合宗教性情与受伤的社会良知的欧文，那个在邓斯顿担任教区牧师助理的欧文——大约欧文担任该职位时，缪尔正在格里诺克那家骨头工厂遭受他当劳工的耻辱。② 两人都烙下了与贫困接触的印记，两人都发展了一种辞令，困倦、忧伤却有政治目的性。如果说缪尔的诗歌没有任何东西可以跟欧文诗歌中那令人敬畏的文件记录式内容相提并论，他的根本性成就却呼应了欧文在诸如《矿工》和《奇异的会面》达到的那种东西——这些诗展示了视域性宽度与具体社会见证的混合。

两人都成功地为一种深受基督教影响并且几乎太容易受消极痛苦的吸引力感染的感受力作出了表达。正是基于这个理由，缪尔的带有

---

① 奥克尼指苏格兰奥克尼群岛。
② 当时那家工厂环境非常恶劣，臭气熏天。

尼采式"硬度"的早年时期以及欧文那个充满了可以说是正当的愤慨和抗议的时期才如此重要。这些经验显然对他们充分发展的诗歌风格作出了贡献,因为,诚如叶芝所言,风格确实相当于作家的自我征服。例如,当他们在诸如欧文的《上前线》和缪尔的《战斗》这样截然不同的诗中处理受害者的徒然和受害者的道德美的时候,两人都是带着一种适当的尊严处理的,这尊严对抗一个似乎不仅容忍而且甚至嘉许这类暴行和痛苦的世界。在这些时刻,他们两人都谨防伤感,他们的诗作代表着对那类听之任之的普遍倾向的一次胜利。因此,如果说在技术上作为诗句创作者的缪尔一向属于鲁珀特·布鲁克的前现代世界的话,那么可以说在想象力上他确实跨越了《畏惧之桥》,不只是他本人内心的畏惧之桥,而且是他所经历的时代这一更广阔领域的畏惧之桥。

但你也许会奇怪:"这一切究竟与英国传统有何关系?难道埃德温·缪尔的位置不是在苏格兰吗?"对后一个问题的答案是没错,尽管休·麦克迪尔米德早就对此提出反对。缪尔的苏格兰性在以前之所以容易招来攻击,是因为它没有显示足够的民族主义热情或支持正确的族群王权标志,但如果把它放在苏格兰与欧洲更古老的联盟这个脉络中看,将最能见出其价值。比诸如《苏格兰的冬天》这样一首有虔诚的地方色彩的诗更重要的,是《普罗米修斯之墓》那皮克特人的无所遮拦,比《苏格兰1941年》那虔诚的历史检录更令人信服的,是缪尔在诸如《特洛伊》这样的诗中对一种被遗弃的文化受到狂热而荒唐的看护所体现出的悲剧意识。此外尚有那些具有某种绝对当代兴味的边境民谣,诸如《审问》这样具有开拓性的诗。这些诗,还有诸如《战斗》和《马群》等其他诗,打开一条道路,在这条道路上,当地环境和时代更广阔的历史现实畅行无阻地来来往往。在这些诗中,缪尔处理的题材,与30年代诗人经常涉猎的题材相同,但是他没有使用他们指涉时事的政治用语,或忧心忡忡的辞令。因此,他大大削弱了英国-苏格兰这种二分法的决定性力量。通过几乎没有对英国文化霸权显露任何焦虑,通过平静地接受它所提供的现有资源,然后有点儿像做梦似的一走了之,走向另一边,进入欧洲,缪尔为自己定位,朝向未来,并留下一个至今依然有待人们去充分欣赏和重视的榜样。

这样宣称,并不是要暗示缪尔有意识地做我认为他所做的事情。这样宣称也不是为了否认麦克迪尔米德所走的道路的正确性,或他的成就的巨大性。相对于缪尔,麦克迪尔米德的天才显然是一种火山爆发式的天才,更挥霍,更充满激情和反叛,在苏格兰文学历史和政治历史中也远远更有影响力。相反,这样宣称是为了说明一个补充性的真理。我认为,随着不管是东欧还是西欧的欧洲本土文化古老的自信渐渐失去,随着它们迄今一直是自我专注的艺术和政治中渐渐发展出一种新的渗透力和吸纳能力,缪尔那种同时并存的国内性与国外性已变得堪作楷模,他的作品愈来愈值得重读和记诵。

诗歌的纠正*①

*牛津讲座,1989年10月;小册子,牛津大学出版社,1990。

诗歌教授、诗歌辩解者、诗歌作者,从菲利普·锡德尼爵士到华莱士·史蒂文斯,迟早都忍不住要展示诗歌作为一种艺术形式的存在是如何与我们作为社会公民的存在相关的——它如何"对现在有用"。在这类辩护和理由的背后,不管相隔多远,都站着柏拉图,他质询诗歌究竟能够在古希腊城邦中证明它自己有什么特别的优点或有用的影响。然而柏拉图那个由各种理想形式建构的世界也提供了一个上诉法庭,诗学想象力通过这个上诉法庭寻求纠正主流环境中出现的任何错误或恶化。此外,对上述环境作出的"有用"或"实用"的反应也同样来自想象出来的标准:诗学的虚构、对另类世界的梦想也为政权和革命提供条件。区别在于,政权和革命会强迫社会去实现它们的想象,而诗人总的来说比较关注去激发他们自己和他们的读者的感觉,唤起可能的或渴望的甚或可想象的事物。华莱士·史蒂文斯说,诗歌的高贵在于它"是一种内在的暴力,为我们防御外在的暴力"。这是想象力在反抗现实的压力。

---

① 作者对本文作了较大删节。

史蒂文斯在《高贵的骑手与文字的声音》一文中得出这个结论时，便焦虑地指出，他自己的文字不是要仅仅成为响亮的文字，而他这种焦虑是可以理解的。他仿佛是在想象以及在回应那帮被托尼·哈里森称为"野蛮起哄者"之中一个不满的诘问者的高声责难，这位诘问者高声反对美学界显要人物把艺术神秘化和对艺术的侵吞。"在我们这个时代，"这位诘问者抗议道，附和他在某处读到的某种意见，"人的命运是以政治方式体现的。"据他的理解，以及据大部分反对把诗歌归因于任何形而上学力量的人的理解，那些方式将来自这样的政治：它颠覆、纠正，并对被否定的声音给予肯定。换句话说，我们的诘问者希望诗歌不仅仅成为对世界状况的一种想象的回应；他或她迫切地希望知道为什么诗歌不应成为一门实用的艺术，为致力于通过直接行动来舒缓那些状况的运动服务。

因此，当华莱士·史蒂文斯宣称由于诗人"创造了我们不断被吸引去而又对之毫无认识的世界，以及……赋予最高虚构以生命，如果没有这些最高虚构，我们就无法设想（那个世界）"，故诗人是一个强有力的人物时，这位诘问者是不会对华莱士·史蒂文斯的看法产生共鸣的。史蒂文斯的意思是说，假如我们特定的经验是一个迷宫，其不可逾越性仍可被诗人克服，因为诗人可想象一个与该迷宫相当的对等物，并向他自己和我们描述那个迷宫的生动经验。这种做法并没有对真实世界进行干预，但是它以各种冒险的方式给意识提供一个机会，去认识其困境、预知其能力和为其卷土重来做准备，因此它对诗人和读者来说都是一次有益的活动。它对现实作出某种反应，这反应具有解放及证实个体精神的作用。然而我可以理解，一个政治行动分子如何把这种功能视为不足。对于这个行动分子来说，设想一套可以包含各种事件但本身却不能产生各种新事件的秩序将是毫无意义的。有关的各政党虽然是力场的一部分,但决不会对一个只不过体现该力场的形象心怀感激,不管该形象如何新颖和独创。它们永远只想让诗歌的纠正成为一种为它们的观点出力的杠杆;它们会要求事情的全部重量都落到它们所属的天平那一端。

因此,如果你是第一次世界大战期间火线上的英语诗人,那个压力就会落到你身上,要你去为战争出力,最好是把敌人的面孔非人化。如果你是置身于1916年起义者被处决之后的爱尔兰诗人,那个压力就会要求你去痛斥杀人政权的残暴。如果你是越南战争高峰时期的美国诗人,官方就会期望你在修辞上挥舞这场战争的大旗。在这些情况下,把一名德国士兵视为朋友和知己,把英国政府视为一个也许会守信的政体,把那场东南亚冒险战争视为一次帝国的出卖,诸如此类的事情将会使问题进一步复杂化,而人们却普遍要求把问题简单化。

这些对抗性的姿态打击了人们普遍对团结的期望,但这些姿态确实具有政治力量。它们那种激怒人的力量正是它们的有效性的保证。它们尤其适合于作为西蒙娜·薇依所宣称的一个法则的例子,她在《重负与神恩》一书中以典型的极端和简洁谈到这一法则。她写道:

> 如果我们知道社会不平衡的方式是什么,我们就必须尽我们所能去加重天平上较轻的那一端……我们必须形成一种平衡的概念,并随时准备跑到另一端,如同正义——"那个从征服者阵营跑出来的逃犯"。[①]

显然,这种态度是与某些思想和感情的深层结构相一致的,这些思

[①] 薇依这句引文,应是来自英国政治家丘吉尔《世界危机》第三卷《后果(1918—1922)》。丘吉尔说:"正义,那个从征服者阵营里跑出来的永恒逃犯,已去了敌对阵营。"

想和感情的深层结构源自数个世纪的基督教教育和基督悖论地把自己与受苦人的苦难视为一体。而只要诗歌是对心灵的极端认知的延伸和加工,只要它是对语言最意想不到的领悟的延伸和加工,它也就体现了薇依那个法则的作用。

"屈从于重力。这是最大的罪。"西蒙娜·薇依还在《重负与神恩》中这么写道。事实上她整本书都渗透着有关配重、平衡力量和纠正的概念——使现实的天平向某种超然的平衡倾斜。在诗歌活动中也是这样,总有一种趋势要把相反的现实放在天平上——这种现实也许只是想象出来的,却仍然有重量,因为它是在真实世界的引力范围内想象出来的,因而可以维系自身并对历史状况起到平衡作用。这一诗歌纠正效果源自它是一种一闪即逝的另类存在,一种对遭环境摒弃的或不断受到环境威胁的潜质的披露……

诗歌经不起失去它从根本上自我愉悦的创造力、它在语言过程中的欢乐以及它表现世间万物的欢乐。用叶芝的话来说,意志不可篡夺想象力的工作。尽管这有点老生常谈,但仍有必要在20世纪末由政治上得到认可的主题、后殖民反弹和种种"打破沉默"的写作构成的脉络中重复这点。在这些环境下,诗歌被催促去表达迄今在种族、社会、性别和政治生活中一直未得到反映的很多事情,是可以理解的。这表明诗歌作为第一个意义上的纠正方式——作为揭露和纠正不公的媒介——的力量正不断受到感召。但是诗人在释放这个功能的同时,会有轻视另一项迫切性之虞,这项迫切性就是把诗歌纠正为诗歌,把它视为它自身的范畴,通过明确的语言手段来建立权威和施加压力……

在《牛津英语词典》中,作名词的"redress"(纠正)有四个词条,而

诗歌的纠正

我先要谈到它提供的第一义:"推翻、平反或补偿一种持久的错误或因这一错误而造成的损失。"至于作动词的"纠正",该词典列出了十五个独立的词条,每条都再分为两三项,并且几乎所有用法都被列为废弃。我也把这些已废弃的意义的第一条列入考虑,该词典的解释是:"使(某人、某物)再次挺立起来;再次站到一个挺立的位置。另〔喻〕再次挺立起来,恢复,重建。"

但是在追寻这个词那些更加严肃的引申意义时,在考虑诗歌为文化调整和政治调整方案的规划者们提供可能的服务时,或在重申诗歌在语言的普遍流变和收缩范围内作为一种挺立、抵抗和自我支撑的实体时,我并不想给人这样一种印象,以为诗歌的力量必须永远以热诚的、在道德上预先考虑的方式得到行使。相反,我要宣称相信诗歌的惊奇及其可靠性;我要颂扬它那特定的、无法预知的存在,它进入我们的视野和赋予我们的物质生命和理智生命以活力的方式,这方式恰似那些投射在玻璃墙或玻璃窗的透明表面的鸟儿的形状,必须立即进入真实鸟儿的飞行视野并改变其飞行方向。那些形状在一闪之间记录并传达它们确切无误的存在,使鸟儿得以本能地改变方向飞走。这些活生生的动物的影像已在这些动物自己身上诱发了一种绝对有益的转向能力。而这种天生的、迅疾的转向也是诗歌所诱发的东西,它使我想起我打算用来结束这次讲座的另一个(已废弃的)"纠正"的意思,这个意思见于动词第 4 条,分条(b):"狩猎。把(猎狗或鹿)带回到适当的路线。"在这个"纠正"中没有任何伦理承担的暗示,更多是为内在容量的脱离寻找一条路线,在那里,某种未受阻碍然而又是受指引的东西可以迅猛地发挥它充分的潜能。

扩大字母表：克里斯托弗·马洛*①

*牛津讲座，1991 年 11 月；E.J. 普拉特纪念讲座，纽芬兰纪念大学，1993 年 5 月。

很快就是克里斯托弗·马洛在德特福德一家旅馆遭刺杀的四百周年纪念日。验尸官调查报告记录了他和另外三名男子于 1593 年 5 月 30 日下午如何在旅馆一个房间里"安静地"度过下午，以及在晚餐后如何因为账单——也即著名的"结账"——而引起纠纷。据说接着马洛突然袭击其中一个叫作英格拉姆·弗里塞的伙伴，后者反击，为了自卫而用刀刺死马洛。

这个故事总给人略微阴险的感觉，而这与笼罩着四个悄悄退出那个初夏日子的伙伴的神秘性、他们的隐私的不露声色、不能排除的暗中交易或秘密行为的可能性有关。当然这次事件也同样引起马洛同代人的极大兴趣，因为他们都注意到整件事已经在这位戏剧家的作品中隐约有了预兆。例如，在马洛戏剧《浮士德博士的悲剧》结尾，剧中解说员说了以下著名的台词，它们把高雅诗歌的不可阻挡性与通俗说教的肥皂剧结合起来：

---

① 作者对本文作了删节。

扩大字母表:克里斯托弗·马洛

> 原本有可能长成巨树的枝条已折断,
> 曾在这位饱学之士的心中生长的
> 阿波罗的桂枝已被焚成灰烬。
> 浮士德死了:用他坠入地狱的遭遇来警示自己吧,
> 智者会从他这恶魔般的命运中得到告诫,
> 对于无法无天的事情只可惊叹,
> 因为这类事情的深度会引诱放肆的聪明人
> 去胡作非为,做上天不容许的事情。

考虑到这段文字极度抑郁的音调及其作为该部戏结束语的重要地位,难怪它被解读为马洛自己的墓志铭,并在他遇害后就立即被加以利用,恰似西尔维亚·普拉斯的后期诗作在她自杀后被加以利用。两人的死亡都成为轰动新闻,导致诗人成为传奇性人物;他们的悲剧性结局被认为早已隐含于他们的写作中。传道者甚至操控马洛被杀事件,把它变成一种有教导意义的对称,宣布杀他的匕首是他自己的匕首,又说致命伤口的位置是头部,也即他那令他成为一个该受天谴的"放肆的聪明人"的才能的中心部位。因此,可以预期剧中解说员哀叹一个傲慢无礼的才智之士在如日中天时夭折,就会在事后被解读为一语成谶。对那些热议随事件而来的谋杀八卦,津津乐道渗透于事件中的宗教、性和政治丑闻气味的呼吸发热的公众来说,那毁灭的音调不只是可闻:它是马洛命运的不祥预兆。

此外,这种命运还被他之外的别人预言过了。罗伯特·格林临死前的小册子《格林以百万忏悔换取的不值几颗小麦粒的浅见》,写于马洛在德特福德遇刺前九个月。这本小册子最著名的是它对莎士比亚的攻击,但是在格林间接抨击这个"自命不凡的乌鸦"之前,他早已警告很多同行们小心他们自己的厄运,并且虽然他没有指名道姓提到马洛,但他在其充满威胁的讲话中挑出的那个"悲剧作家",无疑就是同一个令人反感、不敬神和道德上应受斥责的大学派才子①,沃尔特·罗利爵士的同伙和"黑夜派"②成员。换句话说,马洛在才智方面的厚颜无耻,足以使一个临终者害怕,并使一个忏悔的罪人暂时忘记自己的困境——也就是说,在16世纪80年代末和90年代初,马洛在同代人心目中的形象是绝对刺激的。这个因出现在一次致命街头打斗的现场而入狱两周的狂饮者,这个在法国兰斯那些拒不参加礼拜仪式的天主教徒中间尝过做间谍的惊险滋味的大学生,这个似乎生来就要打破一切禁忌和奢侈地违背宗教领域和性领域一切规矩的亵渎者——这个在二十八九岁就成为明星,成为某种集奥斯卡·王尔德和开膛手杰克于一身的人物,进入了一个既有光彩夺目的不朽性又有政治危险性的气场,并且如此吸引人和受瞩目,以至临死的格林觉得自己可以随意指出他是下一个死于非命的人。

当然,危险并不限于某个气场。在16世纪末的伦敦,无神论和亵渎之致命,并不亚于20世纪30年代在莫斯科对反革命的同情。马洛被告发到枢密院,告发者的证词留存下来。即使告发者的证据被带着怀疑仔细阅读,如同这类文件总会被怀疑的那样,它们依然营造了一个全速运转的既兴高采烈又充满煽动性的男子的形象。整个表演可以说是大胆至极,有关这次表演的报告依然可以说传达了最初那颠覆性的冒失,既有爱自我表现,又受才智的驱动,但总的来说是不可避免和难以遏制的。

因此,在马洛的个案中,如同在普拉斯的个案中,作品的大胆和作

---

① 指16世纪末一批英国剧作家和宣传小册子作者,包括马洛和格林。
② 指以英国贵族、作家和诗人罗利为首的一群文人和科学家,包括马洛。

品包含的违规,在他们死后都是首先要强调的东西。作品的反讽和复杂性相对被忽略;受关注的焦点,都是作品中符合人们期待的元素,而这些期待又是作家的极端行为在人们心中引发的。在普拉斯的个案中,由于她悲剧性的自杀,因此她作为受害的女人的形象就立即建立起来;在马洛的个案中,其形象则是一个罪人的衰亡,是神对种种无礼的渎神行为的报复。在两个例子中,人们对作品的阅读更多是侧重于作家死后创造的模式化形象可能被预期会产生的东西,而不是作家实际传达的东西。例如《浮士德博士的悲剧》就长期被视为人文主义"泛滥"的病历,然后才获得重新评估,视为对基督徒的绝望的解剖。普拉斯以带有恨意的《爹爹》和停尸间般冰冷的《边缘》的作者闻名,而其他受较积极的灵感支配的作品则被忽略。

提起这一切,绝非什么新闻。独创性诗人显然可以经受各种解读,并满足非常不同的时代和需要。然而,依然保持神秘的,是那独创性力量的来源,是诗歌力量这一事实本身,是它的不可预料性如何一旦彰显了自身便被转化为不可避免性,是一代人如何认识到他们置身于一次不受约束的大事面前,而这类大事又构成了诗歌史的一个明确的阶段。正是马洛诗歌中这种力量的显现,这种在诗歌本身的第一语言生命中的显现,使我想加以称赞。如果我一开始就承认一位诗人获接受的条件和随之而来对他或她的作品的反应史确实成为该作品的力量和意义的一部分,那么我这样做也仅仅是为了表明我像大家一样意识到诗歌的重要性是受诸多因素影响的。但我依然相信我自己的阅读经验告诉我的,也即有些作品传达了即刻有说服力的信号,并在我们一生中保持挥之不去的独特力量。有些作品继续综合了解除约束和得到巩固的激动;在文学和心灵地面开辟了一个新空间之后,它们总能在我们每次重读时都继续提供那种接触到根基的满足感和释放能量的兴奋感。

当我第一次听到特伦斯·斯潘塞教授选读马洛的《帖木儿》时,我是不可能有如此想法的。当时我是贝尔法斯特女王大学的一名文科优等生,与其他背景跟我相似的同学坐在讲演厅里,我们都是20世纪50年代乌尔斯特谨慎而贫苦的子女,都刚于最近逃出中学六年级的魔掌。有谣言说,这位教授曾当过莎士比亚戏剧的演员,这本身就足以制造某种期望情绪。显然,当他出现时,他无意低调对待那些宏大诗行的冲劲和华丽。他趾高气扬地走向讲台,正了正长外衣,表现得有点儿戏剧化,然后大声朗诵《帖木儿》的"序曲",如同一个准备创纪录的跳远运动员:

> 我们将引领你,从爱押韵的一知半解者
> 那吉格舞似的花样,和小丑惯用的小技,
> 引领到战争的雄伟帐篷,
> 在那里你将听见西徐亚人帖木儿
> 用令人震惊的高昂措辞威胁世界,
> 并用他那柄征服之剑祸害众多王国。
> 先看看这面悲剧镜子里他的模样,
> 然后再随你喜欢,为他的运气鼓掌。

接着,我们便起跑了:

> 那么请你坐下吧,[①]神圣的齐诺克拉蒂[②];

[①] 这段话为帖木儿的台词。
[②] 剧中人物齐诺克拉蒂原为埃及苏丹的女儿和阿拉伯王子的未婚妻,后来成为帖木儿的俘虏,与帖木儿结婚并成为波斯王后。

我们在这里封你为波斯女王,
和所有新近向帖木儿的威力
屈服的王国和版图的女王。
就像那些拿起一座座大山朝她兄弟
朱庇特砸去的巨人被平定了时的朱诺,
我的爱人也是这样子,双眉间
隐藏着我征服的喜悦和战利品;
或者像拉托娜①的女儿,专心狩猎,
给我的征服思想增添勇气。
为了取悦甜蜜的齐诺克拉蒂,
埃及人、摩尔人、亚洲人,
从巴巴里到印度西部,
都将每年向你的陛下进贡;
他强大的手臂将从非洲的边区
伸至恒河的两岸。

不被这部作品纯粹的修辞力量迷倒是不可能的,不分享英国文艺复兴在马洛诗歌的不受约束的攀登中确立自身的那一刻的陶醉是困难的。虽然我已学会把马洛诗歌的扩张主义驱动力放置在英国帝国主义萌芽的脉络中,我依然对它提供的扩大,对那升腾的组构,对地名和古典神话人物的枚举心怀感激。这是一种极其愉快的经验,不需要因为任何后来的政治正确考虑而加以拒绝。

我是否应有所顾忌,不那么容易被迷倒?也许我应被告知必须警

---

① 罗马神话人物,等于希腊神话中的勒托。其女儿指狩猎女神狄安娜。

惕诗中的军事推力,被提醒英语五音步诗是随着都铎王朝晚期英国军队的入侵步伐而开进来的——英国在16世纪80年代和90年代正有计划地筹备征服盖尔人的爱尔兰和随后在17世纪20年代对乌尔斯特的殖民。然而这些诗行的运动是如此令人陶醉,其修辞是如此引人入胜,以至跟着它走的诱惑力证明是难以抗拒的。因此,我在这里想做的,是找到一个方式来重申马洛诗歌在我们这个后殖民时代的价值和正当性。当抗拒来自正典"中心"的作品取代了正式的欣赏,并成为文学研究的主导方法,我们就有必要想办法把他作品中那美妙的充满抱负的音调当作某种并非只是一套有待揭穿其真面目的话语来对待。当"人文主义"这个词已变成几乎是一个滥用词的时候,我们有必要考虑我们是否真的希望马洛的整个古典参照键盘遭到贬损。无疑,我们依然有可能既注意到马洛戏剧和诗歌中那难以预料的艺术卓越性,又承认它们与英国历史的某个特殊时刻紧密相连,从而难免受到都铎王朝晚期英国国内的民族统一和国外的殖民化方案的影响。例如,一位紧跟潮流的批评家显然会倾向于把马洛早期戏剧《迦太基女王狄多》中那种维吉尔式的冗长章节视为隐含对开始在16世纪末英国形成的远征运动的赞许。埃涅阿斯由于心怀创建新特洛伊的使命,因此他不被爱情本身的力量和分心所左右。毫无疑问,就想象力而言,这使命巩固了这样一种历史努力,该努力很快就要在创建一个新英格兰和一个伦敦德里中付诸实行。

也就是说,当我因为要做这次讲座而重读《爱德华二世》[①]时,我显然不仅意识到它可以像英国电影导演德里克·贾曼所做的那样,被改编成解放论者的化装舞会,变成一则关于同性恋被压制的当代寓言,而

---

① 马洛作品,为英国最早的历史剧之一。

且意识到国王的宠臣加韦斯顿被放逐到爱尔兰并非只是情节的转折。不可避免地,在当前的知识气候中,不从加韦斯顿被贬为不存在的人这件事情里读出爱尔兰被贬为不存在的地方的弦外之音,是很困难的。中世纪后期的爱尔兰因为被纳入英国的势力范围而变成了既是文明征服者的附庸,又是一个必须保持距离的野蛮主义的地点。毕竟,对爱德华国王的一项指控是

> 那个狂野的奥尼尔,连同一大群爱尔兰轻武器步兵难以控制地活跃在英国辖区的范围里。

这个狂野的奥尼尔不是那个其叛军后来把爱德蒙·斯宾塞①逐出位于科克郡三千英亩庄园的奥尼尔——该庄园在《爱德华二世》于伦敦上演前后被斯宾塞接管,最近又因为英国人在芒斯特的镇压而从爱尔兰人德斯蒙德伯爵那里夺来。当斯宾塞在基尔科曼安顿下来时,它是一个因为屠杀和饥饿而几乎荒无人烟的地方。在半年前,有约三千名男女和儿童死亡;事实上斯宾塞本人在担任格雷勋爵的秘书时,曾在斯梅里克港目击大规模和有计划的屠杀,那里有六百名西班牙人和爱尔兰人受害。不用说,也是在斯梅里克,沃尔特·罗利爵士做了伊丽莎白女王麾下的将领应做的事情②,并且,用那本古老的《斯宾塞手册》的话说,"为格雷勋爵做了晦事"。

我们不能不对文艺复兴时期人文主义的自命不凡投以怀疑眼光,如果我们把其神圣文本放置在文本作者们参与如此残暴的压制性越轨行为的脉络中;我们已被正确告知,本土人口和本土文化如何在推动这

---

① 爱德蒙·斯宾塞(1552—1599),英国诗人,以《仙后》闻名。
② 大屠杀是在罗利领导下进行的。

些文明化事业的过程中消失;我们也了解征服者的价值观和语言如何毁坏和排斥本土价值观和制度,把它们变成野蛮和低人一等的,把它们踢出有教养者的同情和尊敬的范围。但是即使如此,我们似乎能感到,这些极其操劳过度的纠正,已使文学责任退位,并把它贬至想象性文学被简单地当作一种仅仅具有压迫性话语的作用,或一种应受谴责的遮掩。在诗歌创作的问题上,我们必须允许有这样一种在场,甚至这样一种显著位置,也即华兹华斯所说的"伟大基本的快乐原则",而这快乐来自在语言中从事某些活动。我们必须允许这样一个事实,用埃兹拉·庞德的话来说,就是:

>　　艺术中最重要的是某种能量,多少有点像电力或无线电活动,一股输送、熔接和联合的力量。一股更像水的力量,尤其是当水穿透非常明亮的沙堆喷涌而出,并使它迅速移动。你可以用你喜欢的比喻。

庞德的比喻,不排除艺术会在任何特定时刻对力量的结构和转变产生影响,但它暗示艺术在国家内部扮演了一个有益健康的角色;捷克诗人米罗斯拉夫·霍卢布用于谈论戏剧的一个比喻,也可在这里引用。霍卢布认为戏剧的功能,可引申为诗歌的功能和一般艺术的功能,就如同人类身体内的免疫系统。即是说,在面对消极证据时,创造精神依然保持其积极的桀骜不驯,提醒历史的陈述语气,它已被强行批改过,并且是被放到人类潜能的美好祈愿语气上面批改的。

　　这一提醒,这一免疫力的加强,是由固有的艺术手段实现的,因为很明显,诗歌回答世界的方式,并非仅仅局限于它陈述的内容,而是可能更着重于格律和句法、语调和音乐精确性;此外,还有它的一个需要,需要在情感上和艺术上"高于杯沿"①,超越既有的规范。这些东西,都是一种艺术显示,显示 W. H. 奥登要求好人和好诗人呈上的那柱肯定的精神火焰,而这种显示主要不是与争论或教导有关,而是与发声本身这个事实和努力有关。这就是为什么我希望把我的讲话聚焦于马洛,并讨论他那首绝对令人愉悦的《希罗与利安德》。这是一首写于这位年轻的大师精力充沛的鼎盛期的诗,一首与它自己的发明快乐地相爱的诗,一首完全在拉丁语诗人奥维德情欲叙述传统的游戏屋里折腾自己的诗,但依然对"认真屋"里所体验的爱情的真实痛苦作出反应并受其转化。②

利安德爱上希罗的故事,是由希腊诗人穆塞乌斯讲述的,而马洛的版本取材自这部希腊原著,尽管它没有讲述整个故事并因此著名。它是他去世时遗留下的未完成稿,但其不完整性并非该诗普遍被视为马洛晚期作品的唯一理由。虽然乔治·查普曼对该部叙述作品前面共八百余行的部分加以润色也许使它更完善了,但是他对故事后半部分较长和较严肃的处理其实并不比马洛对前半部分的处理更成熟。马洛的诗行只不过是没有了被我们自动与"成熟"联系起来的那种严肃性罢了。这个恋爱故事早期阶段的一切,都很适合他的才能——利安德的身体美和情欲传染力,希罗集忠贞与性欲于一身的美妙综合,利安德游泳横渡赫勒斯蓬海峡③去找希罗和他们第一次销魂的做爱。然后,查普曼便承接了性交后的一切后果:利安德重返阿比多斯,仪式女神在那里向他显灵,强迫他与希罗正式结婚;希罗心乱如麻,结果还是为他们的婚礼做准备;终于,在经过一些离题和拖延之后,发生了作为高潮的事

---

① 引自弗罗斯特关于把杯子斟满得高于杯沿的说法。
② 游戏屋和认真屋,典出美国诗人罗伯特·弗罗斯特的诗《指示》。
③ 即达达尼尔海峡。

故：利安德溺死，希罗为爱情自尽。用查普曼的话来说：

> 她扑在爱人的胸前，紧紧搂着它，
> 断气前还在呼唤利安德的名字。
> 海神出于怜悯把他们拥入怀里，
> 将他们扔进空中，使他们醒来
> 像两只甜蜜小鸟，唤他们作阿坎忒得，
> 我们称之为蓟翘，再也不敢
> 靠近大海，但依然双双飞行
> 并以蓟尖为食，在他们最新的生命中
> 证明他们最初的生命的艰难：那在爱情的
> 荆棘和过去的悲伤中的最初的生命。

在我们所能读到的这首诗中，是马洛叙述这对情侣最初的生命：希罗是作为"维纳斯的修女"出现的，而利安德则作为她的痴情奴隶。然而，在马洛版对他们处境的描述中，很难看到有关荆棘和蓟这类事物的任何暗示。我们反而在这头两章中获得一种狂喜、纵容的气氛，一种"青春之乡"，在那里嬉戏与违法之间的界限最初是混乱的，然后被搁置，直到心灵内部所有隔板都被拆开。男女之间互相哄诱，毫不顾忌地承认爱情内部存在各种损人利己，善于把邪恶和疏忽转变为风格化的美观端庄——所有这一切都证明马洛确实无愧于"放肆的聪明人"这个称号，尽管不是剧中解说员用来形容浮士德博士时那种诅咒意义上的"放肆的聪明人"。

例如，这是马洛对塞斯托斯的维纳斯神庙的装饰的描写：

扩大字母表:克里斯托弗·马洛

人行道闪耀着晶莹的美丽光彩；
塞斯托斯城把它称为维纳斯镜。
在那里你可能会遇见形态各异的诸神
在从事兴奋的暴动、乱伦、强奸：
得知这灿烂的地板下
是达那厄在青铜塔楼里的雕像，
朱庇特便悄悄从他妹妹①的床上溜走
去跟伊达利翁的伽尼墨得调情，
或为了他的情人欧罗巴而狂哞，
或在云里与彩虹一起翻滚；
大口喝血的玛尔斯，举起跛脚的武尔坎
和他的独眼巨人撒下的铁网；②
爱情点燃烈火，烧毁诸如特洛伊这样的城市；
叙凡努斯为那可爱的少年流泪，
他现在已变成了一棵柏树，
森林神都喜欢待在那树荫下。

在这样的环境下，做任何一种修女都是困难的，更别说做维纳斯的修女了；事实上希罗的情况正是如此。但是上面罗列的情色伟绩只是马洛的热身运动而已。该诗接下去还更微妙也更美味地处理有关性吸引力的整件事情，而在这方面《希罗与利安德》不愧是一部大胆的解放之作；在诗中，欲望的语言、可能性的局限和想象力的发明融汇起来，提供了一幅活泼而成熟的人类生活图景。它在音调上是滑稽的，但在认

---

① 指朱诺，她同时是他的妻子。
② 指武尔坎用铁网网住他的妻子维纳斯与其情人玛尔斯的典故。

识上却不是轻信的。它放弃戏剧的悲剧性和英雄式音高,但仍能恪守戏剧的过火做法。《希罗与利安德》的诗歌不如《帖木儿》那样声音洪亮,也不如《浮士德博士的悲剧》那样充满恐惧和哀伤。如同其他评论家已指出的,它更接近于《爱德华二世》一剧中加韦斯顿那入迷的白日梦的调子,也因此更忠实于享乐主义冲动和同性恋冲动,而这两种冲动似乎一直是马洛自己感受力中的一个强大元素。

在《希罗与利安德》中,他全部的能量和颠覆性似乎都被转化为享受和技巧……他与其说是对抗,不如说是消遣。例如该诗开头一段,先描写装饰希罗鞋子的无比精妙的手工,接着继续详述它们自己的情欲白日梦,而这正是马洛写作中持续且非常吸引人的特征:

> 她穿一双贝壳缀成的银色高筒靴,
> 筒口泛着红光的珊瑚直达膝盖,
> 靴上栖息着用空心明珠和黄金做成的麻雀,
> 全世界会为之倾倒惊叹:
> 她的女仆时常会用清甜的水喂麻雀,
> 她走路时雀嘴会吱喳叫。
> 有人说为了她,最美的丘比特也憔悴,
> 看到她的样貌他就震瞎了。
> 但这点却是真的:希罗是如此酷似他母亲,
> 于是他想象她就是他母亲;
> 常常投入她的怀抱,
> 用双臂搂住她的白颈,
> 把孩子似的头枕在她胸脯上
> 带着安静的喘息摇晃着睡去。

希罗是如此可爱的美人,维纳斯的修女。

应该承认,这种"引诱的修辞学"是马洛诗艺的非常出色的发展……他那种更灵活的、几乎是乔叟式的对待诗歌的方式,显然与他早期翻译奥维德的《恋歌》有关,那是他在学生时代翻译的。这些来自罗马帝国"波希米亚生活"的插曲,乃是技艺精湛之作,值得给予比它们通常获得的更大关注。它们狡猾、性感,有学者派头,无论跻身于詹姆斯·乔伊斯《一个青年艺术家的画像》的大学派才子的聪明之中,还是16世纪剑桥学者之中,都将一样挥洒自如。但是当我们讨论《希罗与利安德》的艺术时,我们更接近于安娜·利维娅·普鲁拉贝尔①的世界,接近于一个泰然自若的心智兴之所至的怪念头,这心智既了解生活的惩罚,也了解它的引诱,更接近于嘉年华精神而不是用于宣传和鼓动的震撼战术……

马洛的珀伽索斯冲破了该五幕剧的缰绳,以一种既费劲又不受约束的方式自娱。奥维德式体裁多多少少要求的那类离题和装饰的效果,证明是一些理想的嬉闹空间。这是极强健的诗歌。它是敏捷的,然而绝非轻量级:如果你擅自闯入它的道路,你所遇到的观察和预先考虑的意义将足以使你大吃一惊。例如,不妨想想,脱去衣服的运动员的形象和金锭的形象如何坚固地为这些著名诗行的重要气势作出贡献,这气势使最后的对句成为其难以拒抗的、谚语般的收尾:

爱或恨不是我们的力量所能左右的,
因为我们的意志总被命运否决。

---

① 乔伊斯小说《芬尼根的守灵夜》中的人物。

当两个人脱掉衣服,早在比赛开始前
我们就希望一个输,另一个赢;
两个一模一样的金锭
我们会特别喜欢其中一个。
原因没人知道:只要一点就够了,
我们的眼睛评判我们的所见。
双方处心积虑,爱就微乎其微;
哪个恋人,不是一见钟情?

这段诗,就像一种恰恰与愚钝相反的智力,巧妙地放出一条粗缆绳。事实上,这使我想起约瑟夫·布罗茨基有关诗歌中的语调的说法。他在亚历山大·库什涅尔诗集导言中说:"在一首诗中,精神张力的证据乃是语调;或者更准确地说,一首诗中的语调——而且不只是在一首诗中——代表着灵魂的运动。"可以说,《希罗与利安德》中的灵魂的运动,乃是向前朝着解放和至福运动,但这运动遭到一种明知受压制和受约束但不说出来的力量的抵抗。这种辩证法在形式上是由既有一个严谨韵律格式又有一个灵活声音这一共存关系表达出来的,在音调上则是由一种不断在淘气与凄切之间变来变去的声调表达出来的……

我前面赞赏的成熟性,并不是以道德庄重感体现,而是以一种充分获得的艺术熟练体现的,诗歌信手拈来的技术精湛与诗人快乐的内在自由相呼应。在这里,马洛做了一次炫技表演,同时又具备真正的即兴性和深情,其所控制的表达范围远远大于他舞台生涯开始之时。很明显,如同我已指出的,《希罗与利安德》的语调不像《浮士德博士的悲剧》那样不祥或受挫,而是发自一种经验丰富的认识,这种认识几乎是处变不惊和绝对不可欺骗的,但也不是已完全祛魅的。它的心理现实主义坚持认为不应对人们抱太大期望，或在总体上对人生抱太大期望，但它的艺术精湛却坚持认为，抱太大期望是最起码的。该诗既是一个由声音和甜蜜曲调组成的结构，使人愉悦而又没有害处，一个不可当真的爱情故事，又是一个暗示，暗示可以更慷慨、更可取地生活在这世上。

在其《为诗辩护》中，菲利普·锡德尼爵士把诗人的创作活动与追求美德联系起来，"因为我们增长的智慧使我们知道什么是完美，然而我们受感染的意志却会阻止我们抵达完美。"当然，这个说法有点儿太简单，甚至可能有点儿太男权中心，而任何诚实的诗歌读者，不管是以前还是现在，都不会把道德改进——或就此而言，政治教育——作为他或她专注于诗歌文本的目标或目的。约翰·济慈的说法从现象学角度看更为准确，他认为诗歌以出色的过量来使人惊奇，尽管必须指出，济慈所谓的"过量"绝非仅仅是在描写上给予人过度丰富的感官满足。他同时想到一种超越读者预期的总体才能，一种超越传统"适可而止"概念的创新性，这种创新性永远想扩大情感表达和技术表达的字母表。即使是像《丁登寺旁》这样一首在音调上沉郁的诗，也达到惊奇和过量，其回溯和深入都要比诗人所知道的更远，然而诗人依然准备好追随它，不错过这场韵律和修辞的盛会。

在这些时刻，对读者来说，在体验构成一首诗的生命的那些变换和扩张时，总能获得某种顺势疗法的好处。一个生气勃勃的节奏，一次格律精湛性的演示，某个被成功地超越的上升的知识地面——这类体验能使心灵快乐和肉体快乐的幅度得到满足和深化，并帮助读者遵守那个古老律令：**认识你自己**。容我援引自己一首应景诗的一个诗节：

诗就是这样帮助我们生活。
生活把我们拿到筛中过滤，

而诗恰似筛中的网格;它们量度和给予
　我们适当的尺寸,
并证明它们给予快乐时
　也最及物。

锡德尼在其《为诗辩护》中提及"作家的强有力或希腊人所称的能量"时,也关注诗歌中这一声调的效果;正是这种原创性的强有力,这种如同清水从沙堆里涌出的感觉,使一部诸如马洛的《希罗和利安德》这样的作品如此有价值,并确保它有一条安全航道,驶过一个充满谴责的意识形态和受责难的理想的世界。

约翰·克莱尔之得 *

*牛津讲座,1992年10月;以《约翰·克莱尔诞辰二百周年讲座》为题收录于《语境中的约翰·克莱尔》,H.霍顿、A.菲利普斯、G.萨默菲尔德编(剑桥大学出版社,1994)。

得(Prog):交易中的收益或利润;战利品。

差不多三十年前,在一首叫作《跟随者》的诗中,我写到儿时在父亲出去犁田时费力地跟在他后面。诗的开头是:

My father worked with a horse-plough,
父亲用马拉犁劳动,①

虽然这行诗平平无奇,但还是有过修改的。事实上,我曾刻意隐去出现在初稿中的唯一的个性色彩。原稿是:

My father *wrought* with a horse-plough,

---

① worked 是 work(工作、劳动、干活)的过去式和过去分词。在不同语境里可灵活处理,例如在这里亦可译为耕田。

父亲用马拉犁劳作,①

因为直到相对晚近,"劳作"这个动词在乌尔斯特中部言谈中的使用依然很普遍。乡下人在谈起某个人用某些工具或动物干活时,很自然地使用"劳作",并且几乎只使用"劳作",而这个词总是带有全心全意尽力做事情的含义。你用马或镰刀或犁劳作;你可能还会从事干草或亚麻或砌砖方面的劳作。所以,这个词暗示与讲南德里方言的人同声同气,以及随时准备坚守你的语言阵地:那为什么我最后却选择较无生气和较符合预期的"劳动"呢?

我想,答案大概是因为我想了第二遍。而一旦你对某个地方用语多想一遍,你便被迫离开它,你对它拥有的权利便被官方语言审查官质疑,而你身上的另一部分是与这位审查官秘密结盟的。你从非自我意识的家乡,被翻译到用词恰当的市郊。当然,这是一个非常高贵的住宅区,住着像乔伊斯先生这样的重要公民,他们都是一些讲家里话和讲习得语都同样自如的人,他们似乎都已经把自我意识和非自我意识的用语之间的界线完全消除掉了,并已经能够做到未经审查就打开文字贮藏所里的每一个箱子。但这种自发的、多义的熟练,其为大多数作家所难以企及就如同持续地居住在一个密封的、单义的老家的最初用语的范围内。我们的语言也许确实就是我们的世界,但我们的写作,除非我们碰巧属于诸如乔伊斯或莎士比亚那种多面的天才,或属于那类也许可称为单语使用者的天才,例如约翰·克莱尔,否则,我们的写作就不大可能完全随着那个世界同等扩张和延伸。

---

① wrought 是 work(工作、劳动、干活)的较古旧的过去式和过去分词,但其发音和形象都给人用心和费力的感觉。这里译为"劳作",以示区别。

我们也许可以说，克莱尔从事语言劳作，但没有变成过度操劳。在其文学生涯初期，他曾有过所谓的成功。他1820年出版的第一本诗集《描写农村生活和风景的诗》获重印；他从赫尔普斯顿前往伦敦；他会晤当时的著名作家；他受尊敬，并对当时的文学环境有所了解。接着，众所周知，潮流改变了，名气萎缩，诗集出版寥寥无几，愈来愈少人关注，生命最后二十年住在北安普敦郡收容所，从三十七八岁至四十多岁，他都是在精神错乱、经济拮据和诗歌受忽略的情况下度过的。例如直到1978年，才有出版商出版了克莱尔早在19世纪30年代就准备好要出版的一大卷非凡的诗集《仲夏垫子》。

这一切都是令人遗憾的事实。基于今天重读他的目的，我们也许可以用另一种方式表达这个事实，指出克莱尔在与审查员发生初步摩擦之后，便拒绝合作。换句话说，他写作生涯的故事，可以用以下方式讲述。很久以前，约翰·克莱尔被引诱到他的文字地平线和他的音调地平线的边缘，热切地环目四顾，试图寻找些许新词语和新口音，然后执拗而明智地撤退，在他的本地站稳脚跟。此后，他宣称，我不要想第二遍。我要谈的，正是克莱尔这种执拗的力量，它如何显示自身，它如何构成他诗歌那独特的力量。我还想谈谈在他诞辰二百周年纪念前夕，在社会环境和语言环境都远要比他处理他鼎盛时期的个人危机、诗歌危机和历史危机时更加变化莫测和多种多样的今天，他的榜样对我们的诗人可能会有什么意义。

如同所有读者，我受惠于约翰·巴雷尔对克莱尔的力量和复杂性的诊断，因为它揭示了克莱尔是占有牢靠的地方用语却在官方文学传统范围内运作的诗人。而在巴雷尔的著作之前，当然，我读了杰弗里·萨默菲尔德和埃立克·罗宾逊编辑的克莱尔诗选。事实上，我今天在这里谈论克莱尔时的唯一遗憾，是杰弗里·萨默菲尔德已不在人世，看不到这些了。他在1991年2月的猝然离世，是一个巨大损失，并且不只局限于克莱尔研究领域。但是，他最近的企鹅版《克莱尔诗选》出版，总算是一定程度的补偿，该诗选与最近由R. K. R. 桑顿、埃立克·罗宾逊和戴维·鲍威尔等人编辑的版本加起来，使我们能够较全面地阅读克莱尔的作品，感受其持续不断的活力。这项现代编辑努力，为更广泛地承认克莱尔在坚守他原创性的"感觉的声音"时他那声音的可靠性和他那直觉的稳固性铺设了道路。他那明白无误的识别标志，在他数十首十四行诗中表现得最为突出，其探索也最具自发性。在这些十四行诗中，克莱尔描写小事，涉及北安普敦郡农村的植物群和动物群。其中一些诗，确实是传统十四行诗，例如一个八行诗节加一个带来转折的六行诗节，或对彼特拉克式十四行诗或莎士比亚式十四行诗作出示意。但其中很多诗，例如我现在要示范的一首，则是由七个对句组成的，它们像上了发条，然后松开，在受制约的运动中快活地飞旋。他写这种诗，自然得如同呼吸：

> 我在干草堆中发现一个草球
> 便在经过时挑了它一下然后走开
> 我看它时，好像有东西动了一下
> 于是又折回来，希望能逮到鸟
> 突然一只老鼠从麦秆堆里蹿出
> 她那些小崽子悬在她乳头上
> 她看上去实在太奇形怪状了
> 我赶快躲远些，想知道她会怎样
> 并拨开我站立处的矢车菊枝叶
> 这时老鼠急忙离开那群乱爬的小鼠

小鼠们吱吱叫,而当我走开
她又在干草堆里找到她的窝
鹅卵石上的水几乎流不动
宽阔的老粪池闪耀在阳光中

克莱尔在写到那个草球时,用挑（progged）。他原可以用戳（poked）,以同样自如的格律和有效的词汇;或者,他原可以用捅（prodded）,以略经调整的五音步。但要是他选择这两者之中的任何一种,他和他的读者都将会以一种极小但重要的方式,与此时此地或当时当地发生的事情拉开距离。我想起有一次某位爱尔兰外交家在谈到某份文件的措辞用语时所说的话。他说:"这固然是细枝末节,却事关重大。"同样地,任何艺术作品的成功结果,都端赖对这类细枝末节进行取舍时那种看似不费功夫和得心应手的处理。再如,诗中以下对句非常有启发性地使用了介词"at"而不是更符合预期的"from"或"on":

When out an old mouse bolted in the wheat
With all her young ones hanging at her teats.

突然一只老鼠从麦秆堆里蹿出
她那些小崽子悬在她乳头上

用"hanging on"（挂）会引起某种可怜的、拟人化的联想,而这会削弱整体表述的客观清晰度;用"hanging from"（吊）会把小鼠们变得过于被动;用"hanging at"（悬）则暗示"揪住",且本身很生动地捕捉到小鼠嘴突然绝望地微微收紧的情景,从而传达了这样一种反应:它既是生物的自动反应,又是直觉的感情反应。(当然,亦有"at the teat"①的联想。)但是,再次,真正的力量在于这个用语在该行诗中是脱口而出的,而丝毫没有诗人作出选择或事先考虑的痕迹;而在这方面,它分享了这首诗整体的美德,而这美德就是该诗的记录速度。那些对句接踵而至,快如一次兴奋的素描中的铅笔笔触,并且也像素描那样,压根儿就不担心线条重复,以及与其他线条的轨道互相交叉。这就是为什么诗中多个"and"和"when"②,以及自足的对句和句尾停顿的运用,都不会引起它们原本可能会引起的不快。它们显然是一种知觉功能,而不是一种执行上的失误。它们都巴不得抓住行动的一部分。它们都既是某种准确性和直接性的先决条件,又是其结果,它们那强迫性的加速度带来的愉悦,不逊于最后两行诗那美丽的减速度:

> 鹅卵石上的水几乎流不动
> 宽阔的老粪池闪耀在阳光中。

再次,这个对句取得的,并不是一种自我意识的效果,而是一种完全的专注。写作之眼完全把注意力集中在它面前的事物上,但同时也允许面前的东西深入到它背后的东西里去。不管怎样,那只眼睛没有抬起来看它对读者造成什么样的影响;而这种把在写作中做深梦的适当性与广角镜头般的专注力象征性地结合起来的做法,被那些在阳光中闪耀的粪池所反映。它们也把该地区范围内一种根深蒂固、在水中凝固的本地性与一种以适应日距的光和热而作出的完全顺应的调整结

---

① 意为吮奶头,引申为"利用""沉溺"等。
② and 表示"和、而、于是、并且"等,在翻译中常常可省去,或必须省去。when 表示"……时""当……的时候""突然"等。

合起来。

然而，尽管诗人之眼看似天真，但有一点值得强调，就是他这首诗如同任何马拉美的诗一样，也是确切地用文字创造的。它具有一种特别的现实主义和可靠性，因为它是一个自然主义者的观察，但不管是它的发声的简朴性还是它一行行内容的坚固性，都不应妨碍我们把它视为一项具有罕见精细度和完整性的诗学成就。事实上，在这几乎不适合在卵石上流动的水中，可以找到一种相似性，它类似于克莱尔诗歌核心中的渴望或疼痛。那疼痛源自他站在写作的边疆，站在他所栖居的、明白无误地可触摸的世界与另一个只有通过被唤醒的语言方能接近和获得的世界之间的豁口。

我所赞美的《鼠窝》中的那种卓越性，并不完全是克莱尔从18世纪继承下来的批评性语言所能提供的。他的写作要比他能够教导自己的更丰富和陌生。在我刚才讨论的东西的物质性与下面这段也是来自克莱尔的诗的抽象的古板性之间，存在着可怕的距离：

> 一个愉快的意象以鲜活的特征
> 和呼吸的文字显现在纸上
> 变成一片能看能听能感受的风景
> 阳光和阴影融化和谐的绿色……
> 从而忠实于自然，真正崇高
> 如一座耸立的巨人山俯瞰时间

这几行诗来自一篇叫作《品味之影》的诗体论文，它们披露出克莱尔处在他的第一个世界的边界外，演练新语言，使自己与另一个世界的新视角保持一致。这里的步法更有自我意识，诗的姿势也要比那首关于鼠窝的十四行诗中的任何东西都更温文尔雅,因而也更有可能为他最初的读者接受。再自然不过的是,他那部1820年的诗集《描写农村生活和风景的诗》受到哥尔德斯密斯、汤普森、格雷和科林斯等人建立的风景写作模式的影响。为了跨越他那未启动的写作的自我的界限,去到他那写作的身份,克莱尔必须踏着这些当时流行的风格的移动楼梯前进。例如,一首致他的出生地赫尔普斯顿村的早期诗,就是明白无误地以哥尔德斯密斯那首《荒芜的村落》的音调说话的:

> 向你致敬,谦卑的赫尔普斯顿,你的溪谷蔓延
> 你破旧的村子抬起它那低垂的头
> 不知何谓壮丽,不知何谓声誉
> 没有吟游诗人乐于宣扬你的名字

如此等等。这里是另一段话,再次来自《品味之影》,揭示出他同样是一个才华洋溢的模仿者,善于师法亚历山大·蒲柏的声音:

> 风格随时尚变化——俗丽、素淡
> 各有其信徒,各有其所好
> 从多恩质朴的旧金,其破碎的韵脚
> 把读者的耐性挤离其座位
> 到蒲柏那有规则地在音乐中
> 一路演奏固定辞藻的顺畅节奏
> 它一而再又一而再地开合并把其
> 和谐的音域调校得真实如修道院的钟声
> 从那些陈规老套之中,更奇异的韵律流动

约翰·克莱尔之得

半散文半诗歌,一路磕磕绊绊

这一行顺畅地开始,可还是有些费解

于是用肘挤着前进,撞到下一行

及其大半邻居,一个停顿原地踏步

一个从句便就此结束,接下去都是为了押韵

这是真正闲散的东西。尽管克莱尔拥有农民诗人的美誉,但是他精通既有风格和技巧的全部剧目:今日如果有一位诗人像他这样广纳博采,一定会被挖去担任研究院研讨班的作诗法导师。然而问题在于,克莱尔后期那些较不遵守传统技法和较没有(姑且这么说吧)品味的诗歌语言尝试,实应被理解为我第一次讲座中使用的诗歌的纠正的第三义才对(见《诗歌的纠正》)。这一义,源自追逐,在该义中"纠正"意为使猎狗或鹿返回正确的路线,而我把这个词的这一义,与成为所有真正抒情活动之标志的那种内在能力的爆发联系在一起。

那种发现自己突然在正确道路上全速前进的兴奋,嗅到味道并找到踪迹的兴奋,这类冲刺、猛扑的快乐,显露在克莱尔整个创作生涯但尤其是在19世纪20年代和30年代所写的数十首有着令人惊叹的观察力的十四行诗和短诗中。而他作品中这一部分诗,也正是我特别挑出来赞美的。这并不是说我要贬低他其他作品中所穿的礼服[①]的正确性。他在其最典雅的行为中所达致的现实主义、道德主义和韵律有效性的结合,是必须受到致敬的。这些较言简意赅的诗表明克莱尔的写作受到当时英国诗歌行话潮流的影响;只有一个其教养和傲气不逊于乔伊斯的天才,方能抵抗当时主导自然诗的种种正统观念。这类观念,

---

① 此处指克莱尔能够按别人认为重要的标准(如穿礼服般)来写,并且也写得很出色。

有些曾在克莱尔的出版商约翰·泰勒致克莱尔的书信中极好地表达过。泰勒既非剥削者也非麻木不仁者，而只是充当关于何谓正确诗歌行为的流行观念的喉舌而已。他促请克莱尔"提出他的看法"和"更富哲理地……谈论自然的外表"。但这种作品并不是克莱尔最经得起时间考验的作品。如我所说的，它的卓越性体现其时代的特征；它流畅恰当，但也像水那样在磨坊水车轮上流动，而不必推动水车轮。

另一方面，克莱尔仍能使读者屏息并确确实实吸引读者的，则是这样一些诗，在这些诗中，完全可辨认的轮子是转动起来的。克莱尔的五音步诗在发挥得最有效的时候，不只是运转格律的机械装置：在最有效的时候，它们还控制了我们的生物性的链齿。我的意思无非是，有时候读者只是禁不住用即刻的赏识来对纷至沓来的生动准确的印象作出反应。这些印象就其本身而言没有一个是异乎寻常的，整首诗也绝不是什么奇观。使它独具一格的，是非奇观的快乐和对世界上接踵而至的事物的彻底警醒的爱。不妨再举个例子，引用克莱尔另一首以对句——也许应称为"衍生对句"——构成的十四行诗，这首诗几乎是从克莱尔在四十出头至四十五岁期间在诺斯伯勒所写的众多诗中随机挑选出来的：

> 老池塘充满鸢尾，并被垂至
> 地面的树林和灌木丛围起来
> 水草绕着边缘生长蔓衍
> 一个干净的地方，牛群来喝水
> 学童一年又一年偷偷来这里
> 抓鳗鱼，弄得浑身是烂泥
> 牧童为了逃避苍蝇

常常躺在那里编织灯芯草帽

咕咕叫的猫头鹰终日在那里愁眉苦脸

听他的歌,总不飞走

苍头燕雀的巢悬在枝杈间,如此薄弱

小雀们呱呱叫,看似跌跌撞撞

而它们周围紫色蜻蜓嗡嗡作响

白色大蝴蝶飞舞而过

很少见到蝴蝶的轻滑性被如此有效地描写过。这只昆虫飞入诗中,作为嘴唇动作的一阵忙乱和诗句韵律的一组替代音步而永存下来。而这里的老池塘如同《鼠窝》中的粪池,因为它对克莱尔而言不仅体现了所有这类场所**作为场所**的现实,具有显著的特征和历史,而且体现了它们作为他脑海深处一系列记忆和深情的价值。此中有某种"梦工作"①和照相术在起作用。这首诗漫不经心的正确性和力量,来自一个远远低于视觉的参与层面;事实上,整首诗起到提醒的作用,提醒一次诗歌反应可以做到何等浑然一体和全神贯注。那未说明的东西,仍能作为一种有力的电流被感觉到,觉得它就在某个意象或节拍的内部或背后,而在这样一首诗的泰然自若、语调自信和站稳阵脚的背后,隐藏着克莱尔在面对历史危机和个人危机时伟大的忍耐力。

例如,到目前为止我尚未提到克莱尔对农村穷人的苦难的感同身受,或顾及 1809 年对赫尔普斯顿造成影响的《圈地法》;我没有评论诗人在三十九岁时从故乡村子迁往附近诺斯伯勒教区时遭受的创伤;我没有枚举他渐渐变得愈来愈频繁的抑郁症、记忆错误、幻觉和陷入谵

---

① 心理学术语,指人在下意识里把梦的内容转变成潜在形式的过程。

妄:想象自己是拜伦或拳击手杰克·兰德尔;我没有谈到他对童年恋人玛丽·乔伊斯的绝望之爱或他间歇性地确信他娶了她以及娶了已经与他结了婚的妻子玛莎·透纳;我也没有指涉他在1837年自愿入住艾伦医生位于埃平森林高滩的精神病院和四年后的1841年7月他令人心碎地逃离那里的旅程。但如果我没有做这些事情,那也不是因为我认为克莱尔没有因为这些事情而极度、剧烈、难以缓解地受苦,或这些事情对他作为诗人的感受力和成就不重要。

相反,克莱尔诗歌的活力,是与这个事实联系在一起的,也即他一生都遭到个人剧变和历史剧变的折磨和打击,直到他在最后二十年入住北安普敦收容所才得到缓和。最后这二十年的诗,被可以理解地称为"约翰·克莱尔发疯的诗",然而**作为诗**,我觉得它们要比此前大部分诗少了很多操控痕迹。这些掖转和扭曲在1841年达到高潮,也即在他逃离埃平森林前后和在他同年12月29日最后一次被送进精神病院的最初几个月。在这几个月中,他写了两首拜伦式的仿作《恰尔德·哈罗尔德》和《唐璜》,后一首诗再次以歪斜但疯狂地令人可信的方式发挥了克莱尔原本擅长的模拟才能。在这首诗中,他采取一种装疯卖傻的手法,以一种咄咄逼人和越界的才智奚落读者,打乱性和政治的一般见识。神秘与冒犯保持岌岌可危的平衡,例如当他把注意力转向他当时在埃克塞斯的住所:

> 有一位瓶子医生,经营尿液的小妖,
> 负责看管女王的国家监狱
> 伟大如都灵总督
> 并且除了在伦敦外很少露面
> 又被称为老艾伦——头脑发疯的女士们治疗

某种形状如花的梅毒但很少完好
森林里那条新路才是正路
直通红地狱,更远些,白地狱

这是好诗,但不是克莱尔得心应手的那种。同时展示最大压力、最大自信和最大无动于衷的作品,主要是他写于北安普敦之前的诗。显然,谁也不会否认他最著名的精神病院诗作,也即那首以"我是——然而我是什么没人在乎或知道"开篇并谈到"我生命的尊严的巨大船难"的诗,蕴含末日式的感染力;同样地,谁也不会低估他这个时期所写的必不可少的歌和十四行诗的价值,尤其是非常晚期的十四行诗《致约翰·克莱尔》(并且别忘了《圆橡》《黄鹂》《银莲花》《鸢尾冠在微风中颤抖》和《雷声隆隆越来越响》等诗)。但他毕生努力的巅峰时期是他中年初期源源不绝的短诗,描写风景中孤独的人物,或被社会遗弃的人物,或受威胁的生物,或寂寞的动物,或鸟巢,或气候的骤变,所有这些都能够做到传达脆弱性和持久力量的种种神秘提示。这些诗仅仅通过使它们自己被写出来这个事实,就能够说明创造精神在面对我刚才提及的所有那些逆境时昭示的效力;它们还再次证实基思·道格拉斯的一个看法,也即艺术作品的本质在于"揭示某种真相,这真相的永恒品质要求获得与永恒本身同等的尊敬"。

在这些作品中,克莱尔被引领到他声音和耳朵背后的东西,这东西被娜杰日达·曼德尔施塔姆称为"和声的金块"。找到这语音之宝,获得并保持你自己真实的音调,乃是一种最严苛和最直觉的磨炼,但对一位像克莱尔这样的作家来说,这是特别困难的,因为他在19世纪20年代的处境在某种程度上与一百年后克里斯托弗·默里·格里夫的处境相同;即是说,克莱尔像格里夫一样,是在一种被普遍接受的用语范围内运作的,而他隐隐觉得这用语并不适合他。格里夫通过发明"合成苏格兰语"和成为休·麦克迪尔米德来处理这个问题。如果克莱尔把他的姓名改为约翰·芬或杰克·普罗格,他的任性也许就会被阐明得更清楚,他对他的诗歌该做什么的意识也许就会更明显。即便如此,我们也许可以说,麦克迪尔米德在 20 世纪 20 年代的理论热情实现了克莱尔在 19 世纪 20 年代的诗歌直觉——尽管从艺术角度看,克莱尔的声音总是要自信得多。麦克迪尔米德文章中关于重振俗语的全部说法,他意图扫除语言障碍以便打开普通知识之仓库和未知潜力之仓库的全部愿望,他对英国文学维持"一个狭隘的优势传统而不是把自己广泛建立在不列颠群岛所有多元文化因素和语言及方言缤纷的多样化的基础上"所表达的一切愤愤不平——所有这些都把克莱尔的实践所隐含的东西昭示出来了。而我相信麦克迪尔米德在使用歌谣节拍时,也会发现他自己与克莱尔有某种共通之处。

这是从一开始就都在两位诗人耳中回响的诗歌节拍,是个人经验和社区经验都能够如同两股溪流般难解难分地进入彼此的节拍,也是克莱尔的道德义愤获得最剧烈的表达的节拍。例如,在他其中一首最强有力的诗里,当被称为"剑井"的采石场开始说话时,我们立即就能认出克莱尔的声音是从深沉的古老节奏里发出的,认出他正在向鲜明生动的语言中输入一种他曾为之付出个人代价的对于不公正的意识;然而它也是歌谣传统中冷峻的民间智慧所宣扬的意识,以及《李尔王》和《约伯记》的作者们共有的对生命的高度悲剧性理解所宣扬的意识。

1809 年的《赫尔普斯顿圈地议会法案》把"剑井"授予当地教区的道路监管者。该采石场因此失去其独立性,变得像一个贫民,靠教区施舍。在克莱尔诗中,使表达渠道如此精力充沛地开通的,乃是个人身份与地方身份之间每一道隔板的拆除。《剑井挽歌》绝不像麦克迪尔米德的《醉汉看蓟》那样成果斐然,但它依然体现了麦克迪尔米德渴望重新引入苏格兰的那种对普通用语和富于预见的愤怒的激动人心的整合。然而,我想指出的要点是,歌谣诗节为克莱尔做的,正是它将为麦克迪尔米德做的;它把他置于他的世界的中心,并使他的声音保持在轨道上,如同犁保持在犁沟里。以下是选自该诗的若干诗节,诗中贫民受侵害的尊严和被征用的土地的命运,都互相表达了彼此的苦难:

> 我没有拿着帽子去乞讨硬币
> 也没有在硬币扔下时把它捡起来
> 我暂时也看不到自己跛脚
> 而是祈求保存我自己的东西
> 在利润把其利爪伸进来的地方
> 不会剩下什么东西
> 增益屈身去拾一根大头针
> 只会把它别在衣袖上……

> 依赖啊,你是个畜生
> 匮乏只知道
> 他的感觉从枝叶和根茎都已干枯
> 落入教区手中
> 沾在农夫鞋上的粪肥
> 覆盖石头的苔藓
> 已不再属于我了
> 因为我已变成教区的拥有物……

银泉变成赤裸的沟渠
难得拥有一束灯芯草
当谷物长高,那些粗鲁的杂种
就把树林、斜坡和灌木丛都挖掉
至于我,他们把我从里到外搜遍
淘走沙、砾和石头
把我古老的绿山丘翻转过来
把我的骨头也剔净

这些昨天才诞生的杂种
竟宣称我的都是他们的
但在我变成市镇财产前
我曾骄傲如他们
我养马养牛养羊
并在下面建立市镇
以前他们也养猫养狗
然后就这样对待我……

这些蜜蜂在周围衰弱地兜圈
到处找不到鲜花
于是嗡嗡地把它们疲劳的翅膀
贴在苔藓上死去
野兔们见到我的一座座山丘被推倒
也就抛弃了我这贫困的栖息地
它们像穷人一样讨厌济贫院

宁愿在路上食不果腹……

我没有一个称得上是自己的角落
可供或爬或飞的生物出入
藏在石头下的甲壳虫
很聪明地匆匆溜走
家畜把我每天的挣扎吃得
光秃如路面
如果他敢贸然跑出来乱闯
肯定会挡住某物的去路……

  这首诗的要点,当然是提出看法,如同在另一首尽管其措辞较温和的戏剧独白诗《圆橡溪挽歌》中那样。它们的社会抗议和它们的艺术努力都是完全一致的。而如果说格律有强调的重击声,那也是传统手法固有的:那广泛的效果是伴随着该体裁而来的。我想强调的是,歌谣诗节通过赋予克莱尔一种传统音调,使他可以随着这音调行进,甚至使他完全取得他自己的"和声的金块",从而确保他在诗学上不偏离正道。

  这金块,对一位诗人来说,要比任何由格律构成的东西更难以捉摸,也更有个性。就克莱尔而言,它存在于他大部分我们也许可以称之为短章的诗中。这些诗都是短小而灵巧的尝试,充满令人惊异的天真和准确,其题材,例如我刚才提到的生物、乡村风景等等,都流畅自如地进出语言,如同情绪和冲动在身体与气候本身之间传递。在这些诗中,"和声的金块"不是以一种高级技艺表现出来的;这些"衍生对句"的真实性更多不是与镇静的甜美、巧妙的控制和刻意的技术有关,而是与言语本身一种充满即兴的无拘无束有关。事实上，这些诗中的音调谈不上太多样，如同人们在突发的兴奋中叫喊的音高谈不上太多样——而我想到的这些作品则可被理解为构成了一系列这类短暂、强烈而突发的叫喊。

那些关于鸟巢的诗，属于这个范畴，尤其是《蚁鹬巢》和《欧夜鹰巢》之类的作品。一些著名的快照式作品例如《嬉戏的野兔》亦属于这一类；尚有风俗画式的小品例如十四行诗《砍柴人》；风景诗例如《埃蒙斯代尔荒野》；此外还有音调更深沉的，由十四行诗构成的小组诗《獾》，以及两首构成对照的十四行诗《貂猫》和《狐狸》。想援引所有这些诗的愿望是十分强烈的，但是时间不多，况且这些诗很容易找到。这里，我打算举一个不经意的例子，用来说明我想到的那种卓越性，它有点像片段，实际上只是一节离题的诗，然而它对瞬间的随意抓拍——例如随意地给雨点来几个完美的大特写——再次说明一个事实，也即艺术的真理确实存在于事关重大的细枝末节里：

> 雷声隆隆越来越响
> 农夫们加快耙干草
> 慢移的乌云随时溃散
> 一帮人垛起更大的锥形干草堆
> 以便坐到下面——林地风醒来
> 大颗大颗的雨点下了整整一个小时
> 一股小洪水在斜靠着的耙上奔流
> 在舒服而干燥的草堆里大伙儿蜷缩着
> 避雨，有些躲在牛车下

它充满人物，它不矫饰，它看似毫不费力，然而它实际上是精练的胜利，因为它能够把九行有句尾停顿、以押韵结束的诗的匀称形状，与乌云、垛干草者、雨点和被水湿透的风的完全积极的活动结合起来。事实上，在这里，外界的活动是克莱尔自己丰富的精神活动的一个方面；这几行诗则示范并遵从了华兹华斯那个训令，也即诗歌应在宇宙的种种活动中披露人类心灵相似的活动。不能仅仅因为克莱尔诗歌充满具体事物，仅仅因为它充满精确而令人愉悦的细节，如同谷仓充满谷粒，而就认为它注定会不断堆积并埋没在自己的物质性之中。相反，它的特别和独一无二之处，乃是它的轻巧，它的飞掠能力，它的快速摆动、不受妨碍的运行。它是劳伦斯所谓的活生生的当下的诗歌；而它那以众多面目、以不同题材、场景和危机呈现的持久主题，乃是那令人生畏、必须继续进行下去的才能和这才能竟然能够维持下去的可爱奇迹——这是一种由充满活力的生物的本能的欢快和勇气所调教出来的，被自然世界中万事万物每一次新鲜的变化和复苏激励出来的才能。克莱尔总是为受害者鼓气，总是随时准备加入只要是温柔、和善或任何勇敢和弱势的东西的一边——例如这只獾：

> 他转头面对大声的喧闹
> 把对手赶到他们门口
> 当一只獾战斗，四下里都是敌人
> 所到之处都会有人不断向他扔石头
> 群狗被鼓动去加入打架
> 那只獾转头把他们全部赶走
> 尽管他又小又矮，个子不及他们一半
> 他跟狗激战了几个小时，把他们全打败

> 那条在打架中凶恶无比的大獒
> 躺下来舔自己的脚然后灰溜溜走了
> 那条斗牛犬知道遇到了对手,渐渐不支
> 那只獾龇牙咧嘴,绝不退让
> 他驱逐群犬,在他们背后紧追不放
> 猛咬他们。醉汉满口粗话,步履踉跄

不用说,尽管我赞美这些生动的短诗,但我并不想低估克莱尔在更大修辞攻势和在更持久的理智目标方面的表现。例如他的颂诗《致鹬》,有点像一件固定模式的作品,展示词与物之间合乎习俗的恰到好处——沼泽长满"一簇簇莎草",沼泽地处处是"湿软的凹陷"——但使它成为一首有经典力量的诗的,乃是它一边活力充沛地穿过严格而复杂的诗节格式要求的同时,一边保持完美的姿势。它的调度和发声几乎有一种马韦尔式的东西。虽然我重视作为惊叹者的克莱尔,但这并不意味着我不尊敬这位写出诸如以下诗句的更具深思熟虑的野心的诗人:

> 爱沼泽的鸟啊
> 泥泞地长满
> 一簇簇莎草——那里恐惧只在
> 你家周围扎营
>
> 颤晃的青草
> 在人脚下发抖
> 也承受不了他的重量,好让他经过

而他既孤单又沉默

坐下来休息
安稳地,在那一大片
包围你生息地的鸢尾丛下
或某根黄华柳残干边……

因为在这里你那
不得体但合乎智慧的
粗长喙又挖又钻
在寒冷的地上觅食

《致鹬》是一种卓越性,尚有别的卓越性。谁也不会轻视诸如《夏天暴雨》这样一首诗所包含的更柔和、更湿润的丰富性,或《牧羊人的日历》中那些固定模式的诗篇,或其他那些写于诺斯伯勒时期、备受推崇且在主题上很重要的诗例如《搬迁》和《回忆》。但我们仍有可能在承认这些诗代表不同种类的卓越性的同时,选择最重视克莱尔总著作中这种被汤姆·鲍林在另一个脉络中讨论克莱尔诗歌时称为"发声的当下"的特质。

鲍林曾写过一篇替克莱尔辩论的精彩文章,收录在《弥诺陶洛斯》(1992)一书中,这是一本关于诗歌与民族国家的论文集。但在这里我想请大家注意他更早时在《费伯版俗语诗选》(1990)的导言中发表的极具提示性的见解。他在导言中谈到现时我们已能拥有的克莱尔诗歌文本,也即恢复了原来不加标点符号的状态的文本时,有如下说法:

这些诗恢复的文本，体现了一种另类的社会理念。它们缺乏标点符号、免受标准拼写约束和荡漾着俗语涟漪，从而变成一种"民族语言"形式，拒绝"官方标准"那种光洁的温文尔雅。

接着，在提到诗人那"意识到自己像一个叫嚷者陷于一个不公正社会和一种独裁语言的处境中"之后，鲍林认为"克莱尔把他对阶级体制和法典式语言的经验戏剧化，将之视为被流放和囚禁于巴比伦"。也就是说，克莱尔是诸多后殖民地民族语言中的现代诗歌的发起者和先行者，这种诗歌源自这样一些人的不同和/或不满，这些人所讲的英语口语导致他们与其他使用那种规范的"官方标准"英语的人产生文化上也许还有政治上的分歧。鲍林的意思是说，一旦激怒和口头表述的土音进入文本，不管是在贝尔法斯特或布鲁克林或布里克斯顿，我们就处于克莱尔的影响和榜样的听力范围内。克莱尔那曾经被视为与主要潮流不合拍的东西，如今变成了对他意义重大的东西：一如往常，当人们现在需要一种新诗歌时，总会把先行者从过去召唤出来。

不过，当我们审视鲍林自己的诗歌，还有莱斯·默里、莉兹·洛克黑德、托尼·哈里森、德里克·沃尔科特、埃德华·卡马乌·布拉思韦特和众多杜布音乐（dub）与雷鬼音乐（reggae）传统中的人物的诗歌，我们立即发现没有任何人可以再像克莱尔那样清白地或彻底地属于某个最初本地语或焦点语的声学范围里——而焦点（focus），你知道，在拉丁语中意思是炉灶。如今，每一个岛屿——不管是阿伦或奥克尼或爱尔兰或特立尼达——都充满了广播噪音，每一个耳朵都充满媒体口音和即弃的用语。在我多年来保持联系的几个方言小角落，如今儿童首先讲的，更有可能是模仿电视广告短歌而不是他们父母的音调。因此，在这些环境下，一位诗人从克莱尔那里吸取的，不是古文物收藏家似的对方言的挚爱或对民风的怀旧;克莱尔的实践的启示反而在于,它表明必须永远做好准备,永远处于良好的语言状态,在心智上灵活而相称地跟着冲动走。

在我刚才一直在称赞的短诗中,克莱尔所展示的那种自我激发、跨越障碍的生命,与驱使汤姆·鲍林和莱斯·默里的诗歌投掷和飞掠在两三种不同语言层面上的生命是一样的。那种推动他们的诗歌并使他们的诗歌朝内和向前敞开的渊博而本土的词语,那整个把语音震荡与相关的间接表述方式结合起来的桀骜不驯,所有这一切都明显地源自一种远比克莱尔所发展的更不拘一格的语言趣味。然而,他会十分理解这些诗人的词汇所显示的生机和不耐烦,他们急扭身体绕过审查员和视彬彬有礼如无物的必要性,以及保持良好诗歌势头包括偶尔把这势头变成艰难的政治进程的必要性。

事实上,克莱尔鼓舞我们信任诗歌,相信诗歌可以突破后现代主义的滑奏,站稳在真正富有想象力的拖运工作的淤泥中。他未听说过曼德尔施塔姆关于阿克梅派是"对世界文化的乡愁"的著名说法,但是说来也奇怪,把克莱尔放置在诗歌抵达的那个渴望已久的地位或状态的脉络中考虑是有意义的,约翰·贝利[1]已在很多有才能的当代诗人作品中看到这种抵达。毕竟,世界文化之梦,乃是梦想一个没有语言会被降级的世界,在那个世界里,古代农村地区维奥蒂亚州[2](莱斯·默里曾把它视为历史上所有内陆文化和方言文化的典型)将与雅典城邦平起平坐;那里不仅连荷马而且赫西俄德都将获得应有的荣誉。克莱尔诗歌支持了这样一个视域,在那里你完全不必对你的世界自身的文化表达和语言表达想第二遍,因为谁也不会将自己的表达方式视为规范

---

[1] 约翰·贝利(1925—2015),英国文学批评家。
[2] 希腊地名。

或官方的方式而强加于人。把他当成带有古旧措辞的异国情调风味和带有田园式过去的如画风景来读，乃是没有理解他寄予的信任，也即相信一切语言都可能有一个自我尊重的未来，一种巨大、创造性的流畅。在那里，人类存在变得活跃，人类生活变得更丰饶，因为这生活正在以自我满足和不受妨碍的方式被表达出来。

单人火炬队伍:休·麦克迪尔米德*

*牛津讲座,1992年10月;R. I. 贝斯特纪念讲座,爱尔兰国家图书馆,1993年1月。

克里斯托弗·默里·格里夫在1922年使用了休·麦克迪尔米德的笔名,并在那时至他1978年逝世之间把自己变成了20世纪最多产的作家之一。他的《诗全集》共两大卷,约一千五百页,而这只占他总著作的一小部分;他的散文还要卷帙浩繁,因为麦克迪尔米德从十多岁起就是一位新闻记者和论战家,并靠为报纸写文章和接受委约写各种整本整本的书来谋生。他的作品总的来说展现了令人尴尬的参差不齐,但是他最好的诗歌的质量和他整个事业的历史重要性意味着麦克迪尔米德应受到比他在其故乡苏格兰以外获得的更大的重视。

麦克迪尔米德在苏格兰文学和文化中的地位,在很多方面类似叶芝在爱尔兰的地位,而爱尔兰作家们争取解放的雄心壮志在他眼中永远是十分重要的。他在语言上的自负曾受到乔伊斯的榜样的巨大鼓舞,而叶芝和其他复兴运动后的作家则继续在他的文化民族主义计划中发挥高度的影响力。我们甚至可以说,麦克迪尔米德为苏格兰取得的成就,相当于盖尔语联盟①和文学复兴运动的综合努力为爱尔兰所

---

① 一场旨在恢复爱尔兰语言和文化的运动,始于1893年。

取得的成就:首先,他改变了人们对苏格兰两种本土语言——高地及诸岛的苏格兰盖尔语和边境区及低地的苏格兰俗语——的态度;其次,麦克迪尔米德可以说是单枪匹马在其中一种语言中创造了一种文学,并成为那位将改变另一种语言中的诗歌进程的诗人[①]的灵感。

在20世纪20年代,麦克迪尔米德羽毛全丰地崛起,成为他发明的语言中一位具有抒情天才的作家,他把该语言称为"合成苏格兰语";在30年代,他与绍莱·麦克林的友谊帮助了麦克林向前迈进,成为盖尔语现代诗歌的救赎性天才。换句话说,在当代环境中,麦克迪尔米德展示了本土语言在艺术上的种种可能性,并在这样做的时候彰显了他所称的两种语言遗产中"被抛弃或未实现的质素",这些质素呼应了"一种独特的苏格兰心理中的诸多'无意识'元素"。总之,他的实践和榜样在过去五十年间对苏格兰写作的历史有难以估量的特殊影响,对苏格兰文化则有难以估量的普遍影响。麦克迪尔米德在20年代苏格兰的文化抵抗行动与80年代和90年代诸如阿拉斯代尔·格雷、汤姆·莱昂纳德、利兹·洛克黑德和詹姆斯·克尔曼等作家在文学上表现的沉着有显而易见的联系。他为这样一种苏格兰文学奠定了基础,该文学在与其自身传承的形式和用语的关系上是自我批评和实验性的,但它也受到世界文学其他地方的发展的刺激。

总之,麦克迪尔米德是一位有感召力的作家,尽管其艺术成就依然有争议。他是一个共产主义者和民族主义者,一个宣传家和剽窃者,一个酒徒和风流鬼,而他是在巨大的羽饰下扮演所有这些角色的。他树敌的天分一点不亚于他交友的。他是一个斯大林主义者和沙文主义者,他仇英而傲慢,但是他一再显示的那种过度,他在他所做的一切事

---

① 指绍莱·麦克林。

情上留下标记的那种超凡的特质,也同样在他的正面成就上打下烙印,赋予这些成就真正持久的力量。换句话说,麦克迪尔米德拥有被菲利普·锡德尼爵士视为诗歌本身独特性之终极标志的那种"强迫力",尽管这种强迫力既明白无误地显现在他的作品的非凡成果中,也显现在他的作品的恶化和冒犯中。

因此,虽然我们在谈到麦克迪尔米德的诗歌时可以说些负面的话,但这并不能用来否定他的成就,这些负面话也同样不会对诗人本人构成太大的干扰。他对他的产量有着非常清醒的认识,还在60年代给英国广播公司一位监制写信时说了以下一番话:"我觉得,我的工作绝不是山雀下蛋,而是像火山那样爆发,不仅射出火焰,也射出很多垃圾。"如果此话出自一个能力不这么充沛,在过度做事情方面的胃口不这么不能自拔的人之口,就会显得像是在请求原谅;然而此话出自麦克迪尔米德之口,却是豪言壮语。如果让他在被告席上陈词,他一定会大发一通藐视法庭之言。难怪诺曼·麦凯格建议说,每年在他逝世周年纪念日,都应举行两分钟的喧闹活动。"他常常走进我的心灵,"1978年麦凯格在麦克迪尔米德位于兰厄姆的墓边说,"仿佛它是一座城镇,而他是一支单人火炬队伍,照亮街道……"

不过,虽然他的活力是划时代的,但是麦克迪尔米德很可能也写了比20世纪任何其他大诗人都要更令人尴尬的作品。任何希望赞美他的作品的人,都必须立即承认,在他的才华洋溢与他的废话连篇之间存在着某种令人无法回避的联系。任何人面对他的诗汇编的庞大积体,都得在真诗与我们也许可称之为习惯性打印输出的东西之间作出严格的区分。接着还要就他那些到处胡乱收集的创作习惯(或者这是现代主义拼贴?)提出疑问:他悄悄把别人的文本混入他自己的文本,有时候是技术方面的,有时候是论述方面的,有时候甚至是文学方面的,而这方面最臭名昭著的例子莫过于那首题为《完美》的八行抒情诗,该诗——视乎你想在多大程度上成为批评界的马伏里奥①——可以被视为要么是一首随手拈来的诗,要么是对格林·托马斯一个故事的剽窃。即便他那热切、迂腐和臭名昭著地成问题的诗歌作品没法取消他跻身大才能作家之列的资格,但是它们确实使他无法被视为一位"大师"。如果我们称一位作家是大师,那往往暗示其整体作品具有某种完美和完善,而这是麦克迪尔米德甚至懒得去追求的。他更多是沉醉于开篇的连珠炮而非最后的润色;虽然作为一位诗人他肯定会同意每种力量都会发展其形式,但是他属于这样一些人,他们的五官功能都能更自然地集合在力量的大旗下。

因此,他用来描述自己的火山的形象,是完全恰当的,事实上,诗人麦克迪尔米德自己就是一次爆发的结果。他于1922年崛起时,就仿佛是从克里斯托弗·格里夫的想象力那被搅动的元素中催生出来的一个崭新而火烈的形状;或者,可以同样合理地说,他是从苏格兰语言本身苏醒的能量中崛起的。这些能量长期以来作为文学资源而休眠着,直到格里夫遇见一本叫作《珀思郡下斯特拉森地区所讲的低地苏格兰语》的博学专著并以该古老语言的新版本写了第一首诗,这些能量才被搅动,变成新的活力。正是在此时,他使用了休·麦克迪尔米德这个笔名,仿佛他直觉地知道他已经重生了,仿佛他作为一个文学人物的少年行为现在已结束了,他已发现了他的英雄式名字和命运。麦克迪尔米德是作为一个已充分发展的奇才抵达的,既生产他用以写作的语言,又是该语言的产物,而该语言此后便有了各种称号,包括合成苏格兰语、苏格兰俗语和乡土语言。而该新语言的第一首诗,叫作《残虹》(The

---

① 莎剧《第十二夜》中的人物,爱寻根问底。

Watergaw）：

> 一个潮湿的傍晚，在剪羊毛的季节
> 我看到那个难得一见的东西——
> 一道彩虹的残余，带着颤抖的光
> 在那倾盆大雨之上；
> 我想起你消逝之前显露的
> 最后的狂暴脸色。
>
> 云雀的巢黑暗又荒凉，
> 我的心也是；
> 但此后我就常常想起
> 那束愚蠢的残光；
> 而现在我想我终于明白
> 当时你那脸色的含意。

诗人的传记作者艾伦·博尔德记录了这首诗产生的过程，说当时格里夫的注意力集中于詹姆斯·威尔逊爵士那本关于下斯特拉森语言的专著的其中两页：

> 《残虹》的大部分词语……都来自威尔逊这本书中的两页。Yow-trummle（剪羊毛后七月寒冷的天气）、watergaw（模糊微弱的彩虹）和 on-ding（暴雨或雪）全都在其中一页上；第二节第一句"There was nae reek i' the laverock's hoose/That nicht"出现在威尔逊枚举的"谚语与箴言"中……其注释是"今晚云雀的屋子里没冒

烟(在夜里寒冷又有暴雨时所说)"。

格里夫对这些现成元素的利用,绝非导致他后期大部分英语作品变得面目全非的那种从词典和参考书匆促抄写来的东西。然而,在1922年,这些记录下来的词和短语所做的,乃是在格里夫的听觉想象力的轨道中拉开一条绊线,使他一头栽进了他的语言无意识里,栽进一个由情感系统和语言系统构成的网络里,这个网络自童年起就已经存在了。他青少年时代在邓弗里斯郡所过的亚文化生活的日常语言突然间获得学术权威的认可。他那个小小的自我,也即他的成年语言的内核里那头方言动物,开始听到它自己在一个更大的历史音响中放大。当格里夫悟出他的写作身份的授权,全赖他是否能够不断深入探索他自己的记忆中和他家乡的记忆中的原始语言地层时,他就变成麦克迪尔米德了。而意识到一个月牙初升似的真理,意识到某种不是被十分清楚地理解但非常明确地体验到的东西,恰恰是《残虹》所体现的。

它真正的题材是超常事物。那残虹,也即那一抹在寒光中闪耀的彩虹,提供了某种心灵顿悟,而麦克迪尔米德把毛毛雨背后那光的闪烁和脆弱和可能的启示,与他所见的父亲临终时那难以破解的表情联系起来。但是这首诗的发音可能要比这首诗的所见更重要。这里,构成真正原创性的,乃是词语创造的陌生感与家常感的结合。每个措辞、每个音调、每个韵脚都像山边的石头那样确切和可靠。词语本身是超常的:不管我们是否理解它们在词典中的意义,我们都难以抗拒其语音的诱惑力,它们那可凭直觉感知但仍未完全形成的意义之气息。正如临死的父亲的表情传达了一种明确的、尽管是神秘的启示的可能性,同样地,那古老语言在作为一种活的语言就快消失之际,又重新振作起来并催生了未来的新诗歌。

不用说,发生在《残虹》中的事情,以及发生在该诗之后另一些著名抒情诗例如《摇摆的石头》《安静,安静》和《被忽略的漂亮孩子》等诗中的事情,也正是通常发生在最纯粹的抒情诗中的事情。突然间偶尔邂逅的东西竟然变成注定的东西:未预见的变成不可避免的。诗的词语似乎从来就是抱在一起的,并享受了独特的存在,远离其他词语。例如,这里是另一首使麦克迪尔米德建立其名声的抒情诗,一首非常短的诗,叫作《被忽略的漂亮孩子》。诗中的孩子是地球本身,它在这里不同于其他星球,因为它有能力"哭",即是说,有能力像一个婴儿那样流泪和哭泣。火星的深红色光环和金星的绿光,代表某种美。但是地球之美是不同的,因为地球是人类受苦的地点,而这赋予它在太空中一种比任何其他行星更悲伤和脆弱的存在。"Crammasy"意为深红色,"gowden"羽毛是金羽毛,"wheen o'blethers"是一派胡言,"broukit bairn"是被忽略的孩子,而"haill clanjamfrie"则是他们这群卑贱者:

> 英俊的火星穿着大红袍,
> 金星披上了绿绸衫,
> 月亮把她的金羽毛摇得乱颤,
> 谈个海阔天空,无非是一派胡言,
> 投机得哪有心思管你,
> 你这被忽略的孩子,大地!
> ——那么哭吧,你的泪水一泛滥,
> 就把这一切淹掉。①

---

① 王佐良译。最后一句的直译是"就把这大群卑贱者淹掉"。

格里夫写这首诗时三十一岁,是一个工作中的新闻记者,热烈地致力于苏格兰的文化和政治复兴,这次复兴对他来说可归结为抵制和颠覆英国标准和英国方式的影响和强加。他 1892 年生于邓弗里斯郡的兰厄姆镇,是家中长子,父亲是邮差,于 1910 年早逝。母亲家世代务农,当她描述新生的诗人时,她展示了她自己的俗语天赋:"看上去活像一团吃了又吐出来的小东西,眼睛像一张地毯烧出两个小孔。"他在当地受教育,并且,按他自己的忆述,他读遍了当地卡内基图书馆的一切书籍。之后,在他十六岁时,格里夫就读爱丁堡一所师范学院,但因涉及一宗偷窃校长书籍的恶作剧事件而被迫退学。此后,他为了谋生,当了流动的新闻记者,不过必须承认,这种流动是由格里夫爱与老板吵架的天赋和他迅速发展其作为一个威士忌酒徒的能力促成的。

尽管如此,从 1911 年 1 月(当他离开爱丁堡那家学校)至 1915 年 7 月(当他加入英军,在萨洛尼卡的医疗队服役),克里斯托弗·格里夫还是在多家报纸工作过,包括《爱丁堡晚报》《蒙茅斯郡劳动新闻报》《克莱德班克与伦弗鲁新闻报》《法夫先驱报》和《法夫海岸纪事报》。他还如饥似渴地阅读,并为 A. R. 奥拉奇的《新时代》撰稿,该刊物成为他整个知识发展的重要里程碑。通过与奥拉奇及其杂志的联系,他被引导去阅读各种作家,包括尼采和柏格森,并深受尼采"成为你自己"这一训谕的影响,如同他深受柏格森的影响,后者宣称触发进化过程的,并非自然选择而是创造冲动。但是对格里夫来说,成为他自己意味着成为麦克迪尔米德,而成为麦克迪尔米德又意味着要获取一个苏格兰身份,这个身份长期以来受到英国中心的态度和标准英语的压制:进化过程不仅需要在个人层面上而且需要在政治层面上具有创造力。

他离开战场归来之后,有了一个逐渐清晰的计划,并发展成一个崭新的"苏格兰理念"的宣传家。在文学上,该理念取自并反映了惠特曼的美国民主理念和叶芝的文化民族主义;在政治领域,该理念得到列宁的共产主义的激励,以及得到一种残留的,但在情感上却是决定性的倾向,也即易受基督教关于通过自我牺牲来获得救赎的观念感染的倾向的激励。此外,格里夫先是在 1911 年威尔士矿工罢工期间,继而通过他与苏格兰社会主义活动家例如约翰·麦克森和詹姆斯·麦克斯通的接触,而开始介入政治上的混战;因此,他很自然会深受 1916 年都柏林的复活节起义和翌年俄罗斯的布尔什维克革命的刺激,这两次事件对他此后如何想象民族的未来和世界的未来,都具有强大的影响。

在麦克迪尔米德对这些主义的信奉中,既有慷慨又有凶猛,而我们必须牢记,在他习惯性的自我推广背后,永远有一种想服务的愿望。如同道格拉斯·西利在一篇评论中所说的,他是服务于一种召唤而不是从事一项职业。不管怎样,到 1922 年的时候,克里斯托弗·格里夫已完善了他作为一个论战家和宣传家的用语,准备好蜕变成休·麦克迪尔米德,他后来把这个蜕变后的生物形容为"鸽群里的石头"和"激活水族馆里其他麻木的动物的鲇鱼"。看他怎样在由他主编的、致力于创造苏格兰文学新运动的刊物《苏格兰小册子》第一期中,开始信心十足地写社论:

> 苏格兰文学,如同其他文学,几乎无一例外都是由渎神者、不道德者、嗜酒狂和疯子写的,但是与大多数其他文学不同,苏格兰文学几乎总是由牧师们评论的,其效果整体而言类似由(可敬的约翰·麦金托什博士的)声明产生的那种效果,该声明说"作为一位小说家,罗伯特·路易斯·斯蒂文森拥有把其作品写得有趣的本领",还说"他的描述能力相当好"。

这炮散文是在1922年开出的,代表着格里夫典型的挑衅形式:辛辣,迎头痛击,猛烈而全心全意地想挑起反应。他的论战文章具有酒吧里危险人物制造麻烦的所有战术,卷起衣袖,摆好准备跟任何人和每一个人大打出手的架势。在他决心要恢复古老词语的新努力中,其标志是抗议和奋斗,而不是怀旧和感伤。在这冲动中,没有任何向后看的意思,因为麦克迪尔米德是在非常清醒地组织一场文学新运动,并展示了实验者的野心:他绝不会容许自己被人指控赞成某种停滞的语言发展形式。合成苏格兰语并不是为了让听众获得自我承认的简单快乐,因为这只会导致滥情和自我沉溺,而滥情和自我沉溺正是麦克迪尔米德想彻底从这文化中清除出去的。他的首要目的,也不是为了宣称本地语言拥有比标准化现代英语那受损害和带来损害的用语更优越的活力。这些事情可能只是他的努力的副产品,该努力的中心乃是这样一个挑战,也即启动(道格拉斯·邓恩所称的)被历史中断的语言,使这语言进入现代的运作状态。事实上,麦克迪尔米德处理古老词语的方式,其革命性和自我意识,不亚于年轻的埃兹拉·庞德处理一个建立在古语基础上的措辞和处理一个译自古英语、拉丁语或汉语原文的佶屈聱牙的翻译文本的方式。此外,他的实践尚有某种东西呼应了罗伯特·弗罗斯特的诗学,原因是麦克迪尔米德在苏格兰人耳朵深处所追求的东西,类似弗罗斯特所谓的"感觉的声音",那是一种先于说话并确认说话之真实性的语音模式,某个先于说话的音区,诗歌声音必须根据这个音区来调整其音调。

然而,使这些理念和希望获得可信性的,并不是麦克迪尔米德强大的个性,而是他在1926年发表的那首叫作《醉汉看蓟》的诗。标题已说明了读者在投入阅读前所需的一切:这是陶醉的想象力与该想象力通过沉思苏格兰民族象征而发明的一切事物之间的相遇。例如,有那么一刻,蓟具有主要是家常和负面的意义,并被醉汉看成是苏格兰的矫情必不可少的部分,类似供应给游客的格子呢衣服、彭斯晚餐、羊肉杂碎布丁、哈里·劳德①和苏格兰每一样老土陈旧的事物。但是在另一个时刻,它变成了尤克特拉希尔,也即世界之树,②一个宇宙象征,它使更有远见而不仅仅是讽刺的诗歌成为可能,那是尽管有着巨大的冲击力和理性的共鸣力,但依然把其耳朵贴紧本土的诗歌。例如,在以下这些临近结尾的诗行中,你可以听到歌谣诗节那令人放心的民主节拍;但你也可以听到更庄严和更深沉地精心编排的东西。那音乐有立体声的效果,仿佛中世纪苏格兰诗人威廉·邓巴的庄严举止在但丁《神曲》的星际范围内回响。(巧得很,这里的"hain"一词的意思是保持或保存,而"toom"的意思则是清空,但比这些感觉方面的细节更重要的是整段诗的音调的自信。)

> 群星像红蓟花,在太空
> 贫瘠的植被上簇簇盛开,
> 植被穿着从我这里展开的疾风之衣,
> 我是它根茎的养料。
>
> 啊,快乐地,我要完整维护我这颗心,
> 快乐地,保存我欲望的亮色,
> 但是啊,闪闪的溪流升起,
> 最后使我空荡荡。

---

① 哈里·劳德(1970—1950),苏格兰著名杂耍喜剧演员。
② 出自北欧神话。

因为我的心和脑一旦被清空,
蓟的需要也就会再次下降。
——但它一切的增长将永不会填满
它把我的生命变成的这个空洞!……

然而我还剩下寂静,这一切的峰顶。

通过这首诗的音乐的深度,通过其联想性的幅度,及其把来自俄语和法语材料的难忘翻译包括进去,麦克迪尔米德无异于指出,他的同情和关注并不局限于本地背景,指出他对苏格兰状况的不满只是他希望地球上全人类都能彻底改变生活这个诉求的一个方面。换句话说,如果麦克迪尔米德有什么怀旧,那也是奥西普·曼德尔施塔姆所信奉的"对世界文化的乡愁"。

然而我们却不可以把《醉汉看蓟》形容为高雅文化赌注中的一次庄严出价。相反,它的独特之处在于它受一种富于灵感的脚踏实地所感召。它具有巨大的即兴能量,并被反建制的急躁冲动驱使向前。虽然这急躁是该诗风格的一种效果,但是它似乎悖论地显露出对风格这个理念本身的不耐烦。使我们印象最深的是,该诗有太多事情要做,根本就顾不上种种纯粹的文学考虑。既可以说它接近打油诗,也可以说它接近但丁——并且不着痕迹。例如,这几行诗来自一个混杂的片段,其中醉汉看到宇宙的巨轮,其中苏格兰和苏格兰历史的剧中人物在无限的视角范围里同时被建立又被摧毁:

我感到它转动,于是我看见
约翰·诺克斯和克拉弗斯跟我坐成一排,

单人火炬队伍:休·麦克迪尔米德

还有苏格兰人的玛丽女王。

还有罗比·彭斯和威廉·华莱士,
还有卡莱尔,表情冷漠如铁板,
还有哈里·劳德(把我们迷住)。

而当我看时,我都见到了,
所有曾呼吸过生命气息的
大大小小的苏格兰人。

"天呀,我无法承受
与这群暴民鬼混的痛苦。"
——"安静!这是为你的灵魂好。"

*

"但为什么我要被罚去
在这一大群难教化、
杂乱的乌合之众里争吵?"

"一个苏格兰诗人必须担起
苏格兰人民厄运的重担,
为砸破他们的活坟墓而死。

很多人试过,但全都失败。

他们的牺牲全都白费,

一个个被钉死在蓟上!"

激情与傲慢的混合在《醉汉看蓟》里比比皆是,并使它与爱尔兰杰作例如布赖恩·梅里曼的《午夜宫廷》和帕特里克·卡瓦纳的《大饥饿》联系起来,后两首诗也都把诗歌的高昂情绪、个人的愤愤不平和社会抗议共冶一炉。梅里曼的格律活力和巧妙的才智使我想起麦克迪尔米德这首诗中的同类品质;而卡瓦纳对个人创伤和社会创伤的更粗犷的表达,也与这首苏格兰诗中所讲述的事情有颇多共通之处。然而,也许最重要的是,这些诗都不是直接的自白;它们全都不仅仅只具有治疗作用。它们确实表达了它们作者的体系中的某种冤屈,但它们的目标既是公共的,也是个人的。它们发挥了它们各自社会中的免疫系统的作用,对身体政治中任何不健康或削弱性的力量发动攻击。而在这方面,它们彰显了诗歌的高度潜力,诗歌作为积极转变的因素的功能。

这首诗是麦克迪尔米德的杰作。即使他的政治方案未能如愿实现,即使他力倡的民族主义和社会主义大计无法实现也不受欢迎,即使他的俗语共和国未能获得宪法地位,但事实却是,《醉汉看蓟》的确达到了诗歌的纠正。麦克迪尔米德创造了一个充分实现、在想象力上前后连贯的作品,它包含如此增强生命的讽刺,如此巨大的感情重量,如此富于想象的独特引力,使得它可以被放置在心灵的天平上,作为某种可以抗衡和矫正那支配性环境的东西。这是创造力量对历史处境的一次重大干预。它的力量是那被瞥见的另类选择的力量,它至今依然使麦克迪尔米德在别处所作的动人心弦的断言获得可信性,他断言诗歌是苏醒的人类存在。虽然它在出版那一年仅售出了九十九册,但它已经踏上了通往最重要的观众也即"后世读者"的道路。它在苏格兰语言中释放了麦克迪尔米德准确地称之为"喜剧力量"的东西,一种最宽泛意义上的喜剧能力;它既是洪水又是泛滥,以至于我们可以说这首诗给苏格兰生活注入了一种几乎是魔法的元素,古爱尔兰神话中的"鹤皮袋"所代表的那种元素。

鹤皮袋属于海神马南南,里边装有他拥有的一切宝物。"当大海满潮时,袋里所有宝物都看得见;但是当澎湃的大海退潮时,鹤皮袋便空无一物。"同样地,《醉汉看蓟》包含苏格兰民族生活和个人生活中也许可以获得也许不可以获得的增强生命的一切宝物。事实上,有那么一些时刻,醉汉似乎暗示他正在讲述的这首诗与鹤皮袋神话有关系。例如,在以下的诗节中,他表示他的"harns"也即头脑对灵感的潮汐作出反应,如同海草对大海的潮汐作出反应。而这首诗本身,同样也将永远对其读者的变化能力作出调整。如同马南南神奇的鹤皮袋,它将视乎它所维持的想象世界的满或空而显露或保留其宝物:

> 我的头脑是海草——潮涨了,
> 便肿大如膀胱,舒服地漂流,
> 但是潮退了便凝结
> 如起皱的老血管。

麦克迪尔米德的苏格兰俗语诗歌掀起的海啸,在他完成《醉汉看蓟》这首诗之后很久依然回荡着,并且给予他力量,使他继续完成很多其他令人惊骇的表演,例如《水的音乐》和《塔拉斯》,以及1932年那本收录这些诗的诗集《解放了的苏格兰人》的同题诗。在这本诗集中,诗人动用其所有古老资源和充沛的活力,得心应手,恰到好处,保持风度。但是说到这里我必须搁下麦克迪尔米德这位再生的苏格兰"makar"

（诗人、创造者），转而以太短的篇幅并以总结的方式，谈一谈麦克迪尔米德在其一向迷人的写作生涯后期数量庞大的英语诗作的受争议地位。

曾经有人告诉过我一家由俄克拉荷马州塔尔萨市某原教旨主义宗教组织经营的医院的入院程序：新来的病人会被要求填一份表格，表格要求他们列明各种事项，包括他们的出生日期，然后是他们的再生日期。对格里夫来说，这是完全没有问题的：出生，1892年；重生，1922年。但真相是，麦克迪尔米德本人也完全可以有两套日期，原因是他在1922年生于合成苏格兰语，又于1933年前后再生于英语。

从个人角度看，我觉得这个时期是麦克迪尔米德一生中最动人的时期。在这些年间，他与第二任妻子瓦尔达·特雷夫林和他新生的儿子迈克尔生活在一起，住在设得兰群岛的小岛沃尔赛。隐居。无论在身体上还是在心理上，都可以说是越过目标，超出视野。喝酒、与其第一任妻子离异的压力、政治争论、经济困难、到处树敌的紧张——在20世纪30年代初，所有这些事情曾使麦克迪尔米德达到精神崩溃的程度。但他存活下来，而他能够存活与他紧紧抓住自己的资源的基石大有关系，这个基石在当时又得到与设得兰群岛那些清心寡欲的渔民接触的加强，以及得到他在这些实际地质环境的荒凉中如鱼得水的心态的加强。深受他为自己臆造的那些巨大野心折磨的他，现在经受着他的诗歌生命中开始的一场磨难。在这场磨难中，那个夸大狂与那个奇迹创造者争夺诗人的声音；在这场磨难中，威廉·麦戈纳格尔[①]的瞎扯偶尔会压倒休·麦克迪尔米德的诗歌，剽窃者太过轻易地占了诗人的

[①] 威廉·麦戈纳格尔（1825—1902），苏格兰打油诗人和演员，被视为英国历史上最糟糕的诗人。

上风,他的杰作所弥漫的那种音调的自信和戏剧性的不可避免性已经弃他而去,一种使人尴尬的不可信性进入了他的诗歌声音。

这是令人心碎的麦克迪尔米德,因为他是如此频繁和如此令人愤慨地笨嘴拙舌,这位诗人在某个时刻能向读者的耳朵和身体送入一种奇妙持久的元素,一种纯如空气或水的语言,一种使读者(如同真正的诗歌永远都会的那样)进入如同走在空气中或自由自在地游泳的境界的语言——但接着那空气稀薄了,那水抽干了,在声音和格律气压中出现灾难性的骤跌;流畅变成松垂,细节变成数据,诗歌变成卖弄学问和剽窃。在诸如《岛屿葬礼》或《伟大音乐的悼诗》或《登临 III》这些在其他方面充满优美的清晰性和节制、稳重的智慧的诗篇中,却往往在关键处频繁出现此类糟粕。而这种失败主要源自麦克迪尔米德后期写作的三个典型方面:他那日益增强的宣传家姿态,他的耳朵在他的本土苏格兰语之外判断失准,以及他愈来愈强迫性的改编习惯(这样说也许最终要比剽窃好听,因为那时他这个习惯已如此广为他的读者所知,并受到如此的纵容)。

当他写《醉汉看蓟》时,麦克迪尔米德与共产党的关系要比他后来少些,尽管他已经掺杂着一股强烈的列宁主义来巩固他天生对弱者的同情。然而,随着时间推移,列宁的世界革命梦想在麦克迪尔米德心中逐渐与一种新世界语言的跨境力量联系起来,而他觉得这种语言已在乔伊斯《芬尼根的守灵夜》那实验性的、语言熔化的冒险中做了预示。乔伊斯从《一个青年艺术家的画像》开头一个都柏林婴儿的牙牙学语,到《芬尼根的守灵夜》一种多语的、怀抱世界的意识所讲的理想语言,在麦克迪尔米德看来,正是本地语言可以蜕变成一种无所不包的世界语言,以及可以成为这场革命要宣传的朝着更高的心智水平和想象力水平演化的必要基础的路线图。然而,在实践上,这两位作家迥然不同，原因是乔伊斯的精湛语言技巧是激进地追求快乐的，不受任何说教目的约束，而麦克迪尔米德在哲学上无所不包的企图，则是教条主义的和极其政治正确的。同样不幸的是，他把自己等同于现代主义那些伟大先知和工程的做法，则导致骇人的自我膨胀和导致写出一种最终误入夸大狂幻想之歧途的诗歌。这种狂妄甚至在诸如《一颂列宁》这样的诗中获得了某种丑恶的维度，在该诗中，麦克迪尔米德宣称契卡（苏联的秘密警察）凶残的活动，是为维护他和他的主人公都如此重视的进化纪念碑而应付出的合理代价：

> 就像死亡及其依然在宇宙中制造的
> 种种痛苦那样必要和微不足道，
> 契卡的种种恐怖也不值一提；
> 并且将更早结束！我们杀谁又有什么关系呢，
> 为了减少那夺去大多数人真正生命的
> 最可恶的残杀？

终其一生，这样的教条极端主义都在损害麦克迪尔米德思想中的民族主义和国际主义张力。例如，他的仇英，是可以做得既有益健康又具有战略意义的，既可以是反对帝国主义的一种自然而正当的结果，又可以是他旨在重新调整苏格兰文学焦点和措辞用语的结果。但是除非仇英的实施是服务于他更宽泛的世界语言和共产主义秩序这一转变性视域，否则仇英只会讨好某种怀恨在心的本土主义，而这恰恰与他要推广的解放意识背道而驰。当然，它也可以越过纯粹偏见的阶段，去到某种精神失常的境地，例如以下摘自他后期一首英语诗的片段：

> 因此苏格兰曾经知晓或将会知晓的
> 每一种可爱,此刻都越出英国愚蠢性的
> 危险之夜,朝我飞来,
> 当我躺下来思索一个事实:
> 也许再造古希腊性情的
> 最佳机会,乃是
> 让苏格兰人与中国人"杂交"。

  这种20世纪30年代和40年代的有缺陷的诗歌,连同其技术词汇,其乔伊斯似的对其他语言的文字和方式的陶醉,其坚持有可能把未来型的苏格兰生活之梦与盖尔语和中古苏格兰语遗产结合起来的立场,其非要创造一种可包括一切事物、一切语言和一切学科的强劲诗歌的渴望——这种诗歌是如此想远远越出英国文学的行为规范,以致它很容易就干脆从正统表达方式的另一边直接走出来。然而,他拿出来面对读者的美丽而刻意的古语,只偶尔获得我在前面赞赏的他那些苏格兰语抒情诗中所获得的不可避免性。诸如《在古海滩上》和《在康沃尔一个花园里》这样的诗,确实以出色的过度而令人吃惊,它们一字一词都拥有一种独特而繁复的精确性和迷幻式的丰富性。然而,甚至连它们也踉跄不稳得近乎自我嘲讽,只能通过它们的作者展示的那种拿词汇的相应丰富性去匹配现象的多样性的巨大胃口而勉强混过去。很遗憾,更常见的情况是,麦克迪尔米德的奢华和原创性都无法搬着数据越过写作的边境。歪斜的节奏、怪异的措辞用语、百科全书式的引文、彻底的单调——麦克迪尔米德显然给了他的诋毁者很多可抓的把柄。

  因此,在我结束本次讲座之前,我想非常简略地提出如何既尊重又承认麦克迪尔米德那巨大的史诗性努力的失败,例如在《康沃尔英雄之歌》和《纪念詹姆斯·乔伊斯》这样的工程中的失败。从历史角度看，很值得把这些诗与20世纪苏联共产主义那些令人敬畏和有时候可怕的工程作为一个整体来思考；它们就像那些庞大的水坝、炼钢厂和专横地组织起来的集体农场，每一个都是残酷努力的结果，每一个都是作为某种令人屏息的观念，作为既令人叹为观止却又不被重视的东西残存于世界上，成为既是英雄式的又是注定要失败的行动的证据。如果我显得夸张，有一部分原因是为了突出麦克迪尔米德那依然未被阅读和未被消化的数量庞大的诗歌。他身上的新闻记者和活动家不会安静下来，而如果不在散文中发泄它们，它们便会毫无顾忌地入侵诗歌。然而，发生在华兹华斯身上的事情，迟早也会发生在麦克迪尔米德身上：他的写作生涯的第二个阶段将会被熔化成一系列自我独立、自我维持的真诗的片段，最终脱离他在四十多年中坚持不懈地向没有反应的世界发出的那些社论和教皇通谕。

不过，麦克迪尔米德朝着不可能性作出的飞跃，依然是正确的。随着他收录在《歌谣节》和《淡酒》两本诗集里的抒情短诗的出版（两本诗集分别出版于1925年和1926年），接着是1926年出版的《醉汉看蓟》，更不要说30年代初期的《盘绕的蛇》和《解放了的苏格兰人》——随着所有这些诗集的出版，他不仅创造了一种语言，而且在十年内赋予这种语言足够的文学，使其可以继续下去。但是话说回来，在诗歌中，足够永远不足够。创作才华为了找到其真正的潜能，就必须使自己超越限制。如果麦克迪尔米德要继续进行成为他那伟大的十年的特征的探索和实验，他就必须克服他自己创造的卓越成就所设置的障碍。他必须寻找一种不是盲目崇拜本地事物而是把地方观念转化为地球观念的用语。因此他努力追求一种无所不包的语言模式，写一种松弛地串起来的、叙述性的、充满离题的诗歌，它很容易沦为倾销鸡零狗碎的信息和意见的工具,不断受到不协调和突兀的音调变换的阻滞。虽然他对此持有的理由,已经在《我所要的那种诗歌》中精力充沛地概述过了——"这样一种整体性的诗歌,是不能产生的/直到一个全新和有意识的社会组织/在整体上激发/一种全新的世界观"等等——但是它行不通。

这些以合成英语写的后期诗,总的来说没有早期苏格兰语诗那种张力或奇特或非凡的不可避免性,尽管它们总能够零星地创造出只有最高级的诗歌才能达到的那种双重感觉,也即既有步履稳健的归家又有神志不清的远征的感觉。例如,现在显然是 20 世纪诗歌选集——这些选集几乎总是无一例外地收录 W. H. 奥登的《赞美石灰石》——从《在古海滩上》那发光的,几乎是圣经式的沉思中挑选点东西的时候了。菲利普·拉金的《牛津版 20 世纪英语诗歌》忽略了它,而拉金在《书信选》中用一句话坦率地向我们表明他对麦克迪尔米德的评价:"我是如此厌恶他的作品,以致我根本无法看它一眼。"这句话来自他给牛津大学出版社编辑丹·达文的信,两周后拉金问安东尼·思韦特①:"麦克迪尔米德作品中可有任何相对于他别的诗来说在道德上不那么瞩目地令人反感和美学上不那么毫无价值的东西?"思韦特大概给了他若干提示,但是很不幸,他似乎对以下这样的诗行视而不见:

　　自从今天早上
　我躺了有永恒那么久以来就没任何动静
　除了一只鸟。最敞开着的房门最不会有人擅进,
　无所不在如阳光,无人涉足如太阳。
　鸟儿内部的各个大门都永远敞开。

---

① 安东尼·思韦特(1930—),英国诗人,拉金著作的主要编辑。

> 它不知道如何关闭它们。
> 这就是它的歌声的秘密,
> 但是有没有任何人的大门半开着则不好说。
> 我看着这些石头,对它们一无所知,
> 但我知道它们的各个大门也敞开着,
> 永远敞开着,敞开之久,非任何鸟儿的门可比,
> 任何一块石头的大门都敞开得
> 比所有鸟儿的加起来都要久,更别说比人类的了,
> 尽管谁也看不透它们,
> 没有任何人或任何比自身更新近地诞生的事物能看透,
> 而这就是地球上一切其他事物。
> 我躺在这里也对其他一切嗤之以鼻。
> 来自石头的面包是我唯一和绝望的匮乏,
> 石头之于地球就如同之于阳光,来自石头的
> 是并不是要被任何人看见的赤裸太阳。
> 我不屑于向任何更容易的听众呼喊,
> 或如果呼喊了,也没有耐性去等待反应。

不用说,这种不屑于向容易的听众呼喊的态度,正是麦克迪尔米德最佳作品的秘密。当他处于其艺术创作的最佳状态时,他的诉求是对某个想象中的权威的诉求,某种他周围找不到的更高级的精神获得和更富启迪的理解的追求。而在这方面,他满足了一个诗学要求,它永远领先于并超越技术和技艺的要求,也比技术和技艺的要求更长久。这就是要求艺术家为了一个设想中的标准而牺牲自己,而这种要求意味着什么,则被理查德·埃尔曼在谈到叶芝树立的优秀诗歌榜样时,以伟

大的雄辩和说服力阐述过了:据埃尔曼说,叶芝在其大部分作品中都"希望表明残忍的事实如何被变形,我们如何可以为了我们想象中的自我……而牺牲自己,那想象中的自我提供了远比社会常规所能提供的更为高级的标准。如果我们非要受苦,那倒不如创造我们在其中受苦的世界,而这正是英雄们自发地做的,也是艺术家有意识地做的,以及所有[其他]人在不同程度上做的"。

不管他在才智上多么傲慢,在诗学上多么夸大,麦克迪尔米德都是一个可接近和可做伴的人。他的诗学人格面貌的过度和任性,有一部分是自我膨胀,但它们都源自他的一个看法,认为诗歌必须在苏格兰以及在未来的世界中担当重大的先知角色。然而,他并没有混淆这项职责的伟大与他自己作为公民的生命的斤两。当我在他晚年与他见面时,他与瓦尔达在他们位于拉纳克郡比加镇的小屋里过着简朴的生活。他们的热情是非常令人感动的,并且他们已获得一种镇静,而在经历了他们两人四十年前所经历的打击,尤其是经历了只会使原本的情绪折磨和职业折磨变本加厉的极端贫困之后,这种镇静似乎再适合不过。但是,麦克迪尔米德自始至终都得到一种比他自称信奉的马克思主义更古老也更简单的信仰的支撑。无可否认,列宁的乌托邦视域对他有启发作用,但苏格兰边境区是一个具有阅读《圣经》的传统的地方,而在这个苏格兰边境区的儿子的意识深处,基督要求人们彼此相爱的训诫肯定也同样有力。

持久的狄伦？ ——论狄伦·托马斯[*][①]

[*]牛津讲座,1991年11月;本·贝利特讲座,本宁顿学院,1992。

狄伦·托马斯的《不要温和地走进那个良夜》实现了其诺言,因为它的技艺没有与一个受苦的世界失去联系。那个维拉内拉诗体[②]的形式转向它自身,朝着一个解决方案前进又后退,而不只是逐行逐行的炫技表演。通过其重复,父亲的远去——以及所有父亲的远去——被持续不断地宣告,然而我们也可以在一种几乎是呜咽的对位法中听到诗人身上那个"孩子自我"对这次分离的抗议:

> 不要温和地走进那个良夜,
> 老年应当在日暮时燃烧咆哮;
> 怒斥,怒斥光明的消逝。
>
> 虽然智慧的人临终时懂得黑暗有理,
> 因为他们的话没有迸发出闪电,他们
> 也并不温和地走进那个良夜。

---

① 作者对本文作了删节。
② 一种十九行诗形式。

善良的人,当最后一浪过去,高呼他们脆弱的善行
可能曾会多么光辉地在绿色的海湾里舞蹈,
怒斥,怒斥光明的消逝。

狂暴的人抓住并歌唱过翱翔的太阳,
懂得,但为时太晚,他们使太阳在途中悲伤,
也并不温和地走进那个良夜。

严肃的人,接近死亡,用炫目的视觉看出
失明的眼睛可以像流星一样闪耀欢欣,
怒斥,怒斥光明的消逝。

您啊,我的父亲,在那悲哀的高处,
现在用您的热泪诅咒我,祝福我吧,我求您。
不要温和地走进那个良夜。
怒斥,怒斥光明的消逝。①

这首诗写于托马斯生命后期一个时段,当年他三十七岁,差不多是在《在我敲开之前》之后二十年。一年前,在 1950 年,他曾努力完成那首太过刻意狂喜的《在白色巨人大腿间》和那首后来无机会完成的《在乡间天堂里》。同时,他一直都在断断续续地摆弄《牛奶林下》那欢快的梦幻风景。但如今,在 1951 年他父亲死于癌症和他与妻子凯特琳的

---

① 巫宁坤译。

关系因为他与那位被传记作者们称为"莎拉"的美国女人的恋情而陷于某种深度冻结之际,托马斯一鼓作气写了这首诗,它具有某种必要之物所需的一切信心,诗中意象和措辞的幻想与铺张并没有耗散它们自身或耗散他的主题。迸发"闪电"的词语,在"绿色的海湾里"跳舞的脆弱善行,"像流星一样"闪耀的失明的眼睛——可以想象,这些顽强和奢华地肯定的意象,很有可能出现在诸如《哀悼》这种带有更夸饰的气氛的诗中,但在维拉内拉诗体那真实绝望的修辞范围里,这些意象充满了一种紧迫性,它确保它们对大叫大嚷和装模作样的病毒具有免疫力。

《不要温和地走进那个良夜》明显是一首关于死亡的门槛诗,它涉及的程序恰好与托马斯在《在我敲开之前》所致力的程序相反。在那首较早的诗中,身体即将开始托马斯在别处所称的"感官的高视阔步";这里,从凡间重返鬼域的旅程就要启程了,因此事实上维拉内拉诗体那些不断重复的押韵词完全可以是"呼吸"(breath)和"死亡"(death)或"子宫"(womb)和"坟墓"(tomb)——但我们看到的却是"夜"(night)和"光明"(light)。夜是"良夜"。然而,仅此一次,典型的词语抽搐变成了想象的力量而不只是恼人的聪明。"良夜"是一个双关语①,它有打破说话的礼貌得体的风险,但最终却证明它是一种重要复杂性的化身。这个片语中致意与告别的混合,是一种完美的对应,对应了在自然的悲痛与弥漫于整首诗中对必然性的承认之间取得的平衡。

这是一个儿子在安慰父亲;然而可以想象,它也是托马斯身上的孩童诗人在安慰他现在已变成的老头;他身上的毛头小子在对那个传奇人物说话;绿色茎管在对那个燃尽的外壳说话。形式的反射性是情感

---

① 良夜(good night)又有"晚安"的意思。

的反射性的恰当对应物。随着这首诗的推进,劝说变成自我哀悼;儿子盼咐失望的父亲诅咒他和祝福他,这盼咐打破了处于悲哀的年龄和肉体衰朽的高处的父亲与处于同等悲哀的诗歌名望和力量衰弱的高峰的儿子之间的距离。《不要温和地走进那个良夜》既是对托马斯自己身上那个创造者的哀悼,也是跟他那位骄傲而疏远的学校教师父亲的道别。那个曾经表示担心自己不是诗人而只是一个文字怪异使用者的青年人的幽灵,恳求他现在成为的那位年纪较大、较悲哀的文学偶像的帮助和安慰,后者显然已使世界拜倒在自己脚下。

当然,并不是托马斯在有意这么说。这首诗的力量之一,是它向着外部讲话,是它通过接受维拉内拉诗体那特殊的技术挑战而逃出了情感上的幽闭恐惧症。然而,由于该诗体的形式大量牵涉到跨界和替代、循环往复和先怔后悟、转身和重返,所以它也就成为一种生动的修辞手段,用来描写相反相成、儿子身上的父亲、父亲身上的儿子、生中之死和死中之生。事实上,维拉内拉诗体既参与自然的存在之流,又扫视和提炼存在,以便记录存的样式。它是一种活生生的截面,一种同时既开放又关闭的形式,在这形式里青春与年老的循环、兴与衰的循环、生长与腐朽的循环在韵律和重复的固定循环中找到了很好的类比。

实际上,《不要温和地走进那个良夜》的倾向有某种里尔克式的东西,因为在这里我们看到知识转化为诗学行动,而里尔克有关诗歌的那些极端主张,在这个场合被托马斯很好地发挥出来。以下摘自里尔克一封关于《杜伊诺哀歌》的书信的文字,似乎意味深长,值得引用:

> 死亡是**生命的一面**,它转身离开我们……生命的真正形体穿越两个领域不断扩展,最强有力的循环的血液在**两者之中**穿流而过:既没有此岸也没有彼岸,而只有伟大的统一体,这个统一体是

那些超越我们的生物——"天使"——所熟悉的。

里尔克这席话,在描述伟大统一体之理念时,使用了循环的血液这一肉体意象,不禁令人想起青年托马斯那些更含混、更具生物学色彩的话。然而我想说,在《不要温和地走进那个良夜》中,那早前的含混被克服了……我还想说,《拒绝哀悼一个在伦敦火灾中死亡的孩子》中那力量巨大的吹嘘现在已被证明是正确的,而它那歌剧式的、藐视死亡的张力,也已调节成某种甚至在情感上更有说服力的东西。

欢乐或黑夜：W. B. 叶芝和菲利普·拉金诗中的最后之事*

* 牛津讲座，1990 年 4 月；W. D. 托马斯讲座，斯旺西大学，1993 年 1 月。

首先，我想读一首捷克诗人米罗斯拉夫·霍卢布的诗。诗中描写了两个人物，他们很像一个寓言，分别代表了 W. B. 叶芝和菲利普·拉金采取的不同诗学姿态，不仅是对最后之事①，而且是对几乎一切事情的诗学姿态。它具有黑板示意图的清晰性，为我想在这里要阐述的对两位诗人的看法做了绝佳的介绍：

死者

在第三次手术之后，他的心脏
刺穿如一个游艺场旧靶子，
他在床上醒来，说：
"现在我没事了，
像一朵向日葵，此外
你见过马匹做爱吗？"

---

① 最后之事指死亡、审判、天国和地狱。

他那天晚上死了。

另一个勉强靠
牛奶和水维持了八年,
像湿冷的溪流中
一株长发的水生植物,
仿佛他从墓园围墙背后
把挂在串肉棒上的苍白面孔伸出来。
最后他的面孔消失了。

在这两件事情上,死亡天使
都把他那镶有平头钉的靴
踩在他们的延髓上。

我知道他们一样是死,
但我觉得他们的死法
是不一样的。

　　如同菲利普·拉金曾经说过的,可读性即是可信性:由于霍卢布以忠实于生活的方式描写这两个人的不同生活方式,因此他宣称他们死法不同,这个说法是很中肯的。实际上,正因为这种具有绝对说服力的特质,我才会想到要把霍卢布这首诗拿来与拉金的一首诗做比较,后者采取相反的观点,并包含这样一行诗:"对死亡哀诉或承受并没有什么不同。"(变体为我所加)这个黑暗看法来自拉金的《黎明曲》,这首诗与霍卢布构成鲜明对照,因为它把任何可能遮掩死后肉体腐烂和心灵消失的想象性或修辞性手段,都视为神秘化的骗人把戏。宗教、勇气、哲学、喝酒、例常的工作和休闲——所有这些全都被拉金视为安慰剂。随着他日渐年老,他的视域也停留在凝视他自身肉体消亡的不可阻挡性上。因此人类的智慧在他看来似乎只是一件在必死性范围内运作的事,以及一件熄灭任何虚假希望的事,包括超越或凛然面对不可避免性的希望。换句话说,拉金身上的诗人完全赞同像冷湿溪流中一株长发的水生植物那样活着,而他在其生命最后二十年中为自己创造的面具则酷似那张挂在串肉棒上从墓园围墙背后伸出来的苍白面孔。因此,我在这里想做的,是考虑拉金的态度对诗歌的隐含影响,以及质疑他对叶芝那较浪漫的立场的著名反驳是否被太长时间和被太未加思索地认同了。

不妨考虑一下叶芝那视域非凡的感叹之诗《寒冷的天空》。他曾经把它称为一首关于他在冬季仰望天空时产生的情绪的诗,但这首诗所包含的东西远远超越情绪和气氛。它既谈到形而上学的需要,也谈到气象学的条件:

> 突然间我看见寒冷、愉悦秃鼻乌鸦的天空
> 仿佛是冰燃烧但结果只是更多冰,
> 在那儿想象力和心都被如此狂野地
> 驱使,以致每一个这样或那样的随意想法
> 都消失了,只剩下原应跟青春热血,跟很久以前
> 已被划掉的爱情一样不合时令的回忆;
> 而我基于一切理智和理性承担所有指责,
> 直到我呼喊和发抖并摇来晃去,
> 布满光的孔眼。啊!当那幽灵开始加快,

> 临终的混乱终止，它是被
>
> 赤裸裸打发到路上吗，如同书上所言，
>
> 并遭到天空以不公正的惩罚打击？

这是对意识的发作的一次非凡生动的描述，是一个全面暴露于华莱士·史蒂文斯所称的我们的"精神高度和深度"的时刻。这些诗行的骚动，把一种突如其来的领悟戏剧化，领悟到不存在任何躲藏地，领悟到人类个体的生命无法躲避星系的寒冷。精神的脆弱性，心灵对无限空间的敬畏和对无限空间所代表的无情处罚的不解——所有这一切都同时呈现出来。这首诗可以用霍普金斯的一个句子来描述："心的昏厥……艰难地/跋涉，怀着高处的恐怖。"因为叶芝显然接受了霍普金斯在另一处所称的"天堂的处置"。他同样经历了他在心灵群山上，在那些"下坠/吓人、陡峭、高深得无人敢测的悬崖"上的磨难。但不同之处是，在霍普金斯那里，恐怖有其特定的坐标：上帝，尽管受怀疑，却会为未知的和不可知的事物提供某种神学经度和纬度。在《德意志的船难》和《可怕的十四行诗》中，霍普金斯的张力是对话的张力，责备和哀求的张力：对"你"说话，呼唤一个安慰者（要么是拒绝一个虚假的安慰者，也即腐尸的安慰——绝望）。另一方面，在叶芝那里，这位个体的上帝消失了，然而叶芝的诗依然传达了直接相遇的强烈印象。那精神依然受苦，因为它感到要对某种客观存在的东西作出回答，要对其负责，这是一种直觉的元素，其可信性就如同那"愉悦秃鼻乌鸦的天空"本身。

例如，"布满光的孔眼"这句话同时包含肉体的灾难和精神的忧惧这一非凡的意识。光作为频闪的光线和光作为精神启示，在这里是难以区分的。作为第一人称单数的诗人之"我"，一种自知的意识，与作为被无限和孤独的视觉证据所慑服的视网膜的诗人之眼是出色而具体地合而为一的。而这只是这首诗风格上的卓绝和精神上的给予共冶一炉的诸多例子之一。当诸如有一处动词"加快"(to quicken)在与分词"打击"(stricken)押韵时,仍能使自己保持与之对抗;以及当另一处押韵的词"时令"(season)以其黑暗而神秘的可靠性与"理性"(reason)那具有潜在削弱性的力量对峙时——当这类事情发生时,诗的艺术是作为诗人情感和理智的积极承担的一种证据而发挥出来的。换一个也许更发人深省的简单方式说,《寒冷的天空》是这样一首诗,它暗示生命有一个总目的,而它是通过其内在的诗学行动包括韵律、节奏和欢腾的声调来达至这个暗示的。它们创造一种能量和一个秩序,进而使我们意识到存在着一种远远更为充沛的、环绕的能量和秩序,而我们的生命就在其中。

道路上的幽灵,灵魂在来生的命运,个人在时间中的行动所引起的在永生中的后果——这类传统关注的问题与《寒冷的天空》是深刻地相关的,当然它们也是叶芝终其一生所关注的典型问题。不管是斯莱戈郡的精灵故事,或都柏林神秘学会的佛教,或降神会,或那些想象库丘林的鬼魂在阴间冒险的日本能剧,叶芝都总是充满激情地敲击物质世界的墙壁,以便引发另一边的回应。他的研究是深奥难解的,他的宇宙起源论是突发奇想的,然而他的智力依然保持不受欺骗。他常常理性地允许各种理性的反对之声,哪怕仅仅是为了在想象力上和修辞上受其刺激。换句话说,叶芝对超自然现象的热爱,绝非幼稚;他像拉金一样意识到肉体衰老的贬损性现实和死亡的毁灭性力量,但是他刻意地抵制物质对精神的支配。此外,在谈到他对某个超自然机器的信仰的本质时,他的态度跟我们一样复杂,而在这方面,再也没有比他为《幻象》所写的导言更迷人的了。《幻象》是一个神秘信息和猜想的宝库,其内容有一部分是由他喜欢称之为"幽灵导师"的存在物向他口授的。导言写道：

> 有些人会问我是否相信真正存在着我所说的日月循环……对这样的问题我只能回答说，所有人遭遇奇迹时都会被慑服，而如果有时候我被奇迹慑服并对这些遭遇信以为真，那么我要说，我的理性很快就恢复了；而既然那个系统已经清晰地屹立在我的想象中，我便把那些遭遇视为经验的风格化安排，可以跟温德哈姆·刘易斯①绘画中的立方形和布朗库斯②雕塑中的卵形相提并论。它们帮助我在一个单独的思想中保住现实和公正。

这既铿锵有力又感人至深，但我想用另一个非常不同的例子做补充，以说明叶芝对最后之事的思考所包含的临时性质。这个例子来自多萝西·韦尔斯利夫人对诗人晚年谈话的回忆，并且几乎是对他们其中一次谈话的不带个人感情色彩的记录：

> 有一次我就这些问题对叶芝寻根究底，我们谈了几个小时。他一直在颇为热切地谈论死后生命。最后，我问他："你对我们死后立即发生了什么事情有何看法？"他答道："一个人死后，他并不知道他死了。"我："他处于什么状态？"W. B. 叶："在某种半意识状态。"我说："像醒与睡之间那个时期？"W. B. 叶："是的。"我："这个状态维持多久？"W. B. 叶："也许二十年左右。""之后呢，"我问道，"接着发生什么事？"他答道："再有一个时期，那是炼狱。那个

---

① 温德哈姆·刘易斯(1882—1957)，英国画家、作家。
② 布朗库斯(1876—1957)，罗马尼亚著名现代雕塑家。

时期的长度，取决于那个人在尘世时的罪孽。"接着我问道："这之后呢？"我忘记了他确切的话，但他谈到灵魂回归上帝。我说："嗯，这么说来，你似乎是在催促我们回归罗马天主教的伟大怀抱。"他当然是爱尔兰新教徒。我这样问很大胆，但他唯一的反驳是爽朗大笑。

这大笑并不是真正的避而不答。这大笑实际上建立了一个谈话空间，以便该问题可以继续探讨下去。它是这样一种心态的社交表达方式，该心态允许超自然信仰的好冒险与一种强烈怀疑的态度共存。这是理查德·埃尔曼在其题为《W. B. 叶芝的第二青春期》的重要文章中所称的叶芝善于用喜剧方式来表达悲剧观念。埃尔曼说，叶芝在其晚年"受到他内在诚实的驱使，觉得有必要承认一种可能性，也即现实是荒无人烟的，公正是臆造的"。"生命作为丰饶角的形象，"埃尔曼继续说，"遭到生命作为空壳的形象的无情削弱。"然而正是叶芝对这两个观念的忠诚和他拒绝排除其中任何一个观念，使我们在他身上见识了一位最高造诣的诗人。在 20 世纪中叶逐渐移近的时候，他仍继续保持"黑暗中的鸫鸟"在 20 世纪初叶向托马斯·哈代发出的音调。鸫鸟的歌声宣布歌本身的基础是非理性的，宣布它的独有权利乃是不顾明显的事实而沉溺于本能冲动；而哈代虽然性情上倾向于把注意力集中于忧伤的环境，却破例允许自己那颗隐藏的心为这只鸟而激动起来：

  它以如此狂喜的声音
    欢欣地歌唱，可是从周围
  或远或近的地上事物
    却都看不出如此歌唱的理由，

> 我不禁要想象,在它那
>> 快乐的晚安气氛中也许颤抖着
> 某种为它所知的至福的希望,
>> 而我却毫无觉察。

我们也许可以说,在这一刻,哈代体验到了叶芝宣称在《幻象》写作中所体验到的东西:他也只是身处奇迹中,而被奇迹所慑服。但毫无疑问,当菲利普·拉金在强烈地迷恋叶芝却一无所成之后转而皈依哈代时,他皈依的并不是这个被奇迹慑服的哈代。在他的艺术发展的那个关键时刻,拉金转投的是描写人类悲伤的诗人哈代,而不是作为非理性希望见证者的哈代。吸引他的是"中立音调"而不是"欢欣地歌唱";对拉金来说,哈代那"上帝诅咒的太阳,和一棵树/和一个周边长着灰色叶子的池塘"的祛魅,其重量、其所起的情感作用,远远大于正面的、"愉悦秃鼻乌鸦的天空"所能提供的任何启示。不管怎样,肯定是一个上帝诅咒的太阳创造了拉金《高窗》一诗结尾那玻璃般光亮的辉煌。显然,那辉煌是任何把叶芝诗中叙述者"呼喊和发抖并摇来晃去"这个场景照亮的东西的对立面。一如我试图想证明的,叶芝那寒冷的天空既不是凛冽的,也不是消极的。相反,它是一个关于极度丰盛的生命的意象,而拉金那被太阳照射的远景,则通向一种虚空和中性的无限,如同《降灵节婚礼》中那些"眩目的挡风玻璃",随机而无意义地闪烁。《高窗》以如下诗行结尾:

> 于是直接地

> 话还未说就先想到高窗:

> 满含太阳的玻璃,
>
> 玻璃外,深蓝的空气,不显示
>
> 什么,不属任何地方,无穷尽。

当拉金抬起视线,移离自然,便出现了一种巨大的缺席。在天空里找不到公正或不公正;空间既不提供启示也不提供尽头。那里不可能有任何相遇。那里不关我们任何事。而我们用于保护自己免遭这些形而上学意义上的极地气候条件侵袭的,仅仅是人类善良产生的那道虚弱的隔热屏。当拉金在其晚期诗《割草机》中写到"我们应当彼此关照,/我们应当和善/趁着还有时间"时,他真的是这样想的。但这道最低限度的挡板,不足以抵挡现实不断向人类面孔宣告的那个巨大的"不"。很自然地,我们希望他用爱和艺术可能产生的那个巨大的"是"来回答,但他做不到这点,因为他坚持要充分考虑负面证据,而这最终使正面冲动泄气。一首诸如《太阳》这样的诗的光辉,总会被诸如《悲哀的步伐》这样的诗的苍白所修正。

当然,这正是拉金诗歌在其最好的时候被怀着感激阅读的原因。它同样敏感于丰饶角与空壳之间的辩证法,不得不试图解决想象力处于虚无主义的死亡面具与乐园里某个预定位置的凝固微笑之间的停滞。诚如切斯瓦夫·米沃什指出的,空虚、荒诞、反意义是我们生活其中的知识氛围的一部分,没有任何当代的才智之士可以免除由这空虚、荒诞、反意义对我们这个世界施加的压力;然而米沃什指出这个负面压力,却是为了抗议向这压力投降的整个现代文学世系。米沃什抗辩说,诗歌绝不可以作出这个让步,相反,它应维持数百年来对理性、科学和受科学影响的哲学的敌意。这些观点,见诸米沃什1979年发表于《澳大利亚诗刊》的一篇文章里,它们提出的挑战是根本性的;但使这些挑战更显尖锐的是，它们是在评论拉金的《黎明曲》时提出的，这首诗我之前已经提及并打算在这里更详尽地讨论。米沃什称赞这首诗，认为它是"一个高度的诗歌成就"，然而对那些记得 1977 年圣诞节前两天在《泰晤士报文学增刊》上读到它的人来说，这个认可也依然显得很一般：

> 我整天工作，夜里喝得半醉。
> 四点醒来，凝视无声的黑暗。
> 很快窗帘边缘就会逐渐发亮。
> 这时我才看到那里真正有什么：
> 骚动的死亡，现在又多逼近了整整一天，
> 使所有想法都成为不可能，除了
> 我自己将于何时何地如何死去。
> 无结果的审问：然而对临死，
> 对死去的畏惧又一次
> 闪过，重新控制和威吓。
>
> 心灵在那道强光下变空白。不是后悔
> ——未行的善事，未获得的爱，未用过
> 就撕碎的时间——也不是悲惨，因为
> 只有一次的生命可以如此漫长地攀爬
> 才能清除它当初的种种错误，并且也许永远不能；
> 而是对着永远绝对的空虚，
> 那是确定的灭亡，我们走向它
> 并将永远在其中迷失。不在这里，

不在任何地方,
并且很快;再没有更可怕的,更真实的。

这是害怕的一种特别方式,没有
任何诡计可以消除它。宗教曾经做过尝试,
它是一大幅虫蛀的音乐织锦
其创立是为了假装我们永不会死,
外表美观的东西,宣称没有任何理性生物
会害怕它感觉不到的东西,而看不到
这正是我们所害怕的——无影、无声、
无觉、无味、无臭,没有可供想象的,
没有可供爱或联结的,
如同没有什么能从中苏醒的麻醉药。

它就这样刚好留在视野边缘,
一小团散乱的模糊,一股终年的寒气
把每一次脉搏放慢至迟疑不决。
大多数事情也许永不会发生:但这件会,
而意识到它,我们便会在炉火般的害怕中
勃然大怒,当我们身处于没人
和没酒的环境。勇气没用:
它意味着不要吓着别人。胆量
不会使你不进坟墓。
对死亡哀诉或承受并没有什么不同。

> 光慢慢加强,房间轮廓渐显。
> 它屹立如一个衣柜,我们所知道的,
> 并一直都知道的,是知道我们不能逃避,
> 然而又不能接受。总得有一方先走。
> 同时,电话机蹲伏着,随时准备响起
> 在锁起的办公室里,而整个冷漠、
> 复杂、租来的世界开始惊醒。
> 天空白如黏土,没有太阳。
> 工作必须完成。
> 邮差像医生,挨家挨户走动。

很难想象还有比这首诗更加与圣诞马槽中初生的基督那增强生命的象征相对立的诗了。仿佛中世纪圣诞颂歌的隆冬的闪耀和希望都被一部诸如《凡人》这样的中世纪道德剧的恐惧和忧伤彻底擦掉了。事实上,拉金在这里的恐怖,不禁令人想起剧中人物"凡人"遭受的恐怖;而"凡人"的召唤者,也就是拉金所称的"骚动的死亡",在诗中如同在剧中昂首阔步地走着,每一步都是威吓。此外,《黎明曲》中的死亡形象尚有一股特别报复性的力量,因为形容词"骚动"曾被拉金在一首较早的诗中令人难忘地用于颂扬枝叶繁茂的树林那充沛的、海洋般的活力,它们那繁茂之力使它们自己和我们都年复一年获得新生。《林》最后一节诗是这样的:

> 不过,每年五月骚动的城堡
> 依然在充分成长的茂密中翻卷。
> 去年已经死了,它们似乎在说,

> 又开始了,重新、重新、重新。

在这节诗中,"骚动"一词体现了无比的茂盛和深深的扎根,但在《黎明曲》中却有着死亡猎犬那长途奔波和饥肠辘辘的速度和残酷无情:拉金在第五行放出它,然后在接下去的四十五行中,它都在不断地抽击我们的死亡界碑①,迫使死亡边界一步步退缩,不与安慰性的信仰有任何接触。也是在《黎明曲》中,"重新"一词(在《林》中是如此欢欣)被迁到恐怖的脉络里,"畏惧"(dread)一词与"死去"(dead)押韵,便几乎与其充分的意义发生紧张性的对抗,而"死去"则被迫在动词"威吓"下接受并容忍它自己的情感后果:

> 骚动的死亡,现在又多逼近整整一天,
> 使所有想法都成为不可能,除了
> 我自己将于何时何地如何死去。
> 无结果的审问:然而对临死,
> 对死去的畏惧又一次
> 闪过,重新控制和威吓。

我们可以继续称赞这首诗的技术方面,例如"视野"(vision)与"迟疑不决"(indicision)押韵,这种削价是典型的拉金式手法,隐含对叶芝韵律那乐观精神节拍的拒绝。不过,我不想做进一步的细节评论,而想仅限于提出,对我来说,这首诗是一首确定无误的后基督英国诗,它废弃了灵魂传统上获得不朽的权利,否认上帝自远古以来对个人无限关

---

① 边走边以柳条击打界碑,是英国一种古老习俗,意在警诫顽童越界。

注的属性。此外,无论读者一开始在何种程度上赞同或否定这些观点,他们来到该诗结尾时都会有点吃惊于它那修辞的浪尖把他们卷到多远的地方去了。它让他们像猝不及防的冲浪者那样悬挂在一片巨大的空虚之上,被送往比他们原先预期要去的更远的空无里。它抵达一个叶芝所说的"冷风吹袭我们双手,吹拂我们脸庞,温度计下降"的地方。

然而,叶芝认为这些事情不是超自然现象不在场的征兆,而是超自然现象热情洋溢地在场的征兆。叶芝在其接近生命尽头时所写的《我的著作的总导言》中,谈到他追求一种表达形式,在这种表达形式中,想象力会"被带走,超越感情,进入原生的冰"。这冰,不用说,乃是太平间停尸板下所见的东西的对立面。它代表的,与其说是某种寒冷的筋疲力尽,不如说是一种终极成就。它酷似那个寒冷的天空,那儿"仿佛是冰燃烧但结果只是更多冰";也酷似叶芝拒绝艺术中感伤性和主观性的体热,拥抱戏剧性和英雄行为,决心确立诗歌想象力作为规范人们应生活在哪个水平上的清晰标准。对叶芝来说,莎士比亚的男女主人公在死亡时刻获得的视野的扩大和随之而来的演戏似的镇静,是既令人羡慕又堪作榜样的,"被带走,超越感情,进入原生的冰"。他要真实生活中的人效仿或至少内化显现于悲剧艺术中的这种刚毅和不屈不挠。拉金完全赞成人类在善良中挤成一团,如同逃出天空的不公正的难民,叶芝却完全赞成活跃和戏剧性的挑战。拉金可以宣称:

勇气没用:
它意味着不要吓着别人。胆量
不会使你不进坟墓。
对死亡哀诉或承受并没有什么不同。

叶芝绝对不同意。"从来，"他说，"不曾有女演员在扮演克娄巴特拉的时候啜泣，哪怕是某个导演浅薄的头脑也从未这样想过。"这等于说，对死亡承受确实非常不同于对死亡哀诉，而诗人们和女演员们则有必要去继续承受。

因此我们必须想象叶芝作为永生中的读者会抗拒菲利普·拉金的《黎明曲》，尽管它取得高度的诗歌成就；而且他抗拒的理由会跟切斯瓦夫·米沃什的相同，后者承认《黎明曲》作为一件作品，其完整性是无可置疑的，它"以一种与20世纪后半叶的感受力相称的风格"处理死亡这个永恒题材，但他接着抗议道：

> 然而，这首诗不仅使我不满意，而且使我感到愤慨，就连我自己也纳闷为什么我会这样。也许我们太容易忘记理性、科学和受科学影响的哲学与诗歌之间数百年来的互相敌意？也许这首诗的作者跑到敌人那边去了，而他的推理结论使我觉得是背叛？因为，毕竟这首诗中的死亡被赋予天道的至高权威和人所共知的必然性，而人则沦为什么也不是，沦为一捆观念，甚至谈不上一捆观念，而是一种可以互换的统计单位。但诗歌就其本质而言，永远是站在生命一边的。对生生不息的信仰，一直伴随着在时间中漫游的人类，并且它永远要比那些只表达这信仰其中一种形式的宗教信条或哲学信条更博大和更深刻。

不过，当一首诗押韵，当一个形式自我生成，当一个格律诱使意识进入新姿态，这已经是站在生命一边了。当一个押韵词使人意想不到并扩大词语与词语之间的固定关系，这本身就是对必然性的抗议。当语言做到不只足够，如同它在所有好诗歌中所做到的，则语言就会选择活得更长久的条件并反感限制。总之,以这样深刻的艺术方式,拉金的《黎明曲》并没有跑到敌人那一边去。但是它的论说确实为这天平负面的一边增加重量,并使天平倾斜,明确地有利于化学定理和人生倾颓。这首诗并没有在阴间诸神面前拿起里拉琴;它并没有作出俄耳甫斯式的努力,排除一切困难去顺着斜坡把生命拖回来。虽然它表达了令人心碎的真和美,但是《黎明曲》违背了叶芝所称的"精神才智的伟大工作"。

这句话来自叶芝的诗《人与回声》,我将以此诗作为结论。我在本文开头所引诗行中被霍卢布如此好玩地处理的主题,在此诗中被融入某种远远更为严肃和强劲的东西。两位诗人都把他们的人物安排在死神门前,但霍卢布笔下那个劲头十足的超现实主义者是以马匹做爱这一怪异视域来申明他对生命的信仰的,而叶芝笔下那个有超凡洞察力的人则承受更艰苦的磨难并获得奖赏,这奖赏就是他有一个既更苛刻也更满足的现实视域。事实上,《人与回声》暗示了我在这些讲座的过程中通过多种不同解读和评说而试图确立的某种东西:也即尘世生命的目标,以及作为达到那个目标的重要因素的诗歌的目标,乃是叶芝在《布尔本山下》中所谓的"人类的世俗完美"。

因此,为了达到那个目标,以及为了使人类创造出适合自己居住的最光辉的环境,诗歌提供的现实视域就必须是有改造力的,而不只是其时间和地点的特定环境的打印件。想成为最高意义上的诗人的诗人必须尝试这样一种写作行为,它能够在观察各种环境的同时超越它们。真正创造性的作家会通过插入他或她的观念和表达来使那些环境改观,从而达致我一直以来所称的"诗歌的纠正"。世界在被一个莎士比亚或一个艾米莉·狄金森或一个萨缪尔·贝克特解读之后就变得不同了,因为它已被他们对它的解读扩增了。事实上,贝克特是一个非常清晰的作家榜样,在不回避事物的终极荒凉方面,他可以说与拉金旗鼓相当,但是他接着还进一步用那荒凉来做积极的事情。因为并不是贝克特世界观中那明显的悲观主义构成他的诗歌天分:他的卓越之处是,他在他的艺术的游戏屋中制定了一套动作,它既忠于事实性之屋发生的那些令人沮丧的事情,又是——更重要的——对它们的改造。正是因为他对语言的改造性运用,他对语言游戏和无情幽默的糅合,作家贝克特才拥有生命力,并且其拥有的生命力要比市民贝克特似乎理应忍受的环境丰盛得多。

我们接触诗歌,我们接触一般的文学,是为了自我改进。它所能做得最好的,乃是给予我们一种经验,该经验仿佛为我们提供预先了解,了解某些我们似乎已经在回想的事物。在这种最原创和最富启示性的诗歌中起作用的,乃是心灵的能力,它可以为自己设想一个新的观察层面,为自己的活动设想一个新的范围。这就是为什么我在这次讲座结尾转向《人与回声》,在这首诗中,人类的意识趋近神秘事物的崖壁,面对人类存在自身的局限。这里,诗人的意识充分占有其创造冲动及其有限的知识。知识之所以有限是因为它承认痛苦必然伴随着生命周期,承认失败和伤害——伤害自身或他人——摧残性地存在于哪怕是事业最成功者的背后。然而在诗中,精神的冲动依然保留其创造力,并服从人类的强迫力,去做那件精神才智的"伟大工作"。

《人与回声》中人的处境,是某个处于弥留之际的人的处境,他想使他的灵魂,想使自己达至完整,使他的心智和存在与神性的心智和存在达至和谐一致。因此他前去请教神谕,不是在特尔斐神庙,而是在斯莱戈郡诺克纳里山边幽谷中一个叫作阿尔特的地方;但这个岩面并不发出任何来自诸神的信息——它的作用只是传来回声。当然,那回声传达的,只是那个人自己最极端和最筋疲力尽的认识。回声标志着心灵运作的局限,恰如它使心灵尽其最大努力,而这种辩证法的紧张,是在这样一首诗中发出的,这首诗像拉金的《黎明曲》一样,也是被死亡的阴影笼罩着,却更有活力和更无畏得多。《人与回声》试图在血迹斑斑的自然世界和冷漠的宇宙内建立历史存在的意义。它写于叶芝生命接近终结之际,那时他正在对他过去半个世纪中参与爱尔兰历史事件的往昔进行检讨。这些事件包括创办阿贝剧院及其对1916年起义的酝酿阶段的政治影响;爱尔兰独立战争和毁于战争的很多属于英裔爱尔兰贵族绅士的房屋;还有其他较私人的、引起内疚的事件,例如年轻诗人和舞蹈演员玛戈·科利斯的精神崩溃,叶芝觉得自己卷入了此事,并负有一半责任:

人与回声

人

在一个被称为阿尔特的裂口,
在断石下,在一个
从未被正午的天光
照亮过的坑底,我停下来,
对那座断石喊出一个秘密。
现在我又老又病,
我说过和做过的
都变成一个问题
直到我夜夜辗转难眠
永远找不到正确答案。

我那出戏是否打发了
某些人去被英国人射杀?
我的文字是否给那个女人
紧张的大脑施加了太大压力?
我说的话是否细察过
被摧毁的房屋?
而一切似乎都是邪恶
直到我辗转不眠躺着等死。

　　　　回声

躺着等死。

　　　　人

　　那是回避
精神才智的伟大工作,
并且回避也徒劳。逃不掉
锥子或疾病,
也不可能有什么工作像清洁
人类肮脏的记录那样伟大。
当人还可以维持其身体
红酒或爱情使他迷糊入睡,
醒来他感谢上帝,感谢
他还有身体及其愚昧,

但身体衰朽他再也睡不着了,
直到他的才智愈来愈确定
一切已安排好,一切再明白不过,
他都还在寻思我所寻思的,
然后灵魂接受审判,
一切工作完成,便把一切
驱出才智和视野
终于沉入那茫茫黑夜。

回声

沉入那茫茫黑夜。

人

啊,巉岩之声,
我们会在那伟大的黑夜里充满喜悦吗?
我们知道什么,除了我们在这地方
彼此面对面?
但别出声,因为我已失去主题,
它的欢乐或黑夜似乎只是一个梦;
在那上面某只鹰或鸥鹁出击,
从天空里或巉石上俯冲而下,
一只受伤的兔子哀鸣
它的哀鸣声分散我的思想。

欢乐或黑夜:W. B. 叶芝和菲利普·拉金诗中的最后之事

我们在这里看到的与叶芝在《寒冷的天空》里写到的启示和天罚经验大相径庭:这里他与其说是布满光的孔眼,不如说是布满黑暗的孔眼。而关于这首诗,可以说的还有很多很多——例如在面对回声的绝不妥协时人的适应力和韵律的强劲。然而我将仅限于讨论一个细节和做一个简短的最后省思。那细节是最后的韵式,它拿"哀鸣"(crying out)来押"思想"(thought)。这不是,也不应是完美的押韵,因为思想所代表的文明的工程与兔子的"哀鸣"所代表的痛苦和死亡的事实之间没有完美的一致性。使那哀鸣和思想维系在一起的,是这样一种意识,它坚持不懈地试图理解一个其苦难和暴力要比行"善"的美德更显著的世界。那韵式,还有整首诗,不仅讲述精神必须承受的东西,而且通过把人性资源与拒不服从者和非人性对立起来,通过把心灵那积极的努力与自然暴力和历史暴力的蹂躏对立起来,通过让"充满喜悦"来回答巉岩之声所说的无论什么东西,而指出应该**如何**承受:

啊,巉岩之声,
我们会在那伟大的黑夜里充满喜悦吗?
我们知道什么,除了我们在这地方
彼此面对面?
但别出声,因为我已失去主题,
它的欢乐或黑夜似乎只是一个梦;
在那上面某只鹰或鸱枭出击,
从天空里或巉石上俯冲而下,
一只受伤的兔子哀鸣
它的哀鸣声分散我的思想。

这首诗的结尾给人一种强烈的感觉,觉得心灵的选择依然敞开,心灵的构成物依然富有活力和可靠,尽管心灵的运作也许被暂时搁置了。拉金的《黎明曲》最终陷入困境,《人与回声》则保留一种自由并能够喊出最后的"是"。而这"是"是珍贵的,因为我们可以像卡尔·巴特在谈到莫扎特音乐核心那个巨大的"是"时所说的那样谈论它,也即它是有重量和意味深长的,因为它克服并包含一个"不"。换句话说,叶芝的诗歌证明一个理念的可信性,也即勇气是某种善;它表明诗歌本身执拗而毫不掩饰的活动,是"欢乐"的一种体现,又是一种纠正力量,只要它能够增强精神以对抗来自外部的进攻和来自内部的诱惑——诸如拉金"对死亡哀诉或承受并没有什么不同"这种很有吸引力的失败主义观点所包含的诱惑。

数到一百:伊丽莎白·毕晓普[*][①]

[*] 牛津讲座,1991 年 12 月。

伊丽莎白·毕晓普的作品没有什么令人惊艳的东西,尽管总有某种改变性的东西。你能够感到某个情景的事实被运用得恰到好处,甚至在该情景被重新想象成诗歌的时候。她从不允许她的艺术的形式愉悦柔化她的题材的坚硬现实。例如,在她两首六节诗之一——她以典型的直白把它称为《六节诗》——其六个行尾词都具有彻底的家庭色彩,而它们首先似乎都是为了使该诗维持在舒适的情感范围内。屋子、外婆、孩子、火炉、历书、眼泪[②]。它们暗示一出青春和老年的小戏剧,甚至可能是一出指导和纠正的小戏剧。几乎是一幅维多利亚时代风俗画。不管怎样,就背景和情感而言,都是一种礼貌得体的家庭内部。这些行尾词在一定程度上确实不断令人想起某个普通家庭情景,我们自然会预期这情景中会出现父亲、母亲、孩子和奶奶或外婆。但是,逐渐地,外婆、孩子和屋子的重复引起我们警惕,注意到这屋子里父亲和母亲明显的不在场:

[①] 作者对本文作了删节。
[②] 在原文第一节里,这几个词都位于每行诗的末尾。

九月的雨落在屋子上。
在渐弱的光中,老外婆
与孩子坐在厨房里
那个"神奇小火炉"边,
读历书里的笑话,
用说说笑笑来隐藏她的眼泪。

她觉得她那秋分的眼泪
和敲打屋顶的雨
都是年鉴所预言的
但只有一个外婆才懂。
铁壶在火炉上歌唱。
她切了点面包,对孩子说,

是喝茶的时候了;但孩子
正望着茶壶小小的硬泪珠
在黑色热火炉上疯了似的舞蹈,
就像雨在屋子上也一定是这样舞蹈。
老外婆把带细绳的
聪明历书收拾好,

挂起来。鸟似的,那历书
半打开着盘旋在孩子头顶上,
盘旋在老外婆头顶上,
她的茶杯充满暗褐色的眼泪。

她微微发颤,说她觉得这屋子
很冷,于是往火炉里添柴。

理当如此,神奇火炉说。
我知道我所知道的,历书说。
孩子用彩色铅笔画一座呆板的屋子
和一条蜿蜒的小路。接着孩子
加进一个有纽扣的男人,纽扣一颗颗像眼泪,
然后自豪地拿给外婆看。

但是悄悄地,当外婆
在火炉前忙乎的时候
一个个小月亮像眼泪
从历书书页间掉下来,
落进了孩子小心地
加在屋子前的花圃里。

该种植眼泪了,历书说。
外婆对着那神奇的火炉歌唱
孩子画另一座神秘莫测的屋子。

  如同任何成功的六节诗,这首诗具有某种技艺高超的特质,但吸引我们注意力的,并不是其技艺高超。它产生的即时效果在情感上直接如童话。就像狄伦·托马斯的维拉内拉诗《不要温和地走进那个良夜》使人觉得是一种戏剧性呼喊而不是一首有固定套路的形式诗一样,

毕晓普这首六节诗的叙述性和戏剧性兴味立即把我们的注意力从其作为技术表演的大师级卓越性移开。这首诗绕着一些未说出的悲伤兜圈，而就在它绕着它们兜圈的时候，它迷住它们，使它们服从创作意志。外婆屋子里那短路的痛苦，一种被历书赋予致命的必然性的痛苦，暂时被关闭在孩子所画的神秘莫测的屋子里。就这个结论呼应古老故事例如恶灵被禁锢在盒子里或树里或石头里而言，它代表了战胜负面的环境。但从另一个角度看，它无非是使该情景回归其原形态，在那原形态中困境仍在继续着，解决办法只能在想象中获得。

事实上，《六节诗》以其神秘莫测的屋子发挥了纪念碑在毕晓普一首较早的、其标题同样浅白的诗《纪念碑》那种反身性的但最终有益健康的功能。这个纪念碑是用木头做的，用一个个盒子叠起来的；如同那首六节诗，它既是谜一样的，又是完全令人满足的。除了它展示的以外，它没有承诺还有任何什么东西，然而它似乎在监视着某种它所代表的东西。再一次，该纪念碑之所以存在，正是为了表达或掩蔽一种退隐的在场，一个神秘莫测的目的或一个缺席的元素。事实上，该诗最后几行宣称该纪念碑是要纪念某种未言明的东西，这东西体现并维持某种它觉得不需要言明的意义：

> 它是一件木头
> 人工制品。木头要比
> 海或云或沙更能自我凝聚，
> 远胜于真实的海或云或沙。
> 它选择那种方式生长又不移动。
> 纪念碑是一个物件，然而它那些随便
> 钉起来，看上去什么也不像的装饰

泄露了它有生命、有愿望；
想成为纪念碑，想珍惜什么。
最粗糙的涡卷形装饰说"纪念"，
光则每天一次绕着它照耀
如同一头潜行觅食的动物，
要么雨水落在它上面，要么风吹入它。
它也许是坚实的，也许是空心的。
那位艺术家王子的骨头也许就在里面
或在甚至更干燥的远方土地上。
但它可以简陋却恰当地庇护
它里面的东西（毕竟那东西
原本就不可能是要被看见的）。
它是一幅画、一件雕刻品
或一首诗、一个纪念碑的开始，
并且全是木制的。细看它吧。

这个用于纪念某种"原本就不可能是要被看见的"东西的纪念碑，受到如同"潜行觅食的动物"般绕着它照耀的光的威胁。然而它尽管有在这类环境中引起的提防，却依然"想珍惜什么"。而如果我们仔细看它，如同我们被要求的那样，那么我们就会发现，作为一件有生命和可以"庇护它里面的东西"的物品，它就像那个首先想象它有生命的诗人的一首诗。因为伊丽莎白·毕晓普的诗歌令人快意之处，乃是它最终也克服了对它的处理手法的提防。它也许是一种善于观察的诗歌，但它最终并不"留神"——就这个词在口语上的意义而言，尽管作为她的诗歌风格的一个条件，我们一直都能感到那种谨慎的倾向。有保留是她天然的思想习惯,但即便如此,她的诗歌仍继续能够走出去,迎接面前的事物,向路易斯·麦克尼斯所称的"沉醉于多样性状态的事物"致意。它通过它从旁协助的彻底性来证明自己是诗歌。在它最热情的时候,它要完全放弃自身,奉献给它所发现的东西,如同她的《两千多幅插图和一部用语索引大全》一诗结尾时所问的:"为什么我们不能……一再把我们的婴儿视线移向别处看看?"

这是说,毕晓普那著名的观察天赋并非只是一种简单的观看习惯,而是代表着某种自我征服,克服的显然是性情上的谨小慎微。她天生更倾向于爱挑剔而不是狂热的溢美。如果说她对现象抱有足够好感,她依然能够不兴高采烈。她的超脱是长期性的,然而她在看待事物时结合了如此强大的专注和精确,以致那超脱几乎蒸发了。毕晓普所做的,乃是按照事物原原本本的样子来审视和查探它们,然后才认可它们。她并不是立即吹捧它们或非吹捧它们不可,因为她更多是一位有同情心的裁判而不是天生的啦啦队长,但她同样也不拒绝给予它们应得的赞美。换句话说,她的现实感更多是尘凡的而不是天使的。例如她的早期诗《首语重复法》是一首晨歌,诗中毕晓普确实设想了一种天使式的生物,他代表我们身上那可跟早晨和白天明亮的承诺匹比的部分;然而她不得不承认,这生物也是一种其诸多可能性实际上和一而再地难以被我们实现的生物。因此他——

> 遭受我们的使用和滥用之苦,
> 穿过一具具漂流的身体下沉,
> 穿过一个个漂流的阶级下沉,
> 沉向黄昏,沉向公园里的乞丐,
> 那乞丐疲倦不堪,无灯无书,

> 准备做惊人的研究：
> 每日都在无穷尽
> 无穷尽赞许中的
> 火烈盛事。

但是，在乞丐对事物原原本本样子的赞许中，毕竟有某种神奇的东西。对他来说，每日的火烈盛事，无论是破晓或日落，必须是它自己的奖赏，因为对他来说此中再也没有别的东西。而正是在这种超越自身的贫乏的相同行为中，也就是说，不是溺爱它，而是继续享受那免费提供的庆祝——正是在这样的精神行为和获得中，毕晓普的诗歌纠正了从一开始就把她放到对她不利的天平上的偏差。

这并不完全是从愉悦走向智慧，虽然愉悦和智慧都在她的诗中占重要位置；就她而言，这富有特色的变换用这样的方式描述也许更准确，也即从自足走向承认对立面的神秘，而写作则扮演了介乎两者之间所有甜苦参半的推迟的角色。《鱼》是这方面的明显例子，整首诗催眠似的悬于第一行和最后一行之间所描述的两种确切的行动之间："我逮到一条巨大的鱼""于是放走那条鱼"。在两者之间，这首诗提供了一种慢镜头重放，激动紧接着激动，再现那条鱼被认出的过程，也即认出它是霍普金斯所称的"上帝的荣耀"的通报者，是那活在事物深处的最亲爱的新鲜性的通报者，所有最终被这首诗自己称为"彩虹、彩虹、彩虹"的东西。少有地，毕晓普似乎不止于赞许，然而事实上放鱼这个动作就是赞许所能显露的最深刻形式，并且如同考狄利娅[①]，其方式比最精彩的语言还要有说服力。那条鱼被认出是一个心灵相通者，一个与

---

① 莎剧《李尔王》中李尔王的幼女，诚实而善良。

受伤后仍能行走者相对的游泳者,一个接纳事物但宁可不泄露自己意图者:

> 我凝视它的眼睛,
> 它们比我的眼睛大得多
> 但浅些,并且发黄,
> 虹膜被一层黯淡的锡箔
> 包着并作为底色,
> 可透过有刮痕的
> 旧鱼胶的晶状体看到。
> 它们稍移了一下,但不
> 回望我的凝视。
> ——更像一个物体
> 朝着光的方向倾斜。
> 我欣赏它阴沉的脸,
> 它下颌的结构,
> 然后我看见
> 从它的下唇——
> ——如果你可以把它叫作唇——
> 阴冷、潮湿、武器似的,
> 悬挂着五条旧钓线,
> 或四条旧钓线和一条依然
> 连着旋转轴承的接钓绳,
> 连同它们五个大钩
> 牢牢生长在它的嘴里。

我们可以想象这条鱼和这位写它的诗人认出那个因纽特老妇人的回答所包含的真理。当那老妇被问到为什么她的部族所唱的歌都如此短时,她只是回答说:"因为我们知道太多了。"

同样地,毕晓普为诗中的沉着付出的代价是不应被低估的。那彩虹效应如果没有一定的精神支出是无法获得的。没有一个作家比她更积极地详尽记录世界种种神奇的事物,也没有一个作家比她更凭良心作出这样的承认,承认存在着种种危险的负面状况,这些状况必须同样和同时被视为生命的事实。因此,我想用数分钟时间集中讨论一首诗,它披露了毕晓普心灵的这类典型的动向,不管是在艺术中或在生活中。这首诗还含有某种喜剧成分和自画像的暗示。这是她那首关于鹬的诗:

> 它把一路的咆哮视为理所当然,
> 也清楚世界时不时会震动。
> 它奔跑,它奔向南方,爱挑剔、笨拙,
> 处于受控的恐慌状态,仿佛布莱克的学生。
>
> 沙滩脂肪般发出咝咝响。它左边,一片
> 干扰的水来了又去
> 涂亮它黑暗而易折的双脚。
> 它奔跑,它奔跑着直接穿过水,细看它的脚趾。
>
> ——细看的,其实是脚趾之间沙子的空间,
> 那里(没有细节是太小的)大西洋迅速地

往后流往下流。它一边奔跑
一边盯着那些拖拖拉拉的沙粒。

世界是一片迷雾。然后世界
是微细、辽阔和清晰的。浪潮
高了或低了。它也说不出是高是低。
它的喙集中注意力；它聚精会神，

寻找着什么，寻找，寻找。
可怜的鸟儿，它着魔了！
数百万粒沙，黑、白、褐、灰，
混杂着一粒粒石英、粉晶、紫晶。

"它把一路的咆哮视为理所当然"，我们被直截了当地告知；而如果我们认为那咆哮是公共世界的喧嚣和大海的喧嚣，那么我们也可以这样来形容伊丽莎白·毕晓普。她没有选择史诗式的全景，选择大规模的历史处理方式，选择对文化和危机采取统览式观点，这些都是20世纪其他重要诗人的典型做法。她当然深知世界时不时就会震动，不仅随着浪潮的轰隆声震动，而且随着战争或地震，或父母死亡这种残酷事实，或挚友不适时和引起内疚的自杀的轰隆声而震动。在这类环境下，恐慌是一种够自然的反应，一种想完全逃离现场的反射性冲动。然而既然我们不能逃避我们的时代或我们的命运，这样的恐慌就必须加以控制，而控制就是设限，划出一个明确的空间以便我们可以在其中活动。就那只鹬而言，这个空间是在浪潮与陆地之间变换的沙子的空间：在这里，那只鹬自然就变成了布莱克的学生，因为威廉·布莱克曾在

《天真的预言》中敦促我们:

> 一粒沙里见世界,
> 一朵花里见天堂,
> 把无穷攥在掌心,
> 刹那间握住永恒。

布莱克的诗是预见性和先知式的,但是哪怕像鹬这样热情的学生也不可能拥有布莱克诗中那巨大的诗人的信心。这只可怜的鸟儿"爱挑剔",这个词的声音和质地暗示神经质、整洁、任性;一个爱挑剔的生命绝不会控制环境,所以那只鹬不是站稳阵脚而是奔跑:

> 它奔跑,它奔向南方,爱挑剔、笨拙。

然而,诗人却本能地被这只鸟吸引,并且不能因为它的焦急而指责它。她以某种超脱和忧虑的态度对待它那迫不及待地忙于寻找的方式,这方式与她自己在1976年一次讲话中表达的对自己的态度并没有什么不同。"是的,"当时她说,"我这辈子的生活和行为都像那只鹬——不断沿着不同国家的边缘奔跑,'寻找着什么'。"但并非只是毕晓普的迁移冲动使她与鹬联系起来,尚有她以警戒、犹豫却又绝对着迷地对待细节的方式,以及她面对世界时一贯的谨小慎微。例如"细看它的脚趾"一句就恰如其分又滑稽地既适用于鹬又适用于这位诗人。显然,它既呼应"留心你的脚步"(保持谨慎)这个习语,又对"继续活动你的脚趾"(保持警惕)这个习语的意思加以引申,而这种既警惕又谨慎,既受威胁又随时准备应付的双重含义,与伊丽莎白·毕晓普一贯的态度和与那只鹬的微小困境是一致的。

我说"微小"困境。但这首诗的一部分目的,却是要模糊辽阔与微小之间的差别。毕竟,这个布莱克的学生将在一粒沙里看到一个世界。因此这首诗务必要使大词例如"大西洋"和"世界"以至"辽阔"这个词本身,与小词例如"脚趾"和"喙"和"沙子"相配、相称和相等。没有任何细节是太小的,如同第十行诗中括号内的句子所坚称的。"世界是一团迷雾。然后世界/是微细、辽阔和清晰的。"事实上我们甚至可以说,这首诗讲的是着魔似的注意细节可达至具有预见力的理解,以及全神贯注可放大而不是缩窄我们的眼界。这首诗最后两行确实改变了微小和单一的东西,把它投射到宇宙屏幕上。这两行诗把随时有可能被忽略和漠视的东西变得生辉和神奇。再次,大与小互相接触,小使大受到质疑:

寻找着什么,寻找,寻找。
可怜的鸟儿,它着魔了!
数百万粒沙,黑、白、褐、灰,
混杂着一粒粒石英、粉晶、紫晶。

"数百万粒沙":我们看到黑白褐灰相间相杂的沙。一立方码的沙最初是一种坚硬的质地然后是闪耀的神奇。而所有这一切都是在没有绷紧语言肌肉的情况下做到的。这首诗没有提高声音或过度伸展词汇。其用语都是寻常和直白的,人人都懂。然而诗人对词语的处理就如同她对细节的处理:她使它们把我们引向迄今意想不到的空间。石英、粉晶、紫晶:三样东西现在都闪闪发亮,"微细、辽阔和清晰",仿佛它们刚从但丁《天堂篇》中那洋溢着光的天堂里逃出来。这布莱克的学生找到的不只是一个世界,而是整个由沙粒构成的天堂体系。

《鹬》是一首有着广大的谨慎和谨慎的广大的诗,而如果我表面上使人觉得是在大肆吹嘘它的价值,那么我只能说,表面是骗人的。它是一项完美的成就,既重新唤醒它自己,也重新唤醒读者意识到世界那神秘的殊异性。它还使我们通过紧跟其鼻子——或其喙——穿过那见惯的细节上的疯狂铺垫和就事论事,而来到那殊异性的门槛前。这同样适用于形容毕晓普众多为人知晓的成就,尤其是她那首伟大的沉思性的离题话①诗《在鱼房》。但由于我已在《舌头的管辖》一书的同名文章中花颇大篇幅讨论过这首诗,因此我想在这里简略谈谈她两首晚期长诗《驼鹿》和《克鲁索在英格兰》。两首诗都是记忆之诗,都使我们看到神奇的事物,但都只是把神奇事物当作想象力的成就来处理。当驼鹿走出树林,当克鲁索②想起他的折刀一度拥有的气息,世界确实在一片改变的光中闪闪发亮;然而这两首诗,用奥登的话说,都觉得有这凡人世界就足够了。它们特有的力量来自毕晓普一贯的才能,也即善于把真实事物提升为一种新的语言力量。它们的成就在于那力量的过剩,在于那力量可以做到不止足够。这里是克鲁索想起水龙卷③:

> 那时我有水龙卷。啊,
> 一次有半打,远远地,
> 它们来来去去,前进后退,
> 头在云雾中,脚在一片片摩擦着的

---

① 原文为拉丁文 excursus,除了离题话的意思外,亦有对某一部分作详尽描述的意思,还有向前跑的意思。后两个意思也都符合《在鱼房》的特点。
② 指《鲁滨孙漂流记》的主人公鲁滨孙·克鲁索。
③ 类似陆上的龙卷风。

移动的白色中。
　　玻璃烟囱,灵活、稀薄、
　　祭司似的玻璃生物……我望着
　　水在它们身上螺旋式升起如烟雾。
　　美丽,是的,但也很孤单。

而这里是那只几乎算是美丽的驼鹿在夜里出现,当时巴士上的乘客们正彼此亲切地交谈着,他们正离开新斯科舍,向南作一次长途旅行,一次沿着预定巴士路线行驶的旅行,同时也是一次追忆诗人在那个还不会思考的童年世界中走过的道路的旅行:

　　他们就这样谈呀谈,
　　坐在旧羽毛褥垫上,
　　平静地、不断地谈着,
　　过道里灯光黯淡,
　　厨房里那条狗
　　缩在她的围巾下。

　　现在,甚至可以
　　沉沉入睡
　　如同在所有那些夜里。
　　——突然间巴士司机
　　猛地把车停住了,
　　把灯光熄掉。

一头驼鹿从那
难以穿透的密林里出来,
不像站在那里,而更像赫然耸现
在道路中央。
它走近;它嗅着
巴士发动机的热罩。

屹立,无角,
高如一座教堂,
舒适如一座房子
(或安稳如房子)。
一个男人的声音叫我们放心:
"绝对没有危险……"

几个乘客
低声惊叹,
稚气地,轻柔地,
"显然是大动物。"
"它真不好看。"
"瞧! 是母的!"

为了消磨时间,
她细看那巴士,
雄伟,非尘世。
为什么,为什么我们会激起

(我们全都激起)这阵甜蜜的
欢乐感?

"好奇的家伙,"
我们不动声色的司机说,
用的是卷舌音。
"你也该注意一下安全。"
然后他换挡。
回头伸长脖子向后望,

可以多看一会儿
那只驼鹿
在月亮照耀的碎石路面上;
然后可隐约闻到
驼鹿的气味,还有汽油
刺鼻的气味。

美国诗人查尔斯·西米克在谈到艺术家约瑟夫·康奈尔——碰巧也是一位伊丽莎白·毕晓普挚爱的艺术家——时所说的一席话,值得在这个场合引用。"实际上存在着三种意象,"西米克写道:

> 首先,是艺术中和文学中那些以现实主义者的方式睁开眼睛所见的意象。然后是闭上眼睛所见的意象。浪漫主义诗人、超现实主义者、表现主义者和每一个白日梦者都知道它们。然而康奈

尔在其箱子里所提供的意象①,属于第三类。它们同时交织着梦和现实,还有另一种无以名之的东西。它们以两种相反的方向吸引观者。一是观看并赞叹……二是创造关于观者眼中所见的东西的故事……每一种方式本身都不充足。只有两者结合起来才创造出了这个第三意象。

西米克这篇简短的沉思文章,题为《我们小时候知道的目光》,这目光似乎同样适合于毕晓普的意象,因为她的意象既使我们感到不可思议地直接,又使我们依稀地觉得熟悉。它们的吸引力交织着"某种无以名之的东西",仿佛在文字出现以前的远古时代的安全感中所认识的事物又在后现代的动荡不安中重现。她的意象召唤意识去回忆。显然,毕晓普的成功之道是在现象面前完全接纳,并对现象引起的正面或负面的反应作出恰如其分的描述——显然,是这一既坚定又满溢的诚实目光,使她的作品在过去二十年间吸引了这么多读者。作为一位女诗人,她对自己不利的性别地位泰然处之的能力,只有她通过自己的成就获取自己应得权利的能力可以匹比,因此她很自然也很合理地获得了女性主义批评家们的推崇。她的平静绝非寂静主义,诸如写于20世纪40年代初期的《雄鸡》这样的诗正是对黩武和家长制的世界的种种苛求作出的极具洞见和极富创造性的反应。然而她永远抵制一种压力,这种压力要求她在政治上把自己与行动主义的女权政治运动联系起来。她无论是在性情上还是在选择上都是一位独行者,因此无法响应哪怕是最迫切地希望她声援的要求。

在晚近美国诗歌范围里,毕晓普占据着一个类似于大西洋彼岸的

---

① 康奈尔以其"箱子"系列作品闻名,这些箱子类似家庭药箱,箱子里的内容即是其作品内容。

菲利普·拉金长期占据的地位。在一个口若悬河的时代,她似乎要证明少就是多。她通过自己的分寸感和对传统的意识,使一种完全个人和当代的风格看上去就像是过去正典诗歌的延续。她创造了一种诗歌,这种诗歌使我们想大声赞叹其专业彻底性、其技术完美和形式完美,然而她同时又使我们禁不住要把技术问题和形式问题视为某种分神的东西,因为她的诗歌是如此坦率地关于某事某物,自顾自地观察世界和发现意义。

所有这些,都直接地显露于下面这首我要引述和评论并用来作结的诗。这是一首维拉内拉诗,叫作《一种本领》。自它十六年前收录于毕晓普最后一部诗集以来,它就成了她最令人赞赏的典范作品之一。她这本最后的诗集《地理学 III》出版于 1976 年,收录了很多首具有总结和祝福色彩的非凡诗作——包括《驼鹿》和那另一首捉迷藏、数到一百①的戏剧性独白诗《克鲁索在英格兰》。这些诗源自一个虽非怨愤却仍未平息的心灵,如同那只鹬依然在"寻找着什么,寻找,寻找"。它们写于毕晓普的生命后期,而她曾长期思考这生命的惩罚和赐福。它们代表着这样一种记忆和一种意识的努力,这记忆观察自身的种种内容,这意识勇敢面对自身并估量自身的力量和弱点。而这种反身性张力,她的才智的这种想站在一定的角度面对自身困境的强制力,在维拉内拉诗体中找到了其自然的形式。维拉内拉诗体以其重复、修订和细微差别,以其变换、精妙和对已经被精妙地筛选过的东西进行的筛选,而成为毕晓普的习惯性方法的绝佳表达模式,这习惯性方法就是以不断更新的小进攻和小出击来处理某个题材。但每一次小进攻都没有充分表达出引发这首诗的那种或多种巨大悲伤。任何熟悉毕晓普生平的人

---

① "数到一百"是一种儿童游戏,在这里有列举事物的意思。

都会知道,这首诗整体上对描写失去的那种专注可能就来自诗人生平中众多具体的境遇,但是这首诗完全可以被独立地阅读而不必对毕晓普生平的事实有任何特别了解:

> 失去的本领并不难掌握;
> 许多事物似乎都充满被失去的意图,
> 失去对于它们并不是灾祸。
>
> 每天失去一些东西。接受失去门钥
> 和糟蹋掉一个小时带来的波动。
> 失去的本领并不难掌握。
>
> 然后练习失去得更多、更快:
> 地点,还有名字,还有你曾打算去旅行的
> 地方。这些都不会带来灾祸。
>
> 我失去我母亲的手表。瞧啊!我三座心爱房子的
> 最后一座或倒数第二座都没了。
> 失去的本领并不难掌握。
>
> 我失去两座城市,可爱的城市。还有更广阔的,
> 一些我拥有的王国、两条河、一块大陆。
> 我想念它们,但这不是什么灾祸。
>
> ——甚至失去你(那开玩笑的口吻,我所

喜欢的姿态)我都不应该说谎。显然
失去的本领并不太难掌握
尽管看来有点像(写下来呀!)像灾祸。

在这首诗中,毕晓普那种既可写得直白又可写得节制的能力,在绝境中自己显露了出来。这是一首奇妙的抒情作品;很难把这首诗作为一件制品的现实,与其作为个人呼声的效果分开。一方面,它当然完全是形式的,专注于技术程序,从解决押韵的挑战、从遵守(和不遵守)具有高度约束力的维拉内拉诗体的规则中获得乐趣。同时,它显然是一个受委屈的生物的抽泣;或更确切些,它是被噎住的抽泣,是某个人的很懂事的行为,这个人如果不是因为艺术和伦理那不带感情的要求,要求以坚定的品格示人,就有可能沉溺于自怜。事实上,对自怜的诱惑的克服是这首诗努力达到的效果:机智对抗伤害,并维持了一种堪称是智慧的平衡。这首作品本身可称为冷面的反讽或古怪的坚忍,但又不完全是任何其中一种。用毕晓普另一行著名的诗来说,它"就像我们想象的知识的样子"。它通过对诗歌形式的信任和对自我的克制,而与伊丽莎白·毕晓普非常欣赏的那位17世纪英国诗人和神父乔治·赫伯特的作品建立某种可辨识的关系。如同赫伯特,毕晓普在作诗的程序与精神的困境之间找到一种对应并强化这种对应。她把押韵与自我控制当作是一回事。"掌握"(master)和"灾祸"(disaster)首次在第一节诗中出现时,它们是配搭得极为老练、优雅、谦逊的。它不是灾祸。说话者端庄、礼貌,解除你被迫去同情的重负,使你不必难堪地觉得需要说点什么。然而,这个押韵最后一次出现时,那发生过的事情的令人震惊和满含创伤的现实几乎溢出容纳它的形式。它是灾祸。是毁灭性和难以描述的灾祸。然而这首诗在这关键时刻做到的,恰恰是挺过毁灭。动词"掌握"(master)放置在与其孪生名词"灾祸"(disaster)对立的天平盘上,维持了平衡。而这平衡之所以能够维持,其秘密就在括号内"(写下来呀!)"。如同毕晓普诗中常见的,括号(如果你的耳朵够敏感)正是听见事实真相的地方。而《一种本领》中的括号告诉我们的,是我们一直就笼统地知道,但现在我们以一种带剧痛的亲密性知道的东西,也即写作行为是一种生存行为:

> 我失去两座城市,可爱的城市。还有更广阔的,
> 一些我拥有的王国、两条河、一块大陆。
> 我想念它们,但这不是什么灾祸。
>
> ——甚至失去你(那开玩笑的口吻,我所
> 喜欢的姿态)我都不应该说谎。显然
> 失去的本领并不太难掌握
> 尽管看来有点像(写下来呀!)像灾祸。

这句关键时刻的命令——"写下来呀!"——中所含的双关语①是非常诚恳的。诗歌的纠正被诗歌的一个忠实信徒召唤,要求这首诗去把天平摆正。各种各样的失去已使心灵的天平大幅度地倾斜,所以迫切需要通过重新分配心灵的重负来取得均等——而实现那种重新分配则有赖于写作这一行为。句子中那种脱口而出的语气显然是一种伴随脱口而出后所面临的一切风险的语气。因此,在"写"一词的双关语中,以及在短暂弥漫于最后押韵词②的和谐中,我们体验到刻意发出的

---

① 双关语指"write it!",既有"写下来呀!"的意思,又有"right it!"(摆正它!)的意思。
② 指原文倒数第二行行尾 master(掌握)与最后一行行尾 disaster(灾祸)的押韵。

声音的那种决断力,正如毕晓普早期故事《村子里》中作为讲述者的孩子所体验到的。在那个故事中,尖叫声被吸纳入铁砧的音调,而在现在这首诗中,"灾祸"因其与"掌握"在情感和语音上的匹配而被吸纳消化。毕晓普的"一种本领"毕竟没有令她失望。尽管她对夸大这本领的特权和可能性保持警惕,但她确实持续地做到了推动诗歌越过它一直以来帮助我们享受生活的那个点,去到它也能够帮助我们忍耐生活的那个甚至更深刻地校准的点。

彭斯的艺术谈吐*

*收录于《罗伯特·彭斯与文学权威》,罗伯特·克劳福德编,爱丁堡大学出版社,1997。

> 诗人的真实传记,如同鸟儿的传记……他们真正的数据,是在他们发声的方式中。一个诗人的传记是在他的元音和咝音中,在他的格律、韵脚和隐喻中……在诗人那里,词语的选择总是比故事情节更显著……
>
> ——约瑟夫·布罗茨基《小于一》[1]

从一开始,彭斯发声的方式就使我感到自己很亲近他。我在德里郡阿纳霍里什小学和继而在圣科伦巴学院读书时,总是感到我自己与教科书诗歌之间存在着距离,而彭斯对词语的选择,他的韵脚和隐喻,都消除了我预期的这种距离。在我进中学之前,我几乎可以肯定自己读得懂他那首《写给小鼠:1785年11月耕地时犁翻鼠窝,小鼠惊走,见此而赋》,但当我再次在《安布尔赛德诗选》[2]遇见它时,使我感到自己与它有特殊关系的,并不是因为以前曾读过它。当时,在欣赏诗歌时,

---

[1] 指布罗茨基的随笔集《小于一》,引文实际上来自该书中论沃尔科特诗歌的文章《涛声》。
[2] 安布尔赛德是英国地名,作为书名,可能与"安布尔赛德读书会"有关,该读书会创办于1828年,其会员包括华兹华斯。该诗选由 E.W. 帕克编辑,朗曼出版社出版。

我们都总是从语言方面着手。而确实也应当如此:大家在面对一页诗歌时,都应使自己处于良好的语言状态。然而,就我们而言,我们都预期书页上的语言会带领我们走出我们自己那非正式口语的自我,把我们运送到一个讲究形式的词语国度,在那个国度里我们必须时时刻刻保持最佳的言语行为。"你好啊,欢乐的精灵"①完美地满足这些期待,如同"老虎,老虎,燃烧着亮煌煌火光"②带来的振奋一样。但接着是这行诗:

Wee, sleeket, cowran, tim'rous *beastie*,
光滑、胆怯、怕事的小东西,③

这就不同了。甚至在格律或旋律都还未形成时,"光滑"一词就已经有了重音音步,并在一次先发制人的呼格袭击中占领了情感和文化的阵地,剥夺了标准书面英语的权利,为所有俗语新来者提供庇护。至少,对所有那些来自贝里克与班多伦之间一条界线以北的人来说,"Wee"(小小)来得强有力。它是完全不造作的。它既诱人又不骗人。它只是突然而牢固地出现在那里,并且至今也依然在那里,如同有文字和有文学前的一块卵石,无可缩减、无可移除又无可否认的真实。有点像彭斯本人表现最出色的时候的样子,例如沃尔特·司各特记忆中那个彭斯:一个"强健而粗壮"的人,带着"某种有尊严的坦率和单纯",表露"十足的自信,而没有丝毫的冒昧",因而展示某种"十足的坚定,但一点也不让人觉得莽撞"。

---

① 雪莱诗句。
② 布莱克诗句。
③ 王佐良译。直译的句序为:小小、光滑、胆怯、怕事的动物。

你也许会说,对一个小小的词作这样的形容,是极大的赞扬;但我会说,这并非夸张的赞扬。不管是作为诗歌事实还是作为个人回忆,彭斯这首写给小鼠的诗的开头都是一次决定性的事件。它进入了诗歌那无垠的语言,因为它作为发声有着难以挑战的正确性,因为它同时把英语谈吐和苏格兰谈吐的特质融为一体;它还在一定程度上从我那官方教室看守的鼻底下穿过去,进入我所喜爱的厨房生活,因为它忠实于我在乌尔斯特中部成长时所讲的语言的生活,那种语言仍残留着伊丽莎白时代英语和苏格兰低地人的语言的痕迹,就发音而言,甚至,没错,就政治而言,依然可以听到和意会到。

"光滑、胆怯、怕事的小东西"——"光滑"也很容易被忽视,如同我们预期光滑的东西常常发生的那样,因为这个词既有貌似真实又有柔软光洁和线条优美的弦外之音。而这行诗迅速而安全地建立在"小"这个基础上。例如形容那只小鼠胆怯时,不是用"cowering"而是用"cowran",并且在使用这个分词时,对最后那个"g"①的粗心大意就如同我们在学校操场说话时那样。它是 beastie(小东西、小动物)而不是 beast(动物、野兽),如同我们当中某个约翰被称为约翰尼或休被称为休伊,或罗伯特被称为拉比。并且我知道,整句话必须用多少带有安特里姆郡的腔调来念,该腔调恰好是我所熟悉的,因为我常常去巴利米纳的市集山,那儿的农民在说"一"和"二"时,用的是"yin"和"twa",并且总的来说其口音之接近埃尔郡②并不亚于接近德里郡。

我想,大可不必继续以这种方式谈下去,因为我正在描述的是一种够普通的现象。发现你的亚文化生活在一个高雅文化脉络中被人准确地表现出来而又没有那种居高临下的态度,永远是一件乐事——而《安

---

① 指该词原应写成"cowrang"。
② 苏格兰地名。

布尔赛德诗选》就提供了这样一个脉络,以它自己的方式,在它自己的时代。然而,现在看来,我除了能够认识到其记录式的语言准确性之外,还能够享受我们也许可称之为诗学真实性的东西。我指的是它的悦耳性,它那如同船在桨手猛划下牢固而有浮力的方式。"光滑、胆怯、怕事的小东西"听上去就像令人放心的"没错儿、没错儿、没错儿、没错儿";四个形容词的四个重音当场建立了人类原动力的巨大性与慷慨性。诗学音步以一种乐善好施的步态踏入诗中,其令人放心和没有威胁就如同扶犁的农夫走向前视察被毁坏的巢穴。事实上,在一个个格律节拍中发出声音的,是那样一种独立性,它常常被视为这位诗人的自身构成中迷人和不可或缺的部分——他那被司各特称为"完美的坚固性"的东西。

此外,正是因为第一行的气息所传达的可信性,赋予第二行"啊,多少恐惧藏在你心里!"[1]的修辞性惊叹以真正的情感重量。当然,我可以想象斯派克·米利根[2]用一种滑稽的苏格兰加戆剧演员的腔调把这句话说得如同通过电子合成器发出的,使它达到逗人发笑的模仿效果;但重点在于,确实需要一个像斯派克这样真正具有喜剧才能的人才可以在摇晃这行诗时保持情感平稳。"啊,多少恐惧藏在你心里!"有着比第一行更匆促的动作,但它是一种更多是源自同情而非源自滑稽模仿的动作。这里完全谈不上有迪士尼式的胡闹:这不只是对一只受惊的小鼠的行为的巧妙言语模仿,而是一种感同身受的不由自主的爆发。随着对这只户外小鼠的讲话继续下去,这种身份认同亦愈加强烈,这活生生的声音更深更深地犁入心灵的地面,愈来愈有目的地挖入直觉的底土,直到它最后打开诗人自己脑中的巢穴,使他暴露在他对自己的命

---

[1] 王佐良译。在王佐良原译里,第二行开头的"啊"放置于第一行开头。
[2] 斯派克·米利根(1918—2002),生于印度的英国喜剧演员和作家。

运的最深刻的预感下。在严格的盎格鲁-撒克逊意义上,最后一节令人感到怪异:

> 比起我,你还大值庆幸!
> 你的烦恼只在如今。
> 我呢,唉,向后看
> 一片黑暗,
> 向前看,说不出究竟,
> 猜一下,也叫人寒心。①

　　这里发生的,是一次真正的,几乎是实际的发现。从诗人自身意识的过冬长草的隐蔽处,他那胆怯、怕事的小灵魂如此惊慌,以致忽然间认出了自己的命运。那个在开头使小鼠的惊慌蒙上阴影并把小鼠的惊慌看在眼里的高大、充满关怀的人物,竟然是某个并不那么完美、不那么强大、不那么健壮的人,这不仅是他未料到的,也是读者未料到的。换句话说,彭斯的小鼠在诗中逐渐变成一种预言的元素而不是感伤的元素,并且达到如此程度,以致到结尾的时候读者感到在1785年11月那个寒冬日子,当"那残忍的犁头一声响,/叫你家园全遭殃"②时,一定是李尔的荒野的凄惨突然降临到莫斯吉尔③的田野。

　　而"唉"(Och)这一感叹语出现在这个半幻象式的最后诗节的中心,带来了堪称最深刻的语音满足感。因为如果说"小"是本诗开头占据文化和语言阵地的单音节词,那么"唉"在临结尾可以说是进入了一

---

① 王佐良译。在王佐良原译里,感叹号置于最后一行结尾。
② 王佐良译。为适合做引文,此处删去"就叫你家园全遭殃"中的"就"字。
③ 彭斯的家乡。

种"西缅祷词"①的位置。"唉"使我们从日常跃入郁郁不欢。它是一个普通的,几乎是前语言的语助词,是那些"未被带进书里……居住在口腔的洞穴里"的声音之一;而它虽然无疑是痛苦的呼声,但它绝不是自怜的发泄。如果"哎呀"(ouch)是自我的抱怨,那么"唉"就是终极无奈和启迪的叹息。在这里,以及在自古以来被绝境中的男男女女发出的无数场合,它都起到自我放弃的作用,把个人交给命运处置,既是抗议又是求救。

当然,我知道我在这里有点儿言过其实,但我相信我依然没有错误解释此中的诗学真理,因为这真理恰恰关系到把普通谈吐提升至艺术力量的境界。"唉"含有悲伤和智慧的音调,而这音调正是整首诗精心阐述和安排的。它是娜杰日达·曼德尔施塔姆所称的"和声的金块",也是彭斯作为苏格兰语诗人和英语诗人的天才的保障,因为跟"小"一样,"唉"也属于贝里克与班多伦之间那条界线以北,在那里莎士比亚和《圣经》的语言与邓巴②和民歌的语言交汇,在那里新的诗学综合体和新的开始仍在进行中。

在这些地方欠缺的语言,当然是盖尔语,不管是苏格兰盖尔语还是爱尔兰盖尔语,然而我总是觉得这个事实是令人鼓舞的,也即"唉"这个词完全深植于爱尔兰人的喉咙和乌尔斯特苏格兰人的喉咙。例如,二十五年前,当我试图从北爱尔兰的政治肥料堆里采集若干抒情芽苗时,我写了一首诗,叫作《布罗亚赫》,这个标题也完全可以改为《唉》。它的直接题材,是我对我们位于德里郡莫约拉河畔小镇布罗亚赫的农

---

① 指《新约·路加福音》第二章西缅的祈祷语,以"主啊……"开始。
② 邓巴(1460—1520),苏格兰诗人。

场边远区域的回忆,但它的目的,却是把我刚才提到的三种语言——爱尔兰语、伊丽莎白时代英语和乌尔斯特苏格兰语——带入某种创造性的沟通和结盟,从而暗示某种可能性,也即这三种语言在北爱尔兰所代表的文化传统和政治传统之间也许有可能达成某种新的沟通和结盟。

我极想申明爱尔兰语言有权被承认为那种乌尔斯特混合体的一部分,有权纠正官方的、班恩河以东的一个强调,也即强调该省的原始语言是乌尔斯特苏格兰语和伊丽莎白时代英语。然而,在这首诗所讲的故事中,并没有言明上述意思;相反,它是要隐含于这首诗发声的方式中,隐含于诗行的词汇和表达中,隐含于这首诗如何探入长期运作在乌尔斯特语言第一个层面之下的略语和密码。最终,一切都归结到是否有能力说出"布罗亚赫"(Broagh),把这个词最后的"gh"(赫)的发音念成它在本地被念出的发音;换言之,这首诗只是在我们时代那场大运动中迈出一小步——那场大运动的目标,是把文化权威夺回给本地,是通过使弱势语言成为规范标准来逆转殖民化程序。白厅部长们会把这个地方称为"布罗亚"(Broa),但那将是错误的。与别的例子不同,在这个词的发音上,没有任何迹象表明他们有权利这样做;相反,这样做只会暴露某种无能。但是,任何北爱尔兰本地人,无论是新教徒或天主教徒,租地殖民者或盖尔人,不管他们各自从爱尔兰语或乌尔斯特苏格兰语被放逐出来的语言流亡的神话是什么——他们每一个人都能说"布罗亚赫",他们每一个人都能够至少在语音中与他人和睦相处。因此我想说,正是在说话的这个第一层面上,可以找到共同语言的基础。

换句话说,我认为我们可以通过重新想象我们的过去而预想未来。然而,在诗歌中,这种预想是冒险和暗示性的,更像一个旋律优美的承诺而不是一个社会方案。它不像某个可能是从社会工程师脑中冒出的更美好的世界的蓝图,而是源自表达于语言中,表达于语言所体现的全部耐性和不耐烦中的精神向往。因此,我真希望我在英语课上研读《安布尔赛德诗选》的那些日子里,有人会要求我去读我们最终会在我们的爱尔兰语课上读到的另一首诗,并把它拿来与彭斯这首写给被逐走的小鼠的诗做比较。这另一首诗,是爱尔兰语诗人凯赫尔·布伊·麦克·乔拉·古纳的《黄麻鹝》。麦克·乔拉·古纳是乌尔斯特本地人,据他最新近的编辑者说,他追求"浪荡子诗人的生涯",他在彭斯诞生前三年逝世,其作品"以罕见的人性"和"有着极好判断的感染力和人情味"而"引人注目"。

在我十五岁前后,麦克·乔拉·古纳对我来说是重要的存在,当时我正开始有能力阅读和感受爱尔兰语诗歌。说重要是因为他是一个北方的声音,又是一群乌尔斯特诗人中的一员,他们的作品如同彭斯的作品一样,获得一个漫长而精深的文学传统的支持;但是这个一度优越的传统在这些诗人的时代是作为一种口语的、乡野的和愈来愈脱离早前的高级文化权威的文化的一部分而维持下来的。麦克·乔拉·古纳和他在艺术上的兄长们——例如谢默斯·达尔·麦克·库阿塔和阿特·麦克·库姆黑格——依然保留行吟诗人的某种技艺和地位,但是一度支持行吟诗人流派的盖尔人秩序已经在17世纪期间被粉碎了,它开始于伊丽莎白对休·奥尼尔发动的决定性战争,并随着克伦威尔的劫掠行径继续发展下去,最后以威廉派在德里、奥赫里姆和博恩击败斯图亚特王室的事业而达到高潮。这些败仗的后果之一是这些诗人失去了赞助人,但布罗茨基的法则①也适用于他们,因为他们的传记也体现在他们的发声方式中。他们的词语和语调都属于一种乌尔斯特爱尔兰语,对此我有一种完全如在家里的感觉,因为在德里所教的爱尔兰语,乃是

---

① 指本文开头的题词所引布罗茨基的话。

乌尔斯特版的爱尔兰语。结果,当我读麦克·库阿塔的《欢迎鸟儿》或麦克库姆黑格的《克雷根教堂墓地》或麦克·乔拉·古纳的《黄麻鹀》时,我体验到类似于我第一次读《写给小鼠》时那种日常的熟悉性。事实上,我在这些乌尔斯特盖尔人的作品中所体验到的,正是约翰·休伊特读"织韵派"诗人时所体验到的,他们是18世纪末19世纪初的本地诗人,用乌尔斯特苏格兰俗语写作,他们的作品在休伊特身上产生"某种感觉,不管是好是坏,总觉得他们是自己人……"那种感觉源自很容易"在诗节、对句或措辞用语中体会到他们身上有某种人性意识"。

如同乌尔斯特的其他一切事情,阅读诗歌可以迅速演变成身份认同之类的政治问题,但是把《黄麻鹀》与《写给小鼠》一起当作纯粹的文学活动来读,会更有收获。在《黄麻鹀》这首爱尔兰语诗中,那位浪荡子诗人在哀痛,因为他刚刚发现了一只被冻结在冬天湖面冰霜里的鸟儿的尸体,而这唤醒了一种不祥预感的情绪,使他害怕他的嗜酒会导致他完蛋。那是一只强大的鸟,一只黄麻鹀,它的死亡的悲剧和预兆因其名字本身——bunnán buí,也即黄麻鹀——酷似他自己的名字凯赫尔·布伊(Cathal Buí)——黄发或金发凯赫尔或查尔斯——而使诗人有着更强烈的领会。如同在彭斯那首诗中,随着诗节推进,在该处境的温柔方面和悲剧方面之间有一种不断增加的交汇,使人感到处于贫困和危险中的诗人与那只至死都为宝贵的生命而觅食的动物之间有一种致命的联系;恰如此中亦同样有一种巨大的分寸感,一种宇宙视角,在这视角里,在诗的结尾,人与小鼠或人与鸟儿最终都像彼此一样重要或微不足道。第三节和第四节是这样的:

我感到悲伤,麻鹀,感到心碎,

看到你干瘦如柴，覆盖着灯芯草似的羽毛，
大老鼠欢快地从鼠道蹦跳而下
　　想唤醒你的尸体，以此取乐。
如果你及时通知我，鸟儿啊，
　　告诉我你有难，想喝点什么，
我一定会打破那湖水的桎梏
　　用我的猛击来润泽你的喉咙。

你们那些普通鸟儿我可不在乎，
　　譬如说乌鸫，或画眉或鹤，
但黄色麻鳽，这与我同名的令人振奋的鸟儿，
　　有着我的表情和头发，他才是我哀悼的。
他不断在喝，不断地，
　　而从各方面来说我也一样，
但我得到每一滴酒我都会喝干
　　否则我恐怕会死于嗜酒。

（谢默斯·希尼译）

这里是上述译文的原文：

A bhonnáin óig, is é mo mhíle brón
　　thú bheith romham i measc na dtom,
is na lucha móra ag triall chun do thorraimh
　　ag déanamh spóirt is pléisiúr ann;
dá gcuirfeá scéala in am fá mo déinse

go raibh tú i ngheibheann nó i mbroid fá dheoch,
do bhrisfinn béim ar an loch sin Vesey
a fhliuchfadh do bhéal is do chorp isteach.

Ní hé bhur n-éanlaith atá mise ag éagnach,
an lon, an smaolach, ná an chorr ghlas-
ach mo bhonnán buí lán den chroí,
is gur cosúil liom féin é ina ghné is a dhath;
bhíodh sé choíche ag síoról na dí,
agus deir na daoine go mbím mar sin seal,
is níl deor dá bhfaighead nach ligfead síos
ar eagla go bhfaighinnse bás den tart.

不用说，在这首诗的语音中心，"och"在"loch"一词和"deoch"（其意思在爱尔兰语中碰巧是"喝酒"）一词中重现，对我而言是另一个满足感的来源。它所起的作用就像一个信号广泛地朝着布罗亚赫镇传播开去，并指向一个未来，那个未来隐含于租地殖民者和盖尔人言谈中可发音的共同元素中。即使我们承认乌尔斯特人对语言和文化的看法中存在着深刻的二元本质，我们依然可以设法建立一个观察层面，从那里检视该处境的难以应付的元素，并在与它们的关系上重新定位我们自己。而我相信，那个层面是能够可靠地从诗篇和诗歌投射的。如同我较早时所说的，我希望有人会在多年前问我："你是否注意到在彭斯和麦克·乔拉·古纳的两首诗中音调都加深了？为何有些也许仅仅是打动人的诗竟能进一步接近某种悲剧性的东西？为何它们特定的音调从文学传统走出来，最后却抵达这样一个地方，也即特德·休斯所称的

'我们身上终极的痛苦和决定'的地方?"此外,我希望这一切并不是因为我相信对这两首诗的解读应该能帮助我进入某种更好的市民姿态,例如对多元性这个概念有更高的承担,而是因为——再次用约瑟夫·布罗茨基的话来说——好诗歌是一种精神振奋和防卫,对抗那最后的敌人,也即"人心的粗俗"。

我们在面对真正的问题时都不想要虚假的安慰。我们在需要但丁时都不想要迪士尼。但是当我们在彭斯和麦克·乔拉·古纳的诗中发现一种相似的脆弱感和同情感,以及在认识到他们的艺术谈吐不只栖居于相同的文学上和语言上的中间状态,而且有能力勘探更深层的诗学存在时,我相信我们所做的已不只是引入某种感觉良好的因素,某种乌尔斯特古老谚语"双方都有缺陷"的必然结果。诗歌的运作要比这丰富得多。诗歌的理解的条件,并不是由相适的环境授权的,而是与诗人的智力和想象力的波长相称的。例如,在那首爱尔兰语诗中,大老鼠尽管有其拟人化的欢闹,却像彭斯的小鼠一样,每一方面都与迪士尼乐园扯不上关系。实际上,我觉得,它们可能是从维庸那里逃出来的,或可能会在离开麻鸦之后回家,加入《幻象》一诗中彭斯在其茅屋顶的索具底下听到的吱吱叫的老鼠的行列。它们有点儿令人毛骨悚然,有点儿既是两语混合的,又是原型的,又是俗语的,也因此它们(还有它们所栖居的那首诗)既是属于教区的,又是属于世界的。

"教区的和世界的"这个语句,是帕特里克·卡瓦纳一篇随笔的标题。在这篇文章中,卡瓦纳处理的是当地人如何既可以被无限籔扬,又可以在无限之内来去自如,如同诗歌可以创造"一家团圆的文字/也是挥手告别的文字"的条件。这种转化,正是我在本文所要探讨的。我要做的,并非只是想申明一个明显的事实,也即彭斯的诗歌是特别能够引起乌尔斯特本地人共鸣的,不管他们效忠谁,而这不仅是因为有一种共同语言,而且是因为有一种共同分享的艰难处境。显然,诗歌是一种本地艺术,并在其原初语言和语言群族的声响内部找到最有力的影响范围。但我想补充申明一个事实,也即诗和诗人并不是在伦理和语言亲缘关系这一简单基础上为其读者所喜闻乐见。彭斯之所以是一位世界诗人,是因为他的天才,而不是因为他的苏格兰性。诗歌的影响范围方面,没有什么是决定性的,不管是对作者来说还是对读者来说:它是济慈所称的以美妙的过量造成的惊奇,是罗伯特·弗罗斯特在《桦树》中所称的满得高于杯缘,脱离土地一会儿以便回来并重新开始……

产生艺术的,并非媒介,而是构成媒介的东西。例如,我一下子就喜欢上了彭斯的《两只狗》,是因为它对世界采取的不可愚弄的、现实主义的态度,它那毫不陈腐而狡猾的幽默和它那没有减弱的正义感,但我也同样可以用这些话来形容彭斯的书信;使它具有一首诗的显著特征的,是它把可信的音调与技术精湛结合起来的方式——它那声音的音高和那声音的音乐感的真实性。正是诗中艺术谈吐的一种亲密性与纪实的准确性的特殊混合,使幽默绝没有以损害那两只狗为代价,以及使精湛变得不露痕迹。这同样也适用于那两首咏"可怜的梅莉"的诗,梅莉是作者的"宝贝母羊",自己被绳子绊倒绞死。在她希望传达给她的主人并经由他传达给她的家族的临终遗言中,有一种美丽明澈的特质,一种很难形容的特质,更多是感染力而不是泪汪汪,更多是同情而不是反讽:

> 我可怜的公羊,我的儿子和继承者,
>
> 啊,请他小心养大他!
>
> 如果他活得像野兽,

别忘记在他胸中立些规矩!
并警告他——我不一一列举——
家中有一群母羊就该心满意足;
别到处乱窜,把蹄子跑坏,
像那些粗鲁、不成体统的畜生。

再就是,我的母羊,傻东西,
愿上帝让你远离拴绳!
啊,愿你永不要跟任何
该死的、高沼地的公羊为伍;
但要永远记得跟与你一样有信誉的羊
一起啃草和来往。

就连彭斯幽默的押韵也因对被取笑的对象怀有一种补偿性的感人的忠诚而显得别树一帜。如果你把他所做的与拜伦或奥登在类似脉络中所做的做一番比较,你会发现拜伦和奥登倾向于卖弄,他们的表演愈是冷面孔和胜人一筹,就愈好。另一方面,彭斯对那些把他身上那个文字无赖突显出来的事情,则维持一定程度的防护。例如,在《汤姆·奥桑特》中,以下著名诗行中的韵律的平衡,是非常独特的:

> Nae man can tether time or tide;
> The hour approaches Tam maun ride;
> That hour, o' night's black arch the key-stane,
> That dreary hour he mounts his beast in;
> And sic a night he takes the road in,

As ne'er poor sinner was abroad in.

谁也拴不住潮汐或光阴，
汤姆上路的时刻已临近，
那时刻，是黑夜黑拱顶的拱顶石，
那沉闷时刻他向驴背上骑；
他就在这样的夜里动身，
罪犯这样摸黑也会寒心。

这里的感情之丰富，就如同某种供应源源不绝之感。对汤姆说的话之和善，就如同他们彼此是兄弟。阴韵①的接踵而至，如同乌尔斯特人所说的，不能自已，并且无法完全抑制住它自己嬉戏耍闹的兴味；但它同样不能忘记汤姆·奥桑特胸中所压抑的恐惧，而正是这种双重的易受影响性，使得这首诗如此迷人。

当然，在诗歌中，能够不能自已，乃是一种决定性的天赋。切斯瓦夫·米沃什在《诗艺?》中问道："哪个有理智的人愿意成为一座精灵出没的城市,/这些精灵的举止好像很自在，讲各种语言,/他们不满足于偷走他的嘴唇或手,/还为了他们自己的实利而想改变他的命运？"这里预期的，但不一定是想要的答案，乃是柏拉图的答案：没有任何通情达理的人想见到这种情况。一个诗人承受不起做一个控制狂，相反，他必须准备好随大流。正是彭斯身上那通情达理的人与他所包含的那座精

---

① 指行尾词两个音节押韵，其中第二个音节无重音，例如引诗中第一行与第二行押双音节韵(ti 押 ri, de 押 de)，第五行与第六行也是押双音节韵；或行尾词押三音节韵，其中第二、三音节无重音，例如引诗中第三行与第四行押三音节韵(key 押 bea, s-tane 押 s-tin)。

灵出没的城市之间暗中的争拗,产生他最好的诗篇。彭斯的很多同代人把这些精灵视为充满性欲的,视为来自"阴暗和充满煤烟"的洞穴,由"老霍尼……尼克,或克洛蒂"①派来的密使,但是如今我们已给这群精灵添加了他能接触到的不同语言中的诸多天才。我们怀着感激知道,彭斯向多种多样的语言访客敞开他的大门。在某个时刻,他欣然让他的双唇和双手被贝蒂和汤姆森②的语言偷走,在另一个时刻被他的邻居们的声音偷走。事实上,他的主观性只有在表演性的环境下才会完全显露出来,或者如果你更愿意接受米沃什的想法,就是在神灵附体的时候显露出来。《威利长老的祷词》是此类附体和表演的杰作,但是他此类附体和表演的天赋可谓俯拾皆是。例如,每一首书信体诗歌的第一或第二行都向不同的访客敞开大门,每封书信署的都是彭斯的名字,但是每封书信都展示出他语言的音高和节奏的不同潜力。毕竟,谁会对那个给布拉克洛克博士写信的声音中的灵活和真诚的包容关上大门呢?

> 哦,但你的来信使我感到荣幸!
> 你可健康,快乐,舒畅?
> 我知道,一点儿短途旅行
> 就能让你精神爽朗:
> 愿老天像我所希望那样好好保佑你,
> 如此则你就事事顺利——

---

① 这几个名字都是苏格兰语里对魔鬼、魔王的称呼。
② 詹姆斯·贝蒂(1735—1803),苏格兰诗人。乔治·汤姆森(1757—1851),苏格兰民间音乐采集者,彭斯的朋友。

谁又能猜到这样一位说方言的中世纪吟游诗人竟会在少年吟游诗人致吟游诗人大师詹姆斯·拉布雷克的书信的角色中再次现身,并且同样令人信服?①

> 这迎春和紫荆开花的时候,
> 山鸡放开了歌喉,
> 大清早野兔满山走,
> 我的诗笔忽也有了神,
> 因此未相识先把信投,
> 冒昧处请谅个情。②

即使是歌曲,也许大多数歌曲,也需要那个坐下来吃早餐的彭斯(如同叶芝大概会这样称呼他)屈从于那个重生为内在旋律的彭斯:③

> 若是我俩根本不曾热爱,
> 若是我俩根本不曾盲目地爱,
> 根本没有相逢,也就不会分手,
> 也就不会眼泪双双对流。——
>
> 珍重吧,你女中最高最美的!

---

① 希尼把彭斯形容为中世纪法国和英国的吟游诗人。这里说的再度现身,并不是指中世纪吟游诗人在彭斯身上复活,而是指中世纪吟游诗人般的彭斯既能用独特的声音对布拉克洛克说话,又能换一个声音跟拉布雷克说话,并且同样令人信服。
② 王佐良译。
③ 叶芝在《我的著作的总导言》中说,诗人"绝不是那捆坐下来吃早餐的偶然和不连贯;他已重生为一个理念,某种有意图的、圆满的东西"。

> 珍重吧,你人中最好最亲的!
> 愿你享一切愉快,珍宝,
> 平安、幸福、爱情、欢笑!——
>
> 一次亲吻,然后分手!
> 一朝离别,永不回头。
> 用绞心的眼泪我向你发誓,
> 用激动的呜咽我向你陈词。——①

这里的戏剧,是在每一个诗人身上演出的社会自我与深层自我的戏剧,那深层自我是"我们身上的终极痛苦和决定"的核心,而我必须承认,当我为写这篇文章而重读彭斯时,我的重读是带有偏见的……从我对我所熟悉的那些诗,尤其是那些以"标准哈比"②格律写的诗的回忆中,我有一个印象,也即社会自我被赋予了太大的比重。我记忆中的彭斯诗节有点儿太过讨好读者;但实际上彭斯深层的诗歌自我原本就存在于某种要大得多、古老得多和可以说是更侧重民谣的东西,某种紧密地深扎在他身上的东西,如同他的幽默和性兴趣一直影影绰绰和若隐若现地深扎在他身上。他的诗歌的强壮本身就足以证明他可以怎样胸有成竹地找到他进入某种原创知识的路径,但那种求索苏格兰民族最古老的生存真理的感情都是无所不在的。我自己最喜爱的例子来自《死亡与洪布克大夫》中诗人与死神的遭遇,尤其是认识到死神也得靠

---

① 王佐良译,标点符号和分段根据这里的引文有所改动。
② "标准哈比"是苏格兰诗歌的一种格式,以苏格兰诗人哈比·辛普森(1550—1620)命名,其出处则是苏格兰民谣诗人罗伯特·辛皮尔(1595—1663)的《挽哈比·辛普森》,以六行为一节。后来"标准哈比"又称为"彭斯诗节"。

自己辛苦劳动来生存,认识到死神也是一个苦工,认识到仅仅是继续下去对他来说也是一个成就:

> 我说:"好,好,这就一言为定,
> 来,让我们握手,彼此相信,
> 找个地方坐下,省点脚劲,
> 请你聊一聊,
> 这阵子你到过多少街道多少门庭,
> 有什么新闻可道?"
>
> "行,行,"他边讲边摇头,
> "说起来时间真已过了很久,
> 从我第一次掐断人的咽喉,
> 或把气管压盖。
> 为吃饭总得找事有个奔头,
> 死亡又何能例外。"①

对人世悲苦的揭示,是来自声调,是来自结尾那语调中的理智之音。这说话与自古以来被用于取得同样效果的说话的种种特征遥相呼应。把它称为民间智慧或谚语真理,等于是剥夺了它在这个戏剧化背景中的特殊情感重力。死神是在路上认出的邻居。例如,他并不是斩断生命之线,而是掐断它,并且彭斯用的是极度新鲜和完全不卖弄的俗语笔触来使我们瞥见了他常常探究的那更亲密的对立力量。因此我想

---

① 王佐良译。

以引录一首诗并对它略加评论来结束本文,这首诗的题材事实上是诗人的中间状态,不仅是介于纯文学与土腔苏格兰语或埃尔[①]与爱丁堡或《一切都会好》[②]与《天佑吾王》[③]之间,而且是介于诗人的使命与一个有理智的人的行为之间,介于呼吁向精灵式和先知式的灵魂打开我们的生命之门与让我们的命运被那灵魂改变之间,介于那个选择与想继续紧闭大门从而把自我安全地置于社会和家里的门锁和门匙保护下这一诱惑之间。可以说,是做佃农还是做圣保罗。所以,这里是《幻象》的开篇部分,从原诗第二节开始:

> 打谷机有气无力的连枷,
> 漫长的白昼使我疲惫;
> 而当白昼闭上眼睛,
> 　　回到遥远的西边,
> 在客厅里,心事重重地
> 　　我坐下来休息。
>
> 孤身只影,坐在火炉边,
> 我眼睛盯着冒出的烟,
> 那烟,引起频频咳嗽,
> 　　充满了这古老的泥屋;
> 耳朵听见骚动的老鼠
> 　　在屋梁上吱吱叫。

---

① 苏格兰西南部港市。
② 法国大革命时期的一首流行歌曲。
③ 英国国歌。

在这多尘、多雾的气候里,
我太晚地思考浪费的时光:
我怎样虚掷青春的年华,
　　　一事无成,
只会用押韵来编造胡话
　　　　让傻瓜去唱。

要是我懂得听良言劝告,
现在我大概已做了龙头生意,
或在银行里昂首阔步,点算
　　　我的现金账户:
可如今,半疯、半饱、半衣不蔽体,
　　　　就是我全部的资产。

我开始自言自语:"笨蛋!蠢货!"
把我那醒来的手掌高高举起
以那繁星闪烁的屋顶起誓,
　　　或以咒语发愿:
从此我将弃绝诗歌,
　　　　直到最后一口气——

这时僻的一声,门锁链移开,
天哪!门扇被推向墙边;
借着火炉的光我看见,

>   明艳照人，
> 一个整洁、奇异的女人，很可爱，
>   清清楚楚出现在眼前。
>
> 你不必怀疑，我不出声；
> 那幼稚的誓言，还未形成，已被粉碎；
> 我望着她，又害怕又感动，
>   仿佛在某个偏远的幽谷里；
> 而她像不显眼的珍宝，甜蜜地脸红，
>   走进屋子里。
>
> 翠绿、纤细、覆盖着叶子的冬青枝条
> 优雅地环绕在她额上；
> 我当她是某个**苏格兰缪斯**，
>   因为她有同样的装束；
> 于是我停止那些鲁莽的誓言，
>   它们很快就被粉碎。

这是彭斯的"幻象诗"，它对苏格兰盖尔语传统的超越文化的效忠，很明显地见诸他把每一章诗称为"段"（duan），这个说法是他向麦克弗森①借用的，它只不过是爱尔兰和苏格兰盖尔语对一首诗的称呼而已。"幻象诗"这个体裁于17世纪末和18世纪在爱尔兰非常流行，尽管缪斯在爱尔兰脉络中被政治化，成了"贞女爱尔兰"的一个形象，

---

① 詹姆斯·麦克弗森（1736—1796），苏格兰诗人，以声称翻译自我相（Ossian）的诗闻名。

可以说是一种遭异端的英国入侵者侵犯并受其奴役的爱尔兰触觉。所以,该体裁作为获取诗歌力量的神话之载体的主要功能遭淹没了,因为它愈来愈成为爱尔兰盖尔人处于无领导层也无复兴计划的那几十年间爱尔兰政治中的詹姆士二世党人的体现。但是那个写了一首幻象诗,讲述黎明时分一个贞女来到基利克里根教堂墓地把他吻醒的阿特·麦克库姆黑格肯定会在彭斯这些诗行中认出爱欲与本土性和民族性的掺和。而享受性爱销魂,其黎明访客把他"长久地抱在她怀中,微笑着"并"甜蜜地吻(他),轻声说,亲爱的心肝,你喜欢这个吗?"的托马斯·怀亚特爵士——怀亚特也会带着津津有味的回忆,在看到"噼的一声,门锁链移开,/天哪! 门扇被推向墙边"时莞尔一笑……

然而,使《幻象》变成一次如此可信的诗歌事件的,并不是其古老的主题所受的尊敬。当然,诗中有缪斯对农夫赫西奥德唱歌的回声,有但丁在其旅程中途准备放弃并为俾德丽采所救的回声,有白色女神的回声,而罗伯特·格雷夫斯会立即在我刚才引用的这些诗行中认出白色女神的身影①。但这首诗并非只是一个从小圈子分享的神话著作中挑选的原型案例:彭斯的诗歌使命的个人代价,深刻地体现于其言语和戏剧中。初入内行者对神圣召唤的惧怕,诗人想放松自己的诱惑:这些确实是该诗讲述的故事的一部分,但它们也呈现于该诗的发声方式中。面对下一步时犹豫不决(不妨称为"犹唉不决"),想让竖琴从眼前消失,想做一个凯德蒙②并用日间自我的事务替代"梦工作"——所有这一切都在文字自身中经历与实现。还有那奇迹般的电光和那由空中的明亮带来的情绪的缓和也是如此,于是乎,一切不顺遂和懒怠都奇迹般地屈从于某种远远更有光彩和更有幻象性的事物。当我读到"打谷机

---

① 《白色女神》是英国诗人格雷夫斯的一部研究诗歌神话起源的著作。
② 英国迄今留有姓名的最早诗人,据说他没想到要作诗,但有一夜在梦中学会作诗。

有气无力的连枷,/漫长的白昼使我疲惫",那连枷的灵活性轻快地落在我的手臂上,但立即就遭遇到农活的实际负荷,沉重地往下压;但读到"噼的一声,门锁链移开"时,我知道那"又一道闪电"已降临,并且每次我都经历这位有理智的人的迟疑。因此,虽然有一部分的我永远同意米沃什在《诗艺?》结尾的警告,警告"写诗应当又难得又不大情愿,/在迫不得已之下,并且只带着这样一种希望,/希望是善灵而不是恶灵选择我们做他们的工具",但我依然相信彭斯是对的,他让那扇门靠向墙边,而他作为被选中的诗歌工具之一,并没有使缪斯或我们或他本人失望。

"贯穿他者"①的地点,"贯穿他者"的时间:
爱尔兰诗人与英国*

* 阿伯丁大学爱尔兰和苏格兰研究所讲座,2001。

五十年前,北爱尔兰诗人 W. R. 罗杰斯发表了一首诗,叫作《阿马》,开头是:

> 塔楼和尖顶的阿马
> 有某种贯穿他者的东西,
> 那座山上是国王们争辩的坟墓,
> 下面是人民。

罗杰斯当时在伦敦工作,是英国广播公司的一位制作人,但是直到几年前,他都在洛赫高尔的乡村教区担任长老会牧师。他从掌管阿马郡一个礼拜会所,转而掌管英国广播公司广播大楼一个录音室的麦克风,有多个原因,但一个关键因素是他发现自己是一位诗人。1938 年,

---

① "贯穿他者"原文"through-other",意为"杂异"。由于希尼在文尾把它与文学批评和文化研究中的"他者"(the other)联系起来,故在此采用直译。但是读者仍可在大部分情况下把"贯穿他者"理解为"杂异",尤其是在引诗的脉络中。

他的朋友,自十多岁起就开始写诗的约翰·休伊特,借给他几本当代诗人的诗集,其结果可以说是地震式的。罗杰斯在多年之后重访洛赫高尔长老会住宅和礼拜会所时,曾以无可比拟的方式对这段经历做了解释。据说,在那个场合,一个前教区居民问他,为什么一个如此有天赋的教区牧师和神职人员,在讲坛上如此自在,与教友如此融洽的人,会放弃牧师职位。"啊嗯,你知道,"据说罗杰斯答道,"读太多的书败坏了当牧师的兴致。"

像这样通过使语言方寸大乱来找出正确的表达,是解除陈腔滥调的束缚的方式之一;事实上,这是进入诗歌的要道,并且也成为罗杰斯的风格的一个可辨识的特征。"我的舌头两边是父母的脸颊。"他后来写道:

可以从两个不同的口里拿出合适的词语。

据他说,他父亲属于本土爱尔兰人,母亲祖辈则是苏格兰种植园主,但他说,他选择——

父亲那慢吞吞的说话方式,
它带有神奇的本土色调,
把说话变得柔软;不过母亲的说话方式,
苏格兰语,粗哑、快速,很难跟得上,
带有喉塞音的痕迹。
我是乌尔斯特人,我的人民是粗鲁的人民,
他们喜欢说话中尖锐的辅音
认为柔软的辅音是娘娘腔……

> 而我,生于华丽辞章的环境,
> 是天罚的亚当民族的传人①
> 和厄运的遗物的继承者。

我一开始就讨论罗杰斯及其处境,是因为他描述自己的方式很能说明我要探讨的问题。罗杰斯的一个非常有能力的部分——让我们把它称为正职部分吧——是专业和谋生的部分,与那个有着官方文化、伦敦的书籍和英国广播公司的世界联系起来;但是除了正职之外,尚有我们也许可以称之为"回归室"②的一部分,这不仅是指罗杰斯童年熟悉的贝尔法斯特排屋中最远离前门的房间,而且是指一个电台节目的名称,他在该节目中以典型的活泼谈论他的童年。"从一开始,群山的光晕就围绕我,"这位广播节目叙述者宣称,而在乡下,当他和家人外出,"鸭子像一根木棍在溪水中打转,每一朵愉快的云独自远去,傻瓜也唱歌。"罗杰斯在这段自我定位的描述中再次把他本人某种原创性的东西与爱尔兰乡村的抒情元素联系起来,这抒情元素如同他父亲的说话方式一样,含有神奇的本土色调。而如果你给那本土色调添上那群山的光晕,你还会产生某种天主教余晕的印象。但是在他后脑勺的回归室中,同样存在着苏格兰遗产,包括低地神圣盟约派成员遭受的"天罚"和统一派的坚定不移,后者成为乌尔斯特志愿军在 1912 年庄严结盟和订约以反抗"地方自治"和"罗马统治"③的标志。即使当叙述者颂扬乡村质朴的景色时,他也依然渴望回到城市参加 7 月 12 日奥兰治节:

---

① 原文 Adamnation 是一个生造双关语,既有亚当民族的意思,又有天罚的意思。
② 关于"回归室"的本意,有不同说法,包括旅行归来放置行李的小房间,以及战争期间让从战场归来的家庭成员暂住的小房间。总之是房屋角落的小房间,既可储物,亦可做睡房。
③ 罗马统治是统一派对地方自治法规的蔑称。

那晚，我们小巷会点起篝火。它会照亮回归室的墙纸上的玫瑰。它会在罗比·彭斯的画像上闪烁。它会在那个高脚五斗柜上忽隐忽现，五斗柜深深的抽屉里装满了珍宝——一顶黑色丝绸高顶大礼帽……一本《神圣盟约》，一顶看上去像牛仔帽的志愿军帽。

至此，我打算朝哪个方向探讨，现在应该够明白的了。我是想表示，在罗杰斯对自己在伦敦、洛赫高尔和低地之间的理解的三角测量术中，在他所提供的那张有三个方位基点的他的内在生命的三边地图中，在这一切中，有某种类似于爱尔兰传统、苏格兰传统和英国传统三重遗产的东西，这三重遗产把当代乌尔斯特的文化及政治生活混合起来并使之复杂化。对罗杰斯来说，这不是一个关乎他继承的遗产中某一部分的他者性的问题，而更多是承认所有三者的贯穿他者性。"贯穿他者"是乌尔斯特常用的一个复合词，意思是说身体上不整洁或精神上混乱，并且再合适不过的是，它呼应了爱尔兰语言中"tré na céile"这个说法，意思是事物彼此掺和，就像诗人在《阿马》一诗最后两节中也许有点儿太讨人喜欢地承认的文化和历史混合：

> 贯穿他者是其历史，凯尔特人和丹麦人的，
> 诺曼人和撒克逊人的，
> 他们统治这地方，吹响名声的音域，
> 从牛号角到电喇叭。
>
> 阿马有某种贯穿他者的东西

使我感到愉悦,
那座山上是饶舌的国王们的坟墓,
他们终于可以同意。

"阿马"的爱尔兰语是"阿尔德马赫查"(Ard Mhacha),意思是马查山的高峰,而喋喋不休的国王们则应是那些很久以前占据传说中的伊梅因马查王位的人,伊梅因马查是康诺王和红枝骑士的家乡,尽管他们应该还包括乌尔斯特各大家族中那些彼此争战的领主,那些奥尼尔和奥唐奈和马圭尔,他们的后裔继续占统治地位,直到 1607 年"诸伯爵出逃"。但是很明显,在上述引诗结尾的语气中,指涉了奥兰治家族与斯图亚特家族之间较晚近和较怨恨的斗争:"那座山上是饶舌的国王们的坟墓,/他们终于可以同意。"问题是,这渐弱的节奏的后果是有点儿太快和太友好地解决了争拗;它十分灵巧地避过了危险,因此我不觉得它提供了罗伯特·弗罗斯特所说的一首诗应提供和应成为的东西,也即片刻地止住混乱;这结尾更像一种躲躲闪闪,更像说"双方都有缺陷"——正是这种古老的遮遮掩掩的口头禅,使北爱尔兰人民多年来频频熬过了尴尬境地,同时也使他们毫无进展。

不管怎样,在这样一种贯穿他者的处境中,一定程度的躲躲闪闪是可以理解的。例如,我记得"动乱"早期在贝尔法斯特的某个时刻,那是 1970 年的某个时候,我自己很是犹豫,无法面对教派斗争环境中的全面武力对峙。当时我住在利斯本路,所属的地段从社会角度看,可以说是在不利的一边,因为利斯本路是一条大道,它把一个中产阶级跟与大学相关的楔形住宅区,与一个基本上是工人阶级的聚居区分隔开来,在不止一种意义上,工人阶级聚居区愈是朝着其末端那个被当地人称为"村子"的亲英派区域延伸,就愈是喧闹。在那时,"村子"绝不是某个叫作谢默斯的人可以去的,而我也很少在那里露面,但我却经常光顾离我们不远的拐角处一家夜间锁起不住人的炸鱼薯条店,它位于依然具有强烈亲英派色彩的区域的外缘。不管怎样,那天晚上柜台后有一个新助手,一个年轻英国女子,她碰巧认出我的面孔,因为她前一个晚上曾在某个电视艺术节目上看到过我。"啊,"她一边包起盐和醋一边说,"我昨晚在电视上看到你了,我没说错吧?你不就是那个爱尔兰诗人吗?"我还未回答,正在滚烫的油里炸东西的女店主便纠正说:"才不是呢,亲爱的。他跟我们一样,是住在乌尔斯特的英国国民!老天。"她继续下去,一边跟我说,一边在那个天真的英国人背后骨碌碌转动眼睛:"那才真令人扫兴呢!得听那玩意。爱尔兰诗人!"而虽然我是彻头彻尾的爱尔兰人,但恐怕当时我还是犹豫了,不愿当面反驳她。

"什么是我们最初痛苦的源头?"法国作家加斯东·巴舍拉尔问道,然后回答,"它存在于我们犹豫、不愿说出来这个事实。它开始于我们在自己内心累积沉默事物的那一刻。"我在差不多二十年前曾引用这句话,作为"户外运动日戏剧社"在爱尔兰出版的一本小册子的题词。那本小册子的标题叫作《一封公开信》,它是为数三本的小册子之一,它们讨论的是诺曼·戴维斯所称的"群岛"不列颠化的问题。我们正在检视爱尔兰、英国和苏格兰遗产在乌尔斯特互相交织的问题,尤其是语言方面的遗产。另外两本小册子分别是谢默斯·迪恩的《平民与野蛮人》和汤姆·鲍林的《用新角度看语言问题》。我那本小册子对英国的强加所表达的愤怒不如迪恩那本强烈,但要比鲍林那本更不满。我的公开信,是一首致安德鲁·莫逊和布拉克·莫里森的书信体诗,他们是新近出版的《企鹅版当代英国诗选》的编辑,而我的公开信是为了对以"英国"来描述我的国籍提出异议。

"贯穿他者"的地点,"贯穿他者"的时间:爱尔兰诗人与英国

我对自己作为爱尔兰人的意识,乃是我的生命的已知事实,是从一开始就存在于我身上的东西,某种因北爱尔兰的生活经验而加强而不是减弱的东西,那个北爱尔兰坚持认为它——还有我——是英国的。如同其他少数民族一样,我感到自己在这方面是被强迫的。每年7月份都必须在威廉派拱廊下走我的詹姆斯二世党人的路①,这乃是一个永久的提醒,提醒已达成一种解决,一种对我一点也不利的解决,而在很长一段时间内,这肯定起到了一种作用,就是锐化某种他者性的意识,而不是鼓励任何有关贯穿他者性的概念。在20世纪60年代,确实出现了某种迈向更宽容的未来的趋势,但是所有这一切都早已消失。我们逃过了布鲁克伯勒大人②的教派分裂的乌尔斯特,却掉进了玛格丽特·撒切尔的教派分裂的乌尔斯特。在20世纪80年代初,我们处于肮脏抗议和绝食抗议的痛苦后果中,当时正值爱尔兰共和军的运动如火如荼之际,而就在那个两极分化的时刻,莫里森和莫逊编辑的诗选出版了。我当时有一种感觉,觉得如果我的英国读者没有不断被告知我与"英国"这个名称的对峙,并且事实上如果我的统一派读者没有被一再提醒到这点,则我就是犯了不只是躲躲闪闪之罪。

如同我那一代人中的所有北方民族主义者,每当发生诸如我在薯条店遭遇的那类事件时,我就在自己内心累积沉默的事物。这些事物在20世纪60年代中期累积得愈来愈成问题,当时我开始发表诗作,并开始被收录于诸如《英联邦青年诗人》和《英国青年诗人》之类的选集。假如我继续生活在北爱尔兰,假如效忠英国或效忠爱尔兰的问题没有演变成我们那场可称为内战的严重复杂问题,则我很可能会生活下去

---

① 威廉指英国国王威廉三世,他在"光荣革命"中废黜詹姆斯二世。在爱尔兰,威廉派指支持威廉的新教殖民者,詹姆斯二世党人则指反对威廉的本土天主教徒。
② 指当时的北爱尔兰总理巴兹尔·布鲁克。

并犹豫，不愿站出来说话。有足够多的先例和足够多的理由让你保持沉默，让你去变换身份认同态度，然后被时代和习惯性语言的传送带带着走。况且，哪怕是在1968年爆发暴力之后，也依然存在着一种可能性，也即北爱尔兰将发展出一种更健康的政治气候，这种政治气候将得到互相妥协、互相让步和对诸如种族渊源和血统出身之类的事情持冷嘲热讽态度的帮助。

然而，事情却变得两极分化，那种可能性亦随之萎缩。而在我自己的生活中，情况也发生了变化。到1983年的时候，我家人和我已在爱尔兰共和国居住了十一年，尽管我应强调当我们迁去那里时，并不是为了逃避暴力，而是为了使我可以利用威克洛郡一座提供给我们的房子，它可以说是作家的隐居所；不管怎么说，我们搬来了，而为了使我们生活的地方与我是谁和我是什么取得一种新的连贯性，我取得了一本爱尔兰护照。事实上，当《企鹅版当代英国诗选》在1982年出版时，我可以说出霍普金斯一百年前在居住都柏林时期所说的话，当时他形容自己"隔了三重距离"；我既不是在伦敦也不是在贝尔法斯特，我大部分时间待在美国麻省坎布里奇，而我实际上是在1983年春天在坎布里奇写《一封公开信》的。我记得它与其说是一个声援时刻，不如说是一个孤独时刻。不管怎样，以下若干诗节至少谈到了命名问题的核心：

"在一面共同旗帜下。"拉金说。
"不同的历史。"霍顿说。
我们自己那位爱挑剔的约翰·乔丹
　　皱起眉头：
英国人怎会是乌尔斯特人？
　　他想知道。

答案:只要我们是一种
艺术的新联邦的一部分,
用一颗独立的心敬礼
　　同样要在你那
诗歌的宫廷里脱帽
　　并意气风发。

(我会坚持我。忘记那个我们。
如同李维所说,这是各为自己,
而贺拉斯在腓利比
　　堪作榜样:
他扔掉他的盾牌以便成为
　　一个赤裸的我。)

不过,你会觉得,既然
某个人在《伦敦书评》
《泰晤士报文学增刊》和《听众》
　　发表作品——
换句话说,透过费伯出版社,
　　其读者

是英国读者——那他被说成是
英国人,也理所当然。但不要吃惊
如果我提出异议,因为,不妨说清楚,

> 我的护照是绿色的。
> 我们的酒从不举起来
> 为女王干杯。

本·琼森说,习惯是语言最至高无上的女主人,意思是说习惯用语决定了我们说话方式的准则和风格。但无论起决定作用的是什么,都肯定不是公开信。自莫逊和莫里森的诗选出版以来的这么多年间,如果其他编辑同类诗选的人在他们的书名中包括了"爱尔兰"和"英国",那无非是另一个迹象,表明事物正在前进。20世纪80年代末《英爱协议》为伦敦、都柏林和贝尔法斯特各政府之间发展新关系打开可能性;1994年爱尔兰共和军宣布停止暴力;北爱尔兰新议会成立并承诺一种全部是爱尔兰向度的政府管治;英国本身开始逐渐下放权力——所有这些情况都意味着英国名称中所包含的强加性因素已被认出,意味着上述关于在诗歌宫廷里脱帽并意气风发的诗行中所用的副词"同样"也已开始应用于其他场合。换句话说,习惯,哪怕是英国的习惯,从今以后也必然要承认北爱尔兰现实中有一种爱尔兰的和一种英国的向度——关于这点,现在已经说得够多了。毕竟,我刚才描述的,无非是另一个例子,表明这一遗传下来的贯穿他者性是由历史造成并遗传下来的。

我们可以修改斯蒂芬·迪达勒斯①的话说,霸权是一个噩梦,而我当时正努力从这噩梦中醒来,但是这样说也许更贴切,也即我当时正遭受一种痛苦,也许可称为莱德威奇综合征。在乌尔斯特危机时刻发现

---

① 乔伊斯小说《一个青年艺术家的画像》的主人公。

"贯穿他者"的地点,"贯穿他者"的时间:爱尔兰诗人与英国

你自己被收录在一本英国诗选里是一回事,但在一次爱尔兰反抗运动中发现你自己加入英军就是另一回事了。弗兰西斯·莱德威奇在英语抒情诗中表现自如,但是在他的诗人朋友、1916年起义运动领袖托马斯·麦克多纳被穿英国制服的士兵杀死之后,他不能不感到自己穿同一种制服是格格不入的。如同数以千计的其他爱尔兰民族主义者,莱德威奇于1914年入伍,当时《地方自治法案》已纳入《法规全书》,而英军——用莱德威奇自己的话说——则"站在爱尔兰与我们文明的共同敌人之间,而我不想让她(英国)说她捍卫我们而我们则在家里无所事事除了通过法案"。然而,在起义的时刻,莱德威奇一定会觉得他的勇气和荣誉受到最残酷的嘲弄。起义开始于4月24日复活节星期一,而在前一个星期四,在一次前往萨洛尼卡①的毁灭性撤退行军之后请病假在家中休息的莱德威奇写信给邓萨尼男爵:"乘火车从南安普敦回家,望着英格兰美丽的河谷随着春天而变得一片白茫茫,我就想,它的自由确实值得我所目睹的所有流血。难怪英格兰有如此多的热情爱国者。如果我不是被假定是一个爱尔兰爱国者,我自己也将成为他们中的一员。"两周之后,当他仍在斯莱恩调养的时候,那爱国主义陷于巨大压力和困惑,因为他听说麦克多纳和约瑟夫·玛丽·普伦基特在他应征入伍的里士满军营被判死刑,并在阿伯山被处死。因此,当他在同一次病假期间因其言语冒犯上司而被军事法庭审讯、比平时喝更多酒、值班迟到和整体上显示一个受巨大压力的男人的症状时,是一点也不奇怪的。这些压力症状中的另一个,当然是他写了那首最广受人们记忆的诗,标题就叫作《托马斯·麦克多纳》:

---

① 希腊地名。

> 他将听不到那麻鹬在他
> 躺着的狂野天空里呐喊,
> 或更甜蜜的鸟儿在大雨
> 那恸哭之上鸣啭。
>
> 他也将不知道,当喧嚣的三月
> 把她那齐鸣的尖叫吹过倾斜的积雪
> 吹得火焰熊熊,燃烧
> 装着很多气恼的水仙的金杯。
>
> 但是当黑牛离开高地,
> 牧场贫瘠,只剩贪婪的杂草,
> 也许他将听见她在清晨哞叫
> 在怡人的草地中竖起她的犄角。

这首诗乍看似乎与本次讲座的主题没有关系:这里似乎看不见任何英国的身影,但这只是因为她,如同莱德威奇称呼她的那样,被压抑着。她的用语,或者说英语诗歌的用语,被修改了,修改成有利于那个被哀悼的人所推荐的用语。事实上,这首诗的标题同样可以叫作《气恼的水仙》,因为它表明莱德威奇的爱尔兰爱国主义开始在诗意和语音的层面上显露出来。有鉴于华兹华斯的水仙诗在英语文学文化中的强力存在,本诗脉络中的水仙可被视为某种举隅法,而诗人内心的气恼——他作为一个爱尔兰人的受扰乱的平静——被反映在对水仙的颠覆和对麦克多纳所称的爱尔兰风格的恢复。托马斯·麦克多纳所翻译的凯赫尔·布伊·麦克·乔拉·古纳的《黄麻鹬》一诗,模仿了爱尔兰语原文

"贯穿他者"的地点,"贯穿他者"的时间:爱尔兰诗人与英国

的谐音和内在节奏,而莱德威奇在这里紧跟麦克多纳的做法。例如第二诗节中的"o"音和"uh"音的一再出现——"他也将不知道,当喧嚣的三月/把她那齐鸣的尖叫吹过倾斜的积雪/吹得火焰熊熊,燃烧/装着很多气恼的水仙的金杯"(Nor shall he knOW when loud March blOWs/ Thro' slanting snOWs her fanfare shrill/ BlOWing to flame the gOLden cUP/ Of many an UPset daffOdil)——此中的旋律和方法显然是受了麦克多纳诗句的影响:"那只从不在狂饮时发作的/黄麻鹋,也有可能已经醉了。/他的骨头躺在赤裸的石头上/那儿他独自生活如隐居的僧侣。"(The yellow bittern that never broke OUt/ In a drinking bOUt might as well have drUNk. / His bones are lAIn on the nAked stOne/ Where he lived alOne like a hermit mONk.)

我绕这么个弯想说的是,任何有关爱尔兰诗人与英国的描述,都必须越过政治,进入诗歌本身,而这将牵涉到不仅是英语诗歌,而且牵涉到爱尔兰语、威尔士语、苏格兰语、苏格兰盖尔语诗歌,更别说用爱德华·卡马乌·布拉思韦特①所称的"民族语言"写的诗歌。需要受注意的,不仅仅是一首诗明显的政治关注和可意释的内容。例如,内容的梗概无须考虑文学上的效仿和典故,但效仿和典故对其诗意能源来说却有可能是至关重要的。在一首诗中,词语、句子、声调和意象是互相联系的,交织在各种影响和含义的系统内,这些系统是逃避内容梗概制造者的。这些也许可称为听不见的活动,很有可能构成诗作最重要的追求,并且更多是语言情欲问题而不是当前政治和论争的问题。也就是说,一旦诗人和诗作都超越自身,自己去发现自己,诗歌便会推动事物向前。

---

① 加勒比地区当代著名作家。

因此我接下去还要谈论一首诗,其作者常常被视为一位文化见证人或伦理现象或人类学现象的某种形式而不是一位地地道道的诗人。这位诗人是约翰·休伊特,而他这首超越自身的诗,是他写于20世纪70年代初的《国王的马群》:

  在差不多五十年后,我记得,
  当时住在一个安静而枝叶茂盛的郊区,
  我在黑暗中醒来,注意到
  一种持续的不规律的声音,
  于是摸索着来到侧窗,见到
  发出那低沉啪嗒声的形影
  正越过我们这条林荫大道的尽头,
  黑暗的树木和街灯遮掩着
  马群一撮撮影子,无穷地流动。

  可能是吉卜赛人,或修补匠,
  正在奔赴他们部族的某次集结,
  或马贩子赶着他们的动物去码头,
  挑好这时间避开白天的交通和惊扰;
  一次报纸没有预先报道的迁徙;
  某种战役的草草收场,重复的梦;
  一个撤退的时代的最后事物,
  使我们沦为乞丐,丧失
  那骄傲、点头的鼻口部,紧张的身体:
  那些在鞍具和镫具,或辔头和饲养方面

拥有古老技能的黝黑男人已离我们而去。

这是一个终结,我确信,至于是什么样的终结
我也说不清楚。它从未被报道过;
但它们回响的马蹄声仍持续着。多年之后,
在灰色黎明中,在伦敦一家酒店,
作为一个履行某些职责的认真男人,
我再次听见马蹄的金属碰击声响动
于是匆匆起来看一眼我的马群,
但那速度和节奏已完全不同:
我从骑马人看出它们是国王的马群
为国王忙乎,绝不是为我。

  作为一个标题,《国王的马群》本身已经充满回声。一方面,它与皇家阅兵、《统治吧,大不列颠》和皇家骑兵卫队等盛大典礼和军事展示建立联系。但是在背景中亦可以隐约听到汉普蒂·邓普蒂①的嬉戏和欢闹。休伊特可能没想到要让人联想起这个,但它像人们所说的那样,已存在于"语言中":"国王的所有马群和国王的所有部下/都不能把汉普蒂重新拼合起来。"所以我们可以提出一个有偏见的说法,宣称休伊特把自己视为粉碎的汉普蒂·邓普蒂,因为他是一个与自己分裂的人,一个与英国诸传统有联系而这联系又与其乌尔斯特租地殖民者背景密不可分的人,却又同样是一个对地方自立怀有深刻愿望的人;他的社会正义感希望少数族裔获得更好的待遇,但他的哲学和政治倾向

---

① 童谣中一个从墙上摔下跌得粉碎的蛋形矮胖子。

又使他无法认同他们的天主教信仰和长期以来的民族主义抱负。然而，用所有这一切来解读这个标题无异于给休伊特添加了诗中不存在的某种文学上和意识形态上的刻意。事实上，我选择休伊特这首诗来讨论的一个理由是，与平时相反，休伊特这一次似乎从一开始就不知道这首诗到底要往哪里去。这些诗行的显著特征是有一种昏昏欲睡、梦游般的运动，正是这种不是很清楚界定、有点儿恍惚的特质，使得整首诗变得如此有说服力和有吸引力。《国王的马群》证明了诗人在1972年一篇自传性文章中所宣称的："我的性格很容易受直觉、提示、富于想象力的领会和心灵顿悟所感动……"

《国王的马群》基本上是一种显灵，而显灵也许可定义为在一种神秘的光中显现迄今未充分地见识到的现实或真理。在休伊特这首诗中，记忆使窗边的人物进入某种不寻常的意识的状态，在这期间，他作为一个人的孤独和个人特征的最后天性，在瞬间向他显现。因此，虽然这首诗肯定是产生于休伊特作为有着租地殖民者血统的左翼爱尔兰人，一个在曾经是英国殖民地现在是英国一个地区里生活的人的复杂感情，但我相信如果以某种狭窄的政治角度解读它，例如把叙述者拒绝接受国王的马群视为表达他对君主制的反感，此外再无其他，那将是粗率的：

> 我从骑马人看出它们是国王的马群
> 为国王忙乎，绝不是为我。

无可否认，这里有某种休伊特的平等主义和长老派的东西，但是对我的耳朵来说，更强烈地可听闻的，是他对作为一位诗人的使命的意识。

"贯穿他者"的地点,"贯穿他者"的时间:爱尔兰诗人与英国

即使如此,《国王的马群》描写的是某种不只是诗人承认其孤独和个人特征的东西:它显然还与外部世界的一场危机有关,那外部世界的危机反过来促进自我内部这场危机。做特殊政治解读是可能的,尽管政治并非全部。例如,我们从弗兰克·奥姆斯比编辑的《约翰·休伊特诗集》(布克斯塔夫出版社,1991,第604页)知道,这首诗写于1973年4月,那正是爆发北爱尔兰宪法危机的时刻。由于这些最先由非暴力抗议继而由一场炸弹爆炸和枪击运动引发的政治动荡,旧秩序已经寿终正寝。英国政府介入,暂停斯托尔蒙特议会的活动;兼职志愿警察——安全部队的一个分支,民族主义少数派对它恨之入骨——亦暂停活动;一个权力分享的新议会正在设想中。休伊特不必成为联合派优越性的信仰者,就能深受这一切影响。如果民族主义少数派有一种一切已经寿终正寝的意识,以及有一种获得机会的新意识,那么一个出身租地殖民者的爱尔兰人,不管他多么认同左翼,都将不可避免地在最深层次上受他那个地区的制度完整性和宪法完整性出现的裂缝的影响。因此,如我所说的,这里存在着合理的基础,使我们从某种历史和政治角度解读诸如"这是一个终结,我确信,至于是什么样的终结/我也说不清楚"这样的诗行和也许更适合解读"某种战役的草草收场,重复的梦;/一个撤退的时代的最后事物,/使我们沦为乞丐,丧失"这样的诗行。

但是,这首诗尚有不止于"英国的解体"的东西。例如,休伊特在提到记忆中的马匹时使用"我的"一词,其用法是既温柔又有占有欲的。我们有一种感觉,觉得某种亲密而宝贵的东西正岌岌可危:从那些动物的近于超自然的现实里传来了某种启示,因此当这首诗在结尾从现实的精神层面转到现实的物质层面时,带有明显的失望:

多年之后,

> 在灰色黎明中，在伦敦一家酒店，
> 作为一个履行某些职责的认真男人，
> 我再次听见马蹄的金属碰击声响动
> 于是匆匆起来看一眼我的马群，
> 但那速度和节奏已完全不同：
> 我从骑马人看出它们是国王的马群
> 为国王忙乎，绝不是为我。

事实上，那个"我的"把这首诗与 D. H. 劳伦斯的《蛇》一诗中的另一个语言终点联系起来，在那首诗中劳伦斯认识到，当他针对一条蛇——"我的蛇"——并狠狠地把它赶出西西里午后酷热中的水槽时，他也是在针对他自己深处某一部分本能并把**它**赶入地下。休伊特以一种类似于劳伦斯的方式承认他公民的部分，那由社会建构而成的"履行某些职责的认真男人"是一种伪装，一种虚假的自我，认识到他真正效忠的是"速度和节奏"，它们是"完全不同"的，也即他作为诗人知道并遵守的速度和节奏。这就是为什么休伊特强调"提示、富于想象力的领会、心灵顿悟"的重要性是对的，因为在面对他所称的"我们这个被仇恨撕裂的怨懑之岛"的生活和未来时，这些东西仍不算是最差的，仍是他可以依靠的。一个诗人在写一首诗的行为中可以确立的，乃是某种读者从这首诗完成后可以获得的东西，也即领会到作为个人和作为民族，我们可以比预期中更远地深入我们自己和更远地走出我们自己；而这是诗歌帮助事物前进的方式之一。

一首走在前面的诗，往往是从背后悄悄赶上去的。保罗·穆尔敦的十四行诗近作《研讨会》显然就是这样的，该诗的标题可能是在讽刺热衷于讨论北爱尔兰动乱的历史、现状和未来的各种研讨会。与此同时,该诗标题还令人想起其希腊原文"会饮",意思是人们为了饮酒和谈话而聚集,并且极有可能进而酩酊大醉和胡说八道。不管怎样,这首诗悄悄从背后赶到前面。你可以把它当作一次过的笑话来读,但它不止于此。它词语上的作弄人,它的手忙脚乱和过后才令人恍然大悟,都提醒我们,老是听一再重复的同一些故事和同一些争论,已使我们多么地厌倦。它告诉我们,不仅我们想听到比我们平时听到的更多真话,而且我们本就该听到更多真话并且有能力承受。它对宗派和意识形态的不妥协所诱发的一切典型矛盾和荒谬感到厌倦:想想吧,它也完全可以被称为《斯托尔蒙特议会》:

> 你可以牵一匹马去水边但你不能逼它
> 整天绕着石磨转和跟猎狗一起狩猎。①
> 每只狗都有及时的一针。② 两个头?你被
> 卖了一德。③ 一德报一鸟在手。④
>
> 一鸟在手好过没面包。
> 有蛋糕是补疮。⑤
> 趁你还能把钉子敲进脑袋时晒草吧。⑥

---

① 出自成语"带马到河边易,逼马饮水难"。
② 此句出自两个成语"每只狗都有得意时"(凡人皆有得意时;风水轮流转)和"及时缝一针能省九针"(小洞不补,大洞吃苦)。
③ 出自成语"以德报德"。
④ 此句出自三个成语"以德报德""一鸟在手"(已成定局)和"一鸟在手胜两鸟在林"。
⑤ 出自两个成语"你不能又吃蛋糕又拥有它"(不能两者兼得)和"抢彼得还保罗"(剜肉补疮,借债还债)。
⑥ 出自两个成语"把钉子敲进脑袋"(击中要害)和"晒草要趁太阳好"(勿失良机)。

没有钉子天可能会塌下来。

玻璃屋里的人见新扫帚
不见林。① 罗马不是在两条凳子间建成的。②
空船不等人。

一根狗毛确实是一个朋友。③
没有任何蠢人像那
射完弩箭的蠢人。④ 马走后就无烟。⑤

　　这无疑是另一位从两个不同的口里拿出词语的诗人。这首诗会对一次有关英国英语和爱尔兰语、苏格兰英语和盖尔语、高地和低地的太热情的讨论瞪眼睛和感到不耐烦;然而它还是获提供线索,知道所有这些事情的种种现实和种种致命后果,并愤怒地意识到平常生活中发生的事情之音乐是必须被正视的。但是这首诗却说,用脸色吓倒它、再想一想、犹豫一下、三步并作两步跳过去、进入新状态和定出新的调子,也许会更有效。

　　我对某些假虔诚的词例如"多元化"总是避之唯恐不及,但是我相信它们所代表的东西,因此我不妨在这里指出,当特德·休斯和我着手编辑一本望其书名即知其义的诗歌选集《书包》时,我们心中想到的其

---

① 出自两个成语"见树不见林"和"住在玻璃屋里的人不应扔石头"(自身有短,休惹他人)。
② 出自成语"罗马不是一天建成的"。
③ 出自成语"咬人的狗的一根毛"(解宿醉的烈酒)。
④ 出自两个成语"愚人乱射箭,片刻就射完"和"射完最后的弩箭"(智尽计穷)。
⑤ 出自成语"无火就无烟"。

中一样东西,是坚持诸种多元而深远的传统,它们都是一些对写于爱尔兰、英格兰、苏格兰和威尔士的诗歌产生影响并使之历久不衰的传统。当时我还未读到休·卡尼教授的研究著作《不列颠群岛:四个国家的历史》,但我们的编辑原则与卡尼的思路是一致的。他的著作试图检视"从罗马帝国统治时期以来不列颠群岛各种主要文化之间的互相作用",其写作是"基于一个信念,认为只有通过一种不列颠尼亚的思路,历史学家才有可能弄通可能是他们主要感兴趣的某一部分,不管它是英格兰、爱尔兰、苏格兰、威尔士、康沃尔还是马恩岛"。这是简单、合理而又有意义的。在该脉络中,"英国"一词可能会起到一种类似政治提醒物的作用,使人想起过去的入侵和胁迫,因此,转而使用"不列颠尼亚"一词从各方面来说都有一种绝妙的原创性。"不列颠尼亚"的作用就如同文化警钟,并且不仅对过去打手势,而且对一种可想象的未来打手势。既不坚持也不争论,"不列颠尼亚"提醒我们诸多被"英国"一词掩蔽的东西。"不列颠"承认大不列颠岛①同样属于凯尔特人和撒克逊人,属于苏格兰人和威尔士人,属于莫尔登和廷塔杰尔,属于《贝奥武夫》和《戈多汀》②,因此它开始修补由"英国"一词的帝国主义的、排他性的力量造成的某些破坏。事实上,描述权力下放年代的一个方式,乃是把它视为由大不列颠变成"不列颠尼亚"的时刻,并且巧得很,这个大不列颠变成"不列颠尼亚"的现象倾向于把爱尔兰爱尔兰化。

然而,说回《书包》,它并不是根据年代或民族或主题来划分的,而是以并置的方式来安排的,以便于教学。于是乎,例如布赖恩·梅里曼的喜剧杰作《午夜宫廷》(以爱尔兰语写于1780年)的翻译片段被放在罗伯特·彭斯的《汤姆·奥桑特》之后,《汤姆·奥桑特》发表于十年后

---

① 大不列颠岛由英格兰、苏格兰和威尔士构成。
② 中世纪威尔士诗。

的1790年。格雷戈里夫人翻译的传统歌谣《道纳尔·奥杰》[①]则置于边境歌谣《魔鬼情人》之前和置于苏格兰语早期文学中伟大精彩片段之一、从罗伯特·亨利森写于15世纪的作品《克莱西德的遗嘱》中摘选的克莱西德哀歌之后。

我可以继续谈论这本诗选的目次,而且也确实将多说一会儿。库诺·迈耶翻译的一个四行诗节,被置于20世纪奥克尼郡诗人乔治·麦凯·布朗的一首诗与18世纪诗人阿拉斯代尔·麦克麦格斯蒂尔·阿拉斯代尔一首诗的译本之间。该四行诗节描写爱尔兰海上的一个狂暴之夜,它使北欧海盗远离爱尔兰海岸;布朗的诗则是对同样一次北欧海盗袭击的想象性记述,而阿拉斯代尔的诗叫作《麦克拉劳德的大帆船》,是一首用苏格兰盖尔语写的非凡作品,描述一次从西部群岛(赫布里底群岛)横渡大海前往加里克弗格斯的史诗式旅程。描写对基督教信仰的衰落表示失望的《多佛海滩》置于詹姆斯·卡尼翻译的爱尔兰早期诗《扁斧头》之后,《扁斧头》基本上是表达对基督教来临的失望。还有,诗选是以叶芝的《长脚蝇》开篇的,这样一来,第一行便是"文明也许不会沉沦",而诗选以约翰·德莱顿一出假面剧中的一首歌作为结尾,这样一来最后两行便是"很好,一个旧时代结束了/新时代该开始了"。

在我们的批评和文化研究进入后殖民时代之际,我们常常听到"他者"之说,但是也许现在是宣布贯穿他者的时候了,原因之一是贯穿他者的时代似乎已来临。除了别的之外,翻译已经见证了这点。爱尔兰语诗人在过去半个世纪中很可能都意识到了苏格兰盖尔语诗人绍莱·

[①] 意为《青年道纳尔》。

麦克林的成就,但是正典门出版的双语版(包括诗人自己的英译)对麦克林在英语和其他民族语言的新的贯穿他者性中取得正典地位起到了很大作用。爱尔兰人颇多精明的假设,不管是南方还是北方,都受到干扰,因为人们发现这位来自拉赛岛和斯凯岛,讲盖尔语的自由长老会教友,一位其英雄包括詹姆斯·康诺利的热情社会主义者,竟然曾怀着同样热情的信念以英国士兵的身份在北非西部沙漠战斗过,还写了有关普通英国士兵的英雄主义的诗篇。我认为,这样说是很公平的,也即在爱尔兰,本土语居民会被假设是天主教徒,并且肯定不会被期待去应征入伍,更别说写颂扬英国士兵的诗篇了。同样地,来自爱尔兰语区的爱尔兰诗人一般也不大可能受到凯赫尔·奥西尔凯赫①的生平和著作所鼓舞,因为他以"第一官方语言"对他的同性恋经验的探讨,使很多习惯性的预期大感意外。

  同样意料不到——也许我应该说意料之中——的事情发生在保罗·穆尔敦翻译的鲁娜·尼·霍姆奈尔②的诗上。在爱尔兰,数十年来我们都习惯于"ceist na teangan(语言问题)"的争论,激辩到底爱尔兰语还是英语才是爱尔兰正确的语言。现在,透过这两位诗人的合作,争论的东西变成富于创造力的东西,甚至可以说是再创造的东西:穆尔敦把"Ceist na Teangan"译成"语言问题"(the language issue)③——issue 不仅与从旧源头冒出新生命有关,而且与你必须充分利用的供应物与设备的给予有关——当他以这样的方式翻译该诗标题的时候,便从原文产生出新思维,并且似乎两种语言都想沉醉于"动人的舌头"的种种古老而秘密的快乐。穆尔敦还通过 1998 年以《致爱尔兰,我》为题的"克

---

① 当代爱尔兰诗人。
② 当代爱尔兰语诗人。
③ issue 除了有"问题"的意思外,尚有"从……中出来""子裔""发表""供给"等意思。

拉伦登英语文学讲座",与其牛津听众从 A 到 Z 逐一分享从亚美金到佐齐穆斯的爱尔兰语文学,从而使贯穿他者性的问题进一步复杂化。

我想,如果我不谈谈我自己所做的一点盎格鲁-撒克逊文学翻译,以及我想通过做这些翻译而使事物复杂化的愿望,反而会显得忸怩作态。翻译《斯威尼的疯狂》是一回事,并且是人们预期一个像我这种背景的人会做的事,但是翻译《贝奥武夫》则远离了预期中翻译作为对乌尔斯特身份认同政治的一种体现的做法。我翻译《贝奥武夫》,是把它作为一首这样的诗:它同样要面对某种意识内部不断积累的沉默事物。使它具有巨大想象性力量并使它远远不只是铁器时代末期北欧战士文化的传说和习俗的,乃是盎格鲁-撒克逊语言中所谓的"wyrd"的沉思意识。这"wyrd",也即命运,是一种沉默的事物,它不祥地存在着,潜伏在日常生活中,是必须面对并且很可能无法逃避的挑战。人们在会被《哈姆雷特》称为他们的"先知式灵魂"中知道它,而在《贝奥武夫》的高潮部分,当地下墓穴的巨龙受到惊扰,并成为老国王必须正视的致命威胁时,它的存在便被认出来了。

我第一次读《贝奥武夫》是在四十多年前,当时我正在女王大学攻读英国语言文学学位。有些人会说,这事实上是一个使我从我原本的文化遗产中分离出来的学位,而翻译这首我研读过的诗,则暴露了殖民地臣民的所有症状。我能够理解这类评论家所说的东西,但我也知道我自己在做什么。我知道这整件事将意味着我必须要做的是一次多么大的贯穿他者的冒险,但我可以很愉快地说,那又何妨。让《贝奥武夫》成为一本来自爱尔兰的书。让它在世界所起的作用就如同圣比德①在 18 世纪所说的他那个时代来自爱尔兰的书籍在不列颠的和爱尔

---

① 圣比德(672—735),盎格鲁-撒克逊神学家、历史学家。

兰的脉络中所起的作用。他在《英格兰人民教会史》中告诉我们,爱尔兰因其适中而健康的气候而远比英国更使人喜爱,并进而说:

> 那里不存在爬行动物,不存在蛇;因为虽然它们常常是从英国带来的,但是船刚刚靠近陆地,它们便呼吸其空气的味道,然后死去。事实上,几乎所有本岛的事物都带有不受毒物侵害的免疫力,而我常常看见被蛇咬的人喝下浸了从来自爱尔兰的书籍的书页刮下的碎屑的水,看见这种疗法抑制毒性扩散和消肿。

比德的一位编辑认为,这也许是作者一本正经的幽默的一个例子,并说比德在这里无非是反讽地听信了某个荒诞不经的故事,而该故事可能在诺森布里亚[①]的僧侣和抄写员中间广泛流传。不管怎样,这是一个例子,表明一位作家诉诸虚构来处理两个在不同程度上被历史和地理、语言和文化联系起来又分隔开的岛屿之间的分歧。就其本质而言,它预示了未来各时代爱尔兰诗人要做的很多工作,以及继续要做的很多工作。

---

① 英国中世纪早期七国时代的一个国家。

第三辑

斯蒂维·史密斯的《诗合集》*

*《爱尔兰时报》,1976:评论斯蒂维·史密斯的《诗合集》(艾伦·莱恩出版社,1975)

W. H. 奥登总是倾向于干练的定义,他曾宣称诗歌是可记忆的讲话。已故斯蒂维·史密斯的《诗合集》使我们想修订奥登的定义:诗歌是可记忆的声音。我对这本诗集的反应中,有一个未知数,就是记忆中诗人朗读自己的诗作,她的声音摇摆于低诉与哀泣之间,她那揶揄的在场,则同时使听众深深喜爱她,又以一种快速的嘲讽使他们无法近身。她似乎糅合了格莱特的元素和巫婆的元素①,既脆弱又有力量,就像某种伦敦周围各郡的"可怜的老妇",既有老巫婆的智慧又有女孩睁大眼睛的好奇。她灵巧地以走调吟诵她的诗篇,以一种美丽而有缺陷的格列高利圣咏吟诵,暗示了两种听觉经验:一首由一个介于哭笑之间的孩子所唱的尴尬的派对娱乐歌曲,以及一首由一位乐器演奏大师精心演奏的故作天真的作品。

这便引起了有关诗歌是用来看还是用来听的这一整个对立的问题。也许"对立"有点儿言过其实,然而确实有这么一些诗人,一旦我们知道诗人本人的实际声音的独特音调、节奏和质地,他们的作品的感

---

① 格莱特和巫婆是格林童话《汉赛尔与格莱特》里的人物。

人力量便得到加强和放大。一旦我们碰巧听过凯德蒙唱片公司那张诗人华莱士·史蒂文斯朗读《秩序的理念,在基韦斯特》的唱片,他那低沉的内在旋律就变得更清晰。同样地,如果我们回忆起罗伯特·弗罗斯特那起伏曲折的速度控制,他的腔调那坚硬而流畅的外部轮廓,则他的词语就显得生气勃勃。而我相信,柯勒律治第一次听到华兹华斯读诗时的激动,不仅与诗的意义有关,而且与诗的诵读有关。

但是,就斯蒂维·史密斯而言,这不只是一个关乎如果我们碰巧听过她读诗则其诗集里的诗篇就使我们获得额外满足的问题,而是一整个关乎一种说话的声音,一种文学的声音(或风格)与一种被某个社会或文化群体所认同并且也是该群体中所独有的谈吐之间的关系的问题。换句话说,为了能够欣赏这些诗,有这样一只耳朵是必不可少的,它必须懂得有教养的英国中产阶级谈吐的冗乏和尖刻,那有细微差别的轻描淡写和有策略的语调。使她的作品得以留存下来的元素,是一种祛魅的高雅,而虽然我可以想象譬如说伊恩·佩斯利神父精彩地诵读叶芝的《布尔本山下》,但我无法想象斯蒂维·史密斯奇特的节奏和格律经得起他那种北安特里姆人活力充沛的重读①的锤击。

当你面对这本五百七十页的诗集时,你忍不住想用诸如"古怪""淘气"和"疯癫"之类的词来形容,然而这类形容词会低估斯蒂维·史密斯的作品。这些奇异的、切分音的忧郁诗作,被民歌和童谣那种原始而强烈吸引人的音乐所笼罩,但这音乐被一只精致和有点儿受溺爱的诗学耳朵改了调,变成一种安静、忧伤、有节制的人性音乐:

  他没有跟我们说起她,

---

① 指加强语气。

> 我们也没有跟他说起她,
> 但是啊我们还是很伤心地
> 看着他怎样日渐憔悴。
> 我们说:她日夜吃他
> 吸他的血,
> 我们其实也不知道,却说我们觉得
> 这就是他憔悴的原因。

她的诗多样而创新,幽默而体谅,以及有一种挥之不去的酸楚。她的才能是在词语之间创造一种特殊的情感气候,一种对被侵害和未实现的东西的怜悯意识,例如那首常常被收入各种诗选的《不是波动而是溺水》,或几乎是随机选取的这首:

> 我永远记得你美丽的花
> 和你穿的美丽和服
> 当你坐在沙发上
> 以你那老虎似的蜷伏
> 对我说你不再爱我。
> 我记不得的,是你不好时我有何感觉。
> 我只知道,如果你曾经不好我现在也不会介意。
> 我啊,时间已从我这里拿走了那种感到
> 夸张、愤怒和悲伤的力量。现在我走得很轻,蹑手蹑脚。

斯蒂维·史密斯使你想起两个李尔:那位通过受苦而变得有见识

和温柔的老国王,和那位蹦入荒唐里的老滑稽诗人爱德华①。我想,最终那个形容词应当是"怪僻的"。她以一种在精神上眯起眼睛的方式看世界;在她那面举向自然的镜子里,有一种不协调的颤动。

死亡、衰微、孤独、残忍、有缺陷者、愚蠢者、无辜者、轻信者——她关注的都是中心问题,她的同情是真挚的,她的视域几乎是悲剧的。然而最终那声音、那风格、那些文学资源,对我们感到它们注定要表达的严肃的认识、受伤的生存之乐、孤立无援的精神来说,却是不充足的。有一种躲避共鸣的倾向,仿佛 A. A. 米尔恩②的精神成功地与艾米莉·狄金森的精神竞争。

这些诗的形式,常常使它们与打油诗和讽刺诗建立遗传性的关系,这使得它们无法获得总是在吸引我们去倾听的那种大型管弦乐编曲。而如果按奥登的定义,它们是真诗的话,它们却缺乏艾米莉·狄金森的定义所要求的绝对强度:当你读它们,你并不感到你的头顶盖被拿走了。相反,你已被说服去不惜任何代价保住你的头颅。

---

① 指英国诗人爱德华·李尔(1812—1888)。
② 英国儿童文学作家,以幽默见长。

乔伊斯的诗歌*

*《星期日论坛报》，1982年1月。

他写信给易卜生并认同他，他受庞德推崇，他培养了贝克特，他从一开始就是一个局外人——这些全都是真的。然而在开始时，他交往的就是叶芝和AE①和那个"老鳕鱼格雷戈里"②，因为在开始时诗歌是他的媒介。

这些诗以手写形式写在对开纸上。他曾把这些诗拿给朋友们看，给他的弟弟斯坦尼斯劳斯看，给W. B. 叶芝看，并通过叶芝的协助而发表在杂志上和结集出版。

乔伊斯的第一本书是一组诗，共三十六首，以《室内乐》之名出版于1907年。二十年后，另十二首诗外加一首《饶头③》以《一分钱一枚的果子》④的书名出版，售价一先令。而当《诗合集》于1936年出版时，只增添了一首诗，也即著名的《瞧，这小男孩》，是为他父亲逝世和他自己的孙儿出世而写的。这就是他的"正式"诗歌的正典。他还非正式地出版了两册单面印刷诗集《宗教法庭》（1904）和《火炉冒出的煤气》

---

① 爱尔兰作家，原名乔治·威廉·拉瑟尔。
② 指格雷戈里夫人，爱尔兰戏剧家和民间文学研究者，叶芝的好友。
③ 原词为Tilly，指额外添补之物。
④ 亦可译为《每首一便士诗集》。

(1912)。

对一些小说家来说——例如哈代和劳伦斯——诗歌本身即是扩大和改进他们的散文虚构作品未能完全满意地达到的理解力的媒介。哈代和劳伦斯有些诗,我们会更愿意保存下来,而不是保存他们某些小说的章节。然而,我们却难以这样对待乔伊斯。确实,这些诗音调讲究、措辞优美、技术严谨,有挽歌气息和感染力。但是它们主要吸引人的地方,是它们是乔伊斯写的;它们主要令人吃惊之处,是它们与乔伊斯总著作其他部分形成的令人吃惊的对照。以下来自《瞧,这小男孩》的诗节也有可能是弗兰西斯·莱德威奇写的:

> 在黑暗的过去
> 诞生一个孩子,
> 带着欢乐和悲伤
> 我的心撕成碎片。

此中有某种传统手法,某种经过排练的温柔,令人想起某首"凯尔特暮光"时代的诗,例如帕德里克·科拉姆的《啊,来自田间的汉子们》。诗行沉重的行末停顿、规则的格律、率直的节奏——这对一位同时在《芬尼根的守灵夜》中分裂语言原子的艺术家来说,不能不说是一种出人意表的不精雕细琢的表演。

如果我似乎是在贬低乔伊斯,他也是可以承受的,因为他自己树立了标准,而我们必须用这个标准来评判他。例如,《尤利西斯》开篇的伟大诗歌以一种意料不到的准确性和强烈感情来放大和吟诵世界。它使精神获得在一种既是语言的又是充满空气和水的元素中漫游的自由,而当这些诗被拿来与那感觉如此自然、宽敞和难以抑制地充满活力的作品比较,它们就显得像叶芝在谈到乔伊斯最早的诗作时所说的——一个"正在练习其乐器,从仅仅是按按孔中获得乐趣"的人的诗作。

也许这正是我们从它们中获得乐趣的方式——隔着一点儿美学距离,带着一个鉴赏家的意识。而事实上这似乎也正是乔伊斯自己欣赏诗歌的方式。《一个青年艺术家的画像》中的斯蒂芬就像现实生活中的乔伊斯一样,喜欢伊丽莎白时代的歌、纳什①和道兰德②哀伤而旋律甜美的节拍和莎士比亚的歌。那是一种为音乐服务、为唤起和诱发梦想而作的诗歌。

斯蒂芬并没有受他记诵的诗歌影响,相反,他影响它,细味它,并把它带到他自己的心灵和感觉的键盘上。在《一个青年艺术家的画像》中,在斯蒂芬对事物的认识中使他感到震惊的是当他遇到诸如"吸吮"或"浇口杯"这样的词。诗歌本身唤起了一种不那么直接的感官反应,某种较有修养和微妙的东西,而乔伊斯自己的诗如果也能唤起这样的反应,他似乎也就感到满足了。

我所说的仅适用于"正式"的抒情诗。至于非正式的讽刺诗——那些有时候以托莱多钢刃似的精确的致命性,有时候以派系战士的木棍似的粗笨的猛烈性切开空气的对句——那就完全是另一回事了,它们还使我想起了斯坦尼斯劳斯·乔伊斯的《哥哥的守护人》中众多扬扬得意和占有欲强的洞见之一。

斯坦尼斯劳斯在该书中认可叶芝的预言,叶芝预言散文而不是诗歌将成为他哥哥的媒介。他接着说:"但我不能不沾沾自喜地指出,我是第一个,可能也是唯一一个明白是'彻底'而非'微妙'将成为哥哥作

---

① 英国讽刺作家。
② 英国作曲家。

品的基调的人。"这席话恰如湾区曾经流行的一个口头禅——对极了。

《火炉冒出的煤气》和《宗教法庭》也许不如那些抒情诗般刻意地美妙或技艺高超,但它们却是诚挚的。那语言具有一只放出笼子的雪貂的所有激动的期待。诗写得也许有点匆促,但有愤怒的气势。而且这是一种表演。风格鉴赏家在卖弄,但同时受伤害的人类也获得泄愤的机会。尤其重要的是,这往往是人们会背诵下来的东西:

> 那是爱尔兰幽默,又湿又干,
> 把生石灰掷入帕内尔①的眼里;
> 那是爱尔兰头脑,使罗马主教
> 漏水的驳船免于沉没,
> 因为大家都知道教皇不能打嗝,
> 如果没有比利·沃什②批准。
> 啊,爱尔兰,我第一和唯一的爱,
> 那里基督和恺撒是手和手套!

乐器终于摆好要演奏了。往后站!

---

① 又译为巴涅尔,爱尔兰民族主义者。
② 指大主教威廉·沃什。

伊塔洛·卡尔维诺的《帕洛马尔先生》*

*《纽约时报》1985 年 9 月 29 日:评论伊塔诺·卡尔维诺的《帕洛马尔先生》,威廉·韦弗译(1985)。

对称和算术总是鼓动伊塔洛·卡尔维诺的想象力去变得卖弄风情,并开始其异想天开的展示。他的新书有三个主要部分,分别叫作《帕洛马尔先生的休假》《帕洛马尔先生在城市里》和《帕洛马尔先生的沉默》。每一个主要部分都分为三节,每一节又分为三小节,卡尔维诺先生还为它们建立一个数字系统。"标记索引中的标题的数字 1、2、3,"他写道:

> 不管它们是在第一、第二或第三位置,除了有纯粹的顺序价值外,还呼应三个主题区域、三种经验和探询,它们都以不同的比例出现在本书的每个部分。
>
> 标记"1"的,总的来说都呼应一种视觉经验……
>
> 标记"2"的,都含有广泛意义上的人类学因素或文化元素……
>
> 标记"3"的,都包括更富于猜想性的经验,涉及宇宙、时间、无限、自我与世界的关系。

(威廉·韦弗译)

但是,这种在解释该书的结构原则时如此中立地维持的口是心非,真能够说服我们,使我们重新在实际文本中享受快乐并表示赞同吗?幸运的是,该纲要并非只是一个处方;原本可能只是一道格栅的东西,在这里变成一块跳板。每一篇都使人觉得是由单独一个灵感兴起时被逮个正着,然后充分发挥其生命应有的价值——尽管仅止于耗尽其最初能量,不多维持哪怕一瞬。

帕洛马尔先生是其作者使用的一面透镜,以便检视世界的现象,但是该透镜很适合于变成一面镜子,反映帕洛马尔先生本人那反省的心灵的犹豫和自我纠正。该书包括一系列循序渐进的描写和猜测,主人公在其中面对他发现自己在世界中的位置的问题,以及看着这些发现在他那习惯性的知识审视中溶解的问题。

因此,第一个动作的标题就叫作《阅读一片浪花》,而在这里,帕洛马尔先生试图观看和描述一片浪花的确切本质并把它劫持进语言里。他那些必须不断校正的精确度,常常是准确的,又常常是不足的;然而正是这类沮丧构成了读者的快乐。不过,到最后一个动作时,帕洛马尔先生已把目光转向内心,并且如今已经像标题说的,"正在学习死去"。但他对某些知识的胃口依然既难以抑制又难以满足:"你一定不可以把死去与不存在混淆。"介乎两者之间,尚有二十五个其他文本,我们既很难把它们称为散文诗,因为这会使它们显得太做作和没有幽默感,也很难称为沉思录,因为这会贱卖它们可爱的隐喻式的自在和狂喜。

卡尔维诺的句子非常有哄诱力地低语、松弛、绷紧和自我消遣。他的目光如同帕洛马尔先生凝思星星时的目光,"保持警惕、随时调用、不受一切确定性的约束。"他告诉我们:"在8月,银河呈现一种密集的连贯性,你可以说它在溢出它的床。"这句话的奢华的简单性,它对世界和对足以描述世界的文字所怀的双重感激,它对某种既是甜蜜和亲自发现的,同时又是某种几乎是种族记忆的东西的混杂感触——这种具有空间感和有浮力的幻想的气氛,是整部作品的典型特征。

这里是一种不受妨碍的大才能,行驶在一条介于前卫的精细尖端与原始诗歌想象力的天真之间,介于创造中世纪动物寓言集的那种聪明与文字出现之前吟唱猎人祈祷词的那种直觉之间的中央航线上。如果帕洛马尔先生的第一人称叙述者有时候被贝克特的莫洛伊那任性的阴影所纠缠,试图发明一种绝无差错的方法来轮番把他吸吮的石头从口袋放进嘴里再从嘴里放进口袋①,以及另一些时候被那个用轻声细语阐述其作品是由"博尔赫斯"或"我"所写这一问题的温文尔雅的博尔赫斯所纠缠,读者是不会去操心的。卡尔维诺先生也不会。毕竟,他知道大家最终都要操心同一类事情。

帕洛马尔先生不断地操心着和注视着,并且是在意大利语中;但是威廉·韦弗使我相信我现在能够在英语中了解他那颗一丝不苟、容易被激发兴趣和优雅得无可挑剔的心灵。韦弗先生的语言的节奏和风味同样可以出色地传达帕洛马尔先生的知识探索的细枝末节,以及他的白日梦的礼貌和爱欲。这是一种使我们更接近帕洛马尔先生不断追求的那个目标的语言——"进一步接近真正的知识,它潜存于对韵味的体验中,同时由记忆和想象力构成。"

> 在每块奶酪背后,(他想),都有一个牧场,它由不同的绿色构成,在一个不同的天空下:积结着每晚由诺曼底潮水带来的盐的草

---

① 这里说的是贝克特小说《莫洛伊》中的一个场面。

地;散发着普罗旺斯多风的阳光的芬芳草地;有不同的牲畜群,连同它们的牲畜棚和季节性放牧地;有数百年来世世代代传承下来的秘密工序。这个商店是一座博物馆:帕洛马尔先生在光顾它时,那感觉就如同在卢浮宫,在每一件陈列品背后都有文明的身影,这文明赋予它形状并从它那里获得形状。

然而,尽管该作品充满感官愉悦,但它却是由哲学推动的。其名字来自著名望远镜和天文台的帕洛马尔先生,既是一个"我"又是一只"眼睛",如同帕洛马尔先生其中一次沉思的标题所说的"一个世界望着这个世界",一个逆反地影响他自己的可信性的问号:"难道他不是世界的一块碎片,望着世界的另一块碎片?要不然,鉴于窗子那边是世界,这边又是世界,也许这'我',这自我,无非是那世界望向那世界的窗子。为了望着自己,世界需要帕洛马尔先生的眼睛(以及眼镜)。"

这便幸运地带着我们、帕洛马尔先生和伊塔洛·卡尔维诺超越唯我论的僵局,超越对语言的不信任和冷冰冰的"实验"之火。可能存在着知识的问题,但是意识反而因为受苦,也即因为持续不断、不可抑制地渴望大量吸取经验,渴望在自我的牢狱之外横冲直撞,才对这个问题产生浓烈兴趣。卡尔维诺先生也许会对帕洛马尔先生的世界之视觉方面、文化方面和猜想方面做三重划分和归类,他也许会为了他自己(还有我们)而尽情地提示、标记、分析、并置,但是帕洛马尔先生本人依然奇妙地充满即兴性,并对乱糟糟的五官感觉采取接受态度。草坪、乳房、椋鸟、星球、蜥蜴、下午的月亮、鹟鸟的啼鸣、乌龟交配的啪嗒声、《两磅鹅油》中的记忆之雾(该文本提到"在充满水罐的浓厚、轻柔的白色中,世界的喧闹声被蒙住了")——所有这些事物和另外千万样事物使心灵不至于遭那终极的黑影盛宴吞噬①。帕洛马尔先生最后也许会像这本以他命名的书那样在三段论中倒下,但在他倒下之前,他已在一次又一次炽热的凡人成圣的过程中超越他的结论。

如果说在这本书的过程中伊塔洛·卡尔维诺常常显得不能踏错一步的话,那也是因为他不是一个乏味的作家。如同罗伯特·弗罗斯特,他整个关注点是他本人作为一个表演者,但弗罗斯特可以说是在声带和心弦的视线水平上表演,而卡尔维诺则是在高高的钢丝上,在大型国际马戏团上空拉紧的思想之线上表演。然而这样的钢丝表演只有在表演者事实上受制于地心引力并确实冒着风险的情况下才会吸引我们。一个无足轻重的人也可以摆出同样的身影,却不能表现出希望和奇迹那古老、独一、令人目瞪口呆的凝视,而希望和奇迹是我们依然想参与其中的东西。《帕洛马尔先生》最令人印象深刻的地方是,它使人觉得一道安全网最后被撤走了,觉得想象力那美丽、灵活、孤独的绝技正被成功地施展,而这与其说是为了使观众目眩,不如说是凛然面对诗人菲利普·拉金所称的"隐藏在我们所做的一切之下的/那溶解的虚无"。

---

① 可能是指帕洛马尔看见顾客的黑色购物袋张开大口吞噬食品。

保罗·穆尔敦的《智利编年史》*

*《星期日独立报》1994年9月25日:评论保罗·穆尔敦的《智利编年史》(费伯出版社,1994)。

罗伯特·弗罗斯特,一位其调皮捣蛋和意志坚强极受保罗·穆尔敦赞赏的诗人,曾写到把一只杯子斟满至杯缘或"甚至高于杯缘"的艺术。这种想走得比绝对必要还要远的冲动,被弗罗斯特当作世界上最自然不过的事情来讨论。这就是为什么少年人想爬到桦树顶端,以及为什么成年诗人要写诗。

约翰·济慈以另一种方式表达了同一个想法,他说诗歌应以一种美好的过量使人惊喜。济慈暗示,在诗歌中,足够是绝不足够的。需要一种额外的维度,一种说话方式,把读者和作者(当然还有写作对象)运载到一个新层面。

诗歌是轨道中的语言。它开始时也许是回忆中的情感或当下的愤怒或狂喜,但是一旦那种个人的助推力帮助一首诗升空,它便会用自己的能量电路运转。而在电路中传递的能量是在词语与词语之间,在词语与格律、格律与诗行、诗行与诗节等等之间产生和流动的。

因此最好的诗歌的形式和技术卓越,不只是表面抛光或文字精妙的事情。它总是体现作家的兴奋的一种转化,也是他或她与题材啮合的一个保障。某种东西已用另一种东西做成——毕竟,这就是艺术作品所意味的东西——而做得愈充分就愈好。在这脉络中,高于杯沿的意思并不是溢出杯沿。

例如,在保罗·穆尔敦的新诗集中,个人的悲伤和创造的欢快不断使彼此相得益彰。诗集中几首非凡的诗之一叫作《入迷》,这是一首哀悼一位因癌症而早逝的年轻而有才能的艺术家的诗,它既是心碎的呼喊又是技术精湛的表演。那首诗升得愈高,它所进入的语域就愈深。在这点上,它是一首类似伊夫林·杜夫·尼·考奈尔①的杰作《哀悼阿特·奥利里》的诗,并足以跟它相提并论。两首诗都有一股巨大的节奏浪涌和超负荷的直接悲伤,有着同样狂野的坦率,同样对丧失至爱者的愤怒和同样对逝者的价值的永垂不朽怀着一种狂喜感。

《入迷》是为了纪念玛丽·法尔·鲍尔斯的生活与创作,她是一位因其追求精神完美和技术完美的强度而极受珍爱的艺术家。这是一个我们也许可称之为"利西达斯综合征"②的榜样,也即一位艺术家的使命感和目标感因另一位艺术家的早夭而陷入危机。这里保罗·穆尔敦着魔于一个描写对象,后者使他的一切才智都受到考验,其结果是他盛开成为真理之花,并在非凡的程度上把他的歌人性化。

但悲伤并非人性化的唯一推力。诗集中某些最令人愉悦的诗都是为庆祝诗人女儿的诞生而写的,并且创造力的隐喻速度再次与情绪的瞬间性和甜蜜性相匹配。例如《超声波扫描图》便是把古代历史、人造卫星技术和为人父母的喜悦熔于一炉,而对糅合这类异质元素驾轻就熟是这位诗人最典型的特征:

只不过在数周前,琼的子宫超声波扫描图

---

① 18世纪爱尔兰语诗人。
② 利西达斯指弥尔顿的挽诗《利西达斯》的同名人物。

> 还什么也不是,除了像
> 爱尔兰的卫星地图:
>
> 现在那影像
> 已如此明晰,我们不仅能分辨一只手
> 而且能分辨一只大拇指;
>
> 在通往斯皮德尔的路上,一个女人搭便车;①
> 一个网中的角斗士,对人群作出裁决。

这乍看和乍听起来都似乎很平常,直到你再细看,便会发现那吸引你的形状和声音一点也不像表面上那么平常。例如诗中押了一些优美的半韵,"子宫"(womb)与"大拇指"(thumb)、"手"(hand)与"爱尔兰"(Ireland)、"搭"(ride)与"人群"(crowd);而在结尾出人意表的颠倒时刻,有着整个苦涩的历史视域。毕竟,在罗马竞技场,是人群拇指向上或拇指向下对角斗士评头品足,而在这里是未出生的孩子在作出判决,并且似乎准备把我们——读者——打发到被判罪者的行列。

在穆尔敦的前一本诗集《马多克,一个谜》中,这种幻想天才同样显而易见,但它似乎专注于使自己发生短路,产生一系列令人目眩的连锁反应,发出一连串闪光的旗语信号,不仅激励读者尽最大努力,而且也使他们害怕起来。然而,在这里,他的才能发出更丰富、更稳定的光。《智利编年史》绝不是一本简单读物,而是他迄今最出色的诗集。这里有情绪和音乐的充实性,一种仍然留有余地去尽情嬉戏的富裕和成熟。

---

① 搭便车者一般会竖起拇指拦车。

《菁草》是一首占去这本一百八十页诗集大部分篇幅的非常长的组诗,也是一个充满典故的大型回音游戏室;一部幻想曲,在这幻想曲中诗人母亲的逝世和诗人本人心智的成长被卓绝地编排和丰富地赞颂。它的速度和结构是后现代的(可以说是在个人回忆、童年阅读和文化历史等领域不断变换频道),但其对于至爱的故乡土地的不能自拔的聚焦则是老式的("那桥。那谷仓。一而再地……")。《菁草》之所以发挥得如此美妙,原因在于它是由深刻的个人经验喂养的;而这绝不是什么问题,只要这些个人经验是用暗示和瞥见和私人笔触达致的,因为它们的作用乃是像 T. S. 艾略特认为这类经验应有的作用那样,"从远离表面的深处"发功的。

这部作品同时给人以既实话实说又隐藏秘密的印象。它在糅合日常与博学时是乔伊斯式的,但又是完全自成一体的,它是一部 20 世纪末期的作品,确认了穆尔敦作为这个时代一位真正原创者的声誉。

并且还不止于此。《智利编年史》表明,在诗歌的运作方面,穆尔敦的精湛技艺所代表的,不只是"把甜美的声音都发出来"[①],因为现在它还表达一个不断成熟且日益狂热的灵魂的运作。在这里,他写作的慷慨证明了他近期另一本诗集《日常事物的王子》护封上的推荐语是正确的,这是一本应景的日记式诗集,由画廊出版社出版。如果诗集中某些诗可被视为信手拈来的话,则其他诗可以被列为天赐(例如《超声波扫描图》就属于后者)。这本诗集中有不少原有的聪明机灵,还有些自视甚高地轻视别人,但护封推荐语依然是正确的,那上面说,该诗集表明作者是一位大诗人。

---

① 叶芝诗句。

诺曼·麦凯格（1910—1996）[*]

[*] 马尔科·法齐尼译诺曼·麦凯格意大利语版诗选 *L' Equilibrista：Poesie Scelte 1955—1990* 序；又发表于《爱尔兰时报》，1996。

我首次读诺曼·麦凯格的诗歌，就对他佩服得五体投地。20世纪60年代初英国广播公司"学校电台"制作的一个系列节目《听与写》附送了一本小册子，在那本小册子中，我偶然读到《夏天农场》。"麦秆像被驯服的闪电躺在草地上/以之字形悬挂在篱笆上。"很棒。狡猾和感官愉悦的独特统一。极简与古怪（"一只母鸡用一只眼盯着乌有，然后啄起它"）转化成一种玄学音调。这是童话故事的世界，是人们所熟悉的"小母鸡潘妮"的童话故事中的农家院场：如果这一带有一颗橡果从橡树上掉下来，可能意味着整个天空就要塌下。事实上，加斯东·巴舍拉尔在其《幻想的诗学》一书中所说有关童年意象的一切，都非常适合于用来形容《夏天农场》和麦凯格另外数十首诗的抒情力量："它们与一个季节的宇宙有联系，一个不骗人和完全可以被称为总季节的季节……它们不只是透过视力看见的奇观，它们是灵魂的价值……持久的利益。"

他是一位伟大的渔夫，一位撒网大师，是使用作为诱饵的钓丝的大师。垂钓者的艺术——从某个角度进入的艺术——也在他的诗中表露

诺曼·麦凯格(1910—1996)

无遗。他总能够惹恼某个题材。他使它跳起来,越出它自身。他的作品中有某种隐喻意义上的欢快,然而最终这种不稳定的才能颂扬的却是世界的稳定性和确实性。麦凯格的创造力是帕斯捷尔纳克式的——《生活,我的姐妹》的帕斯捷尔纳克,完全不同于他的朋友绍莱·麦克林的作品或他们庄严的同代诗人切斯瓦夫·米沃什的作品中突出的那种悲剧性的挽歌笔调;然而米沃什的以下诗行却可以用作对麦凯格方案的恰如其分的评论:"我凝视又凝视。我似乎被召唤来做这件事:歌颂事物,仅仅因为它们是事物。"

有一天晚上,在加雷奇·德布伦①位于威克洛郡的大宅里,继前一个晚上在阿贝剧院举办诺曼朗诵自己的诗歌的唱片《我言说的方式》首发式之后,他欢快而审慎地布置桌子,仿佛他是在悉心照料一个鲑鱼池似的。接着,他把一条装了牢固的诱饵的钓丝扔到我面前,如同一次小小测试似的,想看看我是不是会跳起来。"我不能忍受,"他说——钓竿的第一次收缩——"我不能忍受阴沉的、野心勃勃的诗歌。"从另一个角度说,其意思是:"相对于你那些沼泽诗中黑暗而热切的情绪,这种诗只是一小块破布。"(当时,我那些诗正陆续在这里那里发表。)再从另一个角度说,意思是:"罗伯特·洛厄尔的诗歌被高估了,你应小心受他影响。"(我当时并没有受洛厄尔影响。)我不知道是什么小魔鬼给了我灵感,但我记得我竟然轻松地跳起并飞快地跃回来,说了一句:"那么,诺曼,我想罗伯特·赫里克大概很合你胃口。"放肆,但被召唤似的。我认为,我们真正的友谊始于那一刻。

---

① 加雷奇·德布伦(1939—),爱尔兰艺术富人和艺术赞助者,原名加雷奇·布朗。

诺曼拥有诗人那种沿着反讽和惊奇的小径"弯曲地飞行"的才能。他的才智是既严格又好玩的,他的整个人格同样厌恶自怜和自大。任何太严肃或太明显的事情(尤其是涉及他自己的事情)都会使他尴尬,因此就连赞美也可能是危险的。例如,我知道,1975年在基尔肯尼郡一个艺术节上,当我介绍他,而他朝着我的方向转动大眼睛时,我是在考验他的耐性。为了使听众对他的感受力的质素有所了解,我谈起爱尔兰早期的自然诗。此中的正当性,部分地得到诺曼的母亲的母语是苏格兰盖尔语这个事实的支持,也部分地得到他自己作品中某些固有属性的支持。意象的明晰,在市侩世界里清醒地眨眼的感觉能力,他作品中大自然那不动感情的本色,所有这一切也都可以在最早的爱尔兰诗歌中找到。爱尔兰早期诗歌的气候,如同麦凯格诗歌中的气候,从来都不是冷淡的:鱼儿跳跃、鸟儿叫唤、浆果闪亮。不过,当然是有差异的,而诺曼希望听众也能够意识到这种差异;他不想被看作是某种凯尔特-苏格兰语怀旧资料汇编。虽然他的很多祖先确实是盖尔人,但是同样不可否认的是,他的想象力已越出既定范围,进入现代性。他的诗是在飞翔中、迁徙中、滚动中和呼唤中被发现的。一切都处于永不安宁的生成变化的状态中:一旦他的注意力恰巧落在某个对象上,它就立即开始闪烁发光。如同约翰逊博士谈到戈德史密斯时所说的:"他使他接触的一切事物生辉。"

有一天,在爱丁堡的一次聚会上,在一个充满烟雾、音乐和调情的房间里,诺曼把我带到一个角落,然后哼起一种完全令人销魂的曲调。这是风笛变奏曲的一个片段,几个鹬鸣般撕裂肝胆的孤零短句,但这也是灵魂的寂寞的旋律,一种如同秘密知识的音调。它在我记忆中愈来愈强烈和清晰,而现在我把它与麦凯格的良心清晰度和道德力量联系

诺曼·麦凯格(1910—1996)

起来,正是这良心清晰度和道德力量使麦凯格在第二次世界大战期间以拒服兵役进行抗议的过程中受到激励并使他得以支撑下去。我还把它与麦凯格那错综复杂的反讽和谦恭联系起来,也即他既维持温文有礼的风格,又恪守对一段丧失的历史的信仰。那天从他口中释放出来的声音的细丝,乃是一条阿里阿德涅的线,引向苏格兰盖尔语的迷宫的中心:在那里,在现代性和英语的内陆地区,栖息着失败与离散、语言丧失与创伤的胚胎。其中一边是《朱莉娅姨妈》:"在拉斯肯泰尔/一座多沙的坟墓/那绝对的黑色中沉默。"另一边是关系到音调,那种取笑和讽刺的习惯,用来保护这位幸存者的沉默。如同在他的《走开吧,爱丽尔》一诗中,他说:"我宁愿被卡列班探访……我正在教他抽烟。这使他感到安慰/当他啜泣着诉说米兰达的事/接着又诉说他母亲的事。"但此刻我可以听到诺曼因为这一切而驳斥我,要我降调。"后殖民行业术语!奉承话!胡扯!闭嘴吧!"然而,然而……

我于1973年2月首次结识诺曼,当时我和太太一起到圣安德鲁斯大学参加一个诗歌节。路过爱丁堡时,我们安排在一家酒店——我想是北英国酒店——与他喝咖啡,接着他便带我们到当时的重要文学酒吧之一阿伯茨福德酒吧喝了点酒和吃了点午餐。我们在那里享用了烤黑线鳕,他还介绍我们认识埃德温·缪尔的儿子加文·缪尔。我简直不敢相信这一切事情竟然会发生。我还记得我们被告知,我们正在喝的格兰杰①威士忌的发音,不是与我长期以来以为的意大利语"皮安杰"(piange)同韵,而是与英语"奥兰杰"(orangey)——如果存在这样一个词的话——同韵。与他在一起,永远是一种令人心旷神怡的经验:

---

① 原文 Glenmorangie,直译发音大致是"格伦摩兰杰"。

不允许有丝毫的虚假声调,而由玩笑缓和的"布"(boo)①,则是一个赞美词。

  正直。一致。清晰。作为一位不着痕迹的大师,诺曼可能会对有人用这些重量级词语形容他本人和他的作品感到不安,但是作为一位古典主义者,他可能会允许这样做。毕竟,他其中一幅自画像,乃是把自己视为"保持平衡的走钢丝者",右手是欢乐的重负,左手是忧伤的重负;这是换一个角度表示他的诗歌是这样一种元素,在那里,雪莱所谓的"时间的重量"变成了片刻地浮起的东西,以及"某种/把世界放在手中翻来覆去,/掂量其斤两,/考虑它是否值得留着的东西"(《斤两问题》)。

---

① 表示轻蔑,一般译为"嘘"。

约瑟夫·布罗茨基（1940—1996） *

*《纽约时报书评》，1996年2月。

认识约瑟夫·布罗茨基的人都深知他心脏病严重，并可能导致他死亡，但由于他总是不仅作为一个人而且作为某种不可摧毁性的原则而存在于朋友们心中，因此要他们承认他有危险是很困难的。他的天才的强度和胆量，加上与他在一起时那种纯粹的兴奋，使你不会去想到他的健康所受的威胁；他拥有如此勇气和风格，而其生命又是如此刻意地远离自怜和个人抱怨，使得你倾向于忘记他跟大家一样是会死的凡人。因此，他的逝世也就更令人震惊和令人悲痛。不得不用过去式来谈论他，令人觉得会冒犯语法本身。

约瑟夫有一种奇妙的无可置疑的特质，一种智力上的准备就绪状态，几乎像动物恢复野生习惯的状态。谈话总是立即获得一种垂直起飞，并且减速是不可能的。也就是说，他在生活中树立了他在诗歌中最珍惜的东西的榜样——语言有能力走得比预期中更远和更快，从而提供一种逃离自我之局限和成见的途径。在言辞上，他的沉闷门槛比我认识的任何人都要低，因为他的文字总是充满双关语、押韵，突然转向再锁定目标，意想不到地增加难度或变换轨道。对他来说，词语是某种具有高辛烷值的东西，而他喜欢被它们推进，不管它们把他带到哪里。

他还喜欢把别人的话改头换面,不管是以灵机一动的错误引语还是以极尽铺张的反驳。例如当他在都柏林抱怨我们那里一次罕见的酷热时,我笑称他应飞去冰岛,他立即以他那糅合高贵与无赖的典型方式回答说:"但我无法忍受意义的缺席。"

他本人的缺席则更令人难以忍受。我在1972年他途经伦敦时认识了他,伦敦是他因其异见而从俄罗斯流亡到美国的旅程的第二站。打从认识他开始,他就是一种可靠的存在。他混合了卓绝与甜蜜、最高标准与最令人耳目一新的常识,永远使人增强力量和惹人喜爱。每次与他见面都使你恢复对诗歌诸多可能性的信心。他有些喜恶是非常令人瞩目的,例如他总是无法理解那些二流作家的自欺,总是对很多著名诗人作品中明显地完全忽略技术要求感到愤怒;而他在做他所谓的"开细目清单"时可谓令人精神爽利,所谓"开细目清单"是指对或老或少的当代人品头评足,每次都维护他最敬重的那些人。这就像是与秘密分享者会面。

但这是个人交往的奖赏,其重要性最终不能跟也许可称为他的非个人重要性相比。而这与约瑟夫·布罗茨基对诗歌是一股善的力量的绝对信念有关——与其说是"有利于社会",不如说是有利于个人心智和灵魂的健康。他坚决反对任何把社会马车放置在个人马匹之前的观念,反对任何把原创反应包裹在共同制服里的做法。对约瑟夫来说,"群"(herd)与"听"(heard)是完全对立的,但这并没有减弱他的一片热心,也即热心于恢复诗歌作为美国普通文化不可分割的一部分的职能。

这同样不意味着他希望用体育馆来开诗歌朗诵会。如果在苏联有任何人碰巧吸引大量观众出席这样的场合,他会立即反驳说:"想想他们要听什么样的垃圾吧。"换句话说,约瑟夫强烈反感把政治(politics)与诗歌(poetry)套在一起的做法("它们唯一的共同点是都有一个p和

o字母"),不是因为他不相信诗歌在本质上具有转化力量,而是因为政治要求会改变卓越性的标准,并且有可能导致语言降格,从而导致"观察层面"(他爱用的一个说法)降级,那是人类审视自身和建立他们价值的层面。他对诗人作为看管者这个角色的维护,其信誉当然是无可挑剔的,因为他在20世纪60年代被苏联当局逮捕和审讯以及随后被流放到阿尔汉格尔斯克的一个劳动集中营,是与他对诗歌职业的维护特别有关的——这份诗歌职业,据控方说,乃是社会寄生虫的职业。这使得他的案件变成某种国际性的轰动事件,确保他在抵达西方时即刻成名;但是布罗茨基非但没有利用其受害者身份随波逐流,与激进派为伍,而是立即就开始认真做事,当了密歇根大学的教师。

然而,不久,他声名远播,主要是因为他在新家园所做的事情而不是他在旧家园做了些什么。首先,他是他自己的俄语诗的激动人心的朗诵者,而他于20世纪70年代在美国各地很多大学朗诵,则给诗歌朗诵这个行业带来新的活力和严肃性。布罗茨基没有以普通人的低语的姿态来哄诱听众,而是在诗人的高度上为其表演定调。他的声音强大,他对所朗诵的诗倒背如流,他的音调具有一位祈祷文领唱者的庄严和浓度,所以他的表演一向都在所有在场听众中唤起巨大的隆重感。因此他逐渐被视为一位具有代表性诗人地位的人物,使人觉得像先知似的,尽管他可能难以认同先知角色这个概念。他还以其对从古典时期到文艺复兴时期到包括英语在内的现代欧洲诸语言的诗学传统的深刻了解而博得学术界好评。

不过,如果说约瑟夫对先知角色感到不安的话,那么可以说,他对说教绝无此种疑虑。没有谁像他那样享受制定法则,结果是他作为教师的名声开始广为传播,他的做法的某些方面被人们模仿。尤其是他坚持学生必须熟悉和背诵某些诗,这点对美国各地的创作课影响颇深;

而他对传统形式的倡导,他对格律和韵律之类事情的重视,以及他对诸如罗伯特·弗罗斯特和托马斯·哈代这类非现代主义诗人的高度评价,亦对重新唤醒较早的诗歌记忆产生普遍影响。所有这一切的高潮,则是他在1991年担任国会图书馆桂冠诗人时提出的"冒失的建议"。他问道,既然一首诗"为你提供了……全部人类才智运作的一个样本",并要求它的读者"变得像我",那为什么不以数百万计的份数来印刷诗集呢?此外,由于诗歌运用记忆,因此"它对未来有用,更别说对现在了"。诗歌还可以为无知做点事情,并且是"防止人心之粗俗的仅有保险。因此,诗歌应以廉价方式使全国所有人都可以接触到"。

这种把赤裸裸的挑战与充满激情的信仰糅合起来的方式,是很典型的布罗茨基风格。他总是把战斗号角放在唇边,吹响反对之声——甚至是他自身内部的反对之声。无论他做什么,他都总是充满激情,从他押韵时那种需要超速驾驭的迫切性,到他与死亡本身对决时那种不可救药的无礼,每次他总是拧掉滤嘴、龇牙咬住香烟。他不是像沃尔特·佩特所推崇的那样,以猛烈的、宝石般的火焰燃烧,而是有点像喷火器的带着嗖嗖声和范围广阔的火焰那样燃烧,既灵活又难以预测,既华丽又带有威胁。例如,当他使用"独裁者"这个词时,我总是很高兴他不是在谈论我。

他坚信单打独斗。他与愚蠢较量的热情一点不亚于他与独裁较量(毕竟,按他的理解,后者只是前者的另一面);他在谈话中的无所顾忌一点不亚于他在印刷文字中。但如今我们就只能在印刷文字中见到他了,而他将活在黑色字行后,活在其诗歌格律或散文论据的步速和巧妙中,如同里尔克的豹在黑色栅栏后的踱步,以从容不迫的姿态,去超越一切限制和结论。他还将活在朋友们的记忆中,但对他们来说,在他们记忆的图像中,将有一种额外的甜蜜和剧痛。就我而言,这些图像将永远包括第一次见到他,那时他还是一个青年,穿着红色羊毛衫,用一只眼睛扫视他的听众和他的同行,那只眼睛焦虑如树篱小动物之眼,又尖锐如鹰之眼。

特德·休斯的《小血》*

*收录于《史诗仪态:颂扬特德·休斯》,尼克·甘米奇编,费伯出版社,1999。

啊小血,在群山中躲避群山
被群星所伤泄漏影子
吃药土。

啊小血,小无骨小无肤
用一只朱顶雀的尸体耕作
收割风摔打石头。①

啊小血,在牛头骨里打鼓
用蚊子脚跳舞
用大象鼻用鳄鱼尾。

长得这么有智慧这么可怕
吸吮死亡发霉的乳头。

---

① 指像打谷那样摔打石头。

> 坐在我手指上,歌唱在我耳中,啊小血。

小血。这个名字可能属于口头传统,属于童话,属于《仲夏夜之梦》的世界。它可能是豌豆花和芥子的同源词,一个从彼得·昆斯和罗宾·斯塔佛林①的谈话中逃出来的词。如同莎士比亚的小精灵的名字一样(而小血"吃药土"这个事实则证实了这个印象),它可能是民间药物中一种材料的名字,也即药中所需的,来自割下的鸟头或未婚女子刺破的拇指的血滴或涂抹物。它使人觉得它可能属于某个完整的故事系统或传说系统,而我们很容易就会因为这首诗的出处而误把它当作是译自某种更多是为了人类学兴趣,而不是为了文学兴趣而保存下来的材料汇编。

当然,这首诗确实属于这样一部汇编。在《乌鸦》集子中,这首诗是乌鸦所唱的最后一首歌,也是最温柔的,紧接着《两首爱斯基摩歌》的苔原鸟声。在沐浴了《乌鸦》集子中所有其他诗的"贝西默强光"②之后再读这首诗,就如同沐浴在某种治疗性的光中似的。就如同"吃药土"和在药土中找到一种至少是药土在原子时代前的优良品质的记忆似的。这种温柔很可能就是休斯总是以特别的微妙和强度读这首诗的原因,尤其是在读"eating"(吃)中的"t"和"medical"(药)中的"d"及硬音"c"时,其发音是如此悦耳和清晰,仿佛是鸟儿骸骨譬如说旅鸫骸骨中的细骨似的,说旅鸫是因为当我的心灵首次对着"小血"这个名字的视觉和声音效果眨眼时,我看到的就是一只旅鸫的胸膛——这个形象

---

① 皆为莎剧《仲夏夜之梦》的人物,昆斯是木匠,斯塔佛林是裁缝。
② 亨利·贝西默(1813—1898),英国工程师和发明家,首创酸性底吹转炉炼钢法。贝西默亦成为酸性转炉的同义词。"贝西默强光"源自休斯《乌鸦》集子,休斯的哥哥曾是贝西默钢铁厂的工人。

并没有因为诗中提到朱顶雀而消散。

小血,名字,只是名字……在这里提一提爱德华·托马斯是合适的,因为这是一首在某种程度上像《阿德勒斯德罗普》的诗,一首其专有名词的抒情性地震在地表深处释放力量的诗。两位诗人之间尚有另一个链接,原因是两人都被佛兰德斯那场战争的阴影笼罩着,并且通过对英国远征军的关注,他们还被历史上一些远征的阴影笼罩着,例如那次以阿金库尔战役①达到高潮的远征。事实上,小血完全可以成为莎士比亚某部历史剧的"剧中人物",尽管如果他置身于《亨利四世·下篇》福斯塔夫那些"终将要死的士兵,终将要死的士兵"中的可悲饶舌者之列,可能要比置身于《亨利五世》流血的军人之列更合适:他更适合与霉老儿、影子、肉瘤、弱汉和小公牛②为伴,而不是与高厄、弗鲁爱林和麦克摩里斯③为伴。

话说回来,我们怎能肯定小血是男性呢?"小无骨小无肤"含有某种雌雄同体的元素,某种发育期前的和爱丽尔似的东西。作为一本其题献词为"纪念阿西娅和舒拉"④的诗集的最后诗作,这一缕鬼舞者的幽光可以轻易地与那个女孩/小孩的影子混合,后者同时已经"长得这么有智慧这么可怕/吸吮死亡发霉的乳头"。显然,这首诗是以某些创伤性的,甚至是灾难性的后果为背景的:旋风的收割者曾祈求群山朝他们倒塌,而现在"在群山中躲避群山",某种东西在那牛头骨的眼窝里搅动,某种核灾难后羽毛未丰的小鸟似的东西,某种脆弱如同怜悯的再

---

① 英王亨利五世在1415年远征法国,在阿金库尔村重创兵力数倍于英军的法军。
② 五人皆为《亨利四世·下篇》的士兵。
③ 三人皆为《亨利五世》中的英军官。
④ 阿西娅是休斯的情人阿西娅·韦维尔,舒拉是她与休斯生的女儿。休斯的妻子西尔维娅·普拉斯因休斯的婚外情而与休斯离异,后来自杀。阿西娅与休斯同居并帮助养育普拉斯的两个孩子,但后来亦自杀并同时杀死女儿舒拉。

度降临的东西,那"赤裸、新生的婴儿/阔步走在疾风中"①,该意象被特德(在《莎士比亚与圆满生命之神》中)视为预示着"一次新型的痛苦的转变"。

他把这次转变描绘为理解层面的一次转变,也即从悲剧的转变为超验的,而我总是倾向于把《小血》视为恰恰是那种转变的一个例子。仿佛在最后时刻,神恩进入了乌鸦诅咒的宇宙,而一个迄今一直是强迫症和自我鞭笞的声音,如同古舟子的声音,突然发现它可以祈祷。远在《生日书信》出版前不止四分之一世纪,远在揭示明显发生向超验转变的《言论自由》一诗发表之前,小血已经获得这个显灵的小时刻,坐在诗人手指上,歌唱在他的耳中,唱着凶兆和阿门之歌。

这阿门的音调是预发性的:《小血》盼望着《言论自由》,在后一首诗中,特德想象永生中的一场生日聚会。西尔维娅·普拉斯的幽灵获得盛宴款待,爱丽尔栖息在她的指节上,死者的国度传出欢乐的笑声。"那就这样吧,"后一首诗说,"让爱丽尔栖息在指节上并让群星不是带来伤害而是'笑得浑身颤动'。"然而,凶兆的音调却承认所有未来诗作背后的理解都将变得暗淡,而赋予《小血》神秘的许愿力量的东西,恰恰是这种悲剧性理解与其他更超验的欲望和实现的共存。

---

① 语出莎剧《麦克白》。

世纪和千年的米沃什*

* 以丹麦语译文发表于丹麦《周末报》,1999。

切斯瓦夫·米沃什1911年生于立陶宛,但他是我们的世纪诗人,不仅因为他几乎与本世纪同龄,而且因为"本世纪"这个词不断地出现,贯穿于他的作品。一个又一个年代,他的一生的故事和他的时代的故事并步而行。在20世纪20年代,他是维尔纽斯和巴黎的学生。在30年代,是波兰前卫文学的成员。在40年代,他参与波兰抵抗运动,成为华沙犹太人聚居区被摧毁和纳粹镇压起义运动的见证者,然后任职于波兰人民共和国驻华盛顿大使馆。在50年代,他是该政权的变节者,成为一名流亡法国的知识分子——这等于是他的沙漠中的四十天①。在60年代,他是加州大学伯克利分校的斯拉夫语教授,这时正值他诗学力量的鼎盛期,而他亦成为"鲜花一代"②中的所罗门。在70年代,他依然处于创造力量的迸发期,其身份则从移民作家变成了世界的高瞻远瞩者。在80年代,他是诺贝尔奖得主,也是波兰团结工会的一股道德和政治力量。在90年代,他是持续的想象力的活力的奇观,是

---

① 沙漠中的四十天指耶稣布道前在沙漠中独自度过的四十天。
② 指受到嬉皮士文化影响的年轻一代。

一个介于俄耳甫斯式与提瑞西阿斯①式之间的声音。

因此,从年代学角度看,米沃什的年龄跟本世纪一样大,但在文化上他跟这个即将结束的千年一样古老。他生于天主教家庭,在立陶宛森林覆盖的土地上长大,他赖以成长的文化依然记得欧洲的中世纪黑暗时代的民间信仰和中世纪经院哲学及文艺复兴时期新柏拉图主义的各种熠熠生辉的体系。他经历了马克思主义和法西斯主义引发的意识形态危机和军事危机,这段经历可代表千年中期宗教改革和宗教战争的危机,如同他20世纪50年代从意识形态极端性逃入较具伏尔泰色彩的心灵气质,可代表启蒙运动时期。接着是浪漫主义,完全拥抱诗歌,以及信任他那"先知式灵魂",这使得他最后来到俯视旧金山湾的一座山上,变成山上的哲人,即使当他吸入愈来愈无重量的晚期资本主义和后现代的加州空气,也依然能保持存在的重力。

但这一切可能都算不了什么,如果他没有被赋予 W. B. 叶芝所称的"同时还发出甜美的声音"的才能的话。米沃什的诗歌,哪怕是在翻译中,也兑现了那个古老的期待,也即诗歌将使人愉悦和给人指导。它具有一种无比的平衡。那根针不断地在现实原则与快乐原则之间颤抖:普洛斯彼罗与爱丽尔不断给争辩的要么这方要么那方增加重量。米沃什居于中间,有时候悲剧性地,有时候津津有味地,因为他既不否认他瞥见人间乐园,也不否认他深知此世即是尘世。

他把软心肠的易受感染性与忧伤的理解糅合起来,这之中有某种维吉尔式的东西。确实,米沃什整个命运的曲线,很像维吉尔,无论是作为人还是作为诗人。如同那位拉丁诗人,他是乡村的孩子,以齐眼高的成熟谷物和吃草的牲畜开始,以皇帝的宫廷在20世纪的对等物告

---

① 提瑞西阿斯,古希腊的一位盲人先知。

终。两位诗人都留下具有自信的抒情性以及"仅仅因为事物本来的样子而颂扬它们"的早期作品,不过在他们的成熟期,两人都继续在更长和更复杂的作品中激荡而丰富地表达他们对"世事辛酸的一面"的意识。在这些作品中,题材是"战争与人",而诗歌的音调则变得愈来愈悲痛。

例如,米沃什有一个相对早期的作品,一组写于战时的抒情诗,叫作《世界:一首天真之诗》,即属于某种维吉尔的《牧歌》在20世纪的对等物。维吉尔的牧羊人吹奏他们的芦笛,并参与歌唱比赛,尽管背景是遥远的过去,却依然被当代现实所萦绕。继尤利乌斯·恺撒遭暗杀之后,驱逐佃户、没收土地和战争的蹂躏是他的田园诗这面镜子后的黑暗背衬。他那首后来被基督教辩护者解读成基督诞生预言的著名的"千年"诗也即第四牧歌,几乎可以肯定是在庆祝《布伦迪休姆协约》,该协约是公元前40年在马克·安东尼与屋大维之间达成的,因此诗中预见的黄金时代重临,事实上乃是暗中表达一个希望,希望和平降临罗马世界——尽管暂时来说,即将发生的未来是亚克兴战役。

《世界》一诗也是以同样的方式被置于田园诗与政治之间。它最初是在秘密环境下,在华沙以手摇式印刷机印刷的。在纳粹占领华沙,集中营如同地狱之口在欧洲各地张开的时候,米沃什抬起视线,望向他童年家乡的前哥白尼阳光,那家乡是有守护天使在空中盘旋的乡村,家族大宅的安全感就像一种保障,确保别处永远有和谐与和善。该诗的措辞用语是要呼应儿时第一本识字课本那种简化、大字的课文。这组诗共有二十首诗,以下是第三首,叫作《门廊》:

> 那门廊在阳光下暖洋洋,
> 入口处面向西边,有大窗。

世纪和千年的米沃什

  从这里,你可以四面朝外望向
  树林、水、开阔的田野和小路。

  但是当橡树覆盖绿色,
  椴树的阴影覆盖一半花坛,
  远方的世界便渐渐退入叶子掩映、若隐
  若现的蓝色树皮,消失在斑驳的树荫里。

  这里,在一张小桌前,姐弟俩
  跪着画追逐的场面,或战斗的场面。
  双唇间一个粉红色舌头协助推进战舰
  那逼真而庞大的形状,有一艘已下沉。

(罗伯特·哈斯、罗伯特·平斯基译)

  诗人设想的是一个世外桃源的场面,同时他充分地和带反讽地意识到,在它与噩梦国度之间,唯一防线是写作的边界,这条界线必须在想象的事物与忍受的事物之间划出来。如同在维吉尔那里,艺术的精妙本身即是一个令人心碎的提醒,提醒时代的满目疮痍。

  费力比较米沃什与维吉尔,意义不大。两位诗人呱呱坠地,其想象力都如同婴儿般被放置在保护罩内用摇篮摇着和抚养着,并且对他们来说,保护罩世界里的经验都逐渐使他们的理解变暗,并遮蔽了来自摇篮世界的大部分光——尽管那光还是继续在发出。不妨指出,赫尔曼·布洛赫描写维吉尔之死的那首伟大散文诗中的维吉尔画像,一个在权力政治世界的中心产生幻觉的人,一个在即使被当作预言家来对待时也依然沉湎于回忆的人,一个在语言矿道里工作、被别人当作权力走廊的向导的人的画像——不妨指出,这幅画像也适合作为米沃什为我们的世纪创造的诗人的形象。

W. B. 叶芝对获得足够殊荣去"同时还发出甜美的声音"的艺术家提出的挑战之一,乃是要确保"文明不会沉没"和做"精神才智的伟大工作"。叶芝在其《人与回声》一诗中宣称:"也没有任何工作比得上清洁人类的劣迹伟大。"米沃什没有回避这件警戒和惩罚的工作,而他那些关于这个时代的道德和政治困境的散文作品,则是对他的诗歌和小说的不可或缺的支援。在诸如《被禁锢的头脑》这样一本书中,米沃什以一部对包括他那些知识分子和艺术家同行在内的波兰一代人中的成员提出"我控诉"的作品来处理历史事件,这些人都因为意识形态的狂热或枯竭而掉进马克思主义怀中。但是这部作品优于冷战时期各种论争著作之处在于一个事实,也即它还说:"要不是因为上帝的恩典——还有我自己的孤独——我也会遭殃。"它在其推理过程中有某种奥威尔式的清晰和活力,但在政治和知识分析背后我们能够感到作者正在见证一出更为古老的戏剧,也即凡人灵魂中上帝与魔鬼的斗争。

换个方式说,米沃什将因其在一个相对主义时代保持个人责任这个理念之活力而为人们所记忆。他的诗歌承认主体的不稳定,并一再揭示人类的意识,指出它是互相争夺的话语的场所,然而他不会允许用这些承认来否定绝不在精神上和道德上退缩这一古老训令。不管怎样,他在一首叫作《诗艺?》的诗中很清楚地阐明这点。标题中的问号绝非无关痛痒的姿态,而是一种承认对诗歌工作的价值有怀疑的方式——这种怀疑之严肃,就如同任何19世纪基督教徒对《创世记》字面意义的真实性的怀疑:

诗歌的功用在于提醒我们

保持单独一人是多么困难，
因为我们的屋子敞开，门里没钥匙，
看不见的客人随意进进出出。

米沃什的诗歌从开始到最后都是岌岌可危的。毕竟，基督教人文主义传统——他出生就有并形成他的感受力的全部基础的那个传统——从他开始有意识的时刻就遭到攻击。他的想象力获得一个在根本上是宗教的视域的供应并因此而丰富，该视域是以"道成肉身"这一理念为基础的。这其中蕴含的是同意这样一个赤裸裸而骇人的说法，认为通过圣子化身为基督这个人物，永生与时间交织，而通过这种交织，人类，虽然是时间的产物，却可以获取一种时间以外的现实。毕竟，这个视域赋予了我们西方建筑和艺术中大量辉煌的东西——沙特尔大教堂、《神曲》《凯尔斯经》《失乐园》、格列高利圣咏和西斯廷教堂——并且它依然在鼓舞这位诗人发出偶尔是交响乐曲的声音。

米沃什曾在一次采访中表示："也许我们太轻易地忘记了理性、科学和受科学影响的哲学与诗歌之间历时数百年的互相敌视。"诗人作为某个接受秘密差事、保藏着古老而重要的真理的人这一形象吸引了他。米沃什的作品暗示出，文化记忆对人类的尊严和生存是必要的。他诗歌中很多伟大的精彩片段是为了在文学努力的整个音域范围里被听到；它们承认艺术家和高瞻远瞩者所做的工作表面上的脆弱性，然而它们继续用他们所做的工作去对抗由军队和其他形式的专横势力所做的工作。以下诗行——在本质上是对诗歌创作的一首赞歌——构成了这样一段，并且被置于他20世纪70年代初在伯克利写的组诗《来自日出之处》的开篇：

无论我手中握着什么,铁笔、芦笛、羽毛笔还是圆珠笔。
无论我可能在什么地方,在中厅的花砖上,在修道院小房间里,
　　在大堂里的一幅国王画像面前,
我都照料我在职责范围内照料的事情。
而我着手,尽管谁也不能解释原因和理由。
如同我现在做的,在一片闪现那匹红马之光的暗蓝色云团下。
我知道,仆人们正在地下寝室里忙着,
把羊皮纸弄得沙沙响,准备着有色墨水和封蜡……

　　　　　　　　　　　＊

辽阔的土地。朦胧的火车的忽隐忽现。
孩子们从一片开阔的田野边走过,在一座爱沙尼亚村子外一
　　切都是灰色的。
罗伊扎,骑兵队队长。莫茨赞。愤怒的大风。
我将不会再跪在我的小乡村的河边,
使我身上石头一般的东西可以溶解,
使什么也不会留存,除了我的泪水、泪水。

　　米沃什诗歌中我所欣赏和信任并一而再地阅读的一切,都在这些诗行里了。不仅是深度的意象,而且是深度的知识。诗意时刻的此地和到处、此刻和永远。那具有生存意义上的迫切性和必要性,却又深思熟虑,然后被一把抓住,变成诗歌本身清晰的秩序的东西。这些诗行唤起的每一种联想,都是对它们那绝不令人费解的神秘性的一种澄清。此中有一种内在的不可避免性,有一种感觉,觉得我们来到了意义的一

个源头。

"什么是诗歌,"米沃什曾经问自己,"如果它不能拯救/国家或民族?"这个问题虽然太过分,但对一个来自黑暗时代的幸存者来说却是自然的,他曾紧邻大屠杀的种种事实,他的很多同代人死在华沙起义的面对面枪战中。但是,尽管米沃什常常自我谴责,可他却是一位不愧于他的世纪的诗人,因为他从未忘记那些事件的可怕现实。1998年,我出席了洛杉矶一个向他致敬的会议,在会议结束时,他以其典型的方式说,虽然讨论了很多话题,但是人类的苦难仍没有受到足够的注意。然而,在这个提醒我们注意苦难的人,这个曾目睹坦克擦掉欧洲国家和民族,以及曾在黑什伯里吸毒文化高峰时目睹一袋袋尸体每天从越南运来的人——在这个人身上,那个在纯真年代第一次领受圣餐的男孩依然幸存着;并且,尽管到处都是使成年人备受攻击的"人类的不成功"①,但是那个男孩的狂喜和迷醉依然是不可否认的。

米沃什是一位伟大的诗人并在20世纪万神殿占据他的位置,因为他的作品满足严肃与欢乐的胃口,而"诗歌"这个词在每一种语言中唤醒的正是严肃与欢乐。他恢复了儿童在水边久待的纯真,但同样表达了成年人对自己的名字"写在水上"的沮丧。他帮助我们大家保持对那样一些时刻的信念,在那些时刻我们突然意识到身体里生活的甜蜜,然而他不会免除我们作为我们时代的生活的一部分的那些责任和惩罚。

因此,为了庆祝他的成就,以及为了再次说明看似虚弱和无用的事物如何能够被诗歌转化成精神的生命线,我将完整援引一首短诗来结束本文。这首诗是米沃什在四十多年前写的,标题《那曾经伟大的》来

---

① 语出奥登诗《悼叶芝》。

自第一行:

> 那曾经伟大的,现在似乎渺小。
> 一个个王国消失如白雪覆盖的青铜。
>
> 那曾经有能力打击的,现在不再打击。
> 天上的乐土滚动和照耀。
>
> 舒展在河边草地上,如同很久
> 很久以前,我放出我的树皮船。

译后记

谢默斯·希尼被誉为"叶芝之后最伟大的爱尔兰诗人",也是叶芝之后获诺贝尔文学奖的爱尔兰诗人。希尼在世时不仅是当代最著名的英语诗人(据说其著作销量占全英国健在诗人著作总销量的三分之二),也是当代世界最著名的诗人。他不仅诗、诗论、译诗皆精湛,其为人之宽厚、谦逊和亲切亦同样出名。

2013年,我刚向出版社交了布罗茨基的随笔集《小于一》中译本,准备开笔翻译《希尼三十年文选》时,便传来希尼逝世的消息。布罗茨基和希尼是好朋友,他们在世时与沃尔科特一起,形成诗界三侠,都才能出众,关注语言。就布罗茨基和希尼而言,他们都跻身我眼中20世纪少数最出色的诗人批评家,他们的书都是我成长的伴随物。我多年来的一个愿望,就是翻译以上两本书。希尼之后,就再也看不到这种级别的诗人批评家了。我自己意想不到的是,我竟然也把希尼的三十年诗选《开垦地》译成中文,并且文选和诗选几乎同时出版。

有些作家逝世,我们称之为巨大损失,其实并非总是如此。尤其是在中国,我们听到某老作家逝世,吃惊的往往不是他逝世了而是他还活着。但是,一些作家的逝世,尤其是诗人的逝世,确实是读者的巨大损失,例如布罗茨基五十多岁就逝世了。老诗人逝世是否是损失,以及是否是巨大损失,要看他们晚年创作的能量。例如影响布罗茨基和希尼颇深的波兰诗人米沃什,愈战愈勇,晚年诗之解放和开放,令人惊叹。

希尼晚年作品真正达到炉火纯青,也即更透明,诗意也更深远了。譬如说,他翻阅父母的相册,想起父母之间的爱:

> 太迟了,唉,现在已没有适当的引语
> 来形容一种被平稳的凝视证明的爱,
> 不是凝视彼此而是凝视同一个方向。

不能不说,诗人常常受益于灵感和才能,但是有些体悟确实要等到诗人晚年才能获得。就希尼而言,诗中对父母之间的爱的体悟,这"不是凝视彼此而是凝视同一个方向",不仅要等到父母老了,甚至逝世了之后,而且也要等到诗人自己也是父母了,并且也老了,甚至就快逝世了,才能获得。这样的体悟,不只是文字千锤百炼的结果,也不只是人生经验千锤百炼的结果,而是两者融合锻造的结果。

自《一个自然主义者之死》一举成名之后,从诗歌声誉和影响力扩散的角度看,希尼的事业可谓一帆风顺,但是背后的代价却是高昂的。这得从他的成长背景说起,而这又得先从爱尔兰现代史说起。

1916年爱尔兰爆发反抗英国的"复活节起义"。在文学上,这是爱尔兰大诗人叶芝的时代。1921年,英爱签订条约,允许爱尔兰南部二十六郡成立"自由邦",北部六郡也就是北爱尔兰,则继续由英国统治。1937年,爱尔兰自由邦宣布改为共和国,但仍留在英联邦内。1948年,爱尔兰共和国宣布脱离英联邦。次年,英国承认爱尔兰独立,但拒绝归还北爱尔兰六郡。

20世纪60年代末,北爱尔兰发生动乱。动乱涉及北爱尔兰的宪法地位问题和北爱尔兰两大社区之间关系的问题。这两大社区,一方面是统一派和亲英派,主要是新教社区,主张北爱尔兰留在英国,并且把自己视为英国人；另一方面是民族派和共和派，主要是天主教社区，主张北爱尔兰脱离英国，与爱尔兰共和国统一，并且把自己视为爱尔兰人。在动乱中卷入冲突的，有共和派准军事部队和亲英派准军事部队、英国国家安全部队和爱尔兰共和国国家安全部队，还有各种政治领导人和政治行动分子。在冲突中有三千多人死亡。

希尼属于北爱尔兰天主教社区，他所生活的地方，在"动乱"前其实是一个混杂的社区，因为新教徒和天主教徒毗邻而居，和谐地生活。他第一本诗集描写的是农村生活，具体、深刻、逼真。他后来回顾成长经历时说，1947年的《教育法案》对他那代人来说是重要分水岭，因为城市工人阶级和农村小农场主阶级的孩子开始从隐蔽、被埋没的生活进入教育王国。就希尼自己而言，在贝尔法斯特女王学院攻读英语，是一个决定性的经验。很多原本潜伏、表达不出的东西，开始在首次遭遇文学世界时显露出来。也就是说，大学提供正式的文学教育训练，而这是一股力量。另一股力量是阅读当代诗人，例如特德·休斯、R.S.托马斯、诺曼·麦凯格、约翰·蒙塔古，最重要的是读到叶芝之后最杰出的爱尔兰诗人帕特里克·卡瓦纳。而更重要的则是，从这些诗人那里，他领悟到，被他自己视为古老过时、与"现代世界"不相干的德里郡本地经验是可以信任的。是他们教会他这种信任，并帮助他把这种信任表达出来。这种信任，又被他后来读到的叶芝一段话所加强。希尼在第一部随笔集《专心思考》的扉页题词中，引用叶芝关于创造的看法。当时叶芝被人问到写作是否要影响公众，叶芝说完全是为了取悦自己，叶芝接下去说的这段话不仅是希尼的座右铭，而且应该成为所有诗人的座右铭，甚至应该成为任何人做任何事的座右铭：

> 如果我写作是为了使别人信服，则我就会问自己，不是问"这

确实是我所想所感吗",而是问"这是否会打动某某人?当他们读罢,他们会有什么感想",结果将是雄辩术和不诚实。如果我们理解我们自己的心灵,理解那些努力要通过我们的心灵来把自己表达出来的事物,我们就能够打动别人,不是因为我们理解别人或考虑别人,而是因为一切生命都是同根的。

希尼在20世纪60年代初与北爱尔兰一群诗人开始崭露头角,形成一个群体,这些诗人有的是天主教徒,有的是新教徒。他回顾这段经历时说,他那代作家并不觉得需要直接处理政治问题,因为"他们的艺术的微妙性和宽容恰恰是他们所能向公共生活的粗鄙和不宽容贡献的东西"。后来,希尼在采访中被要求进一步解释时补充说:"我们大概觉得如果我们作为诗人无能力以我们可调动的一切东西来做点什么具有转化性或创造性的东西,那么这对大家来说未免太可怜了。""所谓微妙和宽容,是指文化中、宗教中和政治中有不同的传统和隶属关系。"

希尼本人不站在教派冲突中的任何一方,但是在动乱爆发后,他受到要他成为天主教代言人的压力,而他内心诗歌的警报系统则发出警报,要他保护自己的诗歌才能。

为了避免成为代言人,也为了开拓自己的诗歌疆域,他于1972年决定移居南方也即爱尔兰共和国,后来又去了美国哈佛大学任教。恰如在不同、后来敌对的教派的大背景下,作为个人的邻居依然是深情友爱的邻居一样,希尼在诗歌与政治的大背景下,选择站在诗歌这一边,而且是站在诗歌那幽暗、微妙、私人的一边。在北爱尔兰与英国的冲突中,希尼不用说是向前者倾斜的,但是当北爱尔兰激进组织爱尔兰共和军一名同情者要求他写政治介入的诗时,他拒绝了:

"看在他妈的老天分上,你什么时候愿意
为我们写点什么?""如果我写了点什么,
不管那是什么,我只为自己而写。"

当然,这自己,如同叶芝的取悦自己一样,并不是自私的,而是诗人努力铸造的自己。就希尼而言,他这自己是不断审视自己和周围环境的结果,又是消化至少两种文化的结果,最终是融合人类文明尤其是诗歌精神的结果。用他自己的话来说,他是那种"双脚踏地,同时脑袋伸入空中"的诗人。无论是在北爱尔兰教派的冲突或爱尔兰与英国的冲突中,希尼都维持微妙的平衡,并在适当时候维持适当的倾斜。毕竟,英国语言、文化和文学是他精神成长的奶汁,而爱尔兰则是他土生土长的祖国。他在《界标》一诗中说:

> 两个桶比一个桶更容易提。
> 我在两者之间长大。

考虑到他的背景,这两行诗实在意味深长。他并非只是提两个桶这么容易,也不是提一个桶这么困难,而是维持两者本来就几乎不可能的平衡。根据爱尔兰评论家芬坦·奥图尔的说法,希尼的伟大既不在于北爱尔兰各类事件的压力对他的作品施加的重负,也不在于他作为个人和诗人承受这种压力时所表现的非凡优雅,而在于两者合而为一这个事实:"一方面当他从家乡暴力的现实退入纯粹的美学快乐时,他感到内疚;另一方面当他太过远离那美学的感官快乐,并太过贴近理性的政治声明时,他感到丧失。"结果是,诗人通过在分裂和混乱中创造出某种美妙、完整和清晰的东西,帮助读者,使读者能够在一个常常是黑暗和暴力的世界中找到意义。如同希尼的后辈、爱尔兰小说家科尔姆·托宾在希尼逝世后所说的:"在燃烧和爆炸的年代,他利用诗歌提供一个另类世界;他以他的严肃、诚实、遣词造成的机智、对语言的关心、深思熟虑、谨小慎微树立榜样。"

希尼的诗论之卓绝,不逊于他的诗。甚至那些对他的诗有所保留的读者,也不能不由衷赞叹他的诗论。杰出的 20 世纪诗人数不胜数,但杰出的 20 世纪诗人批评家则寥寥无几。希尼在这寥寥无几中占有一个独特位置:在布罗茨基逝世之后,他成了英语世界最重要的诗人批评家。他主要是围绕着诗歌及其语言的独立性和微妙性来铺展他的论述。他关于诗歌最著名的论述是:"在某种意义上,诗歌的功效等于零——从来没有一首诗阻止过一辆坦克。"但在另一个意义上,诗歌的功效又是无限的。他举了一个著名的例子,就是《新约》中耶稣在地面上写字。当时有一群人抓来一个通奸的妇人,准备用石头把她砸死。他们征求耶稣的意见,其实是要趁机拿到告发耶稣的把柄。耶稣在地面上写字,过了颇长时间,耶稣才说,你们当中谁是无罪的,就先站出来拿石头砸她。暴民扪心自问是有罪的,便相继离开。

《新约》中并没有记载耶稣写了些什么,因此等于零。耶稣不按照提问者的思路来回答问题,而是弯身默默写字,这就是一个空间,为那些指控者在稍后听到耶稣的话后反省自己的道德立场做好了准备。耶稣这个空间,或者说空白,不仅救了那妇人,而且也在精神上救了那群暴民,还救了他自己——而就他在此后千百年间救了多少人的灵魂而言,他可以说是救了世界。所以说这功效是无限的。

英语及其文学、文化培养了希尼,英语是他使用的语言。在谈到"征服者的价值观和语言"时,他的观点绝不是扁平的,而是圆通的,但与其说是圆通的,不如说是自信的:"我们也了解征服者的价值观和语言如何毁坏和排斥本土价值观和制度,把它们变成野蛮和低人一等的,把它们踢出有教养者的同情和尊敬的范围。但是即使如此,我们似乎能感到,这些极其操劳过度的纠正,已使文学责任退位,并把它贬至想象性文学被简单地当作一种仅仅具有压迫性话语的作用,或一种应受谴责的遮掩。"

诗歌的能量,不仅是正面能量;哪怕是负面能量,诗歌也同样能够使之转化。在谈到英国诗人菲利普·拉金那首伟大但悲观、痛苦、厌世的《黎明曲》时,希尼说:"当一首诗押韵,当一个形式自我生成,当一个格律诱使意识进入新姿态,这已经是站在生命一边了。当一个押韵词使人意想不到并扩大词语与词语之间的固定关系,这本身就是对必然性的抗议。当语言做到不只足够,如同它在所有好诗歌中所做到的,则语言就会选择活得更长久的条件并反感限制。总之,以这样深刻的艺术方式,拉金的《黎明曲》并没有跑到敌人那一边去。"而我们似乎可以反过来说,希尼本人则是越界跑到与非生命、非人性、非爱、非同情、非宽容敌对的一边。

希尼的诗论,是严格地属于诗人批评家这个传统的,也即围绕自己喜欢和长期思考的诗人来展开论述。艾略特、布罗茨基也都是这样做的。为什么说诗人批评家特别不一样呢?或者说,为什么会有诗人批评家这个说法?因为他们不是现炒现卖,他们所谈论的诗人都是影响他们很深、给予他们启发的诗人。最好的一般意义上的批评家,也能做到这点,但是,他们的批评对象往往是一般意义上的作家而不是诗人,即使他们谈论诗人,也只是在一般意义上的作家这个层面上谈。诗人批评家与其所谈论的诗人的默契,或者说他所能达到的视域,以至他运用的文字,都是一般意义上的批评家所难以达到的,就如同一般意义上的作家可以写很好的散文但写不了很好的诗。

希尼是精心和刻意地经营他的文字和文章的,他的繁密的风格,布满隐喻的言说,绕来绕去的句子,不仅使我们获得美妙的阅读乐趣,而且获得阅读乐趣的巨大满足。换句话说,重要的不是他有什么深刻的"思想性",而是他对任何思想的深刻的论述方式。那他是不是形式主义者？不是的。他是"小而美"主义者。他曾说,每首诗都应该有一个小小的惊喜,而我觉得,他每段文章都提供小小的惊喜,如果不是每句。

感谢我的微信公众号"黄灿然小站"执行主编郑春娇帮我做初校。初校是一个非常重要的环节,在这个环节上能让别人用更加客观和陌生的眼光来审视,会事半功倍。感谢出版社编辑郭贤路和童炜炜,还有校对员提出好多宝贵意见；最后,感谢曹洁女士当年接受我的推荐,把这本书列入"大师批评译丛"。

译者,2018年2月26日,写于重印之际。

Finders Keepers: Selected Prose 1971–2001 by Seamus Heaney
Copyright © 2002，Seamus Heaney
This edition arranged with Faber and Faber Ltd.
through Big Apple Agency, Inc., Labuan, Malaysia.
All rights reserved.
本书中文简体字版版权，浙江文艺出版社独家所有
版权合同登记号：图字：11-2020-160 号

图书在版编目（CIP）数据

希尼三十年文选 /（爱尔兰）谢默斯·希尼著；黄灿然译 . — 杭州：浙江文艺出版社，2021.1（2022.11 重印）
 ISBN 978-7-5339-6332-3

Ⅰ. ①希… Ⅱ. ①谢… ②黄… Ⅲ. ①文学评论—爱尔兰—现代—文集 Ⅳ. ① I562.065-53

中国版本图书馆 CIP 数据核字（2020）第 242912 号

责任编辑：诸婧琦　周　易
责任校对：唐　娇
责任印制：吴春娟
装帧设计：所以设计馆
营销编辑：张恩惠
数字编辑：姜梦冉

希尼三十年文选（修订版）

[爱尔兰] 谢默斯·希尼 著　黄灿然 译

出版发行：浙江文艺出版社
地　　址：杭州市体育场路 347 号
邮　　编：310006
电　　话：0571-85176953（总编办）
　　　　　0571-85152727（市场部）
制　　版：浙江新华图文制作有限公司
印　　刷：浙江新华数码印务有限公司
开　　本：880 毫米 ×1230 毫米　1/32
字　　数：443 千字
印　　张：17.75
插　　页：5
版　　次：2021 年 1 月第 1 版
印　　次：2022 年 11 月第 2 次印刷
书　　号：ISBN 978-7-5339-6332-3
定　　价：98.00 元

版权所有　侵权必究
（如有印装质量问题，影响阅读，请与市场部联系调换）